《西游记》新论集

侯冲　王见川
-主编-

广西师范大学出版社
·桂林·

图书在版编目(CIP)数据

《西游记》新论集 / 侯冲，王见川主编. —桂林：广西师范大学出版社，2022. 8
ISBN 978 - 7 - 5598 - 5184 - 0

Ⅰ. ①西… Ⅱ. ①侯… ②王… Ⅲ. ①《西游记》研究-文集 Ⅳ. ①I207. 414 - 53

中国版本图书馆 CIP 数据核字(2022)第 125635 号

《西游记》新论集
《XIYOUJI》XINLUN JI

出 品 人：刘广汉
责任编辑：刘孝霞
助理编辑：吕解颐
装帧设计：李婷婷

广西师范大学出版社出版发行
(广西桂林市五里店路 9 号 邮政编码：541004
网址：http://www. bbtpress. com)
出版人：黄轩庄
全国新华书店经销
销售热线：021 - 65200318 021 - 31260822 - 898
山东韵杰文化科技有限公司印刷
(山东省淄博市桓台县桓台大道西首 邮政编码：256401)
开本：690 mm × 960 mm 1/16
印张：34. 75 字数：459 千字
2022 年 8 月第 1 版 2022 年 8 月第 1 次印刷
定价：148. 00 元

本书是国家社科基金重大项目“英国图书馆藏汉文敦煌遗书总目录”（项目批准号：15ZDB034）、“汉文大藏经未收宋元明清佛教仪式文献整理与研究”(17ZDA236)和教育部人文社科重点研究基地重大项目“中国民间流传佛教仪式文献整理与研究”(16JJD730007)的阶段性成果。

序

侯 冲

本书是王见川先生和我一同主编的《〈西游记〉新论及其他：来自佛教仪式、习俗与文本的视角》（下文略称《新论》，引用时仅标页码）一书的新编版。《新论》2020 年 7 月由台湾博扬文化事业有限公司出版后，很快有了热烈的反响，王见川先生提议将“其他”去掉，增补一些新成果，编一本《〈西游记〉新论集》，在大陆出版，作为大家了解《西游记》研究新动态的参考。在校对《新论》一书清样的过程中，我也多次感慨其中的“新”，觉得有必要写一篇介绍该书的文章。因此，如果能促成该书在大陆出版，无疑更能彰显其价值和意义。

说《新论》的“新”，总体上来看，它是新成果。2019 年 9 月 19—22 日，国家社科基金重大项目“汉文大藏经未收宋元明清佛教仪式文献整理与研究”、教育部人文社科重点研究基地重大项目“中国民间流传佛教仪式文献整理与研究”课题组主办的“仪式文献与明清小说”工作坊在上海师范大学举行。有感于工作坊参会者发表的成果是《西游记》研究的新成果，与会的王见川先生在讨论过程中提议：

> 我是有这样一个想法，刚才跟许蔚交换了一下：我希望这次讨论完以后，大家能够交文章，在明年年初，大概二月交给我。我在台湾出一部

《〈西游记〉新论》,然后把他(许蔚)的旧稿也放进来,后面放材料。因为我们提出了一个比较不一样的观点。第三部分我希望大家对《西游记》资料集提点建议或意见,看怎么让它更丰富,就是怎样去编一个更有用的、更完整的《〈西游记〉资料集》。如果有人愿意去落实,那就去落实,那后面讨论的书就有更丰富的踏实的材料。所以希望各位不要放弃,回去改一下,明年二月交。还有几个月,到时候不管成不成熟,我们不限字数,只要你交过来。因为是新论,只需要是大家的想法,有一些根据、有一些道理即可。不要因为有一些缺点就放弃。我们把它拿出来,希望专门研究《西游记》的人,接受一点新的信息。我是有这样的构想。……(以上文字为马丛丛博士根据录音整理记录。略有删节)

在工作坊会后总结时,王见川先生重申了上面的提议。(第5—6页)

于是,会后在各位与会师友的大力支持和帮助下,我们集众人之力最终编成《新论》这一包括"《西游记》新论""其他论文""《西游记》资料"三大版块、厚达600余页的新成果。

在根据大家提供的信息校对清样的过程中,我对《新论》的"新",有四点感触。

一是文章新。除工作坊发表的新文章外,王见川先生在"编后记"中说:"王见川在上(海)师大研讨会发表的论文《从明代宝卷与佛门科仪文本谈世德堂等版的〈西游记〉》,因部分内容已先发表及一些参考资料为未出版抄本,未收入本书。因此,他另外新写二文代替。"(第604页)我在"序"中也说:"四川大学韦兵教授未能参加工作坊,书中收录的他的大作,是2019年12月初我跟他一同在大足开会期间,直接向他约的稿。"(第6页)因此,他们两位的三篇论文,都是他们2019年12月以后新撰写完成并首次发表的大作。而"近六年《西游记》研究目录",更是收录了迄至2020年中旬的最新成果。由于是新撰，他们的大作尤其是王见川先生的两篇大作，直到最后三校时才完成定稿。三次清样，清楚记录了《新论》一直不断更新的轨迹。

二是资料新。最有代表的，就是王见川先生“编后记”所说“侯冲提供的多种《佛门请经科》与许蔚贡献的《齐天大圣经》”（第604页）。许蔚提供的《齐天大圣经》图片，是首次披露，对研究《西游记》成书后的影响有较大价值。而《佛门请经科》此前王熙远、刘琳和左怡兵均有录文发表，但无校本，似乎资料不多，而且只在个别地方存在。事实上，《佛门请经科》不仅有不同的抄本，而且在中国华南、华中、西南、西北等不少地方都有遗存，地域广泛性较强，而且根据其地域广泛性的特征，可以肯定其成书时间不晚于明初，是《西游记》研究新资料，对于《西游记》成书研究有重要价值。这两种资料都是在《新论》中最先发表。

三是视角新。《新论》的副标题是“来自佛教仪式、习俗与文本的视角”，已经明确了《新论》与此前不一样的视角。从既有《西游记》研究成果及其作者来看，一方面很少有佛教学者研究《西游记》，另一方面，也很少有《西游记》研究者具备专业的佛教知识。至于从佛教仪式角度对《西游记》进行研究，则始于《新论》所收的几篇论文，即《〈西游记〉与佛教关系新探》《〈佛门请经科〉：〈西游记〉研究的新资料》《斋供科仪所载取经故事与平话系统〈西游记〉关系考》等。而《玄奘：从僧人到形象大使》和《冥府的金融与契约：寿生寄库信仰及〈西游记〉取经缘起》，则是从习俗角度对《西游记》及相关专题的新探讨。当然，最值得一提的还是从文本的视角。

可能有人会问：研究《西游记》的人，都看文本，“文本的视角”也可以算新视角吗？应该说，就完全根据《西游记》文本本身展开讨论而言，《新论》的文本视角，肯定是此前其他研究者没有的新视角。小的来说，《〈西游记〉与佛教关系新探》和《关于世德堂版〈西游记〉的底本、前身本与祖本》对瑜伽教、应赴僧（应佛僧、应付僧）的关照，是了解《西游记》中佛教内涵的切入点。大的来讲,《〈西游记〉与佛教关系新探》对历史上的玄奘与小说中的唐僧的辨析与区别,是对既有研究中将小说视为历史资料,将唐僧当作历史人物玄奘的纠偏;对唐僧到西天取经目的的追问,是理解《西游记》内容架构及将小说纳入佛教仪式研究的切入点;对《西游记》中唐僧所取经、唐僧行实、法会仪式的解读,对《西游记》中"秉教""秉教伽(迦持)""秉教沙门"及诸多与佛教仪式文献相同文字的披揭,明确其与佛教瑜伽教的密切关系;还有《〈明心宝鉴〉与〈水浒传〉〈西游记〉关系初探》对《明心宝鉴》不同版本与《西游记》所引文字的比勘,确定世德堂版《西游记》出现的年代上限,等等,都是最新从文本视角对《西游记》的研究。其中成果就是指出世德堂版《西游记》多次引用万历十三年(1585)十月出版的《御制重辑明心宝鉴》,可知世德堂版《西游记》是在万历十三年十月之后成书,而当时吴承恩已经去世几年。很明显,这个新成果推翻了世德堂版《西游记》是吴承恩所作的传统说法。本书关于瑜伽僧的文章,也说明世德堂版《西游记》的框架与瑜伽僧有关。这样的结论,更彻底切断世德堂版《西游记》与吴承恩的联结。因之而来的意见,必然是要重编/新编《西游记》资料集。

四是观点新。2021 年 2 月 8 日《澎湃新闻》中,朱明川发表的《〈西游记〉新论:唐僧不是玄奘?作者不是吴承恩?》,指出《新论》"汇集了文学、佛教、善书及民俗等不同领域研究者的最新成果,许多论证颇具新意,如:目前存世刊印年代最早的世德堂百回本《西游记》的编订者不可能是吴承恩;唐僧不是历史上的唐玄奘;《西游记》不只是供世人阅读消遣,其故事框架和部分文段与超度亡者有关",并对《新论》中诸文新观点做了详细解读。由于他已经有较为全面的介绍,且文章已经收入本书,这里不再重复摘引。

与《新论》相比,本书新增加了五篇论文和两则资料。论文为王见川《〈金瓶梅〉与〈水浒传〉〈西游记〉〈明心宝鉴〉关系探究——兼谈〈金瓶梅〉成书年代》与《近代台湾流传的〈西游记〉及其故事》,赵益《通俗文学的作者属性及其文学意义——以〈西游记〉与全真教、内丹道的关系为中心》，山下一夫《明清时期三清形象的转变与发展——以〈西游记〉等小说之插图为例》，朱明川《〈西游记〉新论：唐僧不是玄奘？作者不是吴承恩？》；两则资料为左怡兵整理的《取经道场》和《真经宝卷》。另外，有三篇论文，即王见川《〈明心宝鉴〉与〈水浒传〉〈西游记〉之关系——兼谈〈水浒传〉〈西游记〉的成书年代》《世德堂版〈西游记〉的底本、前身本与祖本探究——兼谈“应佛僧”》和左怡兵《填补取经故事演化历程佚失的一环——以〈真经宝卷〉〈长生卷〉〈取经宝卷〉为中心》，是对《新论》所收论文的大幅修改完善。因此，本书从书名、全书结构到内容，都是对《新论》的更新。特别要指出的是，《近代台湾流传的〈西游记〉及其故事》一文，可能是较早探索《西游记》在地域社会流传情况的文章。在此文中，我们除看到不同面向，如戏剧、丧葬仪式、说书、小说的《西游记》及其故事进入台湾社会的情况，也发现台湾从事丧葬仪式的释教人士（带发的俗人从事丧葬仪式，近似应付僧）的科仪文本，虽叫《西游记》，但内容与《佛门请经科》非常不同，相信随着《西游记》及其故事在其他地域（如江苏、福建等省）流传研究的开展，《西游记》及其故事的多元面貌与同一性会更清楚，而《西游记》的影响也能较准确评估！到时就更能理解《西游记》，不只是神魔小说，更是影响世俗民众的世俗小说（性质与《封神演义》类似，不同于《金瓶梅》）。

在《新论·序》中，我说过：“我相信，随着更多新资料的出现，不论对仪式文献还是对《西游记》的认识，都将会越来越丰富，越来越深入。就利用仪式文献中的新资料研究《西游记》等小说而言，本书的出版，将不是终点而是起点。”（第6页）《新论》封底有文字说：“相信（《新论》）在《西游记》的研究视角、资料与讯息方面，会对以往研究造成新的冲击。”这话不假！因为我自己在编辑本书的过程中，在学习和重温各位师友，尤其是王见川先生不断更新和撰成的大作之后，除更坚定《西游记》非吴承恩所编/作外，更有感于他们迭出的新见，遂有了进一步广泛搜集资料研究《西游记》的冲动，并确实在完成

《新论·序》一年后,即2021年五一长假中,对《西游记》又有了新的认识。不过,由于需要比对的资料太多,新认识还需要一定时间才能跟大家分享。就目前而言,希望大家在阅读本书后,也有新的收获,到时我们再进一步分享大家对《西游记》的新认识,再编一本新的文集。

最后,要说的是本书编成之后,陆续在台湾博扬文化事业有限公司出版的《历史、艺术与台湾人文论丛》第21—22期与《善书、经卷与文献》第4、5期有多篇研究《西游记》的论文,请参看。特别是《善书、经卷与文献》第5期“《西游记》非吴承恩所编/著特稿”专辑,代表了《西游记》最新研究的另一成果,更值得一看!

是为序。

2022年7月15日于上海

目　录

《西游记》成书及研究新视角

《明心宝鉴》与《水浒传》《西游记》之关系
——兼谈《水浒传》《西游记》的成书年代　王见川 / 3

《金瓶梅》与《水浒传》《西游记》《明心宝鉴》关系探究
——兼谈《金瓶梅》成书年代　王见川 / 30

通俗文学的作者属性及其文学意义
——以《西游记》与全真教、内丹道的关系为中心　赵　益 / 54

《西游记》版本与相关新文本

世德堂版《西游记》的底本、前身本与祖本探究
——兼谈"应佛僧"　王见川 / 101

重估"南系"《西游记》
——以泉州傀儡戏《三藏取经》为切入点　胡　胜 / 124

斋供仪式文献《佛门请经科》:《西游记》研究的新资料　侯　冲 / 144

斋供科仪所载取经故事与平话系统《西游记》关系考　左怡兵 / 156

填补取经故事演化历程佚失的一环
——以《真经宝卷》《长生卷》《取经宝卷》为中心　左怡兵 / 187

《西游记》内涵

《西游记》与佛教关系新探　侯　冲　杨天奇 / 227

冥府的金融与契约
——寿生寄库信仰及《西游记》取经缘起　韦　兵 / 251
明清时期三清形象的转变与发展
——以《西游记》等小说之插图为例　山下一夫 / 271

《西游记》演绎

玄奘在文献中的形象演变　侯　冲　杨天奇 / 309
论《西游记》在清代的文人重写与场上传播
——以金兆燕《婴儿幻》传奇为例　赵毓龙 / 337
近代台湾流传的《西游记》及其故事　王见川 / 352
《西游记》新论:唐僧不是玄奘？作者不是吴承恩？　朱明川 / 376

附　录

附录一　请经科　侯　冲 / 387
附录二　取经道场　左怡兵 / 499
附录三　真经宝卷　左怡兵 / 508

《西游记》成书及研究新视角

《明心宝鉴》与《水浒传》《西游记》之关系
——兼谈《水浒传》《西游记》的成书年代

南台科技大学通识教育中心　王见川

《明心宝鉴》是长期被忽略的善书，此书还兼具（童）蒙书的性质。嘉靖时期的《晁氏宝文堂书目》则将《明心宝鉴》归类为"类书"①。从明初问世以来，该书广泛流传，不只在中国流行，也传到海外。②

其实，《明心宝鉴》自问世以来，即在中国民间流行。正德年间成书的《五部六册》，其中的《叹世无为卷》，即引《明心宝鉴》作证。目前所知，明代至少六次出版《明心宝鉴》，其中一些版本现在还存世（详下）。

学界近年来对《明心宝鉴》的研究，有相当的进展。③ 其中周安邦《明心宝鉴斠理》提到《明心宝鉴》"省心篇第十一"的梓潼帝君垂训，出现在《水浒传》第三十四回开头的定场诗中。④ 而李天飞与我则注意到《西游记》引用《明心宝鉴》的情形。⑤

---

① 晁瑮：《晁氏宝文堂书目》卷中，上海：上海古籍出版社，2005 年，第 87 页。

② 王见川：《〈明心宝鉴〉与〈水浒传〉、〈西游记〉关系初探》，载侯冲、王见川主编《〈西游记〉新论及其他：来自佛教仪式、习俗与文本的视角》，新北：博扬文化事业有限公司，2020 年，第 177 页。

③ 同上书，第 178 页。

④ 周安邦：《明心宝鉴斠理》，台中：瑞成书局，2013 年，第 130 页。

⑤ 吴承恩著、李天飞校注：《西游记》第五十回，北京：中华书局，2014 年，第 662 页。王见川：《关于〈西游记资料汇编〉及其他：兼谈〈清源妙道显圣真君一了真人护国佑民忠孝二郎宝卷〉的刊刻年代》，载范纯武编《善书、经卷与文献》2019 年第 1 期，第 168—169 页。

不久前，我发表了《〈明心宝鉴〉与〈水浒传〉、〈西游记〉关系初探》一文，初步讨论了《明心宝鉴》对小说《水浒传》《西游记》的影响，并循此脉络谈到《水浒传》《西游记》的大致成书年代。①

由于读者反响热烈，加上发现文中错误及新资料等因素，我在上述《〈明心宝鉴〉与〈水浒传〉、〈西游记〉关系初探》的基础上，撰写本文，以便对该文有所补充与修正，并对《明心宝鉴》影响《水浒传》《西游记》的情况做更深入的分析。本文对《水浒传》与《西游记》关系，也有新看法。文章最后就《水浒传》《西游记》两部小说的成书年代，做更完整的论述。

一、明代《明心宝鉴》版本及其主要内容举隅

根据学者研究，《明心宝鉴》约于洪武八年至二十六年间（1375—1393）编成。② 目前所知，其至少有下列几种明代刊行的版本③（见下表）：

---

① 王见川：《〈明心宝鉴〉与〈水浒传〉、〈西游记〉关系初探》，载侯冲、王见川主编《〈西游记〉新论及其他：来自佛教仪式、习俗与文本的视角》，第179—199页。

② 周安邦：《明心宝鉴研究》，台中：瑞成书局，2013年，第1页。另见王见川、柯若朴、侯冲、范纯武编《明清以来善书丛编》初辑第一册《导言》，第10页。

③ 本文使用的《明心宝鉴》版本有下列这些：

a.永乐三年（1405）版：《大明仁孝皇后劝善书》引录，《四库全书存目丛书：子部一二〇》，台南：庄严文化事业公司，1995年。

b.景泰五年（1454）版：东京：筑波大学藏。感谢周安邦惠赐复印件。

c.嘉靖癸丑（三十二）年（1553）版：范立本辑、东方出版社编辑部注译：《明心宝鉴》，北京：东方出版社，2014年。李朝全点校、译注：《明心宝鉴》，北京：华艺出版社，2014年2印。

d.万历十三年（1585）御制重辑版：美国哈佛大学哈佛燕京图书馆编：《美国哈佛大学哈佛燕京图书馆中文善本汇刊》第27册，桂林：广西师范大学出版社，2003年。

e.万历十八年（1590）版：*Espejo rico del claro carazon*（《明心宝鉴》），LETRUMERO MADRID，2005。

f.万历二十九年（1601）版：收录于周安邦《明心宝鉴斠理》。

g.明末版：王衡校本。感谢李梦惠赐复印件。

名称	刊刻年代	重要句子异同处	备注
《明心宝鉴》	洪武二十六年（1393）前	—	未见（从重刊本得知洪武二十六年范立本序）
《明心宝鉴》残文	永乐三年（1405）	1.行短亏心只是贫，莫生巧计弄精神，得便宜处休欢喜，远在儿孙近在身。 2.道高龙虎服，德重鬼神钦。 3.人间私语，天闻若雷。暗室欺心，神目如电。 4.千般巧计，不如本分为人；万种强图，争似随缘节俭。 5.妙药难医冤债病，横财不富命穷人。亏心折尽平生福，行短天教一世贫。	《大明仁孝皇后劝善书》引录
《新刊校正大字明心宝鉴》	景泰五年（1454）	1.吴真人曰：幸短亏心只是贫，莫生巧计弄精神，得便宜处休欢喜，远在儿孙近在身。 2.道高龙虎服，德重鬼神钦。 3.《玄帝垂训》：人间私语，天闻若雷。暗室亏心，神目如电。 4.仁宗皇帝御制：乾坤宏大，日月照鉴分明。宇宙宽洪，天地不容奸党。使心用幸，果报只在今生。善布浅求，获福休言后世。千般巧计，不如本分为人；万种强图，争似随缘即俭。心行慈善，何须努力看经；意欲损人，空读如来一藏。 5.梓潼帝君垂训：妙药难医冤债病，横财不富命穷人。亏心折尽平生福，幸短天教一世贫。生事事生君莫怨，害人人害汝休嗔。天地自然皆有报，远在儿孙近在身。	筑波大学藏本

续表

名称	刊刻年代	重要句子异同处	备注
《新刊校正大字明心宝鉴》	景泰五年（1454）	6.莫信直中直，堤防仁不仁。 7.一饮一擢，事皆前定。 8.三寸气在千般用，一日无常万事休。 9.画虎画皮难画骨，知人知面不知心。	筑波大学藏本
《明心宝鉴》	嘉靖癸丑（三十二）年（1553）	1.行短亏心只是贫，莫生巧计弄精神，得便宜处休欢喜，远在儿孙近在身。 2.道高龙虎伏，德重鬼神钦。 3.同上。 4.同上。 5.梓潼帝君垂训：妙药难医冤债病，横财不富命穷人。亏心折尽平生福，行短天教一世贫。生事事生君莫怨，害人人害汝休嗔。天地自然皆有报，远在儿孙近在身。 6.莫信直中直，须防仁不仁。 7.一饮一啄，事皆前定。 8.三寸气在千般用，一日无常万事休。 9.同上。	重刊本（守庵曹玄作序），东方出版社编辑部注译《明心宝鉴》收录此版点校本有误

续表

名称	刊刻年代	重要句子异同处	备注
《御制重辑明心宝鉴》	万历十三年（1585）	1.无。 2.道高龙虎伏，德重鬼神钦。 3.《玄帝垂训》：人间私语，天闻若雷。暗室亏心，神目如电。 4.使心用幸，果报只在今生。善布浅耕，获福休言后世。千般巧计，不如本分为人；万种强图，争似随缘节俭。 5.无。 6.莫信直中直，须防仁不仁。 7.一饮一啄，莫非前定。 8.无。 9.同上。	1.周安邦《明心宝鉴斠理》及李朝全点校《明心宝鉴》都收录此版点校本。 2.删掉了一些内容： ①善恶到头终有报，只争来早与来迟（继善篇）。 ②人心生一念，天地悉皆知。善恶若无报，乾坤必有私（天理篇）。 ③三寸气在千般用，一旦/日无常万事休（省心篇）。 3.增加了一些内容： ①愿天常生好人，愿人常行好事（存心篇第七）。 ②杨文公家训：以孝弟忠信礼义廉耻教小儿（训子篇）。

续表

名称	刊刻年代	重要句子异同处	备注
《新刊图像校讹音释明心宝鉴》	万历十八年（1590）	1.吴真人曰：幸短亏心只是贫，莫生巧计弄精神。得便宜处休欢喜，远在儿孙近在身。 2.道高龙虎伏，德重鬼神钦。 3.《玄帝垂训》：人间私语，天闻若雷。暗室亏心，神目如电。 4.仁宗皇帝御制：乾坤宏大，日月照鉴分明。宇宙宽洪，天地不容奸党。使心用幸，果报只在今生。善布浅求，获福休言后世。千般巧计，不如本分为人；万种强图，争似随缘即俭。心行慈善，何须努力看经；意欲损人，空读如来一藏。 5.梓潼帝君垂训：妙药难医冤债病，横财不富命穷人。亏心折尽平生福，幸短天教一世贫。 6.莫信直中直，须防人不仁。 7.一饮一啄，事皆前定。 8.三寸气在千般用，一日无常万事休。	*Espejo rico del claro carazon*（《明心宝鉴》）2005 年内附中文原本点校本
《新刊校正大字明心宝鉴》	万历二十九年（1601）	1.吴真人曰：幸短亏心只是贫，莫生巧计弄精神。得便宜处休欢喜，远在儿孙近在身。 2.道高龙虎伏，德重鬼神钦。 3.《玄帝垂训》：人间私语，天闻若雷。暗室亏心，神目如电。 4.仁宗皇帝御制：乾坤宏大，日月照鉴分明。宇宙宽洪，天地不容奸党。使心用幸，果报只在今生。善布浅求，获福休言后世。千般巧计，不如本分为人；万种强图，争似随缘即俭。心行慈善，何须努力看经；意欲损人，空读如来一藏。	—

续表

名称	刊刻年代	重要句子异同处	备注
《新刊校正大字明心宝鉴》	万历二十九年（1601）	5.梓潼帝君垂训：妙药难医冤债病，横财不富命穷人。亏心折尽平生福，幸短天教一世贫。 6.莫信直中直，须防仁不仁。 7.一饮一啄，事皆前定。 8.三寸气在千般用，一日无常万事休。	—
《新锲京板正伪音释提头大字明心宝鉴》	明末	1.吴真人曰：幸短亏心只是贫，莫生巧计弄精神。得便宜处休欢喜，远在儿孙近在身。 2.道高龙虎伏，德重鬼神钦。 3.《玄帝垂训》：人间私语，天闻若雷。暗室亏心，神目如电。 4.仁宗皇帝御制：乾坤宏大，日月照鉴分明。宇宙宽洪，天地不容奸党。使心用行，果报只在今生。善布浅求，获福休言后世。千般巧计，不如本分为人；万种强图，争似随缘即俭。 5.梓童帝君垂训：妙药难医冤债病，横财不负命穷人。亏心折尽平生福，幸短天教一世贫。 6.莫信直中直，须防人不仁。 7.一饮一啄，事皆前定。 8.三寸气在千般用，一旦无常万事休。 9.画虎画皮难画骨，知人知面不知心。	—

上表显示几处不同，需要进一步说明。

一是“道高龙虎服，德重鬼神钦”。这虽是永乐三年引《明心宝鉴》的文字，却不是《明心宝鉴》原版的文字。从元版《事林广记》道家警语写着“道高龙虎伏，德重鬼神钦”，可知《明心宝鉴》原文是“道高龙虎伏，德重鬼神钦”。景泰五年版《明心宝鉴》则是“道高龙虎服，德重鬼神钦”，而嘉靖三十二年则却是“道高龙虎伏，德重鬼神钦”。由此可知明中叶以后流行两个略有差异的《明心宝鉴》版本。

二是“行短亏心只是贫，莫生巧计弄精神，得便宜处休欢喜，远在儿孙近在身”。这是《明心宝鉴》原来的文字，其中“行短”二字，后在景泰五年版被改成“幸短”。但嘉靖三十二年版又继承了“行短”这一原文。

三是“莫信直中直，堤防仁不仁”。这是景泰五年版《明心宝鉴》中的文句，嘉靖三十二年版改成“莫信直中直，须防仁不仁”。万历十八年版则是“莫信直中直，须防人不仁”。对照元版《事林广记》道家警语写着“莫信直中直，须防人不仁”，可知《明心宝鉴》原文是“莫信直中直，须防人不仁”。

四是“亏心折尽平生福，幸短天教一世贫”。这是景泰五年版中的诗句，对照永乐三年引文与元曲“亏心折尽平生福，行短天教一世贫”①，此条《明心宝鉴》原文，应是“行短”。嘉靖三十二年版则是保存原文“行短”。所谓的“行短”意谓行为有偏差，但“幸短”无义，应是写错。

五是“三寸气在千般用，一日无常万事休”。这是景泰五年版中的句子，而嘉靖三十二年版是“三寸气在千般用，一日无常万事休”，元曲是“三寸气在千般有，一旦无常万事休”。可见《明心宝鉴》原文，应是“三寸气在千般有，一日无常万事休”。

六是“一饮一啄，事皆前定”。对照元代《事林广记》记载，《明心宝鉴》原文“一饮一啄，事皆前定”，景泰五年版则是“一饮一擢，事皆前定”，而万历十

① 《半夜雷轰荐福碑杂剧》，王学奇：《元曲选校注》第二册，石家庄：河北教育出版社，1994年，第1584页。

三年版则改成“一饮一啄,莫非前定”。(见本文后附:万历十三年《御制重辑明心宝鉴》书影)

这些不同呈现说明:(1)明代《明心宝鉴》的三个系统景泰五年版、嘉靖三十二年版与万历十三年版流行。(2)《明心宝鉴》一些文句,可作为引用者分判该书成书年代的标准,如从“幸短亏心只是贫”,可推知容与堂版《水浒传》成书于景泰五年之后。又由“一饮一啄,莫非前定”,可知引用此句的世德堂版《西游记》的最后写定时间是万历十三年或之后(详下)。

二、《明心宝鉴》对《水浒传》的影响

《明心宝鉴》自明初成书后,至少有上述不同版本流传,显示此书颇为流行。那么,《明心宝鉴》的影响为何?有学者曾指出《水浒传》引用《明心宝鉴》。[①] 若这个说法是对的,那么厘清《明心宝鉴》与《水浒传》的关系,就有助于了解《水浒传》的成书年代。[②]

经过反复检视,我发现《水浒传》中至少有下列十二处叙述[③],可能与《明心宝鉴》有关:

1.第七回:引头诗“得便宜处休欢喜,远在儿孙近在身”[④]。

2.第二十一回:“三寸气在千般用,一日无常万事休。”[⑤]

3.第三十一回:“三寸气在千般用,一旦无常万事休。”[⑥]

---

① 周安邦:《明心宝鉴斠理》,第130页。

② 不少学者谈论《水浒传》的成书年代,他们的常用做法是从书中提及的地名、官名、都城大门或宫殿名称等痕迹,追查其来源,作为判断《水浒传》的成书年代的标准。另从书中引录的书或内容,来考察成书年代上下限,这也是一种方向。

③ 本文谈的《水浒传》,使用的版本是凌赓等校点容与堂版《水浒传》(以下简称容与堂版《水浒传》),上海:上海古籍出版社,2007年6印。

④ 容与堂版《水浒传》第七回,第99页。《古本小说集成》编委会编的《水浒志传评林》(上海:上海古籍出版社,《古本小说集成》)第75页删掉此诗。

⑤ 容与堂版《水浒传》第二十一回,第298页。《水浒志传评林》删掉此诗。

⑥ 容与堂版《水浒传》第三十一回,第448页。《水浒志传评林》删掉此诗。

4.第三十四回:引头诗“妙药难医冤业病,横财不富命穷人。亏心折尽平生福,行短天教一世贫。生事事生君莫怨,害人人害汝休嗔。得便宜处休欢喜,远在儿孙近在身”①。

5.第三十五回:引头诗“幸短亏心只是贫,休生奸计害他人。天公自有安排处,失却便宜损自身。十分惺惺使五分,留取五分与儿孙。若是十分都使尽,后代儿孙不如人”②。

6.第三十七回:“世情看冷暖,人面逐高低。”③

7.第三十八回:“心安茅屋稳,性定菜羹香。世味薄方好,人情淡最长。”④

8.第四十五回:引头诗“朝看楞伽经,暮念华严咒。种瓜还得瓜,种豆还得豆。经咒本慈悲,冤结如何救。照见本来心,方便都竟究。心地若无私,何用求天佑。地狱与天堂,作者还自受”⑤。

9.第四十五回:“莫信直中直,须防仁不仁。”⑥

---

① 容与堂版《水浒传》第三十四回,第 483 页。王利器校订《插图水浒全传校订本》第三十四回,第 529 页:“妙药难医冤业病,横财不富命穷人。亏心折尽平生福,幸短天教一世贫。生事事生君莫怨,害人人害汝休嗔。得便宜处休欢喜,远在儿孙近在身。”《水浒志传评林》第 311—312 页:“妙药难医冤债病,横财不富命穷人。亏心折尽平生福,短幸天交一世贫。生事事生君莫怨,害人人害汝休嗔。得便宜处休欢喜,远在儿孙近在身。”

② 容与堂版《水浒传》第三十五回,第 499 页。《水浒志传评林》第 322 页:“幸短亏心只是贫,休生奸计害他人。天公自有安排处,失却便宜损自身。”

③ 容与堂版《水浒传》第三十七回,第 540 页。

④ 容与堂版《水浒传》第三十八回,第 545 页。《水浒志传评林》第 351 页:“心安茅屋稳,性定菜根香。世事静方见,人情淡始长。”

⑤ 容与堂版《水浒传》第四十五回,第 661 页。《水浒志传评林》第 425 页:“朝看瑜伽经,暮念华严咒。种瓜须得瓜,种豆还得豆。经咒本慈悲,冤结如何救。照见本来心,方便当明镜。心地若无私,何用求天佑。地狱与天堂,作者还自受。”杨定见《水浒全传》将其挪至第四十五回中,其第 567—568 页云:“朝看释伽经,暮念华严咒。种瓜还得瓜,种豆还得豆。经咒本慈悲,冤结如何救。照见本来心,方便多竟究。心地若无私,何用求天佑。地狱与天堂,作者还自受。”

⑥ 容与堂版《水浒传》第四十五回,第 663 页。《水浒志传评林》,第 427 页。

10.第四十五回:“画龙画虎难画骨,知人知面不知心。”①

11.第五十回:引头格言“乾坤宏大,日月照鉴分明。宇宙宽洪,天地不容奸党。使心用幸,果报只在今生。积善存仁,获福休言后世。千般巧计,不如本分为人。万种强为,争奈随缘俭用。心慈行孝,何须努力看经;意恶损人,空读如来一藏”②。

12.第九十九回:“善恶到头终有报,只争来早与来迟。”③

以上十二则叙述中,有五则叙述与《明心宝鉴》所记类似,其中第五则引头诗与《明心宝鉴》“省心篇第十一”收录的“吴真人曰”类似,第七则引头诗与《明心宝鉴》“存心篇第七”④近似,而第八则中第四十五回的开头诗与《明心宝鉴》“省心篇第十一”收录的“济颠和尚警世”相近,这三者应是据此改写。⑤ 而第十则诗句虽与《明心宝鉴》“省心篇第十一”近似,但是采自别处(详下)。其他七则叙述,引自《明心宝鉴》“省心篇第十一”⑥。

《水浒传》的这十二则叙述中,六则出现在该回开头,另六则则穿插在文中。以往学者大都认为早期《水浒传》每回开头都带诗,称“致语”或“入话”。嘉靖时郭勋刊印《水浒传》,削去致语。如果是这样,那意谓《水浒传》正文是较早的成品。

上引《水浒传》第四十五回正文中的“莫信直中直,须防仁不仁”与第九十九回“善恶到头终有报,只争来早与来迟”诗句,显示这些诗句可能引自嘉靖三十二年版《明心宝鉴》。若是如此,就算它是《水浒传》较早的正文,那也有后来刊刻时加上或修改的字句。换句话说,容与堂版《水浒传》的内容在嘉靖

① 容与堂版《水浒传》第四十五回,第 675 页。《水浒志传评林》第 436 页:“画虎画皮难画骨,知人知面不知心。”

② 容与堂版《水浒传》第五十回,第 739 页。《水浒志传评林》第 481—482 页删掉此诗。

③ 容与堂版《水浒传》第九十九回,第 1464 页。《水浒志传评林》,第 1232 页。

④ 《明心宝鉴》“存心篇第七”:“心安茅屋稳,性定菜根香。世事静方见,人情淡始长。”

⑤ 洪楩辑、程毅中校注:《清平山堂话本校注》,北京:中华书局,2012 年,第 367—368 页;容与堂版《水浒传》第二十四回,第 334 页。

⑥ 第 1、2、3、4、6、9、11、12 条则出自《明心宝鉴》“省心篇第十一”。

三十二年或之后成书。

另从万历二十二年(1594)刊刻的《水浒志传评林》中将第七回引头诗[①]、第三十四回引头诗[②]、第三十五回引头诗[③]、第三十八回引头诗[④]、第四十五回引头诗[⑤]移至该回当页上方评注栏的情况,可知这些引头诗在万历二十二年前已存在。由此可知《水浒传》引录的《明心宝鉴》,可能是景泰五年版或嘉靖三十二年版,不会是万历二十九年版或明末版。再由第五则叙述出现"幸短"诗句及第二则有"三寸气在千般用,一日无常万事休"诗句,可知《水浒传》这一部分参考范本,是景泰五年版《明心宝鉴》。[⑥] 如我们对照以上情况,来看第三则"三寸气在千般用,一旦无常万事休"诗句,容与堂版《水浒传》成书时参考的范本应该不是原版《明心宝鉴》,而是嘉靖三十二年版《明心宝鉴》。由此也可推知容与堂版《水浒传》成书于嘉靖三十二年之后。

另外,从第七十四回提到碧霞君,也可推知容与堂版《水浒传》的成书年代。容与堂《水浒传》七十四回提到泰山岱岳庙时云:

> 万民朝拜碧霞君,四远归依仁圣帝。[⑦]

文中的"碧霞君"指的是碧霞元君。根据嘉靖年间汪子卿《泰山志》,成化末期已出现碧霞元君称呼,弘治十五年(1502)皇帝遣官致祭[⑧],可见碧霞元君信仰当时已经流行,但在嘉靖初期才成为盛况,嘉靖五年官员文称每年数十余万民众来此进香祈福。[⑨] 由此可知,容与堂版《水浒传》成书在嘉靖初期之后。

---

① 《水浒志传评林》,第 76 页。

② 同上书,第 311 页。

③ 同上书,第 322 页。

④ 同上书,第 351 页。

⑤ 同上书,第 425—426 页。

⑥ 周安邦:《明心宝鉴斠理》,第 129 页。

⑦ 容与堂版《水浒传》第七十四回,第 1089 页。

⑧ 汪子卿撰、周郢校证:《泰山志校证》,合肥:黄山书社,2006 年,第 369 页。

⑨ 同上书,第 535 页。

这一点,也可以从《水浒传》第五十三回记载中得到印证:衙役认为李逵是妖人,他用法物狗血、尿洒他破解。[①] 传统上认为泼狗血可避邪,目前找到关于这方面最早的记载,是东汉应劭《风俗通义》。其文说:“今人杀白犬,以血题门户,正月白犬血辟除不祥。”[②]但这里说的是白狗血,而不是今人熟知的黑狗血,且仅限正月有效。有趣的是,自此以后就很少有记载提到此事。到了嘉靖元年(1522)出版的《三国志通俗演义》,方才提出新辟邪破妖法。《三国志通俗演义》卷一提出的新破妖法是用猪、羊血及秽物洒在妖人身上。[③] 嘉靖二十七年(1548)《三国志通俗演义史传》也继承此说。[④] 可以说,嘉靖元年《三国志通俗演义》或嘉靖二十七年《三国志通俗演义史传》流行之后,以猪、羊血及秽物破妖人妖法,成为常识。万历二十年(1592)刊行的《三遂平妖传》,则在此基础上加上马尿、大蒜。[⑤] 若《水浒传》成书在《三国志通俗演义》或《三国志通俗演义史传》之前,《水浒传》的狗血破妖法一定会影响到《三国志通俗演义》或《三国志通俗演义史传》,但事实是这两本书怎会完全无痕迹,却自创如上的破妖法。由此可知容与堂版《水浒传》出现破妖法——狗血、尿,显示该书成书不是在嘉靖元年《三国志通俗演义》或嘉靖二十七年《三国志通俗演义史传》之前,而是在此后。我们的这个看法,可以从容与堂版《水浒传》中有关关羽的叙述中得到证实,因为该书在此部分,曾参考嘉靖元年《三国志通俗演义》或嘉靖二十七年《三国志通俗演义史传》。容与堂版《水浒传》出现关于关羽的主要叙述如下:

1.第四回:比关王刀,也打八十一斤。[⑥]

2.第六十三回:此人乃是汉末三分义勇武安王嫡派子孙,姓关名胜,

---

① 容与堂版《水浒传》第五十三回,第795页。

② 转引自李建民《方术医学历史》,台北:南天书局,2000年,第316页。

③ 嘉靖元年《三国志通俗演义》卷一,台北:新文丰出版公司,1979年复印,第23页。

④ 井上泰山编:(嘉靖二十七年)《三国志通俗演义史传》卷一,上海:上海古籍出版社,2009年,第31页。

⑤ 张荣起整理:《三遂平妖传》第十三回,北京:北京大学出版社,1983年,第96页。

⑥ 容与堂版《水浒传》第五十三回,第795页。

生的规模与祖上云长相似,使一口青龙偃月刀……蔡京看了关胜,端的好表人才,堂堂八尺五六身躯,细细三柳髭髯,两眉入鬓,凤眼朝天,面如重枣,唇若涂朱。①

3.第六十四回:……中军主将是关胜……面如重枣美须髯……重生义勇武安王。②

4.第九十回:……东京……却从封丘门入城……来到瓦子前,听的勾栏内锣响,李逵……燕青……挨在人丛里,听的上面说评话,正说《三国志》:说到关云长刮骨疗毒。当时有云长左臂中箭,箭毒入骨,医人华陀道:"若要此疾毒消,可立一铜柱,上置铁环,将臂膊穿将过去,用索拴牢。割开皮肉,去骨三分,除却箭毒。却用油线缝拢,外用敷药贴了,内用长托之剂。不过半月,可以平复如初,因此极难治疗。"关公大笑道:"大丈夫死生不惧,何况只手?不用铜柱铁环,只此便割何妨!"随即叫取棋盘,与客弈棋。伸起左臂,命华陀刮骨取毒,面不改色,对客谈笑自若。③

---

① 容与堂版《水浒传》第六十三回,第944—945页。

② 容与堂版《水浒传》第六十四回,第949页。

③ 容与堂版《水浒传》第九十回,第1318页。所谓的"评话",对照元代《朴通事》所记,原叫"平话"。但"平话"何义?众说纷纭,有的说是讲史中一种,因要评论,故称评话。有的说是讲述话本,所以叫平话。这些说法都是今人的揣测,恐怕要从平话流行的元代的文献中,才能得到解答。元曲《十探子大闹延安府杂剧》云:"葛彪往往欺压良民,将平人打死,州县官员不敢拿问,因此人倚仗权势……敕赐金牌势剑专斩不平人。"(隋树森编:《元曲选外编》,北京:中华书局,1992年,第926页。)元曲《钱大尹智勘绯衣梦杂剧》云:"我怕屈杀了平人枉出丑……笔提忠孝子,剑斩不平人。"(隋树森编:《元曲选外编》,第75页。)由此可知,平人就是良民,无权无势的一般百姓。而不平人就是有权有势之人或倚仗权势之人。所谓的"平话",就是给平人看或听的话本。如果我们的理解没错,那么困惑多人的元末明初陶宗仪《南村辍耕录·扶箕诗》:"天遣魔军杀不平,不平人杀不平人。不平人杀不平者,杀尽不平方太平。"就很容易理解。其义是这样:上天派下魔军杀有权有势之人或倚仗权势之人,他们也彼此互杀,一直到有权有势之人或倚仗权势之人死光天下才会重归太平。这跟平等无关而是体恤平民的思维,可以说元代的"平人"就是后世的"平民"。

第一则引文提到的关刀重八十一斤,出自元曲《单刀会》。[①] 第二则引文中的三柳雌髯,也源自元曲《单刀会》《博望烧屯》。[②] 而后半段的"凤眼朝天,面如重枣,唇若涂朱"改自嘉靖元年《三国志通俗演义》或嘉靖二十七年《三国志通俗演义史传》。[③] 第三则提到的"美须髯",则出自元曲[④]或嘉靖元年《三国志通俗演义》。[⑤] 至于第四则"关云长刮骨疗毒",则改自嘉靖元年《三国志通俗演义》[⑥]或嘉靖二十七年《三国志通俗演义史传》。[⑦]

以上种种迹证,显示容与堂版《水浒传》,成书于嘉靖元年《三国志通俗演义》或嘉靖二十七年《三国志通俗演义史传》之后。

另一方面,容与堂版《水浒传》引录《明心宝鉴》诗句的情况,也反映了该版《水浒传》的大致成书年代。即从前引第十则叙述——第四十五回"画龙画

---

① 隋树森编:《元曲选外编》,第 65 页。

② 同上书,第 60、728 页。

③ 嘉靖元年《三国志通俗演义》卷一,第 18 页。井上泰山编:(嘉靖二十七年)《三国志通俗演义史传》卷一,第 22 页。

④ 隋树森编:《元曲选外编》,第 475 页。

⑤ 嘉靖元年《三国志通俗演义》卷五,第 215 页。井上泰山编:(嘉靖二十七年)《三国志通俗演义史传》缺此卷。

⑥ 嘉靖元年《三国志通俗演义》卷十五,第 622 页:"陀曰:'当于静处立一标柱,上钉大环,请军侯将臂穿于环中,以绳系之,然后以被朦其首,吾用尖利之器,割开皮肉,直至于骨,刮去药毒,用药敷之,以线缝其口,自然无事,但恐君侯惧耳'。公笑曰:'如此容易,何用柱环!'令设酒席相待,公饮数杯酒毕,一面与马良弈棋,伸臂令陀割之,陀取尖刀在手,令一小校捧一大盆于臂下接血。陀曰:'某便下手,君侯勿惊。'公曰:'汝割。吾岂比世间之俗子耶,任汝医治。'陀下刀割开皮肉,直至于骨,骨上已青,陀用刀刮之有声,帐上帐下,见者皆掩面失色,公饮酒食肉。谈笑弃棋,须臾血流盈盆,陀刮尽其毒,敷上药,以线缝之,公大笑而与多官曰:'此臂屈伸如故,并无痛矣。'"

⑦ 井上泰山编:(嘉靖二十七年)《三国志通俗演义史传》卷七,第 908 页。嘉靖二十七年《三国志通俗演义史传》所记与《三国志通俗演义》几乎相同,唯一的不同,是"吾岂比世间之俗子"被改为"吾岂比世间儿女子"。将此叙述与上引容与堂版《水浒传》第九十回记载比对,可知容与堂版《水浒传》第九十回记载关云长刮骨疗毒叙述,取材自嘉靖元年《三国志通俗演义》或嘉靖二十七年《三国志通俗演义史传》。

虎难画骨，知人知面不知心"，可以窥知容与堂版《水浒传》的成书年代。此诗句虽与《明心宝鉴》"省心篇第十一""画虎画皮难画骨，知人知面不知心"相近①，但其沿袭自他处。嘉靖中期出现的洪楩清平山堂编印话本集《雨窗集》中的"曹伯明错勘赃记"有"画龙画虎难画骨，知人知面不知心"句。② 可见容与堂版《水浒传》第四十五回"画龙画虎难画骨，知人知面不知心"，应取自于此。有趣的是，《雨窗集》"董永遇仙传"的"尽道丰年瑞，丰年瑞若何？长安有贫者，宜瑞不宜多"诗句，也出现在容与堂版《水浒传》第二十四回。③ 而同样是清平山堂编印的"杨温拦路虎传""好手手中呈好手，红心心里中红心"，与《水浒传》第二回出现的"好手中间逞好手，红心里面夺红心"近似。④ 以上种种，显示容与堂版《水浒传》最后写定，似乎参考《雨窗集》等清平山堂编印话本集。由此可知容与堂版《水浒传》，成书在《雨窗集》等清平山堂编印话本集之后。也就是说容与堂版《水浒传》在嘉靖中期之后完成。

此外，嘉靖中期流通的话本《种瓜张老》⑤中的"照殿玉狮子"一称与扬州城隍"都土地"神名⑥，都透露容与堂版《水浒传》成书年代的讯息。《种瓜张老》中的"照殿玉狮子"，"这匹白马是梁武帝骑的御马"能走千里。⑦ 而容与堂版《水浒传》第六十回提到的著名白马"照夜玉狮子"，是大金王子骑坐，能

---

① 周安邦：《明心宝鉴斠理》，第 112 页。

② 洪楩辑、程毅中校注：《清平山堂话本校注》，第 334 页。《雨窗集》等清平山堂编印话本集，万历初期被称作《六十家小说》，今人则称《清平山堂话本》。

③ 洪楩辑、程毅中校注：《清平山堂话本校注》，第 367—368 页。容与堂版《水浒传》第二十四回，第 334 页。

④ 洪楩辑、程毅中校注：《清平山堂话本校注》，第 275 页。容与堂版《水浒传》第二回，第 29 页。容与堂版《水浒传》第五十五回第 818 页则说："好手中间施好手，红心里面夺红心。"容与堂版《水浒传》第六十二回第 928 页则说："好手人中称好手，红心里面夺红心。"

⑤ 晁瑮：《晁氏宝文堂书目》，第 110 页。

⑥ "扬州城隍都土地"，见程毅中辑注《宋元小说家话本集》，北京：人民文学出版社，2016 年，第 264 页。"照殿玉狮子"，见程毅中辑注《宋元小说家话本集》，第 264—265 页。

⑦ 程毅中辑注：《宋元小说家话本集》，第 265 页。

行千里。[①] 从身份、颜色、功能、名称对照，可知容与堂版《水浒传》第六十回提到的著名白马“照夜玉狮子”改自《种瓜张老》的“照殿玉狮子”。依此可知，容与堂版《水浒传》成书年代确在嘉靖朝中期。

这一点，也可以从“都土地”一词看出。在《种瓜张老》中，主角韦义方本该当神仙，而因“杀心太重，止可受扬州城隍都土地”。此话本末后诗句还写着：“授职义方封土地。”[②]容与堂版《水浒传》中也出现“都土地”一词。在容与堂版《水浒传》第五回写着：

> ……只见庄里走出一个老人……好似山前都土地，正如海底老龙王。[③]

容与堂版《水浒传》第九十九回写着：“宋公明生为郓城县英雄，死作蓼儿洼土地。”[④]第一百回则记载宋江死后托梦与徽宗说：

> 天帝哀怜臣等忠义，蒙玉帝符牒敕命，封为梁山泊都土地。[⑤]

那么“都土地”出自何处？何义？是作家自创，还是沿袭而来的称呼？目前所知，“都土地”最早出现在元代中期《新编连相搜神广记》。该书后集《崔府君》中提到宋高宗避难，受老妇款待后，上马走至三岔路，见白马，跟其后至灵祠休息，惊醒后，发现庙中祝版题云：

> 磁州都土地崔府君。[⑥]

---

① 容与堂版《水浒传》第六十回，第 888 页。

② 程毅中辑注：《宋元小说家话本集》，第 278—279 页。

③ 容与堂版《水浒传》第五回，第 73 页。

④ 容与堂版《水浒传》第九十九回，第 1465 页。

⑤ 容与堂版《水浒传》第一百回，第 1480 页。

⑥ 《新编连相搜神广记》后集“崔府君”，《绘图三教源流搜神大全》（外二种），上海：上海古籍出版社，1990 年，第 81 页。

这个称号相当奇特，不仅是崔府君封号地位最低，而且也未出现在其他崔府君记载中。[①] 那么这个元代“都土地”何义？元代文献中有二则“都土地”记载，透露出一点线索：

1.（裴使君扮城隍上云）……小圣乃西川五十四州城隍都土地。……（裴使君云）……吾神乃西川五十四州城隍是也。[②]

2.（冲末扮二郎引众上开云）……我是那五十四州都土地，三千里外总城隍。吾神姓赵名昱……[③]

由此可知，元代文献中的“都土地”，不是指全国土地神的领袖神明，而是指某区域土地的总管，有时又可解释为城隍的代称，如上引第一例。而第二例则显示不管是“五十四州都土地”，还是“三千里外总城隍”，都是指二郎神赵昱的管辖区域。也就是说，都土地、总城隍都是指土地、城隍管辖的领域，非神明的位阶。《元曲》也说：

吾神……乃西川五十四州城隍是也。……典祀城隍西蜀郡……吾神乃都城隍是也，生前乃是裴使君……[④]

由此可知，这位都城隍是主管西川五十四州的城隍，其管辖范围是西蜀郡。依此脉络来看，元代文献中的“都城隍”非全国城隍的领袖，与明代文献的“都城隍”意义不同。前面提到的《种瓜张老》主角韦义方本该当神仙，而因“杀心太重，止可受杨州城隍都土地”的“都土地”，其意义也是指杨州城隍，管领全杨州的土地，也不是管领全国土地。所以上引的“磁州都土地崔府君”是

---

① 王见川：《〈西游记〉崔珏由来与宋元崔府君信仰传说考察：兼谈〈（崔府君）神异录〉、〈唐太宗入冥记〉的成书年代》，载范纯武编《善书、经卷与文献》2020年第2期。

② 隋树森编：《元曲选外编》第三册《施仁义刘弘嫁婢杂剧》，第826—827页。

③ 隋树森编：《元曲选外编》第三册《二郎神醉射锁魔镜杂剧》，第961页。

④ 隋树森编：《元曲选外编》第三册《施仁义刘弘嫁婢杂剧》，第829—833页。

指管领整个磁州土地的神崔府君。也就是说崔府君是磁州的守护神。

厘清了元代文献中的“都土地”意思,我们就知道容与堂版《水浒传》第五回出现的“山前都土地”的“都土地”,就如元代文献中的“都土地”,是指此地区的管辖土地,是当地守护神。但容与堂版《水浒传》第一百回记载宋江等人死后,被玉帝敕封为梁山泊都土地的“都土地”,意义则有些不同。在容与堂版《水浒传》第九十九回,说宋江是郓城英雄,死作蓼儿洼土地,第一百回说宋江等人因忠义被玉帝敕封梁山泊都土地,可知都土地隐约已被升级至保护全国的位阶,意指总土地,即土地神最高级。那么,该意义上的“都土地”称呼源自何处?笔者认为“都土地”称呼取材自嘉靖年间流行的“都土地”传说。当时人郎瑛《七修类稿》即说:

> 盱眙县唐兴、灵岩二乡,即皇陵碑所谓钟离之东乡也,前有光明山……后有红庙(因获红罗故名)。今封神为都土地,乃太祖龙飞之地。今方圆数丈不生草木……①

抄录万历朝之前的明代笔记的《九朝谈纂》则说:

> 相传本里有二郎庙一所。当时仁祖寓居其傍,因生太祖。其夜邻里远望,火光烛天……庙徙东北百步余。初生于庙西池河,取水澡浴,忽有红罗出水,遂用衣之。因是,乡人名其地为红罗袆,所生之地,至今不草。前有光明山,后有红庙,今封为都土地庙……以上俱《月山丛谈》。②

嘉靖七年《淮泗备遗》:

> 乡人名其地为红罗幛。所生之地,至今不草。前有红庙,今封为都

① 郎瑛:《七修类稿》卷七“国事类”“不生人物”,上海:上海书店出版社,2001年,第70页。
② 明不著撰人:《九朝谈纂》,台北:伟文图书公司,1977年,第477—478页。

土地(庙)……①

文中的“今封为都土地(庙)”的“今”,是指当时的嘉靖朝。由此可知,在嘉靖初期民间开始传出盱眙县的红庙被敕封为都土地庙。从此,“都土地”一词逐渐流传。《西游记》编写者受此传说影响,采录于书中,作为观音在长安的居住地。而容与堂版《水浒传》的最后写定者,也受此影响,援引入书。也就是说,容与堂版《水浒传》在嘉靖七年之后成书。

因世德堂版《西游记》中也出现“都土地”庙,那么有无可能《西游记》此叙述是受容与堂版《水浒传》影响?

实际上,容与堂版《水浒传》中有一些内容与《西游记》有关。如容与堂版《水浒传》第六回提到的“老君推倒炼丹炉”②、第十一回的“白衣秀士”③、第十三回的“毗沙门托塔李天王”与“天蓬大元帅”④、第十五回的“金色鲤鱼”⑤、第三十九回的“玉皇大帝”教领“十万天兵”⑥、第九十三回的“水晶宫”等⑦,都可看到《西游记》的痕迹。特别是容与堂版《水浒传》第三十一回提到武松行者的装扮:

“果然好个行者!”但见:

前面发掩映齐眉,后面发参差际颈。皂直缀好似乌云遮体,杂色绦如同花蟒缠身。额上界箍儿灿烂,依稀火眼金〈精〉(睛);身间布衲袄斑

---

① 转引自贡发芹辑录《历史文献资料中关于朱元璋出生于明光的记载》,《文化龙乡》2015年5月31日,http://www.360doc.com/content/15/0531/21/20226523_474737102.shtml,2020年5月2日撷取。

② 容与堂版《忠义水浒传》第六回,第91页。

③ 容与堂版《忠义水浒传》第十一回,第150页。

④ 容与堂版《忠义水浒传》第十三回,第178页。

⑤ 容与堂版《忠义水浒传》第十五回,第198页。

⑥ 容与堂版《忠义水浒传》第三十九回,第568页。

⑦ 容与堂版《忠义水浒传》第九十三回,第1359页。

斓，彷佛铜筋铁骨。戒刀两口……[①]

从"额上界箍儿、火眼金睛、铜筋铁骨"这几点来看，简直就是《西游记》孙行者的复制。这里需要注意的是，这个容与堂版《水浒传》参考的《西游记》，从孙行者的武器是戒刀来看，应是当时流行的《西游记》杂剧，而不是世德堂版《西游记》小说。由此来推，似乎世德堂版《西游记》小说的成书，晚于容与堂版《水浒传》。这一点，也可以从世德堂版《西游记》第九十七回关于铜台府刺史正堂大人的描述，与容与堂版《水浒传》第二十七回关于陈文昭的描写类似推知。世德堂版《西游记》其文云：

平生正直，素性贤良，少年向雪案攻书，早岁在金銮对策。常怀忠义之心，每切仁慈之念。名扬青史播千年，龚黄再见；声震黄堂传万古，卓鲁重生。[②]

容与堂版《水浒传》则说：

平生正直，禀性贤明。幼年向雪案攻书，长成向金銮对策。常怀忠孝之心，每行仁慈之念。户口增，钱粮办，黎民称德满街衢；词讼减，盗贼休，父老赞歌喧市井。攀辕截镫，名标青史播千年；勒石镌碑，声振黄堂传万古。慷慨文章欺李杜，贤良方正胜龚黄。[③]

世德堂版《西游记》提到铜台府刺史正堂大人时，只谈其道德品行与早年经历，却没说他有何政绩，就说他有如汉代"龚黄再见""卓鲁重生"，显然世德堂版《西游记》此部分叙述是撷取他处叙述而来，非自己创作，故叙述有缺憾。而容与堂版《水浒传》的叙述就非常完整。陈文昭之所以胜汉代龚、黄是其任

---

① 容与堂版《忠义水浒传》第三十一回，第 447 页。

② 吴承恩著、李天飞校注：《西游记》第九十七回，第 1208 页。

③ 容与堂版《忠义水浒传》第二十七回，第 388 页。

内“户口增,钱粮办”,“词讼减,盗贼休”。由此可见,世德堂版《西游记》第九十七回关于铜台府刺史正堂大人的描述,改自容与堂版《水浒传》第二十七回关于陈文昭的描述。也就是说,世德堂版《西游记》参考过容与堂版《水浒传》底本。

三、《西游记》与《明心宝鉴》之关系

有的学者如韩亚光认为容与堂版《水浒传》的内容,与李卓吾评《西游记》有不少相似处[①],如《西游记》第十一回“乾坤浩大”句子与《水浒传》第五十回相关部分近似,《西游记》第十回“善恶到头终有报”诗句与《水浒传》第九十九回所载相同等,可见《水浒传》影响了《西游记》。[②] 这是很重要的判断,但真的如此吗?其实,韩亚光所举的例子,确实如他所言,《西游记》与《水浒传》关系密切,但他不知这些相似,是因二书都参考了《明心宝鉴》。所以,我们先来看看《西游记》与《明心宝鉴》的关系。

笔者比对世德堂版《西游记》与嘉靖三十二年版《明心宝鉴》、万历十三年《御制重辑明心宝鉴》后发现,《西游记》有十余处抄自或改自嘉靖三十二年版《明心宝鉴》、万历十三年《御制重辑明心宝鉴》:

> 1.第八回:“若要有前程,莫做没前程。”[③](出自《明心宝鉴》“继善篇第一”)
>
> 2.第八回:“人心生一念,天地悉皆知。善恶若无报,乾坤必有私。”[④](出自《明心宝鉴》“天理篇第二”)

---

① 韩亚光:《中国三部古典文学名著成书之谜》,北京:知识产权出版社,2019年,第71—91页。

② 同上书,第71—72、80—91页。

③ 吴承恩著、苏兴批点:《西游记》第八回,南京:江苏古籍出版社,1995年2印,第93页;吴承恩著、李天飞校注:《西游记》第八回,第117页。

④ 吴承恩著、苏兴批点:《西游记》第八回,第115页;吴承恩著、李天飞校注:《西游记》第八回,第119页。

3.第十回:“善恶到头终有报,只争来早与来迟。”①(出自《明心宝鉴》“继善篇第一”)

4.第十一回:“乾坤宏大,日月照鉴分明。宇宙宽洪,天地不容奸党。使心用术,果报只在今生。善布浅求,获福休言后世。千般巧计,不如本分为人;万种强徒,争似随缘节俭。心行慈善,何须努力看经;意欲损人,空读如来一藏。”②(出自《明心宝鉴》“省心篇第十一”)

5.第二十九回:“道高龙虎伏,德重鬼神钦。”③(出自《明心宝鉴》“正己篇第五”)

6.第三十一回:子曰:“五刑之属三千,而罪莫大于不孝。”④(出自《明心宝鉴》“孝行篇第四”)

7.第三十一回:“一饮一啄,莫非前定。”⑤(出自万历十三年版《御制重辑明心宝鉴》“顺命篇第三”,其他版写着:一饮一啄,事皆前定。)

8.第三十七回:“国正天心顺。”⑥(出自《明心宝鉴》“省心篇第十一”)

9.第三十七回:“不信直中直,须防仁不仁。”⑦(改自《明心宝鉴》“省

---

① 吴承恩著、苏兴批点:《西游记》第十回,第95页;吴承恩著、李天飞校注:《西游记》第十回,第156页。

② 吴承恩著、苏兴批点:《西游记》第十一回,第122页;吴承恩著、李天飞校注:《西游记》第十一回,第164页。

③ 吴承恩著、苏兴批点:《西游记》第二十九回,第334页;吴承恩著、李天飞校注:《西游记》第二十九回,第402页。

④ 吴承恩著、苏兴批点:《西游记》第三十一回,第356页;吴承恩著、李天飞校注:《西游记》第三十一回,第425页。

⑤ 吴承恩著、苏兴批点:《西游记》第三十一回,第361页;吴承恩著、李天飞校注:《西游记》第三十一回,第页431。

⑥ 吴承恩著、苏兴批点:《西游记》第三十七回,第427页;吴承恩著、李天飞校注:《西游记》第三十七回,第496页。

⑦ 吴承恩著、苏兴批点:《西游记》第三十七回,第430页;吴承恩著、李天飞校注:《西游记》第三十七回,第500页。

心篇第十一”）

10.第三十九回：“一饮一啄，莫非前定。”[①]（出自万历十三年御制版《明心宝鉴》“顺命篇第三”，其他版写着：一饮一啄，事皆前定。）

11.第五十回：玄帝垂训：“人间私语，天闻若雷。暗室亏心，神目如电。”[②]（出自《明心宝鉴》“天理篇第二”）

12.第八十回：“不信直中直，须防人不仁。”[③]（改自《明心宝鉴》“省心篇第十一”）

13.第八十回：汉昭烈将终，敕后主曰：“勿以恶小而为之，勿以善小而不为。”[④]（出自《明心宝鉴》“继善篇第一”）

14.第八十七回：“人心生一念，天地悉皆知。善恶若无报，乾坤必有私。”[⑤]（出自《明心宝鉴》“天理篇第二”）

世德堂版《西游记》有以上十四处引用自《明心宝鉴》，但其中有三处重复。其中两处“一饮一啄，莫非前定”确定引自万历十三年《御制重辑明心宝鉴》，其余引自嘉靖三十二年版《明心宝鉴》，其中部分也可能引自《御制重辑明心宝鉴》。如果我们将世德堂版《西游记》十四处引用《明心宝鉴》内多篇内容，与容与堂版《水浒传》只引用《明心宝鉴》“省心篇第十一”与“存心篇第七”，两相对照，可知世德堂版《西游记》与容与堂版《水浒传》是各自引用《明

① 吴承恩著、苏兴批点：《西游记》第三十九回，第458页；吴承恩著、李天飞校注：《西游记》第三十九回，第531页。

② 吴承恩著、苏兴批点：《西游记》第五十回，第586页；吴承恩著、李天飞校注：《西游记》第五十回，第662页。

③ 吴承恩著、苏兴批点：《西游记》第八十回，第935页；吴承恩著、李天飞校注：《西游记》第八十回，第1017页。

④ 吴承恩著、苏兴批点：《西游记》第八十回，第938页；吴承恩著、李天飞校注：《西游记》第八十回，第1021页。

⑤ 吴承恩著、苏兴批点：《西游记》第八十七回，第1018页；吴承恩著、李天飞校注：《西游记》第八十七回，第1105页。

心宝鉴》,似不存在谁抄谁的情况。特别是世德堂版《西游记》中的“不信直中直,须防仁不仁”与容与堂版《水浒传》“莫信直中直,须防仁不仁”略有不同,而“一饮一啄,莫非前定”,容与堂版《水浒传》并无此句,更凸显世德堂版《西游记》在此方面,受容与堂版《水浒传》影响(招安·百回本之外)有限。

值得注意的是,世德堂版《西游记》引用的《明心宝鉴》,出自两个版本:嘉靖三十二年版《明心宝鉴》、万历十三年《御制重辑明心宝鉴》。由于“一饮一啄,莫非前定”是万历十三年版重辑时改作的,由此可知引用此句的世德堂版《西游记》,最后写定时间是万历十三年或之后。众所周知,世德堂版《西游记》初刊于万历二十年,所以说世德堂版《西游记》,最后写定时间是万历十三年至万历二十年间。

或许有人会说“一饮一啄,莫非前定”,在明正统至成化间曹安辑的《谰言长语》中已出现①,世德堂版《西游记》编写者可能取自此处,而不是取自万历十三年《御制重辑明心宝鉴》。《御制重辑明心宝鉴》是万历皇帝“命儒臣稍加删订,间有增损,仍命所司刻而广之”,有可能取曹安辑的《谰言长语》中的“一饮一啄,莫非前定”字句,取代《明心宝鉴》原来的“一饮一啄,事皆前定”。但考虑到世德堂版《西游记》多次引用《明心宝鉴》的情形,以及世德堂版《西游记》两处“一饮一啄,莫非前定”字句的文脉,世德堂版《西游记》两处“一饮一啄,莫非前定”,应是引自万历十三年《御制重辑明心宝鉴》。需要说明的是,《御制重辑明心宝鉴》序末写着“万历十三年十月吉日重刊”。这里的“重刊”不是说这部书以《御制重辑明心宝鉴》名称再刊,而是因《明心宝鉴》以前刊行过,此次虽对此有所增损,称《御制重辑明心宝鉴》,但仍是《明心宝鉴》,故曰重刊而不称初刊。还要强调的是,现存世德堂版《西游记》,其实不是完整版,而是缺卷九、十、十六、十九、二十,其中卷十六由书林熊云滨重锲,其余部分

---

① 曹安辑《谰言长语》:“人之一饮一啄,莫非前定。”北京:中华书局,1991 年,第 42 页。另见黄建宁《笔记小说俗谚研究》,北京:人民出版社,2011 年,第 201 页。

由金陵荣寿堂补上①,可以说世德堂版《西游记》是拼装而成的。所幸,世德堂版《西游记》两处"一饮一啄,莫非前定"出现在该书卷七、卷八,是世德堂原版,不是后来补上的,所以说"一饮一啄,莫非前定"是世德堂版《西游记》原有的,借此来判定世德堂版《西游记》成书年代是没问题的。

四、结语

经过以上的论述,我们得出以下结论:

(1)容与堂版《水浒传》与世德堂版《西游记》,多次引用或取材于《明心宝鉴》。

(2)容与堂版《水浒传》成书于嘉靖中期。

(3)容与堂版《水浒传》成书时曾参考《西游记》杂剧。

(4)世德堂版《西游记》引用的《明心宝鉴》,是嘉靖三十二年版《明心宝鉴》与万历十三年《御制重辑明心宝鉴》。其中"一饮一啄,莫非前定"是万历十三年《御制重辑明心宝鉴》中的内容。

(5)世德堂版《西游记》,最后写定时间是万历十三年至万历二十年间。其中的第五个结论,清楚地告诉我们,世德堂版《西游记》的最后编写者或作者,绝不会是死于万历十年的吴承恩。

(本文完稿后,迄今才出版。其间,对《西游记》最后定稿时间又有新研究,详见王见川《〈水浒传〉〈西游记〉与〈明心宝鉴〉关系探究:兼谈容与堂版〈水浒传〉成书年代》,马力编《历史、艺术与台湾人文论丛》第20期第219—226页,台北:博扬文化公司,2021年1月。)

① 太田辰夫:《西游记研究》,王言译,上海:复旦大学出版社,2017年,第243页。

附：万历十三年《御制重辑明心宝鉴》书影

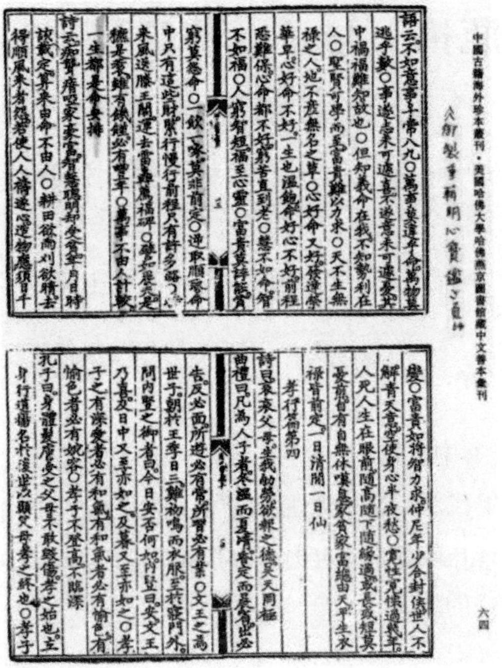

《金瓶梅》与《水浒传》《西游记》《明心宝鉴》关系探究
——兼谈《金瓶梅》成书年代

南台科技大学通识教育中心　王见川

在明末四大奇书中，我已讨论过《水浒传》《西游记》与《明心宝鉴》之间的关系，及其成书年代。[①] 本文则主要分析《金瓶梅》与《水浒传》《西游记》《明心宝鉴》之关系，并谈其成书年代。[②] 其间，顺便谈罕人关注的课题：《金瓶梅》与《三遂平妖传》的关系。

一、《金瓶梅》与《水浒传》的关系

关于《金瓶梅》，历来研究者不少。[③] 其中就《金瓶梅》取材自哪些书而成书的情况，经由美国韩南(Patric Hanan)教授等人的大文考察，早已清楚：《金瓶梅》主要取材自《水浒传》、《六十家小说》(后称《清平山堂话本》)、李开先

---

① 王见川：《〈明心宝鉴〉与〈水浒传〉〈西游记〉关系初探》，载侯冲、王见川主编《〈西游记〉新论及其他：来自佛教仪式、习俗与文本的视角》，第179—199页。

② 本文使用的《金瓶梅》是日本所藏万历丁巳刻《新刻金瓶梅词话》，东京：大安株式会社，1963年复印本。《水浒传》使用的版本是容与堂版。《明心宝鉴》使用的版本是东方出版社编辑部注译、明范立本辑《明心宝鉴》嘉靖三十二年版(以下简称此书为《明心宝鉴》)。《西游记》则是用苏兴批点《西游记》。

③ 关于《金瓶梅》历来的研究情况，详见陈曦钟等《中国古代小说研究论辩》第四章《〈金瓶梅〉研究论辩》，南昌：百花洲文艺出版社，2006年，第134—169页。

《林冲宝剑记》等书。[①]

(一)《金瓶梅》参考天都外臣序版《水浒传》?

有的学者认为,从情节、部分内容与文字来看,《金瓶梅》参考的《水浒传》,接近万历十七年(1589)刊的天都外臣序版《水浒传》。[②] 有的专家则说《金瓶梅》参考的《水浒传》,除天都外臣序版外,还包含容与堂版《水浒传》。[③] 真的如此吗? 在回答之前,我们需要了解的是:天都外臣序版《水浒传》真的是万历十七年出版吗? 根据《水浒全传》校者吴晓铃的自述及王古鲁、高岛俊男与马幼垣的研究[④],所谓的天都外臣序版《水浒传》并非刊于万历十七年,郑振铎等所校的《水浒全传》利用的底本天都外臣序版《水浒传》是清代补刊本,而天都外臣序版《水浒传》被认为刊于万历十七年,是 1954 年出版的《水浒全

① 韩南:《〈金瓶梅〉探源》,载韩南著《韩南中国小说论集》,王秋桂等译,北京:北京大学出版社,2008 年,第 223—264 页;吴晓铃:《〈金瓶梅词话〉和李开先的〈宝剑记传奇〉比较研究》,载氏著《吴晓铃集》第一卷,石家庄:河北教育出版社,2006 年,第 151—160 页;徐朔方:《〈金瓶梅〉成书新探》,载氏著《小说考信编》,上海:上海古籍出版社,1997 年,第 64—113 页;刘世德:《〈金瓶梅〉与〈水浒传〉:文字的比勘》,载氏著《水浒论集》,北京:社会科学文献出版社,2014 年,第 369 页。

② 大内田三郎:《〈水浒传〉与〈金瓶梅〉》,黄霖、王国安编译:《日本研究〈金瓶梅〉论文集》,济南:齐鲁书社,1989 年,第 215 页;韩南:《〈金瓶梅〉探源》,第 223 页;刘世德:《〈金瓶梅〉与〈水浒传〉:文字的比勘》,第 369 页;魏子云:《"水浒传"与"金瓶梅词话"》,载氏著《金瓶梅探原》,台北:巨流图书公司,1979 年,第 143—154 页。

③ 刘世德:《〈金瓶梅〉与〈水浒传〉:文字的比勘》,第 381 页。

④ 吴晓铃:《漫谈天都外臣序本〈忠义水浒传〉》,载氏著《吴晓铃集》第一卷,第 20—23 页;王古鲁:《读水浒全传郑序及谈水浒传》,《北京师范大学学报》(社会科学版)1957 年第 2 期,第 145—174 页;高岛俊男:《水浒传石渠阁补刊本研究序说》,中国学论集刊行会编:《伊藤漱石退官纪念:中国学论集》,东京:汲古书院,1986 年,第 551—589 页;(感谢山下一夫教授惠赐此文复印件!)马幼垣:《问题重重的所谓天都外臣序本〈水浒传〉》,载氏著《水浒二论》,台北:联经出版事业公司,2005 年,第 111—125 页。

传》的校者猜测籀读出来的，并非书上载明的。[①] 这个籀读过程与天都外臣序版《水浒传》的发现经过，当事人吴晓铃有如下叙述：

> ……介绍一下这部《忠义水浒传》的发现经过……琉璃厂来熏阁主人陈济川……从上海回到北京找我，说是苏州某小书肆以黄金一两收得一部奇书……找吴晓铃鉴定一下……我遂得先睹为快，就是这部天都外臣序本的《忠义水浒传》……这就是人民文学出版社在1954年3月印行的《水浒全传》……校勘工作就由王利器君帮助学生们完成之。……其次应该交代一下这部《忠义水浒传》的所谓天都外臣序文的籀读经过。何以叫作籀读呢？原来这部康熙间石渠阁就明万历间原版重刷并补刻缺页的《忠义水浒传》卷首所载序文末页恰好是个纸头儿，而且又恰好序文末页行署撰写年月和撰者姓氏的地位正是纸头儿的边沿，因此刊本只残存极少部分的汉字点画，可以说是几乎无法辨识。……亡友戴望舒兄的寄庐与寒斋相距咫尺，时常相互过从。他对《水浒》是很有研究的，于是我们俩便不舍日夜地对序文末行商酌猜测，颇像张琪自诩为猜诗谜社家似的，即所谓籀读是矣。我们俩是从序文第七至十字的四个字打开缺口，毫无疑问地当是天都外臣。然后读出末一字为撰，再从第六字上溯读到第一字，疑是万历己丑孟冬。全文拟定为万历己丑孟冬天都外臣撰十一字，说实在的，这前六字比后五字难读得多，如万历和孟冬不误的话，己丑二字便不敢过于自信……因是望舒与我只是提供西谛先生参酌，从来不敢认为必是……[②]

原来1954年3月印行的《水浒全传》底本——天都外臣序版《忠义水浒传》是万历己丑（万历十七年）刊行，是这样猜出来的，难怪王利器当时在《文学书刊介绍》中撰文《关于〈水浒全传〉的版本及校订》介绍此书的出版情况：

---

① 马幼垣：《问题重重的所谓天都外臣序本〈水浒传〉》，第116页。

② 吴晓铃：《漫谈天都外臣序本〈忠义水浒传〉》，第20—21页。

称此书是万历十七年版，但未提根据。① 不过，王利器自述透露一个重要讯息：

> 建国之初，在沈雁冰、周扬、郑振铎三位领导同志倡议之下，成立十大文艺丛书整理小组，以余曾在北京大学中文系讲授校雠学有年，应邀参加，和浦江清教授共同负责《杜工部集》校注。又和郑振铎共同负责《水浒全传》校注。其后，因郑先生工作忙，遂由余一人承担全部校注工作。适由琉璃厂来熏阁老板陈济川送来天都外臣序本《水浒全传》，我们认为这是当时见到的最早本子，遂以为底本进行工作。②

由此可知，这部天都外臣序本《水浒传》全名是《水浒全传》，马幼垣在《水浒二论》中有所刊布（图一）。③

李卓吾先生評
水滸全傳
本衙藏板

图一

① 王利器：《关于〈水浒全传〉的版本及校订》，载氏著《耐学堂集》，台北：台北贯雅文化事业有限公司，1991 年，第 367—372 页。

② 王利器著，王贞琼、王贞一整理：《王利器学述》，杭州：浙江人民出版社，1999 年，第 86 页。

③ 马幼垣：《水浒二论》插图十八。

此封面清楚写着：

李卓吾先生评
《水浒全传》
本衙藏板。①

内页(图二)则是这样：

忠义水浒传引首

李卓吾评阅，施耐庵集撰，罗贯中纂修。②

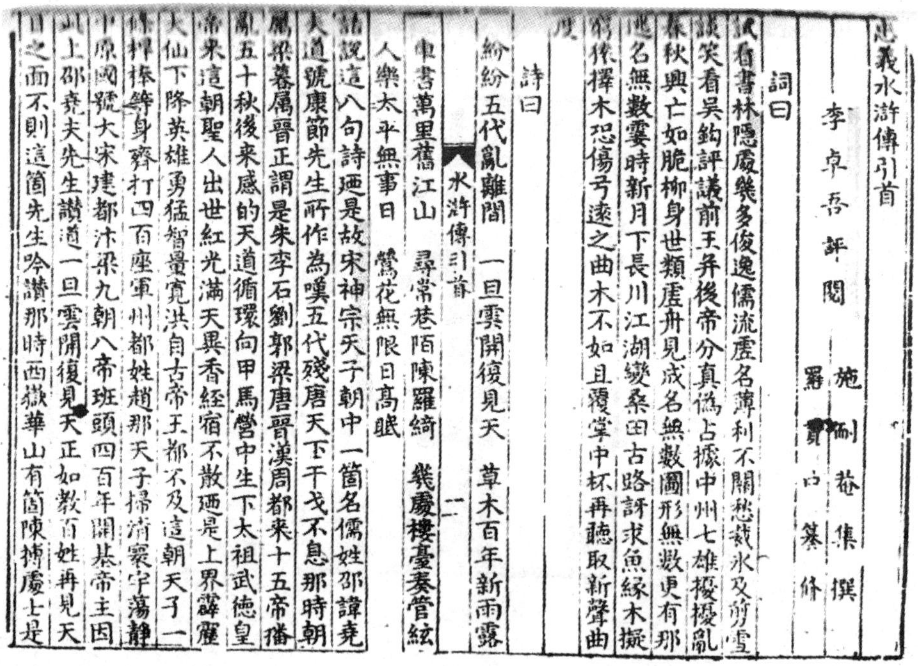
忠義水滸傳引首
李卓吾評閱　施耐菴集撰
羅貫中纂修
詞曰
試看書林隱處幾多俊逸儒流虛名薄利不關愁裁冰及翦雪
談笑看吳鈎評議前王并後帝分真偽占據中州七雄擾擾亂
春秋興亡如脆柳身世類虛舟見成名無數圖形無數更有那
逃名無數霎時新月下長川江湖變桑田古路訝求魚緣木擬
窮猿擇木恐傷弓遠之曲木不如且覆掌中杯再聽取新聲曲
度
詩曰
紛紛五代亂離間　一旦雲開復見天　草木百年新雨露
車書萬里舊江山　尋常巷陌陳羅綺　幾處樓臺奏管絃
人樂太平無事日　鶯花無限日高眠
話說這八句詩迺是故宋神宗天子朝中一箇名儒姓邵諱堯
夫道號康節先生所作為嘆五代殘唐天下干戈不息那時朝
屬梁暮屬晉正謂是朱李石劉郭梁唐晉漢周都來十五帝播
亂五十秋後來感的天道循環向甲馬營中生下太祖武德皇
帝來這朝聖人出世紅光滿天異香經宿不散迺是上界霹靂
大仙下降英雄勇猛智量寬洪自古帝王都不及這朝天子一
條桿棒等身齊打四百座軍州都姓趙那天子掃清寰宇蕩靜
中原國號大宋建都汴梁九朝八帝班頭四百年開基帝主因
此上邵堯夫先生讚道一旦雲開復見天正如教百姓再見天
日之面不則這箇先生吟讚那時西嶽華山有箇陳摶處士是
水滸傳引首
二

图二

① 马幼垣:《水浒二论》插图十八。
② 马幼垣:《水浒二论》插图二十三。

书眉写着：

水浒传引首。[①]

可知吴晓铃所谓的天都外臣序本《忠义水浒传》，其实是将封面序《水浒全传》与内页联结为同一书，但封面叫此书是李卓吾先生评，内页称李卓吾评阅，语气不同，显然是两种版本。不管是何种称呼，这个号称李卓吾评的《忠义水浒传》，都是万历二十年（1592）夏之后的作品，因为在那时李卓吾还在评《水浒传》。袁中道说：

……万历壬辰（即万历二十年）夏，李龙湖（按即李卓吾）居武昌朱邸，予往访之，正命僧常志抄写此书，逐字批点。[②]

可见这个所谓天都外臣序版《忠义水浒传》，绝对是万历二十年夏之后的作品。又天都外臣序版《忠义水浒传》，怎会不提及李卓吾这个大名人？以上种种情况显示，就算天都外臣序是真的，作为内容的李卓吾评《忠义水浒传》，也与其无关。所以不能称此《忠义水浒传》为天都外臣序版《忠义水浒传》。也不能叫天都外臣序版《水浒全传》。

从李卓吾先生评/李卓吾先生评阅这个号称来看，李卓吾先生评/李卓吾先生评阅《忠义水浒传》，可能是在李卓吾去世（万历三十年）后才出现的，看其内容与容与堂版《水浒传》类似处极多（详下）。有的学者甚至指出天都外臣序版《水浒传》，是容与堂版《水浒传》的覆刻本[③]，而马幼垣通过比对天都外臣序版和容与堂版《水浒传》的插图，发现天都外臣序版的插图抄自容与堂版《水浒传》插图，因此认为天都外臣序版《水浒传》晚于容与堂版《水浒传》

① 马幼垣：《水浒二论》插图二十三。

② 袁中道：《游居柿录》卷九，上海：上海远东出版社，1996年，第211页；马蹄疾编：《水浒资料汇编》，北京：中华书局，2004年，第354页。

③ 王古鲁：《读水浒全传郑序及谈水浒传》，第150、152页。

并参考它。[1] 总之，前述这些情况，反映出不能用1954年《水浒全传》（标榜天都外臣序版《水浒传》）来对勘《金瓶梅》。所以我们由此可以排除《金瓶梅》参考的《水浒传》，有万历十七年刊的天都外臣序版《水浒传》这样的情况。

（二）《金瓶梅》参考容与堂版《水浒传》？

我们认为《金瓶梅》中有些语句透露的线索，可供推敲《金瓶梅》参考何种《水浒传》。

以下是《金瓶梅》/容与堂版《水浒传》相似或相同叙述的对比：

（1）第一回："柔软是立身之本，刚强是惹祸之胎。"[2]/第二十四回："古人道：柔软是立身之本，刚强是惹祸之胎。"[3]/第七十九回："柔软是安身之本，刚强是惹祸之胎。"[4]

（2）第一回："一块好羊肉，如何落在狗口里。"[5]第二回："好一块羊肉，怎生落在狗口里。"[6]/第二十四回："好块羊肉，怎地落在狗口里。"[7]

（3）第一回："人无刚强，安身不牢。"[8]第八回："人无刚骨，安身不牢。"[9]/第二十四回："人无刚骨，安身不牢。"[10]

（4）第一回："有话即长，无话即短。"[11]/第二十四回："有话即长，无话即短。"[12]

---

① 马幼垣：《从挂名天都外臣序本〈水浒传〉的插图看该本的素质》，《水浒二论》，第470页。

② 《新刻金瓶梅词话》第一回，第17页。

③ 容与堂版《水浒传》第二十四回，第350页。

④ 容与堂版《水浒传》第七十九回，第1149页。

⑤ 《新刻金瓶梅词话》第一回，第23页。

⑥ 《新刻金瓶梅词话》第二回，第54页。

⑦ 容与堂版《水浒传》第二十四回，第341页。

⑧ 《新刻金瓶梅词话》第一回，第23页。

⑨ 《新刻金瓶梅词话》第八回，第183页。

⑩ 容与堂版《水浒传》第二十四回，第331页。

⑪ 《新刻金瓶梅词话》第一回，第32页。

⑫ 容与堂版《水浒传》第二十四回，第334页。

(5)第二回:“常言:表壮不如里壮。”[①]/第二十四回:“表壮不如里壮。”[②]

(6)第二回:“古人云:篱牢犬不入。”[③]/第二十四回:“古人言篱牢犬不入。”[④]

(7)第二回:“那怒气早已钻入爪睛目去了。”[⑤]第十二回“怒气早已钻入爪哇园去了。”[⑥]/第二十四回:“怒气直钻过爪洼国去了。”[⑦]

(8)第二回:“他是阎罗大王的妹子,五道将军的女儿”。[⑧] /第二十四回:“他是阎罗大王的妹子,五道将军的女儿。”[⑨]

(9)第二回:“自古:骏马却驼痴汉走,美妻常伴拙夫眠。”[⑩]/第二十四回:“自古道:骏马却驼痴汉走,美妻常伴拙夫眠。”[⑪]

(10)第二回:“入门休问荣枯事,观看形容便得知。”[⑫]/第二十四回:“自古入门休问荣枯事,观看容颜便得知。”[⑬]

(11)第三回:“自古风流茶说合,酒是色媒人。”[⑭]第八十二回:“常言:风流茶说合,酒是色媒人。”[⑮]/第二十四回:“自古:风流茶说合,酒是色媒人。”[⑯]

---

① 《新刻金瓶梅词话》第二回,第 44 页。
② 容与堂版《水浒传》第二十四回,第 339 页。
③ 《新刻金瓶梅词话》第二回,第 44 页。
④ 容与堂版《水浒传》第二十四回,第 339 页。
⑤ 《新刻金瓶梅词话》第二回,第 50 页。
⑥ 《新刻金瓶梅词话》第十二回,第 268 页。
⑦ 容与堂版《水浒传》第二十四回,第 340 页。
⑧ 《新刻金瓶梅词话》第二回,第 53 页。
⑨ 容与堂版《水浒传》第二十四回,第 341 页。
⑩ 《新刻金瓶梅词话》第二回,第 54 页。
⑪ 容与堂版《水浒传》第二十四回,第 341—342 页。
⑫ 《新刻金瓶梅词话》第二回,第 60 页。
⑬ 容与堂版《水浒传》第二十四回,第 344 页。
⑭ 《新刻金瓶梅词话》第三回,第 81 页。
⑮ 《新刻金瓶梅词话》第八十二回,第 25 页。
⑯ 容与堂版《水浒传》第二十四回,第 351 页。

(12)第三回[①]、三十一回[②]、四十二回[③]:"常言:一客不烦二主。"/第二十四回:"常言道:一客不烦二主。"[④]

(13)第三回提及偷情要具备潘驴邓小闲五种特质。[⑤] /第二十四回也是说到偷情要有潘驴邓小闲五个特点。[⑥]

(14)第三回:"常言道:远亲不如近邻。"[⑦]/第二十四回:"常言道:远亲不如近邻。"[⑧]

(15)第四回、八十五回:"好事不出门,恶事传千里。"[⑨]/第二十四回:"好事不出门,恶事传千里。"[⑩]

(16)第五回:"欲求生快活,须下死功夫。"[⑪]/第二十五回:"欲求生快活,须下死功夫。"[⑫]

(17)第五回:"一不做,二不休。"[⑬]第二十五回:"常言道:一不作,二不休。"[⑭]/第三十一回:"一不做,二不休。"[⑮]

(18)第七回:"有缘千里能相会,无缘对面不相逢。"[⑯]/第十四回、三十五

① 《新刻金瓶梅词话》第三回,第 81 页。
② 《新刻金瓶梅词话》第三十一回,第 257 页。
③ 《新刻金瓶梅词话》第四十二回,第 23 页。
④ 容与堂版《水浒传》第二十四回,第 351 页。
⑤ 《新刻金瓶梅词话》第三回,第 64 页。
⑥ 容与堂版《水浒传》第二十四回,第 345 页。
⑦ 《新刻金瓶梅词话》第三回,第 74 页。
⑧ 容与堂版《水浒传》第二十四回,第 349 页。
⑨ 《新刻金瓶梅词话》第四回,第 99 页;第八十五回,第 87 页。
⑩ 容与堂版《水浒传》第二十四回,第 354 页。
⑪ 《新刻金瓶梅词话》第五回,第 116 页。
⑫ 容与堂版《水浒传》第二十五回,第 363 页。
⑬ 《新刻金瓶梅词话》第五回,第 116 页。
⑭ 《新刻金瓶梅词话》第二十五回,第 109 页。
⑮ 容与堂版《水浒传》第三十一回,第 440 页。
⑯ 《新刻金瓶梅词话》第七回,第 142 页。

回:"有缘千里来相会,无缘对面不相逢。"[①]

(19)第九回:"前车倒了千千辆,后车倒了亦如然。分明指与平川路,错把忠言当恶言。"[②]/第二十三回:"前车倒了千千辆,后车过了亦如然。分明指与平川路,却把忠言当恶言。"[③]

(20)第九回:"天有不测风云,人有旦夕祸福。"[④]第八十一回:"天有不测风云,人有当时祸福。"[⑤]/第二十六回:"天有不测风云,人有暂时祸福。"[⑥]

(21)第九回:"圣人云:经目之事,犹恐未真。背后之言,岂能全信。"[⑦]/第二十六回所记相同。[⑧]

(22)第十回:"朝看瑜伽经,暮诵消灾咒。种瓜须得瓜,种荳还得荳。经咒本无心,冤结如何究。地狱与天堂,作者还自受。"[⑨]/第四十五回:引头诗"朝看楞伽经,暮念华严咒。种瓜还得瓜,种豆还得豆。经咒本慈悲,冤结如何救……地狱与天堂,作者还自受"[⑩]。

(23)第十回:"平生正直,禀性贤明。幼年向雪案攻书,长大在金銮对策。常怀忠孝之心,每行仁慈之念。户口增,钱粮办,黎民称颂满街衢;词讼减,盗贼休,父老赞歌喧市井。攀辕截镫,名标书史播千年;勒石镌碑,声振黄堂传万古。正直清廉民父母,贤良方正号青天。"[⑪]/第二十七回:"平生正直,禀性贤明。幼年向雪案攻书,长成向金銮对策。常怀忠孝之心,每行仁慈之念。

---

① 容与堂版《水浒传》第十四回,第189页;第三十五回,第505页。
② 《新刻金瓶梅词话》第九回,第196页。
③ 容与堂版《水浒传》第二十三回,第319页。
④ 《新刻金瓶梅词话》第九回,第198页。
⑤ 《新刻金瓶梅词话》第八十一回,第82页。
⑥ 容与堂版《水浒传》第二十六回,第374页。
⑦ 《新刻金瓶梅词话》第九回,第206页。
⑧ 容与堂版《水浒传》第二十六回,第379页。
⑨ 《新刻金瓶梅词话》第十回,第211页。
⑩ 容与堂版《水浒传》第四十五回,第661页。
⑪ 《新刻金瓶梅词话》第十回,第214—215页。

户口增，钱粮办，黎民称德满街衢；词讼减，盗贼休，父老赞歌喧市井。攀辕截镫，名标青史播千年；勒石镌碑，声振黄堂传万古。慷慨文章欺李杜，贤良方正胜龚黄。"[①]

(24)第十二回、五十九回："怒从心上起，恶向胆边生。"[②]/第三十一回、五十二回所记相同。[③]

(25)第十二回："广行方便，为人何处不相逢，多结冤仇，路逢狭处难回避。"[④]/第三十一回："词曰：……广施恩惠，人生何处不相逢，多结冤雠，路逢狭处难回避。"[⑤]

(26)第十三回、九十一回、九十八回："饶你奸似鬼，也吃(我)洗脚水。"[⑥]/第十六回："俗语道：饶你奸似鬼，吃了洗脚水。"[⑦]

(27)第十九回、九十四回："花开不择贫家地，月照山河处处明。世间只有人心歹，百事还教天养人。痴聋瘖哑家豪富，伶俐聪明却受贫。年月日时该载定，算来由命不由人。"[⑧]/第三十三回：引头诗"诗曰：花开不择贫家第，月照山河到处明。世间只有人心恶，万事还须天养人。盲聋瘖哑家豪富，智慧聪明却受贫。年月日时该载定，算来由命不由人"[⑨]。

(28)第二十二回："从前作过事，没兴一起来。"[⑩]第四十七回："往时作过事，今朝没兴一起来。"[⑪]/第二十四回："从前作过事，没兴一起来。"[⑫]

---

① 容与堂版《水浒传》第二十七回，第388页。

② 《新刻金瓶梅词话》第十二回，第264页；第五十九回，第547页。

③ 容与堂版《水浒传》第三十一回，第448页；第五十二回，第774页。

④ 《新刻金瓶梅词话》第十二回，第272页。

⑤ 容与堂版《水浒传》第三十一回，第437页。

⑥ 《新刻金瓶梅词话》第十三回，第310页；第九十一回，第233页；第九十八回，第432页。

⑦ 容与堂版《水浒传》第十六回，第222页。

⑧ 《新刻金瓶梅词话》第十九回，第429页；第九十四回，第317页。

⑨ 容与堂版《水浒传》第三十三回，第469页。

⑩ 《新刻金瓶梅词话》第二十二回，第49页。

⑪ 《新刻金瓶梅词话》第四十七回，第168页。

⑫ 容与堂版《水浒传》第二十四回，第355页。

(29)第二十六回:"众生好度,人难度。"[①]/第三十回所记相同。[②]

(30)第二十七回:"赤日炎炎似火烧,野田禾黍半枯焦。农夫心内如汤煮,楼上王孙把扇摇。"[③]/第十六回:"赤日炎炎似火烧,野田禾稻半枯焦。农夫心内如汤煮,楼上王孙把扇摇。"[④]

(31)第三十二回:"自古不怕官,只怕管。"[⑤]/第二回、七回:"自古道:不怕官,只怕管。"[⑥]第二十八回:"古人道:不怕官,只怕管。"[⑦]

(32)第三十八回:"杀人好恕,情理难饶。"[⑧]/第十回:"杀人可恕,情理难容。"[⑨]

(33)第四十三回:"常言:恶人见了恶人磨。"[⑩]第九十二回:"嫩草怕霜霜怕日,恶人自有恶人磨。"[⑪]/第三十回:"恶人自有恶人魔。"[⑫]

(34)第七十六回:"画虎画龙难画骨,知人知面不知心。"[⑬]/第四十五回:"画龙画虎难画骨,知人知面不知心。"[⑭]

(35)第七十六回:"自古:人无千日好,果然花无摘下红。"[⑮]/第二十二

① 《新刻金瓶梅词话》第二十六回,第127页。
② 容与堂版《水浒传》第三十回,第429页。
③ 《新刻金瓶梅词话》第二十七回,第162页。
④ 容与堂版《水浒传》第十六回,第219页。
⑤ 《新刻金瓶梅词话》第三十二回,第300页。
⑥ 容与堂版《水浒传》第二回,第20页;第七回,第103页。
⑦ 容与堂版《水浒传》第二十八回,第401页。
⑧ 《新刻金瓶梅词话》第三十八回,第471页。
⑨ 容与堂版《水浒传》第十回,第144页。
⑩ 《新刻金瓶梅词话》第四十三回,第57页。
⑪ 《新刻金瓶梅词话》第九十二回,第291页。
⑫ 容与堂版《水浒传》第三十回,第425页。
⑬ 《新刻金瓶梅词话》第七十六回,第631页。
⑭ 容与堂版《水浒传》第四十五回,第675页。《水浒志传评林》第436页:"画虎画皮难画骨,知人知面不知心。"
⑮ 《新刻金瓶梅词话》第七十六回,第633页。

回:“正是:人无千日好,花无摘下红。”①

(36)第七十七回:“正是尽道丰年瑞,丰年瑞若何。长安有贫者,宜瑞不宜多。”②/第二十四回:“尽道丰年瑞,丰年瑞若何。长安有贫者,宜瑞不宜多。”③

(37)第七十九回、八十七回:“三寸气千般用,一日无常万事休。”④/第二十一回所记相同。⑤

(38)第八十回、九十五回:“世情看冷暖,人面逐高低。”⑥/第三十七回:“自古道:世情看冷暖,人面逐高低。”⑦

(39)第八十一回:“酒不醉人人自醉,色不迷人人自迷。”⑧/第二十一回:“酒不醉人人自醉,花不迷人人自迷。”⑨

(40)第八十四回:“正是万民朝拜碧霞宫,四海皈依神圣帝。”⑩/第七十四回:“万民朝拜碧霞君,四远皈依仁圣帝。”⑪

(41)第八十七回:开头诗“平生作善天加福,若是刚强定祸殃。舌为柔和终不损……善恶到头终有报,高飞远走也难藏”⑫。/第二十七回:引头诗“诗曰:平生作善天加福,若是刚强受祸殃。……善恶到头终有报,高飞远走也难藏”⑬。

---

① 容与堂版《水浒传》第二十二回,第311页。
② 《新刻金瓶梅词话》第七十七回,第649页。
③ 容与堂版《水浒传》第二十四回,第334页。
④ 《新刻金瓶梅词话》第七十九回,第778页;第八十七回,第153页。
⑤ 容与堂版《水浒传》第二十一回,第298页。
⑥ 《新刻金瓶梅词话》第八十回,第789页;第九十五回,第369页。
⑦ 容与堂版《水浒传》第三十七回,第540页。
⑧ 《新刻金瓶梅词话》第八十一回,第4页。
⑨ 容与堂版《水浒传》第二十一回,第288页。
⑩ 《新刻金瓶梅词话》第八十四回,第66页。
⑪ 容与堂版《水浒传》第七十四回,第1089页。
⑫ 《新刻金瓶梅词话》第八十七回,第135页。
⑬ 容与堂版《水浒传》第二十七回,第387页。

(42)第八十八回:“上临之以天鉴,下察之以地祇。明有王法相制,暗有鬼神相随。”[①]/第三十六回:“箴曰:上临之以天鉴,下察之以地祇。明有王法相继,暗有鬼神相随。”[②]

(43)第九十四回:“戒石上刻御制四行。”[③]/第八回:“戒石上刻御制四行。”第六十二回:“正厅戒石上刻着:下民易虐,上苍难欺。”[④]

(44)第九十八回:“心安茅屋稳,性定菜根香。世味怜方好,人情淡最长。”[⑤]/第三十八回:“心安茅屋稳,性定菜羹香。世味薄方好,人情淡最长。”[⑥]

(45)第九十九回:“隔墙须有耳,窗外岂无人。”[⑦]/第十六回:“常言道:隔墙须有耳,窗外岂无人。”[⑧]

(46)第九十二回:“自古:无毒不丈夫。”[⑨]第九十回:“常言说得好:恨小非君子,无毒不丈夫。”[⑩]/第一百回:“自古道:恨小非君子,无毒不丈夫。”[⑪]

学者徐朔方认为《金瓶梅》与《水浒传》相同或类似部分,既不是《金瓶梅》抄《水浒传》,也非《水浒传》抄《金瓶梅》,而是既有由彼及此的一面,又有由此及彼的另一面。[⑫] 这一看法,很有意思,但并不正确,原因很简单,《金瓶梅》有两处错误显示《金瓶梅》抄《水浒传》:一是《金瓶梅》讲武大郎住处由紫石街迁至县衙前。可是书中却说西门庆在潘金莲住处紫石街偷情,而武大郎

---

① 《新刻金瓶梅词话》第八十八回,第 157 页。
② 容与堂版《水浒传》第三十六回,第 515 页。
③ 《新刻金瓶梅词话》第九十四回,第 322 页。
④ 容与堂版《水浒传》第八回,第 113 页;第六十二回,第 923 页。
⑤ 《新刻金瓶梅词话》第九十八回,第 419 页。
⑥ 容与堂版《水浒传》第三十八回,第 545 页。
⑦ 《新刻金瓶梅词话》第九十九回,第 459 页。
⑧ 容与堂版《水浒传》第十六回,第 212 页。
⑨ 《新刻金瓶梅词话》第九十二回,第 272 页。
⑩ 《新刻金瓶梅词话》第九十回,第 422 页。
⑪ 容与堂版《水浒传》第一百回,第 1471 页。
⑫ 徐朔方:《小说考信编》,第 122 页。

抓奸被踢伤,也在紫石街疗养,后被潘金莲在此毒死。在《水浒传》中,武大郎最后住处是紫石街,上述情况也是发生在紫石街,并无迁至县衙前居住一事。可见《金瓶梅》这一部分叙述,取材《水浒传》相关部分,略作改写,即将武大郎最后住处由紫石街改为县衙前,但在后面叙述时忘记已经变更了武大郎的住处,还是依《水浒传》所记,写成紫石街。二是关于验武大郎死因的仵作团头——何九,《水浒传》都称何九,《金瓶梅》曾改为胡九,后又叙述为何九。

以上,我们找出《金瓶梅》与容与堂版《水浒传》至少有四十六处用语相同或相似。乍看之下,《金瓶梅》似乎改自容与堂版《水浒传》,可是其中有四则(第二十、二十七、三十九、四十四)记载与容与堂版《水浒传》有明显不同,反映《金瓶梅》不是改自容与堂版《水浒传》,而是参考了与容与堂版相近的《水浒传》。

由于《金瓶梅》参考的《水浒传》,其内容与容与堂版《水浒传》相近,其出版时间应不晚于容与堂版《水浒传》出版的万历三十八年。又对照万历二十四年《金瓶梅》初稿(前半部)已出现的记载①,可知《金瓶梅》参考的《水浒传》在万历二十四年已面世。由于容与堂版《水浒传》与万历二十年李卓吾评本中武松部分内容相同,可知与之近似的《金瓶梅》参考的《水浒传》,在万历二十年之前已出版流通。若是如此,那么《金瓶梅》在万历二十年之后成书。这一点,也可以从《金瓶梅》与万历二十年或稍后出版的《西游记》的关系看出。

二、《金瓶梅》与《西游记》《三遂平妖传》之关系

(一)《金瓶梅》与《西游记》之关系

以往,很少学者将《金瓶梅》与《西游记》联结。然而,只要仔细阅读二书,就会发现《金瓶梅》与《西游记》确实有关。就笔者所知,刘洪强是较早指出

① 韩南:《〈金瓶梅〉的版本及其他》,此文收入韩南《韩南中国小说论集》,王秋桂等译,第203—205页。

《金瓶梅》受《西游记》影响的研究者，他认为《金瓶梅》不能早于《西游记》，所以《金瓶梅》不可能产生于嘉靖年间。他从四个方面的证据，推断说《金瓶梅》借鉴了万历二十年世德堂版《西游记》，因此《金瓶梅》成书于万历年间。[①]

刘洪强举出四个方面的证据，证明《金瓶梅》受《西游记》影响的说法，值得注意，简述如下：

（1）他说《金瓶梅》第七十三回记载："那里猪八戒走在冷铺里。"[②]第七十六回写着："朱八戒坐在冷铺里。"[③]其中朱八戒是传统说法，而猪八戒是世德堂版《西游记》出现后才有的称呼，所以《金瓶梅》出现猪八戒的称呼是受到世德堂版《西游记》影响。[④] 不过，罗祖《五部六册》中的《叹世无为卷》即有猪八戒的称呼[⑤]，未必到世德堂版《西游记》时猪八戒的称呼才流行，可见此说说服力不足。

（2）《金瓶梅》中一副对联的内容与《西游记》相关记载相似：《金瓶梅》第六十七回云："风飘弱柳平桥晚，雪点寒梅小院春。"/《西游记》第二十三回说："丝飘弱柳平桥晚，雪点香梅小院春。"[⑥]这刚好证明《金瓶梅》此诗联，取自温廷筠《和道溪君别业》诗"风飘弱柳平桥晚，雪点寒梅小苑春"，《西游记》则是据此改作。[⑦] 这一改作虽只稍变字句，但明显少了诗意，可见《西游记》编写者作诗不行。若是《金瓶梅》此诗句参考《西游记》，未免改得太好，接近恢复了温廷筠原诗句，不太合理，还是我前述所说《金瓶梅》此诗联，取自温廷筠诗合理。

---

① 刘洪强：《明清小说脞谈录》，北京：人民出版社，2019 年，第 117—124 页。

② 《新刻金瓶梅词话》第七十三回，第 447 页。

③ 《新刻金瓶梅词话》第七十六回，第 624—625 页。第十五回，第 343 页"游脚僧演说三藏"。

④ 刘洪强：《明清小说脞谈录》，第 117—120 页。

⑤ 王见川、林万传编：《明清民间宗教经卷文献》第一册，台北：新文丰出版公司，1999 年，第 159、462 页。

⑥ 刘洪强：《明清小说脞谈录》，第 121 页。

⑦ 同上。刘洪强在此页说，《西游记》据温廷筠《和道溪君别业》诗，改作上引诗，是钱锺书《管锥编》的意见。

(3)《金瓶梅》与《西游记》中一处描写近似:《金瓶梅》第五十九回"脑浆迸万朵桃花,满口牙零噙碎玉"。/《西游记》第十四回"打的脑浆迸万朵桃红,牙齿喷几珠玉块"[①]。

(4)《金瓶梅》与《西游记》中都有屙金溺银诗句,如《金瓶梅》第三十二回:"常言道:养儿不要屙金溺银,只要见景生情。"第三十五回:"常言:养儿不要屙金溺银,只要见景生情。"/《西游记》第八十一回:"常言道:……又说道:养儿不用痾金溺银,只要见景生情便好。"[②]

确实,两书此句极为相似,有可能是《金瓶梅》改自《西游记》。但因系采自"常言",更有可能两书取自载有常言的书(如《明心宝鉴》一类的书)。需要说明的是,刘洪强漏了《金瓶梅》另一处相关记载,即第十三回:"养儿不在阿金溺银,只要见景生情。"

刘洪强以上的四点推测很有意思,但所举证据薄弱,说服力不够。总之,《金瓶梅》受世德堂版《西游记》影响的说法,还待补强证据。很幸运,我在未见到刘洪强的说法时,已注意到《金瓶梅》与《西游记》有所关联。如《金瓶梅》第二十六回出现"俺哥这早晚到流沙河了"的记载[③],"流沙河"是《西游记》杂剧沙和尚/小说沙悟净的活动地点,显示《金瓶梅》编写者是知道《西游记》的,只是这《西游记》是杂剧,还是小说?

目前所知,《金瓶梅》与世德堂版《西游记》小说,至少有以下十处叙述相同或类似,兹列如下:

《金瓶梅》/世德堂版《西游记》对照如下:

(1)《金瓶梅》第九回:"擎个人来顶缸。"二十九回:"拿小厮顶缸。"[④]第四十六回:"替人顶缸受气。"[⑤]/《西游记》第二十五回:"在此顶缸受罪。"[⑥]第三

---

① 刘洪强:《明清小说脞谈录》,第122页。

② 同上书,第123页。

③ 《新刻金瓶梅词话》第二十六回,第300页。

④ 《新刻金瓶梅词话》第九回,第210页;第二十九回,第208页。

⑤ 《新刻金瓶梅词话》第四十六回,第143页。

⑥ 吴承恩著、苏兴批点:《西游记》第二十五回,第285页。

十七回："要你顶缸受气。"[1]

（2）《金瓶梅》第十二回："不防路上说话，草里有人。"[2]第二十三回："常言：路上说话，草里有人。"[3]第二十五回："自知路上说话，不知草里有人。"[4]第六十二回："路上说话，草里有人。"[5]/《西游记》第九回："路上说话，草里有人。"[6]

（3）《金瓶梅》第十四回、二十六回："不看僧面看佛面。"[7]/《西游记》第三十一回、四十二回所记相同。[8]

（4）《金瓶梅》第二十六回："我做了一日和尚，撞了一日钟。"[9]/《西游记》第十六回："做一日和尚，撞一日钟。"[10]

（5）《金瓶梅》第二十八回："阴山背后，永世不得超生。"[11]第七十六回："阴山背后，就死在这屋里。"[12]/《西游记》第十回："阴山背后，一十八层地狱。"[13]

（6）《金瓶梅》第四十八回："树大招风风损树，人为名高伤丧身。"[14]/《西游记》第三十三回："树大招风风撼树，人为名高名丧人。"[15]

（7）《金瓶梅》第六十九回："真人不露相，露相不是真人。"[16]/《西游记》第

① 吴承恩著、苏兴批点：《西游记》第三十七回，第430页。
② 《新刻金瓶梅词话》第十二回，第261页。
③ 《新刻金瓶梅词话》第二十三回，第59页。
④ 《新刻金瓶梅词话》第二十五回，第109页。
⑤ 《新刻金瓶梅词话》第六十二回，第61页。
⑥ 吴承恩著、苏兴批点：《西游记》第九回，第102页。
⑦ 《新刻金瓶梅词话》第十四回，第313页；第二十六回，第130页。
⑧ 吴承恩著、苏兴批点：《西游记》第三十一回，第362页；第四十二回，第490页。
⑨ 《新刻金瓶梅词话》第二十六回，第148页。
⑩ 吴承恩著、苏兴批点：《西游记》第十六回，第78页。
⑪ 《新刻金瓶梅词话》第二十八回，第200页。
⑫ 《新刻金瓶梅词话》第七十六回，第607页。
⑬ 吴承恩著、苏兴批点：《西游记》第十回，第115页。
⑭ 《新刻金瓶梅词话》第四十八回，第198页。
⑮ 吴承恩著、苏兴批点：《西游记》第三十三回，第382页。
⑯ 《新刻金瓶梅词话》第六十九回，第323页。

九十九回:“自古道:真人不露相,露相不真人。”①

(8)《金瓶梅》第七十九回:“请僧人念倒头经。”②/《西游记》第五十六回:“与他念卷倒头经。”③

(9)《金瓶梅》第九十一回:“与人方便,自己方便。”④/《西游记》第三十回所记相同。⑤

(10)《金瓶梅》第九十二回:“常言:亲不亲,故乡人。美不美,乡中水。”⑥/《西游记》第五回:“常言道:美不美,乡中水……亲不亲,故乡人。”⑦

由此可见《金瓶梅》至少有以上十则记载,引自或参考了世德堂版《西游记》。特别是第2、7、10则词语,似是首见于世德堂版《西游记》。需要说明的是,其中第10则词语“常言:亲不亲,故乡人。美不美,乡中水”是《金瓶梅》抄自《西游记》,顺序稍作变换。《西游记》这部分则改自李开先《新编林冲宝剑记》。⑧ 由此可知,《金瓶梅》作者并非是《新编林冲宝剑记》的作者李开先。由于世德堂版《西游记》刊于万历二十年夏或稍后,因此可知《金瓶梅》在万历二十年夏或稍后之后成书。

(二)《金瓶梅》与《三遂平妖传》之关系

既然如此,那么能不能再精确《金瓶梅》成书时间?或许从《金瓶梅》与《三遂平妖传》之关系,可以找到一点线索。《三遂平妖传》第一回云“元来神

① 吴承恩著、苏兴批点:《西游记》第九十九回,第1149页。

② 《新刻金瓶梅词话》第七十九回,第782页。

③ 吴承恩著、苏兴批点:《西游记》第五十六回,第655页。

④ 《新刻金瓶梅词话》第九十一回,第235页。

⑤ 吴承恩著、苏兴批点:《西游记》第三十回,第340页。

⑥ 《新刻金瓶梅词话》第九十二回,第267页。

⑦ 吴承恩著、苏兴批点:《西游记》第五回,第55页。

⑧ 王见川:《〈水浒传〉〈西游记〉与〈明心宝鉴〉关系探究:兼谈容与堂版〈水浒传〉成书年代》,第229页,载马力主编《历史、艺术与台湾人文论丛》第20期(《水浒传》《西游记》新解读),新北:博扬文化事业有限公司,2020年。

仙有四等:走如风、立如松、卧如弓、声似钟”①,与《金瓶梅词话》第二十九回“身如松、声如钟、坐如弓、走如风”②类似,可知《三遂平妖传》影响了《金瓶梅词话》。这一点,也可以从《金瓶梅词话》第一回“说时华岳山峰歪、道破黄河水逆流”③与《三遂平妖传》第六回“说开华岳山峰裂、道破黄河水逆流”④类似这一点看出。从万历《三遂平妖传》中《重刊平妖传引》提及西北战事、丰臣秀吉侵略朝鲜⑤,可知此书刊于万历二十年日朝壬辰战争开始,至万历二十一年战争第一阶段结束之间。依此来看,参考了《三遂平妖传》的《金瓶梅》,成书在万历二十年四月或万历二十一年之后。

三、《金瓶梅》与《明心宝鉴》之关系

最后,我们要谈的是《金瓶梅》与《明心宝鉴》也有所关联。《金瓶梅》中有不少淫秽内容,这是众所周知的。如果《金瓶梅》仅限小范围或以抄本形式流通,这是没问题的。但《金瓶梅》要公开流通,又想保留淫秽内容,需要有正当理由说服官员与大众,这是《金瓶梅》中引录劝善诗文与劝善书《明心宝鉴》语句的原因。

除了前述《金瓶梅》与容与堂版《水浒传》关系部分,引录的21—22、25、27、41—42、44例与《明心宝鉴》有关外,《金瓶梅》至少还有下列部分引录《明心宝鉴》:

(1)第九回:“天有不测风云,人有旦夕祸福。”⑥/万历十三年《御制重辑明心宝鉴》“省心篇第十一”⑦。

---

① 张荣起整理:《三遂平妖传》第一回,第2页。
② 《新刻金瓶梅词话》第二十九回,第210页。
③ 《新刻金瓶梅词话》第一回,第6页。
④ 张荣起整理:《三遂平妖传》第六回,第44页。
⑤ 张荣起整理:《三遂平妖传》,第140页。
⑥ 《新刻金瓶梅词话》第九回,第198页。
⑦ 《御制重辑明心宝鉴》“省心篇第十一”,第84页。

（2）第二十回、七十二回："逢人且说三分话，未可全抛一片心。"[1]/嘉靖三十二年《明心宝鉴》"言语篇第十八"[2]。

（3）第二十六回："将上不足，比下有余。"[3]/嘉靖三十二年《明心宝鉴》"安分篇第六"[4]。

（4）第二十五回、八十七回："平生不作皱眉事，世上应无切齿人。"[5]/嘉靖三十二年《明心宝鉴》"省心篇第十一"[6]。

（5）第四十六回："万事不由人计较，一生都是命安排。"[7]/嘉靖三十二年《明心宝鉴》"顺命篇第三"[8]。

（6）第四十九回："平生衣禄随缘度，一日清闲一日仙。"[9]/嘉靖三十二年《明心宝鉴》"省心篇第十一"类似[10]。

（7）第五十四回："信是药医不死病，果然佛度有缘人。"[11]第七十九回："药医不死病，佛度有缘人。"[12]/嘉靖三十二年《明心宝鉴》"省心篇第十一"[13]。

（8）第五十五回："君子一言，快马一鞭。"[14]/《明心宝鉴》"存信篇第十七"[15]。

---

① 《新刻金瓶梅词话》第二十回，第483页；第七十二回，第403页。
② 《明心宝鉴》"言语篇第十八"，第210页。
③ 《新刻金瓶梅词话》第二十六回，第148页。
④ 《明心宝鉴》"安分篇第六"，第66页。
⑤ 《新刻金瓶梅词话》第二十五回，第144页；第八十七回，第155页。
⑥ 《明心宝鉴》"省心篇第十一"，第124页。
⑦ 《新刻金瓶梅词话》第四十六回，第147页。
⑧ 《明心宝鉴》"顺命篇第三"，第22页。
⑨ 《新刻金瓶梅词话》第四十九回，第199页。
⑩ 《明心宝鉴》"省心篇第十一"第141页："平生衣食随缘度，一日清闲一日仙。"
⑪ 《新刻金瓶梅词话》第五十四回，第401页。
⑫ 《新刻金瓶梅词话》第七十九回，第766页。
⑬ 《明心宝鉴》"省心篇第十一"，第138页。
⑭ 《新刻金瓶梅词话》第五十五回，第422页。
⑮ 《明心宝鉴》"存信篇第十七"，第202页。

(9)第五十九回:"湛湛青天不可欺,未曾举意早先知。"[①]/嘉靖三十二年《明心宝鉴》"天理篇第二"类似[②]。

(10)第六十回:"求人须求大丈夫,济人须济急时无。"[③]/嘉靖三十二年《明心宝鉴》"存心篇第七"[④]。

(11)第六十二回:"善恶到头终有报,只争来早与来迟。闲中检点平生事,静里思量日所为。常把一心行正道,自然天理不相亏。"[⑤]/万历十三年《御制重辑明心宝鉴》"继善篇第一"类似[⑥]。

(12)第七十回:"常言:学到老,不会到老。"[⑦]/嘉靖三十二年《明心宝鉴》"劝学篇第九"[⑧]。

(13)第八十回:"画虎画皮难画骨,知人知面不知心。"[⑨]/嘉靖三十二年《明心宝鉴》"安分篇第六"[⑩]。

(14)第八十一回:"酒不醉人人自醉,色不迷人人自迷。"[⑪]/嘉靖三十二年《明心宝鉴》"省心篇第十一"[⑫]。

(15)第九十二回:"常言:人心似铁,官法如炉。"[⑬]/嘉靖三十二年《明心

① 《新刻金瓶梅词话》第五十九回,第545页。
② 《明心宝鉴》"天理篇第二"第18页:"湛湛青天不可欺,未曾举意我先知。"
③ 《新刻金瓶梅词话》第六十回,第585页。
④ 《明心宝鉴》"存心篇第七",第78页。
⑤ 《新刻金瓶梅词话》第六十二回,第53页。《金瓶梅词说》第八十七回,第143页:"善恶到头终有报,只争来早与来迟。"
⑥ 《御制重辑明心宝鉴》"继善篇第一",第61页:"自然天地不相亏。"
⑦ 《新刻金瓶梅词话》第七十回,第340页。
⑧ 《明心宝鉴》"劝学篇第九",第101页。
⑨ 《新刻金瓶梅词话》第八十回,第811页。
⑩ 《明心宝鉴》"安分篇第六",第119页。
⑪ 《新刻金瓶梅词话》第八十一回,第4页。
⑫ 《明心宝鉴》"省心篇第十一",第153页。
⑬ 《新刻金瓶梅词话》第九十二回,第274页。

宝鉴》"省心篇第十一"[①]。

(16)第九十三回:"正是:嫩草怕霜霜怕日,恶人自有恶人磨。"[②]/嘉靖三十二年《明心宝鉴》"省心篇第十一"[③]。

以上这些语句,有的(第2、10则)可能出自《六十家小说》,有的(第5则)可能出自《林冲宝剑记》。其余大概都出自嘉靖三十二年、万历十三年《明心宝鉴》。由此可知,《金瓶梅》一定在万历十三年后成书。《金瓶梅》引用《明心宝鉴》,除了前述说的劝善教化意义外,也有可能是编写者意识到《水浒传》《西游记》引用《明心宝鉴》的传统。不管如何,主张《金瓶梅》的作者是知名文人者,恐怕要先解释为何他要多次引录《明心宝鉴》。

四、结语

经过以上的叙述与论证,我们得出以下几点结论:

(1)根本没有万历十七年刊的天都外臣序版《水浒传》存世,《金瓶梅》参考的《水浒传》,不是万历十七年刊的天都外臣序版《水浒传》,而是与容与堂版相近的百回本《水浒传》。

(2)《金瓶梅》参考的材料,有万历二十年夏后刊行的世德堂版《西游记》与万历二十年四月至万历二十一年间王慎修刊的《三遂平妖传》,所以《金瓶梅》在万历二十年夏或万历二十年十二月之后成书。

(3)为了教化或刊行,《金瓶梅》除了在书中几回安排劝善引头诗,也引录嘉靖三十二年、万历十三年《明心宝鉴》中一些语句。

目前所知,至晚在万历二十三至万历二十四年间,《金瓶梅》抄本已在知

---

① 《明心宝鉴》"省心篇第十一",第149页。

② 《新刻金瓶梅词话》第九十三回,第291页。

③ 《明心宝鉴》"省心篇第十一",第124页。

名文人间流通。[①] 学者认为当时流传的《金瓶梅》抄本，从篇幅与《水浒传》相近来看，现存的《新刻金瓶梅词话》保留了抄本的本来面目，并未经过文人作家写定。[②] 目前所见的《新刻金瓶梅词话》，有人认为其第五十三回至五十七回是后来补入的。[③] 这一部分确实与其他部分叙述有异，如第五十五回、五十六回谈到西门庆六房娘子，但只列吴月娘、孟玉楼、潘金莲、李瓶儿四人，五十六回说西门庆仗义疏财、救人贫难，可见这几回是后人补入的，非原抄本内容。所幸《金瓶梅》引用或参考的世德堂版《西游记》《三遂平妖传》语句，都不在这几回，可以说《金瓶梅》原始内容（初稿）是引用或参考了《西游记》《三遂平妖传》。将此情况，对照前述结论：《金瓶梅》在万历二十年夏至十二月之后成书的上限，可知《金瓶梅》初稿在万历二十年夏或万历二十年十二月后，或万历二十三年至万历二十四年中成书。[④] 又参照相关研究，不仅《金瓶梅》引录《明心宝鉴》中一些语句，在它之前的《水浒传》《西游记》也都引用《明心宝鉴》，这是为了教化劝善，还是因应合法出版所需，抑或是当时书会/书坊编书传统，它们是否不都是百回本巨著等，实在值得进一步追索。

（本文完成后，续作增修文《〈金瓶梅〉与〈水浒传〉〈西游记〉〈明心宝鉴〉关系新探》，范纯武编：《善书、经卷与文献》第 4 期第 101—130 页，台北：博扬文化公司，2021 年 6 月，请参看。）

---

① 韩南：《〈金瓶梅〉的版本及其他》，《韩南中国小说论集》，王秋桂等译，第 207 页。聊备一说的是刘辉《屠本畯的〈山林经济籍〉与〈金瓶梅〉》（载氏著《金瓶梅成书与版本研究》，沈阳：辽宁人民出版社，1986 年）第 51 页认为在万历二十年后至万历二十五年之前，屠本畯在金坛王宇泰家见过他所购《金瓶梅》。王宇泰购买《金瓶梅》抄本的时间，还要早一些。他在另一篇文章说：王肯堂（字宇泰）借给董其昌《金瓶梅》抄本在万历十七年至万历二十年间，他购买《金瓶梅》抄本的时间，还要早一些。（刘辉：《金瓶梅成书与版本研究》，第 63 页）

② 刘辉：《屠本畯的〈山林经济籍〉与〈金瓶梅〉》，第 53 页。

③ 刘辉：《金瓶梅成书与版本研究》，第 5 页。

④ 《新刻金瓶梅词话》因有补入五十三回至五十七回，成书在原始《金瓶梅》之后。

通俗文学的作者属性及其文学意义

——以《西游记》与全真教、内丹道的关系为中心

南京大学文学院　赵　益

通俗文学的本质特性是“世俗性”“普化性”和“商品性”。关于前两者，文学研究者已经有了较为深刻的体察，从而避免了过去单纯以文体、文学、文字水平和思想倾向为标准的偏失。但对于最后一项亦即“商品性”特质，尽管有大量的研究充分揭示和描述了通俗文学编撰、刊行的商业化表现[①]，迄今为止本土学者对此的认识不仅仍然有些模糊，甚至还存在一定的忽视、排斥倾向，也就是不愿意承认或有意无意地漠视这样一个事实：通俗文学作品在本质上是一种商品，其撰作、生产和流通是为了满足社会需要并同时以获取利润为旨归的商业行为。[②] 导致这种状况出现的原因，不外乎研究者往往囿于传统的束缚，过于执着于文学的精神性和崇高性，淡忘了一切文化现象都是社会的存在这一终极真理，从而对那些被越来越深入的研究所证明的事实视而不见。

忽视通俗文学“商品性”特质所带来的缺失是相当严重的，因为“商品性”

---

① 此类研究主要分为两个方面：一是基于书籍史的视野对明以降商业化出版的探讨，一是采取传统路径对明清通俗文学作品的作者、编刊书坊、刊刻、版本、流传等方面的考证。

② 参阅拙文《论“宗教生活”与“通俗文学”之互动》，《江西师范大学学报》（哲学社会科学版）第47卷第2期；《明代通俗文学的商业化编刊与世俗宗教生活——以邓志谟“神魔小说”为中心的探讨》，《安徽大学学报》（哲学社会科学版）2012年第5期。

和“世俗性”“普化性”不仅三位一体，而且在某种意义上“商品性”甚至是“世俗性”和“普化性”的规定源泉，它在更深层次上决定了通俗文学的本质、内涵、表现和文学意义。如果不能树立这样一种认识原则，就必然会使具体的研究发生偏差，影响到对通俗文学根本意义的探寻。明代通俗小说的作者属性问题，正是一个非常典型的例证，可以从正反两方面说明通俗文学“商品性”特质的决定性意义。

一

“作者属性”问题不等于具体的“作者”问题，它不是对具体作者的考证，而是对文学创作主体的时代、身份、文化水平和社会属性、主观意识的界域性的总体认识。明代通俗小说是十六世纪随着社会经济文化和商业化出版的发展、社会阶层的变化而兴起的通俗文学的主要形式和典型代表，其作者属性当然也就是通俗文学作者属性的典型反映。

无论是文言还是白话(包括浅近文言)小说，都不是口头传播的而是以文字书写的，它可以是说书人创作或民间流传故事的文字记录或加工，但显然不是说书表演、口头讲述，而是文字创作。因此，通俗小说的作者既不可能是目不识丁的文盲，也不可能是粗通文墨的一般民众，而只有可能是至少具有一定文字和文学水平的“文人”①。理论上，这一“文人”群体也可能包括传统精英文士，但事实表明，明代通俗小说的作者在总体上只能是一个低级文人群体。对此，当代研究者虽已有认识，但论断的内涵颇有不同，同时也不无偏失，对该问题需要重新予以深入的讨论，以明确其中真义。

绝大多数明清通俗小说的作者要么不知其名，要么就是拟托名人，再就是署以笔名。这种现象在明中期至清初期最为明显，统计现存明代近百余种通俗小说出版物可以发现，其作者除了书坊主或书坊堂号和拟托者外，剩下的无一例外以笔名出现。即使是冯梦龙和凌濛初这样并不太讳认自己编创小说的人，同样署以笔名。如《古今小说》署“茂苑野史”，《警世通言》《醒世

---

① 此处所谓“文人”不是传统的含义，和浦安迪提出的区别于民间作者的“文人”也有不同。

恒言》仅署“可一主人”“无碍居士”“墨浪主人”评、校；凌濛初《拍案惊奇》署“即空观主人”。建阳余氏书坊翠庆堂的“雇佣写手”邓志谟，也属于这种情况。事实上，“三言”等作品出于冯梦龙，乃出于当时或稍后人的“考证”，并不完全是他本人的自揭。像这样的情况还有《西湖二集》之归于周楫①、《西游补》之归于董说②、《女仙外史》之归于吴熊③等。现当代学者考证更多，如以“天花藏主人”为嘉兴人徐震④，以《醒世姻缘传》归之于蒲松龄⑤等，然均难得实；即使其人不诬，生平也不能详知。与之相对的，是书坊主均署以真名，如《春秋列国志传》署余邵鱼、《皇明诸司廉明公案》《皇明诸司公案》《万锦情林》均署名余象斗，并同时标明余氏书坊“双峰台”“三台馆”。此与小说出版物于内页或书尾牌记中非常突出书坊堂号，属于同一性质。明代中后期小说出版物的作者署名往往呈现出一种非承递性的多样化模式，包括撰作、编次、批评、校阅等多重著作方式，以及同一或不同方式的不同笔名。⑥ 总体上，这

---

① 明末云林聚锦堂刻本《西湖二集》署“武林济川子清原甫纂”“武林抱膝老人吁谟甫评”，所附《西湖秋色一百韵》题“武林周楫清原甫著”。谈迁《北游录・纪邮》谓作者为杭州人周楫，字清源。见陈美林校点《中国话本大系・西湖二集》前言，南京：江苏古籍出版社，1994 年。

② 钮琇《觚剩续编》卷二：“吴兴董说字若雨……余幼时曾见其《西游补》一书，俱言孙悟空梦游事，凿天驱山，出入庄、老，而未来世界历日先晦后朔，尤奇。”（《觚剩》，南炳文、傅贵久点校，上海：上海古籍出版社，1986 年）

③ 刘廷玑《在园杂志》卷二：“吴人吕文兆熊，三十年旧交也。……先年所衍《女仙外史》百回，亦荒唐怪诞，而平生之学问心事，皆寄托于此。年近古稀，足迹半天下，卒无所遇。”（《在园杂志》，张守谦点校，北京：中华书局，2005 年）

④ 戴不凡：《小说见闻录》，杭州：浙江人民出版社，1980 年。

⑤ 胡适：《〈醒世姻缘传〉考证》，黄肃秋校注：《醒世姻缘传》附录二，上海：上海古籍出版社，1981 年。

⑥ 大约可分三种类型：一是实际上都指向作者和编刊者为一人。如《肉蒲团》清刊本，内封署“情隐先生编次”，正文卷端署“情死反正道人编次，情死还魂社友批评”。二是署名上显示多人以不同方式参与，但真实情况往往非是。如《开辟衍绎通俗志传》，题“五岳山人周游仰止集”“钟伯敬先生原评”“靖竹居士王黉子承释”。三是表面上存在多位作者，实际则无非是故弄玄虚。《扫魅敦伦东度记》明万卷楼刊本，题“荥阳清溪道人著，华山九九老人述”，著、述，显为一义，无复差别。

一类署名以托名、虚拟为多，实质则是商业书坊的一种广告宣传手段。坊刊小说所署作者笔名——字号，同样也是书坊的虚拟化手段，随意性很强，其中有一些可能存在某些寄托，如崇祯间翠娱堂刊《辽海丹忠录》署“平原孤愤生戏草”，但大多数没有显著的实指意义。《西游记》世德堂本署“华阳真人”，并不一定表明作者钟情道教或本人就是道士。《鸳鸯针》署“华阳散人编辑”①，《如意君传》日本刊本序文署“甲戌秋华阳散人题，东都牛门隐士书”②，其中也有“华阳”云云。

小说出版物所署看起来像是真实姓名者，其具体情况也常常一无所知。最为著名的是《三国演义》和《水浒传》的罗贯中、施耐庵，这两个“名字”成为二书的作者姓名，实际也是明中期前后人的拟测，而被后来的刻印者继承。他们的生平，当时之人亦不甚了了。《于少保萃忠传》所署“孙高亮”、《江湖历览　杜骗新书》所署“张应俞”、《封神演义》所署“许仲琳”、《如意君传》所署“徐昌龄”、《禅真逸史》所署“方汝浩”等，亦此之属。即使是冯梦龙、凌濛初，稍后之人也仅能知道他们生平的一些大概。经过小说现代化研究百年以来对材料的爬梳，我们可以这样说，十六至十八世纪所产生的数百种通俗小说的作者，百分之八十以上的真实姓名和生平详情，从一开始就没有被历史记住。③ 相反，尽管材料同样有限，书坊之名却大多保留至今。就明代南京一地

① 此本又题“蚓天居士批阅”。按：或据卓尔堪《明遗民诗》《丹徒县志》，疑此华阳散人即丹徒县明遗民孝廉吴拱辰。拱辰字襄宗，号华阳散人。蚓天居士殆亦拱辰之别号。见《中国通俗小说总目提要》王汝梅所撰《鸳鸯针》提要（《中国通俗小说总目提要》，北京：中国文联出版社，1990 年，第 303 页）。

② 《如意君传》现存最早刊本为乾隆二十八年（1763）本，此日刊本时代仍在其后。其中“东都牛门隐士”可能是日本人（即其内页所题“东都清秘阁”），但序文似仍为原刻所有。

③ 有学者总结认为，“著作权肯定，生平大体有数”的明清通俗小说作者有四十余人（周钧韬、王长友主编《中国通俗小说家评传》，郑州：中州古籍出版社，1993 年），纪德君《明清通俗小说编创方式研究》附录一《明清时期文人型小说作者生平状况一览表》归纳为五十四人（北京：社会科学文献出版社，2012 年），若以现存十六至十八世纪小说论，差不多也就是全部作者的百分之二十左右。实际上这四五十人的名单中，著作权完全肯定的往往不过是对应于一个姓名符号，可以谈得上生平稍详者不超过三十人，且多为清乾隆以后的作者。

而论,可以明确的商业书坊就有一百五十余家之多。[1]

但通俗小说仍然是存在真实作者的。即便是长期累积而成的作品,也必然有一个最后的作者[2],他所做的工作无论是重新创作还是"汇编""改写"或增加"当场描写",都势必呈现出他的个人观念。然而绝大多数真实作者的姓名和事迹并不可知,完全被商业书坊"巧取豪夺"了。原因很简单:通俗小说出版物既然是作为一种商品出现的,商业书坊就必然成为主导力量。[3] 当然也有书坊主兼事创作,如建阳余象斗就挂名了《五显灵官大帝华光天王传》《北方真武祖师玄天上帝出身志传》《皇明诸司廉明公案》《皇明诸司公案》《万锦情林》等小说或小说汇编;熊大木(熊钟谷)署有《京本通俗演义全汉志传》《唐书志传通俗演义》《大宋演义中兴英烈传》《南北两宋志传》等小说。但除了从南京、杭州获取新刊以翻印者外,建阳地区在通俗小说商业刊刻兴盛的初期,书坊主如余象斗、熊大木等是否就是真正的文学创作意义上的作者,并无确切的证明。因为绝大多数情况下书坊主所做的都只是拼凑、改编、抄袭或汇纂,文学创作程度不高;而某些具有一定文学水平的早期刊刻小说,仍有可能具有隐藏在书坊主背后的另外的作者。[4] 无论如何,通俗文学的商品性本质决定了通俗小说一开始是编创与发行合为一体,并由书坊主主导的。当代学者所总结的书坊主主宰创作格局的"熊大木现象",无疑是当时的真实情状;但由此而提出的所谓原本负责传播环节的书坊主"越位"而成为创

① 张献忠:《明代南京商业出版述略》,载中国社会科学院历史研究所明史研究室编《明史研究论丛》第十辑,北京:故宫出版社,2012 年,第 58 页。

② 参阅浦安迪《"文人小说"与"奇书文体"》,《浦安迪自选集》,北京:生活·读书·新知三联书店,2011 年,第 116—117 页。

③ 陈大康:《熊大木现象:古代通俗小说传播模式及其意义》,《文学遗产》2000 年第 2 期。

④ 根据对现存小说诸版本题名、牌记、序跋、刻工等信息的综合考察,嘉靖、隆庆时期及万历早期所刊小说的稿源或母本,绝大多数来自江南地区。当然,这只是出于不完全归纳而提出的假说,需要进一步的研究。

作主体的“熊大木模式”[①]，并不完全成立，因为书坊主主导创作就是“本位”而不是“越位”；关于他们并不限于“主导”而是真正进行了文学意义上的创作的说法，既无法得到证实，也不符合通俗文学商业化生产的一般规律。创作、编刊、印刷的分离大约至明末清初方具规模，出现了不少“文人书坊”[②]，但这些书坊仍然带有强烈的商业性，其刊刻小说同样很少出现真名实姓。

总之，绝大多数通俗小说真实作者的姓名和生平行事从一开始就湮没无闻，是不以我们当代人主观意志而转移的客观事实，这一情形在通俗小说勃兴并发展至高峰的十六至十八世纪最为突出。即使是完全出于下层文人自遣悲懑的创作如《儒林外史》《红楼梦》等，其作者或仅为同志群体所晓，或同样不名其谁。通俗小说真正作者不为人知的局面，一直到封建时代晚期都没有彻底的改观。

从根本上说，这一现象是由通俗文学“商品性”的本质决定的。而具体的达成，则明显是商业书坊主导作用的结果。商业书坊不仅遮蔽了真正的创作者，而且在各种形式“包装”之外，有意识地进行某种意义的导向，以实现其商业目标。这种“导向”主要体现在明显是书坊主（或其雇佣者）所撰写的那些文字拙劣、逻辑混乱、内容牵强附会的序言中，或是贬低他书抬高己书，或是无端渲染，或是标榜教化，或是杜撰寓意迎合时尚。甚至还有“免责式声明”如《肉蒲团》清刊本内封右署“天道祸淫，此说原为淫者戒”、左署“吾心本善，斯书传与善人看”，以及特别的“说辞”如清康熙乙亥刊《皋鹤堂批评第一奇书金瓶梅》百回本附有《苦孝说》《寓意说》《非淫书论》。尽管也有一些序言是

---

① 此乃陈大康的观点。陈大康先是在《熊大木现象：古代通俗小说传播模式及其意义》一文中提出“熊大木现象”，此后在《明代小说史》（北京：人民文学出版社，2007 年，第八章第三节）中进一步总结出“熊大木模式”。陈说固甚精辟，但以《水浒传》《三国演义》成书、刊刻为据提出通俗小说先是编创、刊刻、传播相对分离，商刊兴起后，书坊主因稿源问题而“越位”进行直接创作，未必恰当。

② 文革红《清代前期通俗小说刊刻考论》（南昌：江西人民出版社，2008 年）对此问题有极其翔实的论述。

作者本人或与其身份属性相同的文人之作，如《西湖二集》“湖海士”序等颇能道出一己心声，但总体上仍无法摆脱自身的认识局限和通俗文学“商品性”给予他们的限制。作品刊行以后的翻刻，同样存在这两类序言，如《西游记》闽本（《鼎镌京本全像西游记》）陈元之序，即为书坊主之序；李卓吾评本（《李卓吾先生批评西游记》）袁于令序，则为文人之序。二序虽不无消息透露，但大旨上仍以牵扯、夸大、申发为主。因此，以小说序跋特别是书坊主之作印证其思想主旨，在绝大多数情况下都是极其危险的。

通俗小说出版物的生产主体并不是真正的创作作者而是商业书坊的事实，从一个显著的角度说明了通俗小说真实作者的社会属性。

在通俗小说兴盛之前，元杂剧和稍后的南戏是最具“世俗性”“普化性”和“商品性”（服务于民众的戏剧演出也是一种商品）的通俗文艺①，其作者的社会属性有一定的可比性。② 当代学者郭英德对九十一位元杂剧作者进行了分析统计，认为：“曾为州牧以上高级官僚的十人，如史樟、李直夫、杨梓等；布衣终生，或悠游江湖，或行医业贾的十四人，如白朴、乔吉、罗贯中、萧天瑞、施惠等；为进士或府学生员的三人，即王仲元（金进士）、高文秀、张时起；教坊四人。除此之外，人数最多的是为县尹以下的下级官吏，共三十五人，占全部作家总数的百分之四十，占可略知生平的作家总数的百分之五十五左右。其余二十五人行事未详，不知曾经入仕与否。”“而且，即便那些为州牧以上的达官也多为吏进。……至于府生学员高文秀和张时起，本身就是吏的后备军。而赵文敬为教坊色长，张国宾为教坊管勾，实际也是一种吏。”“因此我们可以说，元杂剧作家的身份以吏为主，无论前期、中期或后期都是这样。所谓吏，盖指六品以下的低级官吏，包括省掾、府判、县尹、典史、提控、书吏、巡检、教

---

① 元散曲则有一定的不同。散曲虽然通行于各阶层，上至达官贵人、文人雅士，下至教坊色长、妓女之流都善于作曲（叶德均：《读曲小识》，《戏曲小说丛考》上册，北京：中华书局，1979 年，第 416 页），但并不具备真正意义上的“世俗性”。因为贵官、文人之撰作乃为彼此欣赏，而伎人妓女作曲唱曲则是服务于上层阶级而不是社会大众。

② 明代传奇的作者则不然。详见下文所论。

授、山长、学正等等，同州府首领、中枢长官、封疆大吏等官僚相对而言。”郭氏认为，这一统计印证了钟嗣成所谓元杂剧作家“门第卑微，职位不振”的结论。[①] 明代通俗小说真正作者的具体情况更为不详，无法具体统计。但比照元杂剧作家，从通俗文学的本质特性出发，再考虑到这些作者在根本上服务于商业出版并以此谋取口食的事实，不难推出这一作者群体的社会地位就明代而言无疑更为低下，其组成当亦不外乎沉沦下僚、怀才不遇的低级文人，侘傺举业、流落风尘的落魄士子和略通诗文的书会先生、书坊业主及其雇用的写手之类。

从十六到十八世纪，真实情况相对可知并在当时就有一定声名的“文人”作者严格来说只有凌濛初、冯梦龙、董说、李渔寥寥数人。他们不仅不是例外，而且以其有限的材料表现出充分的典型性。凌濛初虽然出身士族，但仍然属于沉沦科场，怀才不遇之流。崇祯七年(1634)以副贡授上海县丞，已是其五十五岁时的事情，且在其编纂《拍案惊奇》之后。[②] 据目前所能发现的有限材料看，其中年以后主要来往于南京、乌程，所谓“附肤落毛，失诸正鹄”，显然就是服务于凌氏家族的编书、刻书，可能主要负责编创。吴兴闵、凌二家刻书，本具有鲜明的商业性特征，而凌氏更为突出。[③] 其家族刻书虽以传统四部书为主(凌濛初自己编创的“二拍”等显然是交与其他书坊刻印)，但都是常见书籍，读者对象是一般应举学子。凌濛初编刊的一些经史论著更是辅助性的读本，如《诗逆》四卷附《诗考》一卷、《圣门传诗嫡冢》十六卷附《申公诗说》一卷和《孔门两弟子言诗翼》七卷，《后汉书纂》《倪思史汉异同补评》《左传合

① 郭英德：《元杂剧与元代社会》，北京：北京师范大学出版社，1996 年，第 290—291 页。

② 叶德均：《凌濛初事迹系年》，《戏曲小说丛考》下册，北京：中华书局，1979 年。

③ 表野和江：《明末吴兴凌氏刻书活动考——凌濛初和出版》，《中国典籍与文化》2003 年第 3 期；赵红娟：《凌濛初及其家族的刻书经商活动》，《湖州师院学报》(哲学社会科学)第 20 卷第 2 期；赵红娟：《拍案惊奇——凌濛初传》第四章，杭州：浙江人民出版社，2007 年；毛文芳：《物・性别・观看——明末清初文化书写新探》，台北：台湾学生书局，2001 年，第 19—20 页。

鲭》《战国策概》《十六国春秋删正》等(仅存《后汉书纂》十二卷)[①],其学术水平即使在“束书不观”的明代士人中也属于中下一流。凌濛初的创作,除了“二拍”外,主要还是以传奇、散曲及其评点为主。凌濛初交游行迹中不乏贵公达官及名士硕儒[②],但正如冯保善所指出的,这不过是凌濛初以才子和名门子弟的身份而得到这些达官贵士的青眼相待而已,凌濛初远未达到“一时名公硕士,千里投契,文章满天下,交与遍寰区”[③](郑龙采《别驾初成公墓志铭》,载《凌氏宗谱》卷五[④])的程度。

冯梦龙同样是大半生侘傺于举业,最后在崇祯三年(1630)五十七岁时方以贡生选任知县。无论是否出于救穷,冯梦龙显然是一位不折不扣的专门服务于书坊的编书家。其一生编述汇纂书籍约七八十种[⑤],除晚年有感而发者如《甲申纪事》及自订诗集外,其余均属商品性书籍,这是当时苏州商业出版已出现编、刻分离的一个证明。正因为冯梦龙具有一定的独立性,所以他的编述创撰并不完全出于射利的考虑,而是在一定程度上照顾到自己的兴趣和精神取向,如传奇《双雄记》之创撰及《挂枝儿》《山歌》之纂辑即为此类。同时冯梦龙严谨、认真的编创态度与书坊业主的粗制滥造更有显著的不同,“三言”等小说、《笑府》《智囊》等闲书均可以体现这一点。《麟经指月》《春秋衡库》一类的举业教科书编纂,也与“拼着两数银子刻几篇倩人改削的窗稿、有年没月的考卷,将来圈圈点点,冒名某观风、某月课、某老师批评、某同盟僭

---

① 赵红娟:《凌濛初的编撰、刊刻活动及其刻书特点》,《古典文献研究》第十九辑上卷,南京:凤凰出版社,2016年。

② 凌蒙初与冯梦祯、李维桢、袁中道、汤显祖均有交往,与虽出身士族但其本人仍为一般士人的湖州董斯张等,亦有密切关系(冯保善:《凌濛初研究》,北京:人民文学出版社,2009年,第一章附录一)。

③ 冯保善:《凌濛初研究》,第27—28页。

④ 《凌氏宗谱》八卷首末各一卷,清凌士麟纂修,顺治十三年(1656)抄本。此据赵红娟《凌濛初考论》(合肥:黄山书社,2001年,第56页)转引。

⑤ 由于存在相当多的不确定性,冯氏编述书籍的数量很难统计。此参考高洪钧《冯梦龙著述书目》(载《冯梦龙集笺注》,天津:天津古籍出版社,2006年)约略言之。

笔"的"走名秀才"做法截然有别。[1] 尽管如此,冯梦龙终归是一位才情跌宕、狂放不羁却不免落魄潦倒的下层文人的典型代表,仍是没有任何疑问的。

十七世纪的李渔虽然从不隐讳自己"稗官野史"的作者身份并以此自许,"使数十年来,无一'湖上笠翁',不知为世人减几许谈锋,增多少瞌睡"(李渔《与陈学山少宰》[2]),但他仍然是一个典型的"卖赋以糊其口"的作家兼"文人"书坊主和戏剧经营者,其编刊之出版物,包括小说、戏曲在内,仍以商品书籍为主。[3] 他的自命不凡、狂狷习气、反叛精神以及对享乐的追求,并不能改变其依附于人的下层文人的社会属性;而其在清初的特殊时代既为很多文人士大夫所欣赏,同时也受到不少传统士人的鄙斥。

至于十八世纪《儒林外史》《红楼梦》出现以后的一大批个人创作性极为明显的通俗小说,或称"文人小说""士人小说""作家小说",因研究者观念、角度不同,定性尚难取得一致。但有两点不能否认:第一,尽管这些小说颇反映出士人的情感,但它们绝不能算作上层士大夫的文学;第二,虽然有一些个别的例外,但总体上通俗小说作者身份属性仍未发生重大的质变。

明代通俗小说的作者与元杂剧作者存在一定的可比性,但和明代杂剧、传奇的作者不可等量齐观。作为中国戏剧形式的戏曲有着相当的特殊性:从起源和发展上说,戏曲表演有来自民间生活的一面,也有着来自宫廷及贵族娱乐的一面,因此它始终是沿着这两条道路交织演进的。从接受的角度说,戏曲不仅为一般民众所喜爱,同时也是王公贵族、达官贵人和文人雅士的娱

---

① 语出清初题"岐山左臣编次"之小说《女开科传》,《明末清初小说选刊》本,沈阳:春风文艺出版社,1983年,第3页。

② 李渔撰、浙江古籍出版社编:《李渔全集》卷一,杭州:浙江古籍出版社,1991年,第163页。

③ 韩南认为,芥子园本可能全部出自李渔身后(韩南:《创造李渔》,杨光辉译,上海:上海教育出版社,2010年,第36页),此论或是,但并不能完全排除后来的刊印之本来自早先的编辑;另外,敬业堂刊《资治新书》《新增资治新书二集》及翼圣堂刊《四六初征》等,也属于其主导的商业出版行为。

乐形式。从创作上言，戏曲因其专门性和综合性，当其形式越来越趋于成熟时，只有通晓音乐、文学及表演的人，才能够创作出形式完备的作品。[①] 明代无论是杂剧还是传奇的剧作者，除了藩王、宗室以外全部是士大夫。[②] 由此，戏曲的雅俗之分就更为明显，雅化和精致化之路甚至发展出一种主要供案头阅读的戏曲文学；而俗化之路在民间社会形成各种祭祀剧、仪式剧和地方剧表演。[③] 在精神旨趣方面，两种不同的进程尤为突出，元代杂剧就更体现出世俗性，其后的“花部乱弹”继承了这种精神，而明清文人杂剧、传奇在思想旨趣和艺术形式上则不断趋于雅化。所以，中国古代戏剧在本质上就存在着两重性：上至王公贵族、达官雅士，下至落魄文人、书会先生乃至民间艺人均可以创作，但其内涵和精神取向则迥然有别。

通俗小说则有不同。通俗文学以世俗性、普化性和商品性为本质，从一开始就是产生于中下层社会并主要为普通大众服务（目不识丁的庶民虽然不能直接阅读，但通过民间文艺的中介得到接受）。中下层文人小说作者如冯梦龙、凌濛初、李渔等或兼有戏曲创作，但王公贵族以及上层文人如曹学佺等擅长传奇者却鲜作小说。戏曲往往以通俗文学为素材，可是戏曲的两条道路仍然通过不同的改编形成了雅俗的分野。因此，如果说戏曲、小说的“文人化进程”有所不同的话[④]，正是基于各自的本质特性而来。

明代晚期在思想意趣、审美和文学观念上出现的一定程度上的“雅俗合流”，并不能消弭作为通俗小说作者的低级文人的独特性。晚明士风一变，反对伪道学，鼓吹童心真性、尚情尚真，主张舒畅性灵、归于自然等成为一种崭

① 参阅叶德均《读曲小识》，《戏曲小说丛考》上册，第 416 页。

② 曾永义：《明杂剧概论》，北京：商务印书馆，2015 年，第 15 页。

③ 关于活跃在广大农村的戏剧及其演进，参见田仲一成的《中国戏剧史》（布和译、吴真校，北京：北京大学出版社，2011 年）、《中国祭祀戏剧研究》（布和译，北京：北京大学出版社，2008 年）、《古典南戏研究：乡村、宗族、市场之中的剧本变异》（吴真校，北京：中国社会科学出版社，2012 年）等相关研究。

④ 谭帆：《稗戏相异论——古典小说戏曲“叙事性”与“通俗性”辨析》，《文学遗产》2006 年第 4 期。

新风尚,“万历中年,王、李之学盛行,黄茅白苇,弥望皆是。文长、义仍,崭然有异,沉痼滋蔓,未可芟薙。中郎以通明之资,学禅于李龙湖,读书论诗,横说竖说,心眼明而胆力放,于是乃昌言击排,大放厥辞。……中郎之论出,王、李之云雾一扫,天下之文人才士始知疏瀹心灵,搜剔慧性,以荡涤摹拟涂泽之病,其功伟矣”(钱谦益《列朝诗集小传》丁集中“袁稽勋宏道”[①])。文学上主张新变,一方面强调“触情而出、即事而作”“本于性灵、归于自然”(李维桢《王吏部诗选序》[②]),另一方面则推崇小说戏曲,如著名的李贽《童心说》云:“天下之至文,未有不出于童心焉者也。苟童心常存,则道理不行,闻见不立,无时不文,无人不文,无一样创制体格文字而非文者。诗何必古选,文何必先秦。降而为六朝,变而为近体;又变而为传奇,变而为院本,为杂剧,为《西厢》曲,为《水浒传》,为今之举子业,皆古今至文,不可得而时势先后论也。”(《焚书》卷三[③])同时,传统文士与书坊主、小说作者颇有交往。但此一风尚仍属于正统思想的叛逆,像李贽、三袁、汤显祖乃至陈继儒、黄周星等均有不同程度的反叛性,或强调童心,或推崇性灵,均以率真放任而不拘名教为要,这在很大程度上对应了通俗文学与正统文学的分野。这也是很多小说、戏曲托名于他们的原因所在。晚明至封建时代结束,思想观念上的雅俗并未真正合流,小说特别是世俗性、商品性显著并得到普化周流的作品,仍然为正统所排斥。

尽管古代中国大、小传统分野明显,但在社会分层的意义上并不简单就是统治与被统治两个对立的阶级,而是呈现出一个非常复杂的梯形结构,同时这个结构中存在着一个非常显著的过渡性的且包含多个次级单位的层域。亦即,在顶端的官僚阶层和底端的平民阶层之间,还有一个“中间阶层”。

顶端的官僚阶层包括贵族和有品级的官吏。今西人所谓的“地方精英”(local elite)“乡绅”也属于这一阶层,明清两代的所谓“乡绅”或“乡宦”,主要

① 钱谦益撰集:《列朝诗集》,许逸民、林淑敏点校,北京:中华书局,2007 年,第 5317 页。

② 李维桢:《大泌山房集》卷二十,四库全书存目丛编纂委员会编:《四库全书存目丛书》,济南:齐鲁书社,1997 年。

③ 李贽:《焚书》,北京:中华书局,2009 年,第 99 页。

指退休或弃官归隐的官员，他们在地方社会中具有相当的地位和势力；有功名的举人以及纳捐贡生、监生因具有入仕的资格和可能，同样也可算是官僚阶层的组成部分。平民阶层，明清时代往往称之为"士农工商"，但这是含糊的泛称而不是实指，因为有一部分"士"显然不属于平民范畴，而地主、商业富户同样也不属于这一阶层。平民阶层的核心标准主要是基本没有受过教育并且较为贫寒，由此往下，涵括贱民、奴隶。

凡不属于官僚、平民两个阶层的人，都属于"中间阶层"。中间阶层的顶端是最低一级的士子，在明清两代主要就是所谓"生员"。生员在性质上已经是"读书人"，理论上是国家人才及官僚的来源，同时因通过童子试而具有继续科举进程的资格与可能，所以即使尚无功名而不能出仕，却形成了一个独特的社会群体。[①] 明清通俗小说中，常有生员仗恃"自有功名"骄傲不羁、乡绅官吏亦不敢对其轻视甚至不无畏惧的描写，也多有对他们累举不中、潦倒不堪的形象刻画，都很能说明这一群体的特质。生员考取功名的人数总是相当有限的，而且生员本身因历年积累越来越多，所以无论有多少人成功进阶，剩下的仍是绝大多数，从而使这一群体在社会上保持着稳定的存在。[②] "中间阶层"居中的是中小地主、商人和较富裕的城市市民，其中不乏兼具生员资格的人，但总体来说主要以财产跻身于平民之上。中间阶层的最底端是有一定文化或至少是识字的某些职业人，如低级衙役、相士、讼师、代笔人、书会先生以及佛僧、道士等，相对于地主、商人，他们主要是以专门职业和文化程度区别于平民阶层。当然，上述中间阶层的三个层次彼此之间互有交叉，而且它们之间的流动性也较强。通俗文学的作者是低级的有"文"之人，虽然不能确定他们究竟是哪种类型的人，但其社会属性则毫无疑问均属于"中间阶层"。

姜士彬（David Johnson）采用"社会""文化"两个维度结合的方法来描述

---

① 清代监生的地位较之明代发生了重大的退化，何炳棣认为他们基本上可以和生员并列，共同属于一个重要的社会"过渡性"群体。见何炳棣《明清社会史论》，徐泓译注，台北：联经出版事业股份有限公司，2013 年，第 35—39 页。

② 关于明代生员的详细情况，可参陈宝良《明代生员新论》，《史学集刊》2001 年第 3 期。

明清时代不同阶层主导社会的程度,“社会”维度依次是“有特权”“自立”“依附于人”,“文化”维度依次是“受过传统教育”“识字(有一定文化)”“不识字”,两两组合形成一个二维系统。① 通俗小说作者在文化维度上无疑只能是“识字(有一定文化)”以上者,社会维度上虽有可能是“有特权”“自足”“依附于人”的任何一类②,但从上述对通俗文学作者身份的考察结果来看,他们在这个系统中只能是“文化”“社会”两个维度上都处于中间位置的阶层。

二

《西游记》集中体现了作者属性问题的内涵和意义。

清中晚期陆续有人提出《西游记》作者为淮安人吴承恩后,二十世纪二三十年代胡适、鲁迅予以确立,董作宾、郑振铎、赵景深、刘修业、苏兴等现当代学者以其进一步研究加以佐证。尽管同时也有章培恒、黄永年等提出不同意见,吴承恩说仍成为《西游记》作者问题最重要的观点。③ 从纯粹的实证角度来说,吴承恩说是缺乏坚实依据的。所有关于吴承恩为《西游记》作者的证据中,只有两条具备深入考证的基础:一是《淮安府志》卷十六《人物志》“吴承恩”小传及卷十九《艺文志》中吴承恩“《西游记》”的著录;二是闽本《西游记》陈元之序称其书或出于“八公之徒”,或出于“王自制”,明盛于斯《休庵影语》又言有“周邸抄本”,而吴承恩相关传记资料表明其曾为“荆府纪善”。第一条时贤驳论已多,理由充分,所可补充者就是前述通俗小说根本属性所规定的作者不署真名的事实,因此《淮安府志·艺文志》所著录的《西游记》只能是其同名“杂记”,而不可能是坊刊小说。第二条中的前一说法虽然与小说作者身

① David Johnson, "Communication, Class, and Consciousness in Late Imperial China," in David Johnson, Andrew J. Nathan, Evelyn S. Rawski eds., *Popular Culture in Late Imperial China*, Taipei: SMC PUBLISHING INC., 1987, p.56.

② 明清时期国家均给予“生员”一定的特权,如经济资助、免纳赋役等。

③ 参阅苏兴《介绍、简评国外及我国台湾学术界对西游记作者问题的论述》(《东北师范大学学报》1986 年第 3 期)、蔡铁鹰《西游记的诞生》(北京:中华书局,2007 年)、苗怀明《二十世纪中国小说文献学述略》(北京:中华书局,2009 年)。

份性质相符，但后一事实不过是提供了一个非常虚弱的可能性而已。

问题的关键在于：即使淮安人吴承恩为小说《西游记》的作者，这一“发现”也是毫无意义的。通俗小说世俗性和商品性的本质使其真实作者必然隐其身形、易其表象，绝大多数情况下“小说作者”和低级文人身份就如同“分裂人格”的两面，彼此之间势同水火。这种“人格分裂”是其社会属性造成的一种内在终极矛盾的体现，也是其通俗文学作品臻致高境的关键所在。当时的社会状况，注定了这种“分裂”无法弥合。事实也证明了这一点，历史上真正存在的“吴承恩”，即使其生平资料、诗文杂记作品发现得再多，也只是勾画出其作为传统文人的一面，而始终无法得出其思想意识与小说《西游记》的内在关联。在逻辑上，如果吴承恩是《西游记》作者的话，《射阳先生存稿》《花草新编》等著述反映的是其人格的一面，而《西游记》则反映的是另一面，它们之间不可能存在相互印证的关系。“吴承恩”材料的发现，对《西游记》文学意义的探讨而言，没有任何作用。

通俗小说是以文本“说话”的，欲图发现作者并以此证明作品文学思想旨趣的批评方式既不具备合理性，也不具备可能性，甚至会将研究引入歧途。如考证《今古奇观》“抱瓮老人”，或谓明遗民吴江人顾有孝[①]，此在纯粹的历史考证意义上无可厚非。但即使这一考证是正确的，由此认定《今古奇观》对忠义题材存在特殊兴趣，并与顾氏遗民身份和思想倾向有关，则显然是一种失误。这样的情况还有不少，如谓《韩湘子全传》的真正作者就是书坊主杨尔曾[②]，将《醒世姻缘传》归于蒲松龄[③]，等等。

与对“吴承恩”的考证基本同时，柳存仁基于明末清初以降的某种“接受”和“阐释”观念，开始了对《西游记》作者的另一条考证之路，即通过钩稽某些

---

① 冯保善：《凌濛初研究》第四章附录一《〈今古奇观〉辑者抱瓮老人考》。

② 孙楷第：《中国通俗小说书目》，第 38、126 页。并参龚敏《明代出版家杨尔曾编撰刊刻考》（龚敏：《小说考索与文献钩沉》，济南：齐鲁书社，2010 年）、王岗《作为圣传的小说：以编刊艺文传道》（盖建民编：《开拓者的足迹——卿希泰先生八十寿辰纪念文集》，成都：巴蜀书社，2010 年）。杨尔曾可能仅仅是书坊主而不是实际作者。

③ 胡适：《〈醒世姻缘传〉考证》，黄肃秋校注：《醒世姻缘传》附录二。

材料,以发现作者所具有的背景或身份属性,取代过去先将作者落实到某个具体历史人物以后再去附会其思想观念的做法。应该说,这种思路至少是符合通俗小说文学批评的某种合理主张的。[①] 但是,如果这种考证不能完全遵守实证逻辑,无视通俗小说及其作者的本质属性,就会产生相当大的偏差,同样会将研究引入歧途。

柳存仁在《西游记》中发现了一些全真教元素(包括可以涵括在全真教范畴内的"三教融合""内丹"元素),从而提出了《西游记》形成过程中存在一个全真道士添加的环节。[②] 此后又有不少学者予以补充论证,主张《西游记》作者至少具备显著的全真教背景。这一思路本身没有问题,可是其具体考察却有意无意地违反了通俗小说及其作者本质属性所决定的事实前提,同时存在着以偏概全的逻辑失误。

百回本小说《西游记》是依据一个长期以来流行的宗教题材故事和众多创作素材而"创造性完成"(即最后形成的文本不是自发性的自然积累,而是某个人的自觉的完成式创作)的宗教题材作品,所以它包含当时的宗教生活元素是极为正常的。"全真教"不仅如柳存仁已经指出的那样是那个时代(明初以降至于近世)道教的代名词,实质上也可以说是整个社会宗教生活的典型内容。社会宗教生活当然存在着两个方面:一是佛道教的义理化与儒家思

---

① 即认为作者的时代、社会属性和思想意识必然反映在其文学作品中,可以通过对作品内容的考察得到揭示。这一理论依据创自胡适的科学实证方法,完善于 1949 年以后的现实主义文学理论。可以吴晗的一段话为总结:"一个作家要故意避免含有时代性的记述,虽不是不可能,却也不是一件容易的事。因为他不能离开他的时代,不能离开他的现实生活,他是那时候的现代人,无论他如何避免,在对话中,在一件平凡事情的叙述中,多少总不能不带有那时代的意识。即使他所叙述的是假托古代的题材,无意中也不能不流露出那时代的现实生活。我们要从这些作者不经意的疏略处,找出他原来所处的时代,把作品和时代关联起来。"(吴晗:《金瓶梅的著作时代及其社会背景》,载《读史札记》,北京:生活·读书·新知三联书店,1956 年,第 19 页)

② 柳存仁:《全真教和小说西游记》,载《和风堂文集》第三册,上海:上海古籍出版社,1991 年。

想的融合，二是佛道教的“普化”与“丛散性宗教”（diffused religion）的混同。后者形成社会一般信仰，前者则构筑了精英层面的“三教融合”思想。两个方面彼此交融，共同形成社会一般信仰。全真教以“忍耻含垢、苦己利人”的救世宗教本色和“其谦逊似儒，其坚苦似墨，其修习似禅，其块然无营又似夫为浑沌氏之术者”（元好问《太古观记》①）、“识心见性、除情去欲”三教一家的义理化提升，以及其独创的文学化的教谕传化手段、模仿佛教禅林制度而形成的独立教团式的存在形式，从一开始就产生了巨大的影响，至明初既已在社会上与主要的传统道教融汇体“正一”并立且影响渐渐过之，最终在实质内容上混同无间；同时在义理建设方面与禅宗、内丹及儒家心性理论又融合为一，因此在社会一般民众及文士群体中成为最主要的宗教生活内容之一。所有这一切，都必然反映在文学作品特别是宗教题材创作及其作者的观念意识之中。

元代全真教故事已甚为流行，疑为元邓学可撰“道词”有曰：“【呆骨朵】休言道尧舜和桀纣，则不如郝王孙谭马丘刘。他每是文中子门徒，亢仓子志友。休言为吏道的张平叔，偃月的刘行首，则不如阐全真王祖师，道不如打回头马半州。”②全真道化剧就已经是元明杂剧的主要类型之一，如元杂剧《吕洞宾三醉岳阳楼》（马致远）、《马丹阳三度任风子》（马致远）、《开坛阐教黄粱梦》（马致远、李时中等）、《王祖师三度马丹阳》（马致远）、《吕洞宾度铁拐李》（岳伯川）、《汉钟离度脱蓝采和》（无名氏）、《蓝采和锁心猿意马》（元明间无名氏），明杂剧《马丹阳度脱刘行首》（杨讷）、《紫阳仙三度常椿寿》（朱有燉）、《吕纯阳点化度黄龙》（无名氏）等。明传奇虽然没有专门的道化剧，但全真度脱的素材内容仍然比比皆是。小说方面，邓志谟《飞剑记》为典型的全真度脱主

---

① 元好问：《元好问文编年校注》卷五，狄宝心校注，北京：中华书局，2012年，第768页。

② 《自然集》，文物出版社等三家出版社影印明《正统道藏》第25册，1988年，第497页。此据张泽洪《道教唱道情与中国民间文化研究》，北京：人民出版社，2011年，第107—108页。

题。至于元明“道情”类散曲,这方面的内容就更多了。[1]

全真教的一个非常典型的特征是:全真师徒继承前此《钟吕传道集》以及道情鼓子词的传统,发展了以较为浅显通俗的诗词作品进行教谕的传化方式,并且产生了极好的效果。其作品在金末元初就已经得到结集[2],入明亦流传不绝,明正统修、万历续修《道藏》仍然收有诗词文集《重阳全真集》《重阳教化集》《重阳分梨十化集》、马钰《洞玄金玉集》《渐悟集》《丹阳神光灿》、丘处机《磻溪集》、王处一《云光集》、谭处端《水云集》、刘处玄《仙乐集》、郝大通《太古集》、尹志平《葆光集》,诗词作品不下数千首,教内著述如俞琰《周易参同契发挥》《性命圭旨》、明阳道生《真诠》、明伍守阳《仙佛合宗语录》、明涵蟾子《诸真玄奥集成》常有引用。同时不仅为向道文人所喜读,也为宝卷、道情、各种曲词等通俗文学形式所吸收。

明代章回小说的一个重要形式特征是大量使用(包括采入和创作)诗词曲文。据今人统计,《水浒传》用诗五百五十六首、词五十四首;《三国志演义》用诗一百五十七首、词二首、赋二首;《金瓶梅》用曲四十余支;《西游记》用诗词及骈俪文字约四百八十八处。[3] 这首先是章回小说沿袭了话本和戏曲形式元素的结果,其次则是通俗小说的编纂制作既必须依靠流行素材、传统母题和既有材料以节约时间成本,同时又必须夺人耳目以促其销售的商品性的必然反映。但这两种客观因素之外,还存在一个更重要的主观因素,即通俗小说作者属性所决定的文人“炫才”传统。所以不仅诗词曲文的使用成为一种普遍现象,铺采摛文、博闻广识乃至故弄玄虚自古以来都是“小说”无法摒弃

---

① 可参张泽洪《道教唱道情与中国民间文化研究》。

② 俞琰《席上腐谈》卷下:“全真教王重阳《全真集》,马丹阳《微语集》《金玉集》,谭长真《水云集》,刘长生《仙乐集》,丘长春《蟠溪集》《鸣道集》,王玉阳《灵光集》,郝广宁《太古集》,北方有刊本,总名《七真要训》。燕山道路迩多刊丹书,大德己亥携《丁灵阳文集》惠予,又以《马丹阳语录》求予序,遂为序其篇端。”(文渊阁《四库全书》本)。

③ 张敬:《诗词在中国古典小说戏曲中的应用》,载《清徽学术论著》,台北:华正书局,1993年,第505—506页。

的创作方式。《西游记》以一个广为人知并为大众喜闻乐见的宗教故事为题材，最后完成于明万历年间，同时其定稿人又显然是一位才华横溢的“文人”作者，因此引录诗词抄袭或采用了全真作品是不奇怪的。凌濛初称小说中诗词不过为“蒜酪”，“间有采用旧者，取一时切景而及之，亦小说家旧例，勿嫌剽窃”（《拍案惊奇》凡例），正此之谓。

综上所述，如果要根据作品的内容包含和材料采录对作者进行定性，那么就必须要看其“包含”是否仍属于文学反映社会的范畴，其“采录”是否超越了章回小说的形式功能、文人“炫才”创作传统的范围和程度。

柳存仁及其他研究者提出的证据可分为三个方面：第一是《西游记》采录了一些全真教人的诗词作品；第二是《西游记》从回目、创作诗词到正文叙述包含了很多全真教、内丹道术语、词汇；第三是《西游记》问世不久就为内丹道人士所申发。第三个方面留待下一节详论，此先就前两个方面合并其例择要分析如下。

（1）《西游记》第八回中使用了与虞集有唱和的冯尊师《苏武慢》（原收在《鸣鹤余音》中）“试问禅关”一首；第八十七回引《苏武慢》“大道幽深”一首。其他地方也引用了《鸣鹤余音》的文字，如第七十八回袭用《鸣鹤余音》所收题宋仁宗《尊道赋》。

《鸣鹤余音》原作应只有一卷，内容仅为冯尊师的《苏武慢》二十首以及虞集的和作十二首。今《道藏》本共九卷，据卷首虞集序（《道园遗稿》卷六亦载），乃是“仙游道士彭致中”采集古今仙真歌辞，并冯尊师作及虞集和作而刻之的结果。彭致中扩编本编出后，正统时编入《道藏》。黄丕烈《士礼居藏书题跋记》著录之九卷本和《四库全书总目》著录之内府藏八卷本，当与《道藏》本为同一系统。

冯尊师之作与虞集和作均流行颇广。元道士张雨有和虞集之作；明陈耀文编《花草粹编》虽“间及元人”，仍收有冯作六首及虞集和作二首。明朱存理《跋〈鸣鹤余音〉后》（载《楼居杂著》，《四库全书》本）所云凌云翰和作见其《柘轩词》，有序曰：“世传全真冯尊师《苏武慢》廿篇，前十篇道遗世之情，后十篇论学仙之事。道园先生谓费无隐独善歌之，则能知者亦罕矣。及观先生所作，非惟足以追配尊师，而使世之汩没尘埃、流连光景者闻之，而有遗世独立、羽化登仙之想，则是篇于世其可少乎。”（明凌云翰《柘轩词》，《彊村丛书》本）虞集从孙应为元、明之间人，朱存理主要生活在成、弘之间，陈耀文《花草粹编》最后编竣于万历年间，可证从元初到明中期冯尊师《苏武慢》之作及虞集和作在文士间一直具有相当的影响。《西游记》采录其文，极为正常，并无任何特别之处。编刊于万历前后的小说《于少保萃忠全传》，其卷五一首词显亦取意《苏武慢》“试问禅关”，或至少是参考了其词意并借用了词汇。

冯尊师《苏武慢》“试问禅关”①	《于少保萃忠传》卷五②
试问禅关，参求无数，往往到头虚老。磨砖作镜，积雪为粮，迷了几多年少。毛吞大海，芥纳须弥，金色头陀微笑，晤时超十地三乘，凝滞四生六道。 谁听得绝想岩前，无阴树下，杜宇一声春晓。曹溪路险，鹫岭云深，此处故人音杳。千丈冰崖，五叶莲开，古殿帘垂香袅。免葛藤丛里，老婆游子，梦魂颠倒。	形容苍古，颜貌清癯，剃发青如蓝翠，庞眉白似银丝，顶心不冠毗卢，身体聊披衲袄；危坐蒲团，手持珠粒，敲木鱼警万姓沉迷，贮盂钵盛千家饭食；每日诵三乘经卷，尝时讲六道缘因，暇炼磨砖作镜，寒来积雪为粮，坐山中浑忘岁月，居庵内几度春秋；绝相崖前苦行，无阴树下潜修，放参知过去机关，入定晓未来事业；色相毛吞大海，胸襟芥纳须弥；分明的鹫岭云深藏佛子，宛然是雪山冰穴隐禅僧。

冯尊师此词禅、道混融，总体上仍以感叹尘世、超逸云外为主旨，意趣晓畅，辞句简白而又不失清丽，为世人所爱，良有所以。但《西游记》和《于少保

① 彭致中《鸣鹤余音》，文物出版社等三家出版社影印明《正统道藏》第 24 册，第 262—263 页。

② 《古本小说集成》影印浙江图书馆藏明天启间刻本，上海：上海古籍出版社，第 2 辑第 55—56 册。

萃忠全传》都不过是作为话头诗引用而已,没有什么深层的用意,更不用说特定的隐喻和象征了。

扩编本《鸣鹤余音》除冯尊师之作与虞集和作外,还包括了全真师徒王嚞、马钰、丘处机、郝大通、孙不二、宋德方乃至更早时候如钟、吕、白玉蟾、张伯端等人之作,题宋仁宗《尊道赋》亦属此类,不少作品仅见于此编引录。《鸣鹤余音》影响既广,这些采录作品亦不难被引用。袭用《尊道赋》问题,徐朔方已有驳论[①],可以略作补充的是:《尊道赋》用在《西游记》第七十八回中是作为典型的角色人物"上场语"出现的,而上场语或上场诗抄袭前人作品是小说戏曲的惯用手法。

(2)《西游记》第三十八回咏芭蕉诗与王重阳《望远行》、丘处机《寓声恨叹迟》《鹤》等神似。

第三十八回咏芭蕉诗首四句实仿自五代路德延《芭蕉诗》:"一种灵苗异,天然体性虚。叶如斜界纸,心似倒抽书。"(《全唐诗》卷七一九[②])王重阳、丘处机是借鉴,而《西游记》作者则是抄录。这种咏物诗的材料在《全芳备祖》一类书籍中很容易读到。

(3)《西游记》第五十回《南柯子》采自马钰《渐悟集》卷下《赠众道友》;第九十一回《瑞鹧鸪》采自马钰《渐悟集》卷下《赠众道契》;《西游记》第七回咏如意棒诗第一句"一点灵光彻太虚"采自《洞玄金玉集》卷五《见性颂》第一句。

马钰的两首诗词分别为:"心地频频扫,尘情细细除。莫教坑堑陷毗卢,常静常清、方可论元初。性烛频挑剔,曹溪任吸呼。勿令喘息气声粗,昼夜绵绵、端的好功夫。""修行何处用功夫,马劣猿颠速剪除。牢捉牢擒生五彩,暂停暂住免三途。稍令自在神丹漏,略放从容玉性枯。酒色气财心不尽,得玄

① 徐朔方:《评〈全真教与小说西游记〉》,《文学遗产》1993年第6期。

② 彭定求等编:《全唐诗》,北京:中华书局,1960年,第8255页。

得妙恰如无。”[①]诗文语言浅白，多含全真词语，如“漏”“马猿”“酒色气财”等，颇能达到书赠道友以劝化开示的效果。

柳存仁已经指出俞琰《参同契发挥》引用《渐悟集》，另外明蒋一彪《古文参同契集解》亦引有《渐悟集》，可见此集当时一定相当流行。实际上，正如前文已经论述的，马钰诗词作品既多，影响也不亚于王重阳、丘处机，明代甚至有托名马丹阳的“道情”散曲。[②] 因此，马钰诗词被引用，乃属常情。

“一点灵光、通天彻地”等本是道教常语，马钰“一点灵光彻太虚”句似亦为后人所习用（见《道法会元》卷一百九十“太乙火府五雷大法”、元王惟一《明道篇》之《绝句六十四首按六十四卦》）。《西游记》第七回咏如意棒诗第一句采录，和第四句中“任卷舒”云云，则是小说作者巧妙的化用，甚具游戏意味。

(4)《西游记》第三十六回借用了宋张伯端《悟真篇》“内外药”一首绝句，即“前弦之后后弦前，药味平平气象全；采得归来炉里煅，炼成温养似烹鲜”；第五十三回引《西江月十二首》之“德行修逾八百”；第二十九回引翁葆光所集《紫阳真人悟真篇拾遗》中《西江月十二首》之“妄想不复强灭”；第九十六回引“法法法原无法”；第十回引《拾遗》之《即心即佛颂》。

作为内丹书之宗的《悟真篇》，南宋以降内丹道之士无不奉为圭臬，流行已广，影响极大。《鸣鹤余音》卷八亦引录了《西江月》“德行修逾八百”，《破邪显证钥匙卷》卷上“破十样仙品第七”引用了《紫阳真人悟真篇拾遗》“绝句四首”之“不移一步到西天”。日用类书如《新板增补天下便用文林妙锦万宝全书》“修真门”也有引用。小说中以《韩湘子全传》引用最多，包括翁葆光注亦被大量采入[③]，这是因其度脱小说的性质所致。《西游记》所录张伯端诗词，除有一首被作者用以“炫才”之外（详见后文所论），其他皆为堆砌式的“羼

---

① 马钰：《渐悟集》，《正统道藏》第 24 册，第 468、475 页。

② 《乐府群珠》收“马丹阳真人”小令《道情》。此据张泽洪《道教唱道情与中国民间文化研究》，第 128—129 页。

③ 详见方胜《评道教小说〈韩湘子全传〉》，《明清小说研究》1990 年第 2 期。

入”，与前后叙事并不相关，毫无特别喻示之义。

自葛洪以降，金丹之说就是道教的一个核心主张，并成为劝化词曲的主要内容之一。南宋张抡《道情鼓子词》就颇多丹道色彩[1]，至南宋、元、明之时，丹道已成为某种意义上的“时髦”。全真门徒之外，下至一般文人，上至王侯大臣，大都能道其一二，如马致远《开坛阐教黄粱梦》第一折“东华帝君”白云：“这一去使寒暑不侵其体，日月不老其颜。神炉仙鼎，把玄霜绛雪烧成；玉户金关，使姹女婴儿配定。身登紫府，朝三清位列真君；名记丹书，免九族不为下鬼。”[2]明朱有燉《十长生》第一折【混江龙】曲则完全是敷说金丹内容。

当时的“日用类书”多有“修真”一门，《三台万用正宗》在“修真”后尤增加“金丹”一门，内容最多。和侧重于具体养生之法的《文林妙锦万宝全书》相比，《三台万用正宗》包含金丹内容也较为全面。这些日用类书所载“修真”“金丹”包括喻示方法、秘旨的诗词、各种释论、心得、具体功法、相关图像等。《三台万用正宗》“修真门”上栏为按摩、吐纳之法和修真诗词，下栏为“玄关秘旨”和关于火候、药物、采药的秘法，以及各种概念解释。“金丹门”上栏标目为“金丹诗词”，辑录咏赞金丹的诗词作品；下栏标目“金丹门”，包含“金丹秘旨”“铅汞金丹起首秘诀”“阴池阳池炉式秘诀”等。日用类书无非辗转承袭，内容未必得当，但至少反映了当时的社会需求。在此一风气下，《西游记》作者引录《悟真篇》诗词及金丹术语以引人注意，显然也是极为正常的。

（5）《西游记》第八十五回引《性命圭旨》亨集《涵养本原图》口诀“佛在灵山莫远求，灵山只在汝心头。人人有个灵山塔，好向灵山塔下修”。

《性命圭旨》以图像为纲，附以相关言论、口诀、歌谣，本身就是一定程度上的材料汇编。“佛在灵山莫远求”诗，见罗清《五部六册》之一的《破邪显证

---

① 张抡：《道情鼓子词》，见唐圭璋《全宋词》卷九十九。参阅张泽洪《道教唱道情与中国民间文化研究》，第 69 页。

② 王季思主编：《全元戏曲》第二卷，北京：人民文学出版社，1990 年，第 187 页。

钥匙卷》和《正信除疑无修证自在宝卷》。[①]《五部六册》编纂时间应在《性命圭旨》之前,可证此诗已是《西游记》完成之际的流行之语。

(6)第十九回末引录《摩诃般若波罗蜜多心经》,第二十回开篇偈语抄录自"松溪道人无垢子"《般若心经注解》。

此一引录在柳存仁尚认为是佛教材料,最近陈洪考证出此"松溪道人无垢子"实为元末明初全真道士何道全,结论甚是。[②] 可以略作补充的是,今《道藏》所收"松溪道人何道全"《随机应化录》,有《读般若心经》诗:"这卷心经本在心,迷人枉向外边寻。若能放下全无碍,霎时大地变黄金。"[③]与《般若心经注解》"经"下注后偈诗"这卷真经本在心,自家宝藏不须寻。猛然检著无生品,迸出明珠耀古今"[④]略同。

《心经》是宋以来非常流行的佛典,与禅宗、三教合一思潮有着密切的关系。全真教成立伊始就十分注重《心经》,也是出于同样的原因。[⑤] 明太祖下诏令僧人穷研《心经》且御制《心经序》颁行天下,更促进了其在社会上的传播。[⑥] 在唐以来的"取经故事"中,唐僧念诵《心经》一直是一个"情节要素",百回本《西游记》小说依然予以保留[⑦],所以在第十九回全文移录,并不意外。从第二十回开篇所引偈语及陈洪的考证来看,《西游记》作者所据的《心经》版本,很大可能就是何道全的《般若心经注解》(其末附有《心经》原文)。

---

① 各处文字不尽一致。《破邪显证钥匙卷》作"佛在灵山莫远求,三宝只在人心头,本性就是真三宝,万法归一一篮收"。

② 陈洪:《〈西游记〉与全真教之缘新证》,《文学遗产》2015 年第 5 期。唯台北新文丰出版公司影印本《卍续藏经》第 42 册目录已注明《般若心经注解》为"明何道全注"。

③ 《随机应化录》,文物出版社等三家出版社影印明《正统道藏》第 24 册,1988 年,第 142 页。

④ 《般若心经注解》,《卍续藏经》第 42 册,台北:新文丰出版公司影印本,第 74 页。

⑤ 福井文雅:《佛教与全真教的成立》,《世界宗教研究》1996 年第 2 期。

⑥ 李小荣:《〈西游记〉〈心经〉关系略论》,《贵州大学学报》(社会科学版)2001 年第 19 卷第 6 期。

⑦ 程毅中:《〈心经〉与"心猿"》,《文学遗产》2004 年第 1 期。

何道全《般若心经注解》杂引文字，兼以己语，末附偈诗一首。思想上和合三教，牵强附会、机械生硬，义理水平与同时先后其他《心经》疏解之差距不可以道里计。但文字尤其是偈诗浅近通俗，与当时宝卷、善书风格接近，可能因此而颇为流行。明晁瑮《晁氏宝文堂书目》著录有《无垢子解心经》《无垢子注心经》，当即一书。明赵台鼎《脉望》卷一所引"《心经》无垢子注云：六个门头一个关，五门不必更遮栏。从他世事纷纷乱，堂上家尊镇日安"[①]，文字与《般若心经注解》"无眼耳鼻舌身意"注下偈诗全同。[②]《性命圭旨》亨集《涵养本原图》"第一节口诀"："智觉禅师云：菩萨从来不离真，自家昧了不相亲。若能静坐回光照，便见生前旧主人。"亦见《般若心经注解》"观自在菩萨"下注（真作"身"）[③]，也可证它们是同一性质的喻教之书，皆为百回本《西游记》作者所能见。

但在《西游记》中，《心经》全文及何道全偈诗仍然不过是与正文毫无关联的"羼入"文字。陈洪认为何道全注解与《西游记》存在呼应之处：小者有以"斜月三星"喻"心"的相同，大者有"牛""白牛"宗教喻义的契合。其实，以"斜月三星"喻"心"乃起自秦少游词《南歌子赠陶心儿》句"一钩残月带三星"，为后人所常用（何道全注中"古云：三点如星象，横钩似月斜，披毛从此得，作佛也由他"，亦见《昙花记》第三十出"三点疏星曲，一湾新月斜。披毛从此得，作佛也由他"）。"牛""白牛"宗教喻意见下文所论，也是禅门、道门通俗教谕文字中常用的概念。

浦安迪认为："小说中到处可见的三教混杂的心学语言，实质上决定了书中寓言形象所代表的意义。这种哲学语言不但给这个寓言旅程所提的问题重下定义，也以修心的各种概念化措辞暗示了可能的解决办法。"[④]这种观点

① 赵台鼎：《脉望》，《陈眉公家藏秘笈续函》（《宝颜堂秘笈》续集）本。

② 《般若心经注解》，《卍续藏经》第42册，第86页。

③ 同上书，第74页。

④ 浦安迪：《明代小说四大奇书》，沈亨寿译，北京：生活·读书·新知三联书店，2006年，第223页。

不仅是将小说这种虚构的通俗文学作品视作宗教或哲学寓言，而且把小说作家当作了严谨的宗教、哲学学者。浦安迪及持有类似观点的学者没有或不愿注意的是，《西游记》关于“心”的“哲学”式评论或改造至多也属于某位普通文人粗浅的理解乃至“误读”①，远没有达到晚明理学家所倡“心学”的高度，其抄录何道全《般若心经注解》鄙俚浅俗的偈语其实正是一个最好的证明。鲁迅称作者“尤未习佛”，实就此而言，是极为洞察的睿智之见。

(7)《西游记》中较多出现“猿马”“心猿”(并用“心猿”代指孙悟空)。

猿性躁动、马擅快奔，心性说者以猿、马喻心、意之未宁，顺理成章。清孙奇逢的总结十分到位：

> 或问：心取譬于猿，意取譬于马，此何说也？曰：猿喜玩弄，马善驰逐，盖谓心与意纷飞营扰，千古上下六合内外无顷刻定静之时。禅家槁木死灰，只是令猿马不骋，此心常定，此意常静耳。但不似圣人无意必固，我寂然不动，感而遂通，则心之猿、意之马，皆鸢之飞、鱼之跃矣。②

此一喻指原应来自佛经。庾信诗《陕州弘农郡五张寺经藏碑》有“身虽系马，心避腾猿”，清吴兆宜笺注引《涅槃教诫经》并《高僧传》，溯源甚的。此后“心猿意马”使用极多，不胜枚举。宋《法藏碎金录》谓：“学道之人虽曰有心，心常在定，非同猿马之未宁。虽曰无心，心常在慧，非同株块之不动。理性体用，至论如此。”③定性已极明确。当然，《西游记》中大量使用的还是全真教祖王嚞的诗词集。如果说是全真祖师建立了最后的固定喻义，也是可以成立的。但关键在于此一喻指不久就在全真以外的广泛范围内发生了影响，已无法视为全真教或内丹道的标识。元明间无名氏杂剧有《蓝采和锁心猿意马》，明贾仲明杂剧《铁拐李度金童玉女》之明万历四十五(1617)年脉望馆藏《古名

① 李小荣：《〈西游记〉〈心经〉关系略论》，《贵州大学学报》(社会科学版)2011年第19卷第6期。

② 孙奇逢：《孙征君日谱录存》卷一，清光绪十一年(1885)刻本。

③ 晁迥：《法藏碎金录》卷一，文渊阁《四库全书》本。

家杂剧》本一题“金安筹收意马心猿”[1]。元纪君祥《陈文图悟道松阴梦》(残折)有“牢锁住心猿颠耍,紧拴住意马咆哮”[2]、《飞丸记》第十七出有“猿马难羁”、《绣襦记》第八出有“难拴猿马意”[3]、《二刻拍案惊奇·任君用恣乐深闺杨太尉戏宫馆客》有“久作阱中猿马,今思野外鸳鸯”;“心猿意马”更成为戏曲、小说、弹词、宝卷中的常语。通俗文学之外,《南华真经义海纂微》以“心猿意马”解“偾骄”,明沈一贯《庄子通》也有“如猿马不定”的解说。特别是题张三丰《无根树道情二十四首》的“防猿马、劣更顽”[4],直是王重阳“意马心猿休放劣”(《重阳全真集》卷十二《自述》)的翻版。

在世德堂本《西游记》之前的“西游取经故事”及表现此一故事的艺术形式杂剧、评话乃至宗教科仪中[5],一些基本元素似已定型,取材于此的明代宝卷集中反映了这一情况。这些宝卷如《五部六册》之《巍巍不动泰山深根结果宝卷》《苦功悟道宝卷》《销释真空宝卷》及《清源妙道显圣真君一了真人护国佑民忠孝二郎开山宝卷》《普明如来无为了义宝卷》等。如陈洪等学者所考述者,此类宝卷已经普遍以“意马心猿”喻指西游取经故事及其人物(孙悟空本身就是一只猴子),并含有不骋猿马、终归大道的喻义。[6] 但也就仅此而已,并无太多的玄妙意味。

小说《西游记》显然继承了这些元素。在“心猿意马”成为普遍使用的语词的情况下,《西游记》既以流行的证道故事为题材,继续使用这些词语的特定喻义,并以心猿作为孙悟空代称,都是非常普通的做法。实际上,《西游记》

---

① 傅惜华:《明代杂剧全目》,北京:作家出版社,1958 年,第 41 页。

② 王季思主编:《全元戏曲》第三卷,第 648 页。

③ 毛晋:《六十种曲》,北京:中华书局据 1935 年开明书店排印本重印,2007 年第 2 版,第 11 册第 53 页、第 7 册第 20 页。

④ 张三丰:《张三丰先生全集》卷四,清道光刻本。

⑤ 近年来发现内容时代很早的佛教科仪文书“佛门请经科”已有唐僧取经内容,有学者认为这可能是西游故事的直接源头之一。见侯冲《〈佛门请经科〉:〈西游记〉研究的新资料》,《宗教学研究》2013 年第 3 期。

⑥ 陈洪、陈宏:《论〈西游记〉与全真教之缘》,《文学遗产》2003 年第 6 期。

并未就“心猿意马”做任何发挥，相反倒是陈元之序代其言之，此后乾隆间书坊重刻《西游证道书》之蔡元放序及《读法》又有标榜，这更加证明了此类语汇为世俗社会所熟悉的程度。

(8)“牛魔王”故事与何道全“人牛不见”之喻相对应的问题。

陈洪对此问题予以深研，提出此一故事化用“牵牛皈依”的禅门典故，体现出一定的佛理内涵。[①] 当发现《西游记》采录何道全《般若心经注解》偈后，陈洪进而认为“牛魔王”故事与何道全《般若心经注解》存在直接的对应关系。[②]

诚如陈洪指出的，“牛”是禅宗常用的物象，有“长久调伏、夹鼻牵引”等喻义。第二十回所引何道全偈诗、何道全《般若心经注解》之“人牛不见”，乃喻“人牛俱化”之万象俱空，是上述二喻的最后旨归，当出宋释晓莹《罗湖野录》卷二：“潼川府天宁则禅师，蚤业儒，词章婉缛。既从释得法于俨首，重而为黄檗胜之孙。有‘牧牛词’寄以《满庭芳》调曰：‘咄这牛儿，身强力健，几人能解牵骑。为贪原上，绿草嫩离离。只管寻芳逐翠，奔驰后、不顾倾危。争知道，山遥水远，回首到家迟。牧童今有智，长绳牢把，短杖高提。入泥入水，终是不生疲。直待心调步稳，青松下、孤笛横吹。当归去，人牛不见，正是月明时。’世以禅语为词，意句圆美，无出此右。或讥其徒以不正之声混伤宗教，然有乐于呕吟，则因而见道，亦不失为善巧方便随机设化之一端耳。”[③]又成为后世“牧牛图”表现主题之一。谭处端《水云集》卷下《长思仙》词、《鸣鹤余音》卷一所收郝太古《无俗念》词，均有对“人牛不见处，正是月明时”之化用。可见此喻为宋以来参禅修道者所习用，并非何道全的独门心法。

(9)《西游记》中多有道教修炼词语（包括回目、回首开篇诗词及说明文字、其他所引诗词及说明文字、正文说明性文字和相关比喻等所包括的词语）

---

① 陈洪：《牛魔王佛门渊源考》，《南开学报》（哲学社会科学版）1992年第5期。

② 陈洪：《〈西游记〉与全真教之缘新证》，《文学遗产》2015年第5期。

③ 释晓莹：《罗湖野录》，文渊阁《四库全书》本。洪迈《夷坚丙志》卷十八亦载此词，文字稍异，说法亦不同。见洪迈《夷坚志》，何卓点校，北京：中华书局，2006年，第513页。

如“小仙”“八百”“三千”“十二时”“六六”“三三”“如然”及全真词汇“龙华会”“玉华会”等。包括有时“金公”借指行者、“木母”借指八戒、“黄婆”借指沙僧等。

这实质上与上举(4)(7)点属于同一性质。但《西游记》在使用上随意性更强,往往信手拈来,并无特别的潜藏喻义,完全达不到以特有的文句和词汇去渗透小说若干部分的内容,或帮助小说情节的高度。在佛道教逐渐“普化”、社会宗教生活已达成“三教混融”的背景下,根据词汇使用而判别“宗派”,是不符合事实和逻辑的。

综上分析,可以得出两点:第一是《西游记》的这些内容并没有超过小说选取素材、借用词语以及多方引录的范围。小说是世俗性的文学,“道些世情,说些因果”是其根本主旨,因此即使是神鬼之谈,也必然反映现实世相。这些世相也许在今天已变得不为我们所察,但在当时的读者则可以一眼看出。当某些今人惊讶于《西游记》某些内容的新奇陌生时,殊不知这却是那个时代习以为常的观念、知识、宗教生活形态和社会生活实际,亦即鲁迅所谓的“常谈”①。《西游记》“字里行间更有许多地方很带有了些全真教派的气味”固非偶然,因为全真教是元明以降社会宗教生活方面的主要内容。这些内容必然反映在当时的文学作品如《西游记》中,就像“好大圣,按落云头,去郡城脚下,摇身一变,变做个游方的云水全真”(《西游记》第四十四回)那样简单、自然。第二是相关诗词、经文及词语的采用并不是小说中心思想的提炼与呈现,而往往是文人作者“炫才”的需要。诗词能否与小说描写内容相配合,是引用诗词是否达至思想喻指的关键。但事实上有很多小说的诗词达不到配合情节的高度,甚至与文旨毫无关联,《西游记》所引全真祖师诗词也是这一情况,这一点是柳存仁也不能不承认的。相关经文和用语的采用,同样如此。

① 鲁迅:《中国小说史略》,北京:人民文学出版社,1976年,第140页。以中野美代子的相关研究(《西游记的秘密[外二种]》,王秀文等译,北京:中华书局,2002年)为代表的详细勾勒,亦不外乎对这种“常谈”的发掘。

既能抄流行的全真诗词、《心经》和科仪文书(比如第九十八回鲁迅所谓“荒唐无稽之经目”或即抄自当时普遍使用的《佛门请经科》①),也能抄《圣教序》,同时又抄录了当时善书中的伪托之文(如第十一回“太宗御榜文”即抄自明代善书《明心宝卷》中托名宋仁宗的一段文字②),说明小说《西游记》的最后作者固然是一位有“文”之人,但明显不是一位有“学”之士。

《西游记》作者不可能是全真教人或具有全真背景的向道之士,这可以从其文本中得到简单证明。柳存仁已经提到的第三十七至三十九回文殊菩萨坐下“骟了的狮子”受命下凡作怪,偏偏就扮作全真道士,所谓“钟南忽降全真怪”者,就是一个显著之例。当然更重要的证据是整部作品的思想意趣,对此前人时贤论述已多,此处仅举典型一例,第四十四回:

> 这行者却引八戒沙僧,按落云头,闯上三清殿……行者道:“这上面坐的是甚么菩萨?”八戒笑道:“三清也认不得,却认做甚么菩萨!”行者道:“那三清?”八戒道:“中间的是元始天尊,左边的是灵宝道君,右边的是太上老君。”……八戒变做太上老君,行者变做元始天尊,沙僧变作灵宝道君,把原像都推下去……
>
> 行者道:“兄弟呀,吃东西事小,泄漏天机事大。这圣像都推在地下,倘有起早的道士来撞钟扫地,或绊一个根头,却不走漏消息?你把他藏过一边来。”八戒道:“此处路生,摸门不着,却那里藏他?”行者道:“我才进来时,那右手下有一重小门儿,那里面秽气畜人,想必是个五谷轮回之所。你把他送在那里去罢。”
>
> 这呆子有些夯力量跳下来,把三个圣像,拿在肩膊上,扛将出来;到那厢,用脚登开门看时,原来是个大东厕,笑道:“这个弼马温着然会弄嘴弄舌!把个毛坑也与他起个道号,叫做甚么‘五谷轮回之所’!”那呆子扛在肩上且不丢了去,口里啯啯哝哝的祷道:“三清三清,我说你听:远方到

---

① 侯冲:《〈佛门请经科〉:〈西游记〉研究的新资料》,《宗教学研究》2013 年第 3 期。

② 吴承恩著、李天飞校注:《西游记》,第 164 页。

此，惯灭妖精。欲享供养，无处安宁。借你坐位，略略少停。你等坐久，也且暂下毛坑。你平日家受用无穷，做个清净道士；今日里不免享些秽物，也做个受臭气的天尊！”①

对神圣的戏谑、嘲讽与反抗是《西游记》世俗精神的绝佳体现。将“三清”像推倒并放入茅厕“做个受臭气的天尊”，在某种程度上比大闹天宫，嘲弄如来、观音以及呵骂老君等更要登峰造极。这段描写绝不是全真教道人或修性炼命之士所能道其一言的，而只可能是低级文人的心志流露。余国藩用老庄通脱一切的幽默和禅宗“呵祖骂佛”的反传统智慧来解释这一与“神圣”相左的“喜感”②，如前文评论柳存仁的，也是把小说当作哲学经典，将小说家的世俗精神视为宗教家的信仰情怀。如果说“五谷轮回之所”和“受臭气的天尊”也能称得上是禅门“话头”，那么一切世俗的反讽和批判也就不存在了。

柳存仁等学者在论证逻辑上也是存在问题的。

欲证明甲因具有某元素而就是乙，必须要具备两个前提：（1）甲虽具有其他元素但不是非乙；（2）凡丙、丁、戊、己、庚等具有相同元素者均是乙。落实到《西游记》某“底本”作者为全真道士问题上，两个前提都不存在：《西游记》（无论是可能存在的“底本”还是百回本“定本”）显然具有更多的佛教元素，但没有绝对理由证明作者不是佛教中人；其他具有全真道元素的作品如全真道化剧等，其作者显然并非全真教人。

柳氏的逻辑甚为复杂含混，其大前提：百回本《西游记》存在全真教的气息。小前提一：《西游记》是累积型创作，从原型到元再到明百回本《西游记》经过了一系列发展和增删修饰；杨、朱二节本均在繁本百回本之前。小前提

① 吴承恩著、黄肃秋注释：《西游记》，北京：人民文学出版社，1980年第2版，第543—544页。

② 余国藩：《宗教与中国文学——论〈西游记〉的“玄道”》，李奭学编译：《〈红楼梦〉、〈西游记〉与其他——余国藩论学文选》，北京：生活·读书·新知三联书店，2006年，第379—383页。

二:百回本《西游记》虽然存在全真气息但痕迹已经不多,而且这些气息明显也经过了变动和修饰增刊。结论:所以《西游记》在明百回本之前一定存在着一个经过全真教道士之手的本子。

首先,大前提和小前提二就存在着矛盾。其次,小前提一在事实上不尽成立。从百回本《西游记》小说的文学成就和思想主旨中不难判断的是:它不是对前有各种形式的"西游取经故事"的简单因袭,所以也就不是从一个环节到另一个环节的自然演化,而是创造性的再述,这种创造绝不是一种简单的刊削旧痕、涂抹新颜的过程。[①] "西游取经"一直是个流行的题材,在百回本《西游记》之前存在着各种形式的关于这个题材的有意敷演,比如戏曲、传奇故事、道情、宝卷之唱说等[②],但均与洋洋百回的章回小说巨制不能等量齐观。只有在百回本的基础上刊削为节本,而不是正相反。[③] 再次,柳氏的论证存在明显的"丐题"谬误:结论和小前提二明显属于"循环论证"。最后,大、小前提即使全部成立,并不能推出最后的结论,也就是前文所详论的,其大、小前提不能成为"明百回本之前存在着一个经过全真教道士之手的本子"的充要条件。

"西游取经"故事从内容、人物、母题和情节要素等各方面都经历了一个较长的发展演变过程,此无疑义,但百回本小说《西游记》却不是一个自然演化的结果。易言之,"西游取经"故事和小说《西游记》严格说来不是一回事情。作为一个流行的宗教题材故事,"西游取经"不仅为民间宗教所敷演,同时也为佛教、道教所取材,同时为各种文艺所表现。但小说《西游记》的撰写、

① 公认的所谓"世代累积型"的《水浒传》其实也是这种情况。青木正儿指出:元杂剧及明朱有燉创作之《黑旋风仗义疏财》《豹子和尚自还俗》,故事情节和人物性格与小说《水浒传》不合者甚多。见青木正儿《中国近世戏曲史》,王古鲁译、蔡毅校订,北京:中华书局,2010年,第111—112页。

② 道情亦有"西游"之唱说。明李诩曰:"道家所唱有道情,僧家所唱有抛颂,词说如《西游记》《蓝关记》,实匹休耳。"(李诩:《戒庵老人漫笔》,魏连科点校,北京:中华书局,1982年,第17页)其中"西游记"实指道情所敷演的西游取经故事,而不是指百回本小说。

③ 具体研究见杜德桥《西游记祖本考的再商榷》,《新亚学报》1964年第6卷第2期。

成书实质上已经脱离了原型故事的来源和演变的环节发展过程，而且已经成为一种新的文学体制。[①] 这一事实其实无人否定，但柳存仁等人甚至包括批评他们的学者往往先入为主，始终囿于“环节演变”的模式而不能自拔，以至于一定要将每一“环节”落实而后可。这显然是十分错误的。

柳氏的具体论证手法亦有不当之处：一是有意地将基本事实前提予以化解。其巧妙之处在于并不掩饰事实，但总是以退为进，将一般事实变作例外。典型者如：“吕祖的这几阕词，普通研究内丹修持的人都可以利用，本不一定要是全真。但是……（吕祖成为全真的祖师）……全真诸人当然要时时引用了。”[②]二是常常自相矛盾。柳氏在《全真教和小说西游记》一文中的论述，与其在另一文中所谓“小说作家熟于道教事，盖信手拈来，不必一一胶柱鼓瑟也”[③]相抵牾。最关键的是，柳氏提出其结论，必然就要面对“为什么编书的人，一面崇扬道教，称赞它惟恐不力，一面又这么诋毁道教，贬低它的价值呢”的疑问。柳氏的解释是全真教乃是道教的一派，所以为其所看不起的旁门行径，就必然成为邪恶的代表而受到批判。为此，柳氏不惜将小说中常见的“旁门左道”的描写直接对等于全真之外的道教。柳氏的这一解释，遂与其“十六、十七世纪刊行的旧小说里，它（全真）似乎已经变成了一般道士的代名词”“七百多年前在元代全真教飞黄腾达的势力”“百回本《西游记》里的道士，不论他们站在什么立场，品格的善恶，是仙真还是妖邪，他们也常常被称作全真”的论断相互矛盾。[④]

关于全书“弃道归佛”或“崇佛抑道”的基本倾向和书中“全真印记”发生矛盾的“死结”，陈洪的解释是：

---

① 浦安迪：《“文人小说”与“奇书文体”》，载《浦安迪自选集》，第126页。

② 柳存仁：《全真教和小说西游记》，载《和风堂文集》第三册，第1358页。

③ 柳存仁：《陆西星与吴承恩事迹补考》，载《和风堂文集》第三册，第1398页。

④ 柳存仁：《全真教和小说西游记》，载《和风堂文集》第三册，第1353页。当然，更重要的是不符合事实。明初以降，一方面全真和正一成为所有道教的代名词，另一方面全真和正一除了一些外在的标志外，旨趣基本一致，特别是在社会中发挥功能的道教，其实并无烧炼、符法和丹道的门派之分。

> 隆万之际，因对嘉靖帝佞道的反拨，朝廷多次打击道教，社会舆论也普遍扬佛而厌道，因此最后的写定者既承继了全真教化了的某种“底本”，又自然而然地把当时“扬佛抑道”的舆论倾向，带到了本属道教一脉的作品中，于是就在文本的书写中造成了这个“死结”。[①]

姑不论当时是否存在这样的“时代思潮”，也不论这位“天才作者”是否具有这样的“政治觉悟”和思想倾向，此一说法既不能消除《西游记》同样存在揶揄嘲讽佛教的悖论[②]，也无法解释“全真印记”本身就混融三教的事实。

总之，“全真教”或社会一般宗教信仰当然和小说《西游记》存在关系，而且就是一种影响的关系，但这种关联或影响完全属于现实生活背景、流行观念、文学素材与小说创作的一般关系范围，远未达到其足以发挥决定性作用从而形成某种特殊性（如成为证道、喻教之书）的程度。

三

文学具有一种召唤人心内在情感和意志的强大力量，促使接受者表达他们的价值诉求，无论接受者是官绅、传统士子，还是中下层文人、市民或其他特殊群体。因此，优秀的小说作品总会激起读者对真实作者和创作旨趣的追索欲望。受到感动的读者通过这种追索以获得同情和理解的落脚点，从而实现情感的宣泄和诉求的满足。所谓一部《红楼梦》，“经学家看见《易》，道学家看见淫，才子看见缠绵，革命家看见排满，流言家看见宫闱秘事”[③]。此类现象作为一种“文学接受”，是文学应有的题中之意。

《西游记》同样深刻地反映出这一文学接受的典型现象。

《西游记》以其流行的题材和强大的艺术魅力，在出版后不久就激发了读

---

① 陈洪、陈宏：《论〈西游记〉与全真教之缘》，《文学遗产》2003 年第 6 期。

② 参阅矶部彰《〈西游记〉受容史の研究》第Ⅲ部《〈西游记〉の文学的特征》，东京：多贺出版株式会社，1995 年，第 394—396 页。

③ 鲁迅：《〈绛洞花主〉小引》，载《鲁迅全集》（编年版）第 5 卷（1927—1928），北京：人民文学出版社，2014 年，第 26 页。

者的相关猜度。当建阳书坊很快就获得了南京传来的新印之书并立即翻刻后，就已经有“或曰出八公之徒”“或曰出王自制”的说法（《新刻出像官板大字西游记》陈元之序），不过这还只是一种商业手段。如果就文学接受中的有意识建构而言，最典型的就是大约起自明末的丘处机作者说。《西游证道书》刊行于清康熙间[①]，无论其是否有“大略堂古本”可依，“证道”应是其首创，而且通过所载伪撰虞集序正式确立了丘处机为作者及相关证道之说。汪象旭（原名淇，字右子，号憺漪子、瞻漪、残梦道人等[②]）仍是一位书坊主，曾编刻过《吕祖全传》。其刊载伪虞集序可能主要出于书坊托名宣传的目的[③]，但也表明以丘处机为作者的观念早已出现，否则书坊主不会想到用虞集来做号召。丘处机作者说至少在乾隆时就因其过于荒诞无稽而被有识之士摒弃，然而其和陈元之、袁于令二序相结合，直接引发了另一种关于其喻义的接受观念。[④]这一观念产生于一个特定的读者群体，也就是胡适所谓的“和尚道士”，实际上主要为道士，包括明末的伍守阳，清代的朱玄育、潘静观、陈士斌、刘一明、张含章。[⑤] 其中康熙时人陈士斌《西游真诠》、乾隆时人刘一明《西游原旨》二部评点解说起的作用最大。在此期间，乾隆十五年（1750）金陵文盛堂重刊

---

① 王裕明：《〈西游证道书〉成书年代考》，《明清小说研究》2004 年第 4 期。

② 曹炳建：《〈西游记〉版本源流考》，北京：人民出版社，2012 年，第 256 页。

③ 关于虞集序的真伪，见矶部彰《〈西游记〉形成史の研究》（东京：创文社，1993 年）、曹炳建《〈西游记〉版本源流考》。虞集序之伪是毫无疑问的，不仅因为虞集的时代不可能出现“数十万言”的西游小说，更主要的是序中所言“喻大道”“收放心”等完全是明末清初的一种《西游记》接受观念。

④ 清代“证道”说三本均强调丘处机为作者：《西游真诠》卷首题尤侗“西游真诠序”曰：“世传为丘长春之作。”《西游原旨》扉页右题“长春丘真君著”，《通易西游正旨》扉页题“天□□□□丘真人著”。

⑤ 其间还有一些不知名者，如题“顾道民脱稿”“客夫人校字”清初刊本《狐仙口授人见乐妓馆珍藏东游记》（今藏北京大学图书馆），一题《西游记释喻》，书中有谓《西游记》暗喻炉鼎者。此据孙楷第《中国通俗小说书目（外二种）》（第 115—116 页）及侯忠义所撰提要（载江苏省社会科学院明清小说研究中心、江苏省社会科学院文学研究所编《中国通俗小说总目提要》，北京：中国文联出版公司，1990 年，第 456 页）。

《西游证道书》,书坊主蔡元放所撰序并《读法》称"《西游记》一书,全是讲仙佛同源、金丹大道"[①],和早先的汪象旭一样,又从商业角度予以推波助澜,使之也影响到正统人士。[②] 此一观念的核心,就是以《西游记》为"修真证道"的寓言,并以此阐发内丹之说。

《西游记》金丹证道说的产生尤和"三教合一"的宗教义理化实践内涵的发展理路密切相关。世界范围内的宗教大多都会发展出某种"神秘主义"(mysticism,或译密契主义)内容,以自然宇宙启示为主的中国宗教尤为如此,融合佛、道、儒的禅宗和内丹正是典型代表。因为这种"密契"是对具体的修炼技术比如假外物以自固的"外丹"的扬弃,所以它从一开始就不是一种技术的发展,而是某种哲学化的思考。

早期的绝大多数内丹著作论述的并不是具体技术,而是通过象征和隐喻的方法对某种原则和程序、模式的讨论,并集中于对错误或不当的批判。因为从原则上说一涉及具体技术就会遭受泄漏天机的严谴,或者陷入拘泥于炼气、服食以及营卫的小道。这导致内丹的技术根本就是一个谜团,包括其术语和关键原则在内,从来也没有呈现出一个清晰的面貌。实际上,就丹道而言,"内丹"或许就没有具体的技术可言,有的只是一种原则上的态度而已。所以,内丹的意义更多的是以其所具有的鲜明的玄学意味而彰显出来的:作为一种观念,"内丹"本身就是佛、道、儒心性学说相互糅合交汇的产物,它体现出一种玄学的思辨性,着重于大、小宇宙秩序的探讨,以及对修炼关键的洞察。所有的核心观念如"火候""玄关""时"等,无非都是一种思想原则而已。内丹的目的很明确,旨在寻求与道体的完美契合,夺取造化的生机;但它的具体内容实质上不过是一种类似于禅宗话头的不落言筌的"教学启发"(尽管内丹学派有时亦对禅学展开批判):"内丹是一种教学,它具有辨诉性的天性,师

---

① 文盛堂本题《西游证道大奇书》,今藏浙江图书馆。此据赵红娟《〈西游证道大奇书〉及其相关问题》,《文献》2011 年第 4 期。

② 如俞樾虽然指《西游记》丘处机作者说荒诞,但也有"金公木母,意近丹经"之论。见孔另境编《中国小说史料》引俞樾《九九消夏录》,上海:上海古籍出版社,1982 年,第 76 页。

傅试着使学生感应神秘的经验及世界的视野,其不仅仅包括因气功上的实践而来,也因由一种思想的再教育而产生;内丹标的于打破一般思想的窠臼,将之弹性化,使之扩大层面。"[①]这使得内丹充满神秘的况味。总之,这种"思辨""教学"也许可以指导具体的肉体和精神修炼,但同样是原则性的而不是技术性的。

因此,内丹和禅宗一样,从一开始就完全依赖象征性的喻示,借助于文学意象、比喻、故事以及外丹术语进行思辨的教学,张伯端《悟真篇》就是此一方式成熟的标志。然而义理化道教"修真成仙"的宗教主旨仍然需要实践方法,外丹既已日显末流之弊,故不得不向内丹寻求解决之道。当内丹这种本来属于哲学范畴的思辨一旦成为宗教实践的具体方法,就必然面临着技术危机,于是等而下之者就不免夸大渲染、故弄玄虚。元俞琰曾批评白玉蟾曰:

> 玉蟾《谢陈泥丸书》《谢张紫阳书》无非张皇其说。然所谓青山暮云、碧潭夜月、芭蕉春风之机、梧桐秋雨之秘,以论升降浮沉,极尽形容之妙,彼所以宛转为之假托者,盖欲深取信于当时学者故尔。[②]

此论虽然是就某些具体的行为而发,却一针见血地指出了内丹的无奈,以及其无端牵扯的弊端。同时,俞琰的批评其实也深刻地道出了内丹家们必然会利用各种隐喻和象征以为阐释利器的深层原因。

传统文士对待小说不外乎三种态度:一是斥为妄作,指为不经;一是谓有寄托,非徒作之;一是目为寓言,称有深旨。后二者属于和前者相对的一类,是士大夫称赞并抬高小说的唯一途径,也是符合中国传统"寄托讽喻"文学思想内在理路的必然结果。毫无疑问,这些批评或许具有某种合理之处,但在根本上仍然是一种特定读者阶层的"接受",并不符合通俗小说的本质属性及

---

① 贺碧来(Isabelle Robinet):《内丹》,王秀惠译,载台湾"中央研究院"中国文哲研究所《中国文哲研究通讯》第6卷第1期。

② 俞琰:《席上腐谈》卷下,文渊阁《四库全书》本。

其思想旨归。

从伍守阳到刘一明属于一种特殊的“宗教家”读者群体，和传统士大夫不同的是，由于其特殊的身份属性和内丹观念的取向，他们主要采取的是最后一种态度。救世宗教必须依托文学实现教谕与传化，所以元明以来的民间新兴宗教如全真教等都普遍作有诗词、道情、宝卷，并始终强调文学喻示的重要性。《西游记》所依据的根本素材“西游取经”故事，原已经被赋予很多宗教喻示色彩，而商业书坊又从不同方面进行了攀附和夸大。在内丹家的需要下，具有丰富素材、深厚魅力的小说《西游记》不可能逃过他们的接受式重构。

既然是“接受”，就是“借他人之酒杯，浇心中之块磊”，或者“言者无心，听者有意”。陈士斌、刘一明的内丹申发在接受者的主观意义上固无可非议，但在作者及其意旨的客观事实上则实在不足与论。如第二十九回所引“妄想不复强灭”词，刘一明借以阐论内丹，自是其“接受”之论；但谓“此词不特为此回而发，乃上贯白虎岭，下接莲花洞，为五回中之脉胳，读者须要着眼”，即属牵强附会。[①] 至于将孙悟空故意刁难宝林寺僧官的话“赶早儿将干净房子打扫一千间，老孙睡觉”，解作“‘打扫干净’，是不容一物留与方寸之中也；‘老孙睡觉’，是使其早自觉悟”之类[②]，无乃荒唐已甚。清乾隆时张书绅最早批评曰：“此书由来已久，读者茫然不知其旨。虽有数家批评，或以为讲禅，或以为谈道，更又以为金丹采炼，多捕风捉影，究非《西游》之正旨。将古人如许之奇文，无边之妙旨，有根有据之学，更目为荒唐无益之谭，良可叹也！”[③]此言确属至论，但可惜的是他却主张《西游记》“只是教人诚心为学”[④]，在批判一种“荒

---

① 在此方面，袁世硕有简明扼要的析论，见其《清代〈西游记〉道家评本解读》，《文史哲》2003 年第 4 期。

② 《西游原旨》第三十六回刘一明评语，《古本小说集成》影印嘉庆二十五年（1820）湖南常德府护国庵重刊本，上海：上海古籍出版社，1994 年，第 5 辑第 23 册，第 1019 页。

③ 《新说西游记》“自序”，《古本小说集成》影印上海古籍出版社藏本，上海：上海古籍出版社，1994 年，第 1 辑第 111 册，第 1—2 页。

④ 《新说西游记》“西游记总论”，《古本小说集成》第 1 辑第 111 册，第 2 页。

唐无益之谭”的同时，又掉进了另外一种泥淖。

鲁迅早已指出了各种接受的必然性，并评判了其结果：

> ……特缘混同之教，流行来久，故其著作，乃亦释迦与老君同流，真性与元神杂出，使三教之徒，皆得随宜附会而已。假欲勉求大旨，则谢肇淛（《五杂组》十五）之“《西游记》曼衍虚诞，而其纵横变化，以猿为心之神，以猪为意之驰，其始之放纵，上天下地，莫能禁制，而归于紧箍一咒，能使心猿驯伏，至死靡他，盖亦求放心之喻，非浪作也”数语，已足尽之。作者所说，亦第云“众僧们议论佛门定旨，上西天取经的缘由……三藏箝口不言，但以手指自心，点头几度，众僧们莫解其意……三藏道，‘心生种种魔生，心灭种种魔灭，我弟子曾在化生寺对佛说下誓愿，不由我不尽此心，这一去，定要到西天见佛求经，使我们法轮回转，皇图永固’”（十三回）而已。①

“已足尽之”“而已”两语，已足驳倒三百年来“和尚、道士、儒生”之说及今人鹦鹉学舌之论。前辈识见之明，本无待表揭申论，但我们仍然不得不做一些补充，原因是《西游记》的文学本质，固不为刘一明等所领会，亦渐为今天的某些学者所忽略，以至于沉渣浮泛、竟成珠玉。对那些假文学研究之名而行“阉割”文学之实的言论，似不可听任其重复千遍就成为真理。

游戏精神和戏谑意趣是《西游记》的文学核心之一，滂沛尺素，洋溢楮墨。可以视而不见，但不能刻意消磨。姑举一例，以概其余。

《西游记》第三十六回借用张伯端《悟真篇》绝句“前弦之后后弦前，药味平平气象全。采得归来炉里煅，煅成温养自烹煎”（《西游记》最后一句改作“志行功果即西天”）一段描写，一向是阐求大旨者的重要材料。真实情况如何，前文的实证考察之外，还需要回到文学本身进行探讨。

这一段文本的内容是唐僧晚间出门小解，只见明月当天，忽起怀归之感，

---

① 鲁迅：《中国小说史略》，第140—141页。

不禁口占一诗,结果遭到孙悟空的批评、揶揄,又受到沙僧的教训,最后又被猪八戒粗鄙地调侃。作者先是借唐僧之口创作一首对月怀归的“古风长篇”,不过诗歌水平与说话家近似,谓之“村夫子诗”,并不为过。而后就是孙悟空的解说:

> 行者闻言,近前答曰:“师父啊,你只知月色光华,心怀故里,更不知月中之意,乃先天法象之规绳也。月至三十日,阳魂之金散尽,阴魄之水盈轮,故纯黑而无光,乃曰‘晦’。此时与日相交,在晦朔两日之间,感阳光而有孕。至初三日一阳现,初八日二阳生,魄中魂半,其平如绳,故曰‘上弦’。至今十五日,三阳备足,是以团圆,故曰‘望’。至十六日一阴生,二十二日二阴生,此时魂中魄半,其平如绳,故曰‘下弦’。至三十日三阴备足,亦当晦。此乃先天采炼之意。我等若能温养二八,九九成功,那时节,见佛容易,返故田亦易也。诗曰:前弦之后后弦前,药味平平气象全。采得归来炉里炼,志心功果即西天。”①

有学者谓此段文字节略自张伯端《玉清金笥青华秘文金宝内炼丹诀》之《蟾光图论》②,并不正确。因为《西游记》此段的主要内容重点在以消息卦之理说明月相,和张伯端《蟾光图论》借月相之阴阳消长以及日月交会喻指性命关系全不相同;而月相盈亏消长之理,凡精通文墨者无不皆晓,实不待得张伯端之教而后知。另外,“温养二八,九九成功”和月之盈虚之“先天法象”,在金丹之说中也不是一回事情。刘一明在《西游原旨》中以“先取上弦金八两,次取下弦水半白斤”为解,实为误导。《西游记》此段完全是由“前弦之后后弦前”一句引发的,所以重点落在月相上,最后又因为需要强落到“采炼”,故把月相和“温养二八,九九成功”牵扯一处。其后的沙僧语,前半段言“阴中阳

① 吴承恩著、黄肃秋注释:《西游记》,第442页。
② 吴承恩著、李天飞校注:《西游记》,第493页。

半，得水之金”，后半段又说“土”调“水”“火”“三家同会”并以禅家语做结①，前后意思毫不相关。作者在这里借孙悟空、沙僧之口长篇大论，是典型的“炫才”创作，客观上达到了弟子教训师傅的喜剧效果。接下来：

> 八戒上前扯住长老道：“师父，莫听乱讲，误了睡觉。这月啊：缺之不久又团圆，似我生来不十全。吃饭嫌我肚子大，拿碗又说有粘涎。他都伶俐修来福，我自痴愚积下缘。我说你取经还满三途业，摆尾摇头直上天！”②

终于使戏谑之趣达至高潮。读者读到此处，只要难忍一笑，古今所有的无端申发便已在文学的无穷魅力中烟消云散了。

综上所论，“金丹寓言”说固然是《西游记》阅读接受史中的必然现象，但不能以此颠覆《西游记》的世俗性本质以及在社会中的普化之由。游戏之精神、神魔之斗争、炫丽幻化的神话意趣、鲜明生动的人物形象、诙谐有趣的语言、多姿多彩的描写，更不能因某种接受而得到消解，也终究不可能被消解。

四

如果仅就文学成就而言，十六至十八世纪的通俗小说的真正作者可以简单分为三大类：一类粗通文墨，作品大率粗制滥造或抄缀编汇，像大多数淫邪小说以及诸如“四游记”等坊编小说的作者，皆乃此辈；一类略具见识，并兼文采，所作虽不无模仿因袭，文字亦不见佳，但或述奇闻异事，或摹人伦世相，内

---

① 《西游记》第三十六回：“沙僧在旁笑道：‘师兄此言虽当，只说的是弦前属阳，弦后属阴，阴中阳半，得水之金；更不道：水火相搀各有缘，全凭土母配如然。三家同会无争竞，水在长江月在天。’”（吴承恩著、黄肃秋注释：《西游记》，第 443 页）《五灯会元》卷十六：“曰：如何是体中玄？师曰：影浸寒潭月在天。”卷二十：“偈曰：航海来探教外传，要离知见脱蹄筌。诸方参遍草鞋破，水在澄潭月在天。”（普济撰：《五灯会元》，苏渊雷点校，北京：中华书局，1984 年，第 1061、1367 页）

② 吴承恩著、黄肃秋注释：《西游记》，第 443 页。

容仍有可观,如邓志谟及诸多演义、神怪、公案、才子佳人小说作者,可归此类;一类才学颇佳,见闻极富,虽不得不寄食于书商、谋生于笔楮,但能寄意抒愤并讥刺现实,客观上使其作品臻至悯世伤生之高境,如明"四大奇书"以及《封神演义》《醒世姻缘传》《韩湘子全传》《儿女英雄传》《西游补》等作品的作者,以及冯梦龙、凌濛初、周楫、董说、蒲松龄、吴敬梓等,均为此属。但文学成就的高低,既无法影响通俗小说的本质属性,也不能改变作者群体社会属性的同一性;而作者属性的同一性,正反映出通俗小说最重要的文学意义。

通俗小说的作者,无论是"不登科的进士"还是"能识字的山人"(《西游记》第十回),都是这个社会的亲历者和描写者。《醒世姻缘传》的作者,最能体现出其中文学成就较高者的阅世之富和经历之杂。金性尧总结曰:"作者当是天启、崇祯时人,可能活到清初。他的经历很复杂,交游很广阔,上自大珰达官,下至市民僧尼、衙役地痞,都有结识。他游历过许多地方,不但在北京住过一段时期,连彰义门外葬埋穷人的义冢都晓得;可能还到过西南的镇雄、乌撒等土官所治地区,即今天的云、贵一带。第九十九回中写的那一带战争情状,就不是单凭想象能够写得那么具体。他在乡村中也住得很久,第二十四回写的明水镇风光,就颇能表现出古典白话小说的白描特色……他看过许多当时流行的小说、戏剧,这可能是触发他写此书的一个契机……书中对八股文间有嘲讽,看来作者对医书也懂一些。这种多方面的兴趣,不但使我们认识到他的文学生活的概貌,也代表了明末一部分士夫的思想倾向。由于作者对生活很熟悉,写一个村庄,一座衙门,一家商店,他都可以写得很细致具体,好多事物,都不是普通人所知道的。这说明作者阅历之深和观察力的敏锐。"①读罢这部小说,我们可能不得不把作者定性为集生员、落第举子、幕客、衙师、书会先生等于一身的有文之人。当然在事实上很少有人能够集中这样多的身份属性,但《醒世姻缘传》作者仍不失为通俗小说创作群体的一个

① 金性尧:《醒世姻缘传·前言》,西图生撰、黄肃秋校注:《醒世姻缘传》,上海:上海古籍出版社,1981年,第13—14页。

缩影。

《西湖二集》"湖海士"序记作者周楫之自道以及由此而发的感慨，则最能体现出这一群体的典型心境：

(周子)乃谓余曰："予贫不能供客，客至恐斫柱剉荐之不免，用是匿影寒庐，不敢与长者交游。败壁颓垣，星月穿漏，雪霰纷飞，几案为湿。盖原宪之桑枢，范丹之塵釜，交集于一身，予亦甘之；而所最不甘者，则司命之厄我过甚，而狐鼠之侮我无端。予是以望苍天而兴叹，抚龙泉而狂叫者也。"……逾时而以《西湖说》见示，予读其序而悲之。士怀才不遇，蹭蹬厄穷，而至愿为优伶，手琵琶以求知于世，且愿生生世世为一目不识丁之人，真令人慷慨悲歌泣数行下也。①

周楫自己的态度是：

看官，你道一个文人才子，胸中有三千丈豪气，笔下有数百卷奇书，开口为今，闔口为古，提起这枝笔来，写得飕飕的响，真个烟云缭绕，五彩缤纷，有子建七步之才，王粲登楼之赋。这样的人，就该官居极品，位列三台，把他住在玉楼金屋之中，受用些百味珍馐，七宝床、青玉案、琉璃钟、琥珀浓，也不为过。叵耐造化小儿，苍天眼瞎，偏锻炼得他一贫如洗，衣不成衣，食不成食，有一顿，没一顿，终日拿了这几本破书，"诗云子曰""之乎者也"个不了，真个哭不得，笑不得，叫不得，跳不得，你道可怜不可怜？所以只得逢场做戏，没紧没要地做部小说，胡乱将来传流于世。②

如韩南所论，周楫无疑是一位尚未放弃理想情怀的失意者，所以在内心

① 陈美林校点：《西湖二集》附录一《西湖二集序》，第603页。
② 陈美林校点：《西湖二集》卷一《吴越王再世索江山》，第2—3页。

里仍不时地伤痛于自己的“逢场作戏”——对通俗文学的“俯就”[①]。周楫这样的自觉者固然是这一群体在精神方面的佼佼者，但身份属性和社会地位显然并不例外。

因此，通俗小说的作者不仅仅是阶级意义上的社会中间阶层，更重要的是思想观念意义上的中间群体。其辈绝大多数奔走衣食、贫困潦倒且始终未能跻身统治精英，故能更接近于广大人民从而具备了强烈的世俗性。同时，他们的文化水平和最低一级的“士子”身份，又使其自觉维护传统伦理而有意教化。表现在文学创作上，最重要的就是其作品中的佼佼者往往在思想深处体现出一种“张力”。如《水浒传》的造反与妥协、暴力渲染与道德标榜，《金瓶梅》的世相揭示与情色趣味，《西游记》的戏谑反讽与服从皈依等，均展现出强烈的内在冲突。即使是《儒林外史》和《红楼梦》这样具有鲜明的价值取向的作品，也无法避免时时流露的自我否定。

以《西游记》而论，戏谑和讽刺的“玩世不恭”之外，可以发现作者对孙悟空这个猴子的冥顽仍然持以批评态度；在对宗教的反讽批判中也未能彻底地消解自身对皈依大道、修成正果的信从。尽管包括《西游记》作者在内的“文人”，无论是在对历史材料、民间口头故事或说唱文艺的精心改写中，还是在新创中，常常“不得不在官方意识形态和通俗需求之间斡旋协商”[②]，类似于书坊主的序言、批语以及后继文人的专门评点那样，或试图避免离经叛道的指责，或竭力表揭其不亚于经典的“奇书”性质。但其作品中的内在“张力”，并未能由此而得到化解，因为它并不源自官方意识形态和通俗需求之间的抵牾，而是如有学者所分析指出的，这种“戏言”与“圣教”的紧张感本质上就是作者“身处于三教语言杂然并陈，各方真理对话竞争的文化氛围中，其处境以

---

① 韩南：《道德责任小说：17 世纪 40 年代的中国白话故事》，载《韩南中国小说论集》，第 295—301 页。

② 商伟：《礼与十八世纪的文化转折——〈儒林外史〉研究》，北京：生活·读书·新知三联书店，2012 年，第 231 页。

及可能面对的矛盾、荒谬与两难”①。一言蔽之可曰:众多杰出通俗小说所表现出来的内在“张力”,来自作者本身价值观念中所存在的不可调和的终极矛盾。

价值观的矛盾无疑是他们身份属性的产物。这种矛盾并非社会学的“阶级局限性”理论所能解释,因为它归根结底是人性的复杂性所致。人性的复杂性正集中地体现在处于社会中间阶层的低级文人身上,因为他们本身就是大、小传统冲突交融的产物。反过来说,作为中间阶层的低级文人,必然又是大、小传统之间的沟通者和催化者,也是社会一般价值理念的主导者。正因如此,通俗文学作品方能体现出深厚的世俗性并得到普化。

(本文原刊载于《文学研究》第2卷第2期(南京:南京大学出版社,2016年),收入本书时略有修订。)

① 刘琼云:《圣教与戏言——论世本〈西游记〉中意义的游戏》,《中国文哲研究集刊》2010年第36期,第35页。

《西游记》
版本与相关新文本

世德堂版《西游记》的底本、前身本与祖本探究
——兼谈“应佛僧”

南台科技大学通识教育中心　王见川

目前所知，世德堂版《西游记》，被学者认为是现今存世最早的《西游记》小说版本，刊刻于万历二十年。学者如此说的根据，不是世德堂版《西游记》上写着“万历二十年刊”，而是依书中陈元之序署壬辰所做的推算。有的学者有不同看法，如黄永年则说：陈元之序署壬辰，是嘉靖十一年（1532）。[①] 笔者最近的研究，显示世德堂版《西游记》成书于万历十三年或之后，至万历二十年间。[②] 由此可见，世德堂版《西游记》陈元之序中的壬辰是万历二十年，该书出版于此年或稍后。

由于发现新资料与理解加深，笔者觉得之前的文章《关于世德堂版〈西游记〉的底本、前身本与祖本》[③]有必要修改，故在其基础上增删，成此新论文，以示我对世德堂版《西游记》的底本、前身本与祖本的新看法，并对世德堂版《西

---

① 黄永年：《论〈西游记〉的成书经过和版本源流：〈西游证道书〉点校前言》，载《黄永年古籍序跋述论集》，北京：中华书局，2007 年，第 438 页。

② 王见川《关于世德堂版〈西游记〉的底本、前身本与祖本》及《〈明心宝鉴〉与〈水浒传〉、〈西游记〉关系初探》，二文皆收入侯冲、王见川主编《〈西游记〉新论及其他：来自佛教仪式、习俗与文本的视角》，第 136—137、1198 页。

③ 王见川：《关于世德堂版〈西游记〉的底本、前身本与祖本》，载侯冲、王见川主编《〈西游记〉新论及其他：来自佛教仪式、习俗与文本的视角》，第 117—137 页。

游记》中提到的“应佛僧”(即应付僧[①])有所讨论。

一、世德堂版《西游记》底本及其底本原版的特色

世德堂版《西游记》第一回提到：猴王寻仙，遇到樵夫，听其指示，到灵台方寸山。此处有小字注释如下：

> 灵台方寸，心也。[②]

而在斜月三星洞部分也有小字注：

> 斜月象一勾，三星象三点也，是心，言学仙不必在远，只在此心。[③]

又在第二回描述孙悟空询问师父学习何种法术，提到静字门时，在“窑头土坯，尚未经水火煅炼”一句，有小字注为：

> 道家只在水火既济，才能得手。[④]

对照前引陈元之序提到世德堂主人买到底本，找人校订、分卷目出版，没评注的情况，可知这些小字注释不是世德堂刊印《西游记》时加上，应是世德堂版《西游记》底本原本就有的注释。也就是说，世德堂据以刊印的底本是有注释的。有可能还有批语，如世德堂版《西游记》第一回，提到石猴听到通臂猿猴讲佛、仙与神圣，能躲过轮回不死，只在阎浮世界之中，古洞仙山之内。猴王听到，即说“我明日……云游海角，远涉天涯”，要寻此三者，“学个不老长生，常躲过阎君之难”。接下一句是这样：

---

① 王见川：《关于世德堂版〈西游记〉的底本、前身本与祖本》，第 132 页。关于“应付僧”，详见后文。

② 世德堂版《西游记》，《古本小说集成》，上海：上海古籍出版社，1994 年，第 19 页。吴承恩著、李天飞校注：《西游记》，第 13 页。

③ 世德堂版《西游记》，第 19 页。吴承恩著、李天飞校注：《西游记》，第 13—14 页。

④ 世德堂版《西游记》，第 30 页。吴承恩著、李天飞校注：《西游记》，第 20—21 页。

噫,这句话顿教跳出轮回网,致使齐天大圣成。[①]

以往没人注意到上引这一句话,既对不上前言,也接不了后语的情形。从齐天大圣这个第四回才出现的孙悟空封号,现在第一回就出现来看,很明显这一段话是批语。可是在世德堂刊印《西游记》时,误刊为正文。

除了批言、注语外,唐光禄购买的《西游记》还有何特征?主要有二:一是这个底本是改过的,非底本原样(原版),这可从八十难顺序混乱看出(详后)。二是这个本子的《西游记》,有一个叙,但未言及该书作者,只谈到此书将取经人物八戒、三藏等与内丹词语联结,以及大丹之数与由东向西游而成的象征意涵,显示这个本子的《西游记》已被涂上道教色彩。也就是说,世德堂版《西游记》其底本原版,是经过熟悉道教的人士/士人整理修改后形成的,可以说世德堂版《西游记》底本原版是"道教化"的成品。(我称之前身本)这一点,在前述注文中,也可看出端倪。

笔者所谓的"道教化",意涵有二:(1)赋予西游取经相关角色,如孙悟空、猪八戒等道教内涵。[②] 特别是孙悟空强调其道教出身,其师须菩提是道教人士。(2)《西游记》文章开头与内文中,大量引用与内丹修炼有关的诗词。我因能力所限,只强调第一点,至于第二点请参考赵益《通俗文学的作者属性及其文学意义:以〈西游记〉与全真教、内丹道的关系为中心》[③]一文。

关于第一点,世德堂版《西游记》有一些例子,如第十回说观音是女真人形象[④],第七十回称孙悟空为太乙仙[⑤]、第二十五回叫其为太乙散仙[⑥]、第四十

---

① 世德堂版《西游记》,第 13 页。吴承恩著、李天飞校注:《西游记》,第 10 页。

② 关于猪八戒的道教内涵,见程毅中、程有庆《〈西游记〉版本探索》,程毅中《明代小说丛稿》,北京:人民文学出版社,2006 年,第 157 页。

③ 此文刊于《文学研究》第 2 卷第 2 期,南京:南京大学出版社,2016 年,第 89—115 页。感谢赵益教授惠赐大文。

④ 吴承恩著、李天飞校注:《西游记》第十回,第 148 页;第十二回,第 183 页。

⑤ 同上书第七十回,第 895 页。

⑥ 同上书第二十五回,第 352 页。

三回则称是太乙金仙[①]、第七十六回说其是太乙真仙[②],第一回称孙悟空的师父须菩提祖师是道教神仙[③],孙悟空被压在五行山[④],唐三藏要历经九九八十一难[⑤]等。其中须菩提祖师变成道教神仙,是最典型的例子。稍微了解佛教者,都知道须菩提是佛陀十大弟子之一,专长解空,其在早期《西游记》中并未出现,一般认为他首次登场是在世德堂版《西游记》中,角色是孙悟空的师父。[⑥] 世德堂版《西游记》说:孙悟空的法号,是其师须菩提祖师,按辈分字派取的。[⑦] 明正德十二年(1517)之前成书的《朴通事谚解》中的谚解部分提到:

> 僧有智德可尊者曰:长老,又道高腊长,呼为须菩提,亦曰:长老。[⑧]

由此可知须菩提原是佛教长老之意。世德堂版《西游记》说:孙悟空的师父须菩提祖师是神仙,很明显,世德堂版《西游记》这种叙述,是其曾经被道教化的结果。那么,世德堂版《西游记》道教化前的本子(我称为祖本)中,须菩提是否已经出现?答案:是。在世德堂版《西游记》祖本中,须菩提已是孙悟空的师父。这一点,可以从两个方面看出:一是须菩提用类似临济宗字派序列[⑨],给予孙悟空法号。二是须菩提用禅宗五祖暗示六祖敲头方式约谈孙悟空。若须菩提这个人物的出现,是为说明孙悟空高强本事的来源,是世德堂版《西

---

① 吴承恩著、李天飞校注:《西游记》第四十三回,第581页;第四十九回,第650页。

② 同上书第七十六回,第981页;第八十回,第1020页;第九十三回,第1172页。

③ 同上书第一回,第13—17页。

④ 同上书第七回,第99页。孙悟空被压之山原称两界山,道教化改成五行山。

⑤ 同上书第九十九回,第1239页。

⑥ 王见川:《早期〈西游记〉初探》,《台北城市科技大学通识学报》第10期,2021年3月,第129页。较早研究须菩提与《西游记》关系的是陈洪,见王见川《须菩提入〈西游记〉缘起考论》,载《结缘:文学与宗教——以中国古代文学为中心》,北京:北京师范大学出版社,2009年,第353—359页。

⑦ 吴承恩著、李天飞校注:《西游记》第一回,第14—17页。

⑧ 《老乞大谚解·朴通事谚解》,台北:联经出版事业公司,1978年复印,第264页。

⑨ 吴承恩著、李天飞校注:《西游记》第一回,第17页云:"广大智慧、真如性海、颖悟圆觉。"类似临济宗字派。

游记》底本原版创造的，按逻辑来说，在书中没必要叙述用佛教字派给孙悟空取法名，也不需要以禅宗方式暗示孙悟空单独会面，大可直接给他取个道号与传法术给孙悟空。由此可知，世德堂版《西游记》祖本（详后）中，须菩提已出现，且是孙悟空的佛教师父，并帮孙悟空取法名。

二、世德堂版《西游记》前身本的其他内容特点

那么，这个世德堂版《西游记》前身本有何特点？不少学者认为其前身本与世德堂版《西游记》第一回开头一段诗句有关：

> 混沌未分天地乱，茫茫渺渺无人见。
> 自从盘古破鸿蒙，开辟从兹清浊辨。
> 覆载群生仰至仁，发明万物皆成善。
> 欲知造化会元功，须看西游释厄传。[①]

这个《西游释厄传》，被某些学者视为世德堂版《西游记》的前身本或祖本。也有学者看法略有不同，如太田辰夫认为：世德堂版《西游记》的先行本是王府本，而王府本是据《西游释厄传》而作，但删除了陈光蕊故事部分。朱鼎臣编辑的《全像唐僧出身西游记传》（一般称此书为《唐三藏西游释厄传》）的前半部分，是根据《西游释厄传》而作。[②] 太田辰夫所谓的世德堂版《西游记》先行本，就是我讲的世德堂版《西游记》底本原版。由于《西游释厄传》不存，按照太田辰夫的意见，能根据《全像唐僧出身西游记传》前半部，来推知《西游释厄传》的内容。朱鼎臣编辑的《全像唐僧出身西游记传》，现存，共十卷[③]，卷目如下：

---

① 世德堂版《西游记》，第 1 页。吴承恩著、李天飞校注：《西游记》，第 1 页。
② 太田辰夫：《西游记研究》，王言译，第 227 页。
③ 朱鼎臣编：《全像唐僧出身西游记传》，《古本小说集成》第 3 辑。

卷一:卷首名《鼎锲全相唐三藏西游传》,卷尾叫《鼎锲唐三藏西游释尼传》。

卷二:卷首名《鼎锲全像唐三藏西游传》,卷尾叫《鼎锲全像唐三藏西游传》。

卷三:卷首名《锲全像唐三藏西游传》,卷尾叫《新锲全像唐三藏西游释传》。

卷四:卷首名《新锲全像唐三藏西游释尼传》,讲述陈光蕊-玄奘故事。卷尾叫《新锲全像三藏西游传》。

卷五:卷首名《鼎锲全像唐三藏西游传》,卷尾叫《新刻全像西游传》。

卷六:卷首名《新锲全象唐三藏西游传》,卷尾叫《唐三藏西游传》。

卷七:卷首名《鼎锲唐三藏西游传》,卷尾没名称。

卷八:卷首名《新锲唐三藏西游传》,卷尾没名称。

卷九:卷首名《新锲全像唐三藏西游释尼传》,卷尾叫《西游传》。

卷十:卷首名《鼎锲契唐三藏西游传》,卷尾叫《鼎锲唐三藏西游释尼传》。

这里的《唐三藏西游释尼传》,应是《唐三藏西游释厄传》的讹误。从以上每卷版名可知,朱鼎臣编辑的《全像唐僧出身西游记传》卷一、卷三、卷四、卷九、卷十,可能是在《唐三藏西游释厄传》基础上修改而成。其中卷二、卷五、卷六、卷七、卷八则是在《唐三藏西游传》上成稿。从既有研究,可知朱鼎臣《全像唐僧出身西游记传》后半大部分,抄自阳至和《唐三藏出身全传》。[①] 依此来看,朱鼎臣依据的《唐三藏西游传》包含《唐三藏出身全传》。太田辰夫认为《唐三藏出身全传》此书并非参考世德堂版《西游记》,而是其前身本王府本的省略。[②] 既然如此,那么有办法确认《唐三藏出身全传》并非参考世德堂版

① 王见川:《〈唐三藏西游释厄传〉再论:兼谈世德堂版〈西游记〉底本及其祖本》,范纯武编《善书、经卷与文献》2020 年第 2 期,第 149—161 页。

② 太田辰夫:《西游记研究》,王言译,第 214 页。

《西游记》,而是其前身本王府本的省略吗?《唐三藏出身全传》中有几个例子提供了线索。第一例是唐太宗送南瓜一事。世德堂版《西游记》第十回提到唐太宗准备还魂时,承诺给地府十王的酬谢是送南瓜,后由刘全完成此任务。[①] 阳至和《唐三藏出身全传》中却这样说:

> ……太宗于是再拜启谢道:转阳世无物可酬,谨以瓜果相奉……。[②]
>
> ……均州有个刘全愿死进瓜。唐王传旨教他去金亭馆里,头顶南瓜,袖带黄钱,口噙毒药去到森罗殿……。[③]

按照逻辑,地府十王要南瓜,所以唐太宗才派人送南瓜,不会出现唐太宗承诺送瓜果,派人送南瓜的事。可知世德堂版《西游记》中是最早的原始对话,而阳至和《唐三藏出身全传》则是据此原始对话删修。但因删除时,未顾及前后文说法不一致,才留下送南瓜的痕迹。

第二例是该书卷一叙述孙悟空大闹地府时,没提到森罗殿。之后描写秦广王上天庭告状,却出现森罗字样。另谈到唐太宗下地府也没提森罗殿,可是还魂后回述经历却说到森罗殿。第三例是《唐三藏出身全传》卷二《刘全进瓜》提到朱太尉带唐太宗出阴间,急请太宗上马,却没交代为何突然出现马。[④]

以上证据都说明,阳至和《唐三藏出身全传》删增世德堂版《西游记》而成。但究竟阳至和《唐三藏出身全传》据以删增的《西游记》,是世德堂版《西游记》还是"底本原版"?其中最重要的证据,是阳至和《唐三藏出身全传》玄奘出身叙述提到刘洪,可见阳至和据以删改的本子不是世德堂版《西游记》(因此本中未提及刘洪),而是世德堂版《西游记》的"底本原版"。可见此"底

---

① 世德堂版《西游记》卷二第十回,《古本小说集成》第4辑,第231页。另见吴承恩著、李天飞校注《西游记》第十回,第154页。

② 阳至和:《唐三藏出身全传》卷一,《古本小说集成》第3辑,第76页。

③ 阳至和:《唐三藏出身全传》卷二,第82页。

④ 阳至和:《新锲三藏出身全传》,第79—80页。

本原版”即前身本中一定有关于刘洪的叙述。[①] 此外，从世德堂版《西游记》的玄奘出身诗、第三十七回言及玄奘之母被水贼欺占，经三个月生下他等叙述，可知世德堂版《西游记》前身本，至少还包含以下内容：

(1)玄奘父亲陈光蕊，出身海州聚贤庄人。

(2)他中状元，被皇帝派往洪洲当官。

(3)玄奘母亲因抛绣球打中陈光蕊，与其结婚。

(4)陈光蕊岳父殷开山是当朝总管。

(5)陈光蕊被害死，太太被逼从贼。

(6)玄奘出生抛江，被金山寺长老迁安收养。

(7)玄奘十八岁寻亲外祖殷开山，请求其援助报父仇。陈光蕊还魂。

(8)唐太宗封陈光蕊为大学士，玄奘洪福寺修行，当僧官。

另从世德堂版《西游记》前后叙述不一致之处，也可窥知世德堂版《西游记》前身本的部分内容：

(1)金色鲤鱼：第十一回叙述唐太宗在地府初次所见叫金色鲤鱼，后还阳回忆时改称双头鱼。

(2)唐太宗由崔珏添寿：第十一回说二十岁，第六十八回讲二十八岁。

(3)阴间十代冥王：第三、十回说十王有初江王、仵官王，第五十八回称十殿阴君、二殿楚江王、九殿忤官王，第七十四回言十地阎君。

(4)五行山：第十四回说旧名五行山，今名二界山。第十七回、六十回叫五行山。

(5)西海龙王敖闰：第八回说龙马是西海龙王敖闰之三子，第一百回称它是西海广晋之子。又第四十一回叫北海龙王敖闰。

① 程毅中、程有庆《〈西游记〉版本探索》第156页也提到阳至和《唐三藏出身全传》中出现刘洪叙述，显示阳至和此书据以删改的底本不会是世德堂本。

这些现象显示世德堂版《西游记》据以刻印的底本成于不同人之手，又因世德堂版《西游记》底本是修改过的（详后），所以至少在世德堂版《西游记》据以刻印的底本之前，还有一底本原版或前身本。这个底本原版/前身本，除了包含以上内容外，还有其他内容吗？这或许可以从世德堂版《西游记》第九十九回记载揭谛神记录玄奘八十历难簿窥知：

回数	难名
十一回	第一难金蝉遭贬
十一回	第二难出胎几杀
十一回	第三难满月抛江
十一回	第四难寻亲报冤
十三回	第五难出城逢虎、第六难折从落坑、第七难双叉岭上
十四回	第八难两界山头
十五回	第九难陡涧换马
十六回	第十一难夜被火烧
十七回	第十难失却袈裟
十八回至十九回	第十二难收降八戒
二十回	第十三难黄风怪阻
二十一回	第十四难请求灵吉
二十二回	第十五难流沙难渡、第十六难收得沙僧
二十三回	第十七难四圣显化
二十四回	第十八难不识人参
二十五回至二十六回	第十九难五庄观中
二十七回	第二十难贬退心猿
二十八回	第二十一难松林失散
二十九回	第二十二难宝象国稍书
三十回至三十一回	第二十三难金銮殿变虎

续表

回数	难名
三十二回	第二十四难平顶山逢魔
三十三回	第二十五难山压大圣
三十四回	第二十六难洞中高悬
三十五回	第二十七难盗宝更名
三十六回至三十七回	第二十八难乌鸡国救主
三十八回至三十九回	第二十九难被魔化身
四十回至四十一回	第三十难号山逢怪、第三十一难风摄圣僧、第三十二难心猿遭害
四十二回	第三十三难请圣降妖
四十三回	第七十二难黑河沉没
四十四回	第三十四难搬运车迟
四十五回至四十六回	第三十五难大赌输赢、第三十六难祛道兴僧
四十七回	第三十七难路逢大水
四十八回	第三十八难身落天河
四十九回	第三十九难鱼篮现身
五十回	第四十难金山逢怪
五十一回	第四十一难天神难伏
五十二回	第四十二难问佛根源
五十三回	第四十三难吃水遭毒
五十四回	第四十四难女国留婚
五十五回	第四十五难琵琶洞受苦
五十六回	第四十六难再贬心猿
五十七回至五十八回	第四十七难识得弥猴
五十九回	第四十八难火焰山高、第四十九难求取芭蕉扇
六十回至六十一回	第五十难收缚魔王

续表

回数	难名
六十二回	第五十一难赛城扫塔
六十三回	第五十二难取宝救僧
六十四回	第七十一难棘林吟咏
六十五回	第五十三难小雷音遇难
六十六回	第五十四难大困天神
六十七回	第六十九难稀柿拜秽
六十八回	第五十五难朱紫国行医
六十九回	第五十六难拯救疲癃
七十回至七十一回	第五十七难降妖取后
七十二回	第五十八难七情迷没
七十三回	第五十九难多目遭伤
七十四回	第六十难路阻狮驼
七十五回至七十六回	第六十一难怪分三色
七十七回	第六十二难城里遇灾、第六十三难请佛收魔
七十八回	第六十四难比丘救子
七十九回	第六十五难辨认真邪
八十回至八十一回	第六十七难救女怪卧僧房
八十二回至八十三回	第六十八难无底洞遭困
八十四回	第七十三难灭法国难行
八十五回至八十六回	第七十难花豹迷人
八十七回	第六十六难凤仙国求雨
八十八回	第七十六难失落兵器
八十九回至九十回	第七十七难会庆钉耙
九十一回	第七十四难元夜观灯
九十二回	第七十五难赶捉犀牛

续表

回数	难名
九十三回至九十四回	第七十八难天竺招婚
九十五回	毛颖山玉兔抓唐僧
九十六回	寇洪斋僧
九十七回	第七十九难夺帛酬恩
九十八回	第八十难凌云脱胎

很明显,上表中的九十五回、九十六回内容不在玄奘历难簿中。从世德堂版《西游记》这个玄奘历难簿难名与书中内容的对应情况,可以得知几个事实:(1)八十难顺序被打乱,如七十一难被挪至五十二难之后,六十六难移至七十六难之前。(2)前四难被压缩在第十一回。(3)有二回没在八十难中。(4)有的难名写错,如第六十六难凤仙国求雨,世德堂版《西游记》内文称凤仙郡求雨。

以上前三点显示,世德堂版《西游记》底本,不是按照玄奘历难簿设计八十难的顺序叙述的。也就是说,世德堂版《西游记》底本是个修改本。它不只是改动玄奘历难簿设计的八十难顺序,可能还压缩删减其中的内容,或许书中前几回也增加了关于孙悟空的出身内容。

这里要说明的是,世德堂版《西游记》底本的前身本,即我上述称的底本原版。这个底本原版表面上是以唐三藏八十一难为全书框架,但其全体可能是基于道教九九八十一的思考发展来的,更可能是以遇难解难为核心概念发展而成,其重点是解难过关,也就是解除唐三藏厄难,即释唐三藏厄难,所以前身本,其书名若不叫《西游释厄传》,或《××释厄传》,也必包含“释厄”二字。而其中唐三藏历难数,只有一些而非八十一难。

从前述世德堂版《西游记》显现每一难,对应至少一回来看,世德堂版《西游记》的前身本/祖本(意指前身本在此继承祖本),至少有四回谈玄奘西行取经前的情况。循此方向来看,朱鼎臣《全像唐僧出身西游记传》(一般称此书为《唐三藏西游释厄传》）讲述陈光蕊-玄奘西行前故事的卷四内容，就值得注意。此卷共分九回，篇幅约世德堂版《西游记》四回。由此可见《唐三藏西游释厄传》卷四，不仅内容近似，篇幅也相当，题目亦符合，可能与世德堂版《西游记》前身本/祖本有关。不过，从内容提及陈光蕊中状元分发江州为官、殷开山是丞相等处来看，《唐三藏西游释厄传》不是世德堂版《西游记》前身本/祖本的翻版，而是根据其修改而来。需要说明的是，有一本与这个修改本名称、内容近似的书，叫大略堂《西游释厄传》。此书与《唐三藏西游释厄传》卷四内容近似部分，出现于康熙二年(1663)刊的《西游证道书》第九回。从玄奘出生后被抛江的叙述来看，大略堂《西游释厄传》，接近世德堂版《西游记》前身本/祖本相关部分。[①] 又大略堂《西游释厄传》述及陈光蕊中状元后，分发江州为官以及殷开山是丞相，可见大略堂《西游释厄传》据世德堂版《西游记》前身本/祖本相关部分修改而来，可说是其修改本。厘清这一点，就可清楚《唐三藏西游释厄传》卷四内容，是根据大略堂《西游释厄传》修改而来。也就是说，朱鼎臣《唐三藏西游释厄传》改自大略堂《西游释厄传》，而大略堂《西游释厄传》改编自世德堂版《西游记》前身本/祖本：《西游释厄传》或《××释厄传》。

三、世德堂版《西游记》祖本与"应佛僧"

那么，这个《西游释厄传》或《××释厄传》成于何人、何时？《西游记》有几个记载可供追索：

(1)第八回：如来有那三藏真经……经一藏度鬼……颇耐那生民愚蠢……不识我法门之要旨，怠慢了瑜迦之正宗。[②]

(2)第十五回：菩萨笑道：你这猴子……你才肯入我逾迦之门路哩。[③]

---

① 关于大略堂《西游释厄传》，程毅中、程有庆《〈西游记〉版本探索》第161页也有提及。

② 吴承恩著、李天飞校注：《西游记》，第110页。

③ 同上书，第222—223页。

(3)第九十四回:行者才奏道……幸我师出东土,拜西方。观音教令脱天灾,离大难,皈正在瑜伽门下。①

(4)第十回:到阳间,作个水陆大会,度汝等超生。②

(5)第十一回:判官道:陛下到阳间,千万作个水陆大会,超度那无主的冤魂。③

(6)第十一回:……太宗……出榜招僧,修建水陆大会,超度冥府孤魂。④

(7)第十二回:我大唐皇帝……即今起建水陆大会……当有菩萨与木叉道:今日是水陆正会,以一七继七七,可矣了。⑤

(8)第一百回:太宗与多官拜毕,即选高僧,就于雁塔寺里,修建水陆大会,看诵大藏真经,超脱幽冥孽鬼……⑥

上引文第1—3条讲的瑜伽门下,不是玄奘创立的瑜伽宗的门徒,而是指从事佛事活动的瑜伽僧。⑦ 所谓的"瑜伽僧",与明初洪武十五年(1382)朱元璋划分佛教为禅、讲、教三派的政策有关;洪武十六年(1383),他还规定禅、讲、教三派仪范科仪相应细节。洪武二十四年(1391),皇帝朱元璋下令颁布的《申明佛教榜册》对此有更详细的说明。因此文献很重要,大段引录与瑜伽僧相关于下:

六月初一日钦奉圣旨:……今天下之僧多与俗混淆,尤不如俗者甚多,是等其教而败其行,理当清其事,而成其宗。令一出,禅者禅、讲者

① 吴承恩著、李天飞校注:《西游记》,第1176页。

② 同上书,第158页。

③ 同上书,第160页。

④ 同上书,第168页。

⑤ 同上书,第176、181页。

⑥ 同上书,第1252页。

⑦ 侯冲、杨天奇:《〈西游记〉与佛教关系新探》,载侯冲、王见川主编《〈西游记〉新论及其他:来自佛教仪式、习俗与文本的视角》,第15—21页。

讲、瑜伽者瑜伽，各承宗派集众为寺。有妻室愿还俗者听，愿弃离者听。僧录司一如朕命，行下诸山，振扬佛法以善世，仍条于后：

……若瑜伽者亦于见佛刹处，率众熟演显密之教应供，是方足孝子顺孙，报祖父母劬劳之恩，以世俗之说斯教，可以训世，以天下之说其佛之教，阴翊王度可也。

……

显密之教仪范科仪，务遵洪武十六年颁降格式内，其所演唱者，除内外部真言难以字译，仍依西夷之语。其中最密者惟是。所以曰：密。其余番译经及道场内接续词情恳切，交章天人鬼神，咸可闻知者。此其所以曰：显。于兹科仪之礼，明则可以达人，幽则可以达鬼，不比未编之先。俗僧愚士妄为百端，讹舛规矩，贻笑智人，鬼神不达。此令一出，务谨遵，毋增减为词，讹舛紊乱，敢有违者，罪及首僧及习讹谬者。

……

瑜伽僧既入佛刹，已集成众，赴应世俗，所酬之资验日验僧。每一日，每一僧钱五百文。假若好事三日。一僧合得钱一千五百文。主磬写疏召请三执事，凡三日道场，每僧各五千文。

道场诸品经咒布施则例：《华严经》一部钱一万文，《般若经》一部钱一万文，内外部真言每部钱二千文，《涅槃经》一部钱二千文，《梁武忏》一部钱一千文，《莲经》一部钱一千文，《孔雀经》一部钱一千文，《大宝积经》每部钱一万文，《水忏》一部钱五百文，《楞严咒》一部钱五百文。

已上诸经施钱，诵者三分得一，二分与众均分。云游暂遇者同例，若有好事者额外布施，或施主亲戚邻里朋友乘斋下衬者，不在此限。

陈设诸佛像香灯供给阇黎等项劳役，钱一千文。

……

瑜伽之教，显密之法，非清净持守，字无讹谬，呼召之际，幽冥鬼趣咸使闻知，实时而至，非垢秽之躯，世俗所持者。曩者，民间世俗多有仿僧瑜伽教者，呼为善友，为佛法不清，显密不灵，为汗浊之所污有若是。今后止许僧为之,敢有似前如此者,罪以游食。①

以上规定,是朱元璋对当时将禅、讲、瑜伽不加区别,混在一起管理,所产生的弊端的修正。这个《申明佛教榜册》清楚呈现了当时中国佛教的三股倾向或势力:修禅(禅)、讲经(讲)与做佛事(瑜伽),分别代表个人修行、群体说法与超亡度人。瑜伽僧就是超亡度人的僧侣,因要"赴应世俗",俗称应付僧,就是应付俗家佛事需求超亡度人的僧人。从上引《申明佛教榜册》可知,瑜伽僧"赴应世俗"做法事,是要收钱:每一日每一僧钱五百文,诵《梁武忏》一部钱一千文、《孔雀经》一部钱一千文、《水忏》一部钱五百文。规模大与时间长的佛事,如水陆法会般的活动,价格更高,小的佛事如丧葬活动或超度仪式,钱就少很多。官方的规定,随着时间变迁,逐渐出现弊端与异化(如嬉戏化),有的瑜伽僧自编瑜伽佛事仪式范本,万历年间憨山德清曾对僧人做的瑜伽佛事仪范写序,谈到此事。《憨山老人梦游集》卷二十《刻瑜伽佛事仪范序》先说明佛设教以一死生之理,通幽冥之故,在救生拔苦,因而产生瑜伽之教。瑜伽教则透过神咒、仪式、水陆法会等,拔幽冥、拯沉魄。后云:

自此僧徒相因,为瑜伽佛事,其来久矣。至我圣祖制以禅、讲、瑜伽三科度僧,以楞伽、金刚、佛祖三经,以试禅、讲。以焰口、施食、津济疏文,以试瑜伽。能通其一,方许为僧。今南都之天界为禅,报恩为讲,能仁为瑜伽,遵国制也。此后流俗渐弊,概为非破律仪,视为嬉戏。然,深失如来度生之本怀。即其疏意达孝子慈亲之情……秘密真言演诸如来之心印,一偈而变地狱为净土,一语而化镬汤为莲池,法音及而罪即灭,钟声至而苦遂停,岂细事哉。失其旨,不惟无益而自损之……楚僧某以瑜伽发足,嗣参雪浪诸大讲师,听习经论,了如来度生之意。及归,乃慨

---

① 葛寅亮撰、何孝荣点校:《金陵梵刹志》卷二《钦录集》,天津:天津人民出版社,2007年,第60—62页。周齐《明代佛教与政治文化》(北京:人民出版社,2005年)第116—119页也有类似叙述,只不过其根据是《释氏稽古略续集》卷二相关记载。

其流弊，遂本水陆仪文，纂集科仪，以随时变，分条析理，章章不紊……公谢世，门人某善继公志，欲刊行，以广其传，使为佛事者无纰缪，黩神之愆，乞予为序而传之。予以为凡有益于利生者，皆为妙行，故告以瑜伽之所自，令知吾佛度生之遗意也。[①]

像憨山德清这样了解与肯定瑜伽僧的僧人，并不多见，云栖袾宏可算其一。他认为瑜伽法事有其功能，也不易做。[②] 云栖袾宏还举乌镇利济寺师徒为例，说二人做经忏收入丰厚，但不布施不自用，死后财产为亲族所有，又托梦亲友说做经忏未完，在地狱受罚，以此诫谕僧人从事瑜伽法事要谨慎从事。[③] 值得注意的是，云栖袾宏称瑜伽僧为“应缘者”。因云栖袾宏与憨山德清了解瑜伽法事的意义、价值与流传衍生的缺点，所以他们二人参与水陆仪文的修订，以免瑜伽法事流弊扩大。实际上，当时的僧人大都看不起瑜伽僧，因为他们认为出家以生死大事为切，何以碌碌衣食计，当瑜伽僧。[④]

另一方面，《申明佛教榜册》也告诉我们，当时社会上已出现“善友”之类的俗家人，从事瑜伽僧的工作。这是因朱元璋管控瑜伽僧的质量与员额，导致乡村等地缺少瑜伽僧，无法应付民众需求，加上有利可图，就出现此类“善友”。“善友”的性质，类似台湾今日的“释教”者[⑤]，福建、广东的“香花僧”[⑥]。

厘清了瑜伽僧的情况，我们发现在世德堂版《西游记》中有一些这类“应付僧”的痕迹。第九十六回唐僧一行人到寇员外家：

---

① 《憨山老人梦游集》卷二十《刻瑜伽佛事仪范序》，《憨山大师梦游集》第三册，台南：和裕出版社，1999 年复印一版，第 6—9 页。

② 云栖袾宏：《竹窗三笔》“施食师”，载《竹窗随笔》，台北：法尔出版社，1988 年，第 174 页。

③ 云栖袾宏：《竹窗三笔》“经债”，载《竹窗随笔》，第 163 页。

④ 《憨山老人梦游集》卷三十《云谷先大师传》，《憨山大师梦游集》第三册，第 9 页。

⑤ 参见王见川《近代台湾流传的〈西游记〉及其故事》，载范纯武编《善书、经卷与文献》第 3 期，2020 年 12 月，第 75—107 页。此文略做修改，现收入本书。

⑥ 关于广东梅州“香花僧”，见王馗《佛教香花：历史变迁中的宗教艺术与地方社会》，上海：学林出版社，2009 年。

……早经过五七遍朝夕，那员外才请了本处应佛僧二十四员，办做圆满道场。众僧们写作有三四日，选定良辰，开启佛事。他那里与大唐的世情一般，却倒也：大扬幡铺设金容，齐秉烛烧香供养。擂鼓敲铙，吹笙捻管。云锣儿横笛音清，也都是尺工字样。打一回，吹一荡，朗言齐语开经藏。先安土地，次请神将。发了文书，拜了佛像。谈一部《孔雀经》，句句消灾障；点一架药师灯，焰焰辉光亮。拜《水忏》，解冤愆，讽《华严》，除诽谤。三乘妙法甚精勤，一二沙门皆一样。如此做了三昼夜道场已毕。①

《孔雀经》《华严》《水忏》，都是"应佛僧"所念。对照前引《申明佛教榜册》所记念经经名，世德堂版《西游记》提到的"应佛僧"，就是瑜伽僧，也就是"应付僧"②。有意思的是，世德堂版《西游记》，几处提及他们，都称"应佛僧"③。由此可见，世德堂版《西游记》作者尊崇他们，故称其"应佛僧"，而不是具贬义的"应付僧"（详下述）。世德堂版《西游记》作者甚至认为其地位崇高，所以在书中描绘的玄奘也是精通各式佛事，大的如国家级水陆法会主法僧，小的如帮斋主死去的亲人举行超度（如第十三回超荐刘伯钦父亲之灵）。可以说，玄奘在《西游记》中被叙述成佛事高手，应佛僧典范。④

为了符合这样的形象，所以在《西游记》中，首先玄奘被塑造出身于宋代以来水陆法会最著名道场——金山寺，象征他熟习水陆法会仪则，所以他被选为皇帝办的水陆法会的主法僧；其次描述他主法时穿的衣服，是佛陀给的，用的经典也是灵山取来的。其西行求法，被写成西行求经：度鬼。其常念《梁

① 吴承恩著、李天飞校注：《西游记》第九十六回，第1200—1201页。

② 侯冲、杨天奇：《〈西游记〉与佛教关系新探》，第21—29页。

③ 吴承恩著、李天飞校注：《西游记》第九十六回，第1200页。又见第九十一回，第1142页；第九十三回，第1166页。

④ 王见川：《关于世德堂版〈西游记〉的底本、前身本与祖本》，第132页。侯冲、杨天奇：《〈西游记〉与佛教关系新探》，第21—25页。

皇》《水忏》,看的是《孔雀真经》。[1] 而其中的指引者观音菩萨,也被视为超度地狱亡灵的神佛,称为观音菩萨普度南海之相。[2] 以上种种迹象,显示世德堂版《西游记》的祖本——《××释厄传》的创作者,非常熟习瑜伽僧的佛事,也很尊敬他们。

从这方面来看,二十几年来,在中国各地发现的应付僧科仪本中的西游故事或《西游记》,就值得注意。如《慈悲西游宝卷道场》即云:

……唱:宁吃本乡一块土,莫受他乡万两金。[3]

该书还说唐三藏徒弟有孙行者、悟能猪八戒等,到西天十万八千里,取经时间六年,唐三藏证果旃檀佛位,孙行者菩萨,八戒沙僧登正觉,火龙驹入天龙八部。[4]

《佛说西天请经道场》则说:唐僧徒弟有孙行者、朱八戒等,到西天十万余里,取经时间六年,唐三藏证得旃檀佛位,孙行者菩萨之身,八戒净坛使者,沙僧登阿罗汉,火龙驹入天龙八部。[5]

这些应付僧科仪本中的西游故事,有三个共同处:

(1)都有唱:类似"宁作本乡一块土,莫恋他乡万两金"一句。

(2)三藏取经来回六年。

(3)证果果位:唐三藏旃檀佛位,孙行者菩萨之身,火龙驹天龙八部。

第一点与世德堂版《西游记》所记几乎相同,而第二、三点显然与朝鲜《朴

---

① 吴承恩著、李天飞校注:《西游记》第三十七回,第 495 页。这里李天飞标点为《梁皇水忏》,有误。

② 同上书,第 485 页。

③ 侯冲、王见川主编:《〈西游记〉新论及其他:来自佛教仪式、习俗与文本的视角》,第 485 页。

④ 同上书,第 488—489 页。

⑤ 同上书,第 491—495 页。

通事谚解》的谚解所记(约在明永乐至正德十二年间写成)相同。[1]

由此可见,《西游释厄传》或《××释厄传》的创作者,取材自明永乐至正德十二年间应付僧科仪本中的西游故事。也就是说,《西游释厄传》或《××释厄传》的写作上限是明永乐至正德十二年间。而最近笔者的研究,已经证实世德堂版《西游记》上限,是万历十三年[2],其下限则是世德堂版《西游记》刊印时间万历二十年。确定这一大致年代,加上考虑世德堂版《西游记》底本原版的时间,那么《西游释厄传》或《××释厄传》的写作下限,绝对是在万历朝之前。

四、余论:关于"应付僧"的看法

以往,学者对《西游记》的研究,虽然注意到其书中蕴含的宗教意味,但大都偏重其与道教的关联,特别是《西游记》受全真道影响的部分。众所周知,《西游记》的母胎是三藏西天取经的故事,而三藏西天取经的故事则是基于玄奘西行取经的事实发展而来,可以说《西游记》不管如何变化,其框架都是佛教中事。可是,过去着墨《西游记》与佛教关系的探讨者不多。他们或许是受权威意见——《西游记》作者"尤未学佛"的遮蔽,但主要跟明清以来儒生、僧侣等不了解或不愿面对当时佛教修禅、义学外的另一面有关,即广大知识人看不起中国佛教从事经忏活动的一面。这里面还包括不少佛教中人:僧侣、居士。所以在众多《西游记》版本中居然没有一部是佛教中人所刊。[3] 真的很奇怪!讲白一点,前述呈现明万历时不少僧人轻视瑜伽僧或僧人从事瑜伽法事者,云栖袾宏称其为"应缘者"。到了清初的僧人更看不起瑜伽僧或僧人从

---

① 这个年代判断,是参考潘建国《〈朴通事谚解〉及其所引〈西游记〉新探》第175页,载《古代小说版本探考》,北京:商务印书馆,2020年。另见王见川《早期〈西游记〉新探》,第119—120页。

② 王见川:《关于世德堂版〈西游记〉的底本、前身本与祖本》,第136页。王见川:《〈明心宝鉴〉与〈水浒传〉、〈西游记〉关系初探》,第198页。

③ 王见川的《近代台湾流传的〈西游记〉及其故事》一文初步描述、讨论了此情况。

事瑜伽法事者，称其为“应付僧”，其实不只佛教界如此，一般人也是这样看。在此举两个例子供大家参考：

例1，道光丙戌（1826）前问桥居士述《入佛问答》：

问：应赴之僧虽其行业，吾颇恶其附于佛门，以坏佛法，作铺灯渡桥解结诸事，以诳人，且有唱佛曲者。无非为财而已，斯不为辱及真僧，而贻法门玷乎？

答曰：子勿言彼应赴者，到人家道场中，每念几遍咒，及心经，为功课。今读书人，曾见有每日读四书者乎，用功者，揣摩考卷墨卷，以四书当题目册子而已。侥幸入泮，当少年时，受荫下之福，则围棋斗牌，聚会看戏，甚而身为狎邪之游，口出秽亵之语，且有自己串戏扮生旦，以为风流者，其罪不更在应赴下乎？一到中年，家计临身，财利之外，一无所问，包漕包讼，无所不至，其人品不又在应赴下乎？规言矩行。知孔孟程朱者，不过数人而已，贤者自贤，不肖者自不肖，亦奚能相浼哉。①

例2，乐观法师《漫谈应付僧和“四宝”》：

记得我在民国九年（1920）初发心出家之时，即听说有“应付僧”名词……经人解释才知道是专门为死人诵经拜忏超度亡魂与鬼魂结缘的出家人，名曰“应付僧”。在我的剃度师为我落发的时候，再三叮嘱我说：汝宁可做个普通行脚云水禅和子，千万别做应付僧……我知道应付僧不好……到了第二年，我到汉口华严大学读书时，在讲坛上常常听到法师们提说“应付僧”……是佛门中堕落分子呀！什么焦芽败种……下贱，一切不好听的名词都加在“应付僧”身上……我对“应付僧”也有很强烈的厌恶之心，常常有“宁可西方登下品，不做人间应付僧”的念头。

我走出武院后，四方行脚，每见宏宗演教的大德们，和在家学佛的居

① 问桥居士述：《入佛问答》，台北：佛教出版社，1976年复印，第14—15页。此书内有道光丙戌莲华行者题首。根据此书卷末跋，问桥居士晚年出家，法名祖定。

> 士们，都是尽量暴露“应付僧”的丑恶……我住在丛林的时候，见到林下堂头（方丈）大和尚，和班首的师父们，常常喜欢把“应付僧”，比作垃圾堆，好像干“应付”行当的人，是最肮脏龌龊的东西……
>
> 以我本人这些年来的观察，觉得教团中那班“应赴”同道，他们都是佛教中的无名英雄，也是寺庙道场的功臣。凭良心说，如果没有那群“应付僧”，庙里那些度亡诵经，拜忏，放焰口，破血湖，招魂，过桥，上表，打佛七，打水陆的佛事，有谁来做？单有方丈当家和尚干得了吗？没有人干这些活计，怎会有斋主？大把钞票从何来？不得斋主的布施，寺僧的生活如何能维持？假如不是靠了“应赴”，都得要喝西北风。认真说起来，寺庙里一砖一瓦，一木一椽，全都是“应赴僧”们一句南无一句佛号念来的，铛铛皮敲来的，是“应赴僧”的气力汗水换来的。
>
> ……我以为凡是从佛出家受过大戒的比丘，只有道行上有道无道的差别，没有贵贱阶级之分，寺庙住持和尚与“应付僧”，应该是处于平等地位，谈干“应赴”行当的同道，他们也不是出娘肚皮就是生成的贱骨头，是应该要来当“应付僧”的，乃是佛教中的环境有以造成，假如认定“应赴”这一门是下贱行业，是谁制造出来的？……“应付”这件事，为施主诵经祈福，或超度先亡……也是佛法所许可的……①

在以往如此众多的佛教分子中，能像上引这二位看得起“应付僧”的，真的很少。

在这样的情形下，没有佛教分子肯定或读得懂世德堂版《西游记》中的瑜伽僧因子，一点都不令人意外。

如果你熟悉《西游记》，在其第九十八回提到唐僧师徒到雷音寺取经时，阿难、伽叶引唐僧看遍经名后对唐僧说：

---

① 乐观法师：《漫谈应付僧和“四宝”》，第677—683页，载《中国佛教近代史论集》，新北市永和常乐寺，1978年，第14—15页。

"圣僧东土到此,有什么人事送我们。快拿出来我好传经与你去。"三藏回答道:"弟子玄奘来路迢迢,不曾备得。"二尊者笑道:"好好好。白手传经继世,后人当饿死矣!"①

结果阿难、伽叶传给唐僧无字真经。唐僧师徒后发现此事,马上回到雷音寺,跟佛陀告状。佛祖笑道:

他两个问你要人事之情,我已知矣。但只是经不可以轻传,亦不可以空取。向时众比丘圣僧下山,曾将此经在舍卫国赵长者,与他诵了一遍,保他家生者安,亡者超脱,只讨得三斗三升麦粒黄金回来。我还说它们忒卖贱了,教后代儿孙没钱使用。②

这些对话赤裸裸呈现了佛教僧侣替人诵经消灾度亡所得代价/回报的正当性。这当然不是佛说,却是瑜伽僧/"应付僧"存在的合法化的自我辩护或说法源依据。

所以,与其说《西游记》作者"尤未学佛",不如说明清以来的众多读者学者,不懂近世以来的中国佛教,以致未能抉发世德堂版《西游记》隐藏的近世中国佛教秘密和《西游记》原创者:与瑜伽僧有关的背景。也就是说,世德堂版《西游记》祖本确立以水陆法会为唐三藏西天取经始与终的叙述框架,以及取经人物瑜伽化的内涵。

(本文初刊于马力主编《历史、艺术与台湾人文论丛》第20期(《水浒传》《西游记》新解读)第1—28页,新北:博扬文化事业有限公司,2020年。此次收入,略做增删与修订。)

---

① 吴承恩著、李天飞校注:《西游记》第九十八回,第1230页。

② 同上书,第1232页。

重估“南系”《西游记》

——以泉州傀儡戏《三藏取经》为切入点

辽宁大学　胡　胜

20 世纪 80 年代日本学者中野美代子曾经从社会学、民俗学、地理学等角度入手，提出孙悟空“祖籍”福建泉州一说。[①] 中国学者一方面认为此说极具启发意义，但同时又认为就此下定论为时尚早，因为“这些猴的故事零星散乱，谈不上体系，在形态上与取经故事无法相比”[②]。20 世纪 90 年代以来，随着福建一带与“齐天大圣”“通天大圣”有关的文物先后被发现，闽地学者旧话重提，孙悟空“祖籍”之争又一次成为热门话题。[③] 学者们将其纳入《西游记》成书过程的范畴探讨，但最终争论双方未达成一致，有学者认为“顺昌的齐天大圣体现了南方一种民间信仰，这种民间信仰在元末明初参与了《西游记》的演化，对后来取经故事的丰富发展有很大的贡献，但它对于《西游记》成书的

---

① 参见中野美代子《〈西游记〉的秘密（外二种）》，王秀文等译，北京：中华书局，2002 年，第 410—420 页。

② 蔡铁鹰：《“大闹天宫”活水有源——顺昌“齐天大圣”之我见》，《学海》2006 年第 1 期。

③ 参见齐裕焜《〈西游记〉成书过程探讨——从福建顺昌宝山的“双圣神位”谈起》，《福州大学学报》（哲学社会科学版）2006 年第 3 期；王枝忠、苗健青、王益民：《顺昌大圣信仰与〈西游记〉》，《福州大学学报》（哲学社会科学版）2006 年第 3 期；徐晓望：《论〈西游记〉传播源流的南北系统——兼答蔡铁鹰先生》，《东南学术》2007 年第 5 期。

意义是有时间、地域方面的限制的,不可随意扩大"[①],对"福建说"审慎地持保留意见。其实说到底,还是由于《西游记》的成书过程太过复杂,涉及面广,从"齐天大圣""通天大圣"信仰到《西游记》,整个成书链条的拼接,"缺少中间环节和证据,存在着相当大的难度"[②]。然而,一部泉州傀儡戏《三藏取经》的出现,在相当大的程度上,补足了证据链条的缺失,使我们不得不对"福建说"重新加以审视。

一

现今所见这部泉州傀儡戏《三藏取经》为清抄本,是民间傀儡戏班的舞台演出脚本。这种抄本称作"傀儡簿",因傀儡艺人学戏是靠师父口传心授,而非纸上功夫,其作用是供演出前演师浏览(俗称"走簿"),以及演出时挂在前台作为提示,与古今剧作家编写的用以阅读和排练的正规文学剧本有所区别。

正因如此,该抄本一直未能引起学界足够重视。零星几篇文章,均出自当地学者之手,其论述重点,或就内容进行简介、分析,或偏于目连戏的考论。大都未能将其提升至宋元时期"西游故事"生成、传播之关键坐标的高度来加以观照。笔者认为,如果我们对该剧相关文化信息,尤其是剧本本身加以深入研究,就会发现它的产生年代似应远远早于我们想象中的时间。曾有人认为"今存傀儡戏清代抄本《三藏取经》当是明代写本的一个传抄本或转抄本","是目前闽南地区所发现的最具原始形态的取经故事"[③]。但如果我们把考察的对象还原为"故事",用"生成"替换"创作",用"传播"取代"搬演",更多着眼于故事形态演化的历史阶段,而非传抄誊录的时间的话,那么,该剧的生成

① 蔡铁鹰:《元明之际"孙悟空""齐天大圣"的文化身份及〈西游记〉成书过程的阶段划分——兼答齐裕焜、王枝忠、徐晓望等福建诸贤》,《晋阳学刊》2010 年第 4 期。

② 苗怀明:《论明清时期的齐天大圣崇拜》,《西游记文化论丛》第 1 辑,徐州:中国矿业大学出版社,2009 年,第 146 页。

③ 龙彼得:《明刊闽南戏曲弦管选本三种》,北京:中国戏剧出版社,1995 年,第 100—102 页。

年代极有可能要早于明代,它似与“目连总簿”的《目连救母》一样,应是在宋元时期生成与传播的。

这部《三藏取经》涵括在泉州傀儡戏《目连》“全簿”之中。一般来说,目连戏的搬演,大致有两类情形:一为以目连救母故事为主的单本演出;一为多种剧目的组合演出,如包括《梁传》(《梁武帝出家》《梁武帝记》《梁武帝》)、《香山》(《观音得道》)、《西游》、《封神》、《岳飞》等剧目的目连系列剧搭配同演,时间不等,热闹好看。此泉州傀儡目连戏,即属第二类,由《李世民游地府》《三藏取经》《目连救母》三种本子组成,谓之“目连全簿”。前二者是独立于目连戏之外的,自成体系,与我们所习见百回本系统的《西游记》迥然不同。

全剧二十三出,原无标目出目,是艺人根据剧情和出场自成的段落分出①,可演两个夜场,一个日场。目次如下:见佛祖、坐井猴、派数、收猴、收马、收二郎、收猪、蜘蛛闷、收蜘蛛、报凶讯、收三圣、登仙阁、遇公孙、收大蛇、隔柴渡、天宫会、讨和尚、收赤面、八轮叹、收八轮、见大佛、降佛旨、封赐。

主要人物(按出场顺序排列):三藏、孙悟空(齐天大圣)、二郎神、猪(朱)八戒、深沙神(白马);神佛集团:观音、善才、土地、诸天、寒山、拾得、龙王、李天王(毗沙门天王)、揭谛、魔家四将、释迦文佛、金刚;妖魔集团:蜘蛛精、三圣(罗托、罗侯、罗独)、大蛇精、赤面鬼、八轮圣母;凡人:李世民、长孙无忌、黄公等。由上述人物简单排列即可知,故事情节、框架相对简单。现将剧情简述如下:

开场,三藏自报家门,自述姓陈名玄英,父亲陈光蕊赐进士出身,去南阳赴任,遇水贼刘洪、李彪,被害,母亲忍辱从贼,产子,满月抛江,被救,蟠桃寺出家。唐王做僧会,拜为斋主,又认为义子,法号三藏太子,发愿西天取经。观音指路,赐宝绦、金箍、锡杖、钵盂、芒鞋,前途去救齐天大圣一同西行。

齐天大圣姓孙名悟空,兄弟十一人,号十一曜星君,居花果山水帘洞。入

---

① 参见黄锡钧《泉州傀儡〈目连〉概述》,载福建省艺术研究所编《福建南戏暨目连戏论文集》,1990年。

天宫偷食王母蟠桃十二颗，老君仙丹三钵，饮御酒三千瓮。被玉皇差二郎神、三太子、托塔天王率天兵擒拿，八卦炉中炼成火眼金睛。逃出丹炉，被释迦佛五指山压住，禁于幽州野马桥下万丈花闪琉璃井。

长孙无忌奉旨，蟠桃寺安排斋筵为三藏饯行。三藏前途至九品无船江，善才奉观音佛旨播起莲花渡江。土地引至琉璃井边，以丝绦救出齐天大圣，与其摩顶受戒，戴上金箍，称作行者。行者反悔，回花果山。三藏念动催箍咒催返。

黑沙洞深沙神食人无算，此番摄走三藏。行者与战，道出行者根底——铁色猕猴，一怕火，二怕水。行者被火烧败，求见南海佛祖观音。观音诱深沙神捧起钵盂，以钵盂罩住其身，罚变身白马同行取经。

二郎神因天津桥头戏弄传言玉女，受罚。观音求情，贬至灌口山镇守。见三藏师徒，发愿同赴极乐。

猪八戒镇守嵩山（猪屎山），被行者收服，愿同往西天，三藏为之改名“朱”八戒。

华山地养夫人蜘蛛精变作妇人，半身土上，半身土下，向三藏师徒呼救。自称因做错事，为丈夫所埋。三藏命行者拨土救人。蜘蛛精伺机摄走三藏，欲强行成婚，行者寻至，打死蜘蛛精。

蜘蛛精三个哥哥罗托、罗侯、罗独，号称三圣，镇守窝山。罗托生日庆寿，小鬼来报蜘蛛精死讯。三圣怒摄三藏。

行者等与战难胜，三筋斗云驾往南海见观音佛。（下缺）

登仙阁（地名）有大仙十分灵通，每岁要受童男祭献，否则降灾。有祖孙二人相依为命，当年轮值，恰遇三藏师徒。三藏劝大仙未果，行者打死大仙，原为大蛇精。着人拆毁宫殿。

天台山方广寺寒山、拾得二仙隔柴渡化桥渡三藏，山崩桥断，三藏跌入江中，为龙王所救，送上天台山。仙童前请赴天王万寿面，一贺寿辰，二贺哪吒太子再出世。

毗沙门宫李天王安排斋筵，请五百尊者赴会。献仙桃。仙童禀报：五百条手帕分五百罗汉，尚剩一条，无人收领。长老揭破前因：因第三位尊者金禅罗汉（三藏前身），当日私赴灯果会，佛罚历三十六劫磨难。请入宫中赐酒三杯，三藏大醉不醒。

行者、二郎打上方广寺讨人，如来说出三藏大醉天王宫。二郎推行者前去天宫要人。行者忆当初闹天宫偷食事，二郎忆戏玉女事，互相推诿，不敢前往。只得唤出揭谛扶三藏出天宫。

嵩山李长者名德，有女金玉，年方十八，为妖赤面鬼迷乱。三藏师徒借宿，悟空入女房中降妖，妖怪吐火逃脱。后从土地处探得妖怪底里，变作李金玉诱惑妖怪。妖怪自称本是樵夫，因见灯灯佛将珠放在三宝石上，坐闭目禅，被他吞落腹中。悟空骗妖怪吐出宝珠，伺机吞下，将妖怪擒住，以三昧火烧炼。

八轮圣母姐妹八人（金轮、银轮、铜轮、铁轮、锡轮、风轮、火轮、车轮），思量婚配。摄去三藏，行者寻师。罚八轮变成八位飞仙，飞去西天雷音寺，报知信息。

师徒见佛，赐经一藏、文一藏、律一藏，差八金刚、四菩萨送归蟠桃寺。

至唐市，跪念《心经》全文。念诵佛号。佛旨封三藏为宾头罗汉尊者、齐天封为虚空大圣，树生太子业龙、如来（衍文?）、灌口二郎各封灵通大帝。朱八戒、深沙神及琉璃诸位等，各赐成佛。唐王李世民封三藏为大法真经大禅师。

二

之所以不厌其烦地陈述情节，是因为此《三藏取经》与我们习见的《西游记》有太多不同。首先，它与其他涵盖于《目连戏》中的《西游记》不同。

和泉州傀儡目连戏（以下简称“泉目连”）一样，包括有《西游记》的目连戏，视野所及，较有代表性的还有江西景德镇本（以下简称“江目连”）、安徽歙县本（以下简称“徽目连”）和四川高腔本（以下简称“川目连”）。“江目连”和

“徽目连”的《西游记》情节接近,“川目连”则相对较长。见表一:

表一

简　名	总本数	《西游记》出数	出　目
泉目连	三本:《李世民游地府》《三藏取经》《目连救母》	斩龙、游地府二十四出单独一本;取经二十三出	《游地府》略;《三藏取经》:见佛祖;坐井猴;派数;收猴;收马;收二郎;收猪;蜘蛛闷;收蜘蛛;报凶讯;收三圣;登仙阁;遇公孙;收大蛇;隔柴渡;天宫会;讨和尚;收赤面;八轮叹;收八轮;见大佛;降佛旨;封赐。见佛祖;坐井猴;派数;收猴;收马;收二郎;收猪;蜘蛛闷;收蜘蛛;报凶讯;收三圣;登仙阁;遇公孙;收大蛇;隔柴渡;天宫会;讨和尚;收赤面;八轮叹;收八轮;见大佛;降佛旨;封赐①
江目连	七本:梁武帝一本、目连救母三本、西游一本(包括太宗入冥)、岳飞两本	斩龙、入冥十五出,与取经十五出合成一本	坐台、上寿、登殿、打鱼、赌赏、上奏、回宫、看田水、献榜、求救、登殿、五殿、四王并审、三殿、二殿;超度、起程、作饯、天宫、上奏、上寿、逃走、度化、花果山、拐宝、追赶、拐扇、见佛、超度、回家,三十出②

① 泉州地方戏曲研究社编:《傀儡戏·〈目连〉全簿》(“泉州传统戏曲丛书”第十卷),北京:中国戏剧出版社,1999年。

② 毛礼镁:《江西南戏目连考》,中国艺术研究院戏曲研究所、安徽省艺术研究所、安徽省祁门县人民政府编:《目连戏研究文集》,1988年。

续表

简　名	总本数	《西游记》出数	出　目
徽目连	三本:《目连救母》一本、《西游记》一本(包括入冥)、《精忠记》一本	斩龙、入冥十二出与取经二十六出合成一本	观音坐台、唐僧庆寿、打渔赌赛、田中看水、脱梦斩龙、告状改谱、三曹对审、四殿审案、三殿对审、游枉死城、观音下凡、超度龙王;唐僧饯别、猴王生日、收服猴王、高府降神、投宿收猪、收沙和尚、收红孩儿、过火焰山、收老鼠精、偷盗三宝、见佛传经、过通天河、水陆大会、团圆,三十八出①
川目连	四十八本目,其中《西游记》四本	九十七出(包括江流故事、斩龙、入冥)	第一本江流故事;第二本魏征斩龙、刘全进瓜;第三本沙桥饯别、回回指路,过五行山、收猪八戒、沙和尚;第四本过火焰山、斗牛魔王,吃人参果,雷音赐经、渡江落水,金殿面圣、午门超度,计九十七出②

和江西本、安徽本、四川本相比,泉州本有很大不同,仅从内容比较看,种种迹象表明前三者明显比泉州本晚出,应为百回本流行之后问世的,受百回本情节影响较大。仅从上表所列出目即可看出端倪。

至为关键一点,三者皆将"太宗入冥"与"三藏取经"链接在一起,实现了无缝对接,由超度龙王,引出玄奘取经。而"泉目连"中二者各自独立,是并行

① 茆耕茹辑:《目连资料编目概略》,台北:施合郑民俗文化基金会,1993 年,第 265 页。
② 李树成抄本《川剧四十八本目连〈连台戏场次〉》,载重庆市川剧研究所编《四川目连戏资料论文集》,1990 年,第 247 页

的两本,没有明确的连接点。这正合西游故事的早期形态,各自独立发育、传播,发展到后期才彼此黏着、勾连,形成一个整体,作为连接“闹天宫”与“西天取经”两大单元的车钩。[①]

从表中可见“江目连”“徽目连”出目的相似度较高,情节相近。如都有沙桥饯别(“江目连”作“作饯”、“徽目连”本作“饯别”)、黑熊精拐宝(一作“拐宝”,一作“偷盗三宝”)、火焰山盗扇(一作“拐扇”,一作“火焰山”)等情节。已有研究者注意到“作饯”——尉迟恭郊外饯别,唱北曲【小梁州】【古梁州】,剧本完整,可独立演出,其与元剧吴昌龄剧本关系密切,对其定位为宋元杂剧影响下的产物[②],但更多细节明确显示了其后出的痕迹。典型者如“江目连”中的“拐宝”“追赶”两出:说乌风洞的黑熊精欲骗唐僧三宝,幻化茅庵,行骗得手。悟空追妖寻宝打死了前来祝寿的黑熊精妹妹白衣秀。化其模样,又将毫毛变作金丹,诱使黑熊精吞吃入腹,打死黑熊精,夺回三宝。一见之下,不由人不想起百回本第十六至十八回黑风山的黑熊精,黑熊精盗得袈裟,与白花蛇精、苍狼精筹划“仙衣会”,被悟空当场撞破,蛇精被一棒打杀。而当时的白花蛇精幻像正是一名“白衣秀士”,结果在这里却讹成了“白衣秀”。“白衣秀”与“白衣秀士”仅有一字之差,人物性别就搞了个对换,蛇精变熊精(只是不知是否白熊,“白衣秀”与“白熊”本身发音相近,也有可能产生音转讹变),还成了妹妹,充满民间智慧与谐趣。说明尽管“江目连”在流播过程中夹杂少量旧本内容,但比例有限,更多内容后出的迹象明显。

而“川目连”,仅从其情节的完备上就可知是百回本影响之下的产物。

鉴于此,本文对后出的“江目连”“徽目连”“川目连”中的《西游记》不再多费笔墨,下面只对“泉目连”中的《三藏取经》加以剖析。

---

① 赵毓龙、胡胜:《论张大复〈钓鱼船〉对“刘全进瓜故事”的改造》,《社会科学辑刊》2011年第6期。

② 毛礼镁:《江西南戏目连考》。

三

此戏与目今所见各本西游故事,尤其是隶属于百回本谱系者有诸多不同。虽然故事的整体流程大致相近而略简,但不论取经团队成员、神佛,还是各路妖精都有各自与常见故事系统不同的演绎。

先来看取经团队。作为团队的两位核心人物,三藏和悟空的形象、身世,与百回本谱系大体相同,前者是典型的"江流儿"(后文屡次提及他前身为佛前第三位尊者金禅罗汉,因私赴灯果会,被罚历劫),后者所呈现的也是妖猴作乱、被伏、皈依的过程。但又有迥异于别本之处,如前者被唐王认作"三太子",而非御弟,后者被俘后,压在幽州野马桥下万丈花闪琉璃井中近千年(这一点与所有我们熟知的西游故事完全不同,原因容后文再加探讨)。

团队的其他成员中,猪八戒出身猪屎山,强占民女,为悟空收服,唐僧为之改名"朱"八戒,与百回本谱系相近;沙悟净则尚未出现,而以深沙神亮相,身为黑沙洞食人魔的他,劫掠唐僧,被观音收服,化作白马,这也是迥异于别本之处;而更大的不同在于另一位成员——二郎神,这位大名鼎鼎,与"西游"故事诸多牵连,却与"取经"故事没有多少直接关系的神道人物,他的加盟彻底改变了取经团队的样貌。

再来看沿途妖魔。登场的妖怪只有蜘蛛精(地养夫人)、三圣、蛇精、赤面鬼、八轮等寥寥数位,但其所反映的故事历史形态的信息量却颇大。

蜘蛛精是西游故事系统里面出现较早的。早在《礼节传簿》(明万历二年[1574]抄录,一般认为是宋元时期甚至更古老的古剧遗存)所存《唐僧西天取经》队戏①、《销释真空宝卷》②、《西游记平话》③等文本中,已可见其名色,但又有所不同。傀儡戏中的蜘蛛精被称为"地养夫人",似应为"地涌夫人"的音

① 原文及考辩详见山西师范大学戏曲文物所编《中华戏曲》第三辑,太原:山西人民出版社,1987年。

② 蔡铁鹰:《西游记资料汇编》上册,北京:中华书局,2010年,456页。

③ 同上书,第478页。

讹,其上场之后“半身土上,半身土下”[①],向三藏师徒求救的情节,很容易令人联想到后来百回本黑松林金鼠精变化求救的段落。

蛇精与百回本中七绝山的蟒蛇精截然不同:“一大仙,十分通灵乜显现。若还不祭献,乡里不平善……”[②]令人联想到的是百回本中通天河灵感大王的段落。

此外,收赤面,后出高老庄收八戒情节与之相似,又和收黄袍怪,骗吞内丹相似。只有收八轮,不知典出何处?是否是“佛经”中的“八轮”一词衍化而来不得而知。总体看来,后来百回本的许多桥段似乎都能从中找到影子,而这正符合原生西游故事早期发育阶段的形态特征,即一个单元故事中,包含后来多个单元故事的元素。

当然,反驳者可能主张:这些相似之处,正可作为傀儡戏受百回本影响的证据。但如果我们仔细考究细节,会发现,该戏的许多人物、名色、情节乃至细节,其实直接承自《大唐三藏取经诗话》,而非其他。

如戏中齐天大圣孙悟空的身上有一个细节——“九万三岁”:

(齐介,白)自我食九万三岁,无今旦日——第九出“收蜘蛛”[③]

(齐亥,白)“今年九万三岁”——第十八出“收赤面”[④]

百回本中的孙悟空,自破石而出,至踏上西行之路,寿算未过九百,这“九万”之数从何而来呢?笔者以为,其正是源自《取经诗话》中猴行者多次自我标榜的“九度见黄河清”(“入大梵天王宫第三”“狮子林树人国第五”“入王母池之处第十一”)。猴行者九万岁的“高龄”,在此戏中成为孙悟空的炫耀资本,被一再提及。

---

① 泉州地方戏曲研究社编:《傀儡戏·〈目连〉全簿》(“泉州传统戏曲丛书”第十卷),第82页。

② 同上书,第90页。

③ 同上书,第84页。

④ 同上书,第105页。

再如深沙神,这一角色最早也是出现在西游故事《大唐三藏取经诗话》中,不论是杨景贤《西游记杂剧》还是《朴通事谚解》所引《西游记平话》中都是沙和尚,而傀儡戏中却是深沙神。第五出“收马”:

(神上,唱)【大山慢】我是深沙神,灵通变化世无尽。(白)若有凡人山下过。(唱)摄来生食不留情。(坐白)气力赛过双蛟龙,目光恰似千里灯。神通显化实无比,飞沙走石逞劳荣。但吾黑沙洞深沙神,论我神通广大,神圣钦仰。只几时无生人肉通食,不免腾云观瞻。若有凡人经过,摄来宰配酒。小鬼看洞处,大王落山寻人。①

这气质与沙和尚的差异就是“山妖”与“水妖”之别。与其他西游故事的不同处,就在于深沙神奉观音佛之命变为白马(第五出)。这是此戏的独特处。

由于《诗话》中深沙神的相关段落残缺不全,我们无法比较本剧情节与之存在的因缘嬗变关系,但仅从角色名称及尚未蜕化成“水系”魔怪的状态,也足见其时代之早。

再如毗沙门天王则出现在第十六出“天宫会”:北方毗沙宫李天王,因小儿哪吒再度出世,大排筵宴,请五百尊者赴会。三藏恰逢其会,吃酒三杯,大醉不醒。而《大唐三藏取经诗话》则是“入大梵天王宫第三”,猴行者携玄奘一行七人赴水晶斋,讲《法华经》。虽然一为庆生,一为讲经,但由“宫”的空间设置,以及“斋会”的场景呈现,也隐约可见二者的渊源关系。

另外,此出有关“蟠桃”的描述还涉及了《取经诗话》的另一处情节:

【驻云飞】尊者听起,微筵蔬菜可轻微。群仙来把盏,仙童献果子。嗏,仙桃实可吝,贵气非常比。三千年开花,三千年结子。(合)计共六千年,即有仙桃味。——《三藏取经》第十六出②

---

① 泉州地方戏曲研究社编:《傀儡戏·〈目连〉全簿》(“泉州传统戏曲丛书”第十卷),第72页。

② 同上书,第109页。

此桃种一根，千年始生，三千年方见一花，万年结一子，子万年始熟。若人吃一颗，享年三千岁。——《取经诗话》“入王母池之处第十一”①

紧接着第十七出“讨和尚”，悟空、二郎前来寻师，闻之在毗沙门宫醉酒，想起自己当年闹天宫偷桃（调戏玉女）的前科，皆不敢前去。与《大唐三藏取经诗话》“入王母池之处第十一”情节亦差相仿佛。

其他细节，如西行取经，历经“三十六劫磨难”（第六出“收二郎”、第十五出“隔柴渡”、第十六出“天宫会”、第二十出“收八轮”、第二十一出“见大佛”多次提及），与百回本的“九九八十一难”相差悬殊，究其渊源，似也出自《大唐三藏取经诗话》：

秀才曰：……我今来助和尚取经，此去百万程途，历经三十六国，多有祸难之处。——《取经诗话》“行程遇猴行者处第二”②

再如“五百罗汉（尊者）”之说，亦应出自《大唐三藏取经诗话》：

……请五百尊者赴会，因何未到？

……且喜太子再出世，五百尊者齐贺喜。

……五百条手帕分五百罗汉，尚剩一条，无人收领？

——《三藏取经》第十六出“天宫会”③

且见香花千座，斋果万种，鼓乐嘹亮，木鱼高挂。五百罗汉，垂眉口伴，都会宫中，诸佛演法……

——《取经诗话》入大梵天王宫第三④

---

① 李时人、蔡镜浩校注：《大唐三藏取经诗话校注》，北京：中华书局，1997 年，第 32 页。

② 同上书，第 3 页

③ 泉州地方戏曲研究社编：《傀儡戏·〈目连〉全簿》，（“泉州传统戏曲丛书”第十卷），第 102 页。

④ 李时人、蔡镜浩校注：《大唐三藏取经诗话》，第 5 页。

由此可见,《大唐三藏取经诗话》应是此戏取材的主要来源之一。当然,除了《大唐三藏取经诗话》外还有与其他宋元杂剧重合处。

如孙悟空除齐天大圣名号外,还有个身份为铁色猕猴,其有兄弟十一人:

老君奏说,我是铁骨色猕猴。——第二出"坐井猴"①

别人不知你根底,你根底铁骨色猕猴。——第五出"收马"②

阮兄弟十一人,号为十一曜星君。——第二出"坐井猴"③

在元明杂剧《二郎神锁齐天大圣》中,我们见到了相同的名目:

吾神三人,姊妹五个:大哥哥通天大圣,吾神是齐天大圣,姐姐是龟山水母,妹子铁色猕猴,兄弟是耍耍三郎。④

《西游记杂剧》中记载的则是兄弟五人:

小圣兄弟姊妹五人,大姊骊山老母,二妹巫枝祈圣母,大兄齐天大圣,小圣通天大圣,弟弟耍耍三郎。⑤

宋元杂剧中频频出现的"通天大圣""齐天大圣"身份不定,但同为淫猴家族的一员,兄弟姊妹众多。

戏中二郎的身份也是十分可疑:

(上场,白):但吾二郎神,镇守在灌口山。我前年在天津桥头,戏弄传言玉女。玉帝大怒,卜绝我香火。即得南海佛祖劝免,乞我来灌口山

---

① 泉州地方戏曲研究社编:《傀儡戏·〈目连〉全簿》,("泉州传统戏曲丛书"第十卷),第60页。

② 同上书,第74页。

③ 同上书,第59页。

④ 胡胜、赵毓龙校注:《西游记戏曲集》,沈阳:辽海出版社,2009年,第49页。

⑤ 同上书,第101页。

镇守，做一庇佑菩萨。佛祖有话叮咛，若遇道德圣僧，修归正果，以赎前罪。只事且觅一边。我拙时思食生人肉，我不免落山摄人。（亥，下）[①]

由此，我们知道他是灌口二郎神，和元剧《灌口二郎斩健蛟》《二郎神锁齐天大圣》出身相同，打着"灌口"烙印，不同的是居然因"戏弄玉女"被贬，而等待取经人。这又和所有灌口二郎神的传说不同。他与悟空见面的对话耐人寻味：

（郎上，亥）（齐拦住亥，白）我不知是谁，都是开镜匣的朋友。（介）二郎神。（郎白）齐哥你立边，我摄一个和尚分你食。[②]

"开镜匣"，直教人疑心来自《二郎神射锁魔镜杂剧》，"只因醉射金钺镜面开，妖魔遁走惹飞灾"（第一折）。[③] 二人明显是老相识，称兄道弟。

深沙神被收服，是观音亲自出面：

（音白）：你既有神通，我有一口钵盂还你捧，捧得起，三藏度你宰，我亦度你宰食。[④]

结果是深沙神无力捧钵，跪拜皈依。这一情节隐然有宋杂剧《鬼子母揭钵记》的影子。

由上述排比，不难看出，此戏的素材、情节来源多取自《大唐三藏取经诗话》乃至其他宋元杂剧，杂取种种，合成一个，但恰恰与后来的百回本相去霄壤。所以它的出现应远在百回本之前，属宋元时期民间流传西游故事系统。

---

① 泉州地方戏曲研究社编：《傀儡戏·〈目连〉全簿》，（"泉州传统戏曲丛书"第十卷），第76页。

② 同上书，第77页。

③ 胡胜、赵毓龙校注：《西游记戏曲集》，第36页。

④ 泉州地方戏曲研究社编：《傀儡戏·〈目连〉全簿》，（"泉州传统戏曲丛书"第十卷），第75页。

能为此做补充的还有元王振鹏《唐僧取经图册》，日本学者矶部彰认为："元代的图册中的西天取经故事跟流传至今的《西游记》在系谱上有明显的不同……它跟现存的西游记故事不是出自同一系统的绘画，标题也不属一个系统。元代还存在与以上两者不相同的其他系统的唐三藏故事。"[①]图册中的上7为"毗沙门天王与索行者"、下4为"神龙救唐僧飞见天王"、下15为"唐僧随五百罗汉赴天斋"，与《三藏取经》第十五出隔柴渡寒山、拾得做法，使山崩桥断，三藏落水，龙王差鬼将送上广方寺，第十六出与五百罗汉同赴毗沙门天王斋，有相似处，尤其最后一则。二者为数不多的重合处，似印证了矶部彰先生的论断。作为与后来流行传本不同的故事系统，在不断嬗变中被整合。

除开情节上的因素外，如从艺术传承的角度做些分析的话，也会为此戏的与众不同做些解释。

如开篇悟空被压琉璃井，这一情节不见于今见任何西游故事系统。此情节似可从傀儡戏的演出技巧上探知一二。观音赐三藏"宝绦"一条，因为是提线傀儡，从演出效果考虑，垂吊而起，更符合艺术规律，表演更容易出彩吧。

再如收大蛇情节，常见"西游"系统中的蛇精并不出彩。《大唐三藏取经诗话》中有"过长坑大蛇岭处"，但与蛇精无涉；《西游记平话》有"遇猛虎毒蛇之害"一说，《西游记杂剧》则无蛇，百回本中的蛇妖有黑风山的白花蛇精，是一过场配角，七绝山的蟒蛇精也不见佳。从目连戏的宗教性质祭祀仪式中或可找到答案。据说《三藏取经·收大蛇》中的社头（相当于村主任）为供奉蛇仙，也要来一段《派帐》，与《郭子仪祝寿·派帐》（郭府都管为郭子仪庆寿大操大办，间插不少诨话）如出一辙。且演出前请神，演出后辞神。[②] 所以，收大蛇的情节也为此《三藏取经》所独有，应是目连戏的宗教性质决定的。所以，此傀儡目连戏《三藏取经》，不仅受傀儡戏的表演特质限制，也受制于目连戏的

---

① 矶部彰：《元代〈唐僧取经图册〉研究要旨》，转引自蔡铁鹰《西游记资料汇编》上册，2010年，543页。

② 参见黄锡钧《泉州傀儡〈目连〉概述》，载福建省艺术研究所编《福建南戏暨目连戏论文集》，1990年。

宗教性质，与佛道的法事科仪关系密切。尽管其仍带有浓烈的宗教色彩，但还是出离了法事科仪，向戏剧形态演进。

因它是民间艺人的口头创作，难免方言俚语入曲。民间艺人重戏轻文的倾向造成了该戏现存文本的粗糙驳杂，雅俗交错。但所有这些恰说明其早期流传的原生形态，未经过文人的加工打磨。因为后出转精，古朴的、稚拙的艺术特质往往只有在早期艺术形态中才得以留存。这一点从其所用曲牌亦可见一斑。《三藏取经》所用音乐曲牌，残存了大量宋元戏文的遗制。

粗略统计，《三藏取经》合计使用曲牌九十五支（有极少部分缺文未计入），其中六十五支（有重复出现）见于《永乐大典戏文三种》①，约占全部曲牌的62%。简单列举如下：

【江儿水】【西地锦】【出队子】【驻马听】【大迓鼓】【皂罗袍】【剔银灯】【园林好】【尾声】【甘州歌】【风入松】【金钱花】【驻马听】【双鸂鶒】【红绣鞋】【玉抱肚】【锁南枝】【女冠子】【大迓鼓】【绣停针】【北江儿水】【光光乍】【步步娇】【红衲袄】【缕缕金】【四边静】【（窣）地锦裆】

以上皆属于早期南戏常用曲牌，在这些曲牌的使用中，少者两支（如第二、八、十九、二十三出），多者十余支（如第十五、十八出），毫不顾及“引子——过曲——尾声”的一般程式；还有南北合套现象出现，即以南曲连缀为主，间或插入北曲曲牌（如第四、八、十五出），曲牌联套的组合手法与元明以后规范化了的传奇体套数迥异，由此可知相关情节应出自早期南戏无疑。

能为此作为旁证的还有泉本傀儡戏《目连救母》的创作年代。已有学者注意到了其剧本与明刊郑本《目连救母劝善戏文》等的显著差异，指出：

其一，罗卜籍贯，诸本皆作“王舍城”，只有泉本作“大唐国湘州府追阳县王舍城”（第十四出《请神》），应是“目连故事在民间流传过程中产生的地名

① 参见《钱南扬文集》，北京：中华书局，2009年。

混合，并烙上唐变文、宋俗经的地名印记”①。

其二，“三分钱财”情节，为郑本系统所无，泉本独有。此情节则来自《目连缘起》《目连变文》；而罗卜经商诸本皆无具体地名，只是泛言“外州”“他国”，独泉本明确作“金地国”，这一地名见于宋代《佛说目连救母经》：“儿将一分往金地国，兴生经纪。”这说明泉本保留了变文、俗经的遗迹，在郑本问世前，有自己的母本流行。②

其三，游地狱模式，泉本顺序混乱，不像郑本等有明确的“十殿”概念，次序井然。且泉本以“打刘氏”为主，杂以科诨，与杂剧、院本特征相符。由此可知“傀儡戏《目连救母》保留了宋元目连戏的某些与众不同的初始形态”③。

与之相应，同为“目连总簿”组成部分的《三藏取经》保留了大量的宋元印痕也就不足为奇，毕竟同生、兼容、互渗难以避免。

当然，我们还要看到《三藏取经》中也有个别细节似晚出，如孙悟空的“火眼金睛”（第九出）、“左耳藏金箍棒”（第五出）等似只有百回本才具备。还有一些前后矛盾的地方，如戏中没出现龙子化马的情节，是深沙神化作白马驮经，可最后封赠时有一句“树生太子业龙……各封灵通大帝”，前后缺乏照应，应是民间艺人抄本抄写混乱之故。但这些混乱只体现了此戏在民间流传过程中混类杂收、兼容并包之一斑。这也是民间艺术强大生命力之所在。

四

上文已述，泉州傀儡戏《三藏取经》应出现在《大唐三藏取经诗话》之后，与杨景贤《西游记》杂剧等同时或更早，是宋元间流传的“南系”西游故事的阶段性标志。

该戏的独特价值之一，在于呈现了杨景贤《西游记》杂剧之外的又一套独

① 马建华：《宋元民间目连戏的另一种形态》，《戏曲研究》2006 年第 3 期。
② 同上。
③ 同上。

具面貌的西游戏,一南一北,既自成系统,又有互渗,可互为补充。作为《西游记》成书的特定阶段产物,该剧整合了宋元间流传的西游故事,又因主要在中下层流通渠道传播,故事形态的惰性较大,故而保存了大量的宋元旧貌。尤其值得我们注意的是,此戏已形成了完整的取经体系。在此之前,齐天大圣、通天大圣、浑天大圣等名色杂出不一,故事尚处于民间传说的自发阶段,在《三藏取经》中,齐天大圣与孙悟空已翕然合一,"南系"西游故事由自发进入自为阶段,开始作为一个相对完整而自足的故事集群,向下一阶段进化。

该戏价值之二,在于它的出现完善了"南系"西游故事的发展链条。作为在泉州乃至周边地域流传的故事体系,其文本内容或隐或显地夹杂着地域特色,和"北系"的《西游记杂剧》明显有所区别。一些细节处不但依然残留着密教的印痕,同时还显示出泉州的地域色彩,最典型者如观音与五百罗汉。戏中的观音是贯穿始终的取经队伍的庇佑者,从肇始发端,到中途降妖,亲力亲为;五百罗汉之说则多次出现。闽南地区密教观音与五百罗汉信仰,至迟在五代、宋就已形成,并广为流传,不论是地理文献记载,还是民间风物传说,在在尤多。[①] 与此可互为补充的是戏中其他几位人物则出现于泉州开元寺东西塔(始建于唐垂拱年间,至宋时改为石塔)。[②] 如三藏见佛被封为"宾头罗汉尊者"(此封号与习见的西游故事完全不同),而此尊者(又称长眉罗汉)的雕像赫然立于东塔(3-4,西南)[③];此戏独有的另两位大仙——寒山、拾得,则位列西塔(2-2,2-1,南)[④]。

如此,《三藏取经》这个宋元间流传的取经故事,在福建尤其是泉州肇始发端,应不为妄说。追溯而上,我们不由想到日本学者中野美代子对《西游记》起源所提出的"泉州说"。她把泉州开元寺猴行者雕像(位于西塔 4-11,

---

① 参见马建华《宋元民间目连戏的另一种形态》,《戏曲研究》2006 年第 3 期。

② 王寒枫编:《泉州东西塔》,福州:福建人民出版社,1992 年。

③ 同上书,第 128 页。

④ 王寒枫编:《泉州东西塔》,第 172 页。

东北)[1]原型与印度史诗《罗摩衍那》中的哈奴曼连在了一起,"从南边进入泉州的《罗摩衍那》在以福建为中心进行渗透时,给予既存的'求法猴'形象以刺激,在福建诞生了较《诗话》中的猴行者还早的猴行者故事,开元寺西塔上的猴行者像就是这样的产物"[2]。她认为是印度神猴哈奴曼影响了猴行者的诞生。也有本土学者认为"《大唐三藏法师取经诗话》中的猴行者即是哈奴曼的中国变相,传入的媒介即是佛教的密宗……"[3],此与中野美代子的推论不谋而合。

如此,不难想见猴行者诞生于福建,在外来文化传播影响之下,围绕这一形象,形成了《大唐三藏取经诗话》,并刊刻流传。它的刊行地南宋都城临安(今杭州)与当时"陪都"泉州的关系,本身也说明问题。可以说以泉州为中心,形成了《大唐三藏取经诗话》故事系统,此故事系统打着浓重的密教烙印。

这样,再联系20世纪90年代,福建顺昌发现的宋元间齐天大圣、通天大圣的相关文物,和当地的"齐天大圣崇拜"之风,我们有理由相信傀儡戏《三藏取经》在泉州的出现是水到渠成。

《大唐三藏取经诗话》出现之后,泉州走出的猴行者与毗邻地域的齐天大圣、通天大圣之类的民间传说合流,进一步生成了孙悟空,逐步衍生出了一个带有强烈地域性民间色彩的西游故事——《三藏取经》。

这也可以解释《三藏取经》中含有密教印痕,但又明显弱化的原因。即猴行者、深沙神、毗沙门天王、观音、五百罗汉、八大金刚[4]为代表的密教的因子一定程度上得到了继承,但又在本土道教、民间传说的冲击下有所弱化,最后碰撞、融合的结果就是,猴行者为孙悟空所取代,深沙神、毗沙门天王完全本土化,打上了本土道教的印痕,从形象到气质比之《大唐三藏取经诗话》都有

---

① 王寒枫编:《泉州东西塔》,第182页。

② 中野美代子:《孙悟空的诞生》,《〈西游记〉的秘密(外二种)》,王秀文等译,第414页。

③ 参见张乘健《〈大唐三藏法师取经记〉史实考原》,《文史》第三十八辑。

④ 八大护法金刚,属密宗规制,一般的寺院是看不到的,只有在泉州开元寺甘露戒坛这样的密宗寺院内的建筑里才能看到。

了彻头彻尾的改变。深沙神的标配——项下枯骨(骷髅)[①]已无,所纵横驰骋的八百里黄沙变成了"黑沙洞"[②];北方毗沙门天王则成了"执掌玉皇殿前使,判断善恶无差移"[③]的道教天神。外佛内道间杂密教色彩的南系西游故事充实起来了。

如此,蔡铁鹰先生认为"取经故事在内地形成了南北两个故事类型。孙悟空代表了北方故事"的观点[④]就值得商榷了。蔡铁鹰先生明确提出西游故事"南北"系统之说,但他一直认为南派以《取经诗话》为代表,而北派的《队戏》也好,《西游记杂剧》也罢,才是真正使孙悟空与齐天大圣合一的作品。换言之,他认为"南系"西游故事发育不够完全。[⑤] 关键在于所有证据链条中缺失了重要一环,即位于《大唐三藏取经诗话》之后的一个完整的西游故事,而不是民间散在的野"猴"传说,所以即便后来福建又出现了大量年代明确(宋元间)的齐天大圣、通天大圣祭祀文物,也没能动摇他的看法。但如今傀儡戏《三藏取经》作为一部发育完全的《西游记》出现,尽管还稍嫌粗糙,但至少已初成规模,不再是零散的民间传说,而是"集腋成裘"。它的楔入,使"南系"《西游记》的演进呈现出了较为完整的链条,由《取经诗话》顺次而下的《三藏取经》填补了一段空白,作为"南系"海上丝绸之路的取经传说进一步北上,与"北系"(《西游记杂剧》为代表)陆上丝绸之路传播的西游故事碰撞、合流,造就了我们熟知的齐天大圣孙悟空,逐步发展,最后发育成了百回本《西游记》。

---

① 画像有"以髑髅为颈璎珞"之说,大藏经刊行会,《大正藏·图像部》卷三;赞诗有"璎珞枯髅项下缠"句,见(宋)楚圆集《赞深沙神》,《汾阳无德禅师语录》,《大正藏》第47卷,台北:新文丰出版公司,1996年,第611、623页。

② 泉州地方戏曲研究社编:《傀儡戏·〈目连〉全簿》,("泉州传统戏曲丛书"第十卷),第72页。

③ 同上书,第102页。

④ 蔡铁鹰:《南宋浙闽"猴行者"来源再探——以顺昌、泉州的田野考察为中心》,《淮海工学院学报》(人文社会科学版)2015年第10期。

⑤ 同上。

斋供仪式文献《佛门请经科》:《西游记》研究的新资料

上海师范大学　侯　冲

在以是否有斋僧作为分类标志的基础上,可以将佛教宗教仪式分为修持仪式和斋供仪式。修持仪式指僧人和信众的日常宗教实践活动,斋供仪式则是僧人为满足施主需要而举行的宗教仪式。[①] 而僧人在举行斋供仪式时使用的仪式文本,就是本文所说的斋供仪式文本。

《西游记》研究的著述可谓汗牛充栋,但目前从斋供仪式或斋供仪式文本角度展开的研究仍然缺位。具体有三个层面的表现:其一是未注意到斋供仪式及其仪式文本与《西游记》有关。其二是不知道大量的斋供仪式文本中,保存了《西游记》成书史研究的重要信息。其三是不知道结合佛教斋供仪式及其仪式文本的《西游记》研究,是《西游记》研究的新突破。

不论是介绍形态复杂的斋供仪式文本及其与《西游记》的关系,也不论是将斋供仪式文本放在斋供仪式实际操作的基础上研究《西游记》,都需要相当的篇幅,并非一篇小文可以完成,故将另外分别撰文加以展开。本文仅以《佛门请经科》及其学术史的介绍和研究为切入点,阐明佛教斋供仪式及其仪式

① 侯冲:《中国佛教仪式研究——以斋供仪式为中心》,上海:上海古籍出版社,2008 年,第 5—11 页。

文本与《西游记》研究有极为密切的关系,《西游记》研究不能忽略对佛教斋供仪式及其仪式文本的了解和研究。

一、《佛门请经科》及其研究史

《佛门请经科》,又名《佛门请经开忏科》《佛门请经品范》《佛门迎经科》《请经开忏唐僧偈》《佛门迎经科范》《释氏迎经科》《迎经接驾科文》《佛说西天取经道场》《佛门西游慈悲宝卷道场》《佛门取经道场》《请经科》《迎经科》《取经赞》等。中国佛教僧人著作、佛教斋供仪式文本,虽已有学者做过研究,但由于一般人了解不多,故长期以来一直未引起重视。

与绝大部分佛教斋供仪式文本一样,《佛门请经科》未被收入历代大藏经,也未见古代史籍记载。目前湖南、湖北、山东、广西、福建、贵州、甘肃等地,均已发现清末至现代的传抄本,说明其在民间有较为广泛的流传。但遗憾的是,尽管其中多有说明唐僧及其弟子孙悟空、朱八戒等到西天取经的文字,与小说《西游记》有极为密切的关系,属于《西游记》研究资料,但在朱一玄、刘毓忱编《〈西游记〉资料汇编》[①]和刘荫柏编《西游记研究资料》[②]中,均未见提及。

最早介绍和整理《佛门请经科》的工作,是由王熙远完成的。他将发现于广西的两种现代抄本《佛门请经科》即《佛门取经道场》和《慈悲西游宝卷道场》分别标点录文[③],收入其专著《桂西民间秘密宗教》[④],该专著出版后,即受

① 朱一玄、刘毓忱编:《〈西游记〉资料汇编》,郑州:中州书画社,1983 年。

② 刘荫柏编:《西游记研究资料》,上海:上海古籍出版社,1990 年。

③ 此前将这两种文本定性为民间宗教魔公教的经卷,笔者已做辨析并做了重新界定。参看侯冲《桂西佛教斋供仪式文本稽钩——以〈桂西民间秘密宗教〉为中心》,贵港市人民政府、桂平市人民政府、桂平市佛教协会、桂平市西山龙华古寺编《西山论坛 · 佛教文化暨巨赞大师诞辰百年学术研讨会论文集》,2008 年 11 月 5—7 日,广西桂平,第 178—181 页。

④ 王熙远:《桂西民间秘密宗教》,桂林:广西师范大学出版社,1994 年,第 493—497、517—521 页。

到相关学者的关注。[1] 2008 年,贵州师范大学 2005 级硕士研究生刘琳公布的贵州独山县布依族汉文抄本《佛说西天请经道场》[2],是王熙远之后唯一对《佛门请经科》的录文进行介绍的文章。虽然迄今未见相关讨论,但这份录文与王熙远录文的《佛门取经道场》,以及笔者所见数种《佛门请经科》相近,足证这一类文本不仅保存有极为珍贵的唐僧与孙悟空等人到西天取经的资料,而且流传广泛,非地域性独有的仪式文本,对于《西游记》研究的价值不可轻忽。

陈毓罴已经敏锐地注意到广西本《佛门请经科》的价值,既考订了它们与《西游记》的关系,又推断它们成书于元末明初,为《西游记》研究提供了新的思路。不过,由于广西本《佛门请经科》是以"民间秘密宗教""魔公教经卷"的身份面世,陈毓罴也是将其统称为"西游宝卷",所以他的研究尽管卓有成绩,但仅受到车锡伦等宝卷研究者的认同和重视,被作为宝卷研究新成果吸收利用[3],并未对《西游记》研究者产生影响。2010 年出版的蔡铁鹰《西游记资料汇编》中,虽引录与《西游记》相关的宝卷七种[4],却既未见《佛门请经科》的踪影,也未见只字提及陈毓罴的著述,已清楚地说明了这一点。

很显然,《佛门请经科》对于《西游记》研究的价值,至今仍未得到重视和彰显。

---

① 陈毓罴:《新发现的两种〈西游宝卷〉考辨》,《中国文化》1996 年第 1 期,第 48—58 页;车锡伦:《佛教与中国宝卷》(上),《圆光佛学学报》1999 年第 4 期,第 293—323 页;车锡伦著:《中国宝卷研究》,桂林:广西师范大学出版社,2009 年。

② 刘琳:《独山布依族民间信仰与汉文宗教典籍研究》,硕士学位论文,贵州师范大学,2008 年,第 139—140 页。

③ 车锡伦:《中国宝卷研究》,第 77—80 页;傅暮蓉:《论宝卷及其演变》,硕士学位论文,中央音乐学院,2004 年,第 6—7 页。车锡伦从 2001 年起在论文中多次重复引录此文,不一一列注。

④ 蔡铁鹰编:《西游记资料汇编》(上册),北京:中华书局,2010 年,第 456—475 页。

二、《佛门请经科》与《西游记》内容比较

《佛门请经科》有不同的抄本,笔者已做整理(待刊)。整理过程中发现,它们均以宣演唐僧取经故事为主,但不同抄本的文本组合和行文有差别,形成至少五个以上的异本。综合这几个本子,可以看出它们主要包括以下几个方面的内容:

(1)唐僧取经故事

有两种表现方式:一种是以白文和"说十字"(三三四)的形式表现。内容包括唐僧出世的背景、他为父复仇的经过、李世民游地狱、观音度化唐僧取经、唐王差唐僧去西天取经、唐僧取经的历程(经过磨儿岭、流沙河、黑松林、黑风山、灭法国、火焰山等)、到西天后取经的经历(先有惠岸和尚给无字经)、唐僧取经回本土的经历及所取经的功能、唐僧等人证果及所证果位。另一种是以一问一答的对答方式来说明。内容包括唐僧念佛的原因、取经的原因、到西天取经的方式,取经所花时间、所历行程、经历的磨难数,所取经忏及其具体名字等。

(2)赞叹唐僧等人

以偈颂或"说十字"的方式,分别对唐僧、孙悟空、朱八戒、沙和尚、白龙马一一赞叹。内容述及唐僧为十世修行的和尚,三藏取经忏来东土度众生;齐天大圣孙悟空为花果山上美猴王,五百年前闹天宫;朱八戒本来是上界天蓬帅,因淫戏天仙女被贬高老庄;沙和尚原是天上卷帘将,因打破琉璃盏被贬流沙河等。

(3)从印度所取经

对唐僧到印度所取经的表述差别较大。一是分为经、忏、咒。咒未列名,经有十余种和三十余种两种说法。十余种包括《大乘经》《弥陀经》《金刚经》《般若经》《孔雀经》《观音经》《诸品经》《了仪经》《地藏经》《血盆经》《胎骨经》《受生经》《药师经》《救苦经》《度人经》《生天经》等,三十余种为《涅槃经》《菩萨经》《楞严经》《恩意经》《华严经》《般若经》《真如经》《维摩经》《金

刚经》《五龙经》《大乘经》《法华经》《瑜伽经》《宝常经》《僧只经》《宝威经》《本阁经》《孔雀经》《莲花经》《观音经》《血盆经》《胎骨经》《地藏经》《生天经》《药师经》《虚空藏经》《未曾有经》《大光明经》《三论别经》《正法论经》《佛本行经》《西天论》《佛国杂经》《起信论经》《大智度经》《正律文经》《惟识论经》《具舍论经》等三十八种。忏包括《梁皇忏》《三昧忏》《千佛忏》《万佛忏》《十王忏》《三元忏》《慈悲忏》《药师忏》《孔雀忏》《观音忏》《六根忏》《血盆十王忏》《元辰忏》《受生忏》等十余种。唐僧取经回来时,白马所驮经为《大乘经》《华严经》《心经》《法华经》《金刚经》《般若经》《孔雀明王经》等;举行请经仪式时,法会所请有"真经十二部",包括《弥陀度人妙经》《孔雀宥罪尊经》《胎骨托生尊经》《血盆救苦尊经》《唐言了仪心经》《生天救苦尊经》《观音普门品经》《地藏本愿尊经》《楞严经》《妙法莲华经》等。

比较《佛门请经科》与《西游记》,可以看出它们之间有相当多共同的地方。

第一是主体内容相同。众所周知,《西游记》的主体内容包括孙悟空闹天宫、唐王游地狱、唐僧出世与取经三个主要部分。在《佛门请经科》中,这三个部分的内容均有表现。

第二是唐僧取经的主要情节近同。《西游记》和《佛门请经科》中,都有孙悟空、朱八戒、沙和尚、白龙马护从,经过了高老庄、流沙河、灭法国、车池(迟)国、火焰山等处,碰到过蜘蛛精、红孩儿等妖精鬼怪,从东土到西天十万八千里,历经八十一难,最终到西天大雷音寺取经时,又因身无钱财而拿到过无字经;回到本土后,唐王叫众人流传讽诵唐僧所取经文,并赦放罪人;唐僧等得证果位。

第三是到西天所取经相近及其功能相同。方广锠在 20 世纪 80 年代已指出《西游记》第九十八回中唐僧所取经的目录,以及民间流传不绝并见于明宣德二年(1427)刊本《佛说大藏经总目》的"唐僧往西天取经目录",与敦煌遗书伯 2987 号和斯 3565 号《西天大小乘经律论并在唐都数目录》之间关系密切,或者说就是敦煌遗书斯 3565 号的后世传抄本。《西游记》的著录就是依据《佛说大藏经总目》这类抄印本改制的。[①] 由《佛门请经科》中唐僧到印度所取经与《西游记》中唐僧所取经大部分重合，说明《西游记》中唐僧取经目录，既有可能与《佛说大藏经总目》中的"唐僧往西天取经目录"以及敦煌遗书伯 2987 号和斯 3565 号《西天大小乘经律论并在唐都数目录》有关，也有可能与《佛门请经科》有关。从上述《佛门请经科》与《西游记》有密切关系来看，《西游记》中所列唐僧取经目出自《佛门请经科》一类斋供仪式文本的可能性更大。

《西游记》中唐僧所取经的功能，也可以证明《西游记》中唐僧所取经出自《佛门请经科》一类斋供仪式文本。《西游记》多次明确提到，观音"说西天大雷音寺有三藏真经，可以超度亡者升天"[②]，唐僧到西天取经来东土的目的，是"要超度那幽冥无主的孤魂"[③]；在唐僧将经取回东土并再到西方证果成佛后，李世民选高僧"看诵《大藏真经》，超脱幽冥孽鬼，普施善庆"[④]。而《佛门请经科》称唐僧到西天所请经的功用，同样是"救度亡魂"[⑤]，"赦诸罪过之徒，拯幽

---

① 方广锠：《八—十世纪佛教大藏经史》，北京：中国社会科学出版社，1991 年，第 195—216 页；《中国写本大藏经研究》，上海：上海古籍出版社，2006 年，第 297—313 页。《西游记》研究学者为了论证"《西游记》的作者并不是如鲁迅所说'尤未学佛'，《西游记》中所见佛教经目亦并非完全'荒唐无稽'"，曾对《西游记》中所见四十四种佛教经目进行了考证（曹炳建：《〈西游记〉中所见佛教经目考》，《河南大学学报》［社会科学版］2004 年第 1 期，第 79 页），提出："《西游记》中所载佛教经目既非完全如鲁迅所说'荒唐无稽'，但亦非如学者所言'无一经无来历'。"（曹炳建：《〈西游记〉中所载佛教经目并非录自〈少室山房笔丛〉——与吴言生先生商榷》，《明清小说研究》2006 年第 3 期，第 145 页）蔡铁鹰对这一研究做了肯定，认为"有相当的资料价值"，并收入其新编《西游记资料汇编》（蔡铁鹰编：《西游记资料汇编》上册，第 288—298 页）。但他们均未提到方广锠的著述，说明他们对佛教研究成果了解不足。

② 吴承恩：《西游记》，上海：上海文艺出版社，1996 年，第 1151—1152 页。

③ 同上书，第 1082 页。

④ 同上书，第 1263 页。

⑤ 王熙远：《桂西民间秘密宗教》，第 497 页。

冥之众生"[①],是"开宝卷,肚(度)脱亡魂"[②]。二者都明确说明,唐僧取经到东土的目的,是超度幽冥亡魂。

总之,我们看到《西游记》的主体内容、唐僧取经的重要情节、唐僧所取经及其功能,在《佛门请经科》中都可以找到相对应的内容。这在《西游记》之外的其他资料中是绝无仅有的。因此,对于《西游记》研究而言,《佛门请经科》的学术价值不可轻忽。

三、《佛门请经科》早于《西游记》

既然《佛门请经科》与《西游记》有如此多相近的内容,那么,它们之间是一种什么样的关系呢?或者说,是《佛门请经科》影响了《西游记》,还是《西游记》影响了《佛门请经科》呢?答案是,《佛门请经科》影响了《西游记》。

首先,从《佛门请经科》成书较早,而百回本《西游记》成书稍晚来说,是《佛门请经科》影响了《西游记》。陈毓罴结合《佛门请经科》的内容,推断广西本《佛门请经科》成书于元末明初。车锡伦多次在论文中认同陈毓罴这一研究结论,但近年也根据文本行文提出自己的意见,认为广西本《佛门请经科》中《佛门取经道场·科书卷》的"撰写年代定为明代前期(成化以后)较为稳妥"[③]。由于朱元璋在明初曾对瑜伽教僧所用经典做过统一和整顿[④],如果结合《佛门请经科》在湖南、湖北、山东、广西、福建、贵州、甘肃等地均有传抄本,流传较为广泛这一点来看,《佛门请经科》当在明初已成书,才会被应赴僧传播到全国各地,并通过举行满足施主愿望的各种法会,得到广泛流传和传承。因此,陈毓罴的观点值得肯定。

---

① 王熙远:《桂西民间秘密宗教》,第 521 页。

② 刘琳:《独山布依族民间信仰与汉文宗教典籍研究》,第 140 页。

③ 车锡伦:《明代的佛教宝卷》,《民俗研究》2005 年第 1 期,第 73 页;车锡伦:《中国宝卷研究》,第 107 页。

④ 陈玉女:《明代瑜伽教僧的专职化及其经忏活动》,载氏著《明代的佛教与社会》,北京:北京大学出版社,2011 年,第 258—259 页。

其次,《佛门请经科》为瑜伽教僧所用科仪,它在佛教斋供仪式中出现有特定意义。广西地区的《佛门请经科》一名《取经道场》,一名《西游道场》。陈毓罴推测它们具有不同之功用,即"《取经道场》乃是用于饯行道场之台本……《西游道场》乃是用于盂兰盆会之台本"①。这种推测不能成立。因为尽管"取经"与"西游"是两个意思不能等同的概念,但从文本内容来说,"取经道场"是唐僧和孙悟空等人到印度取经,"西游道场"也是唐僧和孙悟空等人到印度取经,实际所指并没有差别。因此,虽然"取经道场"与"西游道场"名称不同,但所指都是唐僧等人到印度取经,以为道场使用。在这点上它们与其他《佛门请经科》没有什么区别。

据甘肃文县的应赴僧介绍,《佛门请经科》主要用于斋供仪式正式开始之前,目的是说明斋供仪式所用文本都是唐僧等人经历千难万险从印度取来的。做法会时宣演唐僧等人到印度取经的故事,就如同每办奥运会都要到希腊举办迎请奥运圣火的仪式一样,只是主体仪式开始前的一个重要而神圣的程序。在经过请经这个重要程序之后,斋供仪式的主要法事程序才正式开始。这在各地《佛门请经科》文本中均有明显的表现。

广西本《佛门请经科》即《取经道场》之后,接以《十王道场》的科书,故该抄本题名为《佛门取经道场·科书卷》,《科书卷》即《十王科》的科书;《佛门西游慈悲宝卷道场》之后,接以《升天宝卷》,但未录《升天宝卷》的全文。这里需要附带指出的是,陈毓罴、车锡伦认为《升天宝卷》就是《目连救母出离地狱升天宝卷》,这不是可信从的说法。因为用来超度父母的科书既可以是佛经,也可以是忏仪,还可以是道场仪,并没有统一的文本。由于同名不同内容和同书不同名的情况在佛教斋供仪式文本中普遍存在,故《佛门西游慈悲宝卷道场》之后所接的《升天宝卷》,由于缺乏足够的信息,不能肯定就是《目连救母出离地狱升天宝卷》。

刘琳录文的《佛门请经科》既名"佛说西天请经科",又名"佛说西天请经

① 陈毓罴:《新发现的两种〈西游宝卷〉考辨》,《中国文化》1996年第13期,第48页。

道场”或“取经道场”。[①] 但它并非单一文本。因为在《佛门请经科》之后，又接抄了《佛门慈氏化（?）救苦道场》和《掩土呼龙一宗》。如果只是从内容来看，《佛门慈氏化（?）救苦道场》和《掩土呼龙一宗》与其前面的《佛说西天请经道场》并无联系。但是，就仪式程序而言，则是在《佛说西天请经道场》之后，即接以主体仪式《佛门慈氏化（?）救苦道场》和《掩土呼龙一宗》。

贵州本《佛门请经科》这种先请经后根据道场主要科本行持法事的情况，与上面介绍的广西本《佛门请经科》相同，证明《佛门请经科》在斋供仪式中，是斋供仪式正式开始前的必要程序，它的出现并非偶然。换句话说，由于《佛门请经科》在佛教斋供仪式中的重要性，故它确实在斋供仪式定型并较为盛行的明初及其以前已经出现，而不是受《西游记》影响后才突然出现的。

四、《佛门请经科》出现的原因

既然《佛门请经科》在小说《西游记》之前已经出现，那么它出现的原因是什么呢？这需要结合佛教斋供仪式的实际情况来认识。

如上所说，佛教斋供仪式是僧人为满足施主需要而举行的宗教仪式。斋供仪式有不同种类，宋代以前按斋意有赞叹佛德、庆皇猷、庆赞功德、荐亡、祈禳、受戒、综合等分类，按仪式程序有设斋供僧、讲经说法、受戒和综合等分类。[②] 在云南地区则有祈、荐、火、虎、瘟等分类。[③] 不论是哪一种分类，如果付诸实践，就是举行一系列斋供仪式活动，诸如诵经、讲经、说法、拜忏等。

根据慧皎《高僧传》对唱导僧的记述可以看出，佛教斋供仪式的核心是唱导。唱导的行实包括三个方面，一是“宣唱佛名，依文致礼”，二是“别请宿德升座说法，或杂序因缘，或傍引譬喻”，三是“辩一斋大意”。[④] 在举行斋供仪式时，不论是讲经说法、拜忏，还是授戒，唱导僧人按其才学表现，有上下之分，

---

① 刘琳：《独山布依族民间信仰与汉文宗教典籍研究》，第 139 页。

② 侯冲：《中国佛教仪式研究——以斋供仪式为中心》，第 206—248 页。

③ 侯冲：《云南阿吒力教经典研究》，北京：中国书籍出版社，2008 年，第 23 页。

④ 侯冲：《汉地佛教唱导研究》，载王志远主编《宗风 · 己丑冬之卷》，北京：宗教文化出版社，2012 年，第 73 页。

高低之别。

唱导高僧是什么样的呢？慧皎《高僧传》有文说：

> 夫唱导所贵，其事四焉：谓声、辩、才、博。非声则无以警众，非辩则无以适时，非才则言无可采，非博则语无依据。至若响韵钟鼓，则四众惊心，声之为用也；辞吐后发，适会无差，辩之为用也。绮制雕华，文藻横逸，才之为用也。商榷经论，采撮书史，博之为用也。若能善兹四事，而适以人时。如为出家五众，则须切语无常，苦陈忏悔。若为君王长者，则须兼引俗典，绮综成辞。若为悠悠凡庶，则须指事造形，直谈闻见。若为山民野处，则须近局言辞，陈斥罪目。凡此变态，与事而兴。可谓知时知众，又能善说。虽然故以恳切感人，倾诚动物，此其上也。①

对于下等唱导僧人，慧皎亦有专门说明：

> 若夫综习未广，谙究不长。既无临时捷辩，必应遵用旧本。然才非己出，制自他成。吐纳宫商，动见纰谬。其中传写讹误，亦皆依而唱习。致使鱼鲁淆乱，鼠璞相疑。或时礼拜中间，忏疏忽至。既无宿蓄，耻欲屈头，临时抽造，謇棘难辩。意虑荒忙，心口乖越，前言既久，后语未就。抽衣謦咳，示延时节，列席寒心，观途（徒）启齿。施主失应时之福，众僧乖古佛之教。既绝生善之萌，只增戏论之惑。始获滥吹之讥，终致代（伐）匠之咎。若然，岂高僧之谓耶？②

从上引慧皎的记载来看，上等唱导僧凭其“声、辩、才、博”之能，和临时捷辩之才，在举行法事时口若悬河，滔滔不绝，以其才华名闻于一时，他们是不使用斋供仪式文本的。斋供仪式文本主要是由不能随机应变，只能照本宣科的僧人使用的。这些由普通僧人使用的文本，在传抄和使用过程中，不可避免存在大量“鱼鲁淆乱，鼠璞相疑”的讹误。判断一个唱导僧人高下的标准，

---

① 释慧皎撰、汤用彤校注、汤一玄整理：《高僧传》，北京：中华书局，1992 年，第 521 页。

② 同上书，第 522 页。

是看他是“临时捷辩”，还是唱习难免传抄错误的斋供仪式文本。

不过，上等唱导僧人由于对才学的要求较高，可以肯定他们在僧人中占的数量较为有限。在正常情况下，给施主举行斋供法会仪式的，往往是那些“综习未广，谙究不长”，“既无临时捷辩，必应遵用旧本”的下等唱导僧，他们必须使用斋供仪式文本，才能举行法会。斋供仪式文本包括多种，除了佛经外，还有一些“传写讹误”“鱼鲁淆乱，鼠璞相疑”的仪式文本，“亦皆依而唱习”，被广泛用于佛教斋供仪式中。换句话说，大部分情况下，斋供仪式是由才能普通的唱导僧，使用佛经和难免存在讹误的斋供仪式文本举行的。

斋供仪式的基础，是其可以满足施主需要，具有不可思议的功德或灵验效果。佛经来自印度，其神圣性不容置疑。唱导僧尽管才能普通，不能做临时捷辩，但历来宣传和强调他们与佛、法并称“三宝”，从而保障了其神圣性和权威性。那么，如何让慧皎所说存在“传写讹误”“鱼鲁淆乱，鼠璞相疑”的旧本斋供仪式文本，也具有神圣性和权威性，并对其可以产生的功能进行解释呢？

梳理存世文献可以看出，将佛教斋供仪式文本解释为来自印度，并描述其灵验功德，或冥司褒奖劝行，是人们保障这些文本神圣性和权威性的手段之一。于是，诸多到印度取经并回国的中国僧人不断被纳入斋供仪式文本中，他们作为灵应斋供仪式文的制定者，成了斋供仪式文本神圣性和权威性的保障者。其中只身到印度访学，携带大批经典回国后，受到唐太宗李世民尊崇的玄奘，也出于这个需要而被纳入斋供仪式文本之中。在佛教斋供仪式文本中，我们可以找到一系列证明玄奘因为这个原因而不断出现的证据，但由于这已超出本文的范围，容另文再行讨论。

总之，《佛门请经科》及与之相关的唐僧取经故事，它们出现在斋供仪式中的目的，是为了说明道场所用经是唐僧从西天请来的，是为了给中国僧人举行斋供仪式提供一个正统的源头，是为了说明和强调中国佛教斋供仪式及其文本的神圣性和权威性。

五、小结

小说《西游记》讲的是唐僧到西天取经的故事，与历史上唐代僧人玄奘只身前往印度访学，并取回大量佛经有密不可分的关系。可以说，没有玄奘，就不会有《西游记》这一中国著名古典小说。因此，已有不少学者指出，佛教对小说《西游记》的题材、人物形象、故事情节等方面有明显的影响。这是佛教对中国小说的贡献之一。

不过，鲁迅在研究《西游记》时，称“作《西游记》的人，并未看过佛经”[①]，并在《中国小说史略》中认为《西游记》出于游戏，其作者“尤未学佛，故末回至有荒唐无稽之经目”[②]。他的这些说法刺痛了不少后世《西游记》研究学人，他们纷纷撰文讨论《西游记》与佛教的关系，肯定《西游记》的作者不仅懂佛学，而且精通佛学，以论证鲁迅对《西游记》的研究失察，从而对鲁迅的观点加以否定。据笔者所知，由于对佛教了解并不比鲁迅强，又缺少新资料的支持，尤其是对《西游记》成书史梳理不清，故这些“倒鲁迅”论文，不乏穿凿附会之词。

笔者所见的斋供仪式文本，既有专门演绎李世民游地狱和唐僧西天取经内容的《受生宝卷》《破狱科》等一系列科仪，也有《佛门请经科》这样演绎唐僧取经故事的系列科仪文，显示出它们属于小说《西游记》研究的新资料。本文通过对其中《佛门请经科》与《西游记》的比较，指明《佛门请经科》的出现，是维护和解释斋供仪式文本神圣性和权威性的需要。文章不仅指出了佛教斋供仪式与《西游记》之间存在着密不可分的关系，还在一定程度上梳理了《西游记》中唐僧取经故事的直接源头。

毋庸置疑，《佛门请经科》为《西游记》研究提供了重要信息。它既帮助我们对《西游记》有了新的认识，也启发我们，研究《西游记》不能忽视对佛教斋供仪式及其文本的搜集、整理和研究。把《西游记》研究放在佛教斋供仪式背景下展开，从新的视角研究《西游记》，无疑可以开辟《西游记》研究的新领域，对将来《西游记》的研究起到一定的引领作用。

---

① 鲁迅：《中国小说的历史的变迁》，载《鲁迅全集》(9)，《附录》，北京：人民文学出版社，2005年，第327页。

② 同上书，第172页。

斋供科仪所载取经故事与平话系统《西游记》关系考*

北京大学中文系　左怡兵

在《西游记》研究资料中，有一类载有取经故事的佛教宝卷，目前学界关注较少。从表面上看，这类宝卷的性质及其所属的宗教派别都各有差异，但其实质是瑜伽教僧或在家佛教徒①，举行斋供仪式时所使用的斋供科仪。与平话系统及世本《西游记》进行对比，可以发现斋供科仪所载的部分取经故事，应取材自平话系统《西游记》的不同佚文。其中《佛门取经道场》与《佛门西游慈悲宝卷道场》的撰写时间约在元代中后期，后受明初宗教政策的影响，又统一修订于洪武十六年(1383)左右，修订后的科仪流传至各地，在使用及传抄过程中又各有增损。但是斋供科仪所载取经故事有一定层累性，应细加甄别，不可一概而论。

中国佛教仪式可大致分为修行仪式和斋供仪式两大类，斋供仪式是佛教

---

* 本文首次发表于《古典文献研究》第十九辑上卷，南京：凤凰出版社，2016 年，第 108—127 页。

① 在家佛教徒即“倚称佛教”的道人。元代道人可娶妻生子，职位世袭，负责管理寺庙庵堂；明代初期，朝廷整顿寺庙僧团，规范丛林，但仍有杂处民间的在家佛教徒，为民众操办法事，以此谋生。

僧侣或在家佛教徒，为满足施主需要而举行的宗教仪式，根据斋意又可分为赞叹佛德类、庆皇猷类、庆赞功德类、荐亡类、祈禳类、受戒类等。[①] 本文将载有取经故事的部分佛教宝卷放置到斋供仪式之中进行考察，以第一手资料的整理为基础，梳理斋供科仪所载的部分取经故事与平话系统《西游记》及世本《西游记》之间的复杂关系[②]，并结合明初宗教政策，重新考证斋供科仪的撰写及修订年代，以期引起更多《西游记》研究者对该类科仪的关注。

一、平话系统《西游记》残文及相关宝卷研究史

平话系统《西游记》是《西游记》成书过程中的一个标志性成果，它为世本《西游记》的成功改编奠定了厚实的基础。由于平话本《西游记》全文基本佚失，学术界研究不多，关于平话本《西游记》的残文，学术界公认的仅有《永乐大典》所录的“梦斩泾河龙”（以下简称“大典本”）、《朴通事谚解》所转述的“车迟国斗圣”一段故事和关于《西游记》的九条[③]注文（以下简称“谚解本”）。大典本中梦斩泾河龙发生在贞观十三年（639），并注明出自《西游记》；谚解本取经故事始于贞观三年（629），并说《西游记》属平话一等，证明两者并非出自同一个本子，但同属平话系统还是可以确定的。据此笔者以“平话系统《西游记》”统称所有讲述取经故事的平话本残文。然而需要注意的是，1958 年朱德熙先生以《朝鲜王朝实录》的有关记载、《朴通事谚解》与《元史》相吻合的内容以及历史人物“步虚”的相关探考等为例证，考证出《朴通事》成书于至正六

① 详见侯冲《中国佛教仪式研究——以斋供仪式为中心》，博士学位论文，上海师范大学，2009 年，第 5—11 页。

② 本文所指的世本《西游记》系万历二十年（1592）金陵世德堂梓行的《新刻出像官版大字西游记》的简称，文中所引《西游记》文字均出自人民文学出版社 2010 年版，后不一一出注。

③ 一说八条，因“证果金身”一词在文本中没有与取经故事发生直接关联，但其注释又以“三藏法师取经东还，化为旃檀佛如来”为例阐释“证果金身”的含义，部分学者没有计入。

年(1346)以后到元亡(1368)以前的二十余年之间。[①] 但《朴通事》一书目前尚未发现元代的版本,现存最早的是朝鲜语言学家崔世珍(1473—1542)翻译的《翻译朴通事》,而《朴通事谚解》是《翻译朴通事》佚失后,在朝鲜肃宗三年(1677)由边暹、朴世华等人依据崔世珍编撰的《老朴辑览》重新补定的本子。[②] "《翻译朴通事》和《朴通事谚解》的汉文部分除少数文字有差异外,内容基本一致。谚解本的汉语部分是1483年经过中国使臣葛贵等人修改过的本子,已不同于元时的初版本,大体上反映了明初的北方话口语。"[③]所以《朴通事谚解》的正文与注文虽非成书于一时,但两者所载的取经故事自成体系,明显有别于世本《西游记》,均可归入平话系统。

至于20世纪30年代发现的《销释真空宝卷》(以下简称"销释本")所载的取经故事及1985年发现的《迎神赛社礼节传簿四十曲宫调》哑队戏下的《唐僧西天取经》(以下简称"礼节传簿本"),是否属于平话系统《西游记》的残文,学界尚有争议。[④]

1994年王熙远先生将《佛门西游慈悲宝卷道场》(以下简称"桂西游本")与《佛门取经道场·科书卷》(以下简称"桂佛门本")作为魔公教经卷收入

---

① 朱德熙:《"老乞大谚解""朴通事谚解"书后》,《北京大学学报》(哲学社会科学版)1958年第2期。

② 崔世珍为了给《老乞大》《朴通事》的学习者提供学习辅助材料,编撰了词汇集《老朴集览》,《老朴集览》不仅对两书的常用词汇做了细密的注释,还对其中的专业术语做了百科全书式的注解。

③ 汪维辉编著:《朝鲜时代汉语教科书丛刊(一)》,北京:中华书局,2005年,第208页。

④ 上述各本原文详见蔡铁鹰编著《西游记资料汇编》,北京:中华书局,2010年。后不一一出注。关于销释本,以竺洪波先生为代表的部分学者就并未将其纳入平话系统《西游记》残文之中,详见竺洪波《四百年〈西游记〉学术史》,上海:复旦大学出版社,2006年。曹炳建先生则将销释本及礼节传簿本归入平话本《西游记》的残文之中。关于礼节传簿本的讨论,详见曹炳建、杨俊《〈礼节传簿〉所载"西游"戏曲考——兼与蔡铁鹰等先生商榷》,《明清小说研究》2005年第2期。蔡铁鹰:《三晋钹铙打造了孙悟空——关于〈西游记〉的早期形态兼答曹炳建、杨俊先生》,《晋阳学刊》2006年第2期。

《桂西民间秘密宗教》一书，并指出《佛门取经道场》“多为死男子时用，内中叙述了唐三藏西天取经的诸般苦难。法坛先生通过对此事的叙述普及宣扬佛法思想，起经超荐亡魂，使之早生极乐国”[①]。1996年中国社会科学院文学研究所研究员陈毓罴先生将上述两本宝卷与销释本及世本《西游记》做了比较，认为两本宝卷“系同出于一源，即元代的《西游记平话》”，又依据两本均使用“文宣王”这一谥号称呼孔子，认为其创作年代“必在元代大德十一年至明代嘉靖九年之间”。陈先生之后，车锡伦先生从宝卷发展史角度对上述两本宝卷予以关注，车先生根据十言唱词的发展成熟状况，认为将桂佛门本的“撰写年代定为明代前期（成化以后）较为稳妥”[②]。

此后仅有部分做宝卷或《西游记》研究的硕、博士研究生在其学位论文中引述了陈毓罴与车锡伦先生的研究成果。[③] 2008年，贵州师范大学硕士研究生刘琳在论文《独山布依族民间信仰与汉文宗教典籍研究》中采录了《佛说西天请经道场》（以下简称“黔请经本”）[④]。2011年，王齐洲先生的《图说“四大奇书”》出版，借鉴陈毓罴与车锡伦先生的研究成果，认为“这些具有讲唱特点

---

① 王熙远：《桂西民间秘密宗教》，第517—521、493—505、136页。

② 详见陈毓罴《新发现的两种〈西游宝卷〉考辨》，《中国文化》1996年第1期；车锡伦：《明代的佛教宝卷》，《民俗研究》2005年第1期。在《中国宝卷研究》中，车锡伦先生最终删去了“成化以后”的论断，详见车锡伦《中国宝卷研究》，桂林：广西师范大学出版社，2009年，第106—107页。

③ 郇芳：《河西宝卷音乐历史形态与现状》，硕士学位论文，西北师范大学，2009年。吴玉堂：《河西宝卷的调查研究》，硕士学位论文，西北师范大学，2010年。谭琳：《同源而异派——“西游”故事宝卷与〈西游记〉比较研究》，硕士学位论文，湖北大学，2012年。张灵：《民间宝卷与中国古代小说》，博士学位论文，上海师范大学，2012年。赵毓龙：《西游故事跨文本研究》，博士学位论文，上海师范大学，2013年。

④ 刘琳：《独山布依族民间信仰与汉文宗教典籍研究》，硕士学位论文，贵州师范大学，2008年。除《佛说西天请经道场》外，其收录的《佛门签押启师科》《瑜伽千佛洪科》《交请经科》中亦有部分取经故事片段。该本与桂佛门本及鄂佛门本相比，前后有三处明显缺脱，共脱二十余句。

的宗教文本与民间流传的西游故事存在相互影响”①。2013 年,侯冲先生从佛教斋供仪式角度对上述宝卷进行了解读,重新解释了取经故事出现在斋供仪式上的原因。② 另外,侯先生搜集整理有《佛门请经科》十余种,内有十言唱词式、白文散说式、问答式、偈颂式等,笔者幸得寓目,其中搜集自甘肃文县的《西天取经赞》(以下简称“甘取经本”),其十言唱词的规模和内容与桂佛门本基本相同。2013 年 3 月,笔者在湖北省咸丰县清坪镇做田野调查时采集到两本载有取经故事的斋供科仪,即《瑜伽取经道场》(以下简称“鄂瑜伽本”)和《佛门取经道场》(以下简称“鄂佛门本”),鄂佛门本十言唱词的规模及内容与桂佛门本大致相同。③

上述各本宝卷的性质及所属宗教派别均各有差异,但宝卷主体部分所载的均为唐僧师徒西天取经的故事。除桂西游本及销释本外,其余宝卷的内容与规模大致相同(详见下表)。虽然各抄本在传抄过程中均存在讹误、缺脱、衍羡、倒文等现象,但各本之间却可相互校雠,这为研究各宝卷所载取经故事奠定了基础。

---

① 王齐洲:《图说“四大奇书”》,海口:南方出版社,2011 年,第 51 页。

② 侯先生不赞同陈毓罴先生所言桂佛门本是用于饯行道场之台本,而桂西游本是用于盂兰盆会之台本,认为在斋供仪式开始前宣演取经故事是为“说明和强调中国佛教斋供仪式及其文本的神圣性和权威性”,“给中国僧人举行斋供仪式提供一个正统的源头”,详见侯冲《〈佛门请经科〉:〈西游记〉研究的新资料》,《宗教学研究》2013 年第 3 期。笔者则认为取经故事与斋供仪式,尤其是荐亡仪式,在起因(超度亡魂)、过程(历尽波折)和结果(亡魂得度)上存在同构性是其重要原因,限于篇幅,此处不再展开论述。

③ 相关介绍及具体文本详见左怡兵《〈瑜伽取经道场〉和〈佛门取经道场〉调查整理》,《文学教育》2013 年第 8 期(下)。其中个别字词释读或有讹误,本文所引略有修正,后不一一出注。

全 称	简 称	性 质	主体部分	规 模
销释真空宝卷	销释本	罗教经卷[①]	十言唱词	26 句
佛门西游慈悲宝卷道场	桂西游本	魔公教经卷；荐亡道场	五段式	6 大段
佛门取经道场·科书卷	桂佛门本	魔公教经卷；荐亡道场	夹竹桃式[②] 十言唱词	8 段 98 句
佛说西天请经道场	黔请经本	布依族荐亡道场科仪	十言唱词	78 句
西天取经赞	甘取经本	佛教斋供科仪	白文散说 十言唱词	650 字 98 句
佛门取经道场	鄂佛门本	土家族荐亡道场科仪	十言唱词	100 句
瑜伽取经道场	鄂瑜伽本	土家族荐亡道场科仪	十言唱词 夹竹桃式	16 句 7 段

二、斋供科仪所载取经故事探考

笔者以《佛门取经道场》的文献整理为基础，参照《佛门西游慈悲宝卷道

---

① 喻松青从宝卷经文的思想内容、罗教教派传承关系等两个角度切入，认为销释本当产生于万历二十四年至四十八年之间（1596—1620），详见喻松青《〈销释真空宝卷〉考辨》，《中国文化》1995 年第 1 期。赵毓龙经过比较研究，认为《销释真空宝卷》是从《佛门取经道场》或与之同源且文本面貌相近的本子中摘录、重组、增改而成。笔者认同此观点，但销释本所载的罗刹女、灭法国、兜率天弥勒佛等故事，尚未见载于其他宝卷，不能排除销释本所载取经故事还有其他来源。详见赵毓龙《西游故事跨文本研究》，博士学位论文，上海师范大学，2013 年，第 124—128 页。

② 明末俗文学家冯梦龙撰有俗曲集《夹竹桃顶针千家诗山歌》，其歌曲形式为“三句山歌一句诗，中间四句是新词”，即四句七言，前三句为山歌，末一句借用《千家诗》中的诗句，中间夹唱一首四句四言的歌词。车锡伦先生据此将宝卷中四句七言夹四句五言的歌赞形式称为“夹竹桃”，认为这应是民间既有的叫法，笔者沿用之。

场》等其他科仪，把诸本科仪放置到斋供仪式之中进行研究，既重视斋供仪式与斋供科仪之间的共生关系，又充分认识各科仪中相似或相同片段的独立性与灵活性，系统梳理斋供科仪所载部分取经故事与平话系统《西游记》及世本《西游记》之间的复杂关系，重新考证斋供科仪的撰写及修订年代。

（一）《佛门取经道场》取经故事考辨

相比其他各本，笔者搜集自湖北咸丰的鄂佛门本十言唱词规模最大、内容最全，基本涵盖了鄂瑜伽本、桂佛门本、黔请经本以及甘取经本十言唱词的所有内容，可以作为系统整理《佛门取经道场》、梳理取经故事的底本。《佛门取经道场》的开头有八句七言歌赞，讲述唐僧发愿西行、唐王饯别叮嘱的故事：

> 贞观殿上说唐僧，发愿西天去取经。满朝文武并宰相，安排鸾驾送唐僧。御手搭肩亲嘱咐，取得真经便回程。宁作本乡一块土，莫恋他乡万两金。

《佛门取经道场》的主体部分是整一百句的“三三四”式十言唱词，讲述了唐僧拜辞唐王，带领着孙悟空、猪八戒、沙和尚以及火龙驹三太子西行，沿途经过魔鬼岭虎狼谷、黑松林、火焰山、旷野山、黑风山黑风洞、黄风山、车迟国等地，先后遇到白猿（鼋）、黑熊、蝎子精、黄风怪、黄袍怪、多目妖、白眼仙、蜘蛛精、红孩儿、大力王等妖魔鬼怪，又得杀虎王、观音、木叉、太白星等相助，最终到达雷音寺，又经惠安和尚问要金银、师徒取无字假经等波折后，才取得真经回到东土，将经卷流传诵念，唐王大赦天下，师徒四人及火龙驹也各得证果。

结尾处，鄂佛门本作：“能救苦，波罗密，金刚波若。今宵夜，开宝藏，超度亡魂。”黔请经本作：“能救苦，般若经，金刚科仪。今宵夜，开宝卷，超度亡魂/众生。”可知《佛门取经道场》即是斋供仪式中荐亡道场所用科仪。

关于取经诸难，《佛门取经道场》大多是一句带过，唯有“车迟国斗圣”及“师徒取假经”两处，描述较为细致：

> 车迟国，盖仙观，要灭唐僧。白眼仙，奏国王，两家斗圣。师徒们，一

见了,胆战心惊。赌割头,下油锅,柜中猜物。孙行者,金銮殿,大显神通。凭神通,三件事,全都取胜。排銮驾,送出城,又往西行。

得真经,行不过,数十余里。遇妖精,前拦路,抢了真经。师徒们,神通大,腾云驾雾。把妖精,除灭了,夺回真经。将真经,展开看,全无一字。众徒弟,看见了,胆战心惊。急回头,世尊前,从头苦诰。说惠安,开经处,问要金银。取假经,到东土,唐王问罪。师徒们,枉费了,六年辛勤。佛如来,叫惠安,站在前面。将数珠,轮在手,吩咐原因。你如今,财心动,迷疾不改。把咽喉,来锁定,送了残生。惠安师,慌张了,从头捡点。付唐僧,亲收拾,白马驼经。

十言唱词中"车迟国斗圣"和"师徒取假经"的故事,与世本《西游记》相比,有较大差异,但从妖怪名称、斗法过程及西行时间来看,却与谚解本所载取经故事相吻合。具体分析详见本文第四大节。

如前所述,陈毓罴先生对桂佛门本及桂西游本进行了细致的考证,遗憾的是,王熙远先生标点收录的桂佛门本与桂西游本,因缺乏同类宝卷的对校,难免存在部分"鲁鱼亥豕"的错讹,陈先生的部分推论也因此出现明显的谬误,试举两例:

其一,桂佛门本有"到黄昏,刘白猿,撑船摆渡"一句,陈先生将"刘白猿"解释为白猿精①,认为世本中六耳猕猴就是受此启发。此句在鄂佛门本中作"到黄河,有白猿";在侯冲先生整理的《佛门请经科》中作"有白黿""有白龙"②;桂西游本有"黑熊拦路,受千般之苦;白龟摆渡,有万幸之缘",世本《西

① 《目连救母劝善记》中有白猿精,为罗卜西行护法,亦有过寒冰池、烂沙河等情节,但无白猿摆渡一事。目连故事系统与唐僧取经故事系统在漫长的发展流变过程中,故事情节曾发生扭结,两者交互影响,出现了相似或相同的人物与故事。这在世本《西游记》中仍留有痕迹,如关于"九环锡杖"的诗赞"摩呵立祖游天阙,罗卜寻娘破地关",以及描写东方朔的诗赞"天上蟠桃三度摸",这与白猿精的自报家门大致相同。

② 详见侯冲先生搜集整理的湖南益阳地区的《迎经科》(清同治十三年[1874]抄本)及《瑜伽请经下卷》(民国二年[1913]抄本)。

游记》中"白鼋"一词凡七现，均指驮唐僧渡通天河的癞头鼋，可以确定"刘白猿""有白猿""有白竜""有白龙""白龟"应是"有白鼋"的音误和形误。十言唱词所载的"白鼋摆渡"一事，应是世本《西游记》通天河故事的原型。

其二，桂佛门本中"佛如来，唤惠安，跪在殿前。将数珠，轮在手，吩咐原因。你如来，财心动，迷心不改。把咽喉，来锁住，送了残生"一段，陈先生认为"把惠安和尚勒掯唐僧之罪直归如来，指责如来佛'财心动，迷心不改'，写孙行者几乎要动武，亦属大胆之笔……"此处文字除桂佛门本外，鄂佛门本、黔请经本、甘取经本均作"你如今，财心动"。"你如来"应为"你如今"，说话人仍是训斥惠安和尚的如来，如此上下文更通顺连贯。十言唱词并没有指责如来之意，而是陈先生把后两句的说话人错认为孙行者了。可见一字之差，相去甚远。

此外，桂佛门本"风野山，难行走，挟步难行"一句，陈先生认为风野山"亦不见于百回本《西游记》"。鄂佛门本此处原作"旷埜山"，鄂瑜伽本作"旷野山"，"埜"为"野"的异体字。旷野山在十言唱词中也是唐僧师徒必经的一难，只是无妖魔鬼怪出现，应属自然环境险恶一类；而在世本中"旷野山"一词凡两见[①]，均泛指荒郊野外，已不再是取经途中的一难了。桂佛门本"魔鬼岭，虎狼哑，寸步难行。多亏了，杀虎王，送出山林"两句，车锡伦先生认为"杀虎王送出山林"，"不见于明代中叶后定稿的百回本"[②]，其实"杀虎王"应是世本中刘伯钦的原型。世本明确指出"这刘伯钦，虽是一个杀虎手，镇山的太保，他却有些孝顺之心，闻得母言，就要安排香纸，留住三藏"，"杀虎王"与"杀虎手"字形相近，字义也相同，世本中也正是刘伯钦将唐僧送至两界山。

除十言唱词外，《佛门取经道场》中还有"夹竹桃"式的取经故事，见于桂佛门本开头部分八段七言夹五言的歌赞，以及鄂瑜伽本中类似的七段歌赞，

① 世本《西游记》第十五回，唐僧要悟空寻船渡鹰愁涧，行者道："这个师父好不知时务！这个旷野山中，船从何来？"第三十三回，平顶山遇道士求救，三藏闻得道："善哉！善哉！这旷野山中，四下里更无村舍，是什么人叫？"

② 车锡伦：《中国宝卷研究》，第106—107页。

讲述的均是唐僧取经故事中唐王饯别、观音送马、过流沙河、过火焰山、妇人礼拜(行者除妖)、西天拜佛、白马驮经等七个故事。由于"夹竹桃"部分的取经故事与十言唱词差异较大,此处暂不展开论述,具体分析详见本文第四小节。

(二)《佛门西游慈悲宝卷道场》取经故事探析

《佛门西游慈悲宝卷道场》全文现仅见载于《桂西民间秘密宗教》一书。[①]桂西游本开头先宣名致礼,启请本师释迦牟尼佛、本尊地藏王菩萨、灵感利生观世音菩萨"光临道场,证盟功德"。再讲"法会缘起",辩明斋意,然后接一段七言偈赞,历数释迦、老君及孔子都不免无常之苦。最后讲唐僧发愿西行,大乘教典东传。主体部分有六大段落组合:第一部分写取经缘起,讲孽龙索命、唐王游地府、观音点化唐僧西行、唐王为三藏饯行;第二、三部分讲述三藏收孙大圣、猪八戒、沙僧和火龙太子,路经各国,降妖除怪;第四部分讲述师徒到灵山取得真经;第五部分讲述佛祖"敕方南火龙白马驮经,回归大朝东京";第六部分讲述唐王迎接三藏,旨传天下,重建水陆。三藏四众,尽获超升。[②]

该宝卷第六部分有"《升(生)天宝卷》才展开,诸佛菩萨降来临。阴超逝化生净土,阳保善眷永无灾"等语,说明该宝卷后接《升(生)天宝卷》,而《佛门西游慈悲宝卷道场》也是用于"阴超逝化"即超度亡人的荐亡科仪。

桂西游本中唐王饯别、狼虎塔、黑松林、火焰山、白龟(鼋)摆渡、黑熊拦路、黄蜂(风)恶怪、多目怪、车迟国、蜘蛛精、红孩儿、大力妖魔、观音相助、惠

---

① 2003年齐柏平在博士学位论文《鄂西土家族丧葬仪式音乐的文化研究》中引用到部分《西游记取经道场》的唱词,详见齐柏平《鄂西土家族丧葬仪式音乐的文化研究》,博士学位论文,中央音乐学院,2003年,第41、49—50页。经仔细对比,可以肯定此《西游记取经道场》与桂西游本应是同一科仪。

② 其每个段落组合由五部分构成,即一段白文散说、两句七言歌赞、十六句七言韵文、一段长短句韵文以及一段四句五言的歌赞。关于桂西游本段落结构的具体分析,可参考车锡伦《中国宝卷研究》,第78—80页。

安开经、师徒证果等故事与《佛门取经道场》十言唱词基本相同，仅详略各异；而孽龙索命、唐王游地府、金蝉脱化、女人国、子母河等故事却是他本所未有的。

（三）《佛门取经道场》十言唱词、《佛门西游慈悲宝卷道场》故事探源

由上文分析可知《佛门取经道场》十言唱词部分与《佛门西游慈悲宝卷道场》所载取经故事内容相近；除缺大闹天宫外，取经缘起部分（包括唐僧出世、唐王入冥）与西天取经部分均已十分接近世本《西游记》。受体裁限制，两者对取经故事的详略取舍各有不同，呈现顺序亦有调整，但所载取经故事原有所本，非科仪撰写者的原创则是显而易见的。《佛门取经道场》的异本在湖北、贵州、广西、甘肃等地均有发现，规模大体相同，内容也几乎一样，亦可作为旁证。对比谚解本及大典本，可以确定《佛门取经道场》《佛门西游慈悲宝卷道场》所载取经故事应取材自平话系统《西游记》的不同佚文。故事情节对比详见下表：

	桂西游本	佛门取经道场	谚解本、大典本
大闹天宫	—	—	谚解本有较为详细的描述
取经缘起	贞观三年孽龙索命；观音点化玄奘西行；唐王、群臣饯别	唐僧发愿西行；唐王、大臣饯别	梦斩泾河龙。释迦撰经须送东土；观音寻僧，玄奘登坛说法；贞观三年，唐僧奉敕往西天取经
唐僧身世	金蝉脱化	—	—
取经队伍	行者孙悟空、悟能猪八戒、悟净沙僧、火龙太子	孙行者齐天大圣、猪八戒、沙和尚、火龙驹	孙行者吾空齐天大圣、沙和尚、黑猪精朱八戒

续表

	桂西游本	佛门取经道场	谚解本、大典本
西行历程	高山峻岭八戒而开条大路	猪八戒逢恶山开条大路	棘钩洞、薄屎洞
	流沙恶水悟净而大显神通	沙和尚流沙河大显神通	—
	狼虎塔	魔鬼岭虎狼谷 杀虎王	师陀国猛虎毒蛇
	黑松林	黑松林	—
	火焰山	火焰山	火炎山
	白龟(鼋)摆渡	白猿(鼋)摆渡	—
	—	旷野山	险山恶水
	黑熊拦路	黑风山黑风洞 黑熊拦路	黑熊精
	—	蝎子精	—
	黄蜂(风)恶怪	黄风山黄风怪	黄风怪
	—	黄袍怪	—
	—	地涌夫人	地涌夫人
	多目怪	多目怪	多目怪
	女人国、子母河		女人国
	车迟国	车迟国白眼仙;赌割头、下油锅、柜中猜物	车迟国伯眼大仙、鹿皮;坐静、柜中猜物、滚油洗澡、割头再接
	蜘蛛精	蜘蛛精	蜘蛛精
	—	鬼王迎接	狮子怪
	红孩儿	红孩儿	红孩儿怪

续表

	桂西游本	佛门取经道场	谚解本、大典本
西行历程	大力妖魔	大力王	—
	多亏南海观世音	观音、木叉、太白星救唐僧	—
	惠安推开宝藏	惠安问要金银 师徒取假经	取经六百卷
	—	回程遇妖怪夺经	—
西行时间	六年	六年	六年
师徒证果	三藏旃檀佛位	唐僧证果旃檀佛	玄奘证旃果檀佛如来
	大圣菩萨庄严	孙行者菩萨正身	孙行者证果大力王菩萨
	八戒沙僧齐登正觉	猪八戒龙华会净坛使者	朱八戒证果香华会上净坛使者
		沙和尚证果阿罗汉	—
	火龙入天龙八部	火龙驹证果天龙八部	—

谚解本中的"棘钩洞"尚未见于他本，或与世本第六十回过荆棘岭，八戒用钉耙分开荆棘等故事有关；"薄屎洞"则与世本第六十七回过七绝山稀柿（稀屎）衕，八戒拱开旧路等故事有关，在上表中，笔者暂把十言唱词中的"猪八戒，逢恶山，开条大路"一句与谚解本中的"棘钩洞"和"薄屎洞"相对比。十言唱词中有"鬼王迎接"一句，笔者认为或与世本乌鸡国狮子精故事有关，世本第三十七回回目为"鬼王夜谒唐三藏，悟空神化引婴儿"。谚解本有"法师往西天时，初到师陀国界，遇猛虎毒蛇之害，次遇黑熊精……"，可知师陀国遇猛虎毒蛇是三藏西行第一难；在鄂佛门本中，唐僧师徒过魔鬼岭虎狼谷，遇杀虎王亦是西行第一难；礼节传簿本所载取经故事第一站也是"行至师陀国"；

在世本中唐僧西行第一难则是双叉岭遇野牛精、熊罴精和老虎精[1]，幸得太白金星搭救后，又见“前面有两只猛虎咆哮，后边有几条长蛇盘绕”，万分紧急时又得刘伯钦相救。前文已述刘伯钦有“杀虎手”的称号，可见关于西行第一难，各本所载的地名或国名虽各有差异，但“遇猛虎毒蛇”的故事却大致相仿。

分析上表可知，仅大闹天宫部分暂为谚解本所独有。除此之外，谚解本其他故事、西行取经所耗时间、师徒所证果位均能在桂西游本或鄂佛门本中找到相似乃至完全相同的部分。考虑到斋供仪式对文本庄严性的特殊要求，大闹天宫部分未被斋供科仪引述，也在情理之中。那么桂西游本与佛门本的取经故事应系同源，并与谚解本所载取经故事一样，取材自平话系统《西游记》应是确定无疑的了。

因体裁优势，桂西游本对故事细节的展示比十言唱词更丰富，在一定程度上保留了原平话系统《西游记》的某些文字色彩，如第四部分对灵山景致的描述：

> 伏以谋事在人，成事在天，人之所欲，天必从之。却说师徒四众一见灵山景致非常，苍松桂柏青日月，野草闲花翠乾坤。狐兔岩前走，獐豹顺岭行。麋鹿衔花形容美，猿猴献果喜色新。绿林茂竹原有意，白云出岫本无心。万树开花不同叶，百鸟啼声各样鸣。看叹多时便诣佛前，礼佛三匝，呈上关文，求取真经……

“却说”一段，韵散结合，颇具说书人口吻，从中可以管窥平话系统《西游记》的文字色彩。“却说”一词，在世本中共计出现两百余次，“却说师徒四众”一句在世本第二十三、六十四、八十七、九十六回均有出现，亦可作为旁证。

《佛门取经道场》因受十言唱词“三三四”式的格式限制，只能列举故事梗

① 李天飞先生指出双叉岭野牛精与老虎精的故事与《太平广记·牛异》“宁茵”条相仿，世本《西游记》中此三怪吃完人后并未受到任何惩罚，是唯一逍遥法外的凶手，且在世本的“难簿”中“双叉岭上”排在“出城逢虎”之后，与正文抵牾，此三怪当系后来增入。详见吴承恩著、李天飞校注《西游记》，第 192 页。

概,却也因此扩大了故事容量。其中旷野山、蝎子精、黄袍怪、地涌夫人、鬼王迎接、惠安和尚索要金银等故事均是桂西游本所没有的。因此只有结合谚解本、桂西游本及其他相关佚文,才可能更全面地了解平话系统《西游记》的全貌。

(四)“夹竹桃”式取经故事初探

“夹竹桃”式取经故事见于桂佛门本、鄂瑜伽本,讲述了取经故事中唐王饯别、观音送马、过流沙河、过火焰山、妇人礼拜(行者除妖)、西天拜佛、白马驮经等七个故事①,内容与十言唱词部分差异较大。

观音送马一节,鄂瑜伽本作:“昔日唐僧去取经,惊动南海观世音。净瓶拈在手,吩咐与唐僧。行路莫居店,舍身奔前程。八爪金龙来助力,化为白马去驮经。”

此八爪金龙是否就是十言唱词中的火龙驹三太子,暂无从考证,但世本中却有关于八爪金龙的记载,第二十一回唐僧师徒过黄风山,行者请灵吉菩萨降妖时,“灵吉菩萨将飞龙宝杖丢将下来,不知念了些甚么咒语,却是一条八爪金龙……”。由以上分析可知,“夹竹桃”式取经故事在文字上与世本存在一定联系。

关于除妇人礼拜、行者除妖一段,桂佛门本文词散乱,往往前言不搭后语,故事夹杂,若结合鄂瑜伽本异文,重新调整唱词顺序,或能一窥故事原貌:

> 火焰山下着一惊,回头看见一妇人。青春年又少,守节在家门。身着麻衣服,跪礼拜唐僧。自从丈夫亡殁后,那得僧道一卷经。
>
> ——鄂瑜伽本

① 侯冲先生搜集自山东枣庄的《佛门取经科》(清光绪十年[1884]抄本)中有一段“夹竹桃”异文:“昔日唐僧去取经,杳杳忙忙走六春。千山并万水,百怪又群精。猕猴妆行者,难辨假和真。受尽般吒并辛苦,望见西天佛世尊。”此段异文表明在“夹竹桃”式取经故事中唐僧西行耗时六年,这与十言唱词及谚解本相同,而“夹竹桃”中已经出现“真假行者”这一故事,这应是世本第五十八回六耳猕猴故事的原型。

妇人跪拜告唐僧，山遥路远受苦辛。日行鬼窝路，处处见妖精。索桥八百里，清波万丈深。若还得见如来面，教妖十死九还魂。

——桂佛门本

后行礼拜告唐僧，请僧诵传大乘经。行者观看见，属山狗见行。戒刀提在手，便要斩妖精。化乐天宫都不见，唐僧独坐一山林。

——桂佛门本

火焰山下，山狗化成妇人，警告唐僧西行处处妖精，请求唐僧为亡殁的丈夫诵传大乘经，被行者看穿原形后竟瞬间消失。陈毓罴先生认为此情节"是由《大唐三藏取经诗话》发展而来。《诗话》里写了白虎精化身为白衣妇人被猴行者识破事"，或有一定道理。而笔者认为妇人礼拜这一故事，在世本中大致演变为两个故事：一是白虎岭白骨精化身妇人斋僧，被悟空识破；二是双叉岭刘伯钦救唐僧后，刘伯钦的母亲请唐僧为伯钦死去的父亲念经超度。妇人礼拜故事则证明"夹竹桃"式取经故事应介于《诗话》与世本之间。

在"夹竹桃"式取经故事中，行者使用的武器是戒刀。在《诗话》中，猴行者使用的武器装备有隐形帽、金环锡杖、钵盂、铁棒，尚未出现戒刀。在《西游记杂剧》中，孙悟空使用的武器则有戒刀与铁棒。在第十出《收孙演咒》中，观音现身"我与你一个法名，是孙悟空。与你个铁戒箍、皂直裰、戒刀。铁戒箍戒你凡性，皂直裰遮你兽身，戒刀豁你之恩爱"①。谚解本所载取经故事因内容有限，仅提到了铁棒，暂无法判断是否有戒刀。世本虽三次提到戒刀，但已不属于孙悟空的专属武器了。② 这可进一步证明"夹竹桃"所载取经故事的产生时代应与《西游记》杂剧产生时代相近。

在鄂瑜伽本"夹竹桃"部分之后有一首下坛偈：

① 蔡铁鹰编著：《西游记资料汇编》（上），第383页。

② 世本《西游记》第二十二回唐僧用戒刀给沙僧剃头，第四十回八戒用戒刀挑断红孩儿身上的绳索，第九十二回八戒用戒刀砍下了避尘、避暑的头。而第六十三回在碧波潭孙悟空将金箍棒变作戒刀，割了黑鱼怪的耳朵、鲶鱼精的下唇。此处的戒刀因由金箍棒变幻而成，不算真实存在的戒刀，故不计入。

> 海珠城中瑞气浓，便把奇持事无穷。须至隐纳千般处，尽出希微一器中。四圣受持成圣果，六凡时候脱梵笼。林山别有真滋味，花果馨香满厨红。

在世本第二十六回，悟空捣毁人参果树后，到普陀山寻观世音菩萨。世本载：

> 见观音菩萨在紫竹林中与诸天大神、木叉、龙女，讲经说法。有诗为证，诗曰：海主城高瑞气浓，更观奇异事无穷。须知隐约千般外，尽出希微一品中。四圣授时成正果，六凡听后脱樊笼。少林别有真滋味，花果馨香满树红。

李天飞先生指出世本此诗出自宋僧惟白《文殊指南图赞》①：

> 善财童子第十四诣海住城中，参见具足优婆夷。敷十亿座，延无量人；安一小器，涌无量宝，万方来者悉得满足。得无尽福德藏法门，证无违逆行。赞曰：海住城高瑞气浓，更观奇特事无穷。须知隐约千般外，尽出希微一器中。四圣授时成圣果，六凡食后脱凡笼。少林别有真滋味，花果馨香满木红。

将上述三首诗赞进行对比，可以发现鄂瑜伽本虽是手抄本，传抄过程中听音记字，存在一定量的音误与形误，但仍与《文殊指南图赞》较为接近。如抄本中“奇持”与《图赞》的“奇特”字形相近，与世本中的“奇异”相距甚远；“六凡时候”与“六凡食后”字音相近，与世本“六凡听后”相距甚远；更重要的是，“尽出希微一器中”一句，抄本与《图赞》相同，此“器”指的是“安一小器，涌无量宝”的“器”，世本则改作“一品”。由此可知，鄂瑜伽本中的下坛偈与《文殊指南图赞》中的更为接近，并非抄自世本《西游记》。

① 李天飞认为世本将原诗移作观音菩萨的赞语，改“海住”为“海主”，改“一器”为“一品”，改“食后”为“听后”，是为满足情节的需要。见吴承恩著、李天飞校注《西游记》，第370页。

综合看来,“夹竹桃”式取经故事表现出一种与十言唱词及桂西游本迥然不同的特质:一是出现了与十言唱词迥异的仙名、妖名与地名,如八爪金龙、山狗、五台、化乐天宫等,而八爪金龙、五台(山)、化乐(天)宫等在世本《西游记》中虽有提及,但均是一笔带过。二是出现了关于取经路程中险山恶水的环境描写,如描述流沙河的“一去八百里,阔浃一般深。滩深过不得,浮水好惊人”;描述火焰山的“嵯巍峰又峻,高旷接青云。石头烧马脚,无烟火自生”;描述灵山的“珍珠给龙顶,玛瑙砌堦庭。四时花不谢,八节草长春”等。三是其下坛偈的文字,虽与世本略同,但与宋代《文殊指南图赞》中的诗赞更为接近。

据现有材料,结合上文分析,笔者认为由于元代可能存在多种说唱取经故事的平话,“夹竹桃”式取经故事应取材自另一种平话《西游记》,虽与十言唱词及桂西游本取经故事所本不同,但亦可归入平话系统。①

三、涉取经故事斋供科仪的撰写及修订年代探考

前文已述,陈毓罴先生认为桂西游本及桂佛门本的撰作年代在元大德十一年(1307)至明嘉靖九年(1530)之间。车锡伦先生以桂西游本与产生于金、元之间的《目连救母出离地狱生天宝卷》演唱形态相同为证,认同桂西游本为元代作品;又根据十言唱词的发展成熟状况将桂佛门本的撰写年代定为明代前期。②

但是,桂西游本原为手抄本,其中关于“大成至圣文宣王”的偈赞,与科仪所载的取经故事并非是一个密不可分的整体,该段偈赞亦见于桂佛门本及销释本之中;车锡伦先生也指出“现代江苏靖江佛头‘作会讲经’唱‘圣卷’前,也

---

① “夹竹桃”式取经故事及下坛偈所呈现的文字风格,与学术界推测存在的词话本《西游记》更为接近,但由于“词话”与“平话”的含义时有混同,两者的联系与区别,学术界尚无定论,故在此笔者暂将“夹竹桃”式取经故事归入平话系统。

② 《目连救母出离地狱生天宝卷》现存最早的为北元宣光三年即明洪武六年(1373)抄本,关于其产生年代,车锡伦先生依据卷中所唱的北曲《金字经》与《破窑记》杂剧所唱的辞格相同,推测其产生年代可能在金、元之间。详见车锡伦《中国宝卷研究》,第72—73页。

多演唱它”[①],证明该偈赞作为斋供科仪的片段,具有较强的独立性与灵活性,完全有可能是在传抄过程中附加上去的,因此不能仅以偈赞中的谥号判断科仪的撰写年代。目前十言唱词的相关资料并不丰富,以此总结出的规律并不具有普遍性,在讨论桂佛门本十言唱词产生年代时,车先生在其专著《中国宝卷研究》中删去了原论文中“成化以后”的论断,应亦有此考虑。桂西游本及桂佛门本在内容上多有相同或相似之处,若撰写年代相差了近百年,恐无法解释两本之间的关系。

笔者认为《佛门取经道场》与《佛门西游慈悲宝卷道场》的撰写时间约在元代中后期,在传抄过程中科仪内容不断丰富;到明代初期受明太祖宗教政策影响,统一修订于洪武十六年(1383)左右,修订后的科仪流传各地,在使用过程中又各有增损。这是两本科仪在文本形态上各不相同而内容上出现大量相似或相同片段的原因。

(一)撰写年代推论

1958 年朱德熙先生在《“老乞大谚解”“朴通事谚解”书后》一文中考证《朴通事》成书于至正六年以后到元亡以前的二十余年之间。1996 年曹炳建先生从谚解本中二郎神“昭惠灵显真君”的封号与至顺元年(1330)加封的“英烈惠灵显仁佑王”入手分析,认为“《平话》成书的上限,当为元文宗至顺元年,即公元 1330 年”[②],由此可以推知,《朴通事》所引的平话本《西游记》大致成书于元代中期。

前文已述,仅大闹天宫部分暂为谚解本所独有,此外谚解本的其他故事均能在《佛门取经道场》或《佛门西游慈悲宝卷道场》中找到相似乃至相同的部分。由于谚解本只是列举了平话本中的部分取经故事,并非将所有情节都网罗无遗,所以谚解本所引的平话《西游记》与《佛门取经道场》《佛门西游慈

① 详见车锡伦《中国宝卷研究》,第 78 页。

② 曹炳建:《〈西游记平话〉成书年代补证》,《河南师范大学学报》(哲学社会科学版)1996 年第 4 期。

悲宝卷道场》所本的平话《西游记》产生时间应大致相同——元代中期。再加上《佛门西游慈悲宝卷道场》与产生于金、元之间的《目连救母出离地狱生天宝卷》文本形态相同,均为散文加韵文的段落组合;“大成至圣文宣王”这一谥号及相关偈赞,虽不能作为判断宝卷产生年代的主要证据,但其加入宝卷本文的年代必在元大德十一年(1307)之后,由此大致可以推知《佛门取经道场》和《佛门西游慈悲宝卷道场》的撰写年代应在元代中后期。

(二)修订年代考证

经忏法事是对宋代以后佛教瑜伽法会仪式的总称,是斋供仪式的后期形态。在明代以前,请瑜伽僧做经忏法事,“为过往亲人追荐拔度以表生者之孝思或悲悯之情,实为上下阶层所普遍信奉之宗教价值,也似成自然之俗”①。明太祖朱元璋在即位之初,为超度亡魂,安抚民心,稳定政局,也曾于洪武元年至五年(1368—1372),在金陵蒋山寺陆续举行大规模的“水陆法会”。

早在洪武七年(1374),朱元璋就曾命礼部会僧众定拟佛教科仪格式。《御制玄教斋醮仪文序》:

> 官民之家,若有丧事,非僧道难以发送。若不用此二家殡送,则父母为子孙者,是为不慈,子为父母,是为不孝,耻见邻里。……今之教僧、教道,非理妄为,广设科仪,于理且不通,人情不近。其愚民无知者,妄从科仪,是有三、五、七日夜讽诵经文。……敕礼部会僧道,定拟释道科仪格式,遍行诸处,使释道遵守,庶不糜费贫民,亦全僧道之精灵,岂不美哉。②

洪武十五年(1382),朝廷将寺院和僧人分为禅、讲、教三类:禅指禅宗,讲指华严、天台、法相诸宗,教指从事瑜伽显密仪式的宗派。五月二十一日朱元璋诏谕:

---

① 陈玉女:《明代的佛教与社会》,北京:北京大学出版社,2011 年,第 255 页。

② 朱元璋:《御制玄教斋醮仪文序》,载《道藏》第九册,文物出版社、上海书店出版社、天津古籍出版社,1988 年,第 1 页。

佛寺之设，历代分为三等，曰禅，曰讲，曰教。其禅，不立文字，必见性者，方是本宗。讲者，务明诸经旨义。教者，演佛利济之法，消一切见造之业，涤死者宿作之斐，以训世人。①

这种依据佛事职业的分类，并非朱元璋的首创，早在宋代就已经有了一些基础，元代曾将僧人分为禅、教、律三类，“佛宗有三，曰禅、曰教、曰律。禅尚虚寂，律严戒行，而教则通经释典”②。明代的分类与元代相比，变化最大的就是“教”，已不再是“通经释典”，而是专指从事瑜伽显密仪式的宗派，为信众做经忏法事已经成了瑜伽教僧的专职。

洪武十六年（1383）五月二十一日朱元璋诏谕：

即今瑜伽显密法事仪式及诸真言密咒尽行考较稳当，可为一定成规，行于天下诸山寺院，永远遵守，为孝子顺孙慎终追远之道，人民州里之间祈禳伸情之用。恁僧录司行文书与诸山住持，并各处僧官知会，俱各差僧赴京，于内府关领法事仪式，回还习学。后三年，凡持瑜伽教僧赴京试验之时，若于今定成规仪式通者，方许为僧；若不省解，读念且生，须容周岁再试。

洪武二十一年（1388）三月十四日朱元璋诏谕：

恁僧录司行文书各处僧司去，但有讨度牒的僧，二十已上的发去乌蛮、曲靖等处，每三十里造一座庵，自耕自食，就化他一境的人。③

可知洪武十六年，朝廷对瑜伽教僧使用的斋供科仪进行过统一修订，修订后的科仪随着瑜伽教僧流传至各地。

如前所述，笔者讨论的诸本科仪从表面看，其性质及所属的宗教派别都

① 葛寅亮撰、何孝荣点校：《金陵梵刹志》卷二《钦录集》，天津：天津人民出版社，2007年，第53页。

② 刘仁本：《送大璞玘上人序》，《羽庭集》卷二，同治求是斋本，第48页。

③ 葛寅亮撰、何孝荣点校：《金陵梵刹志》卷二《钦录集》，第54、57页。

各有差异,但实质是瑜伽教僧或在家佛教徒举行斋供仪式,即瑜伽显密法事仪式时所使用的斋供科仪。如桂西游本结尾的偈赞:"父母生身不可量,高如须弥月三光。若报父母恩最深,同登瑜伽大道场。"甘取经本亦有"瑜伽会启度有缘,我佛开教利人天"等语。在田野调查中,笔者在同一场荐亡仪式上也接触到了《瑜伽十王科》《瑜伽弥陀科》《瑜伽三元科》《瑜伽四府科》《瑜伽申发科》《瑜伽东岳科》《瑜伽启师科》《瑜伽释迦科》《瑜伽诸佛科》《瑜伽普庵科》等仪式文本,这也证明了笔者所见的抄本应来源自瑜伽教僧做经忏法事时所用的科仪。

桂佛门本、黔请经本、甘取经本以及鄂佛门本的主体部分都是近百句大致相同的十言唱词,流传之初必有统一的定本;桂西的《佛门西游慈悲宝卷道场》与鄂西的《西游记取经道场》名称虽异,实则为同一科仪。那么明朝初年,朝廷对斋供科仪有过统一修订亦得到了文献上印证。

洪武二十四年(1391)六月初一,朱元璋在《申明佛教榜册》中再次强调:

> 显密之教,仪范科仪,务遵洪武十六年颁降格式。……于兹科仪之礼,明则可以达人,幽则可以达鬼,不比未编之先,俗僧愚士妄为百端,讹舛规矩,贻笑智人,鬼神不达。此令一出,务谨遵,毋增减为词,讹舛紊乱,敢有违者,罪及首僧及习讹谬者。①

由此看来,朱元璋在洪武十六年完成的这番整顿,并未能根绝瑜伽教僧在使用斋供科仪时可能发生的讹舛。莲池大师释袾宏在《竹窗三笔》中论及"水陆仪文":"今藏并无其文,金山寺之本,亦前后错杂,不见始终头绪。时僧行者,亦复随意所作,各各稍殊。"指出启建道场重在诚敬,"由是疏于诚敬,多于过愆,则求福而反祸矣"②,可见科仪的繁简不一乃至错落纷杂,与众多瑜伽

---

① 葛寅亮撰、何孝荣点校:《金陵梵刹志》卷二《钦录集》,第61页。

② 释袾宏:《莲池大师全集云栖法汇》第七册《竹窗三笔》,莆田广化寺影印金陵刻经处本,第4000—4002页。

教僧的抉择不一有密切关系。①

对比桂佛门本，除了整一百句十言唱词外，鄂佛门本仅仅少了八段"夹竹桃"式唱词；而鄂瑜伽本，除七段"夹竹桃"唱词外，主体部分仅有十六句十言唱词，却概述了整个取经历程，与鄂佛门本的整一百句相比繁简殊异：这只能是瑜伽教僧在启建斋供仪式时，依据斋主的实际情况，对原本完整的科仪进行删减拼接，造成了诸本科仪"各各稍殊"的现状。如此，上述论述也得到了文献上的印证，这也证明前文对斋供科仪修订年代的考证是信而有征的。

四、侯冲先生"《佛门请经科》影响了《西游记》的成书"论献疑

2013年侯冲先生曾撰文介绍佛教斋供仪式文本《佛门请经科》，在梳理《佛门请经科》研究史的基础上，简要比较了《佛门请经科》与世本《西游记》的内容。侯先生指出"《佛门请经科》早于《西游记》，影响了《西游记》的成书"，并认为"将《西游记》研究放在斋供仪式的背景下展开，可以开辟《西游记》研究的新天地"②。在前文的考述中，笔者接受了侯冲先生对斋供科仪的部分分析，并吸收、借鉴了侯先生的部分研究成果与研究思路。但对"《佛门请经科》影响了《西游记》的成书"这一论断，笔者持不同态度。

首先，笔者认为侯先生在论述中忽略了取经故事的发展与演变过程，没有将世本《西游记》之前的各类取经故事纳入比较范围。

关于唐僧取经故事的发展与演变，学界已达成一定共识：唐宋时期，从玄奘西行取经的历史史实及相关文学传记③（《大唐西域记》《大慈恩寺三藏法

---

① 陈玉女：《明代的佛教与社会》，第259页。

② 详见侯冲《〈佛门请经科〉：〈西游记〉研究的新资料》，《宗教学研究》2013年第3期。

③ 玄奘回国后奉诏口述沿途见闻，由其门徒辩机辑录成《大唐西域记》，此后玄奘的门徒慧立、彦悰又撰有《大慈恩寺三藏法师传》。"为了弘扬佛教，他们在描写玄奘西行求法的过程中增添了一些宗教传闻和强调了一些情节的奇异，成为神话玄奘求法故事的先声。"详见李时人《西游记考论》，杭州：浙江古籍出版社，1991年，第4页。

师传》)到《大唐三藏取经诗话》,这体现了取经故事开始由记叙历史人物事件向文艺创作转化,《取经诗话》是取经故事发展演变过程中的第一个里程碑。到了元明时期,以《唐僧取经图册》[①]为代表的绘画系统,以平话《西游记》为代表的平话系统,以吴昌龄《唐三藏西天取经》、杨景贤《西游记杂剧》为代表的戏曲系统,分别以不同的文艺体裁演绎着既相互联系又各有区别的取经故事。所以世本《西游记》的成书,是不同系统的取经故事相互交流、融合的结果。

平话系统《西游记》是取经故事发展过程中的又一个里程碑,它为世本的成功改编奠定了厚实的基础。《话本小说史》曾总结:

> 《西游记》平话即使不是《西游记》小说加工改编时所直接使用的底本,也肯定存在着某种间接的祖源关系,即小说《西游记》是以某种《西游记》古本或《西游记》词话本为底本,而该《西游记》古本或《西游记》词话则以《西游记》平话为底本演变而成。[②]

讨论斋供科仪所载取经故事,除世本之外,还必须将以平话系统《西游记》为代表的各类取经故事纳入比较范围。下文仅以“车迟国斗圣”故事为例:

> 车迟国,盖仙观,要灭唐僧。白眼仙,奏国王,两家斗圣。师徒们,一见了,胆战心惊。赌割头,下油锅,柜中猜物。孙行者,金銮殿,大显神通。凭神通,三件事,全都取胜。排銮驾,送出城,又往西行。——鄂佛门本。

---

① 2008年曹炳建、黄霖两位先生借鉴田仲一成、户田祯佑、板仓圣哲以及矶部彰等日本学人的研究成果,撰文介绍《唐僧取经图册》,认为“如果没有更确凿的证据,《图册》仍应认作王振鹏所绘;其所产生的时代,也就只能是元代中期”。详见曹炳建、黄霖《〈唐僧取经图册〉探考》,《上海师范大学学报》(哲学社会科学版)2008年第6期。

② 萧欣桥、刘福元:《话本小说史》,杭州:浙江古籍出版社,2003年,第277—278页。

若仅与世本《西游记》中车迟国故事相比，除“白眼仙”名称不同之外，其余故事几近相同，很容易得出成书较早的斋供科仪影响了成书较晚的世本《西游记》。

但若将平话系统《西游记》纳入比较范围，故事源流则更为清楚。谚解本正文转述了“车迟国斗圣”这一故事，斋供科仪中的“白眼仙”在谚解本中又叫“伯眼大仙”，外号“烧金子道人”，谚解本对“烧金子道人”还有详细注解：“有一个先生到车迟国，吹口气，以砖瓦皆化为金，惊动国王，拜为国师，号伯眼大仙。”谚解本一千二百余字的转述，概述了伯眼大仙点石成金、役使和尚盖三清大殿、行者搅乱罗天大醮、师徒与伯眼大仙及徒弟鹿皮斗圣等故事细节。

<table>
<tr><th></th><th>谚解本车迟国斗圣</th><th>鄂佛门本</th><th>世本《西游记》车迟国</th></tr>
<tr><td>产生时间</td><td>至正六年到元亡</td><td>元末明初</td><td>万历二十年(1592)前后</td></tr>
<tr><td>国名寺名</td><td>车迟国、智海禅寺</td><td>车迟国</td><td>车迟国、智渊寺</td></tr>
<tr><td>妖名</td><td>伯眼大仙、鹿皮</td><td>白眼仙</td><td>虎力、鹿力、羊力大仙</td></tr>
<tr><td rowspan="6">矛盾起源</td><td>役使和尚、盖三清大殿</td><td>盖仙观</td><td>役使和尚、起盖房宇</td></tr>
<tr><td>行者搅乱罗天大醮</td><td></td><td>行者等搅乱罗天大醮、假施圣水</td></tr>
<tr><td></td><td></td><td>求雨、龙王现身①</td></tr>
<tr><td>坐静</td><td></td><td>坐禅(云梯显圣)</td></tr>
<tr><td>柜中猜物(桃子)</td><td rowspan="2">赌割头
下油锅
柜中猜物</td><td>隔板猜枚(宫衣、桃子、道童)</td></tr>
<tr><td>滚油洗澡
割头再接</td><td>砍头再接、剖腹剜心、滚油洗澡</td></tr>
</table>

① 在已知的平话系统《西游记》中暂未发现类似的求雨故事，但在《西游记杂剧》第四出《擒贼雪仇》中，观音云：“长安城中，今夏大旱，可着玄奘赴京师，祈雨救民。”第五出《诏饯西行》中，虞世南云：“……京师大旱，结坛场祈雨，玄奘打坐片时，大雨三日。”《唐僧取经图册》中亦有唐僧祈雨的相关图画。由此可知世本《西游记》车迟国故事中唐僧求雨一事原有所本。

其中“坐静”一节，谚解本描述，伯眼大仙的徒弟鹿皮拔根头发变作狗蚤叮咬唐僧；世本《西游记》中亦是鹿力大仙“将脑后短发，拔了一根，捻着一团，弹将上去，径至唐僧头上，变作一个大臭虫，咬住长老”。“柜中猜物”一节，谚解本描述“孙行者变做个焦苗虫儿，飞入柜中，把桃肉都吃了，只留下桃核出来”；世本《西游记》中行者也是变作蟭蟟虫，钻入柜中“将桃子一顿口啃得干干净净，连两边腮凹儿都啃净了，将核儿安在里面”。“滚油洗澡”一节，谚解本中行者下油锅后，变作五寸大的胡孙，将军用金钩子左右勾搭不着；世本中行者下油锅后变作枣核钉儿，刽子手用铁笊篱捞，也未捞着。“割头再接”一节，谚解本中伯眼大仙割下头来，却被行者变的大黑狗拖走，最终现出虎头；世本中虎力大仙的头也是被行者毫毛所变的黄犬衔走，从而现出虎身。由上述分析可知，在未发现其他材料之前，世本中的车迟国故事应主要是由平话中“车迟国斗圣”发展而来。世本继承并发展了平话诙谐幽默的文字风格，其故事也更加完整丰富。

科仪中的车迟国故事，为了着重表现行者的神通，并未引述主要由唐僧参与的“坐静”环节，只突出呈现了“赌割头，下油锅，柜中猜物”这三件由行者起主导作用的斗圣环节。纵观诸本科仪，大多情节粗略，只有故事梗概，产生时间也略晚于平话本《西游记》，所载取经故事应有一定的素材来源，而非科仪撰写者原创。综上考虑，笔者坚持认为斋供科仪所载部分取经故事应取材自平话系统《西游记》，而世本《西游记》也主要是由平话系统《西游记》发展而来。

其次，笔者认为侯先生搜集整理的十余种《佛门请经科》，异本繁多[①]，成书状况复杂，取经故事呈现出一定的层累性，运用时应细加甄别，不可一概而论。

---

① 正如侯冲先生所言：“不同抄本的文本组合和行文有差别，形成至少5个以上的异本。”详见侯冲《〈佛门请经科〉:〈西游记〉研究的新资料》，《宗教学研究》2013年第3期。

例如关于唐僧西行所耗时间，笔者前文着重分析的诸多抄本叙述较为一致。

昔日唐僧去取经，六年辛勤入雷音。合掌礼拜慈尊面，惟愿我佛转法轮。忙唤惠安从头捡，推开宝藏取真经。——桂西游本

急回头，世尊前，从头苦诰。说惠安，开经处，问要金银。取假经，到东土，唐王问罪。师徒们，枉费了，六年辛勤。……离东土，整行了，六年光景。白日里，晓夜走，不得消停。——鄂佛门本

谚解本"西天取经"一词注文：

即敕法师往西天取经，法师奉敕，六年东还。

光绪十年抄本《佛门取经科》"夹竹桃"取经故事：

昔日唐僧去取经，杳杳忙忙走六春。千山并万水，百怪又群精。猕猴妆行者，难辨假和真。受尽般吒并辛苦，望见西天佛世尊。

由此可知，在平话系统《西游记》中，唐僧西行取经时间均为六年。但在侯先生搜集整理的部分《佛门请经科》中，对取经时间的叙述出现了一定差异：

急转来，世尊前，从头告苦，责惠岸，你为何，将无字经。取回去，到东土，唐王问罪，十四年，枉费心，全无功成。……辞东土，整行了，十四年景，白日行，夜间走，曾不休停。——甘取经本

甘取经本共有九十八句十言唱词，与鄂佛门本、桂佛门本以及黔请经本对比，诸本均作六年，甘取经本的"十四年景"是一特例，当由"六年光景"改写而成。

除十言唱词外,侯先生搜集整理的部分《佛门请经科》还有"问答式"取经故事。如搜集自湖北鄂州的光绪十七年(1891)抄本《佛门请经开忏科》及宣统三年(1911)抄本《佛门请经科范》,均采用了一问一答的方式讲述取经故事:

问:唐僧又如何去得?

答:他有徒弟孙行者、朱八戒、沙和尚同往西天去取经。

问:去了几年几月?

答:去了一十三载寒暑。

而搜集自山东威海的民国二十七年(1938)抄本《佛门请经科》、搜集自湖北鄂州的民国十八年(1929)抄本《佛门迎经科范》、搜集自甘肃文县的《佛门请经科》、搜集自湖北宜昌的1994年抄本《请经科》对"去了几年几月?"的提问,前三个抄本均答作"去了一十四载",后一抄本则答作"历了十四载寒暑"。此处的"一十三载寒暑""十四载寒暑"与平话系统《西游记》所载的六年,差异甚大,反而与世本《西游记》唐僧所言"贫僧在路,已经过一十四遍寒暑矣""途中未曾记数,只知经过了一十四遍寒暑",更为接近。考虑到以上诸本科仪所载取经故事内容简短,多与世本雷同;抄写时间多在清末及其之后,此时距离金陵世德堂《新刻出像官板大字西游记》的梓行,已经有近三百年历史了。诸本科仪中"一十三载寒暑"以及"十四载寒暑"的说法或是受了世本《西游记》的影响。

由于耗时十三年、十四年的取经故事,与耗时六年的平话系统取经故事,都见载于斋供科仪之中,这使得斋供科仪所载取经故事呈现出一定的层累性。部分斋供科仪成书早于世本《西游记》,但未必直接影响了世本《西游记》的成书;部分斋供科仪在传抄过程中或是受过世本《西游记》影响。种种情况,理应区别对待。侯冲先生"《佛门请经科》影响了《西游记》的成书"这一论断有失偏颇。但正如侯冲先生所言"关于《西游记》研究的著述可谓汗牛充栋,但目前从斋供仪式或斋供仪式文本角度展开的研究仍然缺位”,“《西游记》研究不能忽略对佛教斋供仪式及其仪式文本的了解和研究”。

附:

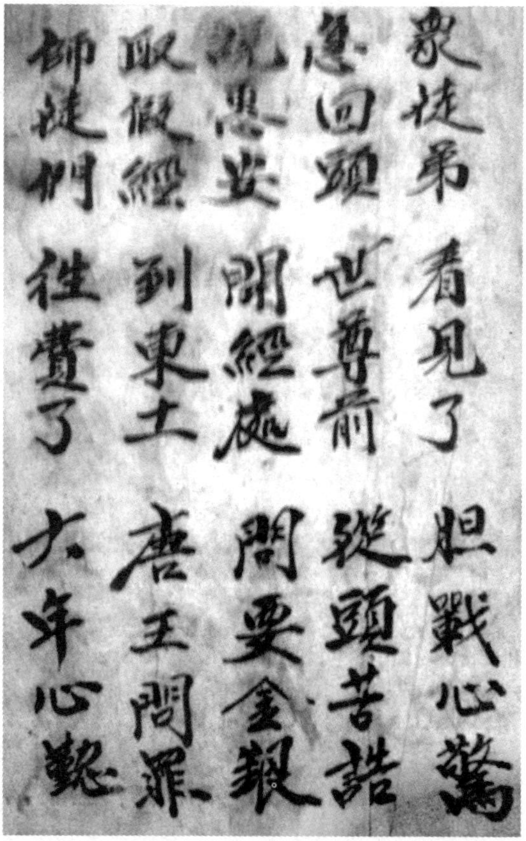
衆徒弟 看見了 胆戰心驚
急回頭 世尊前 [illegible]頭苦語
[illegible][illegible][illegible] 開經處 問要金銀
取假經 到東土 唐王問羅
師徒們 往費了 大年心[illegible]

图一　采集于湖北咸丰的《佛门取经道场》,图为“师徒取假经”的部分

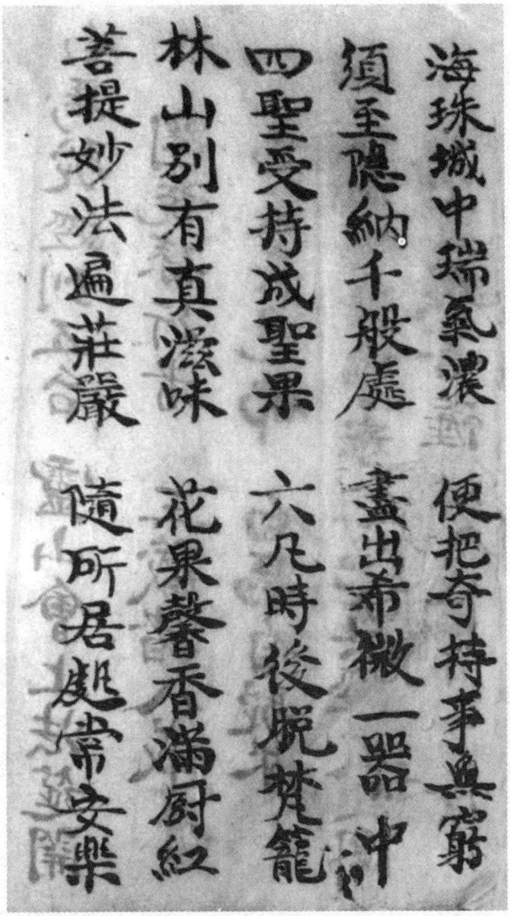
海珠城中瑞氣濃 便把奇持事無窮
須至隱納千般處 盡出希微一器中
四聖受持成聖果 六凡時後脫樊籠
林山別有真滋味 花果馨香滿廚紅
菩提妙法遍莊嚴 隨所居處常安樂

图二 采集于湖北咸丰的《瑜伽取经道场》，图为“下坛偈”部分

图三　荐亡道场中的其他仪式文本书影(一)

图四　荐亡道场中的其他仪式文本书影(二)

注:以上图片拍摄时间和地点

时间:2013 年 3 月 28 日晚

地点:湖北省咸丰县清坪镇苏家坪村舒氏老人堂祭现场

填补取经故事演化历程佚失的一环*

——以《真经宝卷》《长生卷》《取经宝卷》为中心

北京大学中文系　左怡兵

取经故事的演化和《西游记》的成书是两个相互联系又各有区别的问题。在近百年的研究史中，学者对取经故事生成阶段的划分存在较大分歧，目前有三分、四分、五分、六分乃至八分说。① 争论的焦点主要集中在对《西游记杂剧》及队戏《唐僧西天取经》的认识，简本（杨本、朱本）与繁本的先后，平话系统和世德堂本的关系等。作为具有世代累积特点的章回小说，世本《西游记》的成书是平话、戏曲、说唱、绘画等不同艺术体裁的取经故事相互交流、融合的结果。《西游记》成书史研究就是在分析取经故事的生成演变的基础上，探讨《西游记》从祖本到定本的版本嬗递过程。据统计，明清两代《西游记》存在版本十三种，存目十一种，另有推测存在的早期佚本若干。② 关于《西游记》的

---

* 本文已拆成两篇期刊论文，《〈真经宝卷〉取经故事探考》，发表于《民族文学研究》2021年第2期；《论"番邦十八国"版取经故事与〈西游记〉之关系》，发表于《中国文化研究》2021年春之卷。特此说明。

① 王进驹、杜治伟：《取经故事的演化与〈西游记〉成书研究》，南京：凤凰出版社，2019年，第259—270页。

② 曹炳建、齐慧源：《〈西游记〉版本研究小史》，《河南教育学院学报》（哲学社会科学版）2005年第5期。后文提及的相关版本及其简称，除个别单独出注，均引自该文，为避免繁复征引，恕不一一出注。

祖本探讨,现有平话本说[1]、杨本说、朱本说及新本说[2],均未达成共识[3]。综合看来,无论是分析演化阶段,还是探讨成书过程,由于缺乏新文献的支持,相关研究中的实质性的推进并不多。

回顾研究史可以发现,《西游记》研究者对民间宝卷的利用相对有限。蔡铁鹰编著的《西游记资料汇编》只收录了《销释真空宝卷》等七种宝卷。[4] 究其原因,一是在特定时期内,因为涉及民间秘密宗教,宝卷的收集整理工作难以推进,出版发行也受到了明确限制。二是与取经故事相关的宝卷中,讲述"取经缘起"的故事宝卷存世较多,如《唐王游地狱宝卷》《翠莲宝卷》《唐僧宝卷》等,这些宝卷以晚出的抄本为主,版本繁杂,编写、缀补及删改过程难以考证。对古代小说研究者而言,抄本的可信度和有效性得不到充分保证,采取存而不论的态度也在情理之中。三是除《销释真空宝卷》外,讲述"取经历程"的宝卷,大多庋藏零散,未经整理刊布,尚未进入古代小说研究者的关注视域。

在宝卷资料中,除讲述"取经缘起"的故事宝卷外,还有一类细致讲述唐僧师徒"取经历程"的民间宝卷。1994 年王熙远将《佛门西游慈悲宝卷道场》《佛门取经道场》收入《桂西民间秘密宗教》,随后,陈毓罴指出两本宝卷所载取经故事同出元代《西游记》平话,车锡伦则对宝卷的产生年代做了新的推论。张灵、赵毓龙等青年学者在其学位论文中开始将宝卷所载取经故事纳入《西游记》成书史研究视域。侯冲从佛教斋供仪式角度对诸本《佛门请经科》进行整理研究。笔者也曾撰文认为宝卷所载部分取经故事取材自平话系统

---

① 学界一般将谚解本和大典本统称平话本或平话系统,曹炳建将销释本及礼节传簿本也归入平话本,以竺洪波为代表的部分学者未将销释本纳入平话系统。参见曹炳建《〈西游记〉版本源流考》,北京:人民出版社,2012 年,第 53—55 页;竺洪波:《四百年〈西游记〉学术史》,上海:复旦大学出版社,2006 年,第 257 页。

② 方胜:《〈西游记〉祖本问题新论》,《贵州文史丛刊》1987 年第 1 期。

③ 参见杨俊《关于〈西游记〉祖本的争议述评》,《〈西游记〉研究新探》,北京:社会科学文献出版社,2018 年,第 1—9 页。

④ 蔡铁鹰编著:《西游记资料汇编》,第 456—475 页。

《西游记》,这类宝卷在洪武十六年有过统一修订,据此可以钩沉出明代前期平话系统《西游记》的故事概貌。[①] 遗憾的是,之前发现的完整讲述取经故事的民间宝卷篇幅大都较短,又受限于宝卷的结构体式,各本宝卷大都止步于对取经团队、地名、国名、妖名以及所取经目的记载,基本没有记录下细致的故事情节和具体的人物对话。

《取经诗话》之后、世本之前的取经故事形态,《西游记》的各类佚本,如学者们提出的新本、旧本[②]、前世本[③]等,是否有可能在民间宝卷中留下较为完整的记录呢?2019 年,笔者在北京大学古籍馆读到《真经宝卷》两册,该藏本系民国五年(1916)的递抄本[④],《中国宝卷总目》有著录[⑤],主要讲述了唐僧师徒五众历时六年途经番邦十八国,到灵山拜佛求经最终修成正果的故事。宝卷结构完整,内容丰赡,故事细节不但与《大唐西域记》《取经诗话》勾连,还与平话系统及世本《西游记》存在较大差异,应有较高研究价值。据笔者调查,该宝卷曾两次影印出版,山西人民出版社 1994 年推出《宝卷》初集,北大藏《真

① 参见拙文《斋供科仪所载取经故事与平话系统〈西游记〉关系考》,程章灿主编:《古典文献研究》第十九辑上卷,南京:凤凰出版社,2016 年,第 108—127 页。

② 潘建国认为《朴通事谚解》注文与正文所引《西游记》非为一书,正文所引为元代文本《唐三藏西游记》,注文所引《西游记》文本的年代可以限定在正德十二年之前的明代早期,称为"旧本《西游记》"。参见潘建国《〈朴通事谚解〉及其所引〈西游记〉新探》,《岭南学报》复刊第六辑,上海:上海古籍出版社,2016 年,第 211—229 页。

③ 以吴圣昔(又名方胜)为代表的学者曾将世本卷首陈元之《刊西游记序》提及的唐光禄所购的世本借以翻刻的底本称作"前世本"。参见吴圣昔《论〈西游记〉的"前世本"》,《临沂师专学报》1997 年第 5 期。

④ 抄本分上下两卷,上卷封面署"真经宝卷上卷　尚古堂润记　岁次丙辰菊月抄录　日立",下卷封面署"真经宝卷下卷　尼禅悦　尚古堂润记　岁次伍年十一月抄录　日立"。此丙辰年即 1916 年,民国 5 年。该宝卷 1992 年曾定名为《唐僧宝卷》,参见李鼎霞、杨宝玉《馆藏宝卷调查报告》,庄守经主编《纪念建馆九十周年北京大学图书馆馆藏文献调查评估报告集》(内部资料),北京大学图书馆,1992 年,第 458 页。

⑤ 车锡伦:《中国宝卷总目》,北京:北京燕山出版社,2000 年,第 273—274 页。

经宝卷》收入第二十九册，次年该丛书因故被收缴销毁。[①] 黄山书社2005年出版《中国宗教历史文献集成》，《真经宝卷》收入《民间宝卷》的第十三册。上海古籍出版社2020年10月出版了由胡胜、赵毓龙整理辑校的《西游说唱集》，《西游说唱集》的“宝卷”部分收录了《真经宝卷》的整理本。[②]

另外，《中国常熟宝卷》收录有《长生卷》五册，系光绪二十年(1894)的递抄本。其中第三、四册共两万余字，完整讲述取经缘起及西天取经故事，内容与《真经宝卷》几近全同，略有异文。[③] 苏州戏曲博物馆藏有《取经宝卷》[④]一册，故事从流沙河收沙僧讲起，应有上册遗失，主体文字与《真经宝卷》《长生卷》基本相同，略有异文。两本宝卷可与《真经宝卷》相互校正补充。《西游说唱集》在整理辑校《真经宝卷》时仅以北大藏本为底本，《取经宝卷》为参校本，遗漏了文字更全、故事也更完整的《长生卷》，因此，笔者另出《真经宝卷》的文字整理本，附在文末，以资参考。

一、《真经宝卷》的结构与内容

《真经宝卷》全文近两万字，影印本稀见，笔者在此简要介绍宝卷的基本

---

① 新闻出版总署出版管理司编：《图书 音像 电子出版物出版管理手册(2013年版)》，北京：中国法制出版社，2013年，第339—340页。

② 胡胜、赵毓龙辑校：《西游说唱集》，上海：上海古籍出版社，2020年，第192—240页。

③ 第三册封面署“长生卷 第三/甲午/张士龙藏”，卷末署“光绪贰十年巧月 日立/弟子丁同私藏自书手抄写”，第四册封面署“长生卷 第四取经/甲午/张士龙藏”，卷末署“大清光绪岁次甲午 日立/集本丁同私(藏)自书手抄经卷通文”。详见常熟市文化广电新闻出版局编《中国常熟宝卷》，苏州：古吴轩出版社，2015年，第1614—1682页。

④ 原名《西藏宝卷》，民国十一年(1922)丁财宝抄本，一册。封面题“壬戌年清河月 日立/丁财宝目录/西藏宝卷”。卷首无题。开卷偈“再宣唐僧一卷经”。结卷偈“取经宝卷宣圆满”。卷末题“民国拾壹年壬戌岁清河月/丁财宝抄”。参见郭腊梅主编《苏州戏曲博物馆藏宝卷提要》，北京：国家图书馆出版社，2018年，第201页。因《西藏宝卷》的“西藏”二字，实为“三藏”的吴语音讹，《西藏宝卷》命名欠妥，易生歧义，笔者依据结卷偈中的“取经宝卷宣圆满”，将其更名为《取经宝卷》，特此说明。

结构及主要内容。宝卷开经部分用七言，先用飞蛾扑灯而死比喻世人不分色空，然后引入张臣捕鱼、梦斩泾河龙等故事：

> 却说万丈昆仑从东出，业识茫茫无了日。世人好似扑灯蛾，生死临头怎奈何。蛾若早知灯上死，永无飞赴灯火人。……万里长安大国城，皇图永固治乾坤。太宗皇帝仁慈主，四海朝贡庆太平。广出良贤并义士，张臣原是捉鱼人。八十老母常供养，捕鱼孝顺天下闻。

结经部分，叙说唐僧师徒取经归来，荐亡冤魂。最后辨明斋意，回向舍施：

> 自从留下瑜伽教，永远流传度众生。大众有缘同聚会，消灾延寿保安宁。唐僧取经成正果，流传宝卷善人听。今日斋主功德大，同列莲池上品登。

从结经文字看，《真经宝卷》明确提到了"瑜伽教"，该宝卷的最早源头应是明代瑜伽教僧①为斋主做消灾延寿的祈禳仪式而使用的斋供仪式文本。

《真经宝卷》的主体部分细致讲述了梦斩泾河龙、唐王游地府等取经缘起故事，以及唐僧师徒五众途经番邦十八国的西天取经故事。整部宝卷结构简单，由白文散说加七言唱词连缀而成。七言唱词长短不一，最短的只有六句，最长的竟有一百一十句，这种悬殊应是宝卷在传抄中因改写而造成的（详见后文分析）。散说加七言的结构是由宋元时期佛教宝卷的五段式结构简化而成。在五段式结构中，第一部分的白文散说是整个段落的大纲，第二部分的

---

① 洪武初年（1368），朱元璋屡建法会于南京蒋山，洪武十五年（1382），将寺院僧人分为禅、讲、教三类，"教"专指从事瑜伽显密仪式的宗派。洪武十六年（1383），朝廷对瑜伽教僧使用的斋供仪式文本进行统一修订，并由僧录司颁行，修订后的科仪随着瑜伽教僧流传各地，在使用及传抄过程中又各有增损。参见林子青《忏法》，中国佛教协会编《中国佛教》第二辑，北京：知识出版社，1982 年，第 391 页。陈玉女：《明代瑜伽教僧的专职化及其经忏活动》，载氏著《明代的佛教与社会》，第 248—282 页。侯冲：《〈佛门请经科〉：〈西游记〉研究的新资料》，《宗教学研究》2013 年第 3 期。

两句偈赞是由散说到歌唱的过渡,第三部分的七言唱词是主体唱段。前三部分在内容和形式上已经构成了一个完整的说唱段落。第四部分的长短句和第五部分的五言偈赞,只会拖延时间,减缓故事进展,所以在《香山宝卷》等早期故事宝卷中它们都消失了。《香山宝卷》是中国佛教观世音菩萨的出身传说,今存最早的刊本是乾隆三十八年(1773)杭州昭庆大字经房刊本,称乾隆本。通行刊本是经过简集的同治七年(1868)杭州慧空经房刊本,故称简集本。关于《香山宝卷》的产生年代,车锡伦认同日本学者冢本善隆的观点,认为《香山宝卷》应当产生于明代初年。① 与《香山宝卷》相比,《真经宝卷》只剩第一部分的白文散说和第三部分的七言唱词,原本作为第二部分的两句七言偈赞,已经与七言唱词合为一体,结构更为简单,所以其产生时代不会早于明代前期。明代民间的佛教宝卷大都是在民众家庭中演唱的,文本结构的简单化与宣卷环境的世俗化有一定关系。②

对照明代前期的《香山宝卷》,可以发现,无论是在宝卷的结构体制还是叙事形态上,《香山宝卷》均可作为推论《真经宝卷》产生时代的一个参照坐标。当然,北大所藏《真经宝卷》抄写年代较晚,而同类宝卷中,时代最早的《长生卷》亦是晚清抄本。依据《真经宝卷》的结构形态,只能大致推测宝卷编纂的时代上限。如果要做出更为具体的分析与论断,就需要将《真经宝卷》所载取经故事,与世本《西游记》及其他各类取经故事文本进行细致的对比研究。

《真经宝卷》所载取经故事可分为“取经缘起”和“西天取经”两大部分。为方便论述,笔者将“取经缘起”分为以下四个小节:

(1)起课赌输赢,龙王行差雨。渔翁张臣据袁天师断课,捕得一条金色鲤鱼,系泾河龙王三太子,渔翁索价千金。泾河龙王化作书生赎鱼,渔翁泄露天

---

① 车锡伦:《中国宝卷研究》,第 113 页;冢本善隆:《近世シナ大众の女神观音信仰》,《山口博士还历纪念:印度佛教学论丛》,法藏馆,1995 年。

② 车锡伦:《中国宝卷研究》,第 137—139 页。

师消息。龙王找天师起课卜雨，互赌输赢，回宫收到行雨文书，与天师断课无差，遂改动时辰雨点。次日找天师理论，天师指出龙王差时减雨，犯了天条，明日午时当斩。龙王求救，天师指点龙王哀告太宗。

（2）梦斩泾河龙，唐王游地府。龙王回宫携三宝朝见太宗，太宗私受三宝，早朝后单留魏征下棋，午时三刻魏征梦中斩龙。太宗染病七日归阴，魏征写信让太宗带给外甥冥府判官崔珏。有金童玉女送太宗入冥，崔判官见信将生死簿上太宗十八日阳寿与龙王十八年阳寿对换。森罗殿上，老龙、太宗各犯罪名，阎王据生死簿断太宗还魂，太宗许诺献瓜果报恩。游地狱遭众魂索命，借开封府良相十万金银散与众魂方得脱身。崔判官嘱其修建水陆，济度冤魂。

（3）刘仲宝献瓜，李翠莲还魂。太宗死后七日还魂，良相不受金银，遂建接众寺。太宗贴榜招贤，刘仲宝妻李翠莲因斋僧受骂，悬梁吊死；仲宝懊悔，揭榜饮药酒，献瓜果与阎王，后与翠莲一同还阳。御妹玉英一跌身亡，翠莲借尸还魂，太宗将玉英嫁给仲宝，夫妻团圆。

（4）唐三藏修斋，观世音点化。唐王封玄奘为御弟，代为修行，玄奘启建冥阳水陆，道场将满，观音现身点化：凡经不能度亡灵，要到西天求取真经；又赐如来袈裟，告知西行路上有火龙、行者、八戒和沙僧相助。唐僧发愿西行，因远隔番邦十八国，唐王赐通关文牒十八道，择吉日与众臣相送，剪龙袍衣袖做成僧帽。唐僧骑高头马，带六人护法西行。

再看“西天取经”部分：唐僧一行七人，行至凉州，有西凉总兵陈如玉远迎护送。到双岐山，六众护法丧身虎口，唐僧侥幸得脱，独自上路又遇虎狼，幸得刘伯卿相救，留宿一宿，天明送行。随后，依据宝卷提及的“番邦十八国”，笔者将故事分为十八小节：

（1）过西夜国[①]。东兴关倒换关文。到五行山，有猴王石狱精被压山下，

① 西夜国，隋唐时称斫句迦国，国都在呼犍谷，即今新疆的叶城县附近。玄奘归来，曾路过此地。参见玄奘、辩机著，季羡林等校注《大唐西域记校注》，北京：中华书局，1985年，第999页。

猴王回忆大闹天宫、称齐天大圣以及被佛祖镇压等事,后受观音点化,愿随西行。唐僧取下山顶六字真言救出大圣,取名孙行者,法号悟空。过两界山,悟空用金箍棒打死猛虎,做成盔帽裙衫。又过黑风山黑松林,有五百强人截路,被悟空打死,因受唐僧责骂,悟空愤而离去。观音菩萨现身授金箍及金箍神咒,顺念则紧,退念则宽,悟空返回,唐僧用金箍收服悟空。

(2)过波斯国①。永安关倒换关文。到冷泉山冷泉潭,遇苍龙吞马,悟空用金箍棒搅乱冷泉潭,苍龙手执钢刀跳出潭,得知唐僧系取经人后,自言是西海赤龙三太子,因违条贬在冷龙亭,曾受观音点化,愿随唐僧取经,遂变银鬃白马,驮唐僧西行。

(3)过西安国②。倒换关文。借宿高老庄,高玉兰招婿了野猪精,行者变玉兰与妖相斗,野猪精使九齿钉耙,住福灵云栈洞,原是天蓬将军,因酒戏嫦娥女被贬,又错投猪胎。受观音点化,愿随西行。唐僧为其取名猪八戒,法号悟能。过八百里野猪山,猪屎堆有三尺厚,悟空、八戒拨开山路。

(4)过瞻波大国③。倒换关文。到八百里流沙河,妖精手持天叉抢唐僧,行者战退妖精,白马化金龙钻入沙河,翻江搅海。妖精得知唐僧系取经人后,自言原是卷帘御史,因蟠桃会上打碎玉盏,罚在沙河受苦五百余年,吃人无数,现有骷髅在前。后受观音点化,愿随西行。拜唐僧为师,法号悟净,肩挑

---

① 波斯国,西域古国名,即现在的伊朗。隋唐时期的波斯实系萨珊王朝新波斯帝国的称呼。《大唐西域记》称波斯为波剌斯,玄奘到达印度时,正当萨珊王朝末期;公元651年,就在玄奘经过中亚回归长安后不久,萨珊王朝被新兴的阿拉伯帝国打败,成为阿拉伯帝国的一部分。参见玄奘、辩机著,季羡林等校注《大唐西域记校注》,第938—941页。

② 西安国即伐地国,《大唐西域记》敦煌写本作"戍地",《大唐西域记》注:唐言西安国。在今布哈拉西南约400里(200千米),阿姆河岸的Bitik村。参见《大唐西域记校注》,第95—96页。

③ 《真经宝卷》作"金波大国",《长生卷》作"天波国",《取经宝卷》此处缺脱。"金波""天波"当为"瞻波"之误。瞻波大国,法显西游曾到此地,《佛国记》中有载。《大唐西域记》作"瞻波国",瞻波原系城名,位于瞻波河及恒河岸,是鸯伽国首都。鸯伽是孟加拉国的古国,印度古代十六大国之一。参见《大唐西域记校注》,第787页。

行李西行。唐僧等坐莲船过沙河。

(5)过于阗国[1]。倒换关文。观音菩萨变为二十七岁美貌白衣妇人,自言丈夫死去三年,现有一儿一女尚幼。妇人愿招赘师徒,八戒香房结亲,天明发现八戒被松樟绑起。

(6)过狮蛮国[2]。倒换关文。国师虎力大仙,辅助国王二十余年。与唐僧比试坐禅,变蜜蜂叮唐僧,行者变蜈蚣咬大仙,大仙跌倒。又赌砍头,悟空斩头后,金刚护法神帮助悟空接头还魂。大仙斩头后,护法神将大仙头抛远,大仙现出虎身。

(7)过钦韦国[3]。玉门关倒换关文。到玉鞍山,见妇人被绑黑松林,自言清明上坟遇强人截路,丈夫被杀。三徒均不肯救,唐僧跳马解缚,被妖怪摄走。悟空、沙僧寻至洞中,见妇人要与师父结为夫妇。唐僧给妇人敬酒,行者遂变苍蝇藏在酒内,遂钻入妇人肚中,妇人求饶,放出唐僧,悟空钻出。妇人又带领群妖,与悟空等打斗,死后现出老鼠精原形。

(8)过乌荼国[4]。倒换关文。到碧峰山金谷洞,八戒沙僧探路,遇到老妖金色狮子、象元帅、虎先锋,二人被捉。虎先锋设计,让老妖与悟空大战,虎妖趁机捉住唐僧,象妖牵走白马。悟空寻至金谷洞,三怪不敌,虎妖被打死。悟空变虎妖进洞,放走八戒、沙僧、白马,八戒打死象妖,三人打死老妖。白马化为火龙,烧尽洞中妖怪。唐僧自言西行已三载。

---

① 《真经宝卷》作"鱼关国",《长生卷》作"于阗国",《取经宝卷》作"于田国",鱼关、于田当为于阗之形误及音误。于阗国,《大唐西域记》作"瞿萨旦那国",即今之和阗。参见《大唐西域记校注》,第1002—1003页。

② 《升平宝筏》录存有《唐三藏西天取经》杂剧,第二折题为《狮蛮国直指前程》,叙唐僧来到狮蛮国受到接待与指引。据潘建国教授考证,"狮蛮"即"阏狮蛮"的省称。参见潘建国《〈朴通事谚解〉及其所引〈西游记〉新探》,第211—229页。

③ 钦韦国,于史无征,待考。《长生卷》《取经宝卷》亦作"钦韦国",恐系抄本文字流传讹误。

④ 乌荼国,其地在东印度,今奥利萨邦的北部,首都在今布巴涅斯瓦尔以南7英里(约11.27千米)处陀武里村。参见《大唐西域记校注》,第812—814页。

(9)过月氏国[①]。八月中秋到应天河岸,师徒借宿张家庄。应天河口通天庙有明王感应神,要童男童女献祭。张老年迈七十,单生一女,百银买得童男子,准备献祭。行者、八戒变童男童女与妖精大战,八戒打下两片金鳞,唐僧认出是孽龙精。妖精设计冰断应天河,唐僧师徒走到河中,天河冰碎,唐僧被孽龙捉去。悟空找东海龙王,恰遇小妖送书,得知孽龙是东海龙王小儿鳌钰[②],龙王遂派太子鳌增、鳌广擒拿鳌钰,孽龙战败,逃至应天河岸,被悟空打死。张家庄用船送师徒过河。

(10)过花氏国[③]。到百花山,行者化斋离去,唐僧也要持钵穿衣前去化斋,闯入黑松林,遇七个美女放丝牵满树林,绑住唐僧,准备杀死当饭充饥。行者归来救唐僧,金箍棒、钉耙、天叉均被蛛丝缠住,三人空手转山林。白马化成火龙吐火烧丝,悟空打死蜘蛛精。

(11)过西凉国[④]。倒换关文。到西凉国,国中女人饮泉水成孕。有女皇二人威逼唐僧成亲,悟空指使唐僧假意答应。倒换关文后,悟空作法带唐僧离去。到浮尸岭,有尸魂化作佳人,被悟空打死。唐僧要赶走悟空,八戒在旁嚼舌,悟空再三哀求未果,只得谢师离去。

唐僧到庆云山庆云寺,因惊动黄妖被绑。黄妖手持长枪与八戒、沙僧大

---

① 此月氏国,指的应是公元5世纪前期,大月氏贵霜国王寄多罗南徙北天竺,占领五国,命其子在犍陀罗为王,都富楼沙,称小月氏国。《大唐西域记》作“健驮逻”,国大都城号“布路沙布逻”。健驮逻国本是亚洲古代史上有名的大国,玄奘抵达该国时,此地已是一片荒凉景象。参见《大唐西域记校注》,第232—235页。

② 《真经宝卷》作“鳌鲑”“鳌鳍”“鳌鲈”,《长生卷》《取经宝卷》均作“鳌钰”“鳌增”“鳌广”,此处据《长生卷》《取经宝卷》改。

③ 花氏国即华氏城,《大唐西域记》作波吒厘子城:“殑伽河南有故城,周七十余里,荒芜虽久,基址尚在。昔者人寿无量岁时,号拘苏摩补罗。唐言香花宫城。王宫多花,故以名焉。逮乎人寿数千岁,更名波吒厘子城。”拘苏摩义为花,补罗义为城。波吒厘原为树名,此树开淡红色花。波吒厘子城在今巴特那西北至订那浦尔的中途。参见《大唐西域记校注》,第623页。

④ 《大唐西域记》载有西女国、东女国两个女国。西凉国是以东女国为原型敷演而成,笔者另有专文考述。

战。有百花宫主，八月初三被龙阵摄来，与黄妖结成夫妇三载，托唐僧与国王送信。宫主让黄妖放走唐僧。

(12)过宝相国。唐僧告知宫主消息。八戒、沙僧为逞能回战黄妖，沙僧被捉受铁鞭吊打，为保命说出原委。黄妖变俏书生拜见国王，变唐僧为白虎。八戒到水帘洞请悟空救唐僧。二人救出沙僧后，带宫主到金銮殿说出实情，黄妖索要宫主，见悟空后逃走。悟空追赶遇金星劝化：宫主是天仙织女星，黄袍是魁星，二星思凡下界了却宿姻。天曹传旨，二星同上天庭。悟空将白虎变回唐僧。

(13)过师真国[①]。倒换关文。到八百里火焰山，遇猛火阻碍途程，沙僧建议悟空到平源内找牛魔王妻铁扇宫主借铁扇灭火。悟空借扇，铁扇宫主不允。[②] 悟空打进洞门，与牛魔王交战，被铁扇宫主一扇扇去三千里外。悟空后变牛魔王骗扇灭火，过火焰山后送还铁扇。

(14)过东印国[③]。山前遇红孩儿变钟家小舍人，哭诉自己被强人赶散，唐僧下马搀扶，被摄至火云洞。行者赶至，红孩儿手持长枪与行者相战，喷火烧坏八戒、沙僧。行者请来观世音，杨枝洒水灭火，红孩儿俯伏低头，五十三参见世尊，从此皈依佛教，相伴观世音。

---

① 师真国，于史无征，或为狮子国之误，即今斯里兰卡。《大唐西域记》作“僧伽罗国”，意译为执师子国、师子国。参见《大唐西域记校注》，第 866 页。《长生卷》《取经宝卷》则作“阿真国”，即安正国，今缅甸曼德勒以北伊洛瓦底江畔的新固，为缅中五城之一。参见孙文范主编《世界历史地名辞典》，长春：吉林文史出版社，1990 年，第 193 页。但安正国与玄奘取经故事无涉，此处仅作备考。

② 《真经宝卷》此处的白文散说文句不通，应有缺脱。《长生卷》《取经宝卷》有异文：“公主却将假扇借与大圣，将假扇扇山，火光愈焰。”《真经宝卷》后文的七言唱词也有“铁扇扇来火焰生”等句，可知应有借假扇情节。

③ 《真经宝卷》在此处及后文连续出现三个中印国：西山中印国红孩儿故事、西天中印国独角大仙故事、西天中印国黑熊精故事。当为传抄讹误，这三个中印国应是五印度中的三处。参见《大唐西域记校注》，第 164 页。《长生卷》依次作“西天上印国”“西天中印国”“西天下印国”，《取经宝卷》作“西方东印国”“西天中印国”“中天西印国”。此处据《取经宝卷》改。

（15）过中印国。国师独角大仙与行者比试油锅洗澡，悟空下油锅，翻筋斗、竖蜻蜓，又变铁钉，影迹无踪。唐僧乞求香纸羹饭拜祭悟空，自言西行五年。悟空跳出油锅。大仙入油锅后，悟空用火龙投锅心烫死大仙，现出带角羚羊原形，君皇文武拜送唐僧。

（16）过西印国。倒换关文。借宿普惠寺，五百山僧拜唐僧，唐僧披千佛袈裟。老僧普惠起谋心，借袈裟更深放火。黑熊前来救友，窃袈裟而去，老僧吊死。行者往黑峰山黑峰洞寻黑熊精，遇道人清虚子，悟空变清虚子献寿桃，钻入黑熊肚中。黑熊将袈裟送还唐僧后，悟空钻出。黑熊又手执瓜锤，与悟空等人交战，三人动手打死黑熊。

（17）过舍卫国①。国王赐宴后到万寿仙山，镇元仙长献人参果，唐僧拒食，仙童告知人参果来历。众徒三更到后园偷吃三只人参果，又打下三只落地无踪。次日仙童发现，辱骂唐僧，唐僧埋怨诸徒，悟空发怒打死果树，镇元大仙扣押唐僧。唐僧让悟空请观音菩萨，观音救活果树。师徒到恒沙河岸，鳌鱼作狂风捉去唐僧，行者请来观音，用描篮收了鳌鱼。

（18）到天竺国②。灵山拜见世尊，唐僧成旃檀功德佛，付《法华经》一部。悟空成战斗常胜佛，付《金刚经》一部。悟能成三界符官使者佛，付《华严经》一部。悟净成水府天使佛，付《大藏经》一部。白马成不动知光佛，付《诸品经》一部。唐僧告知如来：原定六年还国，今西行六载，回程还要六年，愿佛慈悲，救度众生。如来答：唐僧来三年，转三年，岂不是六年。如今卯时起程，午时就到本国。师徒腾云驾雾，回到京城朝见太宗。择日修崇冥阳大会，荐度

① 《真经宝卷》原作“金街国”，当为“舍卫国”之形误。《大唐西域记》作“室罗伐悉底国”，室罗伐悉底是梵文 Srāvastī 的对音，旧译舍卫、室罗筏、舍婆提，位于阿契罗伐替河畔，本是北印度的商业中心之一，各类货物的集散地，市场繁荣，人口众多。佛陀在此地度过了二十五年，宣扬过许多重要的教义。参见《大唐西域记校注》，第 481—484 页。

② 天竺一名始见于《后汉书 · 西域传》，原为伊朗语 Hindu 的音译，经早期传播佛教的安息、康居等地僧人传入。印度古音读作 in-d' ək 或 induo，来源于龟兹语 Indak(a)。玄奘根据该名的某一地区的读法 Indu，译成汉语印度，成为对南亚次大陆的统称。参见《大唐西域记校注》，第 161—163 页。

冤魂。

上文只是对《真经宝卷》所载取经故事的一个简述，但其故事之完备、细节之丰赡，已远超大典本、谚解本[①]及其他宝卷所载取经故事，直启世本《西游记》之规模，其重要性可见一斑。再与世本取经故事、平话系统取经故事对比，可以清晰看到：

一方面，《真经宝卷》所载取经故事总体上没有溢出世本故事框架，但世本分布并不集中的平顶山、乌鸡国、金皘山、祭赛国、朱紫国、比丘国等故事，以及分布较为集中的灭法国、隐雾山、凤仙郡、玉华郡、金平府、天竺国及铜台府等故事，宝卷都只字未提。这些恰是后起的取经故事或在世本成书过程中增补、插入的故事。[②] 可见《真经宝卷》所载的"番邦十八国"版取经故事，应该要早于世本"九九八十一难"版取经故事，宝卷内容既不是据世本改编，亦非前人所能伪造。

另一方面，与谚解本、大典本、《佛门取经道场》、《佛门西游慈悲宝卷道场》等平话系统取经故事对比，《真经宝卷》所载故事量远多于平话系统，不仅情节差异显著，细节也更为丰赡。例如，《真经宝卷》所载"大闹天宫"故事，就比谚解本更为曲折丰富，故事情节接近世本而稍显简略。狮蛮国、中印国这两处斗法故事就与谚解本"车迟国斗圣"离合殊异，据此可见相近的故事情节在世本中的聚合过程；而月氏国明王感应神故事，在世本中就已拆分为通天河及黑水河故事。乌茶国金谷洞故事也与世本狮驼岭同中有异，虎先锋原系金谷洞三大王，在世本中却成了黄风怪部下的前路先锋。所以把《真经宝卷》

---

① 因后文引用繁多，所引《西游记》资料，见蔡铁鹰编著《西游记资料汇编》；所引世本文字，见吴承恩著《西游记》，北京：人民文学出版社，2020年。特此说明，后文径直引用，恕不一一出注。

② 参见侯会《从"乌鸡国"的增插看〈西游记〉早期刊本的演变》，《文学遗产》1996年第4期；《试论〈西游记〉"莲花洞"故事之晚起》，《明清小说研究》2009年第1期。蔡铁鹰认为玉华郡、朱紫国、金平府、铜台府等故事系吴承恩创作，参见蔡铁鹰《关于〈西游记〉定型的相关推定——吴承恩实任"荆府纪善"详考》，《明清小说研究》2006年第4期；蔡铁鹰：《〈西游记〉成书研究》，北京：中国文联出版社，2001年，第92—95页。

所载取经故事放置在世本定型之前，与平话系统同时或稍后，应是较为合理的。

《真经宝卷》由白文散说加七言唱词连缀而成，七言唱词限于格式及字数，主要是概述故事情节，叙事简约跳跃。如魏征斩龙后太宗染病归阴，宝卷的七言唱词作“君王听说魂飞散，看见龙头苦杀人。昨夜三更来见我，哀求苦告救残生。三件宝贝依然在，谁想龙王丧了身。太宗忽然身有病，看看一命赴阴君”，就有明显的缩编痕迹。世本《西游记》没有唐王私受三宝的故事，染病归阴一节也敷衍成了一千六百余字，从这个细节看，《真经宝卷》的“游冥故事”应另有所本，不是据世本缩编而成。《真经宝卷》的七言唱词，在无关人物情节的叙述描摹中亦多袭用戏曲、平话等说唱伎艺的套语成句，如“看看红日落西沉”“晓行夜宿不留停”“连人带马都不见”“若迟一刻命难存”等。白文散说记载了大量的人物对话及人物心理，显示出浓郁的“说话”风格，这是其他涉取经故事的民间宝卷所未有的。如西安国高老庄故事，孙悟空变作高玉兰与猪八戒对话，白文散说作：

> 行者变化玉兰，相貌无二，宿在销锦帐内。约到初更，妖精到了，怪风一阵，立在床前。（玉兰）假哭三声：“丈夫呀！”妖精便叫：“妻子，这是为何？”“我父亲请了法师来拿捉你了，怎么处？”“我妻不妨，那怕请三十六天师，也不怕他。”“我父亲要请齐天大圣！”妖精害怕，叫声：“我妻，顾不得你了，我去哉！”那行者就追赶，那妖精在山脚下，拿九齿钉耙就垒，行者将金箍棒交锋便了。

两人对话诙谐风趣，虽仍有缩编痕迹，但已能窥见所据底本的“说话”风格。

在“番邦十八国”中，仅钦韦国、师真国这两个国家暂未查到确切出处。宝相国，世本作宝象国，故事亦大致相同；狮蛮国曾见于《唐三藏西天取经》杂剧；其余十四个国家均出自《大唐西域记》，是玄奘本人亲自到过或听说过的国家。这种涉及西域地理的知识图景，显然另有所本，已非瑜伽教僧或民间宝卷编纂者所有。《真经宝卷》明确提及倒换关文的有十一处，见到国王应有倒换关文情节而未提及的有三处，未见国王亦未倒换关文的仅四处；而世本在通关文牒上，只有九枚国印及三枚郡州府印，两者对取经路程的描述显然异大于同。这十八个国家中，只有西凉（梁）国、宝相（象）国、舍卫国及天竺国曾在世本《西游记》中出现。所以就取经历程而言，《真经宝卷》所载的“番邦十八国”与世本的“九九八十一难”应分属两种不同的故事讲述模式。

中国艺术研究院藏有傅惜华藏宝卷手抄本，其中道光二十一年（1841）的抄本《唐僧宝卷》，在结卷偈中有“今日唐僧第十世，灵山去做取经人。尉迟老将亲来到，北饯唐僧上路行。远隔番邦十八国，千山万水有妖精。亏了火龙孙行者，又兼八戒与沙僧。收服妖精并鬼怪，灵山拜佛去求经”[①]等文字，这与《长生卷》《真经宝卷》“观世音点化”部分大致相同。胡胜、赵毓龙辑校的《西游说唱集》收录有道光元年（1821）浦正芳抄本《唐僧宝卷》，该卷末亦有“拜别君王离宫殿，御手相搀出午门。文武朝官齐相送，亲授文凭衣钵银。远隔番邦十八国，路途十万八千程”[②]等语，两本《唐僧宝卷》的抄写年代都要早于《长生卷》及《真经宝卷》，可见“番邦十八国”的说法自有渊源。

“番邦十八国”从何而来？笔者认为应是由《取经诗话》所载“此去百万程途，历经三十六国，多有祸难之处”的“三十六国”简化而成。而产生于宋元之间的傀儡戏《三藏取经》，也在多处提及取经团队历经“三十六劫磨难”[③]，正与《取经诗话》所载故事衔接。由概而言之的“三十六国”及“三十六劫”到历历可数的“番邦十八国”，这是取经故事在发展演变中渐趋精细化的结果。

缩结而言，从《真经宝卷》所载取经故事的整体规模、白文散说呈现的说话风格、番邦十八国的名称及倒换关文的细节描写来看，《真经宝卷》所载取经故事，结构完整，自成体系，应该是取材自明代前期曾经流行的一种取经故

---

① 转引自吴瑞卿《傅惜华藏宝卷手抄本研究》，北京：学苑出版社，2018 年，第 241—242 页。

② 胡胜、赵毓龙辑校：《西游说唱集》，第 111 页。

③ 胡胜：《重估“南系”〈西游记〉：以泉州傀儡戏〈三藏取经〉为切入点》，《复旦学报》（社会科学版）2017 年第 6 期。

事，只是限于文献不足征，我们目前无法找到其对应的文本了。

二、《真经宝卷》编纂时代分析

由于以抄本形式流传的民间宝卷，其故事与文本都具有一定的流动性，也不存在定本，很难做出明确的断代分析。以正经、正史为研究对象的古典文献学研究方法，在此出现部分失效。因为现存抄本的抄录年代，并不等同于所载故事的产生及流行时代，历代传抄的文本往往堆叠着复杂的故事层累。我们只能在流动的故事与文本中找寻具有时段标志意义的文本证据，大致判断宝卷编撰及修订的年代范围。前文已述，根据《真经宝卷》的基本结构分析，其产生时代不会早于明代前期。再结合具体的故事内容，我们可以对《真经宝卷》的编撰时代做出更为细致的划分。

先看取经团队。世本中，唐僧出城时带有两个从者；《真经宝卷》中唐僧有六人护法，一行七人，这恰与《取经诗话》猴行者加入后的"僧行七人"吻合。在取经团队的初始设定上，《真经宝卷》与《取经诗话》这类早期取经故事存在一定联系。西行路上，师徒四人加上火龙三太子，五众已聚齐。结合白马的演化史，可知火龙三太子是白马演化历程中的早期形态，可作为取经故事发展演变的版本标记。[①]《真经宝卷》关于取经团队的组成及具体形态的记载要早于世本是可以确定的。

值得一提的是，在取经路上火龙三太子的故事远比世本中的玉龙故事丰富。在流沙河收沙僧、乌荼国金色狮子、花氏国蜘蛛精、中印国独角大仙等故事中，火龙的火攻技能均起到重要作用。世本中玉龙正是因纵火而受罚，此处还依稀可见火龙的影响痕迹；但降妖除魔的重担已分给三位徒弟与众神佛，玉龙除了在宝象国有过一次不太成功的现身外，彻底化身为取经人的脚力。

再看取经时间。历史上玄奘西行历时十七年（一说十九年），《西游记杂剧》亦作十七年，世本则历时十四年，杂剧与史实相同。《真经宝卷》中西行历

① 杜治伟、王进驹：《论西游故事中"白龙马"形象的演化》，《文化遗产》2016年第5期。

时六年，且至月氏国行程过半，唐僧自言西行三年；过中印国，已是第十五个国家，唐僧则言西行五载，时间安排井然有序。谚解本的正文及注文均作六年，《佛门取经道场》《佛门西游慈悲宝卷道场》也作六年。历时六年也是判断取经故事形态演变的版本标记。《真经宝卷》的西行时间与平话系统所载相同，两者产生的时代应大致相近。

《真经宝卷》中如来所说"唐僧来三年"是否有所本？《取经诗话》中猴行者曾说"今已过三年，此是西天竺国也"，可知《取经诗话》西行历时也是三年。所以"唐僧来三年"可能是《取经诗话》等早期故事残留下来的痕迹。① 这种痕迹在世本中残留更多，世本多次提及"三年"这一时间长度。②

由于《真经宝卷》《长生卷》以及《取经宝卷》的抄写年代都比较晚，宝卷故事及文本又具有一定的流动性，《真经宝卷》也呈现出一定的层累特点。如"起课赌输赢"故事，在白文散说后残留了两段"夹竹桃"唱词③：

则因赌赛比输赢，减雨差时害万民。
天神皆恼怒，五谷尽生真。
启奏灵霄殿，天庭降万民。
泾河老龙该犯罪，斩龙台上丧残生。
国师开口将言说，起课无错件件真。
龙王无道理，减雨差时辰。

---

① 杜治伟、王进驹认为单程的三年与不同高僧故事的融合有关，高僧们在单向的取经或传经历时上，往往与三年差相仿佛。参见氏著《取经故事的演化与〈西游记〉成书研究》，第 143 页。

② 如世本第八回，大仙道："取经人几时方到？"菩萨道："未定，约莫二三年间，或可至此。"第十二回，太宗笑道："御弟呵，这一去，到西天，几时可回？"三藏道："只在三年，径回上国。"第九十六回，三藏道："当时圣君送我出关，问几时可回，我就误答三年可回。"

③ 《长生卷》有三段"夹竹桃"，比《真经宝卷》多一段。异文如下："万古各有灵仙师，天机玄妙少人知。阴阳皆有准，凶吉定无差。六爻分造化，八卦定乾坤。八卦变道天地理，六爻搜尽鬼神机。"《真经宝卷》此处为六句七言唱词，为全篇最短，且文字错乱。此六句七言当由"夹竹桃"改写而成，并在改写、传抄过程中产生错乱。

克减天降雨，伤损害万民。

犯罪天条难解救，魏征丞相斩归阴。

浮白主人编有《夹竹桃顶针千家诗山歌》，其结构为四句七言夹四句四言。[①] 宝卷中七言夹五言的唱段在形式上与之类似，应来自民间，故称“夹竹桃”。车锡伦认为这种唱段不见于宋元时期的佛教宝卷，却在《香山宝卷》《弥陀宝卷》中出现[②]，应是明代前期佛教宝卷的一种特殊演唱形式。

《真经宝卷》为什么只存留两段或三段“夹竹桃”唱词？从内容上看，宝卷所载取经故事应非编撰者原创，而是以当时流行的某种取经故事为底本，再借鉴民间曲调编写唱词而成。在后续的传唱、抄写中，由于“夹竹桃”句式参差，传唱难度远大于通行的七言唱词[③]，改编者便将其改写为整齐的七言唱段。“夹竹桃”唱段在现存的几种明代前期宝卷中都有出现，但在后来的宝卷中没有普遍使用，简集本《香山宝卷》也将这些唱段删除了[④]，可见这种曲调已不再流行。改编过程中，上述的两段或三段因故遗漏，残存的“夹竹桃”及其异文，反而折射出宝卷较为复杂的编纂过程。

“夹竹桃”唱段后是唐王游地府故事，七言唱词长达一百一十句，系全篇之最，这应该也是改写后的面貌。可资参证的是，游地府故事中出现了“幢播宝盖来催促，慢慢行到恶狗村”等唱词。

地狱中的恶狗起源于吠陀神话中阎摩的四眼狗，在融合了食尸野狗形象之后，多以“铁狗”形态盘踞在奈何桥下，到明末清初才走出奈何桥，形成“恶狗村”这一独特的地狱景观。[⑤] 明代《目连救母劝善戏文》和世本中的恶狗仍

① 浮白主人述：《夹竹桃顶针千家诗山歌》，北京：中华书局，1959 年，第 11 页。

② 车锡伦：《明代的佛教宝卷》，《民俗研究》2005 年第 1 期。

③ “夹竹桃”首尾两句的旋律比较舒展、悠扬、平稳，而中间四句较为紧凑，速度稍快，旋律变化多。参见顾希佳《祭坛古歌与中国文化——吴越神歌研究》，北京：人民出版社，2000 年，第 246 页。

④ 车锡伦：《中国宝卷研究》，第 139 页。

⑤ 参见谷峰《“恶狗村”传说的起源与演变》，《寻根》2018 年第 3 期。栾保群：《阴山八景》，《扪虱谈鬼录》，上海：上海文艺出版社，2010 年，第 102—103 页。

是“铁狗”形态。明末张大复《醉菩提传奇》第十四折《魂游》叙演毛太尉巡游地狱,有“此处名为恶犬村,如狼如虎万千群”等说白,这是目前发现最早提及恶狗村的文献。由明入清的智达和尚,在顺治七年(1650)前创作了传奇《归元镜》[①],在“魂游地狱”一出,亦有“战兢兢来到恶狗村”等唱词。所以恶狗村加入游地府故事,最早也应该是在明末清初。

又如乌荼国故事,老妖曾说“马、赵、温三大元帅战不过大圣”。此三帅应系道教四大灵官——马赵温关[②]。《真经宝卷》刻意省却关羽,与万历年间关羽被屡次加封、最终晋升为帝有关[③],应系万历年后的改写痕迹。万历四十二年(1614),关羽加封“三界伏魔大帝神威远震天尊关圣帝君”,四大灵官也逐渐改为“马赵温岳”,关羽由岳飞替补。如《二郎宝卷》,关羽已称“伏魔大帝远震天尊”,四大灵官也已改为“马赵温岳”。[④]

作为抄本,《真经宝卷》还留存了一些珍贵的时代痕迹,如“寧”字凡五见,其中三处缺了末笔,两处作“寕”,应是避清宣宗道光皇帝的讳。宝卷在民间誊抄,因抄手文化水平不一,书写上的避讳并未严格遵守,但少许留存的避讳字也能透露出宝卷的历代流传痕迹。

与传奇戏曲、白话小说等求新求变的俗文学不同,作为佛教斋供仪式文

---

① 关于《归元镜》的作者及时代分析,参见吴晓铃《〈异方便净土传灯归元镜三祖实录〉及其异本》,载氏著《吴晓铃集》第五卷,石家庄:河北教育出版社,2006 年,第 165—174 页。

② 世本第十六、五十一、五十八回都有提到“马赵温关”,但均属一语带过,并未提及马赵温关与悟空的打斗故事。但在《目连救母劝善戏文》第五十八出《遣将擒猿》中,恰有观音派遣张天师与马赵温关四帅一起擒拿白猿的情节。参见郑之珍《新编目连救母劝善戏文》,明万历十年(1582)高石山房刻本,北京大学图书馆藏。

③ 万历十年封谥“协天大帝”,万历十八年封谥“协天护国忠义神”,万历二十三年(1595)晋升为帝,万历四十二年封“三界伏魔大帝神威远震天尊关圣帝君”。参见刘海燕《从民间到经典:关羽形象与关羽崇拜的生成演变史论》,上海:上海三联书店,2004 年,第 109 页。

④ 参见王见川《关于〈西游记资料汇编〉及其他:兼谈〈清源妙道显圣真君一了真人护国佑民忠孝二郎宝卷〉的刊刻年代》,范纯武主编《善书、经卷与文献》第 1 期,新北:博扬文化事业有限公司,2019 年,第 163—167 页。

本,《真经宝卷》总体上有着较强的稳定性;但在民间传唱、誊抄,结构与内容难免有一定程度的变化。从“夹竹桃”流行的明代前期,到关羽晋升为帝的万历年间,从“恶狗村”出现的明末清初、到避“寧”字的道光年后,宝卷的个别片段有过一些增饰与改写,但这些细微的增改并没有改变《真经宝卷》的总体面貌。

缩结而言,《真经宝卷》所载取经故事在取经团队及取经时间上与平话系统故事相互吻合,并与《取经诗话》、世本《西游记》等故事系统呈现前后关联。其编纂上限应在明代前期,与平话系统取经故事的流行时代大致相近;修订下限则可大致定在“恶狗村”出现的明末清初。总的来说,《真经宝卷》所载内容,大致可判断为明代前期曾经流行的一种取经故事。

三、《西游记》祖本系统新探——以“取经缘起”故事为例

以世本《西游记》为代表的百回本系统,在写定时应该存在一个较为复杂的祖本系统,这个祖本系统可能包括了《朴通事谚解》正文“车迟国斗圣”所据的元代《唐三藏西游记》以及九条注文所据的明代前期“旧本”《西游记》(统称谚解本),《永乐大典》“梦斩泾河龙”所据的《西游记》(大典本),《迎神赛社礼节传簿》中队戏《唐僧西天取经》所据的“礼节传簿本”,以及推测存在的各种新本与前世本等。要考证《西游记》的祖本即判断世本对哪本因袭继承最多,需要将世本与上述文本进行细致比勘。遗憾的是,世本成书前的资料大都佚失,谚解本、大典本、礼节传簿本都仅有片段残存,文本的有效性受到较大限制。仅以谚解本、大典本为基础,相关推论容易陷入文献不足征的困境。① 有关《西游记》佚本的记载亦是语焉不详,《西游记》成书史缺失了非常

① 杜治伟认为大典本在谚解本基础上有了新发展,从而在整体架构和历难模式上进一步向百回本趋同,成为百回本最直接的祖本。参见杜治伟《〈永乐大典〉所引〈西游记〉试探》,《明清小说研究》2020 年第 1 期。笔者认为大典本“向百回本趋同”虽然有据可循,但要说只有梦斩泾河龙故事、没有西天取经故事的大典本是百回本最直接的祖本,仍然缺乏直接的、足够的文本比勘证据。

重要的一块“拼图”。在未引入新文献的前提下,要将《西游记》的祖本定于某一个特定的本子,显然是很难做到的。

据前文考述,《真经宝卷》所载取经故事不仅上承《大唐西域记》《取经诗话》之遗绪,下启世本《西游记》之规模,还比已知的平话系统《西游记》及相关残文更为完整、丰富。《真经宝卷》所载的具有自身特色的“取经缘起”故事以及“番邦十八国”版的“西天取经”故事,不仅为研究取经故事的改编与写定提供了丰富的材料与例证,也为进一步讨论《西游记》的版本流变增添了新的对照文本,因此《真经宝卷》所载取经故事也就具有了一定的版本意义。限于篇幅,笔者仅以“取经缘起”故事为例,深入探讨《真经宝卷》所据底本(或同类文本)与大典本及世本的关系。

“取经缘起”也是分析取经故事演化阶段、判断《西游记》版本的重要标志。谚解本及《西游记杂剧》在“取经缘起”部分都未提及“梦斩泾河龙”“唐王游地府”等故事,显然与大典本、世本不同。关于“梦斩泾河龙”的起因,世本与杨本、朱本相同,均是张稍、李定“渔樵攀话”,张稍每日送一尾“金色鲤鱼”,袁守诚便袖传一课,因此百下百着,泾河夜叉闻知报与龙王。大典本稍有差异,张稍、李定俱是渔翁[①],没有樵夫,也就没有“渔樵攀话”,张稍每日送给袁守诚的只是普通鲤鱼。《真经宝卷》中,渔翁张臣据袁天师断课,捕到的“金色鲤鱼”竟然是泾河龙王三太子,由此引发了泾河龙王与袁天师的矛盾。知道了“金色鲤鱼”的来历,便知在故事演化历程中“渔樵攀话”及相关诗文的加入,虽然没有改变故事的总体走向,但文人化气息更为浓郁。世本的改写虽然保留了“金色鲤鱼”,但其角色与功能已发生了重大转变。诸本对比,《真经宝卷》所载故事最为原始,大典本次之,而世本故事当是在大典本及《真经宝卷》所据底本(或同类文本)的基础上改写而成。

在打赌环节中,《真经宝卷》与世本出现诸多相同句式。例如赌注惩罚,世本作“打坏你的门面,扯碎你的招牌,即时赶出长安,不许在此惑众”,《真经

① 太田辰夫曾指出,“定”指锚,或系船的石头,世本中李定被设定为樵夫,这脱离了命名的由来。参见太田辰夫《西游记研究》,王言译,第166页。

宝卷》作"打碎你的招牌,赶出皇城,再不容你在此起课",两者文字略有差异,但句式基本相同,且后文这种相同的句式还不止一处:

龙王:妄言祸福的妖道,煽惑人心的泼徒。野道,你卦不准,雨点皆差,时刻亦差。

国师:我倒不妨,可惜行雨龙王差了时刻,减了雨点,犯了天条。

龙王:因与先生斗口,才改天庭敕令,谁知弄假成真,犯了天条。(《真经宝卷》)

龙王:这妄言祸福的妖人,擅惑众心的泼汉!你卦又不灵,言又狂谬!说今日下雨的时辰、点数俱不相对。

守诚:你违了玉帝敕旨,改了时辰,克了点数,犯了天条。

龙王:前言戏之耳。岂知弄假成真,果然违犯天条,奈何?(世本第九回)

世本"妄言祸福的妖人""改了时辰""岂知弄假成真"等语,与《真经宝卷》对比,不但句式相同,就连遣词用字都高度雷同。因此我们有理由推测,世本"梦斩泾河龙"文字是以大典本、《真经宝卷》所据底本(或同类文本)为底本系统,增饰而成。

那是否也存在另一种可能,《真经宝卷》的这一情节,是依据世本《西游记》的文字改写而成的?对此,我们可以从以下两个细节做出判断。

第一,世本"你在那剐龙台上,恐难免一刀"一句,与大典本"你命在须臾,剐龙台上难免一刀"高度相似,显然是世本承袭大典本(或同类文本)而来。但这一句,《真经宝卷》却作"明日差魏征丞相,午时三刻,斩龙台上斩头号令",意思相同而句式迥异。这就说明《真经宝卷》所载故事并不是根据世本改编而成的,与大典本亦有细节差异。

第二,世本此处的"文本内在关联时间"出现纰漏,改写者虽极力补救,仍然没有解决这一问题。世本中龙王改了降雨时辰,"申时雨止"便按落云头找袁守诚,交涉一番后:

龙王闻言,拜辞含泪而去。不觉红日西沉,太阴星上,但见:烟凝山紫归鸦倦,远路行人投旅店。渡头新雁宿眭沙,银河现。催更筹,孤村灯火光无焰。风袅炉烟清道院,蝴蝶梦中人不见。月移花影上栏杆,星光乱。漏声换,不觉深沉夜已半。这泾河龙王也不回水府,只在空中,等到子时前后,收了云头,敛了雾角,径来皇宫门首。

却说那太宗梦醒后,念念在心。早已至五鼓三点,太宗设朝,聚集两班文武官员。

世本龙王出来已是"红日西沉"的酉时,在空中等到"子时前后",竟然空等了三个时辰近六个小时,故事情节过于苍白。于是改写者插入了一段韵文,描绘了从日落到夜半的风景,缀补时间空白的意图较为明显。龙王子时见太宗,太宗醒后已五鼓三点,讨个人情竟然花了两个多时辰,也未免耗时过长。究其原因,龙王行雨后按落云头,文本隐含的时间程序就已开启,龙王又不回水府,只能在空中干等;而太宗又只能是"五鼓三点"上朝,两者之间就产生了难以填补的时间空白。

《真经宝卷》中,龙王行雨后次日去找天师理论,辞别回宫,带着三件宝贝,交五更时朝见太宗,太宗五更三点登金殿,时间上毫无纰漏。大典本中,龙王也是在行雨后的第二天去找袁守诚,拜辞时大典本作"老龙感谢,拜辞先生回也",可见龙王也是回了龙宫的,并没有在此逗留,所以时间上也没有纰漏。潘建国指出:"小说家的有意改动与无心之失,都会在相对客观的'关联时间'检验之下,显露出隐藏的文本裂痕。"[①]正因为世本的"关联时间"出现纰漏,我们得以确认世本"梦斩泾河龙"文字当系后出,《真经宝卷》不是据世本改编。

在随后的唐王游地府、刘仲宝献瓜、李翠莲还魂故事中,《真经宝卷》所载故事与世本大同小异,然而正是细节上的种种差异,显示出《真经宝卷》所据

① 刘勇强、潘建国、李鹏飞:《古代小说研究十大问题》,北京:北京大学出版社,2017年,第278页。

底本不仅有别于世本，在故事形态上也要早于世本。例如《真经宝卷》中，冥府判官崔珏是魏征外甥，生前做慈州太守，在太宗面见阎王前，崔珏就已将生死簿上唐王与龙王的阳寿对换；而世本中，崔珏生前“是太上先皇帝驾前之臣，先受兹州令，后拜礼部侍郎”，与魏征是八拜之交。十王令判官查看太宗阳寿，判官才忙将贞观“一十三年”改为“三十三年”。世本没有私受三宝[①]的情节，到了冥府也没有太宗与龙王“各犯罪名”的情节。

《真经宝卷》中向阎王献花果是荆州刘仲宝，太宗阴间借得良相同妻林氏十万金银，还阳后良相夫妻不愿私受金银，遂起造“接众寺”。而在世本中，献南瓜的是均州刘全，阴间借金银与唐王的是相良与妻张氏，相良夫妻不受金银，后起盖“相国寺”。在河阳宝卷集《翠莲卷》中刘全号仲宝[②]，胡胜、赵毓龙整理辑校的《翠莲宝卷》也载刘全“姓刘名全，号叫仲宝”[③]，可知宝卷中的刘仲宝就是刘全。而历史上“开封相国寺”的前身是北齐的建国寺，唐睿宗时，睿宗李旦为纪念他由相王登上帝位，遂改“建国寺”为“相国寺”。相国寺与相良夫妻无关，世本《西游记》将斋僧布施、遂获福报的相良夫妻故事附会到了相国寺的传说上。

另有一点值得注意，太宗以瓜果酬谢阎君，世本《西游记》十王竟喜曰：“我处颇有东瓜、西瓜，只少南瓜。”后文刘全进瓜，即“头顶一对南瓜”，服毒而死。翻检世本，“南瓜”一词仅此两现，其余各处均作“瓜果”。《真经宝卷》则作“朕思无物来酬谢，愿将花果报王恩”，《长生卷》作“便将瓜果送来临”，由于宝卷抄本听音记字，“花果”与“瓜果”并无实质区别。“南瓜”反而成为世本进瓜故事的版本标记。幽冥地府为何“只少南瓜”，且不提北瓜？笔者认

---

① 《真经宝卷》中唐王收了泾河龙王的夜明珠、碧玉带、温凉扇三件宝，该情节虽暂未见于他本，但在《江淮神书》的《唐忏·龙王告状》中却有类似的情节，龙王送了唐王十三件宝，其中就有蓝田玉带、夜明珠、温凉扇。参见朱恒夫、黄文虎整理《江淮神书（上）》，上海：上海古籍出版社，2011年，第318页。

② 参见中共张家港市委宣传部、张家港市文学艺术界联合会、张家港市文化广播电视管理局编《中国·河阳宝卷集》，上海：上海文化出版社，2007年，第534页。

③ 胡胜、赵毓龙辑校：《西游说唱集》，第165页。

为,这一细节当属世本的写定者所补,因为在南京世德堂刊刻《西游记》的万历二十年(1592)前后,南瓜仍属海外引进的新奇作物,较为稀见。写定者将南瓜顺笔写入《西游记》,描摹十王也赶时髦、好新奇,这在当时亦属调笑笔墨。

关于南瓜传入中国及早期分布,程杰认为“最为合理而最有可能的”是“南瓜传入我国的时间应在葡萄牙使者正式抵达明南、北两京的正德十五六年间,即公元1520—1521年,由葡萄牙使者直接带来”,“整个明朝及清前期,我国各类文献中的北瓜都指南瓜的一种”,只是北瓜品质稍逊于南瓜。① 这也解释了“颇有冬瓜、西瓜”的十王,为何“只少南瓜”,而完全不提北瓜。

最后,唐僧发愿西行,《真经宝卷》有两点值得注意:一是观音转赠袈裟后,告知了取经团队的组成,即“还有火龙孙行者,更兼八戒与沙僧”。而世本观音只留下一张简帖,并未透露取经团队,直到在高老庄收了猪八戒,才有乌巢禅师预告“野猪挑担子,水怪前头遇”。二是《真经宝卷》唐王送别时有“剪了龙袍衣袖底,做了僧帽到如今”一句,这与《佛门取经道场》《佛门西游慈悲宝卷道场》及世本所载的唐王捻土入酒、“宁恋本乡一捻土,莫爱他乡万两金”差异较大,应有不同的故事源流。

缩结而言,《真经宝卷》所载“取经缘起”故事要比世本《西游记》更为原始,总体上反映了世本写定前的故事概貌,而《真经宝卷》所据底本(或同类文本),应是世本写定时的重要参考对象。

四、世本《西游记》对“番邦十八国”故事的继承机制

《真经宝卷》所载的“番邦十八国”版取经故事,不仅有初具规模的故事情节,生动活泼的人物对话,甚至还有吉光片羽的环境描写,内容之丰赡、完备直启世本《西游记》之规模。从宝卷中历时六年的“番邦十八国”到世本中历时十四年的“九九八十一难”,取经故事在发展、演变及写定过程中有着较为

① 程杰:《我国南瓜传入与早期分布考》,《阅江学刊》2018年第2期;程杰:《我国南瓜种植发源、兴起于京冀——〈我国南瓜传入与早期分布考〉申说》,《阅江学刊》2019年第2期。

明晰的规律。笔者试从派生、拆解、聚合、铺写等四个维度探讨世本《西游记》对“番邦十八国”版取经故事的继承机制。

（一）派生：依附旧故事，增入新情节，派生新故事

《真经宝卷》中，唐僧在五行山救出孙悟空之前，悟空有一段自报家门、回忆大闹天宫情景：

> 三界万灵无敌手，天罗打得碎纷纷。灌口二郎斗不过，战经三百没输赢。又请观音来助阵，净瓶抛下好惊人。将我蓦头来打倒，缠身索绑上天庭。

宝卷所载“大闹天宫”故事，比谚解本更为曲折丰富，故事情节接近世本而稍显简略。值得注意的是，此处是观音抛下净瓶打倒了悟空；而谚解本是由巡天大力鬼举荐的二郎神领兵围花果山，大圣被执；世本则是观音举荐二郎神，围困大圣但未能擒拿，最终太上老君抛下金钢琢打倒悟空。世本后有青牛精一难，悟空又因金钢琢吃尽苦头，收青牛精时，老君又提到金钢琢打头的旧事。诸本对比，观音净瓶打头应是旧本故事。世本中，老君调侃观音道：“你这瓶是个磁器，倘打着他便好，如打不着他的头，或撞着他的铁棒，却不打碎了。”并对金钢琢做了介绍：“当年过函关，化胡为佛，甚是亏他。”这些文字是因世本增入青牛精一难为依附旧故事而后加的。新增的故事在与旧故事接榫时容易存在一些文本疏漏，青牛精一回，世本增改不当，误将孙悟空的事迹扣在青牛精头上，青牛精便有了“偷丹的魔头”①这一似无来由的名号，这也成为世本故事情节的疏漏之一。

世本从孙悟空出生写起，到其大闹天宫被压五指山，故事才转入取经缘

---

① 世本第五十回，青牛精夸悟空“真个是那闹天宫的本事！”悟空也夸青牛精“果然是一个偷丹的魔头！”青牛精偷丹，世本无据可寻。但悟空蟠桃会后偷丹一战成名，第三十九回太上老君见行者来时，即吩咐童儿：“各要仔细，偷丹的贼又来也。”可见“偷丹的魔头”与“闹天宫的本事”原本都是孙悟空的“英勇事迹”。

起，再到观音点化才将悟空与西天取经联系起来。“番邦十八国”版取经故事却是从张臣捕鱼开始，悟空的身世及大闹天宫故事放在悟空被救之前的“自报家门”中。这种处理方式与世本迥异，保留了较为原始的形态。世本中收八戒、沙僧时，两人都有大段的“自报家门”。西行路上，悟空与诸妖大战，亦多有不嫌重复的“自报家门”，唯独唐僧救他出山时，只有简短一句“我是五百年前大闹天宫的齐天大圣，只因犯了诳上之罪，被佛祖压于此处”，这一句高度浓缩的“自报家门”，应该是世本改写之后的面貌。太田辰夫根据谚解本的注解内容、观世音菩萨称谓的繁简差异，推论谚解本注解所据的底本，与《取经诗话》及《西游记杂剧》一样，“孙行者是从故事中途开始出现的”①。“番邦十八国”版取经故事的发现，也为此说增添了更多的文本证据。

唐僧救出悟空后，悟空“香花米饭献唐僧”，此“香花”即芬芳的花朵，与《取经诗话》的“口衔香花，皆来供养”相似，而与世本泛指线香荷花、油灯蜡烛等神灵供品的“香花灯烛”不同，由此可见“番邦十八国”版取经故事的异质色彩。

唐僧收下悟空后遇到五百强人劫道，该故事应有两个来源：首先历史上玄奘西行取经，往返途中就多次遇到人数众多的强盗集团；其次佛教有“得眼林”即五百强盗成佛的故事，《法显传》《大唐西域记》中均有记载。世本对此故事进行改写，五百强人演化为眼、耳、鼻、舌、意、身等六贼，玄奘的个人经历及佛教典故被佛教经义概念取代。这既是印度概念人物化叙事手法影响的结果，也是宗教以故事说法的结晶。② 从五百强人到心中六贼，我们可以看到世本对旧本取经故事的派生与演化。

唐僧过西安国，到高老庄，故事与世本略同，但招赘野猪精的却是高玉兰，这与世本同中有异。世本中，香兰、玉兰均已许配人家，翠兰招赘了猪刚

① 太田辰夫：《西游记研究》，王言译，第 74—75 页。

② 张同胜：《〈西游记〉中“六贼”的概念人物化叙事论略》，载高原、朱忠元主编《中国古代小说戏剧研究》第九辑，兰州：甘肃人民出版社，2013 年，第 28—32 页。

鬣。《昇平宝筏》中,高老庄高才“止生一女,小字玉兰”[1],可见宝卷中的“玉兰”并非是随意改写,而是自有渊源。收八戒后过野猪山,猪屎堆有三尺厚,与世本过稀柿衕故事相似。傀儡戏《三藏取经》中八戒出身猪屎山,可见野猪山故事也保留了相对原始的形态。《佛门取经道场》也有“猪八戒逢恶山开条大路”等故事,谚解本亦载有薄屎洞一难。诸本对照,可以窥见一条由猪屎山、野猪山到薄屎洞、恶山,再到稀柿衕的故事演进线索。

唐僧过于阗国,遇观音显化,招赘师徒,故事与世本“四圣试禅心”大同小异。宝卷中妇人仅有一对儿女,年龄尚幼。世本则增入文殊、普贤及黎山老母,并由此变出“似无差别”的真真、爱爱、怜怜,三人功能一致,面目模糊。值得注意的是,杨本、朱本虽与世本略同,但只提及观音,也没有其他三位。世本中,唐僧“抬头远见一簇松阴”,次日醒来师徒“都睡在松柏林中”,只有八戒被“几条绳紧紧绷住”。《真经宝卷》则云“娘子香房多不见,荒村野地歇其身。松樟绑起猪八戒,从今改过不良心”,写明是用松樟绑住八戒。可见从“番邦十八国”版取经故事到世本《西游记》,改写者在根据旧本故事派生新故事的同时,主体情节与部分细节仍有明确继承。

(二)拆解:拆分旧团队,分解旧情节,编写新故事

唐僧师徒过乌荼国,到碧峰山金谷洞,遇金色狮子、象元帅、虎先锋,故事与世本狮驼岭相近。但世本虎先锋却是黄风怪部下的前路先锋,曾用“金蝉脱壳计”摄走唐僧。世本中的虎先锋因其法术原始却又有些机谋,与其他不堪一击的小妖颇有不同,受到研究者的关注。[2] 两本对比,可知世本中虎先锋这种“黄风洞准二大王”的气质,应是源自旧本故事的金谷洞三大王。在“番邦十八国”版取经故事中,虎先锋捉住八戒、沙僧后,又设计让狮子与悟空交战,自己则趁机捉走唐僧,这应该就是世本虎先锋“金蝉脱壳计”的前身。在

① 胡胜、赵毓龙校注:《西游戏曲集》,北京:人民文学出版社,2018年,第791页。

② 苗怀明:《西天取经路上的小妖精》,《淮海工学院学报》(人文社会科学版)2007年第2期。

世本改写过程中,改写者让虎先锋带着自己的计谋从旧本的金谷洞,跳槽到了世本的黄风洞。也正因如此,黄风怪对这位虎先锋尚有一些保留,当虎先锋主动请缨捉拿孙悟空时,黄风怪竟然说:“但恐拿他不得,反伤了你,那时休得埋怨我也。”

世本在狮驼岭故事中加入大鹏雕,叙其吃尽狮驼国人,为吃唐僧肉才与狮子怪、象怪结为兄弟,由此可见大鹏雕与狮子怪、象怪原非同党,乃是后加盟的合伙人。且世本此难多有漏洞:一是未能写清第一个小钻风与后文一群小钻风的区别,行文夹杂。二是此难没有倒换关文,通关文牒上却有狮驼国印。三是为降伏大鹏,佛祖所说“我管四大部洲,无数众生瞻仰,凡做好事,我教他先祭汝口”,这与猪八戒证果时佛祖的说辞“盖天下四大部洲,瞻仰吾教者甚多,凡诸佛事,教汝净坛”高度重复,增补痕迹较为明显。杨本、朱本则说狮驼国“君臣被三个妖魔吃了,占坐此国”,师徒进城改换关文被绑,故事情节比世本更为合理。诸本对比,应是改写者拆分旧团队,挪走了虎先锋,在补入大鹏时未能前后照应,后又有修改增饰,却始终未能统一文本,这才留下了诸多漏洞。

唐僧师徒过月氏国,到应天河岸,遇到明王感应神,与世本通天河灵感大王故事同中有异。前半截故事,行者、八戒变成童男、童女献祭,孽龙被打下两片金鳞,后孽龙设计冰断应天河,捉去唐僧,这些故事与世本基本相同,仅个别细节略有差异。如张家单生一女,花百银买了童男子,世本或是据此改写了部分细节。[①] 后半截故事,行者去找东海龙王,遇小妖送书,得知孽龙是龙王的小儿鳌钲,龙王派鳌增、鳌广擒拿鳌钲,这却与世本黑水河小鼍龙故事高度相似,应系改写者分解旧情节,另起山头,编出了小鼍龙的故事。

可资参证的是,世本这两处故事在情节与人物的设定上存在一定疏漏。

---

① 万历三十一年(1603),邓志谟编有《萨真人得道咒枣记》,第六回亦有灵感大王吃童男女的故事,文字与世本高度雷同。陈大康认为《咒枣记》抄自世本。参见陈大康《明代小说史》,上海:上海文艺出版社,2000年,第422—423页。现将《真经宝卷》所载故事与《咒枣记》对读,在买童男童女等故事细节上,《咒枣记》所载情节与《真经宝卷》颇有相似之处,世本倒系后出,《咒枣记》抄自世本之说,或应重新判定。

世本中黑水河一难发生在第四十三回，故事仅占一回，与占了三回的通天河故事相隔很近，黑水河故事与通天河故事在情节上也颇为相似。世本中白龙马是西海龙王敖闰的三太子，小鼍龙是泾河龙王的第九子，而收服小鼍龙的是西海龙王敖顺的太子摩昂；世本第九十二回降犀牛精时，敖顺与摩昂又均有出现。世本中西海龙王一作敖闰、一作敖顺，第一百回又称西海广晋龙王，名字前后矛盾未能统一，亦为世本的一大疏漏。而摩昂与白龙马应系亲兄弟，二人两次见面全书竟无一字照应。现在从“番邦十八国”版取经故事来看，渔翁张臣捕到的金色鲤鱼是泾河龙王三太子，白马是西海火龙三太子，而应天河孽龙是东海龙王的小儿鳌钰，奉命擒拿孽龙的是兄长鳌增、鳌广，可知在“番邦十八国”版取经故事中，并无类似的情节疏漏，是改写者在对故事进行拆分重组时未能兼顾人物关系。

（三）聚合：整合旧情节，聚合单故事，形成故事群

唐僧师徒过狮蛮国，故事与世本车迟国略同，但宝卷中只有虎力大仙与师徒比试坐禅、砍头再接两个部分，并无其他妖怪参与斗法，情节相对简略。宝卷所载的狮蛮国、虎力大仙，与谚解本的车迟国、伯颜及鹿皮迥异；但宝卷中虎力大仙的称号，辅助国王二十余年等故事细节，反倒是与世本相同。世本中诸妖就曾提及“我等至此匡扶社稷，保国安民，苦历二十年来”。就车迟国故事而言，谚解本与“番邦十八国”版取经故事均对世本产生了重要影响。

唐僧师徒过中印国，悟空与独角大王比试下油锅，故事与世本车迟国羊力大仙部分相近。值得注意的是，宝卷中悟空下油锅，翻筋斗、竖蜻蜓、变铁钉，这些文字及情节与世本的相似度较高，结合谚解本，可以看到世本该情节的生成、丰富与聚合过程：

> 孙行者说：“我如今入去洗澡。”脱了衣裳，打一个跟斗，跳入油中。才待洗澡，却早不见了。王说：“将军，你搭去，行者敢死了也。”将军用钩子搭去。行者变做五寸来大的胡孙，左边搭右边躲，右边搭左边去，百般搭不着。（《朴通事谚解》）

行者脱下衣裳，跳入锅内，洗澡翻筋斗、竖蜻蜓，呼呼大笑，又显神通，变化无穷，变做铁钉，影迹无踪。（《真经宝卷》）

行者道："文洗不脱衣服……武洗要取一张衣架，一条手巾，脱了衣服，跳将下去，任意翻筋斗，竖蜻蜓，当耍子洗也。"你看他脱了布直裰，褪了虎皮裙，将身一纵，跳在锅内，翻波斗浪，就似负水一般顽耍。正洗浴，打个水花，淬在油锅底上，变作个枣核钉儿，再也不起来了。……刽子手将一把铁笊篱，在油锅里捞，原来那笊篱眼稀，行者变得钉小，往往来来，从眼孔漏下去了，那里捞得着！（世本第四十六回）

宝卷中唐僧以为孙悟空已死，遂有唐僧拜祭悟空等情节，并提到了"五年随我西天去"这一特殊的时间节点，该情节被世本所继承、铺展。而谚解本因系概述故事，只有一句"唐僧见了啼哭"，行者便跳了出来，不知谚解本所据原本是否有拜祭情节。

唐僧告言国王，乞求香纸羹饭拜祭悟空徒弟，情愿死在一处：宝锭羹饭设祭文，唐僧下拜悟空身。五年随我西天去，千辛万苦受灾星。指望取经成正果，谁知半路两分离。悟空听得唐僧话，油锅跳出见师尊。（《真经宝卷》）

三藏高叫："陛下，赦贫僧一时。……陛下若教臣死，臣岂敢不死？只望宽恩，赐我半盏凉浆水饭，三张纸马，容到油锅边，烧此一陌纸，也表我师徒一念，那时再领罪也。"……三藏对锅祝曰："徒弟孙悟空！自从受戒拜禅林，护我西来恩爱深。指望同时成大道，何期今日你归阴！生前只为求经意，死后还存念佛心。万里英魂须等候，幽冥做鬼上雷音！"（世本第四十六回）

世本"指望同时成大道，何期今日你归阴"也与宝卷"指望取经成正果，谁知半路两分离"相似。世本中羊力大仙下油锅后，悟空找来北海龙王收了冷龙，羊力烫死现出羚羊原形。宝卷中悟空将火龙投在锅心，独角大仙烫死现出带角羚羊原形。谚解本则是伯颜的徒弟鹿皮下油锅，暗中被诸神按住，最后死在了油锅里。可见"番邦十八国"版取经故事与世本的相似度较谚解本更高。

从谚解本车迟国的伯颜、鹿皮师徒,到番邦十八国中各自独立的虎力大仙、独角大仙,再到世本车迟国的虎力、鹿力与羊力,我们可以窥见不同版本的取经故事,因其情节相似而在写定中得到聚合。宝卷中师徒过舍卫国,有观音用鱼篮收鳌鱼精的故事,《佛门取经道场》与《佛门西游慈悲宝卷道场》也有白鼋撑船摆渡故事,改写者应该是将应天河明王感应神的前半截故事、舍卫国鳌鱼精故事与白鼋摆渡故事进行整合,这才编出了世本通天河灵感大王故事。

唐僧师徒过师真国,到八百里火焰山,故事与世本火焰山大体相同,只是宝卷情节简略,少了灵吉菩萨送定风丹、积雷山玉面狐狸、悟空偷璧水金睛兽、众神降牛魔王等繁复情节。随后东印国的红孩儿故事也与世本基本相同,只是更为朴拙,没有悟空认亲被火烧伤、悟空变假牛魔王、八戒请假观音等曲折情节。至此我们可以发现,虽然火焰山和火云洞两个故事相邻,"番邦十八国"版取经故事中红孩儿尚未和牛魔王、铁扇宫主发生关联;而世本中,两处故事发生扭结,原本零散的单故事聚合成了庞大的故事群,最终形成了独特的牛魔王家族。

潘建国指出,"百回本编撰之际,无疑会积极吸纳并且增改之前相关文本的情节文字,而这种增改,有时也会导致百回本存在某些难以理解的文本裂隙"[①],并举例说,世本《西游记》中罗刹女的芭蕉扇并不是铁制的,"铁扇公主"的外号应是来自明初的《西游记杂剧》。笔者发现,《真经宝卷》中铁扇宫主所用的仍是铁扇,正与《西游记杂剧》相同,可见"番邦十八国"版取经故事仍大体保持了明代前期的故事形态。

(四)铺写:铺写旧情节,改写旧结局,生成新故事

唐僧过波斯国收火龙三太子与过瞻波大国收沙僧,这两处的故事情节颇

① 潘建国:《〈朴通事谚解〉及其所引〈西游记〉新探》,第211—229页。

为类似:受观音点化的妖怪,因不识取经人而与悟空等打斗,当悟空自报家门,妖怪便自动归顺,愿随西行,情节相对简单。世本为增强故事的戏剧性与吸引力,在旧本故事基础上刻意略去了“自报家门”,隐瞒取经人身份,由此铺写出繁复的打斗描写及搬救兵等情节。

这种对取经人身份的有意省略,世本也“三致其意”。收龙马时,龙马便向观音抱怨悟空:“他更不曾提着一个取经的字样。”观音也嘱咐悟空:“今番前去,还有归顺的哩,若问时,先提起取经的字来,却也不用劳心,自然拱伏。”这一招在收八戒时果然应验。几番打斗之后,悟空一提起往西天拜佛求经,八戒就丢了钉耙,请求悟空引见。还抱怨悟空:“何不早说取经之事,只倚凶强,上门打我?”而后文收沙僧,沙僧又向观音抱怨八戒:“何曾言着一个取经的字儿?”八戒也埋怨沙僧:“怎的早不皈依,只管要与我打?”行者笑道:“你莫怪他,还是我们不曾说出取经的事样与姓名耳。”这当然不是悟空或者八戒的疏忽,而是改写者在铺写旧情节时为制造戏剧冲突的“夫子自道”。

师徒过钦韦国,到玉鞍山遇老鼠精,与世本无底洞故事略同,但宝卷所载故事朴拙原始,世本增添了镇海禅寺唐僧患病三日、女怪吃人等枝蔓情节。宝卷中悟空变作蚊虫入酒,钻进女怪肚中,迫使女怪送回唐僧;而世本在此情节拐点上出现不同走向:女怪看见酒中有虫,用指挑出,悟空此招失效,随后才铺写出三入无底洞等后续情节。

唐僧师徒过花氏国,到百花山化斋遇到蜘蛛精,故事情节与世本的盘丝洞大同小异。有趣的是,宝卷此处的白文散说特意突出了蜘蛛精以石为主的居住环境:

> 却说唐僧进林游玩,但见石门、石屋、石台、石凳、石床,忽见美女七八个来接唐僧,问道:“长老何来?”三藏道:“我号叫唐僧,特到西天去取真经,化了一斋就行。”女妖听说,心中大喜:买卖送上门来!(《真经宝卷》)

突出石头元素是因为蜘蛛精本居住在山洞中,后文有“悟空执棒登山洞”,两者前后照应。世本则用大篇文字铺陈蜘蛛精的“好座住场”。唐僧前去化斋,先过了石桥,入茅屋,过木香亭后,发现里边“没甚房廊”,又有一女子“把石头门推开两扇，铺设的都是石桌、石凳，冷气阴阴”。虽然前文“好座住场”的铺写，与后文“冷气阴阴”的石洞在文字榫接上仍有一些矛盾，但可见世本在铺写中还是保留了旧本故事中的“石头”元素。

宝卷中，行者等人的兵器被蛛丝缠住，无计可施，此时白马化成火龙，吐火烧丝。这一情节尚未见于他本，但行者棒打蛛丝这一细节，在世本中还能找到一点残余：

> 看见那丝绳缠了有千百层厚，行者更不知是甚么东西，他即举棒道：“这一棒，莫说是几千层，就有几万层，也打断了！”正欲打，又停住手道：“若是硬的便可打断，这个软的，只好打匾罢了。假如惊了他，缠住老孙，反为不美。等我且问他一问再打。”

棒打蛛丝本是旧本故事的情节拐点，在世本中悟空举起金箍棒，转念间又轻轻放下，唤叫出土地老儿，由此牵扯出妖精占濯垢泉、悟空变饿鹰叼走衣服、八戒调戏女妖以及后文黄花观蜈蚣精等繁复故事。两本对比，世本以旧本故事为基础，有意改写情节拐点，铺写故事内容的手法就较为明确了。

师徒过西凉国，故事与世本西梁国略同，世本铺写了师徒怀孕及如意真仙等故事。随后师徒到浮尸岭遇尸魂，悟空被逐，与世本白虎岭遇白骨夫人故事相同，但宝卷所载更为简略，缺少波澜，世本则铺写了尸魔三次变化、悟空三打白骨精等繁复情节。

师徒过舍卫国，到万寿仙山，有镇元仙长献人参果，故事与世本五庄观大体相同，只是更为简略。宝卷中镇元仙长“金盘托出人参果，献与唐僧四众僧”，可见并未刻意回避悟空等人；礼节传簿本有“镇元大仙献人参果”故事，这一“献”字亦可见镇元大仙并未回避唐僧的诸位徒弟，正与宝卷所载吻合。而在世本中，镇元大仙却特意嘱咐童子“须要防备他手下人罗唣，不可惊动他知”，这已经是改写后的预先铺垫。两本对比，世本在旧本故事基础上铺写出了镇元大仙两番捉拿唐僧师徒、孙悟空三岛求方、众神仙做人参果会等繁复情节。

世本也改写了部分旧本故事的结局。师徒到宝相国，故事与世本的宝象国略同，只是部分细节差异较大。宝卷中沙僧被捉后为保命竟然说出宫主送信一事，置宫主性命于不顾，但黄妖却没有责怪宫主，此情节或有疏漏。世本中，黄袍怪料知是公主走了风讯要杀公主，沙僧为保护公主，故意编出谎话糊弄住了黄袍怪。两本对比，世本的改写者显然有意弥缝了这一疏漏。

宝卷中，百花宫主与黄妖结成三载夫妇，未有儿女；世本中百花羞是十三年前被妖怪摄走，育有两个妖儿。宝卷中，黄妖是魁星下界，宫主是天仙织女星，最后两人同归天上；而世本中，百花羞是披香殿侍香玉女，黄袍怪是奎木狼。奎木狼归天后被贬去兜率宫烧火，被悟空一本正经地指责为“正是个不孝之人”的百花羞却留在了人间，其结局也已被悟空预设：“管与你拿了妖精，带你回朝见驾，别寻个佳偶，侍奉双亲到老。”从“三载夫妻了宿姻”的百花宫主，到“诚为天地间一大罪人”的百花羞，改写者在改写人物结局的同时，也掺入了浓郁而苛刻的理学观念。

师徒过西印国，借宿普惠寺，老僧普惠深夜放火、黑熊精盗袈裟等故事与世本略同，唯有两个细节稍有差异，显示出世本的改写方式。一是，宝卷中师徒投宿寺院，因有五百众僧来拜，唐僧才披上千佛袈裟，这本是一种礼仪行为，与世本中悟空有意与人斗富不同。二是，宝卷中悟空变清虚子献寿桃，钻入黑熊肚中，逼迫黑熊送还袈裟，而后黑熊再战，方被打死；世本则引入观音菩萨，寺院也改作观音禅院，后文悟空请来观音变作凌虚子，悟空变作仙丹钻入黑熊肚中，观音取了袈裟，悟空便从黑熊的鼻孔中钻出。观音又给黑熊戴上了禁箍儿，并收做珞珈山山神。两本对比，世本在旧本故事基础上加入观音，改变了故事情节的走向，不仅弥缝了悟空一人既献桃又钻肚的情节漏洞，也彻底改写了黑熊精的结局。

世本的改写留下了一个文本裂隙，世本此处的钻肚情节，与其他各回的钻肚情节相比，文字极简，应该是删减后的面貌：“那妖才待要咽，那药顺口儿一直滚下。现了本相，理起四平，那妖滚倒在地。菩萨现相，问妖取了佛衣，行者早已从鼻孔中出去。”随后，“菩萨又怕那妖无礼，却把一个箍儿，丢在那妖头上”，这一举动，愈发显得悟空的钻肚行为毫无必要。究其原因，世本此回引入观音及禁箍儿，不但改写了黑熊精的结局，也对旧有的钻肚情节形成强力挤压,而为了保持故事情节的连贯完整,改写者又无法彻底删去钻肚一事,只得留下这一小段删减后的冗余文字。

五、余论

曹炳建曾对《西游记》作者诸说进行细致考辨,认为"除吴承恩说之外,其他说法都因为缺乏有力的证据而难以成立"①,而吴说也一直缺乏勾连吴承恩与《西游记》文本的关键证据,故而只是现有条件下的最佳候选人。从取经故事的发展演化角度看,世本《西游记》有着两种截然不同的文本来源,一是对旧本故事的继承与发展,二是对新编故事的缀合与写定。只有考清这两种文本来源,才有可能为解决《西游记》的"作者问题"带来新的机遇。

就现有资料看,取经故事的发展不仅在地域上存在一定程度的不平衡,在时间上也存在朴拙原始与繁复丰赡并存的复杂状况,所以在不同地域、不同体裁中流传的取经故事,不会因为世本《西游记》的定型与出版而被彻底取代与瓦解。这一方面为我们梳理取经故事的生成与演变、探讨《西游记》的版本嬗递增添了不少难度,另一方面也为我们进行更深层次的研究提供了新的契机。随着民间宝卷等说唱资料的不断整理、出版,《西游记》研究者曾长期面临的文献不足征的困境,将得到一定程度的缓解。本文对《真经宝卷》所载取经故事的分析只是一次粗浅的尝试,限于宝卷抄本的特殊性,目前很难对《真经宝卷》的编撰年代做出缜密而确切的考证,但这并不意味着无法进行有效解读。

已有研究者指出,取经故事与世本《西游记》的关系,并不是只有"成书史"这一个维度,在世本之前的取经故事,并不是为了日后某一部集大成小说的成书而生成、演变的,因此也不必强行论证此类取经故事到底早于还是晚

---

① 曹炳建:《〈西游记〉作者诸说考辨(上、下)》,《淮海工学院学报》(人文社会科学版)2014年第3、4期。

于世本《西游记》。[①] 但笔者仍坚持认为，如果不能对取经故事的生成演变和《西游记》的成书阶段有一个准确且深入的认知，那么对《西游记》思想内涵及其创新的分析，对《西游记》故事情节和人物形象的解读，对《西游记》作者或写定人的研究，其基础都是不牢靠的。正是取经故事生成与演变的复杂状况，《西游记》成书阶段的众说纷纭，世本《西游记》写定过程的含混不清，才使得《西游记》的文本成为一座仍待深入挖掘的富矿。笔者认为，只要材料扎实、方法得当、阐释合理、自圆其说，相信无论从哪个维度探入，都能进一步丰富并更新我们对《西游记》的认识。由此，笔者不揣简陋，略陈管见，敬祈高明发覆，方家哂正。

① 胡胜：《民俗话语中"西游"故事的衍变——以常熟地区"唐僧出身"宝卷为例》，《渤海大学学报》（哲学社会科学版）2019 年第 5 期。

《西游记》内涵 ‖

《西游记》与佛教关系新探[①]

上海师范大学　侯　冲　上海视觉艺术学院　杨天奇

对于《西游记》与佛教的关系,此前已经有学者做过不少探究,相关论题主要包括佛教与《西游记》本事探源,佛教与《西游记》作者、版本的关系,佛教与《西游记》的主题,佛教与《西游记》人物形象,佛教思想与《西游记》题材等几个方面[②],但其中至少有三个方面并未得到充分的关注。其一,小说《西游记》不是历史书,如果把它当历史书来做发生学的讨论而非史源学的溯源,无疑会误导读者将小说中的人物与历史人物混同。其二,《西游记》虽然是小说,但其作者并不能确定就是或者只是吴承恩,在对其进行研究时,不能只是将《西游记》视为孤立的研究对象,需要综合其他相关资料,如此前未受关注的佛教斋供仪式文献来展开。其三,《西游记》有具体的文本内容,脱离具体文字的猜想或演绎,本身已经不是在研究《西游记》而更像文学创作。基于上面三点,本文首先将明确唐僧并非历史上的玄奘,其次结合百回本《西游记》具体内容和相关斋供仪式文献,明确《西游记》中唐僧取经的目的及《西游记》作者熟悉佛教瑜伽教及其仪式文献,对佛教与《西游记》关系做新的释读。

---

① 本文为国家社科基金重大项目“汉文大藏经未收宋元明清佛教仪式文献整理与研究”(17ZDA236)、教育部人文社科重点研究基地重大项目“中国民间流传佛教仪式文献整理与研究”(16JJD73007)阶段成果。

② 杨峰:《20 世纪 80 年代以来“佛教与〈西游记〉的关系”研究综述》,《明清小说研究》2008 年第 1 期。

一、唐僧不是玄奘

唐僧有广义和狭义两种含义。广义的唐僧，指唐代僧人；狭义的唐僧，专指唐代僧人玄奘。一般人讲《西游记》，往往会结合《大唐西域记》和《大慈恩寺三藏法师传》等佛教史志资料来讲唐僧，称唐僧就是玄奘，“玄奘俗名陈袆，又称唐僧，他跋涉十多万里，历时十七年，远赴印度取经，并著有《大唐西域记》”①。“如果没有玄奘，没有玄奘西行的激发，我们今天所拥有的四大古典小说名著中，大概不会有《西游记》。”②确实，不论是百回本《西游记》还是十卷本《唐三藏西游释厄传》，都有“玄奘秉诚建大会”的说法，似乎玄奘就是唐僧，唐僧就是玄奘。

但是，《西游记》中的“唐僧”，并不就是历史上的玄奘。尽管有不少学者已经意识到这一点，但往往还是将小说中的人物与历史人物相提并论，未能明确玄奘虽然是唐代僧人，可归为“唐僧”，但《西游记》中的唐僧并不只是玄奘，或者就是玄奘。在目前所见相关材料中，未见宋代之前有玄奘“又称唐僧”一类文字。小说《西游记》中的唐僧，名义上是玄奘，但实际上并不是。为避文烦，兹据相关资料列表如下：

要　目	历史上的玄奘	小说中的唐僧
名字	法名玄奘，俗姓陈，本名袆（炜）；三藏法师、玄奘三藏	小名江流或江流儿，法名陈玄奘。俗姓陈，赐姓唐，又称唐三藏
家人	父亲陈惠（慧），母广平宋氏，洛州长史宋钦之女；至少有兄弟四人，玄奘排行第四	父名萼字光蕊，母殷小姐名温娇，又名满堂娇，外公丞相殷开山。无兄弟姐妹
师父	景法师、严法师、空景二法师等	金山寺长老法明和尚

① 钱文忠：《玄奘西游记》，上海：上海书店出版社，2007年，第3页。

② 同上。

续表

要　目	**历史上的玄奘**	**小说中的唐僧**
所学	《涅槃经》《摄大乘论》《成实论》等	诵念《度亡经》《金刚经》《观音经》《法华经》《弥陀经》《孔雀经》等经咒
取经出发时间	贞观三年四月	贞观十三年九月
取经地点	天竺诸国	西天天竺国大雷音寺
取经往返时长	十七年	十四年
资料出处	《大慈恩寺三藏法师传》《大唐故三藏玄奘法师行状》	百回本《西游记》《唐三藏西游释厄传》《西游记传》

比较上表可知，历史上的玄奘，与小说中的唐僧，除了均姓陈，有玄奘、三藏两个称名并都到天竺取过经之外，二者没有其他共同之处。历史上，玄奘是唐代僧人，称他“三藏”，是对他精通经、律、论三藏的尊称；小说中的“三藏”，则是指经取号，号三藏。小说中目前尚未见他被称为唐僧的解释。亦即是说，历史上的玄奘，与小说《西游记》写的唐僧不同；小说《西游记》中写的唐三藏，并不是历史上的唐僧玄奘。研究唐代历史人物玄奘时，不能将小说《西游记》视为历史资料；研究小说《西游记》中的唐三藏时，亦不能将其当作唐代僧人玄奘来讨论。

对于《西游记》研究来说，这一区别有助于从新的视角来探讨相关问题，如唐僧取经到中土的目的、《西游记》与佛教的关系、《西游记》文本源流等。为便于明确二者的区别，除引文外，下文行文中用玄奘指称历史上的唐代僧人玄奘；用唐僧指称小说中的唐僧、唐三藏。

二、唐僧到西天取经的目的是什么

小说《西游记》讲的是唐僧到西天取经的故事，盖无疑义。不过，此前绝大部分学者或者关注取经的情节及取经的过程，或者脱离《西游记》文本内容，多从唐僧取经的意义或寓意等角度演绎《西游记》，较少关注唐僧从西天取经到中土来的目的，故均未曾明确指出，唐僧到西天取经来东土的目的，只是为了举行水陆大会。

结合百回本《西游记》的具体文本，唐僧西天取经的目的，可以从如下证据中得知：

首先是《西游记》第九至十二回说：长安城外泾河老龙王因犯天条，被唐朝丞相魏征处斩。龙王托梦唐太宗李世民，李世民梦中答允搭救，未果。龙王被李世民丞相魏征奉玉帝敕令斩杀后，到阴司地狱诉告，李世民被拘到阴司。阴司判官崔珏帮助李世民还阳，并希望他还阳后做一个水陆大会，以超度阴司中无主的孤寒饿鬼。李世民依诺，还阳后出榜招僧，以唐僧为坛主设建水陆大会。不过观音菩萨在法会现场指出，唐僧他们当时做会用的经是小乘教法，不能度亡者升天。只有派人到西天佛如来处取来大乘经，才能解结消灾度亡。唐僧挺身而出，发愿去西天取经。①

其次是《西游记》正文先后四次有明确文字印证了这一说法。

（1）第三十九回由行者孙悟空说：

> 我师父乃唐王御弟，号曰三藏。自唐王驾下有一丞相，姓魏名征，奉天条梦斩泾河老龙。大唐王梦游阴司地府，复得回生之后，大开水陆道场，普度冤魂孽鬼。因我师父敷演经文，广运慈悲，忽得南海观世音菩萨指教来西。我师父大发弘愿，情忻意美，报国尽忠，蒙唐王赐与文牒。那时正是大唐贞观十三年九月望前三日。②

（2）第六十八回由唐僧说：

> 就是我王驾前丞相，姓魏名征。他识天文，知地理，辨阴阳，乃安邦

① 李天飞校注：《西游记》，第132—187页。校注本原署“吴承恩”，鉴于此说证据不足，本文不采纳。

② 李天飞校注：《西游记》，第527页。

立国之大宰辅也。因他梦斩了泾河龙王，那龙王告到阴司，说我王许救又杀之故，我王遂得促病，渐觉身危。魏征又写书一封，与我王带至冥司，寄与丰都城判官崔珏。少时，唐王身死，至三日复得回生。亏了魏征，感崔判官改了文书，加王二十[①]年寿。今要做水陆大会，故遣贫僧远涉道途，询求诸国，拜佛祖，取大乘经三藏，超度孽苦升天也。[②]

(3)第九十一回由唐僧说：

贫僧俗名陈玄奘，自幼在金山寺为僧。后蒙唐皇敕赐在长安洪福寺为僧官。又因魏征丞相梦斩泾河老龙，唐王游地府，回生阳世，开设水陆大会，超度阴魂，蒙唐王又选赐贫僧为坛主、大阐都纲。幸观世音菩萨出现，指化贫僧，说西天大雷音寺有三藏真经，可以超度亡者升天，差贫僧来取，因赐号三藏，即倚唐为姓，所以人都呼我为唐三藏。[③]

(4)第一百回，在唐僧等人取经回到东土，功德圆满而再赴西天后，有文字对取经以举行水陆大会一事做了交代：

太宗与多官拜毕，即选高僧，就于雁塔寺里修建水陆大会，看诵大藏真经，超脱幽冥孽鬼，普施善庆。将誊录过经文传布天下不题。[④]

上文有关唐僧西天取经以备李世民举行水陆大会的材料，分别出现在《西游记》第九至十二回、三十九回、六十八回、九十一回及结尾。从全书结构来看，基本上是在全书中交替出现，是贯穿《西游记》一书始终的主线。唐僧西天取经的目的，亦被再三提到，乃是求取大乘真经，以备开建水陆大会之用。小说结尾，李世民亦确实用唐僧所取经举办了水陆大会。

① “十”，李校本作“十八”，据文意删。

② 李天飞校注：《西游记》，第 872 页。

③ 同上书，第 1149—1150 页。

④ 李天飞校注：《西游记》，第 1252 页。

很显然，由于唐僧西天取经来东土的目的是举行水陆大会，百回本《西游记》一书的构架，都是围绕这一目的而组合搭建的。此前曾有学者提出，在《西游记》的内容组合上，"《西游记》的前十二回写了'孙悟空大闹天宫''陈光蕊江流和尚'与'唐太宗游地府'的故事。这三个故事本来是各自独立的，后来人为地焊接到唐僧取经的主体故事上的。把前两个故事收进《西游记》中，人们还好理解，因为它有助于交代孙悟空与唐僧的来历。令人难以理解的是'唐太宗游地府'与西天取经故事几乎没有什么关系，为何要收它呢？"①我们上文的释读，相信已经回答了他的问题。

三、《西游记》作者熟悉佛教瑜伽教及其仪式文献

（一）《西游记》的作者"未学佛"？

《西游记》的作者是谁？胡适和鲁迅等人较早研究《西游记》，认为是吴承恩。不过，目前并无确证证明这一点。因此学者们或者认同胡适及鲁迅的观点，或者提出证据证明是另有其人，或者持谨慎的态度，暂时既不肯定，亦不否定。

由于《西游记》作者不详（或者认同是吴承恩，但对吴承恩的生平了解较为有限），故无法确定《西游记》作者的宗教背景。不过，鲁迅由于肯定了吴承恩是作者，故对《西游记》的宗教属性做了自己的解读。他认为，《西游记》"作者虽儒生，此书则实出于游戏，亦非语道，故全书仅偶见五行生克之常谈，尤未学佛，故末回至有荒唐无稽之经目"②。在所著《中国小说史略》中，鲁迅指出《西游记》"释迦与老君同流，真性与元神杂出，使三教之徒，皆得随宜附会"③，"或云劝学，或云谈禅，或云讲道"④。但他对三教之徒附会《西游记》并

① 梅新林、崔小敬编：《20世纪西游记研究》，北京：文化艺术出版社，2008年，第251页。

② 鲁迅：《中国小说史略》，上海：北新书局，1932年，第207页；李新宇、周海婴主编：《鲁迅大全集》（29），武汉：长江文艺出版社，2011年，第188页。

③ 同上。

④ 同上。

不认同。

对于鲁迅最先提出的《西游记》作者“尤未学佛”的看法，郑振铎曾表示过认同，认为“其不大明了佛教的真实的教义”，“我们观于吴氏《西游记》第九十八回中所开列的不伦不类的三藏目录，便知他对于佛学实在是所知甚浅的”[①]。正是由于得到郑振铎等人的认同，鲁迅有关《西游记》作者“尤未学佛”的观点，在相当长一段时间在学界都占主导地位。不过，后世不断有学者提出不同的意见，并试图提出新的释读。遗憾的是，由于他们用来讨论的资料，在鲁迅《小说旧闻钞》[②]中大都已经介绍和讨论过，他们的相关专业知识亦未有超过鲁迅之处，故并无特别的认识。

相较于对《西游记》与佛教关系的研究，学界对《西游记》与道教关系的研究成绩突出。一批学者结合大量道教资料，明确了《西游记》与道教尤其是与全真道之间确实存在密切关系。就他们对相关资料的释读来说，虽未尽周圆，但大致有据。以此之故，不少大牌《西游记》研究者认为，相对于《西游记》与道教关系来说，佛教与《西游记》的关系并不明显。

如果只是根据《大藏经》研究佛教，根据《大藏经》来讨论《西游记》与佛教的关系，我们无疑会同意上面的各种看法。但是，当看到《大藏经》未收的大量佛教仪式文献后，就可以发现《西游记》的作者熟悉佛教瑜伽教及其仪式文献。《西游记》的作者既具有全真道的某些知识，亦学过佛，而且学的是此前不为一般人了解和熟知的瑜伽教及其仪式文献。

什么是瑜伽教及其仪式文献？在此前的相关解读[③]中，当以林子青所说最全面亦最简明：

---

① 郑振铎：《郑振铎全集》第四卷，石家庄：花山文艺出版社，1998 年，第 255 页。

② 鲁迅：《小说旧闻钞》，上海：北新书局，1928 年，第 38—54 页；李新宇、周海婴主编：《鲁迅大全集》(29)，第 360—367 页。

③ 叶明生：《试论“瑜伽教”之衍变及其世俗化事象》，《佛学研究》1999 年刊；徐晓望：《论瑜伽教与〈西游记〉的众神世界》，《东南学术》2005 年第 5 期；陈玉女：《明代瑜伽教僧的专职化及其经忏活动》，载氏著《明代的佛教与社会》，第 248—282 页。

> 明代洪武之初，太祖屡建法会于南京蒋山，超度元末死难人物。洪武五年(1372)的广荐佛会，太祖亲临烧香，最后并命轨范师行瑜伽焰口施食之法(宋濂《蒋山广荐佛会记》)。其后忏法广泛流行。举行忏法仪式，成为僧侣的职业。僧侣以赴应世俗之请而作佛事的，称为应赴僧。这些僧人以行瑜伽三密行法，又称为瑜伽教僧，略称教僧。洪武十五年(1382)制定佛寺为禅、讲、教三宗制度，并于南京能仁寺开设应供道场，令京城内外大小应赴寺院僧人集中学习，作成一定佛事科仪。洪武十六年(1383)，由僧录司颁行。①

上引文中应赴僧所学习的，就是本文所说的瑜伽教；因此应赴僧就是瑜伽教僧(略称教僧)。瑜伽教僧在南京能仁寺学习的佛事科仪，即他们赴应世俗之请替人举行法事时使用的仪式文本，就是本文所说的瑜伽教仪式文献。不过，由于各种原因，此前对瑜伽教及其仪式文献的了解并不多，故无法据之讨论《西游记》。

我们为什么说《西游记》作者熟悉佛教瑜伽教及其仪式文献？可以从两个方面来理解。一是《西游记》描写的鲜明的瑜伽教及其仪式文献的内容(限于篇幅，下文对于《西游记》中听音记字文字不做详细辨析)；二是《西游记》中出现的仅见于瑜伽教仪式文献的文字。

(二)《西游记》描写的瑜伽教及其仪式文献

1.如来所传为瑜伽教及其仪式文献

《西游记》在表现唐僧取经背景时，于第八回记如来称自己有三藏真经："共计三十五部，该一万五千一百四十四卷，乃是修真之经，正善之门。我待要送上东土，颇耐那生民愚蠢，毁谤真言，不识我法门之旨要，怠慢了瑜迦之正宗。怎么得一个有法力的，去东土寻一个善信，交他苦历千山，询经万水，

---

① 林子青：《忏法》，中国佛教协会编《中国佛教》(二)，北京：知识出版社，1982年，第391页。

到我处求取真经，永传东土，劝化众生，却乃是个山大的福缘，海深的善庆。”[①]

如来口称的“瑜迦之正宗”，有本作“谕迦之正宗”。曾上炎《西游记辞典》释其为：“瑜迦宗。即佛教大乘有宗。佛教中密教的总名。此处指佛门、佛法。”[②]李天飞综合采纳前人研究成果，称“瑜迦宗是佛教的一个学派，这里泛指佛门、佛法”[③]。对于《西游记》中诸经的解释，亦多附会道经展开。[④] 均未得其实。

这里所谓“瑜迦之正宗”“谕迦之正宗”，均为听音记字。实为“瑜伽之正宗”，指瑜伽宗或瑜伽教。在中国佛教史上，明代以前佛教三分作禅、教、律，所说“教”，又作“讲”，是“禅”“律”之外的其他偏于讲经说法的佛教宗派。明初佛教三分作禅、讲、教，所说“禅”即禅宗，“讲”相当于元代的“教”，包括天台、华严和唯识等宗，而所说“教”则专指瑜伽教。作为一个明代与“禅”“讲”相提并论的新的教派指称，“教”（瑜伽教）有意强调自己的正统性，往往会自称为“瑜伽大教”“瑜伽正教”“瑜伽东林大教”[⑤]等。《西游记》中“瑜（谕）迦之正宗”，即“瑜伽之正宗”，正是瑜伽教明初与“禅”“讲”齐名并自张其教的反映。

《西游记》第九十八回，唐僧师徒到西天见如来后，在珍楼宝阁中看到了西天有的佛经的经名及卷数：

《涅槃经》一部，七百四十八卷

《菩萨经》一部，一千二十一卷

《虚空藏经》一部，四百卷

《首楞严经》一部，一百一十卷

---

① 李天飞校注：《西游记》，第110页。

② 曾上炎：《西游记辞典》，郑州：河南人民出版社，1994年，第409页。

③ 李天飞校注：《西游记》，第110页。

④ 参见李天飞校注《西游记》，第110、182、627、1228—1230页等。

⑤ 相关例子参见王熙远《桂西民间秘密宗教》，第229—239、266页等。

《恩意经大集》一部,五十卷
《决定经》一部,一百四十卷
《宝藏经》一部,四十五卷
《华严经》一部,五百卷
《礼真如经》一部,九十卷
《大般若经》一部,九百一十六卷
《大光明经》一部,三百卷
《未曾有经》一部,一千一百一十卷
《维摩经》一部,一百七十卷
《三论别经》一部,二百七十卷
《金刚经》一部,一百卷
《正法轮经》一部,一百二十卷
《佛本行经》一部,八百卷
《五龙经》一部,三十二卷
《菩萨戒经》一部,一百一十六卷
《大集经》一部,一百三十卷
《摩竭经》一部,三百五十卷
《法华经》一部,一百卷
《瑜伽经》一部,一百卷
《宝长经》一部,二百二十卷
《西天论经》一部,一百三十卷
《僧只经》一部,一百五十七卷
《佛国杂经》一部,一千九百五十卷
《起信论经》一部,一千卷
《大智度经》一部,一千八十卷
《宝威经》一部,一千二百八十卷
《本阁经》一部,八百五十卷

《正律文经》一部,二百卷

《大孔雀经》一部,二百二十卷

《唯识论经》一部,一百卷

《具舍论经》一部,二百卷①

其中由唐僧等人取到唐朝的经卷是:

《涅槃经》四百卷

《菩萨经》三百六十卷

《虚空藏经》二十卷

《首楞严经》三十卷

《恩意经大集》四十卷

《决定经》四十卷

《宝藏经》二十卷

《华严经》八十一卷

《礼真如经》三十卷

《大般若经》六百卷

《大光明经》五十卷

《未曾有经》五百五十卷

《维摩经》三十卷

《三论别经》四十二卷

《金刚经》一卷

《正法轮经》二十卷

《佛本行经》一百一十六卷

《五龙经》二十卷

《菩萨戒经》六十卷

---

① 李天飞校注:《西游记》,第1228—1230页。标点略异。

《大集经》三十卷

《摩竭经》一百四十卷

《法华经》十卷

《瑜伽经》三十卷

《宝常(长)经》一百七十卷

《西天论经》三十卷

《僧只经》一百一十卷

《佛国杂经》一千六百三十八卷

《起信论经》五十卷

《大智度经》九十卷

《宝威经》一百四十卷

《本阁经》五十六卷

《正律文经》十卷

《大孔雀经》十四卷

《维(唯)识论经》十卷

《具舍论经》十卷[1]

两个经目,除个别字外,经名全同。组合在一起的内容,是这些经在西天有多少卷,唐僧等人取到唐朝的有多少卷。鲁迅在《少室山房笔丛》和《等不等观杂录》中均发现这样的经目。[2] 但根据前人的记录和他自己的理解,他认为这些经名是“荒唐无稽之经目”。后来有研究者对这个经目所记经做过考察,并将其与胡应麟《少室山房笔丛》所引做过比较,但未注意到方广锠先生此前的相关研究,所以不知道在敦煌遗书中,已经存在同类经目。[3] 因此,他

① 李天飞校注:《西游记》,第1234—1235页。标点略异。

② 鲁迅:《小说旧闻钞》,第53—54页;《鲁迅大全集》(29),第366—367页。

③ 方广锠:《八—十世纪佛教大藏经史》,第195—216页;《中国写本大藏经研究》,第297—313页。

们的讨论就存在较大疏漏。

需要指出的是，在佛教仪式文献中，不仅上述部分经名见于《佛门请经科》等仪式文献，而且有专门的《大藏总经目录》，与敦煌遗书一样，记录了西天有而且传到中国的经及其卷数。目前已经收集到数种《大藏总经目录》，相互间内容略有差异。对这些文本与《西游记》及敦煌遗书之间关系，需要专文讨论，这里不做展开。可以肯定的是，这些佛教仪式文献在全国很多地方都已经发现，具有地域广泛性，当属明初从南京传播到全国各地的瑜伽教仪式文献，因此它们出现的时间比《西游记》早。《西游记》中出现的这些经目，当来自佛教瑜伽教仪式文献。如果《西游记》作者不熟悉这些仪式文献，无从将其写在小说中。

因此，只有《西游记》的作者熟悉瑜伽教及其仪式文献，小说中才会出现如来所传、唐僧所取经都是佛教斋供仪式文献的文字。

2.唐僧为应赴僧

如林子青所说，瑜伽教僧就是以赴应世俗之请而做佛事的应赴僧。“应赴”二字往往被听音记字，作“印佛”“应佛”“应付”等。在《西游记》中，他们被记作“应佛僧”。唐僧虽然没有被这样贴标签，但他在《西游记》中的所作所为，表明他就是一个应赴僧。

首先，唐僧以主持水陆大会的应赴僧的身份出场。李世民还阳后，应崔珏的要求，要举行水陆大会，以超度地狱中的孤寒野鬼。唐僧虽被称为高僧，但他是以主持水陆大会的应赴僧人的身份出场的。《西游记》第十一回说：

> 当日对众举出玄奘法师。这个人自幼为僧，出娘胎，就持斋受戒。他外公见是当朝一路总管殷开山。他父亲陈光蕊中状元，官拜文渊殿大学士。一心不爱荣华，只喜修持寂灭。查得他根源又好，德行又高；千经万典，无所不通；佛号仙音，无般不会。当时三位引至御前，扬尘舞蹈。拜罢奏曰：“臣瑀等，蒙圣旨，选得高僧一名陈玄奘。”太宗闻其名，沉思良久道：“可是学士陈光蕊之儿玄奘否？”江流儿叩头曰：“臣正是。”太宗喜

道:"果然举之不错。诚为有德行有禅心的和尚。朕赐你左僧纲,右僧纲,天下大阐都僧纲之职。"玄奘顿首谢恩,受了大阐官爵。又赐五彩织金袈裟一件,毗卢帽一顶。教他用心再拜明僧,排次阇黎班首,书办旨意,前赴化生寺,择定吉日良时,开演经法。

玄奘再拜领旨而出,遂到化生寺里,聚集多僧,打造禅榻,妆修功德,整理音乐。选得大小明僧共计一千二百名,分派上中下三堂。诸所佛前,物件皆齐,头头有次。选到本年九月初三日,黄道良辰开启,做七七四十九日"水陆大会"。即具表申奏,太宗及文武国戚皇亲,俱至期赴会,拈香听讲。①

历史上应赴僧被推崇的,不是他的义学水平,而往往是他的唱腔。小说中称唐僧"佛号仙音,无般不会""整理音乐",是他具备应赴僧擅长音乐的特点。因为是官宦世家,通经典,有德行,所以唐僧在小说中,一出场就被选为皇帝举办的水陆大会的主坛法师。

主坛法师是法事的核心,负责法事程序的安排,班首等行持人员的组合搭配和斋文意旨的书写备办,所以小说称唐僧得到举办水陆大会的意旨后,就到化生寺召集僧人,挑选阇黎班首和明确文书的抄写,着人打造禅榻,布置坛场,安排音乐,选择开坛的黄道吉日,并通知斋主唐太宗、国戚皇亲及文武官员,按时间安排到坛场拈香述意,听讲舍施。在第十二回中,更有他"聚众登坛,讽经诵偈"②,"在台上,念一会《受生度亡经》,谈一会《安邦天宝篆》,又宣一会《劝修功卷》"③的明确表述,表明作为主坛法师,唐僧既要负责法事方方面面的安排,亦要能亲自上场行持法事。

其次,唐僧在取经路上应请做法事。小说第十三回唐僧到猎户刘伯钦家中,适逢刘父周忌,遂应刘母之请,为刘父念了一天的经:

---

① 李天飞校注:《西游记》,第171—172页。

② 同上书,第179页。

③ 同上书,第182页。

> 次早，那家老小都起来，就整素斋，管待长老，请开启念经。这长老净了手，同太保家堂前拈了香，拜了家堂。三藏方敲响木鱼，先念了净口业的真言，又念了净身心的神咒，然后开《度亡经》一卷。诵毕，伯钦又请写荐亡疏一道，再开念《金刚经》《观音经》，一一朗音高诵。诵毕，吃了午斋，又念《法华经》《弥陀经》。各诵几卷，又念一卷《孔雀经》，及谈苾蓠洗业的故事。早又天晚，献过了种种香火，化了众神纸马，烧了荐亡文疏，佛事已毕，又各安寝。①

这是由唐僧一个人行持的一天法事。没有开坛，只是敲着木鱼，先念净身口意三业真言，然后是念经，所念包括《金刚经》《观音经》《法华经》《弥陀经》和《孔雀经》等数种。最后由于开头有荐亡疏，故结束时亦要烧荐亡文疏及该场仪式使用的众神纸马。

尽管只是一个人的小法事，但还是让“伯钦的父亲之灵，超荐得脱沉沦”，并托梦给刘伯钦合宅长幼，称因为唐僧“念了经卷，消了我的罪业，阎王差人送我上中华富地长者人家托生去了”②，突出了唐僧作为应赴僧念经荐亡的效果。

最后，唐僧在小说中的形象，就是应赴僧举行佛教荐亡法事时主坛法师的形象。《西游记》第八回，如来托观音给在东土寻到的取经人五件宝贝。其中记前两件说：

> （如来）即命阿傩、迦叶，取出锦襕袈裟一领，九环锡杖一根，对菩萨言曰：“这袈裟、锡杖，可与那取经人亲用。若肯坚心来此，穿我的袈裟，免堕轮回；持我的锡杖，不遭毒害。”这菩萨皈依拜领。③

观音到长安后，把这两件宝贝送给了唐王。唐王得到后，又把它们送给

---

① 李天飞校注：《西游记》，第198—200页。

② 同上书，第200页。

③ 同上书，第111页。

了唐僧。《西游记》第十二回有文记唐僧披上袈裟,手持锡杖的样子是:

> 锡杖叮当斗九环,毗卢帽映多丰厚。
> 诚为佛子不虚传,胜似菩提无诈谬。
>
> 当时文武阶前喝彩,太宗喜之不胜。即着法师穿了袈裟,持了宝杖;又赐两队仪从,着多官送出朝门,教他上大街行道,往寺里去,就如中状元夸官的一般。这去玄奘再拜谢恩,在那大街上,烈烈轰轰,摇摇摆摆。你看那长安城里,行商坐贾、公子王孙、墨客文人、大男小女,无不争看夸奖,俱道:"好个法师!真是活罗汉下降,活菩萨临凡。"玄奘直至寺里,僧人下榻来迎。一见他披此袈裟,执此锡杖,都道是地藏王来了,各各归依,侍于左右。玄奘上殿,炷香礼佛,又对众感述圣恩已毕,各归禅座。①

虽然有披袈裟、持锡杖的地藏形象,但身披袈裟、手执锡杖的僧人不一定是地藏。小说中人们看到唐僧就以为是地藏王来了,显然还要有其他标志。是什么标志呢?是在九环锡杖和袈裟之外,还戴了毗卢帽。

由于唐王在初次与唐僧见面时,不仅赐他僧纲之职,还"又赐五彩织金袈裟一件,毗卢帽一顶",所以尽管后来唐僧只是得到了如来的锦襕袈裟和九环锡杖这两件宝贝,但他在《西游记》中的形象,一直是头戴毗卢帽,身披袈裟,手执九环锡杖。这一形象在《西游记》其他地方亦多次出现:

> 看这长老打扮起来,比昨日又甚不同。但见他身上穿一领锦襕异宝佛袈裟,头戴金顶毗卢帽。九环锡杖手中拿,胸藏一点神光妙。通关文牒紧随身,包裹袋中缠锦套。行似阿罗降世间,诚如活佛真容貌。②
>
> 次早,唐僧换了衣服,披上锦襕袈裟,戴了毗卢帽,手持锡杖,登堂拜辞大仙。③

---

① 李天飞校注:《西游记》,第180页。
② 同上书,第1001页。标点略异。
③ 同上书,第1222页。

行者牵了马,唐僧拿了锡杖,按一按毗卢帽,抖一抖锦袈裟,才喜喜欢欢,到我佛如来之前。①

值得注意的是,《西游记》中唐僧的毗卢帽、袈裟、九环锡杖这三件套组合,其实是应赴僧替人举行法事尤其是荐亡法事时的特有装束。换句话说,《西游记》中唐僧的形象,是应赴僧举行佛教荐亡法事时法师的形象。《西游记》中的唐僧是个会做水陆大会的应赴僧。这是此前有关唐僧文献中没有的。

3.瑜伽教法事及其程序

《西游记》作者熟悉瑜伽教法事及其程序,不仅可以从上述唐僧举行水陆大会、替刘伯钦超度其父看出,亦能在《西游记》第四十七回、第九十六回找到明确证据。如第四十七回唐僧师徒到通天河后,八戒跟唐僧讲,前面有鼓钹声音,想是有人家做斋。唐僧在马上一听,即知道鼓钹之声不是道家乐器,而是佛教弟子在做法事,于是前去化斋。待跟施主进到其家厅房,亦就是法会现场,几个正在念经的和尚,因为看到唐僧的三个徒弟容貌丑陋,形如妖怪,遂不顾磬铃等乐器和佛像,跌跌撞撞一跑而散。在唐僧骂三个徒弟"惊散了念经僧,把人家好事都搅坏了"时,施主称"老爷,没大事,没大事,才然关了灯,散了花,佛事将收也"。八戒道:"既是了帐,摆出满散的斋来,我们吃了睡觉。"②这些文字清楚说明,不仅做斋施主,而且来化斋的唐僧师徒,对法事音乐及最后的法事程序,尤其是在法事结束后斋主请法师吃满散斋这一细节,亦都非常清楚。

而在唐僧师徒吃完饭后,唐僧谢了斋供,问施主所做是什么斋事时,有文说:

八戒笑道:"师父问他怎的!岂不知道?必然是'青苗斋''平安斋'

① 李天飞校注:《西游记》,第1233页。

② 同上书,第625页。

‘了场斋’罢了。”老者道:“不是,不是。”三藏又问:“端的为何?”老者道:“是一场‘预修亡斋’。”八戒笑得打跌道:“公公忒没眼力。我们是扯谎架桥哄人的大王,你怎么把这谎话哄我?和尚家岂不知斋事?只有个‘预修寄库斋’‘预修填还斋’,那里有个‘预修亡斋’的?你家人又不曾有死的,做甚亡斋?”①

八戒这里所说的“青苗斋”“平安斋”“了场斋”“预修寄库斋”“预修填还斋”等,都是瑜伽教法事的名称,在应赴僧替人举行的法事中较有代表性,表明八戒对瑜伽教法事的种类亦很清楚。

再如第九十六回,记述寇员外设万僧斋,在斋过唐僧师徒四人后正好功德圆满,需要举行圆满斋仪式。员外于是请唐僧师徒在圆满斋后再继续取经之旅。小说称:

早经过五七遍朝夕,那员外才请了本处应佛僧二十四员,办做圆满道场。众僧们写作有三四日,选定良辰,开启佛事,他那里与大唐的世情一般,却倒也:

大扬幡,铺设金容;齐秉烛,烧香供养。擂鼓敲铙,吹笙捻管。云锣儿,横笛音清,也都是尺工字样。打一回,吹一荡,朗言齐语开经藏。先安土地,次请神将。发了文书,拜了佛像。谈一部《孔雀经》,句句消灾障;点一架药师灯,焰焰辉光亮。拜水忏,解冤愆;讽《华严》,除诽谤。三乘妙法甚精勤,一二沙门皆一样。

如此做了三昼夜。②

上引文字,是目前所见明清小说中对应赴僧举行的一场三天法事的最详细的记述。只有对瑜伽教大型法事程序有清晰了解的人,才能写出这些文字。对这段记述的解读,需要相当大的篇幅,这里不做展开,而只是据之指

① 李天飞校注:《西游记》,第627页。
② 同上书,第1200—1201页。标点略异。

出,《西游记》作者对瑜伽教大型法事程序非常了解。

(三)《西游记》中仅见于瑜伽教仪式文献的文字

1.“秉教”“秉教伽(迦)持”和“秉教沙门”

《西游记》数次对唐僧师徒的佛教行为做了说明,但不同地方使用了不同的说法。或者称“秉教”,或者称“秉教伽(迦)持”,或者称“秉教沙门”。如《西游记》第九十八回唐僧师徒乘接引佛祖所撑船,过了凌云渡后,唐僧向三个徒弟致谢。孙悟空说道:“两不相谢。彼此皆扶持也。我等亏师父解脱,借门路修功,幸成了正果;师父也赖我等保护,秉教伽持,喜脱了凡胎。”[①]第五十六回唐僧向老者和婆婆评价自己的徒弟:“他们虽是丑陋,却也秉教沙门,皈依善果,不是甚么恶魔毒怪。”[②]对于孙悟空、猪八戒和沙和尚,亦都在不同地方称他们为“秉教”[③]“秉教伽(迦)持”[④],是“秉教沙门”[⑤]。

此前的《西游记》研究者已经注意到“秉教”等三个词,但并不知道它们是缩略词。有些词还是听音记字,如“加持”记作“伽持”或“迦持”,故一直未见清楚明确的解释。根据我们在福建、湖南、云南、台湾等地搜集到的佛教斋供仪式文献,可以知道这三个词分别是“秉释迦如来遗教”“秉释迦如来遗教弟子奉行加持法事”“秉释迦如来遗教弟子奉行加持法事沙门”一类文字的节略。而且在这些斋供仪式文献中,我们还可以看到“秉教法师”“秉教沙门”“秉教法事沙门”“秉教判解法事沙门”“秉释迦如来遗教加持主行科事”“秉教加持主行兼主经科事”等一类表述,进一步证明了二者之间的关系。“秉教”“秉教加(迦)持”“秉教沙门”,是目前出现且仅出现在瑜伽教斋供仪式文献中的概念。

---

① 李天飞校注:《西游记》,第 1225 页。

② 同上书,第 738 页。

③ 同上书,第 471—472 页。

④ 同上书,第 119、308 页。

⑤ 同上书,第 1118、1247 页。

2.四大部洲名出自瑜伽教仪式文献

《西游记》中多次出现四大部洲的名字，分别是东胜神洲、南赡部洲、西牛贺洲和北俱芦洲。[①] 但检索藏经中四大部洲的记述，有多种表述，如《大智度论》作东弗婆提、南阎浮提、西拘陀尼、北郁怛罗[②]，《大涅槃经》等经作东弗婆提、南阎浮提、西瞿耶尼、北郁单越。[③] 在玄奘《大唐西域记》卷一则称：

> 海中可居者，大略有四洲焉。东毗提诃洲，旧曰弗婆提，又曰弗于逮，讹也。南赡部洲，旧曰阎浮提洲，又曰剡浮洲，讹也。西瞿陀尼洲，旧曰瞿耶尼，又曰劬伽尼，讹也。北拘卢洲。旧曰郁单越，又曰鸠楼，讹也。[④]

均未见与《西游记》中四大部洲这一组合相同或相近的表述。不过，在元末明初出现的《瑜伽焰口科范》及所设坛场中，则能发现这一组合。也就是说，小说《西游记》中四大部洲名字的组合方式，它们出现且仅出现在应赴僧举行荐亡法事时。这是此前未注意到的。

3.多次引用并以瑜伽教仪式文献中文字结尾

《西游记》往往直接引用瑜伽教仪式文献文字。如第十二回太宗叮嘱唐僧的“宁恋本乡一捻土，莫爱他乡万两金”[⑤]，见于明初出现的《佛门请经科》等瑜伽教仪式文献中。[⑥] 第八十五回孙悟空道：“佛在灵山莫远求，灵山只在汝心头。人人有个灵山塔，好向灵山塔下修。”[⑦]则出自宋代宗镜《销释金刚科

---

① 李天飞校注：《西游记》，第3、109页。

② 鸠摩罗什译：《大智度论》卷五，《大正藏》第25册，第94页。

③ 法显译：《大般涅槃经》卷下，《大正藏》第1册，第202页；地诃婆罗译：《方广大庄严经》卷一，《大正藏》第3册，第541页。

④ 玄奘、辩机原著，季羡林等校注：《大唐西域记校注》，第35页。

⑤ 李天飞校注：《西游记》，第187页。

⑥ 参见王熙远《桂西民间秘密宗教》，第493、518页。

⑦ 李天飞校注：《西游记》，第1076页。

仪》①。

再如《西游记》第一百回,亦是《西游记》全书结尾的文字是:

大众合掌皈依,都念:

南无燃灯上古佛。　南无药师光王佛。
南无释迦牟尼佛。　南无过去未来现在佛。
南无清净喜佛。　南无毗卢尸佛。
南无宝幢王佛。　南无弥勒尊佛。
南无阿弥陀佛。　南无无量寿佛。
南无接引归真佛。　南无金刚不坏佛。
南无宝光佛。　南无龙尊王佛。
南无精进善佛。　南无宝月光佛。
南无现无愚佛。　南无婆留那佛。
南无那罗延佛。　南无功德华佛。
南无才功德佛。　南无善游步佛。
南无旃檀光佛。　南无摩尼幢佛。
南无慧炬照佛。　南无海德光明佛。
南无大慈光佛。　南无慈力王佛。
南无贤善首佛。　南无广庄严佛。
南无金华光佛。　南无才光明佛。
南无智慧胜佛。　南无世静光佛。
南无日月光佛。　南无日月珠光佛。
南无慧幢胜王佛。　南无妙音声佛。
南无常光幢佛。　南无观世灯佛。
南无法胜王佛。　南无须弥光佛。

① 方广锠主编:《藏外佛教文献》第六辑,北京:宗教文化出版社,1998年,第323页。

南无大慧力王佛。　　南无金海光佛。
南无大通光佛。　　南无才光佛。
南无旃檀功德佛。　　南无斗战胜佛。
南无观世音菩萨。　　南无大势至菩萨。
南无文殊菩萨。　　南无普贤菩萨。
南无清净大海众菩萨。　　南无莲池海会佛菩萨。
南无西天极乐诸菩萨。　　南无三千揭谛大菩萨。
南无五百阿罗大菩萨。　　南无比丘夷塞尼菩萨。
南无无边无量法菩萨。　　南无金刚大士圣菩萨。
南无净坛使者菩萨。　　南无八宝金身罗汉菩萨。
南无八部天龙广力菩萨。如是等一切世界诸佛。
愿以此功德,庄严佛净土。
上报四重恩,下济三途苦。
若有见闻者,悉发菩提心。
同生极乐国,尽报此一身。
十方三世一切佛,诸尊菩萨摩诃萨,摩诃般若波罗密。
《西游记》至此终。①

这段文字中的佛名,有唐僧被封的旃檀佛、孙悟空被封的斗战胜佛,都属于佛教三十五佛之数,在《瑜伽焰口科范》等佛教仪式文献中往往出现。而回向偈之后"十方三世一切佛,诸尊菩萨摩诃萨,摩诃般若波罗密"一类的组合,在我们收集到的瑜伽教仪式文献中较为普遍(见图一、图二、图三)。甚至在《水陆仪轨会本》中,我们亦能看到(见图四)。表明《西游记》相当多文字,实际上直接引自瑜伽教仪式文献。在中外小说中,这可以说是独一无二的。毕竟,熟悉瑜伽教及其仪式文献的作家并不多见。

① 李天飞校注:《西游记》,第1256页。

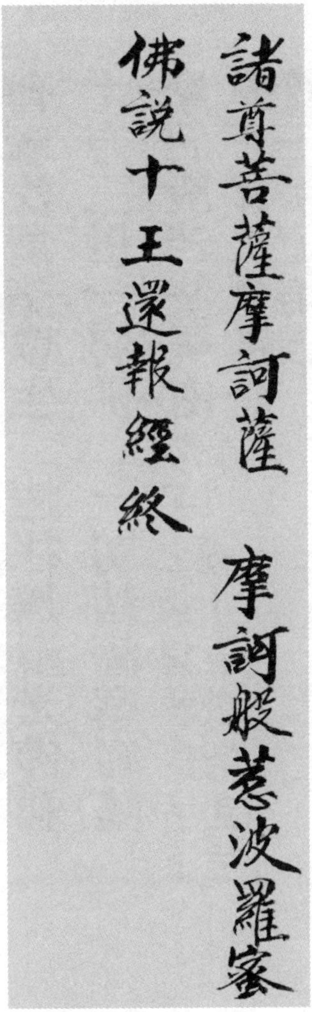
諸尊菩薩摩訶薩　摩訶般若波羅蜜
佛説十王還報經終

图一

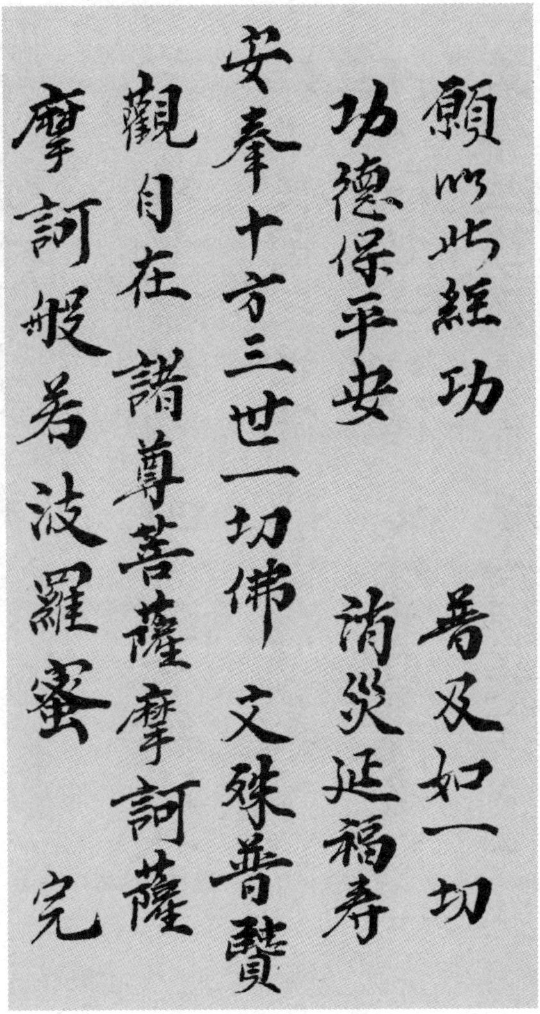
願以此經功　普及如一切
功德保平安　消災延福寿
安奉十方三世一切佛　文殊普賢
觀自在　諸尊菩薩摩訶薩
摩訶般若波羅蜜　完

图二

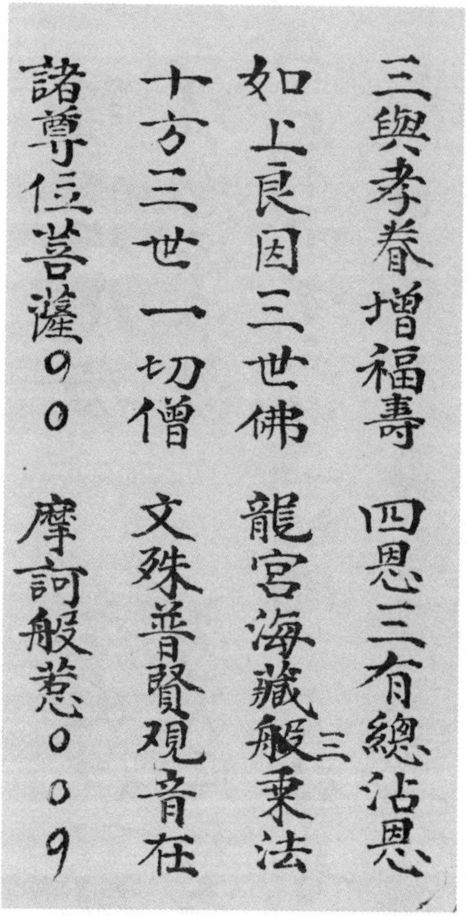

三與孝眷增福壽　四恩三有總沾恩
如上良因三世佛　龍宮海藏般三若法
十方三世一切僧　文殊普賢觀音在
諸尊位菩薩○○　摩訶般惹○○○

图三

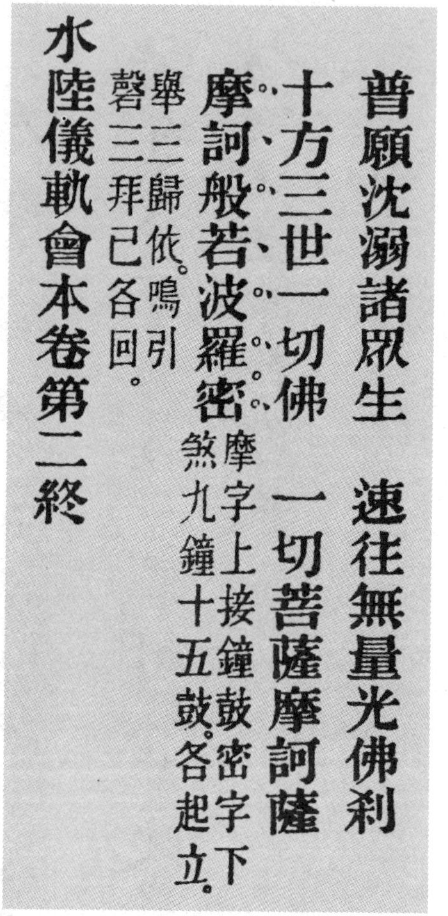

普願沈溺諸衆生　速往無量光佛刹
十方三世一切佛　一切菩薩摩訶薩
摩訶般若波羅密 摩字上接鐘鼓密字下煞九鐘十五鼓。各起立。
舉三歸依。鳴引磬三拜已各回。
水陸儀軌會本卷第二終

图四

冥府的金融与契约

——寿生寄库信仰及《西游记》取经缘起

四川大学 韦 兵

吴承恩《西游记》中对唐僧取经缘由在前面几回有交代,这几回由于不是全书精彩部分,往往被人忽略,相关研究也比较薄弱。其实,这部分内容非常丰富,既关系到宋代以后人们观念中幽冥世界的变化,也关系到明代现实生活中佛教真实状况,这些都有益于拓宽我们对全书的理解视野,具有很重要的研究价值。本文研究的主题就是取经缘起中关于寿生信仰的部分,以及这部分内容对理解《西游记》的作用。

一、寿生:冥府中的金融与契约

中国古代安顿亡魂的方式有一个演变过程,分为佛教传入前人们和传入后两个阶段。佛教传入前认为人死了以后,魂魄分解,魄藏于地,魂升于天。由于这种魂魄二元论,所以安顿亡灵的重点也是分别而论,一是要把魄(鬼)安藏于土中,隔断其与生人的联系;二是确保魂(神)升于仙界,与祖灵会合。佛教传入后,据佛教观念,人在死的时候,身体四大分解,释放出一个亡魂,不再强调魂魄二元。这个亡魂要经过地狱的审判、酷刑,根据业力再去六道投胎,开始新的生命轮回。唐宋以后,佛教这种审判加酷刑的幽冥世界的形象日渐成为人们的基本观念,十王、判官、牛头马面及各种酷刑构成的冥府就是人们对死后世界的共同理解。而唐宋之际，人们观念中的幽冥世界有了一个重要变化，即审判加酷刑的冥府观念中增添了新的金融加契约的成分，这个成分把冥府审判酷刑的阴森恐怖大大削减，亡魂在地狱的经历变为一个平和的契约勘定和履约的过程。这个变化就是由“寿生寄库”观念的兴起带来的。在十王审判式冥府中拯救亡魂免受沦落之苦，就需要有造像、抄经、行善等功德，这些功德是抵消罪业、亡魂免受苦楚的手段。而在寿生寄库金融式冥府中，所有功德都被约化为烧纸钱和诵经（所诵佛经也约化为《金刚经》《寿生经》两部）两种形式，亡魂凭借诵经功德及生前所焚烧偿还冥府宿债的寿生纸钱和预存于冥府的寄库纸钱，加上证明这些纸钱已经收存冥府的虚拟契约就可以得到拯救，这是唐宋之际诞生的新观念。

寿生、寄库是对人的生命、疾病、死亡及死后世界的一种理解方式。寿生，本作“受生”，意思是注受生命，因为民间崇尚吉利，又写作“寿生”①。简单地说，寿生观念认为人来到世间得到生命是由于向冥司借了受生钱，以此为“资本”才在世间有衣禄，人的贵贱寿夭就取决于带来世间寿生钱的多少，这些钱会因享受而消耗，消耗到一定程度，人就会生病，寿生钱用尽，人也就死了。所以，信仰者要还寿生钱，归还方式就是烧纸钱寄还冥司。而寄库是指烧纸钱寄存在冥司库曹，死后到冥间领取，在冥间享用或用于投胎转世。寿生是填还前生的欠账，寄库是储蓄来生的福禄。

寿生疏文解释了填还寿生的原因：

> 生前求度，常（尝）借冥资。丽阴阳受命于潢流，禀天地陶形于盛世。身虽荣潢，欲网难除。或恣情纵意而成愆，及执妄随情而背觉。知身是

① “受生”为本字，“寿生”为后起带吉祥称呼意味的讹文。由于“寿生”的用法不仅广泛流行，而且形成了特殊的文化内涵，讹字约定俗成被大众接受，影响反而超过了本字，故本文叙述中遵从文本的历史状况，使用“寿生”，涉及引用原文作“受生”的，依照原文。故本文行文依上下文情况，同时使用“受生”与“寿生”，不做统一。感谢北京大学历史系徐阳同学为本文修改提出的宝贵意见。

幻,悟世非坚。鬓毛染五夜之霜,眉柳卸三春之翠。以斯恳切,大起惊疑。仗密言而准教修崇,遵佛敕而依经修奉。①

疏文讲得很明白,人在冥司借受生钱投生,欲望和享乐耗费了这些受生钱,衰老疾病随之而来,填还冥司受生钱迫在眉睫,所以需要"依经修奉",即遵照《寿生经》及相关仪轨还寿生钱。

寿生寄库的信仰中,信仰者凭借虚拟的货币——"冥钞",通过与冥司收支借贷的模拟金融过程,自主地完成了灵魂拯救。生命的三世轮转被以"货币"的方式简洁、精确地计算衡量,生命过程中的贫富、寿夭、贵贱等在不同方面都可以被折算成等价的"货币"形式。三世的轮回以借贷、还贷、储蓄这样的金融过程来体现,通过可以计算、操作和把握的"货币"收支借贷,前世和来生所有难以把握的不确定性都被消解了。这是现实世界货币强大力量的观念投射,这种力量深刻影响和塑造了人们的生活与世界观。

而且寿生寄库方法简单——烧纸钱,生年干支不同,需要偿还的寿生钱亦不同,个人可以查对《寿生经》所附《六十甲子十二相属所欠寿生钱诵经数》知道自己应该填还的寿生钱数量。其仪式可以求助于僧道,也可以完全自己操作,生命三世轮转的主动权由此神奇地掌握在了自己手中。这是中国式"免罪符",把生死轮回通过"货币"这种最通俗的形式来操控,而且完全凭借个人愿力和实践,不需要教团,自我独立安顿三世灵魂。② 寿生信仰中替代教团和僧侣的是个人虔诚以及订立契约与履约等个人行为,个人可以具有极大的主动性来把握自己身后的命运。即使请僧道来完成仪式,也是用金钱来购买一种"服务";应赴僧就是专门从事这种服务的宗教人员。这里僧道的神圣

---

① 冰雪道人:《雅俗通用释门通用》卷二,《宗蕃还受生疏》,早稻田大学藏楚南宋三益堂重刊本。

② 经忏中强调寿生需要请僧道举行仪式,但实际上限于财力等原因,不是所有人都能请僧道做法事,民间个人烧醮非常普遍,最早的寿生文献黑水文献 A-32 金代《佛说寿生经》就是民间抄写的带全部仪节的法事文本,其中有不少仪式提醒字句,估计就是供抄本所有者个人操作仪式时使用。

性在这种商品关系中被消解，而世俗和个人获得了某种解放，这在宗教观念上无异于一种革命。忧虑神圣的消解，这也是正统的教内僧侣会反对寿生寄库，蔑视应赴僧的原因之一。

烧寄冥府的纸钱也可以用另外一种方式来折算——读经折钱。佛教观念认为造像、印经、布施、读经都是积累功德的方式，但前面几种方式都需要人力、物力、财力以及组织统筹等，唯有读经成本最低，而且不需要借助教团或组织，是完全个人式的。还要进一步强调这种读经方式个人主义的倾向，和其他几种方式很依赖财富和集体协作不同，读经不需要钱财，而且个人就可以完成，这和烧寿生的个人性是相应的。虽然没有钱财力量造像、印经、布施积累功德，但只要能读经，个人也可以积累功德，这种功德与其他方式积累的功德不仅没有差别，似乎还更"坚挺"，更具"流通性"——可以在幽冥世界折算为寿生钱。

读经，主要是指读《金刚经》。能够进入中国人丧葬仪式和观念中的佛典比较有限，除《地藏经》《十王经》等专门针对幽冥世界的经典以外，《金刚经》是深度进入拯济幽冥领域的著名佛典。具有这样功能的佛典不多，同样是影响深远的佛经，在关于幽冥世界的传说中就不常看到唯识、《坛经》等内典。冥界之中读诵《金刚经》的功德是一种特殊的"货币"，是功德的"一般等价物"，如果纸钱对应世间的楮币铜钱，《金刚经》则对应黄金。而读《金刚经》可以折算为冥间"货币"，就像黄金可以任意兑换纸币一样。在不少入冥的传说中，冥间官吏更喜欢还愿者读经回向，而不是给他们烧纸钱。显然，他们也知道黄金比纸币坚挺。

据黑水文献 A-32《佛说寿生经》："贫穷之人，无钱还纳，已转《金刚经》亦令折还钱数。"又《告冥司许欠往生钱折看经品目牒》："当生年于冥司本命库中许欠注生钱数，今得为人，不昧忠心，用伸醮还，《金刚经》一卷折钱三千贯。""转""看经"都是指讽诵《金刚经》。欠冥司注生钱(受生钱)本来是烧纸钱还债，若贫穷之人，也可以念诵佛经抵债，念一卷《金刚经》折三千贯受生钱。《夷坚志》有类似故事：赵善文向神庙借钱，十年后梦神讨债，许以纸钱，不许,沉思良久,曰:"必无现钱归,但颂《金刚经》,每卷可折一十,他无以为也。"觉后斋戒取经讽诵,得二百过,默祷以谢,后不复梦。[①] 以诵经抵神冥之债是当时一种流行观念。后来,《金刚经》也嫌太长,明清以来民间斋醮仪式经常诵念的就是被称为"修真之总经,作佛之会门"的《心经》,篇幅极短的这篇经文几乎成为佛经的代指。《西游记》中多次提到《心经》,有乌巢禅师教授《多心经》的情节,这与明清时期斋醮仪式中重视《心经》有关。

二、取经缘起及寿生经典的"西游化"

《西游记》开始部分讲到唐太宗游地府,这和取经缘起关系密切。其中的情节大家都耳熟能详:泾河龙王违天条,魏征梦斩老龙,泾河鬼龙冥府求三曹对案,太宗游地府,崔府君护佑及太宗还魂。太宗在冥府曾许下三个诺言:第一是三曹对案后答应送南瓜酬谢冥府十王,因为十王说:"我处颇有东瓜、西瓜,只少南瓜。"第二是过金桥渡奈何水入枉死城,六十四路烟尘、七十二处草寇及众王子、众头目鬼魂讨债,崔府君作保,借开封人相良一库金银,散给枉死冤魂以脱身,答应回阳间归还。第三是答应回阳间做"水陆大会",超度无主冤魂。第一个承诺由刘全进瓜完成。第二个承诺由太宗还阳后命尉迟敬德将金银一库归还相良夫妇,相良夫妇不受,太宗以此金银为相良夫妇造修庙建祠,权当还钱。第三个承诺因为被观音菩萨指出太宗举办的法会所谈乃是"小乘教法",不能超度亡者,玄奘决定西行求取"能超亡者升天"的大乘真经,这就是取经的直接缘起。《西游记》最后唐僧取经回来,用大乘真经做了一场水陆法会,超度亡魂,太宗兑现了第三个承诺。而其中第二个承诺与本文要讨论的寿生信仰有关,其情节曲折有趣:

> (太宗)前又到枉死城,只听哄哄人嚷,分明说"李世民来了!李世民来了!"太宗听叫,心惊胆战。只见一伙拖腰折臂、有足无头的鬼魅,上前

---

① 洪迈:《夷坚志》甲志第五《赵善文》,第43页。

拦住。都叫道："还我命来！还我命来！"慌得太宗藏藏躲躲，只叫："崔先生救我！崔先生救我！"判官道："陛下，那些人都是那六十四路烟尘、七十二处草寇，众王子、众头目的鬼魂；尽是枉死的冤业，无收无管，不得超生，又无钱钞盘缠，都是孤寒饿鬼。陛下得些钱钞与他，我才救得哩。"太宗道："寡人空身到此，却那里得有钱钞？"判官道："陛下，阳间有一人，金银若干，在我这阴司里寄放。陛下可出名立一约，小判可作保，且借他一库，给散这些饿鬼，方得过去。"太宗问曰："此人是谁？"判官道："他是河南开封府人氏，姓相名良，他有十三库金银在此。陛下若借用过他的，到阳间还他便了。"太宗甚喜，情愿出名借用。遂立了文书与判官，借他金银一库，着太尉尽行给散。判官复吩咐道："这些金银，汝等可均分用度，放你大唐爷爷过去，他的阳寿还早哩。我领了十王钧语，送他还魂，教他到阳间做一个水陆大会，度汝等超生，再休生事。"众鬼闻言，得了金银，俱唯唯而退。判官令太尉摇动引魂幡，领太宗出离了枉死城中，奔上平阳大路，飘飘荡荡而去。①

原来太宗在还阳途中，为摆平六十四路烟尘、七十二处草寇鬼魂的纠缠，遂由崔府君作保，向在冥间寄存了十三库金银的开封人相良借了一库金银，给散枉死冤魂，得以度过危难。相良为何人？何以又在冥间存了那么多钱呢？原来阴间借一库金银给皇帝的"巨富"相良，在阳间不过是开封城卖乌盆瓦器的穷汉。他在阴间有钱的原因就是烧了很多纸钱，寄库在阴间：

却说那尉迟公将金银一库，上河南开封府访看相良，原来卖水为活，同妻张氏在门首贩卖乌盆瓦器营生，但赚得些钱儿，只以盘缠为足，其多少斋僧布施，买金银纸锭，记库焚烧，故有此善果臻身。阳世间是一条好善的穷汉，那世里却是个积玉堆金的长者。尉迟公将金银送上他门，唬

① 吴承恩：《西游记》第十一回，《游地府太宗还魂，进瓜果刘全续配》，济南：齐鲁书社，1980年，第130页。

得那相公、相婆魂飞魄散；又兼有本府官员，茅舍外车马骈集，那老两口子如痴如哑，跪在地下，只是磕头礼拜。尉迟公道："老人家请起。我虽是个钦差官，却赍着我王的金银送来还你。"相良战兢兢地答道："小的没有甚么金银放债，如何敢受这不明之财？"尉迟公道："我也访得你是个穷汉，只是你斋僧布施，尽其所用，就买办金银纸锭，烧记阴司，阴司里有你积下的钱钞。是我太宗皇帝死去三日，还魂复生，曾在那阴司里借了你一库金银，今此照数送还与你。你可一一收下，等我好去回旨。"那相良两口儿只是朝天礼拜，那里敢受，道："小的若受了这些金银，就死得快了。虽然是烧纸记库，此乃冥冥之事；况万岁爷爷那世里借了金银，有何凭据？我决不敢受。"尉迟公道："陛下说，借你的东西，有崔判官作保可证，你收下罢。"相良道："就死也是不敢受的。"尉迟公见他苦苦推辞，只得具本差人启奏。唐太宗见了本，知相良不受金银，道："此诚为善良长者！"即传旨教胡敬德将金银与他修理寺院，起盖生祠，请僧作善，就当还他一般。旨意到日，敬德望阙谢恩，宣旨，众皆知之。遂将金银买到城里军民无碍的地基一段，周围有五十亩宽阔，在上兴工，起盖寺院，名"敕建相国寺"。左有相公、相婆的生祠，镌碑刻石，上写着"尉迟公监造"，即今大相国寺是也。①

太宗还阳后令尉迟敬德押送一库金银归还相良，相良夫妇坚决不受，太宗以这些金银修庙作为夫妇二人的功德，并为他们盖了相公、相婆生祠。这个寺庙就是开封的大相国寺。《西游记》把太宗入冥、烧醮寄库和相国寺来源联系在一起，表面上看，荒诞不经，其实这是民间观念中以最熟悉的观念和仪式来解释神圣的起源，太宗入冥是耳熟能详的故事，寿生寄库是日常普遍的信仰实践，而相国寺是老幼皆知的佛教圣地，在民间故事里三者之间形成老百姓容易理解的一套观念"逻辑"（如果可以说是逻辑的话）。

---

① 吴承恩：《西游记》第十二回，《唐王秉诚修大会，观音显圣化金蝉》，第 139—140 页。

唐太宗入冥借相良寄库钱的故事其实非常具有“现代性”:太宗遇到冤亲鬼魂的纠缠,冥府实权人物崔府君没有利用权势呵退众鬼魂,而是建议用钱来摆平。因为,事实上这些鬼魂是太宗所杀,从道理上讲太宗“亏欠”这些鬼魂,欠债还钱,冥府的崔府君看来支持这种商业伦理,建议太宗拿钱来赎买宽恕。如何弄到钱呢?崔府君再次建议,“陛下可出名立一约,小判可作保”,就是由他作保,订立契约,借贷相良一库冥司金银。金融化的冥府,看来是极其尊重契约精神,贵为天子的唐太宗加上有权有势的崔府君,对一介草民的“财富”,也是订立契约来借贷,而不像人间打着“献纳”“征用”等名号来掠夺。只要有了契约精神,皇帝没有钱也得借贷。小民有钱就是贷方,是债主,皇帝没钱也得借贷,是债务人,必须履约还款。契约面前,人人平等。故事里的冥府看来是保护私有财产、支持契约的。太宗还阳后即刻还钱给相良,没有因为是皇帝欠百姓的钱就倚仗权势赖账,这是一个跨越阴阳的关于契约的订立和履约的故事,其中涉及了货币、契约、平等及个人主义等方面。这隐约与另外一个宋代故事具有精神的内通,即宋太祖杯酒释兵权,订立契约,以金钱赎买功臣的兵权,避免了以血腥屠杀为代价实现的权力转移,强调的也是赎买、契约和货币。《西游记》里讲的虽是一个虚构的冥府故事,但反映了宋代以来社会转型带来的崭新观念,这种观念也重新塑造了人们对幽冥拯济和三世轮回的理解,其中的“货币”计算、契约精神、平等观念和个人主义的自我拯救等都充满了时代精神,可能包含了中国内生现代性的诸多萌芽。

《西游记》的取经故事是从太宗入冥的三个承诺开始,其中前两个承诺很快实现,而千难万苦的取经历程,就是为了兑现第三个承诺。这三个承诺的故事,情节都不是随意编造的,背后有一番道理,与宋明时代社会、观念和信仰的变革有关。三个故事都有一些共同的成分,比如强调斋僧、寄库等的巨大功德,这反映了宋明时代佛教义理、修持部分衰落,而与世俗联系密切的仪式部分繁荣的现实状况。其中,也有一些比较隐晦的含义需要进一步阐释。比如,在刘全进瓜故事中,李翠莲因为拔头上金钗斋僧,被丈夫刘全责怪,气恼自缢,结果翠莲借太宗御妹玉英躯壳还魂,夫妇团圆,还得了御妹的妆奁、衣物、首饰,还永免差役,满载还乡。刘全不仅席卷了皇帝老儿备下的嫁妆,老婆李翠莲也换掉了乡下婆子的皮囊,借了金枝玉叶的公主躯壳还魂,身份上还得到免除差役的官绅待遇,这简直是那个时代小民们最有勇气的痴心妄想——身份平等。这表面荒诞不经的情节背后所体现的观念,与宋代以后平民社会的兴起,打破士庶身份界限的历史潮流暗合。

当然,这一切都是李翠莲因斋僧而辗转得到的福报。这里还要注意刘全揭榜以死进瓜的方式是:头顶南瓜,袖带“黄钱”。这个黄钱就是烧寄库的纸钱。相良故事里,说到相良夫妇赚的钱除了生活以外都用在斋僧和寄库上面,这是宣传斋僧、寄库获福。第三个水陆大会,斋僧和烧寿生寄库是其中重要仪式的内容。斋僧、寄库是宋明以降民间佛教活动的重要内容,是这些仪式,而不是高深的义理或精进的修炼构成了普通大众的信仰实践。笔者一直认为,《西游记》是宋代以后中国大众宗教信仰的百科全书,反映了宋代以后宗教观念的变化,这种变化也是中国社会文化在唐宋之际转型的一个部分。由于其广泛流行,深入人心,反过来又塑造了大众的宗教观念。明清以来《西游记》成为民众宗教知识来源的重要经典,许多流行观念的来源不是某权威经典而是《西游记》。

寿生信仰在《西游记》中有反映,而唐僧取经故事又反过来影响《寿生经》文本,早期《寿生经》文本黑水文献 A-32 金代《佛说寿生经》是没有唐僧取经的情节,而明清通行本都有唐僧取经,西天带回《寿生经》的情节,这无疑是受了取经故事的影响。哈佛大学藏明代万历四十六年(1618)刊本《佛说寿生经》经题下有小字夹注“大唐三藏往西天求教,得诸经内有《寿生经》,传于世间,甚有益”,国图藏明刊本《连相寿生经》经题下也有这一行字,这基本上成为明清《寿生经》的一种惯例。

清代《寿生宝卷》进一步把《西游记》的相关情节加以演绎,将太宗游冥府,借受生钱还阳的故事吸收进了寿生信仰,只是借钱的对象不是相良而是王大,冥府帮助太宗的不是崔府君而是魏征:

魏征丞相上告阎君:"太宗皇帝在阳间时,未有贪嗔嫉妒,伏祈放他还魂。"阎君听臣告诉,却对太宗言到:"你京城中有一贤人,名号王大。每日卖水营生,夜间持念《金刚》《受生》,每经十卷。请僧预修斋会,还经寄库。现今库内堆金积玉。你为人王帝主,未曾修备钱贯,因何不还?"阎君唤押至掌簿判官,捡看太宗欠受生钱多少。判官曰:"主人属羊,己未生人,欠四万三千贯文,看经二十五卷。"便叫库官:"将王大库钱贯,指借与他还过,放回可也。"①

《寿生宝卷》继续写到太宗还魂,找到王大,"赐御酒三杯,黄金百两",还封王大为本处县丞官。这个宝卷宣说持诵《受生经》的益处:

早晨街前挑水汉,顷刻之间做官人。斟满美酒赏恩人,须是身贫运时新。朝朝挑过百桶水,夜夜持诵十卷经。监牢库内借你债,阳间还你两分明。更有一般升赏赐,加你本初为县丞。

王大卖水汉,持诵《金刚经》。太宗曾借使,加做县官身。②

《西游记》的内容被完整吸收到寿生信仰中。宝卷接着叙述太宗和唐僧讨论寿生,唐僧道:"蒙帝差遣,往西方去取经,见大藏经中内有《受生经》一卷,专说此等因果。"(前面叙述王大已经念《受生经》)填还寿生,不待唐僧取回此经,民间宝卷的这类矛盾经常可见,不必深究)接着宝卷叙述唐僧解答太宗疑问,说明填还方法,归结到"三藏取经,不是虚言。早纳受生钱,依经填还"。宝卷末尾再次感恩太宗和唐僧,"一来感蒙皇王游诸大地狱,二来感谢国师西天取经"③,整个受生宝卷全部贯穿了取经故事的元素,民间流行的宝卷把受生信仰重新在《西游记》取经故事的框架下面重新编排了一遍,换句话

① 《佛门受生宝卷》,方广锠主编:《藏外佛教文献》第二编,总第十三辑,北京:中国人民大学出版社,2010 年,第 234—235 页。

② 同上书,第 238—239、235 页。

③ 同上书,第 242 页。

说,明清时代的寿生信仰"西游化"了。

清代《慈悲寿生经忏》也体现了这种"西游化"的特点。经忏借唐僧在西天与佛祖问答,揭示寿生填还的道理。通过唐僧的提问,经忏借佛祖之口对寿生钱的由来、益处等做了进一步说明。寿生钱是向天、地、狱三曹所借"转生本钱":"不论男女各有钱借贷以为转生本钱,以十二生肖为定,甲乙与丙丁有别,戊己与庚辛有殊,壬与癸有分。生有前后,钱有多少。"寿生钱得名于还清了寿生钱,得佛所赐福、禄、寿:"乃知寿钱不欠,佛必赐之以福,佛必与之以禄,佛必保之以寿,故名寿生钱。福以还钱而护,禄以还钱而享,寿以还钱而长。"[①]整部经忏都贯穿唐僧和佛祖问答,借此宣讲寿生的道理,解释信徒的疑问。寿生经典无论仪式还是义理,其宣说都离不开取经故事,寿生经典的"西游化"是一个明显的趋势。

三、唐僧的"本领":"应赴僧"与寿生仪式

宋明以降,禅宗已经走向衰落,明心见性的开悟离老百姓的宗教生活越来越远。民间宗教活动中活跃的是一批经忏僧,他们的主要业务就是赶经忏,念经超度亡魂,经忏仪式总和斋僧、烧寿生寄库等仪式结合在一起。一般人看到最常见的佛教活动就是经忏仪式,而大多数僧人头脑里的宗教知识也就是关于经忏仪式的知识。《西游记》中唐僧为何显得狭隘可笑呢?原因就是唐僧的原型是宋明以降的经忏僧。这可以从唐僧的知识结构看出,《西游记》里的唐僧和历史上的玄奘有天壤之别,从知识层面就可以看出,唐僧和学问渊博的玄奘完全不能相提并论。《西游记》中唐僧显示出来的佛学素养基本上可以说不及格,明心见性的功夫也没看出来,遇到困难就抱怨,被悟空斥为"脓包形",还被教训好好去念念乌巢禅师传授的《多心经》。当然,唐僧有他的本领,他最擅长的是经忏仪式,寿生寄库应当是他最能熟练操作的仪式

① 宁波三宝经坊印:《慈悲寿生经忏》,上海图书馆藏,编号 739486。感谢复旦大学秦光永博士为我复印此文献。

之一。

太宗还阳后让唐僧主持水陆大会，他“念一会儿《受生度亡经》，谈一会儿《安邦天宝篆》，宣一会儿《劝修功卷》”。这里的《受生度亡经》就是《受生经》，在追荐亡魂的水陆法会中，烧寿生寄库是其重要仪式之一。《安邦天宝篆》，从书名中的“篆”就可以看出这是道教的符篆典籍，道教仪式和符篆关系密切，符篆往往要配合咒语，而“谈”就是指念诵咒语，有时也写作“弹”。比如《孔雀明王经》就是一篇附带很长咒语的佛经，后来被广泛用在民间仪式中，常被称为“谈孔雀咒”，或“弹孔雀咒”。这里的谈篆，也有类似意思，就是荐亡仪式中配合符篆书写的咒语念诵。《劝修功卷》是一种宝卷，“宣”就是指宣卷，明清时期民间仪式中宣唱宝卷也是其中重要内容。从唐僧主持的这场水陆法事来看，他的本领路数非常“驳杂”，基本上是经忏僧的套路，非常符合明清时代的实际情况。后来，悟空打死了强盗，唐僧说要给他们念卷《倒头经》[①]，这是度亡经咒的泛称，《醒世姻缘传》里也有：“我告回状来，我叫十二个和尚、十二个道士，对着替你合小春子小冬子念倒头经，超度你三个的亡灵！”[②]可见超度荐亡这类应赴僧的本领就是唐僧的特长。

从《西游记》中很少看到唐僧教给弟子佛学知识，若果从修炼的角度，三个徒弟都可以当唐僧的老师，三个徒弟内丹修养水平都不是唐僧能比的。《西游记》中唐僧形象的苍白，其实源于唐僧原型之一的经忏僧人教理和修持的贫乏。如果说唐僧也教给了徒弟们一些知识，那这个知识一定是经忏僧那一套本领。其中，寿生仪式也是师父传授的本领之一，以至于八戒都成了这方面的专家。师徒一行在通天河陈家庄遇见庄主做斋会法事，唐僧问是什么斋会，八戒笑道：“师父问他怎的！岂不知道？必然是青苗斋、平安斋、了场斋罢了。”看来八戒对日常举行的这些斋会非常熟悉，随口道来。当庄主说这是一场“预修亡斋”，八戒立刻就发现这种叫法不对：

---

① 吴承恩：《西游记》第五十六回，《神狂诛草寇，道迷放心猿》，第710页。

② 西周生：《醒世姻缘传》第七十四回，《明太守不准歪状，悍婆娘捏念活经》，济南：齐鲁书社，1980年，966—967页。

> 八戒笑得打跌道："公公忒没眼力！我们是扯谎架桥哄人的大王，你怎么把这谎话哄我！和尚家岂不知斋事？只有个预修寄库斋、预修填还斋，那里有个预修亡斋的？你家人又不曾有死的，做甚亡斋？"①

八戒不仅知道很多斋会的名目，而且一下听出庄主所言"预修亡斋"的叫法有问题。预修是给活人办的斋会，亡斋是给亡人办的斋会，这两个放在一起是矛盾的，没有这种斋会。八戒的猜测也有道理，庄主家没有死人，不可能做亡斋，只有预修寄库斋、预修填还斋最有可能。寄库填还就是为活人做的预修斋会之一，以当时情景推测最有可能。八戒的这段话体现出他对寿生寄库等斋会的知识很了解，而且逻辑性很强，难怪悟空在旁边也听闻暗喜："这呆子乖了些也。"一向混沌的八戒在谈到寄库斋会时讲得头头是道，这种进步当然要归功于师父的教诲，八戒一句自信的话"和尚家岂不知斋事"，透露出师父身份的一些底色——熟悉经忏的僧人。这种僧人就是应赴僧，又叫瑜伽僧、经忏僧，太虚法师所谓"忏焰流"。所谓应赴僧，乃是指其超亡送死，应赴经忏仪式。明代对僧人服制有明确区分："今制：禅僧衣褐，讲僧衣红，瑜伽僧衣葱白。瑜伽，今应赴僧也。"②瑜伽僧的称呼从宋元时代就有了，明代更多时候称其为应赴僧，主要从事荐亡、预修仪式，安顿亡灵是其吃饭的本领。《西游记》还有一处说到寿生正是和荐亡有关，在莲花洞金角大王听说孙悟空把银角大王收进葫芦里化掉了，八戒接嘴说：

> 令弟已是死了，不必这等扛丧，快些儿刷净锅灶，办些香蕈、蘑菇、茶芽、竹笋、豆腐、面筋、木耳、蔬菜，请我师徒们下来，与你令弟念卷《受生经》。③

八戒讲的这一套就是斋僧和经忏，先斋僧再做寿生仪式，应赴僧赶经忏、

---

① 吴承恩：《西游记》第四十七回，《圣僧夜阻通天水，金木垂慈救小童》，第597页。

② 吴承恩：彭大翼：《山堂肆考》卷一百四十七"释教"，《景印文渊阁四库全书》本。

③ 吴承恩：《西游记》第三十五回，《外道施威力欺负正性，心猿获宝伏邪魔》，第439页。

做斋会都是这种程序，八戒平时一定是多次参与此种场面，所以听到莲花洞死了二大王，自然想起了惯常参加的斋僧、经忏，又想借此饱餐一顿。《西游记》以太宗入冥，承诺还寿生，做水陆法会作为取经缘起，加上唐僧应赴僧的某些面貌，这确实令人思考《西游记》中存在的应赴僧经忏内涵的成分。[①] 西游故事在流传过程中深受民间信仰的影响，宋代以来，佛教对民间影响最大的不是立地顿超的禅宗，而是终日钟鼓铙钹超度死人的应赴经忏，这些经忏仪式的观念进入取经故事也是必然。同时，经忏仪式文本也借助取经故事增重自身价值，出现“西游化”的取向，这种交融在吴承恩之前已经非常深入，吴承恩只是将这些已经成熟的故事统合到了百回本《西游记》中。

从宋代开始，士大夫就批评寿生寄库，如陈淳所言：“其所说为福可以冥财祷而得，为罪可以冥财赂而免，神物清正，何其贪婪如此？原其初意亦只是杜撰以诱人之为善，而恐惧人之为恶耳。野夫贱隶以死生切其身，故倾心信向之，然此等皆是下愚不学之人。”[②]然而，其所言受生寄库信仰者多为“野夫贱隶”“下愚不学之人”的下层民众则未必，许多士大夫也相信这种观念。明代人讽刺寿生烧醮：“痴人烧纸钱，唤名曰寄库。若死入地狱，那放你空过。”[③]“不见借得来，只见还得去，何物受生没凭据。盖库须一千，赠库要八百，惟有库官还做得。不如省却受生钱，将来买个库官缺。”[④]但这些都不妨碍寿生的流行。

明代宗教的现实状况是无论佛教还是道教，作为宗教水平标志的义理和修证都乏善可陈，唯有应赴僧主持的仪式斋会非常兴盛。《西游记》开篇即以寿生做引，后来又在几个地方提到寿生，这是明清时代寿生信仰流行民间的

---

① 侯冲：《〈佛门请经科〉：〈西游记〉研究的新资料》，《宗教学研究》2013 年第 3 期。

② 陈淳：《北溪字义》卷下，《景印文渊阁四库全书》本。

③ 张守约：《拟寒山诗》，《六府文藏》，《四库未收书辑刊》第陆辑贰拾柒册，北京：北京出版社，2000 年，第 691 页。

④ 程寅锡：《吴门新乐府 · 还受生》，张应昌编：《清诗铎》，北京：中华书局，1960 年，第 903 页。

反映。从皇家到百姓，寿生信仰是当时人们共同的宗教观念。万历元年(1573)皇太后施钱重修延寿寺作为举办寿生仪式祈福的地点，大臣杨博撰《重修延寿寺碑记》有文说：

《佛说寿生经》云：若有善男子、善女人，纳得寿生钱，灾星不照，福曜常临，注衣、注食、注命、注禄。恭惟圣母慈圣皇太后，闻得延寿寺一区岁久圮坏，发心施舍银一千五百两，暨宫眷人等陆续施银一千两，俱命近侍官王喜董其事，重修宝刹，重整金容，即无尽意菩萨之施宝珠璎珞，善男信女之纳寿生钱。其发心也，善因善果，大功大德，真有光于天地、祖宗矣。

特命僧众晨夕焚修，端祝今上皇帝出入起居，康宁亨吉，寿与天齐，福同川至，万万年无疆之庆也。再祈宫朝清泰，海宇平安，天不爱道，地不爱宝，亿万年太平有象之长也。

是举也，经始于隆庆五年四月初三日，落成于万历元年八月初十日。内建山门一座，天王殿一座，钟鼓楼二座，藏经殿五间，内新印藏经全，水陆殿五间，新造水陆全，方丈房三间，禅房十间，接待僧房三间。凡供设器物，靡一不具。芝房桂殿，尽善尽美，宝阁琼台，美轮美奂。对越顶礼之余，信有感通之妙。佛天永护，佛日永明，佛光永照。我慈圣皇太后茂膺景佑，自求多福，端在兹哉。是为记。

赐进士第光禄大夫柱国少师兼太子太师吏部尚书侍经筵食正一品俸蒲阪虞波杨博撰

时万历元年八月二十日立

燕山张鸾谨镌①

此碑今仍存京城之东马房营延寿寺故址。这通碑文除了反映皇家宫廷参与填还寿生的仪式外还有几点值得注意：首先，碑文直接引用《佛说寿生

① 杨博：《重修延寿寺碑记》，参见“中国国家数字图书馆·碑帖菁华”。

经》,虽然寿生信仰流行,但我们在碑文中看到直接引用《寿生经》经文的还比较少。碑文概括说明《寿生经》的功能是"若有善男子、善女人,纳得寿生钱,灾星不照,福曜常临,注衣、注食、注命、注禄",这些都是求现世福祉,说明当时皇家信仰寿生的愿景重点就是求得现世长命安乐。其次,碑文明言宝刹重辉,"善男信女之纳寿生钱"积福,又言"特命僧众晨夕焚修,端祝今上皇帝出入起居,康宁亨吉……",这里的"焚修",通常是指烧香礼拜,也可以指烧纸钱:"南岳道士秦保言勤于焚修,曾白真君云:上仙何以须纸钱,有所未谕。既而夜梦真君曰:纸钱即冥吏所借,我又何须此。"[①]这里联系上下文的寿生,我认为其有专门特指,强调"焚修"就是指仪式的重点是焚烧,即烧醮寿生钱纸。说明延寿寺是皇家专门举办寿生等水陆仪式,祈求长生,永葆清泰的地方。《雅俗通用释门疏式》里收有《宗藩还寿生疏》[②],这是专门为皇族宗藩烧寿生撰写的疏文,证明明代皇族中信仰寿生很流行。这里的寿生仪式有一个祈求重点是长生永寿,选取延寿寺作为举办寿生的场所,寺名已经透露了这个目的。寿生仪式和求长寿的关系一直很密切,大足宋代寿生造像龛就被造像人严逊称为"长寿王龛"[③],与求长寿有关。《醒世姻缘传》有一个情节,武城县各里的里头收头,为感谢晁夫人母子代输粮米的恩德,"成群打伙散在各庙里,请僧尼道士,都与晁夫人做寿生道场,保护他务要活一百二十年纪"[④],也是反映寿生仪式的延寿功能。最后,修建完成的延寿寺建筑有"内建山门一座,天王殿一座,钟鼓楼二座,藏经殿五间,内新印藏经全,水陆殿五间,新造水陆全,方丈房三间,禅房十间,接待僧房三间",从这些建筑看来,山门、天王殿、藏经楼等都不是一个寺庙的主体建筑,大规模的重修不可能只是在这些

---

① 孙光宪撰、贾二强校点:《北梦琐言》卷十二,《王潜司徒烧纸钱》,北京:中华书局,2002年,第261页。

② 冰雪道人:《雅俗通用释门疏式》卷二,《宗蕃还受生疏》,楚南宋三益堂重刊本。

③ 韦兵:《大足北宋寿生信仰造像:石篆山"长寿王龛"考辨》,大足学国际学术研讨会论文(2019年12月)。

④ 西周生辑:《醒世姻缘传》第九十回,第1179页。

附属建筑上下功夫。为了配合碑文开始部分强调的举办寿生仪式的目的，此次重修的核心建筑只能是“水陆殿五间，新造水陆全”，即五开间的水陆殿，以及水陆殿中一整堂水陆众神佛的雕塑（或壁画）。这表明重建以后，延寿寺成为一个专门举办寿生等水陆道场的皇家寺庙。

吴承恩写作《西游记》的时代，寿生信仰早已经在社会上普及。其实，太宗入冥的早期版本，比如敦煌文献中的入冥故事就没有借寿生钱的情节。而寿生经的早期版本也没有取经的情节。寿生经和取经故事如何拉上关系的呢？今最早有取经情节且带有纪年的寿生经是哈佛燕京藏朝鲜曹溪山广松寺万历四十六年刊本，这已经是一个非常成熟的本子，经题下附注“大唐三藏往西天求教，得诸经内有《寿生经》，传于世间，甚有益”，后来的经本无论内容还是体例，和这个广松寺万历刊本几乎完全相同。所以，万历四十六年是取经故事与寿生经关联成熟后的代表，其关联的起源时间应当更早，估计是金元时代。民间经典喜好和唐僧取经拉上关系，自高身价，《寿生经》流传过程中也有这个倾向，《寿生经》本来是伪经，来历可疑，通过自述源于唐僧西天取回的真经，其身价自然抬高。这样《寿生经》就逐渐“西游化”，有些情节逐渐独立成单独的故事，成为西游故事的情节来源之一。太宗入冥中加入借贷寿生钱的情节，就是“西游化”的寿生反过来丰富取经故事的例证。这种故事估计当时已经相当流行，所以我们才看到皇家热衷于填还寿生。估计妇孺皆知的太宗入冥，无钱打发亡魂的传说故事对皇亲贵胄震动很大，这才有专门修建延寿寺举办寿生等水陆道场的举动。

民间的寿生信仰更加普遍，江南地区出土了一些反映明代寿生信仰的实物。[①] 江阴市叶家宕墓地 M3 周溥墓出土过一件纸质寿生牒文封套，牒文墨书，楷体，五行，内容为：“存日答还受生阳牒二道，计还/受生钱二遍，酬答上项原借冥/钱。伏望/冥官照鉴，庶无沉滞，速判亡/魂生方净界者。”其中有灰

---

① 明清时代寿生信仰可参考姜守诚《明清社会的寄库风俗》，《东方论坛》2016 年第 4 期；任江：《江南地区明墓出土受生牒研究》，《东南文化》2019 年第 6 期。

烬,就是入葬时焚烧的阳牒。受生牒与衣物疏一起置于墓主尸体的腹部,其上再置一香袋。衣物疏纸质,疏文曰:"今具……香袋一个,内有信香十六块,受生牒二道。"受生牒套正中钤方印,再于其上书写牒文。印痕朱文,九叠篆,印文为"寿禄福持之印"①。此印文"寿禄福"与通常"福禄寿"三星的习惯说法用字顺序颠倒,寿字排在第一位,这是由寿生突出延寿、长寿意味的特点决定的,这个以寿为先的三星用字顺序是寿生信仰的标志之一。清代《慈悲寿生经忏》对"寿禄福"的顺序有专门解释:"寿为先,有寿可以言禄,有禄可以言福,如若不寿,福禄从何而见?""唐僧问于佛曰:福禄寿三星何以独寿有钱也?佛曰:你不知三星中必以寿为先……"②三星用字顺序颠倒的细节,如果不从寿生信仰内涵观念来理解就很难解释,而懂得寿生观念的内涵和逻辑也有助于我们不放过任何微小细节,揭示文物背后反映的社会观念。再从《西游记》来看,涉及三星顺序的五庄观一回,猪八戒调侃三星:"既不是人家奴才,来道叫做'添寿''添福''添禄'?"③正是寿福禄的顺序,这些细节都体现了《西游记》中的经忏观念。

上海嘉定区李新斋(即李汝节)家族墓地 M1 李汝节夫妇合葬墓出土了一件纸质受生牒。牒为麻色册页,共 3 页,宽 26 厘米、高 52.5 厘米;封面左上角、右下角各有一长方形题记框,框内书写墨书题记,左上角题记为"预修帮库文牒"。"帮库"的说法可能要从《寿生经》冥府"库藏空闲"说起,即众生不还寿生钱,冥府寿生钱库"亏空",推测还寿生就是充实府库,所以叫"帮库"。牒右下角题记为"给付生身受度信女程氏收执"。内页牒文内容为:"庚年五十岁,本命戊子宫,七月十九日卯时建。嘉靖三十九年十一月十八日,在家启建正一预修寄库道场,凭仙经堂道士沈永忠出给预修寄库受生文牒一道。"末页内容为:"万历五年九月□日,积功成胜天尊,正一教道士沈永忠率领玄众

---

① 高振威、周利宁:《江苏江阴叶家宕明墓发掘简报》,《文物》2009 年第 8 期。

② 佚名:《慈悲寿生经忏》,上海图书馆藏清末宁波三宝经坊刻本。

③ 《孙悟空三岛求方,观世音甘泉活树》,《西游记》第二十六回,第 325 页。

一坛,恭就本县依仁乡十二都□□都土地界花园山居启建灵宝。"[①]

太仓市黄元会夫妇合葬墓,年代为崇祯十二年(1639),出土了一件黄皮纸受生牒封套,上有墨书一行:"给付诰封恭人徐氏随身受生文牒一道,收执为照。"套内装有一张空白宣纸,包有纸灰,应当是下葬时焚化的阳牒。[②]

《西游记》成书的时代,这些寿生仪式早已深入人心,人们日常生活中对此耳熟能详,司空见惯。我们理解《西游记》情节中的寿生,如果联系到这些碑刻和出土文物就更能有历史现场感。

四、余论

宋元以来,寿生寄库信仰流行,冥府观念发生了一个重要变化,即除审判和酷刑式地狱外,金融和契约式地狱也同时开始流行,这些变化深刻体现在经忏斋醮仪式中。《西游记》在成书过程中与民间斋醮仪式相互渗透,交互影响,最后在定型的吴承恩百回本《西游记》中就深刻地打上了经忏斋醮仪式的印记。我们还可以看到以寿生寄库为代表的经忏斋醮仪式所体现出来的新时代精神,这些精神也体现在深受这些仪式影响的《西游记》中。首先是突破身份界限,平民社会取代士族社会,身份平等是时代的新潮流,刘全进瓜曲折而隐晦地表达了最大胆的追求身份平等的理想。其次,平等带来了契约精神,寿生仪式对契约的强调,尤其体现出宋代以来社会的变革。再次,寿生寄库的个人主义精神集中表现在对三世生命的自我规划和掌控,寿生仪式疏文开篇强调"福由自作"[③],可谓抓住了寿生的本质。个人而不是教团才是灵魂拯救的主体,这与《西游记》中孙悟空特立独行的个人主义精神是相通的。《西游记》中太宗入冥的三个承诺都体现了这些时代精神,这是统合百回本《西游记》整体结构的架构性叙事。取经的缘起就是这三个承诺中暂时不能

---

① 上海市文物管理委员会:《上海明墓》,北京:文物出版社,2009年,第238—239页。

② 吴聿明:《苏州太仓县明黄元会夫妇合葬墓》,《考古》1987年第3期。

③ 冰雪道人:《雅俗通用释门疏式》卷二,《宗蕃还受生疏》,楚南宋三益堂重刊本。

兑现的水陆法会，因为没有可以超度亡魂孽苦升天的大乘佛法三藏，所以唐僧才远涉道途，前往西方灵山求取真经，这个真经就是举办水陆仪式的大乘佛法三藏。取经缘起和水陆法会有直接关系，而水陆法会是天地阴阳各路神只的大汇聚，亡魂孽苦最后在仪式中集体获救，共同超生。这是唐宋以后，民间屡屡受挫的千年运动在幽冥观念上的曲折反映，它与中国近世的民间思想潮流关系密切，并影响了社会宗教的诸方面。百回本《西游记》太宗入冥的三个承诺及兑现，其内涵体现了宋以后中国社会思想发展的风向：追求身份平等、契约公正、共同解放。一旦历史机缘聚合，这些潜藏于幽冥世界的观念和理想就会重返人间，裹挟来自底层的巨大力量，在一次次运动中推动历史前行。这又是一大问题，此不赘述，另文讨论。

明清时期三清形象的转变与发展
——以《西游记》等小说之插图为例

（日本）庆应义塾大学　山下一夫

一、关于三清像

三清被视为道教众多神仙中地位最高的一种。现在在道观或属于道教的庙里，一般都供奉有三清神像；举行道教仪式的时候一般也都要挂三清的画像。但是这些三清像，在道教形成初期并不存在，一直到了六朝末期，原来存在于"仙境"概念当中的三清，与尊神一起，才作为信奉对象出现于世间。① 较早关于制造三清神像的资料，可见于《洞玄灵宝三洞奉道科戒营始》

① 三清概念的形成，已有众多专家研究，如卿希泰：《道与三清关系刍议》，四川大学宗教研究所编《道教神仙信仰研究》，台北：中华道统出版社，2000 年，第 9—25 页；李远国：《三清、玉皇信仰略考——兼及道教的神学思想》，四川大学宗教研究所编《道教神仙信仰研究》，第 51—82 页；石衍丰：《道教的三清尊神和玉皇大帝》，四川大学宗教研究所编《道教神仙信仰研究》，第 39—50 页；盖建民：《玉皇与三清关系考略》，四川大学宗教研究所编《道教神仙信仰研究》，第 113—129 页；丁培仁：《三清、玉皇原起考》，四川大学宗教研究所编《道教神仙信仰研究》，第 130—165 页；黄海德：《试论道教"三清"信仰的宗教内涵及其历史演变》，《世界宗教研究》2004 年第 2 期；王承文：《论中古时期"三清"神灵体系的形成——以敦煌本〈灵宝真文度人本行抄经〉为中心的考察》，《中山大学学报》（社会科学版）2008 年第 2 期，文中不再赘述。

中。[①] 根据吉冈义丰的研究,此资料为隋代至唐代初期的资料。[②] 卷二《造像品》做了如下的描述:

> 科曰:夫大像无形,至真无色,湛然空寂,视听莫偕,而应变见身,暂显还隐,所以存真者系想圣容,故以丹青金碧,摹图形相,像彼真容,饰兹铅粉。凡厥系心,皆先造像。有六种相,宜按奉行:一者,先造无上法王元始天尊、太上虚皇玉晨大道、高上老子太一天尊;二者,造大罗已下,太清已上,三清无量,圣真仙相。……科曰:凡造像,皆依经。具其仪相,天尊有五百亿相,道君有七十二相,老君有三十二相,真人有二十四相,衣冠华座,并须如法。天尊上帔,以九色离罗,或五色云霞山水,杂锦黄裳,金冠玉冠。左右皆缨络环佩,亦金玉冠,彩色间错,上帔皆不得用纯紫丹青碧绿等。真人又不得散发、长耳、独角,并须戴芙蓉飞云元始等冠,复不得戴二仪平冠、鹿胎之属。左右二真,皆供献,或持经执简,把诸香华,悉须恭肃,不得放诞手足,衣服偏斜。天尊平坐,指捻太无,手中皆不执如意尘拂,但空而已。[③]

在此值得注意的是,"手中皆不执如意尘拂"这句话的描写。因为这与当今制作的三清神像有很大的不同。同时,这也表明当时的神像确实以上述的

① 北魏时已有"道教三尊像",或者个别的"元始天尊像""太上老君像"等神像,但此时"三清尊神"概念还没完成,不能说是"三清像"。六朝时期道教造像开始,参看李淞《长安艺术与宗教文明》,北京:中华书局,2002 年,第 337—510 页;张勋燎、白彬:《中国道教考古》第一卷第二册,北京:线装书局,2005 年,第 609—684 页;神冢淑子:《六朝时代の道教造像》,《六朝道教の思想研究》,东京:创文社,1999 年,第 464—545 页;神冢淑子:《隋代の道教造像》,《名古屋大学文学部研究论集》,哲学 52,2006 年,第 111—136 页;(日)神冢淑子:《天尊像・元始天尊像の成立と灵宝经》,《名古屋大学中国哲学论集》6,2007 年,第 110—130 页;(日)斋藤龙一:《道教像の出现とその展开》,斋藤龙一编《道教の美术 TAOISM ART》,大阪:读卖新闻大阪本社,2009 年,第 322—324 页等。

② 吉冈义丰:《道教经典史论》,东京:五月书房,1989 年,第 80、240—268 页。

③ 《正统道藏》太平部。

方法而制成。

现存最早的三清神像，可举唐天宝八载(749)四川省仁寿县三宝窟的三宝像(图一)。[①] 值得注意的是，画像最左边的“神宝君”手持扇子，很明显这与现今三清像中的道德天尊形象存在着共通点。

收录于《道藏》的三清图像中，制作年代较早的为北宋的《三才定位图》[②]，此图描绘的是“清微玉清天帝天宝君”“禹余上清天灵宝君”和“大赤太清天神宝君”这“三尊神”，在三尊神之间还画入了宋王室赵氏始祖神“圣祖上灵高道九天司命保生天尊大帝”以及“昊天玉皇大帝通明之殿”等五位神像(图二)。[③] 值得注意的是，“玉清”“上清”和“泰清”这三位神仙都不持有任何物件，只有“圣祖”持有如意。

宋代的三清神像，现有绍兴年间(1131—1162)重庆市大石南山第五号窟三清洞中心柱正面造像(图三)[④]和淳熙六年(1179)苏州玄妙观三清殿三清像(图四)[⑤]等。

画像中的元始天尊结手印，右边的道德天尊持扇，左边的灵宝天尊持有如意，这种形象后来成为三清神像最典型的样本。《正统道藏》开头所画的《正统神真图》(图五)、《三教源流搜神大全》卷一中的《道教源流图》(图六)[⑥]等都采用了这种形式，现在道观或道教庙里供奉的三清神像也多以此为样本。

---

① 黄海德：《唐代四川“三宝窟”道教神像与“三清”之由来》，四川大学宗教研究所编《道教神仙信仰研究》，第83—112页。三宝窟内有《南竺观记》碑文，云：“大唐天宝八载太岁己丑四月乙未朔十五日戊申……共造三宝像一龛。”

② 关于《三才定位图》，参看许宜兰《道经图像研究》，成都：巴蜀书社，2009年，第32—65页。

③ 《正统道藏》洞真部灵图类。

④ 王庆瑜编、王庆瑜摄影：《大足石刻艺术》，北京：中国旅游出版社，2001年。亦参看李小强《大足南山道教醮坛造像》，《中国道教》2003年第1期。

⑤ 董寿琪、薄建华编著：《苏州玄妙观》，北京：中国旅游出版社，2005年，第46—61页。

⑥ 佚名撰：《绘图三教源流搜神大全》，上海：上海古籍出版社，1990年。

但是，明代以后的三清神像除此种样本以外，在道教绘画中，或者在各地的道观里，还能看到许多其他样本。尤其是在明清白话小说插图当中出现的三清像，跟《正统神真图》类型极为不同，具有独特的风格。当然，白话小说插图属于通俗文学领域，不完全忠实于当时的道教思想，但是正因为如此，才反映出当时一般民众对道教神的感性认识。因此，本文想通过对明清小说插图中三清神像的考察，以及对相关资料进行比较研究，来探讨三清神像在道教研究中的意义。

二、《西游记》与《北游记》

在明代小说《西游记》里，三清大概出现在两种情景当中：一种是在第七回里，孙悟空被如来佛祖擒住以后，众神仙举行"安天大会"：

> 如来佛祖殄灭了妖猴，即唤阿傩、迦叶同转西方极乐世界。时有天蓬、天佑急出灵霄宝殿道："请如来少待，我主大驾来也。"佛祖闻言，回首瞻仰。须臾，果见八景鸾舆，九光宝盖；声奏玄歌妙乐，咏哦无量神章；散宝花，喷真香，直至佛前谢曰："多蒙大法收殄妖邪，望如来少停一日，请诸仙做一会筵奉谢。"如来不敢违悖，即合掌谢道："老僧承大天尊宣命来此，有何法力？还是天尊与众神洪福。敢劳致谢？"玉帝传旨，即着雷部众神，分头请三清、四御、五老、六司、七元、八极、九曜、十都，千真万圣，来此赴会，同谢佛恩。又命四大天师、九天仙女，大开玉京金阙、太玄宝宫、洞阳玉馆，请如来高座七宝灵台，调设各班坐位，安排龙肝凤髓，玉液蟠桃。不一时，那玉清元始天尊、上清灵宝天尊、太清道德天尊、五炁真君、五斗星君、三官四圣、九曜真君、左辅、右弼、天王、哪吒，玄虚一应灵通，对对旌旗，双双幡盖，都捧着明珠异宝，寿果奇花，向佛前拜献曰："感如来无量法力，收伏妖猴。蒙大天尊设宴呼唤，我等皆来陈谢。请如来将此会立一名，如何？"如来领众神之托曰："今欲立名，可作个安天大会。"各仙老异口同声，俱道："好个安天大会！好个安天大会！"言讫，各

坐座位，走桥传觞，簪花鼓瑟，果好会也。[①]

在《西游记》的很多版本中，明代金陵出版的所谓世德堂本被认为是最佳版本，但十分遗憾的是，此版本并无上述情景的插图。明代其他重要的版本，如李卓吾先生批评本、书林杨闽斋本等版本也是如此，只有朱鼎臣编写的简略本《唐三藏西游释厄传》（朱本）中有有关上述场面的插图，插图中的神仙持有如意（图七）。[②]

朱本是"上图下文"版本，因为插图较小，为了使画面单纯化，往往省略其细节而只画其中的一两个人物来代表场面中的所有人物。因为朱本中列举的神仙过多，所以画工只挑选其中的一个来画。这个人物即为"骑着牛"的老子，也就是三清中的"太清道德天尊"。在此值得注意的是，插图中他没有持扇，而是持有如意。

《西游记》中出现三清的另外一个场面，是在第四十四回的"车迟国"，孙悟空、猪八戒和沙和尚潜入三清观，推倒虎力大仙、鹿力大仙和羊力大仙供奉的"三清神像"：

这行者却引八戒、沙僧，按落云头，闯上三清殿。呆子不论生熟，拿过烧果来，张口就啃，行者掣铁棒，着手便打。八戒缩手躲过道："还不曾尝着甚么滋味，就打！"行者道："莫要小家子行，且叙礼坐下受用。"八戒道："不羞！偷东西吃，还要叙礼！若是请将来，却要如何？"行者道："这上面坐的是甚么菩萨？"八戒笑道："三清也认不得，却认做甚么菩萨！"行者道："那三清？"八戒道："中间的是元始天尊，左边的是灵宝道君，右边的是太上老君。"行者道："都要变得这般模样，才吃得安稳哩。"那呆子急了，闻得那香喷喷供养要吃，爬上高台，把老君一嘴拱下去道："老官儿，

① 《西游记》世德堂本引文与插图，据《明清善本小说丛刊初编》，台北：天一出版社，1985年影印明世德堂本。

② 《西游记》朱本引文与插图，据《古本小说集成》，上海：上海古籍出版社，1990年影印日本日光轮王寺慈眼堂藏刘莲台永茂刊本。

> 你也坐得够了，让我老猪坐坐。”八戒变作太上老君，行者变作元始天尊，沙僧变作灵宝道君，把原像都推下去。

世德堂本中也不存在描写上述情节的插图。李卓吾先生批评本的插图描绘的是三清神像被推倒后的场面，所以人们无法得知上述场面中出现的神像的特征（图八）①。书林杨闽斋本当中有几张插图②，其中一幅（图九）画的是孙悟空推倒三清的情景。图中只有一尊神像，也是按照上图下文版本的省略法所画，因为车迟国中孙悟空推倒的是元始天尊，所以这幅插图画的应该是元始天尊，画中的天尊拿着一个棒型的东西（图十）。接下来还有孙悟空等三人扮成三清神像的插图，插图中三人也持有同样的棒条。这些棒条很有可能就是“笏”。

明代小说《北方真武祖师玄天上帝出身志传》当中也有有关三清的插图。这部小说又被称作《北游记》，是玄天上帝的传记，里面多次出现三清神帮助玄天的描写。首先，在小说开头部分，七宝如来带着刘长生（玉帝转世，后成为玄天）去三清观，谒见三清：

> 玉清、上清、太清三清天尊笑曰：“我若不说，汝等果不知之。玉帝因一日设宴群臣，见对面金光灿灿，不知是你七人金光现。玉帝一见，即问群臣。群臣奏说是刘天君家接天树。玉帝见有宝光，便起贪心，着使去取不得，又问众臣，说：“这树我甚爱之，今讨不来，要甚人方得此树？”众臣奏说：“他家子孙，方得此树。”玉帝闻奏，贪心不止，忽然失声叹曰：“若能得为他子孙，得享此树，则心足矣。”众臣听说大惊，即奏玉帝，要其降生。玉帝无奈，只得将一魂指一化身，投入刘天君家去投生。今见汝七人，乃前贪心未了，故见妆等以厚币供之。今玉帝因贪心混入尘劳，圣心

① 《西游记》李卓吾先生批评本插图，据《明清善本小说丛刊初编》，1985年影印幔亭过客题辞刊本。

② 《西游记》书林杨闽斋本插图，据《明清善本小说丛刊初编》，1985年影印癸卯年陈元之序刊本。

欲绝,恐难复归,倘万一不然,亦是因慕汝等而起,汝等亦不便。汝七人可着一人,变做道人,去劝他修行;着一人又变做一道人,在于接天树下,待那长生若来供养,见树枯而不耀,必然有怒,若见你在树边,必说宝是你盗去,害杀那树,要计较你之时,汝可显出神通,点化他修行便是。"……众如来将长生抱出宫外,直引去三清殿见三清,众如来称说前事。三清见长生,长生下拜,三清请起列坐。三清曰:"你可认得我等是甚人?"长生曰:"平素未面,不认列位仙长。"三清笑曰:"你知尔自己前生是甚人?"长生曰:"小子其实不知,望众仙长明以告我,倘得仙缘有分,没世不忘。"三清曰:"你可在我后堂照天镜中,照看你是甚人。"长生即往后堂镜中一照,见镜中是玉帝相对。心中大惊,出告三清曰:"小子往镜中一照,镜内却是玉帝形象。莫非前身,原是玉帝乎?"三清曰:"然。"(卷一《玉帝设宴会群臣》)[①]

图十一是描绘上述情节的插图。此插图也是按照上图下文的方法,只画了一位尊神,不知道是三清中的哪一位。因为小说文本中有对"玉清、上清、太清三清"的描写,所以有可能画的是头一位尊神玉清神,即元始天尊。

图十二描绘的是,为了搭救玄天,三清下凡的场面:

却说祖师离火焰山,来到此处,有一昆仑山,山内有六个妖魔,自号为天地日月年时六毒。常于路旁放毒害民。有人过此者,不无受伤。祖师来至昆仑山前,见妖怪拥起,对众将曰:"此处妖怪非比等闲,内有光彩,其中必有毒气,各宜仔细。"道犹未了,只见一阵狂风吹来。祖师手持三台七星剑挡住,被毒气对面冲倒,不省人事。众将逃散。少刻间,毒气退去,众将聚集寻祖师,见祖师闷于地中,不省人事。各各大惊。关帅等面面相看,亦无救师之策,遂向众将曰:"列位看住师父尸首,某往上界见三清求教。"众人曰:"诺。"关帅即驾云往上界,见三清拜伏,将师受毒闷

---

① 《北方真武祖师玄天上帝出身志传》引文与插图,据《古本小说集成》,1990年影印明万历三十年(1602)本。

倒之事,说了一遍。三清曰:“此是昆仑山朱彦夫手下六员副将,名六毒神,走出毒袋于山下作怪,要救汝师,除非去昆仑山叫得朱彦夫去,方可救得。”关帅曰:“恐弟子去,彦夫不肯去救我师。”三清曰:“汝去,他焉肯行,其人有一法宝,名被毒袋,最是利害。我等同汝去,先救醒汝师,自去见他,倘下肯降,汝师去收回六毒之时,当以计收之。”关帅听罢大喜,同三清驾云直至昆仑山。见毒气罩定祖师,昏昏不醒。三清念动真言,用扇一扇,将毒气扇散。三清用净水于祖师身上周旋而洒,连呵三气,祖师微微醒来,开目看见三清,祖师连忙下拜。三清曰:“汝被迷失者,为受六毒之气,若要收除此毒,除非去昆仑山顶祈得朱彦夫,除得此毒。”祖师曰:“当用何术除之?”三清曰:“汝若出战,其人必开毒袋装汝诸将。我有宝扇一把,名曰逍遥扇,历千百劫来,诸气邪妖俱不敢近,一扇即灭。汝可拿去,付汝部将谢天君,其人原是火德星。倘遇战之时,若见彦夫开袋,叫他即带我宝扇入袋,用火烧出来,即时将毒袋烧破,不能装汝,方收得此人。彦夫若降,此扇送入上界,不许有误。”祖师听罢,叩首拜谢。三清驾云回转天宫。(卷三《祖师收瘟过火焰山》)

在小说文本中,三清好像是一同下凡的,但在此插图中用扇搭救主人公的可能是三清中的太清,插图也被题为“太清驾云,转回天曹”,可见故事里描写的神仙即为道德天尊。也就是说,在小说文本和插图中道德天尊用扇子,也跟《西游记》中的插图一样,他持有如意。

三、如意

如意为何物呢?《释氏要览》卷中对“如意”做了如下解释[①]:

梵云阿那律,秦言如意。《指归》云:古之爪杖也。或骨角竹木,刻作人手指爪,柄可长三尺许。或脊有痒,手所不到,用以搔抓,如人之意,故

① CBETA(2020),T54,no.2127,p.279b28.

曰如意。诚尝问译经三藏通梵大师清沼、字学通慧大师云胜,皆云:如意之制,盖心之表也,故菩萨皆执之。状如云叶,又如此方篆书心字故。若局爪杖者,只如文殊亦执之,岂欲搔痒也。又云:今讲僧尚执之,多私记节文祝辞于柄,备于忽忘,要时手执目删。如人之意,故名如意。若俗官之手版,备于忽忘,名笏也。若齐高祖赐隐士明僧绍竹根如意,梁武帝赐昭明太子木犀如意,石季伦、王敦皆执铁如意,此必爪杖也。因斯而论则有二如意。盖名同而用异焉。

按上述解释,如意大致有两种:一种是"搔痒耙",另外一种是类似于"备忘录"一样的东西。后者与俗官使用的"笏"相仿,僧侣使用的那种称为如意,也就是说,如意原来为佛门之物。图十三①为元代"蔡山样式"十六罗汉像之一,如意在佛教美术中一般被描绘为罗汉之持物。在菩萨像中,也有文殊手持如意的形象(图十四)②,但从六朝至隋唐的文殊像里都不存在这样的描绘,只是到了明清时期这种描绘才有出现。文殊是释迦三尊像之一,与三清的灵宝天尊一样,站立于释迦的右边。因此他持有如意的形象,很可能是受到了道教《正统神真图》中三清像的影响。

另外,禅僧使用如意是把如意作为一种拍板、决断的工具。《佛祖统纪》卷六《四祖天台智者法空宝觉灵慧大禅师》中有如下描述③:

南岳造金字《般若》,命师代讲。唯三三昧及三观智,用以咨审,余悉自裁。南岳手持如意,临席赞之曰:"可谓法付法臣,法王无事。"

道教中有关如意的定义,可见于明代朱权《天皇至道太清玉册》卷六《修真器用章》:

---

① 神奈川县立历史博物馆编集:《宋元佛画》,横滨:神奈川县立历史博物馆,2007 年。

② 高淳县文化局编:《明清道教神像画》,南京:南京出版社,2006 年。

③ CBETA(2020),T49,no.2035,p.180c27.

如意。黄帝所制,战蚩尤之兵器也,后世改为骨朵,天真执之,以辟群魔。[①]

朱权规定如意应为道教的“辟邪物”,但这可能是后人编纂出来的。因为在很多道教绘画中,如意均由地位较高的神仙、道士命令、教训弟子时持有(图十五)。[②] 这可能与禅宗的使用方法有关,如意在道教中演变为显示威严的道具。

在画有“老子变相”的《宝善卷》中,若拿《说净经图》(图十六)和《关尹请著作图》(图十七)做比较[③],前者与《正统神真图》中的三清像一样,即持扇,而后者却持如意。像这样,持扇与持如意可以并存,只有在显示其威严时,才只采用后者。

在《正统神真图》中的三清像里,持如意的只有灵宝天尊,但若考虑到如意的性质,元始天尊、太上老君应有资格持有。如果说,“显示威严”表示“地位高”,那么神仙中地位最高的三清都应有资格持有如意。在明代的《搜神记大全》的插图中(图十八)[④]、陕西省佳县白云观《老子八十一化图说》中(图十九)[⑤]三清都持有如意。前面介绍的《西游记》第四十四回插图,有可能是把三清像与拿笏的天官神像搞混而导致,也有可能是受到“三清均持如意”形象的影响。

如果如意是一种高地位象征的话,也可以说,三清中的三位尊神中只有地位最高的元始天尊才有资格持如意。在玄天大帝画传之一,明代《真武灵应图册》中的一幅《玉清演法》图里,给玄天大帝说法的元始天尊持有如意(图

---

① 《大明续道藏》。

② 《三才图会》,上海:上海古籍出版社,1988 年影印上海图书馆藏明万历王思义校正本。

③ 王育成:《明代彩绘全真宗祖图研究》,北京:中国社会科学出版社,2003 年。

④ 《新刻出像增补搜神记大全》,台北:台湾学生书局,1989 年影印明万历间金陵三山唐氏富春堂刊本。

⑤ 《中国佳县白云山白云观壁画》,北京:文物出版社,2007 年。

二十)。[1] 让人费解的是,同样在玄天大帝画传的元代版本《武当嘉庆图》中的《玉清演法》,却是《正统神真图》型的三清像(图二十一)[2]。如果把前面介绍的《北游记》中的插图与明代《真武灵应图册》放在一起考虑的话,大概可以断定到了明代,元始天尊手持如意的形象开始在民间流行了。

四、《封神演义》

明代小说中的三清,除了出现在上述几本书中以外,在《封神演义》中也有出现,但是由于这部小说的结构十分复杂,所以在考察它的时候需要持有谨慎的态度。因为小说作者在吸收许多既存的神仙故事的同时,为了配合小说的故事情节,也加入了一些作者自己对神仙来历的认识,因此小说中有一些随意篡改原有神仙形象的倾向。[3]

前面介绍的《西游记》朱本和《北游记》插图里的道德天尊,与一般人想象中的白发老人的形象不同,但跟元始天尊形象十分接近。三清中的道德天尊与老子太上老君原本为同一神仙,可是到了明代,有可能被误认为两个不同的神仙。《封神演义》作者很可能利用了这种情况。小说中出现两种三清:一为玉清道人、上清道人和太清道人的"老子一气化三清";另一为老子、元始天尊和通天教主的"三教主"。后者没有使用三清的称呼,也未使用"道德天尊""灵宝天尊"等称谓,但是他们仍都是神仙的领袖,这显然是出于道教的三清思想。

---

① 肖海明:《真武图像研究》,北京:文物出版社,2007 年。

② 《武当嘉庆图》,《藏外道书》第 32 册,成都:巴蜀书社,1992 年。

③ 参看(日)山下一夫《〈封神演义〉作者による神仙像の改变について》,《艺文研究》第七十二号,庆应义塾大学艺文学会,1997 年,第 39—61 页;(日)山下一夫:《〈封神演义〉西方教主考》,《圆光佛学学报》1999 年第 3 期,圆光佛学院,第 241—259 页;(日)山下一:《〈封神演义〉の戏曲化と民间信仰への影响》,《东方宗教》第 101 号,日本道教学会,2003 年,第 1—17 页;(日)山下一夫:《〈封神演义〉通天教主考》,(日)田中文雄、Terry Kleeman 编:《道教と共生思想》,东京:大河书房,2009 年,第 176—198 页等。

作者在小说中把身临战场的元始天尊，描写为手持利剑，但是没有说明他平时拿着什么。但是如果看一下《封神演义》明代金阊舒氏刊本（舒本）插图[①]，就能发现元始天尊原是手持如意的（图二十二）。[②] 明本的建阳本（图二十三）[③]和清末石印本（图二十四）[④]也是如此。这些插图可能反映了画工自己心中的元始天尊形象。这也说明明清时期的元始天尊一般被民众认为是手持如意的。

在很多《封神演义》版本中，都有画有元始天尊在《正统神真图》型的结手印插图，如东京大学东洋文化研究所收藏的清初十卷本就是如此（图二十五）。但是在以这十卷本的插图为根据而编辑的《封神真形图》里，特地把元始天尊的形象改为手持如意的那种（图二十六），原来的画面变为燃灯道人（图二十七）。[⑤] 在《封神真形图》作者看来，这样的元始天尊才是元始天尊应有的形象。像这样，"元始天尊持有如意"的固有观念是十分坚固的。

另外一个"老子一气化三清"出现在小说第七十七回的如下场面中：

老子自思："他只知仗他道术，不知守己修身，我也显一显玄都紫府手段与他的门人看看。"把青牛一拎，跳出圈子来，把鱼尾冠一推，只见顶上三道气出，化为三清。老子复与通天教主来战。只听得正东上一声钟响，来了一位道人，戴九云冠，穿大红白鹤绛绡衣，骑白犛而来，手仗一口宝剑，大呼曰："李道兄。吾来助你一臂之力。"通天教主认不得，随声问曰："那道者是何人？"道者答曰："吾有诗为证。诗曰：混元初判道如先，

① 《封神演义》的版本，参看大冢秀高《增补中国通俗小说书目》，东京：汲古书院，1987年，第139—142页；尾崎勤：《〈封神演义〉の简本について》，《汲古》第五十一号，东京：汲古书院，2007年，第15—21页、第27页等。

② 《封神演义》舒本的引文与插图，据《古本小说集成》，1990年影印日本内阁文库本。

③ 日本东京无穷会织田文库所藏本。

④ 《绘图封神演义》，校经山房成记书局，清末石印本。

⑤ 《明清善本小说丛刊初编》，台北：天一出版社，1985年影印图书馆藏本。作者未详，有民国初期书画收藏家能毅、刘磬真夫妻之印，或是清末时成立。

常有常无得自然。紫气东来三万里,函关初度五千年。"道人作罢诗曰:"吾乃上清道人是也。"仗手中剑来取。通天教主不知上清道人出于何处,慌忙招架。只听得正南上又有钟响,来了一位道者,戴如意冠,穿淡黄八卦衣,骑天马而来,一手执灵芝如意,大呼曰:"李道兄。我来佐你共伏通天道人。"把天马一兜,仗如意打来。通天教主曰:"来者何人?"道人曰:"你连我也认不得,还称你做截教之主。听我道来。诗曰:函关初出至昆仑,一统华夷属道门。我体本同天地老,须弥山倒性还存。吾乃玉清道人是也。"通天教主不知其故:"自古至今,鸿钧一道传三友,上清、玉清不知从何教而来。"手中虽是招架,心中甚是疑惑。正寻思未已,正北上又是一声玉磬响,来了一位道人,戴九霄冠,穿八宝万寿紫霞衣,一手执龙须扇,一手执三宝玉如意,骑地狮而来。大呼:"李道兄。贫道来辅你共破陷仙也。"通天教主又见来了这一位苍颜鹤发道人,心上愈觉不安,忙问曰:"来者何人?"道人曰:"你听我道来。诗曰:混沌从来不计年,鸿蒙剖处我居先。参同天地玄黄理,任你傍门望眼穿。吾乃太清道人是也。"四位天尊裹住了通天教主,或上或下,或左或右,通天教主只有招架之功。(第七十七回《老子一气化三清》)

值得注意的是,这里的上清是手持利剑,而玉清和太清则是手持如意。

舒本的插图(图二十八)和清末石印本的插图(图二十九)都是按照小说文本做了如实的描绘。换句话说,这里拿着如意的不是灵宝天尊,而是元始天尊和道德天尊,这跟《正统神真图》型的三清图完全相反。

如前面所述,明代有元始天尊和道德天尊手持如意的资料。说到持如意的"资格",与三清中地位最高的元始天尊和初期道教中地位最高的太上老君相比,没有做过"最高神",为一般民众不太熟知的灵宝天尊看上去是"不适合"的存在。《封神演义》作者大概也注意到了这一点,随意编创了上清灵宝天尊的形象。

五、结语

在清光绪十八年(1892)上海五彩公司出版的石印本《绘图增像西游记》的插图里,猪八戒扮成的道德天尊持扇,沙和尚扮成的灵宝天尊却什么都没拿,而孙悟空扮成的元始天尊仍是手持如意的(图三十)。[①] 这些插图中的形象表明这种形象才是清末一般小说读者印象中的三清像。

现在也能看到与这幅插图相似的三清神像。首先,从一位在上海活动的传教士 Henry Doré(禄是遒)于 1912 年出版的 *Recherches sur les superstitions en Chine*(《中国民间崇拜・中国众神》)中可以看到(图三十一)[②]。此书介绍的三清像为"元始天尊拿如意、灵宝天尊拿经卷、道德天尊拿扇"。画于 1904 年陕西省佳县白云观的《真武修行图》也属于这种类型。在其中的第一幅中,位于中间的人物手持经卷,右边的人物手持如意(图三十二),看上去好像是灵宝天尊持如意,但是看一下《上朝玉境》(图三十三)、《上朝真清》(图三十四)、《上朝泰清》(图三十五)就能发现[③],原来拿着如意的是元始天尊,拿着经卷的是灵宝天尊。这可能是画工画错的结果。另外,民国初年云南省大理的道士张星耀制作的纸马也采用了这种形象(图三十六)[④]。

中国道教协会本部所在地北京的白云观现存的三清像跟《正统神真图》不同(图三十七)[⑤]。葛兆光在《道教与中国文化》中做了如下说明:

> 如果,你有机会来到北京著名的白云观,登上三清殿,瞻仰那三尊神情庄严的神像,你就会看到,中间那尊神像左手虚拈,右手虚捧,左边那尊神像,双手却捧着一个半黑半白,黑中有白点,白中有黑点的圆形物,

---

① 日本国会图书馆所藏:《绘图增像西游记》,上海:上海五彩公司,1892 年。

② 禄是遒:《中国民间崇拜・中国众神》,王定安译,上海:上海科学技术文献出版社,2009 年,第 3 页。

③ 《中国佳县白云山白云观壁画》,北京:文物出版社,2007 年。

④ 川野明正:《神像咒符甲马子集成》,北京:东方出版社,2005 年,第 130—131 页。

⑤ 蜂屋邦夫:《中国の道教　图版册》,东京:汲古书院,1999 年。

右边那尊神像，则手持一把同样画有圆形物的扇子。他们是谁？手里拿的又是什么？原来，中间是元始天尊，他手中虚拈，象征的是“天地未形，万物未生”时的“无极”，左边是灵宝天尊，他手中的“阴阳镜”，象征的是刚从无极状态中衍生的“太极”，而右边的是道德天尊即后世通称的太上老君，他手中的扇子，则象征着由“太极”而分出阴阳的两仪。三尊神像与他们手中的物事，合起来就是一个道教的宇宙图式。[1]

但是据李养正回忆，这里“文革”前供奉的是元始天尊拿如意的三清像。他在《“三清”造像考鉴琐语》里说：

我所见过的“三清”造像，在印象中数罗浮山冲虚古观宋代塑像、苏州玄妙观宋代塑像、北京白云观明代托砂拨金像工艺最佳（以上均为三像并列）。其中尤以北京白云观三清阁中所安奉的“三清”造像仪状为“凝静简远，结跏趺坐，托砂质，拨金精工，外加髹彩，高四尺八寸，素面具须髯，建上清灵明冠，衮袍，外服离尘青玉锦氅，束七宝带，仙披覆于座（宝座）”，元始天尊“执如意”，灵宝天尊“执两仪图”，道德天尊“执扇”。一九五六年，白云观重新整修“三清”造像，记得陈撄宁先生在一九五九年“老君圣诞节”为我讲解“三清”造像时，我所见“元始天尊”造像右手指捏执圆珠，“灵宝天尊”造像两手抱“坎离匡廓图”，“道德天尊”造像执羽扇，扇上画示有“太极图”。一九八一年白云观又重修“三清”造像（因“文革”十年已受损失，须髯凌乱，执物皆无），“元始天尊”造像仍为右手指捏执圆珠，“道德天尊”造像仍执扇，却将“灵宝天尊”造像改为执太极图。……我以为“元始天尊”造像以手捏混元珠较为妥贴，“灵宝天尊”造像以坎离匡廓图较为妥贴，“道德天尊”造像以执羽扇而扇上绘以太极图较为妥贴。[2]

---

① 葛兆光：《道教与中国文化》，上海：上海人民出版社，1987 年，第 47 页。

② 李养正：《“三清”造像考鉴琐语》，《道教神仙信仰研究》，第 26—38 页。

与上述同一类型的三清像在辽宁省千山无量观(图三十八)和陕西省钓鱼台(图三十九)都可以看到。[①]（但是后者,如灵宝天尊变为“通天教主”等,受到《封神演义》描写的影响很大。)从这个例子我们可以得出这样一个结论,即元始天尊手持如意的三清像,在现实的道观里确实存在。

所有的神像,当然其中也有凭空想象出来的,但是一般都有其想要表达的思想内容。《正统神真图》型三清像,道德天尊持扇向左倾斜,灵宝天尊拿持如意向右倾斜,左右对称,给人一种设计上的安定感。但是考虑到如意的性质,可以看到元始天尊持如意,是想来表示他的领袖地位,这也符合逻辑,而且这种类型的三清,对当时的小说读者来说是最自然的,很有可能这在当时是一种比较普遍的存在。

本文主要对三清神像中手持如意的问题进行了检讨,但是仍有很多值得进一步思考的问题。本文谈到的《正统神真图》型中,元始天尊的手印也有多种,每个手印代表的意义均不相同,另外太极图的道德天尊和三清服装的颜色也有探讨的意义。此外,三清变种的分布跟地区差异也有关系。这些问题,都需要做进一步的研究与探讨。

① 蜂屋邦夫:《中国の道教　图版册》。

附:

图一　唐天宝八载仁寿县三宝窟三宝像

图二　《三才定位图》

图三　绍兴年间重庆市大石南山第五号窟三清洞中心柱正面造像

图四　淳熙六年苏州玄妙观三清殿三清像

图五 《正统神真图》

图六 《三教源流搜神大全》之《道教源流图》中的三清像

图七　明朱鼎臣《唐三藏西游释厄传》插图

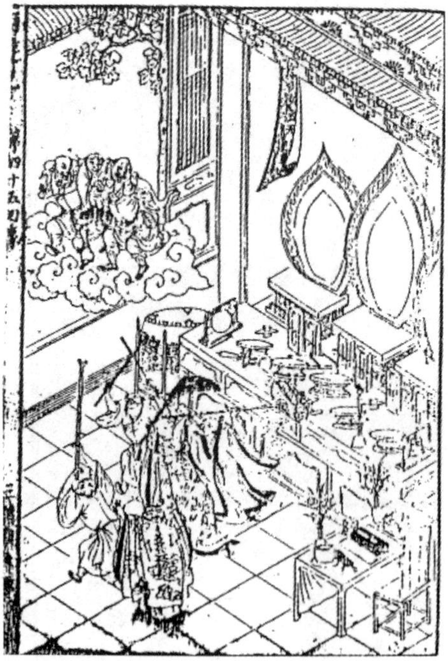

图八　李卓吾先生批评本《西游记》中被推倒的三清神像

图九　书林杨闽斋本《西游记》中孙悟空推倒三清像

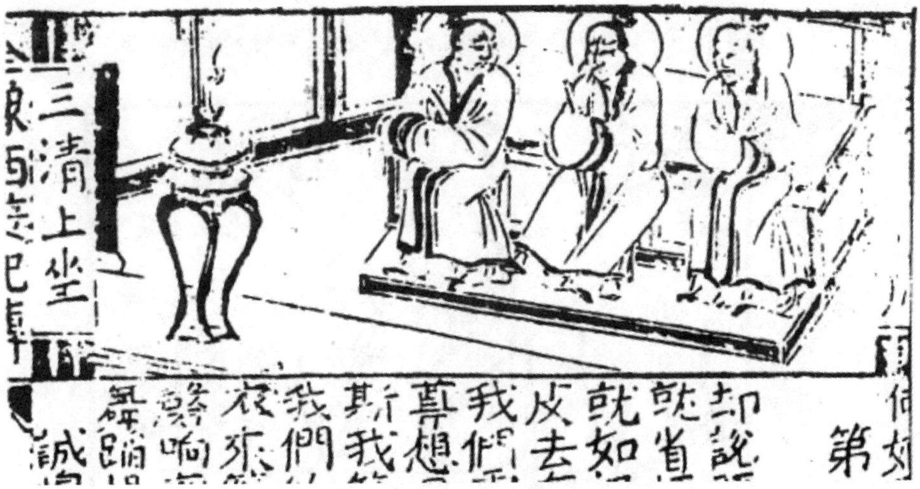

图十　书林杨闽斋本《西游记》插图

图十一 《北方真武祖师玄天上帝出身志传》插图

图十二 《北方真武祖师玄天上帝出身志传》中描绘的三清下凡场面

图十三 《宋元佛画》收录的元代“蔡山样式”十六罗汉像之一

图十四 《明清道教神像画》收录的文殊菩萨手持如意图

图十五 《三才图会》插图

图十六 《说净经图》

图十七 《关尹请著作图》

图十八 《搜神记大全》插图中的三清像

图十九 《老子八十一化图说》中的三清像

图二十 《真武灵应图册》之《玉清演法》图中元始天尊持如意

图二十一 《武当嘉庆图》之《玉清演法》中的三清像

图二十二　舒本《封神演义》中的元始天尊

图二十三　建阳本《封神演义》中的元始天尊

图二十四　清末石印本《绘图封神演义》中的元始天尊

图二十五　《封神演义》清初十卷本中的元始天尊结手印图

图二十六 《封神真形图》中元始天尊手持如意

图二十七 《封神真形图》中的燃灯道人

图二十八　舒本《封神演义》插图

图二十九　石印本《绘图封神演义》插图

图三十　石印本《绘图增像西游记》插图

图三十一　《中国民间崇拜·中国众神》中的三清画像

图三十二　中国佳县白云山白云观壁画之《真武修行图》

图三十三　中国佳县白云山白云观壁画之《上朝玉境》

图三十四　中国佳县白云山白云观壁画之《上朝真清》

图三十五　中国佳县白云山白云观壁画之《上朝泰清》

图三十六　《神像咒符甲马子集成》
所收云南大理道士张星耀制作的纸马中的三清像

图三十七　《中国の道教　图版册》所收北京白云观三清像

图三十八　《中国の道教　图版册》所收辽宁省千山无量观三清像

図481　通天教主(三清殿)　　図480　太上老君(三清殿)　　図479　元始天尊(三清殿)

图三十九　《中国の道教　图版册》所收陕西省钓鱼台三清像

《西游记》演绎 ‖

玄奘在文献中的形象演变

上海师范大学　侯　冲　上海视觉艺术学院　杨天奇

玄奘是中国古代著名僧人，有关玄奘生平，玄奘西行取经精神，玄奘对中国文化、对中外文化交流的贡献，目前学界已有丰硕的成果。[①] 在研究资料方面，据笔者所知，以台湾光中法师编的《大唐玄奘三藏传史汇编》中有关玄奘资料的辑汇最为翔实。[②] 刘淑芬等学者对玄奘相关的细读，则揭示了玄奘生前最后十余年因卷入政治风波而备受艰辛，死后则由于受僧俗的崇仰而被圣化。[③] 此外，研究《西游记》的学者曾先后数次对玄奘取经本事资料做过汇辑，辑录了正史、笔记小说、章回小说、戏剧、宝卷等文献中相关文字。[④] 当然，这

① 由于成果数量较多，恕不一一罗列。

② 光中法师编：《大唐玄奘三藏传史汇编》，佛陀教育基金会印赠，2006 年。

③ 刘淑芬：《玄奘的最后十年(655—664)——兼论总章二年(669)改葬事》，《中华文史论丛》2009 年第 3 期；《唐代玄奘的圣化》，《中华文史论丛》2017 年第 1 期。

④ 朱一玄、刘毓忱：《〈西游记〉资料汇编》，郑州：中州书画社，1983 年，第 1—156 页；刘荫柏：《西游记研究资料》，上海：上海古籍出版社，1990 年，第 99—543 页；蔡铁鹰：《西游记资料汇编》(上册)，北京：中华书局，2010 年。虽然这三种资料对宝卷中有关《西游记》的文字辑录不多，但万晴川在其论著《〈西游记〉与民间秘密宗教宝卷》(《明代文学论集》，杭州：浙江大学出版社，2007 年，第 478—489 页；并见氏著《中国古代小说与民间宗教及帮会之关系研究》，北京：人民文学出版社，2010 年)中已有一定程度的引录，可不再赘。

些资料汇编仍有继续完善之处。如一些与玄奘或《西游记》有关的佛教科仪文献或民间歌谣,无疑都是可以增补的有重要学术价值的资料。

本文对普遍流传但一直未受重视的玄奘取经相关文献进行了初步梳理和研究,指出从唐代开始,玄奘就成了一些人将中国著述说成是从印度传入的符号,作为该著述权威性或可信性的保障。明代以降,甚至茶叶、花籽、竹米、树籽、鸡蛋等一些与玄奘取经无关的东西,亦被说成是玄奘最先从印度带到中国的。在不少文献中,玄奘从一个曾经到印度取经的著名僧人,逐渐变成了人们所期望的"形象大使"。文章分三个部分:第一部分主要介绍藏经外与玄奘有关的宗教文献;第二部分介绍以"唐僧西天去取经"为引子的民间唱词;第三部分对前面两类资料中对唐僧形象的描述进行分析,提出本文作者的解释。由于与玄奘取经相关材料较多,虽然笔者勉力搜集,但所见有限,难免有疏漏之处。抛砖引玉,盼有裨于相关领域的研究。

一、藏经外与玄奘有关的宗教文献

藏经外与玄奘有关的宗教文献大致可分为经、科仪、修斋日三类文献。

(一)经

1.《大辩邪正经》

中国撰述。著者不详。据日本学者斋藤智宽介绍,一般认为该书约成书于《大唐内典录》(664 年成书)至《大周刊定录》(695)之间。目前所知存世的八件《大辩邪正经》文本,都是敦煌遗书。其中以伯 2263 的抄写形式最正规,字体最工整。[①]《大正藏》所录文即以此卷为底本。

该经卷末有文称:"玄奘及长年师及邪奢等,于如来七宝窟中,得此《如来

① 斋藤智宽:《假托于玄奘的伪经〈大辩邪正经〉初探:兼论其与禅宗思想的关系》,《第四届玄奘国际学术研讨会论文集》,中国 · 河南 · 偃师,2011 年 10 月,第 312 页。

大辩邪正甚深密藏经》一卷。"[①]此经非印度传来,史传和经录中亦没有玄奘翻译此经的记载,故此说不能成立。斋藤智宽进一步指出,此经不是玄奘翻译的真经,其作者亦不是玄奘法师所传法相宗弟子。由于唐代一些疑伪经和道经都将"辩邪正"作为关键词,故此经当在这一背景下产生。[②] 称此经为玄奘等人在如来七宝窟中所得,自然可以为斥邪护正提供支持。

2.《三煞截鬼经》

中国撰述。著者不详。存本较多。王见川等主编《明清民间宗教经卷文献续编》收录一刊本,品相略差,文字有残缺。[③] 截至 2011 年 9 月 9 日,孔夫子旧书网上至少曾经出售过清代、民国刊本和抄本六种。[④]笔者所见另有光绪八年(1882)重镌本、民国戊寅(1938)刊本和 1991 年高克勤重抄本各一。

不同版本题名略异。综合来看,该书全称"大乘唐三藏法师留传三煞截鬼经真言神咒上中下全部"或"大乘三藏法师留传三煞截鬼经"。略称"佛说三煞截鬼经""三煞截鬼经""三煞真经""三煞经"和"截鬼经"等。该书卷首(图一)有文称"真宗[⑤]皇帝钦差御弟圣僧唐三藏法师往西天求经,取了五千四十八卷,三藏十二部,内带《三煞[⑥]截鬼经》一卷。留传东土,救济众生,普利人

---

① 佚名:《佛说大辩邪正经》,《大正藏》第 85 册,第 1413 页。旅顺博物馆藏本作"玄装及长年师及邪奢放如来七宝塔中得此如来大辩邪正甚深甚深蜜藏经一卷"。郭富纯、王振芬整理:《旅顺博物馆藏敦煌本六祖坛经》,上海:上海世纪出版股份有限公司、上海古籍出版社,2011 年,第 108 页。

② 斋藤智宽:《假托于玄奘的伪经〈大辩邪正经〉初探:兼论其与禅宗思想的关系》,《第四届玄奘国际学术研讨会论文集》,第 316—319 页。

③ 王见川等编:《明清民间宗教经卷文献续编》第 2 册,台北:新文丰出版公司,2006 年,第 404—423 页。

④ http://book.kongfz.com/7215/71703050/; http://search.kongfz.com/auction_adv.jsp?showSearchType=auction&searchContent=%E6%88%AA%E9%AC%BC%E7%BB%8F&searchProperty=history&act=search&showType=img&query=%E6%88%AA%E9%AC%BC%E7%BB%8F.(2011 年 9 月 9 日截取)

⑤ "真宗",除"安南田寨乐善堂"版(图一)外,其他本均作"大唐真宗"。

⑥ "内带三煞",此四字只出现在有限的几种本子中。

缘”①,明确称此经属于玄奘西天求取佛经之一。

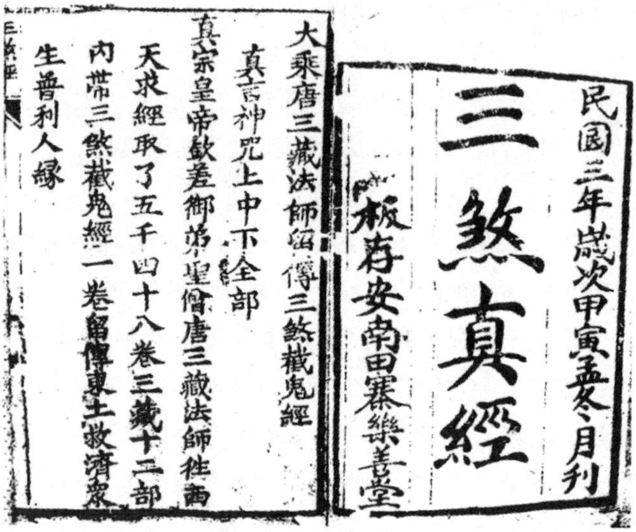
民國三年歲次甲寅孟冬月刊
三煞真經
板存安南田寨樂善堂
大乘唐三藏法師留傳三煞截鬼經
真言神咒上中下全部
真宗皇帝欽差御弟聖僧唐三藏法師往西
天求經取了五千四十八卷三藏十二部
內帶三煞截鬼經一卷留傳東土救濟衆
生普利人緣

图一 《三煞真经》卷首图

经文上卷另有文说:“佛说三煞截鬼经,三煞经内有神通。真经本是西天取,雷音寺内取真经。”②同样称此经是玄奘到西天雷音寺所取佛说真经。③

① 王见川等编:《明清民间宗教经卷文献续编》第 2 册,第 405 页。

② 同上。残缺文字据光绪八年刊本和民国刊本补。

③ 明代余继登(1544—1600)《皇明典故纪闻》卷十五和朱国祯(1558—1632)《涌幢小品》卷三十二载明成化年间查获的“妖书图本”中,均有“三煞截鬼经”。但一直有目无书。有学者以为《明清民间宗教经卷文献续编》所收即明代此经,称“《三煞截鬼经》的发现,对重构白莲教思想脉络非常重要”(曹新宇:《从非常态到常态历史:清代秘密社会史近著述评》,《清史研究》2008 年第 2 期。并见 http://www.aisixiang.com/data/21304.html)。不过,目前所见均为清光绪以后刊本或抄本,现存诸本文字均有“了道归根之源”(王见川等编:《明清民间宗教经卷文献续编》第 2 册,第 410 页。此处残脱一行文字,“源”字据民国刊本补)。“复命归根”等疑似出自先天道、归根教经典的词汇,数种末还有“儒日增辉,法轮常转”等先天道经典专有词汇,表明此书与明代所禁《三煞截鬼经》有关,但部分文字或为清末刊刻,或抄写时所增补。另外要指出的是,该经中有较为完整的仪式程序,显然主要用于举行宗教仪式。

3.《佛说受生经》

又名《佛说寿生经》《寿生经》《填还受生经》《受生经》等。从经意来说，以“受生”为正。中国撰述。著者不详。宋代以后随着汉传佛教的广泛传播和影响，在全国各地均有流传。目前可知现存至少有两个系统的本子，即金元本和明清本[①]。我们此前已做整理，均收入《藏外佛教文献》第十三辑。[②]

两个系统的本子中，仅入藏本与玄奘有关。该本序文称“大唐三藏往西天求教，得诸经，内有《受生经》，传于世间，甚有益”[③]。意以为《受生经》为玄奘自印度取回佛经之一。经文开始亦说：“贞观十三年，有唐三藏法师往西天求教。因检大藏经，见《受生经》一卷，有十二相属，南赡部洲生下为人。先于冥司下，各借受生钱，有注命官柢揖人道，见今库藏空闲，催南赡部洲众生交纳受生钱。”[④]同样称此经为玄奘在西天翻检大藏经时所见经之一。

明清本除单独出现外，有时亦会出现在其他礼忏文本中。如上海图书馆藏《慈悲受生经忏》[⑤]中，即将《受生经》有机地纳入忏仪中。其中有关玄奘的文字，如“贞观十三年，有唐三藏法师往西天求教。因检大藏经，中见《寿生经》一卷，有十二相属，南赡部洲生下为人。先于冥司下，各借寿生钱”等，均出自《受生经》。

（二）科仪

1.《受生宝卷》

又名《佛门受生因果宝卷》《佛门受生宝卷》《佛门受生卷》《佛说受生因果宝卷》《佛说受生科》《受生因果宝卷》《慈悲受生宝卷》《填还受生宝卷》《受生因果道场》等，是以《佛说受生经》为主要根据编纂而成的中国佛教典籍，著

---

① 侯冲：《中国佛教仪式研究——以斋供仪式为中心》，第396—400页。

② 方广锠主编：《藏外佛教文献》第十三辑，第112—136页。

③ 同上书，第124页。

④ 同上书，第124—125页。

⑤ 卷末有刊记“宁波三宝经房印造流通”。

者不详。《受生宝卷》为明代以来瑜伽教僧所用科仪，由于正文或首尾题均有"受生宝卷"之名，故侯冲将其统称为《受生宝卷》。该科仪在湖南、湖北、江西等地有广泛影响。存本较多，目前我们已收集到六个抄本，按其表现分为四种异本。以上均已整理收入《藏外佛教文献》第十三辑。①

本科仪虽名"受生宝卷"，但与有时亦被称为"受生卷""受生宝卷"的《洛阳桥宝卷》内容完全不同。本科仪与小说《西游记》在某些情节上较接近，属于《西游记》研究新材料。除了与《西游记》有不少相近情节和文字外，本科仪还称唐僧西天取经，在大藏经中看到有专门论述还冥司钱的《受生经》：

> 太宗曰：国师你既知因果报应，如何早不做声？国师叩头俯伏：万岁，我小臣先不知因果。蒙君王差遣，西天去取经。见大藏经中有《受生经》一卷，专说此等因果。有十二相属，庚甲轮流不等，钱贯多少不同，又有报库曹官各姓。侍至本人四十已上，五十已下，交生之日，请僧于家，礼请三宝证盟，依经填还。②

唐太宗与玄奘的这段对话表明，《受生经》源于印度，唐玄奘到印度取经时，在大藏经中看到了此经，才知道有还受生一事。

2.《佛门请经科》

又名《佛门请经开忏科》《佛门请经品范》《佛门迎经科》《请经开忏唐僧偈》《佛门迎经科范》《释氏迎经科》《瑜伽请经科》《迎经接驾科文》《请经科》《迎经科》《西天取经》等。中国佛教典籍。撰人不详。一卷。明代以来瑜伽教僧所用科仪。在今湖南、湖北、江西、山东、广西、贵州、甘肃等地均发现清末至民国时期的传抄本。其中由王熙远先生发现于广西的现代（1967年）抄本《佛门取经道场（科书卷）》和《慈悲西游宝卷道场》③，其成书时间不晚于元

① 方广锠主编：《藏外佛教文献》第十三辑，第222—311页。

② 同上书，第238—239、255、285、305页。

③ 王熙远：《桂西民间秘密宗教》，第493—498、517—521页。

末明初。[1] 云南阿吒力教经典明初传入云南，其中《开坛法事》《观音忏》《佛门杂偈》等经典部分内容与本科仪能相互印证，进一步证实了这一点。贵州师范大学的2005级硕士研究生刘琳以及我们目前所见其他抄本出现的时间，亦当不晚于明初。

刘琳收集整理的贵州独山县布依族汉文抄本《佛说西天请经道场》已有录文[2]，毋庸再赘。这里只介绍我们所见其他抄本的大致情况：

抄本一，《请经开忏唐僧偈》《佛门请经开忏科》。一册。搜集自湖北鄂州地区。封皮署“佛门唐僧偈、请经品范、度莲科”“吴一显”。内容分三个部分。第一部分首题“请经开忏唐僧偈”，无尾题，末行作“我今愿闻得受持，愿开(解)如来真是(实)意”。第二部分首题“佛门请经开忏科”，无尾题，末行作“奏乐下坛卸衣，接开经忏，朗诵无差者”。后有“有人偷◇，皆男盗女猖(娼)。各坛借去，尔茶食相谕”的墨书题记。第三部分首题“佛门度莲科”，无尾题，末行作“我等与孝信士，消灾增福寿”。末有“光绪十七年　菊月万长安抄篆(录)”的墨书题记。据第三部分最末题记，可知现存为清光绪十七年(1891)抄本。前面两部分属于请经科仪，均与唐僧西天取经事有关。

抄本二，《迎经科》。一册。搜集自湖南益阳地区。又作《迎经接驾科文》。封皮题签失落，扉页署“迎经接驾科文”“普济坛”。首题“迎经科”，无尾题，末行作“□□度亡魂，高超极乐国”，并有“民国二年癸丑岁应钟月上浣抄滕(誊)科文一部叨行后学蔚新氏普均笔。恭维普济宝坛为念”“普济坛”的墨书题记，可知其为民国二年(1913)抄本。部分文字残缺。

抄本三，《佛门请经科》。一册。搜集自湖北宜昌地区。封皮署“佛门开启、申发、请经”“春三记”。扉页署“佛门开启、申发、请经科”“许春三记”。内容包括三部分。第一部分首题“开启科”，无尾题，末行作“免难消灾障”。

---

① 陈毓罴：《新发现的两种〈西游宝卷〉考辨》，《中国文化》1996年第1期。

② 刘琳：《独山布依族民间信仰与汉文宗教典籍研究》，硕士学位论文，贵州师范大学，2008年6月，第139—140页。

第二部分首题“佛门关告科”,无尾题,末行作“菩提妙法变装(庄)严,随所处处常安乐”。有“时维民国十五年岁次丙寅菊月上浣念八日胡云生一天之功。写字不正,笔画不匀,不为恭敬,仰望各台老先生莫哂莫哂”“坛门旺化”的墨书题记,并有“颠倒错乱甚多,好不非也”的批点。第三部分首题“佛门请经科”,无尾题,末行作“萨受惊怕,口念摩诃萨”,并有“时维民国丙寅年菊月上浣日胡云生二日之功,抄写《开启》《申发》《请经》。写字不正,笔化(画)不匀,不为恭敬,维望各坛老先生观者莫笑莫笑”的墨书题记。末页背面署“许贤政记经书三本”。据题记可知为民国十五年(1926)胡云生抄本。

抄本四,《佛门迎经科范》。一册。搜集自湖北鄂州地区。封皮署“释氏迎经科”“周清阳志”。首题“佛门迎经科范”,尾题“释氏迎经科终”。尾题前有“时维圣天子之拾捌年岁次己巳菊月中浣拾式日代抄《迎经科书》一本”的题记。知为原周清阳存民国十八年(1929)抄本。

抄本五,《佛门请经科》。一册。搜集自山东威海地区。封皮署“迎经科”“谭复烜”。扉页署“请经科”“谭复烜”。首题“佛门请经科”,无尾题,末行作“诸经忏愆过,消灾增福寿”。有题记“请经法事真好看,猴脸猪嘴沙和尚。唐僧师唱团模(模)糊,弟子跋爬卖经忏”“弘农氏谭新成抄录”“□□□国三十七年八月中浣日增立”,可知为谭新成民国三十七年(1948)抄本。

抄本六,《西天取经》。一册。搜集自甘肃文县。封皮署“西天取经”“宣科弟子觉灵”。首题“西天取经赞”,无尾题,末行作“皈依……”“回向……”“愿……”。有题记“太岁庚辰年(2000)二月十九日抄完宣科弟子尚志禄记”。虽然是现代抄本,但其底本据说是清代旧抄本。卷首“西天取经赞”开头说:“昔日唐僧去取经,领旨孙行与沙僧。九九八十一灾难,多亏观世音。”已对全书内容做了简要介绍。

抄本七,《佛门请经科范》。一册。搜集自湖北鄂州。封皮署“佛门请经科”“佛门送圣科”。扉页署“佛门请经科范”“谭凤林置”。首题“佛门请经科范”,无尾题,末行作“不可思议功德”。末有题记:“皇上宣统三年三月初四日,谭凤林在家抄录《送圣科范》壹本。入于拾方,利己利人而已矣。”有“又送圣词”“宝云彩去”“□之彩云”“登彩云”唱词,并称“余在家中心不宽,抄箓科范显十方,为位明友看莫器。蒙教弟子以真传,随得过失大家过,莫说先生留心胀,从今世俗本与短,寂未到手召文章,能比世间英雄强。破此难得好科范,因此才把闲话谈,得了秘传自然强”。

尽管各抄本首尾题不尽相同,相互之间内容亦有出入,但均以唐僧师徒西天取经为其主要内容,可知属于同源异本,由于其题名中大都有“请经”“迎经”“取经”二字,故权以“请经科”为其类名,已一一分别加以整理。整理稿见本书所附资料。

本科仪某些情节与小说《西游记》比较接近,并有不少《西游记》流传演变的重要信息,是《西游记》研究的重要参考资料。但本科仪以往较少受到《西游记》研究者的关注,亦未被纳入已经编辑出版的《西游记》研究资料,故本科仪为《西游记》研究的新资料之一。由于其成书时间较《西游记》早,故对于研究《西游记》的成书有重要价值。

本科仪最值得注意的地方是,除称《华严经》《妙法莲华经》《金刚经》《弥陀经》《观音品》《圆觉经》《心经》《楞严经》《大佛母孔雀经》《药师经》等印度佛经是玄奘取回的外,还称很多中国僧人著作亦是玄奘从印度取回来的。如《佛门请经开忏科》有文说:

问:唐僧因何取经?

答:因前朝李世民君身游地府,只见一十八重地狱,无限饿鬼,俱是长枷扭手,悲悲凄凄,久埋沉沦,未获超升。不凭我佛经忏,何须修来之因,故命唐僧,拜佛求经。

问:唐僧又如何去得?

答:他有徒弟孙行者、朱八戒、沙和尚同往西天去取经。

问:去了几年几月?

答:去了一十三载寒暑。

问:多少路程?

答:共有十万八千里。

问:取的甚么经?

答:取的《大乘经》《弥陀经》《般若经》《观音经》《了仪经》《地藏经》《血盆经》《胎骨经》《受生经》《药师经》《救苦经》《度人经》《生天经》。

问:取的甚么忏?

答:《梁皇忏》《千佛忏》《药师忏》《观音忏》《六根忏》《血盆十王忏》。

问:共有多少经?

答:三藏经……陀罗神咒,共三藏,取回东土,救度众生。①

《佛门请经开忏科》提到的佛门经忏,看上去已为数不少。不过,《佛门迎经科范》提到的经忏更多:

问:唐僧因何取经?

答:因先唐时圣帝李世民,身游地府,见十八狱中,鬼魂无限,俱是长枷扭手,悲悲惨惨,久囚沉沦,未得超升。回阳时,复见阎浮众生造种种过失,不凭我佛经忏之力,曷由得超升之路,因命唐僧,拜佛求经。

问:他一个唐僧去便如何?

答:我有大徒弟悟空孙行者,二徒弟悟净朱八戒,三徒弟悟能沙和尚,四人同往西天,拜佛求经。

问:去了几年几月?

答:去了一十四载。

问:共有多少路程?

答:十万八千里。

---

① 诸本文字略有不同,录文为笔者整理文本。

问：受了多少磨难？

答：九九八十一难。

问：取的甚么经？

答：取的《涅槃经》《菩萨经》《楞严经》《恩意经》《华严经》《般若经》《真如经》《维摩经》《金刚经》《五龙经》《大乘经》《法华经》《瑜伽经》《宝常经》《僧只经》《宝威经》《本阁经》《孔雀经》《莲花经》《观音经》《血盆经》《胎骨经》《地藏经》《生天经》《药师经》《虚空藏经》《未曾有经》《大光明经》《三论别经》《正法论经》《佛本行经》《西天论》《佛国杂经》《起信论经》《大智度经》《正律文经》《惟识论经》《具舍论经》。

问：取的甚么忏？

答：取的《梁皇忏》《三昧忏》《千佛忏》《万佛忏》《药师忏》《孔雀忏》《观音忏》《三元忏》《慈悲忏》《元辰忏》《受生忏》。

问：共有多少经忏？

答：经三藏，忏三藏，弥陀神咒共三藏。取来东土度众生，众生得闻上天堂。①

出自两种不同《请经科》抄本的文字，都在把数种重要汉译佛经归为玄奘所取经的同时，又把中国僧人编撰的经忏说成是玄奘从印度取来的。

（三）修斋日

举办斋供仪式，选择修斋吉日是最初要开展的重要工作之一。修斋时间不对，修斋就没有功德，或不如吉日修斋功德，甚至导致恶报，都与修斋的出发点不相符，所以修斋吉日的选择不容轻忽。有数种选修斋日的文本与玄奘有关，称对修斋吉凶日的选择系玄奘自佛经或藏经中录出，信众可依之选择修斋吉日设斋供或举行礼佛仪式。在不合适的时间造福修斋，结果是凶，是不吉。

---

① 录文为笔者整理文本。

1.《十斋日》和《十二月礼佛文》

苏远鸣对《地藏十斋日》做了开拓性的研究。[①] 张总整理了《十斋日》的七种版本。[②]《十二月礼佛文》又作《刘师礼文》,方广锠先生披露了伯3588号、伯3795号、伯3809号、斯2143号、斯2565号、斯5541号、上博48号等共十六号,整理出九个异本。[③] 大部分都称与玄奘有关。如其中异本三有文说:

右上件斋月日,是玄奘法师在十二部经略出。若有人能满三年,每依时持斋礼拜,所求如愿。抄本流转,除罪十方,六千六百劫。

异本四是:

西京龙兴寺玄奘法师,于西国来大唐国,有十二月礼佛日,每月只在一日。……玄奘法师于西国取经一千卷内,掠出此礼佛日月。若能有人受持读诵者,获福无量。用力最上,功德甚多。福高迁如须弥山王,深如巨海,大如天地,广积无边功德。劝诸善男子、善女人虔心重意,普愿合掌珍重,合家礼敬经文读诵赞叹,罪灭福生,信心奉行。

异本五是:

敬白善男子等,玄藏法师从西方将经至崇福寺披寻,始知每月有十斋日及每月礼拜佛之[日],并是诸天贤圣集会之日,若能依此时斋及以礼拜,五百生常得安乐。写一本在家,得善神助护。若写一本转施诸人,亦得福无量。

---

① 苏远鸣:《敦煌写本中的地藏十斋日》,谢和耐等著:《法国学者敦煌学论文选萃》,耿升译,北京:中华书局,1993年,第391—429页。

② 张总:《地藏菩萨十斋日》(附《关于地藏菩萨十斋日》),方广锠主编《藏外佛教文献》第七辑,北京:宗教文化出版社,2000年,第348—371页。其中第352—353页录文三与玄奘有关。

③ 方广锠:《谈〈刘师礼文〉的后代变种》,《华东师范大学学报》(哲学社会科学版)2016年第1期。

异本六是：

上都弘福寺玄奘大师，于西天来，进上太宗皇帝《十二月礼佛文》。①

异本七是：

尔时玄藏法师将此“礼佛名”向京师城内，入弘福寺。树木相禅师共读此《礼佛名》。出家之辈，多有犯罪。极要！极要！木禅师及玄藏法师将《礼佛名》，皇帝如闻。

尔时圣主解读其文，举手弹指，悲啼啼哭，五体投地，敬谢禅师：“朕当受持此礼，忆念供养，不令忘失。”

敕赐禅师金银千斤，虬彩无数。抄此一本，颁下诸州。五浊恶世，若有善男子、善女人能至心受持，依时节礼拜者，除罪无数恒河沙劫。命终已后，托生极乐世界，坐宝莲花，受诸快乐。又，能教人抄写，荐转流行，说此功德因缘，使人受持此礼，决定除罪二万九千六百劫，真实不虚。……尔时玄藏法师向西国翻经十二部尊经要略，略出《礼佛名》，恐畏阎浮提众生，多造罪业。五浊恶世，受罪众生，王官逼迫，无有的容。积罪极重，死堕地狱、饿鬼、畜牲，受大苦恼，无有闲客。入道场忏悔、礼拜亦不及。六时礼拜，供养诸佛。遂略出《十二月礼佛名》，取月月时节，不唱礼佛名。

异本八是：

尔时玄藏法敕抄此佛名，颁下诸州。五浊恶世，若有善女人能至心受持此礼，依持劫礼者，除罪无数恒河沙劫。命终之后，托生……

比较上面转录诸文，可以看出上面录文中“玄藏法师”为“玄奘法师”之

① 异本六仅见于伯 3588。陈尚君录伯 3588 部分文字，拟名“从西天来进上太宗皇帝十二月礼佛文”。但未说明这些文字与玄奘究竟是什么关系。录文见陈尚君辑校《全唐文补编》上册，北京：中华书局，2005 年，第 103 页。

误。这段文字的意思大致清晰。文称玄奘在崇福寺(或为弘福寺之误)看从西方带来的佛经,才知道十斋日和每月礼拜佛的吉日,知道在吉日设斋供和礼拜佛,可以五百生得安乐。

附带指出的是,下面要提到的《禅门课诵》中的《唐太宗宣问三藏法师选择修斋吉凶之日》,当是唐代玄奘确定修斋吉日说的后世延续。

2.《法师选择记》

民间通书《玉匣记》有不同版本,不少版本中都包括的《法师选择记》,与《唐太宗皇帝宣问三藏法师选择修斋吉凶之日》一样,都是对修斋吉凶日的规定或说明。正统《道藏》本(图二)称:“贞观元年正月十五日,唐太宗皇帝宣问诸大臣僚:‘朕见天下万姓,母(每)三四日长明设斋求福,如何却有祸生当时?’三藏和尚奏:‘万姓设斋之日值遇凶神故,为咎者皆是不按《藏经》内值言(吉)神可用之日,所以致此。臣今《藏经》内录《如来选择记》奏上,见其祸福,由之日吉凶也。’”[①]这里的三藏和尚,当即三藏法师玄奘。而这段文字则试图说明,修斋吉凶日是由玄奘从藏经中《如来选择记》录出的。

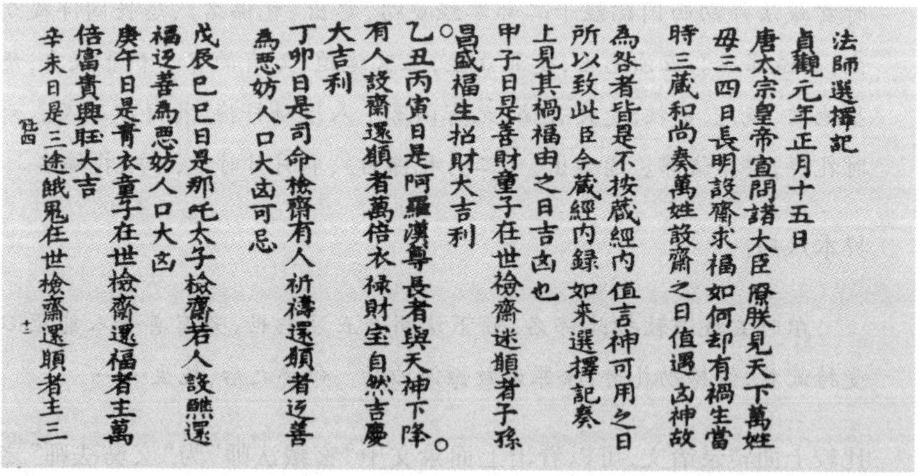
法師選擇記
貞觀元年正月十五日
唐太宗皇帝宣問諸大臣僚朕見天下萬姓
母三四日長明設齋求福如何却有禍生當
時三藏和尚奏萬姓設齋之日值遇凶神故
為咎者皆是不按藏經內值言神可用之日
所以致此臣今藏經內錄如來選擇記奏
上見其禍福由之日吉凶也
甲子日是善財童子在世檢齋迷願者子孫
○昌盛福生招財大吉利
乙丑丙寅日是阿羅漢尊長者與天神下降。
有人設齋還願者萬倍衣祿財宝自然吉慶
大吉利
丁卯日是司命檢齋有人祈禱還願者迈善
為惡妨人口大凶可忌
戊辰巳巳日是那吒太子檢齋若人設齋還
福迈善為惡妨人口大凶
庚午日是青衣童子在世檢齋還福者主萬
倍富貴興旺大吉
辛未日是三途餓鬼在世檢齋還願者主三
十二

图二　正统《道藏》本《法师选择记》

① 《道藏》第36册,北京:文物出版社等,1988年,第322页。

3.《唐太宗皇帝宣问三藏法师选择修斋吉凶之日》

在不少著作如《禅门日诵》中，都收录有《唐太宗皇帝宣问三藏法师选择修斋吉凶之日》。在民间亦有不少抄本或刊本流传，并略有异字，如镰田茂雄《中国の仏教仪礼》所收即是如此。[①] 其文不长，兹录其中《禅门日诵》本如下：

唐太宗皇帝宣问三藏法师选择修斋吉凶之日

甲子、乙丑、丙寅日，善财阿罗汉下降，修斋者大吉。○

丁卯、戊辰、己巳日，司命那吒太子在世，设斋返凶。●

庚午日，青衣童子在世，凡人祈祷、作福、修斋大吉。○

辛未、壬申、癸酉日，阴司判官、饿鬼在世，设斋返凶。●

甲戌、乙亥、丙子、丁丑、戊寅、己卯日，修斋得福大吉。○

庚辰、辛巳、壬午、癸未日，恶鬼、罗刹在世，设斋返凶。●

甲申、乙酉、丙戌日，阿弥陀佛说法，修斋昌盛大吉。○

丁亥、戊子日，朱雀忌神在世，凡设斋者无福返凶。●

己丑日，是司命真君差童子检斋，作福修斋大吉。○

庚寅、辛卯日，畜神在世，凡人设斋返为不美，大凶。●

壬辰日，阿难尊者、青衣童子在世，凡修斋者大吉。○

癸巳日，恶神游行，凡设斋者，家宅欠宁，不利，大凶。●

甲午、乙未、丙申、丁酉、戊戌、己亥、庚子、辛丑、壬寅、癸卯日，是观音、文殊、普贤菩萨行化之日，修斋大吉。○

甲辰、乙巳、丙午、丁未日，四角大神在世，设斋返凶。●

戊申、己酉、庚戌、辛亥日，万圣千贤下界，修斋大吉。○

壬子、癸丑、甲寅、乙卯日，善恶二神在世，修斋平平。○

---

① 镰田茂雄：《中国の仏教仪礼》，东京大学东洋文化研究所报告，1986 年，第 410、540—541 页。

丙辰、丁巳、戊午日，是大头金刚在世，设斋者返凶。●

己未、庚申、辛酉，如来说法日，凡修斋者得福大吉。○

壬戌、癸亥日，是诸佛圣贤不受斋日，设斋者返凶。●

二、有“唐僧西天去取经”的唱词

在唱词、杂赞和民间歌谣中，广泛流传着“唐僧西天去取经”的唱词。不少内容与《西游记》相近，不少内容则对唐僧西天取经带回的东西做了说明。但正如胡适引《销释真空宝卷》中出现的“唐僧西天去取经”[①]文字一样，它们与《西游记》对唐僧等人的记述并不一致。

（一）唐僧西天取经唱词

曾先后被阿英、郑振铎等先生引用过的叫卖年画歌[②]，已毋庸再录文。此前一直较少被注意的十只（张）台子、十盏灯、十字名、唱五十字、情歌等唱词中，亦有不少与唐僧西天取经相关的文字。这些唱词在不同地区的资料中出现，表明它们流传的范围较广，有一定的普遍性。由于其内容与《西游记》略有出入，可以看出这些“唐僧西天去取经”的唱词并非源自《西游记》。

1.十只（张）台子

第十只台子唱完成，唐僧西天去取经，孙行者领路前头走，山中独是碰着妖怪精。[③]

第十只台子唱完成，唐僧西天去取经。孙行者领路前头走，降服山中怪妖精。[④]

---

① 佚名：《销释真空宝卷》，引文转自刘荫柏《西游记研究资料》，第233页。

② 钱小云、吴泰昌编：《阿英散文选》，天津：百花文艺出版社，1981年，第263页。

③ 《渭塘镇志》编纂委员会编：《渭塘镇志》，上海：上海社会科学院出版社，2006年，第399页。

④ 《北桥镇志》编纂委员会编：《北桥镇志》，苏州：苏州大学出版社，2007年，第394页。

第十只台子唱完成，唐僧西天去取经，孙悟空领路前头走，山中打尽怪妖精。[1]

第十张台子唱完成，唐僧西天去取经，孙行者领路前头走，山中遇到怪妖精。[2]

第十只台子唱完成，唐僧西天去取经，孙行者领路前头走，山中遇着怪妖精。[3]

第十只台子唱完成，唐僧西天去取经，孙行者领路前头走，后来全是人番妖怪精。[4]

第十只台子唱完成，唐僧西天去取经，孙行者领路马前走，山中碰着妖怪精。[5]

第十只台子唱完成，唐僧西天去取经。孙行者领路前头走，沙和尚挑担后头跟。[6]

八张桌子簇簇新，唐僧西天去取经。孙行者领头前头走，棒打多少妖怪精。[7]

第十张台子唱完成，唐僧西天去取经。孙行者领路前头走，三叉路口斩妖精。[8]

第十张台子唱完成，唐僧西天去取经，孙行者引路前头走，上山除怪

---

① 阮菊明主编:《江南古陆——民歌民谣卷》,上海:上海文艺出版社,2007 年,第 253 页。

② 《望亭镇志》编纂委员会编:《望亭镇志》,苏州:苏州大学出版社,2007 年,第 464 页。

③ 中共川沙县江镇乡委会、川沙县江镇乡人民政府:《(江苏省川沙县)江镇乡志》,1999 年,第 231 页;嶂青村委会编:《嶂青村志》,北京:中国文联出版社,2005 年,第 134 页。

④ 苏州市文学艺术界联合会编:《吴歌新集》,1979 年,第 108 页;苏州市文学艺术界联合会等编:《吴歌》,北京:中国民间文艺出版社,1984 年,第 163 页。

⑤ 朱彰年等编著:《阿拉宁波话》,上海:华东师范大学出版社,1991 年,第 376 页。

⑥ 《蠡口镇志》编纂委员会编:《蠡口镇志》,苏州:苏州大学出版社,2006 年,第 348 页。

⑦ 韦人编著:《扬州清曲 · 曲词卷》,扬州:广陵书社,2006 年,第 259 页。

⑧ 《杨园镇志》编纂委员会编:《杨园镇志》,上海:上海社会科学院出版社,2006 年,第 384 页。

捉妖精。①

第十张台子唱完成，唐僧西天去取经，孙行者领路前头走，山中遇着妖怪精。②

2. 十盏灯

五盏灯，什么灯？唐僧西天要取经，沙僧拉上白龙马，八戒悟空保唐僧。③

五盏灯什么灯，唐僧西天去取经。④

九盏灯嘛什么的灯？唐僧西天去取的经。过了九妖十八的洞，洞洞都不离孙悟空。⑤

十（呀）盏灯，什么灯？唐僧西天去取经，通天（呀）过海的猪八戒，大闹天宫孙（呀嘛）孙悟空。⑥

十盏灯，那是什么灯？唐僧西天去取经，通天过海的猪八戒，大闹天宫的孙悟空。⑦

十盏灯来什么灯？唐僧西天取真经，沙和尚拉的是白龙马，八戒悟空降妖精。⑧

---

① 《海虞镇志》编纂委员会编：《海虞镇志·王市志》，上海：上海社会科学院出版社，2005年，第370页。

② 无锡严家桥史话编委会编：《小镇春秋——无锡严家桥史话》，北京：方志出版社，2004年，第239页。

③ 王文杰主编：《秦安史话》，兰州：甘肃文化出版社，2008年，第222页。

④ 同上书，第223页。

⑤ 燕仲飞：《陇南康县土琵琶弹唱调查研究》，《星海音乐学院学报》2007年第4期。

⑥ 王魁编：《中国花儿音乐曲令大典》，兰州：甘肃文化出版社，2006年，第291页。

⑦ 永靖县县志办编纂：《黄河三峡移民志》，兰州：兰州大学出版社，2005年，第116页。

⑧ 王魁编：《中国花儿音乐曲令大典》，第293页。“悟”字原作“司”，据五笔输入法错误例改。

3.献荷花

第三朵荷花梗上青,唐僧西天去取经。师徒四个西天去,取得真经度迷津。[1]

第十朵荷花献来结金莲,唐僧取经至西天。孙悟空领路前头走,半路碰着妖怪精。[2]

4.唱十字

唱一个十字推天星,唐僧西天去取经,走了九妖十八洞,洞洞里头有妖精。[3]

5.五十字歌

唐僧西天去取经,跋山过海路难行,得有弟子猪八戒,齐天大圣猴头精。半路安排,观音老母暗助我,不怕山林,时常行出大妖精。[4]

6.情歌

什么生来青又青?哪个西天去取经?他们师徒共几个?哪个懒来哪个精?三月杨柳青又青,唐僧西天去取经;他们师徒共三个,八戒懒来大圣精![5]

---

① 中共张家港市委宣传部等编:《中国·河阳宝卷集》(下册),上海:上海文化出版社,2007年,第1394页。

② 同上书,第1393页。

③ 中国人民政治协商会议四川省广元市元坝区委员会文史资料委员会编:《川北民歌——元坝区文史资料》第四辑,1998年12月,第305页。

④ 龙殿宝、黄桂秋、吴代群主编:《仫佬族古歌》,南宁:广西民族出版社,2007年,第464页。

⑤ 柯炽编:《广西情歌》第三集,南宁:广西人民出版社,1980年,第318页。

7.少数民族语唱词

在少数民族地区，流传着一些称唐太宗时风调雨顺，单单缺少佛经，故才有唐僧去取经的唱词。如流传在广西壮族地区的《唐三岁》，其中唱段的壮语译意为：

不唱前朝英雄好汉，听唱唐僧西天去取经，唐太宗，做皇帝，管百姓，风调雨顺，国泰民又安。①

（二）关于唐僧取经带回物的唱词

一些唱词不是记唐僧从西天取经，而是称唐僧从西天带回茶叶（籽）、竹米、鸡蛋、树秧、犀牛角等。兹据目前在超星网站上搜集的资料，分类略作引录。

1.茶叶

唐僧西天去取经，带回了十升茶籽，其他地方都不种，专种北川擂鼓坪。②

唐僧西天去取经，带回茶籽斗几升，峨眉山上种一斗，各户门前种几升。③

茶叶歌　　说是茶，讲是茶，讲起茶叶有根芽。唐朝起，唐朝兴，唐僧西天去取经，随带茶叶二三升。洞庭湖里撒一把，年年大水不发芽；南边山里撒一把，又被凤凰金鸡扒；安化山里撒一把，风调雨顺长青芽。④

唐僧西天去取经，带回茶籽两三斤。观音庙内宿一晚，失落茶籽在

---

① 广西壮族自治区文化局戏研室编：《民族音乐（第一集）》（内部资料），1982 年，第 130 页。

② 王镇恒、王广智主编：《中国名茶志》，北京：中国农业出版社，2000 年，第 746 页。

③ 张承业搜集整理：《峨眉山的传说》，北京：中国民间文艺出版社，1982 年，第 134 页。

④ 中国民间文学集成全国编辑委员会、中国民间文学集成湖南卷编辑委员会编：《中国歌谣集成・湖南卷》，北京：中国 ISBN 中心，1999 年，第 157 页。

院庭。大和尚捡了认不到，幺徒弟捡了认不真。只有长老眼法好，知是远方采茶人。西里山上种一把，峨眉山前种九巡。落得三天麻麻雨，四路茶针一齐生。叶子生得针对针，蟒蛇过路不敢停；叶子生得硬又薄，乌鸦过路不敢啄；叶子生得尖对尖，雀儿飞来不敢攀，不敢攀，几年茶树生满山。[①]

提起茶叶有根据呵，唐僧西天去取经呵，带来三个茶果来呵，平原大坝他不撒呵。平原大坝他不撒呵，撒在群山茂古平呵，头网叶子是灵芝草呵，二网叶子是长命草呵，三网叶子支宾待客它最鲜呵。[②]

2.竹米

造枪便说枪住处，砍竹便说竹根生。昔日唐僧西天去取经，随带竹来（米）转回程。带着七七单九颗，藏在袈裟里面存。昆仑山上告竹米，昆仑山下竹米生。告下三年不下雨，天空便把雨来淋。[③]

造盘便说盘住处，砍竹便说竹根生，昔日唐僧西天去取经，随带竹来（米）转回程，昆仑山上告竹米，昆仑山下竹米生，告下三年不生笋，天宫便下雨来淋。[④]

3.鸡蛋

唐僧西天去取经，带了鸡蛋转回程。一共三双六个蛋，六个三对金

① 白航：《说茶》，载袁鹰选编《清风集》，北京：华夏出版社，1997 年，第 48 页；马明博编选：《一壶天地小如瓜》，天津：百花文艺出版社，2003 年，第 8 页。

② 焦虎三：《云端的阿尔村——一个羌族村寨的田野记录》，重庆：重庆出版社，2007 年，第 138 页。

③ 马朝开编著：《云南省镇雄县泼机镇汉族庆菩萨》，新北：优文印刷股份有限公司，1997 年，第 216 页。

④ 同上书，第 317 页。

鸡群。昆仑山上抱鸡群，凤凰窝里鸡长成。[①]

从前世上无鸡叫，如今世上有鸡啼。唐僧西天去取经，带着鸡蛋转回城。带了三双六个蛋，孵了三双六只鸡。头只鸡飞到天上去，取名叫作凤凰鸡；二只鸡飞到山中去，取名为叫山王鸡；三只鸡飞到田中去，取名为叫秧苗鸡；四只鸡飞到河中去，取名为叫河王鸡；五只鸡飞到海中去，取名为叫潜水鸡；只有六只鸡飞得好，飞到人户家中去，取名叫作叫鸣鸡，今日主家用做上梁鸡。[②]

4.树秧

唐僧西天去取经，带回树秧二三千。此树生在昆仑顶，鲁班打马云中行，鲁班偶然朝下看，相中此树好做梁。张郎过去不敢取，李郎过去不敢拿。砍一斧来哼一声，怎比鲁班法力大。忽然之时涨大水，顺水拖木不费力。中柱要打二丈五，一丈八尺地脚方，四根金柱顶中梁。张黛青和李黛青，五色颜料带在身，画了这头画那头，中间画个太极图。[③]

5.犀牛角

（师白：）犀牛角生在那里？（答：）犀牛角生在犀牛的额角上，左为丞相，右为郭老。（师白：）犀牛家住在那里？（答：）住在海边。……（以下接唱）昔日唐僧西天去取经，随代犀牛角儿转回程。行走五台山前过，只见一对犀牛在相争。寅时打到午时后，午时斗到夜黄昏。左一角，右一角，一不输，二不赢，单单打下犀牛角，左角落在地中心。男人过路不敢捡，女人过路不进前，只有祖本二师佛法大，行罡步诀捡起来。捡在手中

① 欧阳梦：《土家族建房习俗研究——以湖北省宣恩县老岔口村为例》，硕士学位论文，华中师范大学，2007年5月，第11页。

② 徐平：《羌村社会——一个古老民族的文化和变迁》，北京：中国社会科学出版社，1993年，第147页。

③ 同上书，第147—148页。

看一看、轮一轮。择了两头用中间,便请张郎来除削。又请鲁班来装修,朱公炉内打一根钢钻子,这头钻走那头出,眼儿好似黄豆大,里头取出万般声,吹起锣吒吒、鼓吒吒,吹起天声地哑五营四哨兵马转回家。①

如果做更广泛的搜集,唱词中以“唐僧西天去取经”为引子和称唐僧从西天带回不同物品的文字,相信还可以找到不少,信息亦将更丰富。限于篇幅,这里不做更多的引录。

三、为什么是玄奘(唐僧)?

玄奘到印度留学,历游五印,遍访名师,精通三藏。玄奘回国时,带有佛典梵本经论六百五十七部,这一点在玄奘及与他同时的其他人的著作中都有明确的记载。如玄奘在上奏的表文中称“沙门玄奘言:奘以贞观元年,往游西域,求如来之秘藏,寻释迦之遗旨,总获六百五十七部,并以载于白马”②,“粤自东夏,愿至西方。皇灵护持,得经论六百五十七部”③。唐太宗李世民在所写《三藏圣教序》中,称玄奘“爰自所历之国,总将三藏要文,凡六百五十七部,译布中夏,宣扬胜业”④。唐高宗李治在记述玄奘翻译自己所取经时说:“以贞观十九年二月六日,奉敕于弘福寺翻译圣教要文,凡六百五十七部。”⑤

玄奘以及与他熟识的人所撰数种唐代文献,对玄奘从印度取回诸物均有记录。如玄奘《进经论等表》称“往在西域,躬习梵言,览毗尼之奥旨,窥多罗之密藏。所获梵本经论总一千帙,六百五十七部;佛像七躯,佛肉舍利一百五十粒,并骨舍利等一函”⑥。又如许敬宗《瑜伽师地论卷第一·后序》称玄奘:

---

① 马朝开编著:《云南省镇雄县泼机镇汉族庆菩萨》,第155页。

② 释玄奘:《请御制经序表》,《大正藏》第52册,第258页。

③ 释玄奘:《谢述圣记启》,《寺沙门玄奘上表记》,《大正藏》第52册,第819页。

④ 李世民:《三藏圣教序》,道宣:《广弘明集》卷二十二,《大正藏》第52册,第258页。

⑤ 李治:《圣记三藏经序》,道宣:《广弘明集》卷二十二,《大正藏》第52册,第259页。

⑥ 释玄奘:《进经论等表》,《寺沙门玄奘上表记》,《大正藏》第52册,第818页。

"以贞观十九年,持如来肉舍利一百五十粒,佛像七躯,三藏圣教要文凡六百五十七部,二月六日还至长安。"[①]《大唐故三藏玄奘法师行状》亦说玄奘:"心期充满,觉览复周。将施本土,遂缮写大小乘法教,六百五十七部,请转法轮像等七躯,佛肉舍利百有余粒。以贞观十九年春正月二十五日,还至长安。"[②]"以贞观十九年春正月到长安。于西域请转法轮像等七躯,经论六百五十七部,佛肉舍利一百五十粒。"[③]

另外,两种文献对玄奘所带诸物有较为详细的记述。其一是《大唐西域记》的记载:

请得如来肉舍利一百五十粒;金佛像一躯,通光座高尺有六寸;拟摩揭陀国前正觉山龙窟影像金佛像一躯,通光座高三尺三寸;拟婆罗痆斯国鹿野苑初转法轮像刻檀佛像一躯,通光座高尺有五寸;拟憍赏弥国出爱王思慕如来刻檀写真像刻檀佛像一躯,通光座高二尺九寸;拟劫比他国如来自天宫降履宝阶像银佛像一躯,通光座高四尺;拟摩揭陀国鹫峰山说《法花》等经像金佛像一躯,通光座高三尺五寸;拟那揭罗曷国伏毒龙所留影像刻檀佛像一躯,通光座高尺有三寸;拟吠舍厘国巡城行化像。大乘经二百二十四部;大乘论一百九十部;上座部经律论一十四部;大众部经律论一十五部;三弥底部经律论一十五部;弥沙塞部经律论二十二部;迦叶臂耶部经律论一十七部;法密部经律论四十二部;说一切有部经律论六十七部;因论三十六部;声论一十三部。凡五百二十夹,总六百五十七部。将弘至教,越践畏途,薄言旋轫,载驰归驾。出舍卫之故国,背伽耶之旧郊,踰葱岭之危隥,越沙碛之险路。十九年春正月,达于京邑,谒帝雒阳。[④]

① 许敬宗:《瑜伽师地论卷第一·后序》,《大正藏》第30册,第283页。
② 释冥详:《大唐故三藏玄奘法师行状》,《大正藏》第50册,第220页。
③ 同上书,第218页。
④ 释辩机:《大唐西域记》卷十二,《大正藏》第51册,第946页。

其二是《大唐大慈恩寺三藏法师传》的记载：

贞观十九年春正月景子……翌日大会于朱雀街之南，凡数百件，部伍陈列。即以安置法师于西域所得如来肉舍利一百五十粒；摩揭陀国前正觉山龙窟留影金佛像一躯，通光座高三尺三寸；拟婆罗痆斯国鹿野苑初转法轮像，刻檀佛像一躯，通光座高三尺五寸；拟憍赏弥国出爱王思慕如来刻檀写真像，刻檀佛像一躯，通光座高二尺九寸；拟劫比他国如来自天宫下降宝阶像，银佛像一躯，通光座高四尺；拟摩揭陀国鹫峰山说《法花》等经像，金佛像一躯，通光座高三尺五寸；拟那揭罗曷国伏毒龙所留影像，刻檀佛像一躯，通光座高尺有五寸；拟吠舍厘国巡城行化，刻檀像等。又安置法师于西域所得大乘经二百二十四部，大乘论一百九十二部，上座部经、律、论一十五部，大众部经、律、论一十五部，三弥底部经、律、论一十五部，弥沙塞部经、律、论二十二部，迦叶臂耶部经、律、论一十七部，法密部经、律、论四十二部，说一切有部经、律、论六十七部，因论三十六部，声论一十三部，凡五百二十夹，六百五十七部，以二十匹马负而至。①

上引有关玄奘所取经及他从印度带回物品的记述，说明玄奘到印度求学，确实从印度带回了六百五十七部佛经，亦带回相当多佛像、佛舍利等，这些东西是用二十匹马才驮回的。但是，其中显然既没有《佛门请经科》所列的诸多中国僧人所撰经和忏，亦没有茶叶（籽）、竹米、鸡蛋、树秧、犀牛角等。但是，在上文所引诸多文献中，又信誓旦旦称这些东西都是玄奘到印度求学时所知或唐僧西天取经带回的。这究竟是什么原因呢？

由于缺乏明确的材料记录，本文仅提出四点个人的理解，作为对这个问题的回答。

第一是中国佛教徒在精神意识中对印度佛教的认同、崇奉和追求。虽然

① 释慧立：《大唐大慈恩寺三藏法师传》卷六，《大正藏》第 50 册，第 252 页。

在相当多中国传统知识分子看来，外国人到中国来，往往属于中国传统的远夷来朝、远夷慕化的表现。但佛教自汉代传入中国后，佛教作为南北朝开始就成为历代不少帝王广泛尊崇的外来文化，显然并非如此简单。佛教对中国社会和中国文化所产生的巨大影响，深深刺痛了以中国文化为本位的知识分子的心。像傅奕、韩愈等为数不多的传统知识分子上疏排斥佛教，称其为“妖惑”[①]之“无父之教”[②]“夷狄之法”[③]，称“夫佛本夷狄之人，与中国言语不通，衣服殊制。口不言先王之法言，身不服先王之法服，不知君臣之义，父子之情”[④]，都是这种伤痛的表现。不过，中国历代这种以中华传统文化为本位的知识分子并非多数。事实上，大多数的中国知识分子，并未把佛教与中国传统文化对立起来。他们与广大的佛教信众一样，都认同印度作为中国佛教的源头，视印度为中国佛教的圣地。因此，可以肯定，对于绝大多数中国佛教徒来说，他们都认同印度佛教，崇奉印度佛教，并以能与印度佛教看齐作为自己的精神追求。[⑤]

第二是基于上一点的经典权威性的保障。随着佛教在中国的传播发展，一批批由中国僧人编撰的著述不断出现。在以印度佛教为正源、崇尚印度佛教的背景下，这些中国僧人编撰的佛经都难免有被视为疑伪的经历。以江泌

---

① 杜斗城：《正史佛教资料类编》，兰州：甘肃文化出版社，2006年，第299、572页。

② 同上书，第299、573页。

③ 韩愈：《原道》，《东雅堂昌黎集注》第十一卷（《文渊阁四库全书》电子版）。

④ 韩愈：《论佛骨表》，《古今事文类聚》前集第三十五卷（《文渊阁四库全书》电子版）；杜斗城：《正史佛教资料类编》，第289页。

⑤ 如释义净撰《南海寄归内法传》卷一“食坐小床”条有文说：“西方僧众将食之时，必须人人净洗手足，各各别踞小床。高可七寸，方才一尺……未曾见有于大床上跏坐食者。且如圣制，床量长佛八指，以三倍之长，中人二十四指，当笏尺尺半。东夏诸寺，床高二尺已上，此则元不合坐，坐有高床之过。时众同此，欲如之何？……闻夫佛法初来，僧食悉皆踞坐。至于晋代，此事方讹。自兹已后，跏坐而食。然圣教东流，年垂七百，时经十代，代有其人。梵僧既继踵来仪，汉德乃排肩受业，亦有亲行西国，目击是非，虽还告言，谁能见用？”这些文字在说明中国僧人行为与印度僧人有较大差别的同时，也肯定了印度仍然属于中国佛教的精神中心。

女子僧法静坐诵出经为例，虽然法静所出经在当时诵出后就有较大影响，并被广泛传播开来，但“进不闻远适外域，退不见承译西宾”①，所以从僧祐开始该经即被列入“疑经伪撰”②，并且由于未被视为印度译经而逐渐消失在中国佛教的历史长河中。③ 再如《坛经》，虽然在今天被很多人称为“中国唯一被尊为经的佛书”，并在中国历史上曾经“盛行于世”④，但同样有“辽人焚《坛经》《宝林传》”和“辟《檀经》为外道伪撰”⑤的历史。

但是，如果把中国僧人所撰著作说成是玄奘取自印度，见于大藏经或自大藏经中录出，则可保障其正统性、权威性。毕竟，在中国历史上，从印度取经回到中国并得到皇帝褒奖的，玄奘最有代表性。这样，不仅《胎骨经》《受生经》等一些被称为经的中国著述的权威性得到保障，甚至连中国僧人编撰的忏文，由于被说成是唐僧从印度所取经，亦名正言顺地成了僧俗举行法会仪式的文本。这是《受生经》《大辩邪正经》等书称其为玄奘取自印度或在大藏中看见的主要原因。

第三是基于第一点的仪式举行时间有效性的保障。在《唐太宗皇帝宣问三藏法师选择修斋吉凶之日》之前，修斋礼拜时间的选择，主要是按照敦煌遗书中的上图 141 号一类斋历来进行。而在上图 141 号一类斋历之前，目前最早看到的是《刘师礼文》。虽然《刘师礼文》有文称“玄始十一岁次己卯，刘师唯法，教化后生，除罪礼拜。若有信者，能如不失时节，礼拜满三年，即得道。所愿随意，不违心。欲生向处，随意求愿。欲生弥勒佛国，愿人求毕，不违心意。住生西方妙乐国土，亦得住生。生卅三天上，亦得如是。礼敬礼尽，更如

① 释僧祐：《出三藏记集》卷五，《大正藏》第 55 册，第 39 页。

② 同上书，第 38 页。

③ 方广锠：《关于江泌女子僧法诵出经》，《藏外佛教文献》第九辑，北京：宗教文化出版社，2008 年，第 383—422 页。

④ 晁公武：《郡斋读书志》卷三下（《文渊阁四库全书》电子版）。

⑤ 释函可：《千山剩人和尚语录》卷三，《嘉兴藏》第 38 册，第 230 页。

法界诸佛，并及得道沙门”[①]。但是“刘师”毕竟还是中国人，他用来教化人，教人除罪礼拜的办法，即使有效，仍然缺乏权威性。只有从印度传来，或自大藏经中来的，其权威性才可能被认可。于是，上图141号一类斋历在《刘师礼文》的基础上出现，它们与《唐太宗皇帝宣问三藏法师选择修斋吉凶之日》一样，显然都是为了借三藏法师玄奘的高名，与印度和来自印度的大藏经挂上钩。连抄写这段文字都被认为有善神助护和得无量福，更是进一步扩大了上图141号一类斋历的灵验性。

第四是崇外心理。尽管相当长一段时期，在中国文人的认知里，中国就是世界文明的中心。但是，佛教传入中国后所出现的“外来的和尚会念经”这句俗语，表明在中国古代，实际上已经有这样一个观念，即外来的就是好的。今天中国已步入e时代，但“与国际接轨”这句话，与“外国的月亮比中国的圆”的说法一样，表明崇外，是中国文化古往今来都未脱离的魔咒。

（本文初稿完成于2011年，原名《从僧人到形象大使——玄奘在文献中的角色演变》，收入《第四届玄奘国际学术研讨会论文集》，中国·河南·偃师，2011年10月，第62—72页。但一直未能进一步修改完善并发表。本次发表补充了一部分新资料，嵌入了部分近年发表的相关研究成果。）

① 方广锠：《谈〈刘师礼文〉的后代变种》，《华东师范大学学报》（哲学社会科学版）2016年第1期。

论《西游记》在清代的文人重写与场上传播

——以金兆燕《婴儿幻》传奇为例

辽宁大学　赵毓龙

有清一代，是百回本《西游记》赓续传播并实现"经典化"的重要历史区间[①]。在其"经典"形象确立和强化的过程中，既有道教徒以之为"道书"的评点工作，也有市井民众以之为"游戏之书"的称引行为，更有文人以之为"蓝本"的重写活动。比较之下，文人的重写活动具有更强的文学性与创造性，在《西游记》跨文本、跨媒介、跨阶层的传播过程中，尤其是将"案头经典"再造为"场上经典"的活动中，发挥了更为突出的作用。在这方面，金兆燕的《婴儿幻》传奇就是典型一例。[②]

一、文人：《西游记》跨文化传播的中介

这里，笔者暂借"跨文化"这一相对模糊的概念，以统括《西游记》传播过程中，由于时代、地域、阶层、渠道、媒介、风格等各种因素综合作用而产生的

---

① 此处所谓"百回本"，并非特指某一具体版本，而是指称"世德堂本"问世后故事形态相对稳定的《西游记》版本系统，包括"李评本""闽斋堂本""证道书本"等在内。

② 本剧现存清乾隆间抄本，北京国家图书馆藏，郭英德《明清传奇综录》（石家庄：河北教育出版社，1997 年）著录，胡胜、赵毓龙《西游戏曲集》收录。（胡胜、赵毓龙校注：《西游戏曲集》，北京：人民文学出版社，2018 年。以下所引本剧内容皆据此版本，不再一一出注。）

差异化现象。这些因素并不总是在同一逻辑层面之上的,彼此间的联系又亲疏有别,所造成的现象也大小不同、明暗各异,但大抵可被归入“跨文化”的范畴。而在“跨文化”这一线条交错、色块斑驳的背景墙上,文人的形象一直是十分突出的。

在具体时空区间里,文人总能表现出较为强烈的“集体自觉”,无论是对文化的时代气息,还是对其地方特色,文人往往保持着更为敏锐的嗅觉与视觉,以及更长的“触角”,并在将文化事象情感化、审美化的个体行为中,呈现鲜明的风格特征。而在对各类文艺媒介的接触与实践活动中,文人也较其他文化群体表现得更为积极、活跃、强势,不仅作为接受者、传播者,更作为生产者,重构故事,再造经典,推动跨媒介语境内“故事的变身”。①

尤其重要的是,文人经常在“故事”和“经典”的传播过程中扮演“中介”角色。他们处理“故事”的方式更为灵活,审视“经典”的态度更加包容,对“媒介”的选择更为自由多样,在传播行为中的“通俗”意义也更强。

这里所谓“通俗”,不是“俚俗”,甚至“低俗”,而是按葛兆光先生的定义,指“一般知识、思想与信仰”。它是“最普遍的、也能被有一定知识的人所接受、掌握和使用的对宇宙间现象与事物的解释”,是“一种‘日用而不知’的普遍知识和思想”,“通过最基本的教育构成人们的文化底色”。②

“西游故事”的演化、传播,以及《西游记》的成书和经典化,正是基于这一“文化底色”的。鲁迅先生早已指出,“西游故事”的演化(或曰《西游记》的成书)背景,从“思想”层面讲是“极模糊的”,不过是“三教同源”意识下“含糊的彼此之争”③。正因儒、释、道的思想、素材“互相容受”,杂糅、混融于故事肌理中,“抱有偏见”的解读者们揪住一端,尽力敷演,才有胡适先生所谓“《西游

① 玛丽-劳尔·瑞安:《故事的变身》,张新军译,南京:译林出版社,2014 年。

② 葛兆光:《思想史的写法——中国思想史导论》,上海:复旦大学出版社,2004 年,第 15 页。

③ 鲁迅:《中国小说的历史的变迁》,载《鲁迅全集》第九卷,北京:人民文学出版社,1981 年,第 327 页。

记》被这三四百年来的无数道士和尚秀才弄坏了"[①]。这里的"秀才",特指将《西游记》视作一部"理学书"的道学先生,而非一般文人。文人中的大多数在接受、传播、解读《西游记》时,其实没有背负"道学"包袱。恰恰相反,他们宛若灵活的笔刷,在"互相容受"(不独混融"三教",也杂糅其他信仰、知识、观念)的大调色盘上来回跳跃、勾抹、调兑——他们能够理解道士口中的"金丹妙诀"、和尚口中的"禅门心法",更熟悉道学家鼓吹的"正心诚意";既谙于"博物君子"引譬考释的批评习惯,也不厌于"愚夫愚妇"将故事庸俗化处理的市井智慧。他们沟通各类文化阶层、集团,串联各种具体的知识、信仰背景;作为信息"中转",他们吸纳、咀嚼、消化小众知识、思想、观念,加工之后,再向大众辐射式影响开去(或是相反路径)。可以说,"西游故事"之所以能够在广泛的流通渠道内传播开来,很大程度上得益于文人在社会文化生活与大众传播活动中的活跃身影和积极作用。

当然,文人集团内部还可进一步分层。一些文人的知识水平有限,对原著理解不深,文学书写(尤其艺术再造)能力也不够,主要扮演"传播者"角色;一些文人的文学艺术造诣则较高,善于利用多种媒介形态,结合个人风格"重写"经典、"再造"故事。特别是那些具有明显适俗倾向的"中间群体",在寄寓个体情志、升华故事主题的同时,又较好地保持了故事浸渍于大众文化的"原味"。金兆燕就是一个典型。

金氏的出身履历典型代表了清代文人的"中间群体"——既非一般市井文人,又不是严格意义上的文化精英。兆燕生于安徽全椒,全椒金氏本是地方望族,但至其父金榘,家境已然贫窭,后来虽然得中进士,但年已半百,所授职位也仅是国子监博士这样的"寒官",难以供养家庭,之前除任扬州府学教授外,则主要靠坐馆与入幕维持生计。[②] 纵观其一生,金氏长期蛰伏于"江湖之远",而终未能跻身"庙堂之高",与仕途偃蹇相伴的,则是经济的相对拮据。

---

① 胡适:《中国旧小说考证》,上海:商务印书馆,1934年,第172页。

② 参见《中国方志丛书·全椒县志》,台北:成文出版社,1974年,第645—647页。

这正是清代文人“中间群体”生活境遇的一种常态——尽管借由科举荣身，较一般市井文人具有更多分享政治资源的机会，以及瓜分社会财富的能力，然其政治、经济地位仍与“贵珰要地”“大贾豪民”相去甚远。与之相应，他们在社会文化生活中也扮演着一种“中间”角色。在精神层面（知识、观念、信仰），“中间群体”大都能够超越一般市井文人，尽量（起码在进入“隐含作者”状态时）涤去后者身上常见且浓重的烟火气，但毕竟身处于“江湖”，与“大众”分享同一通俗文化语境，同文化精英的“庙堂文艺”相比，其文艺生产活动总是有意无意地呈现出一种适俗倾向。《婴儿幻》正是这样一部作品。

在金氏的两部传奇作品中，历来学界更关注早年创作的《旗亭记》，对《婴儿幻》则不仅少有提及，甚至鲜见著录。其实，后者才能够更加真实地反映金氏的戏曲艺术风格。

《旗亭记》编撰于金氏积极干谒两淮盐运使卢见曾，拟为其幕宾之时。幕宾的文学生产活动本来就要曲意逢迎雇主，自主性较低，金氏称其为“磨盾鼻作书者”[①]。本剧虽为金氏原创，但选题系卢氏授意，在修改过程中也受到后者极大干预。在为程廷祚《莲花岛》传奇所作序言中，金氏曾追述《旗亭记》的修改经过：

> 戊寅冬，与先生同客两淮都转之幕……而兆燕不自知耻，为新声作诨剧，依阿俳谐，以适主人意。主人意所不可，虽缪宫商，乖拍度，以顺之不恤。甚则主人奋笔涂抹，自为创语，亦委曲迁就。盖是时老亲在堂，瓶无储粟，非是则无以为生，故洟涊含垢，强为人欢。[②]

可见卢见曾干预力度之大，无怪乎前人多有将此剧误著录于卢氏名下

① 金兆燕：《岳水轩黄歙吟诗序》，《棕亭古文钞》卷六，《续修四库全书》第 1442 册，第 333 页。

② 金兆燕：《程绵庄先生莲花岛传奇序》，《棕亭古文钞》卷六，《续修四库全书》第 1442 册，第 336 页。

者。[①] 而金氏的牢骚亦不小。由此推想,在沈德潜口中堪称"导淫述怪两家对症之良药"的《旗亭记》[②],无论"凡例"中的戏曲主张,还是剧本的结构、情节、人物、曲文等,其去金氏本人意愿和"原稿"样貌应有相当距离;即便金氏并非如卢氏所讥讽的"射利之徒"那样,"导淫者既流荡而忘返,述怪者又荒诞而不经",其最初的适俗倾向,也应是较为自觉而明显的,所谓"为新声作诨剧",说得已经比较明确。总之,《旗亭记》并非金氏自主选择与自由创作的产物,有学者称此剧"相当于幕主卢见曾为预备役幕友出的一道选拔考题"[③],实不为过。既为"命题作文",又经试官大面积涂改,自然很难真实反映作者本来的艺术风格。

《婴儿幻》则完成于乾隆四十六年(1781)冬。这一年,金氏称病,由国子监博士任上辞官回扬州。如其诗中所言:"我本高阳旧酒徒,白头空自为书劬。滥竽曾忆游齐市,退鹢还教返宋都。"[④]此时的他,卸下仕途包袱,回归熟悉的繁华境地,精神上没有负累,文学创作也更为自由。当其再度操觚,"传奇游戏"的意味浮泛上来,适俗的风格特征也得以复归,"西游"故事这样的"述怪"题材便进入作者视野,而不少有"导淫"嫌疑的场次(如上卷"春逅""许婚""赘魔"等出)也最终被保留下来。

当然,金氏毕竟不是市井"射利之徒",其创作活动,适俗而不媚俗,不以"愚夫愚妇及小儿女辈且艳称之"为首务,而是将个人的审美旨趣和哲学体悟融入"儿戏无赖"的内容,提炼抟塑,以完成对故事的"重写"。

二、重写:《西游记》跨媒介传播的主要形态

这里,借用"重写"概念,意在从根本上摆脱"影响研究"的传统言说逻辑。

---

① 参见郭英德《明清传奇综录》,第 965 页。

② 卢见曾:《旗亭记序言》,载金兆燕《旗亭记》,清乾隆刻本,上海图书馆藏。

③ 邹琳:《金兆燕〈旗亭记〉与乾隆时期扬州文学的职业化》,《东岳论丛》2018 年第 4 期。

④ 金兆燕:《重到扬州示旧时诸友》,《棕亭诗钞》卷十五,《续修四库全书》第 1442 册,第 229 页。

在传统言说逻辑里，几乎所有生成于百回本《西游记》（尤其“世德堂本”）之后的相关文艺（乃至文化）现象，都可被归入“影响研究”的范畴。学界习惯以“世德堂本”为绝对中心，统摄小说、戏曲、说唱、图像等文本系统，在以“影响”为关键词的辐射半径内，结构、阐释百回本《西游记》的批评、接受、传播、衍生（如续书、仿作）等问题。这固然有益于突出小说原著的经典地位，稳住“西游学”赓续发展的船舵，但也人为地遮蔽了以上各问题的差异化特质，妨害对具体文学艺术现象的考察与分析。更为重要的是，该言说逻辑容易导致一种思维定式，即将后百回本时代的作品，笼统视作原著的“注脚”，要求其承担“表现、传达出小说本身所具有的哲理内涵”的义务。① 而事实上，后百回本时代的作品不必背上这样的“阐释包袱”，即便那些以百回本为蓝本，亦步亦趋进行敷演者，也不应被简单地贴上“注脚”标签。在文本生成的过程中，在时空、媒介、风格等因素的综合作用下，即便再“懒惰”的编创者，也会不自觉地对原著的形式和内容进行调整，从而产生新的意义内涵和审美特质。对于这一系列现象，我们必须在肯定其必要的“主体性”与“原创性”的基础之上，从其本位出发进行描述与分析。“影响研究”则恰恰逆其道而行。

同时，片面强调“影响研究”也容易诱导我们步入一个“陷阱”——想象百回本《西游记》对大众的直接影响，并通过文献学方法巩固、强化这一想象。在相当长的时间内，所谓百回本《西游记》的影响研究，实际上是“文献编年”基础上的评论史研究和作家、作品史研究。前贤们搜罗、钩沉、梳理各类历史文献中与《西游记》相关的资料，大到完整存世的作品（戏曲、说唱、图像），小到其真实性仍值得怀疑的只言词组，通过“编年”，建构起一条关于“西游故事”演化史和《西游记》成书、传播史的“历史骨架”，后世学者的分析与阐释便是附着其上的“血肉”。但我们经常忽略一个问题，我们“续骨附肉”的材料，仅仅是历史“文献”，即使无须怀疑其真实性，也必须警惕其片面性——“文献”只是有足够表达权力和书写能力者发出的“声音”，并因后世同质者的继

① 参见王平《“西游戏”与〈西游记〉的传播》，《明清小说研究》2006 年第 2 期。

承与发挥而得到“记录”和“放大”,那些未被“记录”下来或被“放大”到足以引起我们关注的“声音”,那些“沉默的大多数”,他们是以何种方式和途径接受百回本《西游记》的,我们并不清楚,只能想象。而想象的依据,仍是那些“声音”——那些有较高读写能力的受众。

实际上,在相当漫长的历史时期内,百回本《西游记》并不是以“案头阅读”形态为大众直接接受的,这主要受制于书籍刻印、流通成本,以及旧时人口文化素质(特别是识字群体的数量和比重)。潘建国先生曾指出:“明清通俗小说的直接读者,不管其文本是购买、转借还是租赁获得的,都必须具备一个基本的前提条件,那就是他们要有相当的文化程度,起码识字量达到能粗略读懂通俗小说的水平。事实上,这类人群在古代中国总人口中所占的比例极低。”[①]占比更大的人群是以间接方式接受百回本《西游记》的,其中一个主要途径,便是消费“重写”原著的戏曲和说唱作品。

以往,对这类作品的生成机制,我们习惯笼统地用“改编”二字来概括,实际上,从中析出一部分“重写”行为,似乎更为合适。所谓“重写”,按黄大宏先生定义:“指的是在各种动机作用下,作家使用各种文体,以复述、变更原文本的题材、叙述模式、人物形象及其关系、意境、语辞等因素为特征所进行的一种文学创作。重写具有集接受、创作、传播、阐释与投机于一体的复杂性,是文学文本生成、文学意义积累与引申,文学文体转化,以及形成文学传统的重要途径与方式。”[②]百回本《西游记》在后世的跨媒介传播及其经典化,其实是以“重写”为一个主要途径的。

与评点者依附于文本的意义发掘和引申行为不同,重写者将对原作的理解、消化,以及结合时代语境和个体风格进行的评骘、取舍、延伸行为,有机地整合进一部派生文本的生产过程中,“以审美性的再创造表达自身观点”,同

① 潘建国:《明清时期通俗小说的读者与传播方式》,《复旦学报》(社会科学版)2001年第1期。

② 黄大宏:《唐代小说重写研究》,重庆:重庆出版社,2004年,第79页。

时使原作“通过派生文本而获得更广阔的接受时空”[①],助其始终以较为生动、鲜活的“形象”驻留在大众视野内,从而实现经典化。

重写者与一般意义上的改编者又不同。改编者可以是文人,也可以是民间艺人,甚至是有基本传播能力的普通读者。只要是以原著为蓝本的再造活动,皆可视作“改编”。重写者则大都“有较高的文本读解能力,既能够从文本空白处与原作者沉默处开掘未尽之意与潜藏的内涵,发明隐文,敷演原作;又可与当下社会及个人情境相结合,从两者的契合点上建立新的主题,重构新篇”[②]。而其主要来源,应该就是前文所描述的文人“中间群体”。

金兆燕并非一般意义上的“改编者”,而是一个有较高理解与表达能力的“重写者”。与清代其他同素材的改编性作品不同,《婴儿幻》传奇不仅仅是用“另一种”媒介形态或文体样式重述了百回本《西游记》的内容(如车王府藏影戏《西游记》第三部,基本就是如此处理的),而且在捕捉、发挥原著旨意的同时,创造性地重新结构了故事。

从思想意涵看,《婴儿幻》在原著旨趣的基础上进行了提炼、升华,以表达文人的通俗化理解。原著中由“红孩儿”这一角色所落实的“婴儿”,本来也是象征性的、意象化的。“李评本”评点者即言:“自古及今,无人不受此孩儿之害。人试思之,此孩儿毕竟是何物?理会得着,方许他读《西游记》也。”[③]这段批语仿佛开了一个豁口,后来的“道士和尚秀才”们,各执一端,尽力敷演,一再赋予该形象以意蕴厚度和阐释深度。

事实上,原作中的“婴儿”应该没有如此深的寓意。从文化亲缘关系看,“婴儿”一词固然来自丹道术语,但该术语在民间传播、演化的过程中,尤其经明清秘密宗教的“知识系统”过滤,早已泛化,甚至庸俗化(“姹女”“黄婆”等概念也如此)。考虑到《西游记》与明清秘密宗教复杂、暧昧的纠葛关系,书中

① 黄大宏:《重写:文学文本的经典化途径》,《陕西师范大学学报》(哲学社会科学版)2006年第6期。

② 同上。

③ 《西游记》(李卓吾评本),上海:上海古籍出版社,1994年,第539页。

的“婴儿”未必直接来自道教（即便全真教）信仰，而很可能是受到秘密宗教的影响，是概念化的、修辞性的。归根结底，还是文化信仰“互相容受”的产物。

金兆燕正是在“互相容受”的语境前提下进行思想意涵的提炼、升华的。在自序中，他先后引佛家语、道家语、儒家语为证，并总结道：

> 古今来能为婴儿者，方能为圣为贤，为忠为孝，为佛为仙。三教虽殊，保婴则一。

这就是全书的主旨。与“李评”一样，金序也捕捉到“婴儿”的象征意味，予以提炼、强调、引申，却又不像“道士和尚秀才”一样强行阐释，这正是文人“中间群体”的普遍阐释逻辑。“李评”点到即止，金序虽然道破，却也没有跳出“三教同源”的通俗语境。他们承认作品“有深意存焉”，并声明发现了“真谛”，极力向潜在读者兜售“真谛”。然其“真谛”并没有多少神秘性、专业性、排他性，而是包容性的、沟通性的，可以为大众普遍理解或部分接受，也更易于次生传播。这也正是如前所说的“中介”特征所在。不同的是，金氏不仅发掘了“真谛”，延伸了“真谛”，道破了“真谛”，更将其融入一部具有较高质量的“重写”作品中，完成了一个以文学接受、批评为前提的审美再创造的标准动作。

从故事结构看，《婴儿幻》重新架构了故事，首次在真正意义上将“火焰山”与“火云洞”两个单元故事整合为一。所谓“结构”，用罗伯特·麦基的话说，“是对人物生活故事中一系列事件的选择，这种选择将事件组合成一个具有战略意义的序列，以激发特定而具体的情感，并表达一种特定而具体的人生观”①。这是摆在古今中外所有叙事文本“重写”者面前的首要问题，也是最能体现其审美再造能力之处。

金氏“重写”行为从主题层面看并无新意，如上所述，无非“三教同源”语

---

① 罗伯特·麦基：《故事：材质·结构·风格和银幕剧作的原理》，周铁东译，天津：天津人民出版社，2014年，第30页。

境下的“保婴”观念,但这要求其在结构层面进行原创设计。在《婴儿幻》之前或同时,各类文本对两个单元故事的处理,总是在不同程度上“疏离”的。至迟在宋元时期,“火焰山”与“火云洞”的原型故事便已被整合进“西游故事”中①,但是否存在情节联系尚不确定。起码在元明之际的《西游记杂剧》中,两个故事还是彼此独立的。百回本小说则隐去鬼子母、宾伽罗等早期形象,并将红孩儿并入牛魔王家族,建立起两个故事的直接联系,以“火云洞”结局(收红孩)作为“火焰山”主体情节(借扇)的关键阻因。这是富于创造性的,却也生成了“火云洞—火焰山”的时空模式,后来的“重写”文本,大都没有跳出该模式。即便如《升平宝筏》创造性地将“事件”打散,“以疏密不等,缓急有别的形态,穿插于其他单元故事间”,以作为串联漫长剧情的“针脚”②,但挑出这些“针脚”单看的话,基本时空模式仍是老套的。而《婴儿幻》以红孩儿为第一主人公,旧有的时空模式必然导致主人公“中途下线”,这就无法贯彻“保婴”的主旨。金氏必须重新选择事件,组织起一个新的“具有战略意义的序列”,而他几乎没有可以借鉴的模板。换句话说,在《婴儿幻》之前,还没有一部叙事文本是在真正意义上将两个故事整合为一的,金兆燕必须创造性地完成该任务。

从事件组织的结果来看,金氏确实花费了心思。首先,他将“火云洞”与“火焰山”时间对调,以“收红孩”为全剧高潮。同时,为了保证红孩儿形象的曝光率和贯穿性,在与“火云洞”没有直接关系的故事区间内,金氏仍旧安排了红孩儿亮相的场次。如上卷十出以牛魔王、铁扇公主、玉面狐狸的婚姻纠葛为主体内容,这本是原著的次要情节(不少内容是以“虚笔”交代的),落实到场上后,不仅故事容量膨胀,更成为“戏点”(详见下文),但与红孩儿没有任何关系。金氏则分别以第一出“分镇”与第十出“演车”,令红孩儿登场亮相,

① 参见赵毓龙、胡胜《论后百回本时代“西游故事”的场上传播——以清代“牛魔王家族故事”为例》,《华中师范大学学报》(人文社会科学版)2018年第6期。

② 赵毓龙、胡胜:《清代“西游戏”重构故事的独异性——以牛魔王家族故事为例》,《吉林大学社会科学学报》2018年第6期。

通过场次的首尾照应,实现"火云洞"故事对其他故事单元的包裹,从而保证红孩儿形象的一贯与突出。尤其第十出,其本身很有视觉效果——以火焰表演为主,结构功能也十分明显:在收束上卷的同时,又衔接中卷的"火焰山"故事。这样,即便上、中卷皆与红孩儿无关,其主人公形象仍是较为抢眼的。通过这一番从外到内、从大到小的事件重组,《婴儿幻》创造了一个新的"有战略意义的序列",从而为诠释"保婴"主题服务。尽管其中不乏疏漏,但整个故事进程是流畅的,时空布局也是合理的,而其原创意义,尤值得肯定。

三、场上:《西游记》戏曲重写的第一考虑要素

金兆燕一生的大部分(尤其较为雍容自在)时光是在扬州度过的,其戏曲创作活动,以及戏曲主张的形成,主要以清中期扬州剧坛的兴盛为背景。

清代中期,扬州逐渐取代苏州成为新的戏曲中心,这里也是反映该时期古典戏曲"花雅竞胜"态势的典型地区。[①] 无论是尚能维持余势的传奇剧,还是风头日盛的花部戏,在扬州地区的生产、传播,都呈现出较强的商业化、职业化特征,而这也要求剧作家在创作过程中格外注重戏曲"场上"的一面,要求其更有意识地依循舞台表演成规去结构故事,以迎合观众现场接受的需要。金兆燕虽非职业剧作家,但在这方面也表现得十分自觉。

金氏不是枯坐书斋的"冥想式"作者,通过纸头的文字营构,"固执地"传达着个体理念。正相反,他浸润于当时扬州演剧活动的热闹氛围,与不少艺人有过密切接触,并结下友谊,《扬州画舫录》对此即有所记载。[②] 与剧坛的直接接触,无疑会影响到金氏的创作理念,使其更自觉地结合场上搬演实际去结构故事。事实的确如此,金氏十分重视戏剧的场上效果。这在《旗亭记·凡例》中已明确可见。当然,如前所述,"凡例"中的表述可能受到卢见曾极大干预,不纯粹是金氏想法。但从其在《莲花岛》序中的表述看,《旗亭记》原稿

① 参见杨飞《试析清代乾嘉时期扬州剧坛的转型性特征》,《戏曲研究》2008 年第 1 期。

② 参见李斗《扬州画舫录》,北京:中华书局,1960 年,第 196 页。

就很注重场上效果。在《重订昙花记传奇序》中,该理念表述得尤为清晰。他认为屠隆原作"枝叶太繁,排场太板。赏心几案则有余,悦目氍毹则未足也"[①]。明确将"场上"(氍毹)置于"案头"(几案)之前,以此作为考虑剧作优劣的第一要素。

而"西游戏"在其漫长的发展历程中,始终以抓人眼球的"场上"效果为最突出的艺术特质。当然,这一艺术特质主要来自神怪赌斗、叱咤腾挪、电光火石的内容。这在文人看来是不足观,亦不足道的。然而,这些内容十分重要。一方面,它们是构成"神魔故事"内涵的核心要素之一——神魔故事必以"斗法"为情节主体或焦点。[②] 另一方面,它们是"西游戏"在公共领域享有持久市场号召力的重要保障——对大众而言,舞台上的"斗法"表演是其观戏活动的主要兴趣点所在。以戏曲为媒介的重写者,既然选择了"西游"这一"述怪"题材,便必须与这些内容"妥协",进而"合作",将个体的艺术主张与思想旨趣融入怪力乱神的表演素材中,否则,便无法使重写作品真正进入市场,进而广泛传播开来。

《婴儿幻》所撷取的两个单元故事,都是原著中"神魔"意味十足者,均有极具典型性且令人印象深刻的斗法情节,移诸舞台之上,历来也是主要"戏点"。金兆燕充分保留了这些"戏点",以保证表演段落的"热闹"程度。比如下卷十出,这是全剧高潮部分,也是真正属于主人公红孩儿的表演段落,更是最终落实"保婴"主旨的故事区间。但金氏并未因主题意图而牺牲"戏点"。相反,斗法段落占比依然很大:前七出"惊报""婴戏""僧困""火难""乱性""再难""龙奋"都是在表演斗法情节,第八出"痛母"插入一个抒情段落,最后两出"皈依""证圆"才扣到主题上。可见,尽管金氏在自序中对期待读者强调:"读《圣婴儿》传奇者,其勿以为泥车瓦狗之戏可也。"但全剧保证场上效果

① 金兆燕:《重订昙花记传奇序》,《棕亭古文钞》卷六,《续修四库全书》第 1442 册,第 335 页。

② 参见赵毓龙《西游故事跨文本研究》,博士学位论文,上海师范大学,2013 年,第 102 页。

的“泥车瓦狗之戏”仍然享有巨大体量。

另一部分“泥车瓦狗之戏”是由上卷十出营构的“风情”场景，这也是故事在场上传播过程中生成的一个重要“戏点”。在故事早期演化过程中，从独立发育，到彼此聚合，神魔斗法始终是主要契合点，直至百回本《西游记》诞生，几乎未发生改变。但在清代戏曲舞台上，故事生成了一个新的情节“增长点”，即牛魔王、铁扇公主、玉面狐狸三者间的家庭伦理冲突。故事逐渐由纯粹的“神魔”故事，向披着神魔外衣的“世情”故事转移，最终产生一个相对独立的故事单元——“摩云洞”故事。

“摩云洞”故事的生成，究其原因，自然首先与清代通俗文艺普遍呈现的“世情化”倾向有关，但其能在戏曲舞台上最终确立下来，且久演不衰，则主要得益于场上效果。尤其表现玉面狐狸招赘牛魔王的“风情”段落，对观众吸引力颇大。花月痴人曾在《红楼幻梦》第十四回“再现”一段观戏场景，特地点出：“因有《玉面狐思春》一出，又搭起花园来。”[①]可见其作为场上一个重要聚焦点。此外，该出戏还经常截出单演，如乾嘉间春台班《火焰山》传奇，“思春”出目下即有“另录”字样，清车王府藏曲本中有高腔单出戏《怀春》，故宫博物院亦藏有昆腔单出戏《玉面思春》[②]。这些以“思春”为标签的戏码，或多或少都受到《升平宝筏》丁集第三、四出的影响。《婴儿幻》传奇则别出机杼，以“春逅”代替“思春”。

“思春”桥段以玉面狐狸对春伤怀为主，獾婆与其间插科打诨，虽然也不乏戏谑性和风情味，但卖点主要还在旦角演员之色艺品位，如《燕兰小谱》卷二记贾四儿演《狐狸思春》“如花解语，似柳传情”[③]。这是其场上效果的主要来源。“春逅”则在思春唱段后，以“洞外寻春散闷”别开生面，接入牛魔王，令

---

① 花月痴人：《红楼幻梦》，疏景斋刊本，上海：上海古籍出版社，1991 年，第 691 页。

② 参见赵毓龙、胡胜《清代“西游戏”重构故事的独异性——以牛魔王家族故事为例》，《吉林大学社会科学学报》2018 年第 6 期。

③ 安乐山樵：《燕兰小谱》，载张次溪编纂《清代燕都梨园史料》，北京：中国戏剧出版社，1988 年，第 24 页。

二人(贴、净)在舞台上眉目传情、扭捏作态,又有獾婆(老旦)、二妖僮(副净、丑)从中周旋,插科打诨。这样一来,整个舞台的饱和度更高,角色的互动性更强,场面的风情味更浓,观赏性也更胜一筹。

同时,作为剧本,《婴儿幻》的舞台提示十分细致、生动,这反映出金兆燕的"场上指导"意识很强。仍以"春逅"为例,如:

> 【刘泼帽】觑仙姿不比的尘凡貌,怎不画屏中贮艳藏娇?(老旦)俊眼而偏欲择雄豪。(净)原该斟酌的才是!(副净)我家大王身长力大!(丑)难道还不中意么?(净怒视副净、丑,转身笑介)(老旦回望贴)(贴略退仍听介)(老旦附净耳介)(副净、丑作听不出介)(贴唤老旦低语介)(老旦笑向净介)他那里一些些常背地将英明表。(净拍手喜介)哦,他竟,竟有意于我?好快活嗄!(副净、丑学拍手介)慢些,还未成好事呢!(贴)獾婆,这里来!(净推老旦介)快过去!(闪老旦后听介)(贴)……

类似段落在剧中俯拾即是。这里的一部分科介提示,在其他剧作家看来,可能是琐碎的、不必要的,起码是可以交给演员自由发挥的。但金兆燕经常不厌其烦地予以说明。特别是上引獾婆两句唱词之间,整个舞台上角色的调度、动作、情态,被生动"再现"出来。这说明在进行剧本创作时,金氏的"场上指导"(或曰"舞台干预")意识是很强的。其所谓"为新声作诨剧",绝不仅仅把重点放在宫商、拍度、辞藻之上,"场面"也是一个重要方面。对于戏剧创作,他既追求"赏心几案"的案头品位,更重视"悦目氍毹"的场上效果。

综合以上,可以看到,文人(尤其"中间群体")的重写行为,是"西游故事"赓续演化,以及《西游记》在公共领域广泛传播并实现经典化的重要推动要素。戏曲则是重写行为的一个主要媒介。后百回本时代的诸多"西游戏",不应被简单视作小说"影响"的产物,它们是重写者将其对原著的接受经验,与时代语境和个体风格相结合,并遵循特定媒介的艺术传统和表现成规而重构故事、再造经典的结果,是审美再创造的产物。在这方面,金兆燕的《婴儿幻》传奇可称为典型。它提炼、升华了原著的思想意涵,在"三教同源"的文化语境中突出“保婴”的主旨;它是目前所见清代唯一真正将“火焰山”故事与“火云洞”故事捏合为一个有机整体的重写作品;在对“摩云洞”故事的演绎上,它有别于《升平宝筏》等重写作品,体现出作者的艺术匠心。同时,对于金兆燕个人研究而言,本剧也有特殊意义:它是金氏自主选题和自由创作的产物,能够更加真实地反映金氏的戏曲理念和艺术品位。无论对该剧,还是对“西游戏”的重写现象,学界目前关注得都还不够,希望本文能为相关研究提供一个有价值的参考。

近代台湾流传的《西游记》及其故事

南台科技大学通识教育中心　王见川

关于《西游记》及其相关故事在台湾流传的情况，尚无人整理。本文通过报纸、期刊、回忆录等数据，尝试勾勒20世纪80年代以前，《西游记》及其故事在台流传的大概情况。

一、《西游记》及其故事在清代台湾流行的情况

清朝时，《西游记》及其故事是否在台湾流传，尚无直接资料证明。但有两个证据显示，清朝时《西游记》及其故事就已经在台湾流传。一是连雅堂（1876—1936）的回忆。二是张丽俊在日记里提到他在1908年（清光绪三十四年）看到过《西游记》的记载。连雅堂在《过故居记》说：

> 宁南门之内有马兵营者……自我始祖即处于是……及予已七世矣……我先君经商数十年……自是多家居……先君好读《春秋》《战国书》及《三国演义》……乙未六月二十四日先君见背。①

宁南门在台南府城内。乙未是清光绪二十一年（1895），是年，连雅堂父

① 《过故居记》，《雅堂文集》，台北古亭书屋复印本，1979年，第87页。

亲去世。可以说连雅堂之父,是地道的台湾人。从他喜读《三国演义》来看,那时台湾应该也有人看《西游记》或《水浒传》。这一推测,可以从当时流行的丧葬习俗——“弄猴”窥知。《雅堂文集》云:

弄猴:台湾居丧之时,多延僧道礼忏。僧弄铙钹而道演取经,扮孙行者上场,观者如堵。或谓之“弄猴”。①

台湾丧葬仪式中这一活动的历史还可以往前推。咸丰初年,旅台高官刘家谋(1814—1853)在《海音诗》中提到的台湾丧俗即有“弄猴”。其文云:

凡亲丧必忏佛;僧于中午飞钹,谓之“弄铙钹”。谚曰:“有孝后生来弄铙,有孝查亩来弄猴”。弄猴者,以猴演杂剧也。俗谓男曰“后生”、女曰“查亩”。②

所谓的“弄铙钹”,俗称“弄铙”,是孝男在父母亲丧葬时请来僧侣表演。而“弄猴”则是孝女在父母亲丧葬时,请来僧侣扮演孙行者的活动。这是当时一般不识字民众接触《西游记》人物及故事的重要方式。

此外,丧葬时请来僧侣“装观音”的活动,也是根据《西游记》人物及故事来扮演的。1919 年丸井圭治郎编的《台湾宗教调查报告书》,即记载了台湾丧葬仪式中与《西游记》有关的“装观音”活动。当时记录的丧葬仪式过程如下:由僧侣操办的丧仪,要为丧家做功德,从午夜开始,首先是口头请神安灶,请监斋神明,再来招魂。魂来,随即开忏,由僧侣一人念《十王忏》(上、中、下三册)。后请佛祖打地狱、过桥、作灵偈、请经七献、反库、过王、担经、谢祖、谢神。这是闽南人的做法,与客家人做功德方式相近,但要在门前摆上南极长

① 《弄猴》,《雅堂文集》,第 183 页。

② 刘家谋:《海音诗》,《台湾杂咏合刻》,南投:台湾省文献委员会,1994 年,第 11 页。此书与《赤崁集》《使署闲情》合刊。

生大帝神位，笔墨白扇各十份，供十王使用。[①] 这里需要说明的是“过王”，根据铃木清一郎的调查，这是漳州人做三旬、五旬、七旬、小祥、大祥等招聘僧道人士做的法事。傍晚时，要挂佛像轴、摆供品，举行请佛、引魂、安位、拜忏、七献等仪式，过十王，念解亡魂生前罪恶冤结咒语。家人哀哭烧金。[②] 从名称“过王”来看，挂起来的佛像轴应是十王图，拜的忏可能是《十王忏》。简要地说，所谓的“过王”，就是在十殿阎王挂像前举行解亡魂罪恶的冤解仪式。如果是有钱人家，做功德时间较久，仪式较多，开忏时念诵经典是《三昧水忏》，还会增加一些表演仪式：如拜香山（念《观音济度经》）、装观音（三藏西游取经一幕）。[③] 由此可知，《台湾宗教调查报告书》中的“装观音”，又叫“三藏西游取经”。目前所知，至晚在光绪二十年（1894）台湾已经存在此活动。当时陈朝龙编的《新竹县采访册》卷七即记载：

> ……丧葬……惟做功果视土著尤盛行。有力之家延长毛僧（实为巫而名之为僧，本粤省道士别流，每灯场皆扮僧装，故名。）……诵经念咒，搭木板为棚，服梨园冠服，杂演“三藏取经”“目连救母”诸戏……。[④]

上文括号内的内容，是《新竹县采访册》编者所注。这里所谓的长毛僧，类似瑜伽僧，但不是僧人而是俗人，是现今的“释教”（详后述）。由上引资料可知，“三藏西游取经”又可称作“三藏取经”。

其实，还有其他场合也会举行“弄猴”。清末吴子光（1817—1883）在《纪台地盂兰会》提到七月台地举行盂兰会（俗称中元节），会中表演弄猴，观者万

① 丸井圭治郎：《台湾宗教调查报告书》第一卷（1919），第 142—144 页，台北：捷幼出版社，1993 年复印。

② 铃木清一郎：《台湾旧惯冠婚葬祭と年中行事》（1934），第 257 页，台北：古亭书屋，1975 年复印。

③ 丸井圭治郎：《台湾宗教调查报告书》第一卷（1919），第 144—146 页。

④ 陈朝龙：《合校足本新竹县采访册》卷七《客庄风俗》，南投：台湾省文献委员会，1999 年，第 386 页。

人的情形。[1] 以上种种显示清朝时台湾丧葬仪式中会出现弄猴、装观音之类表演《西游记》故事或情节的活动。这些活动所费不赀，平民百姓肯定负担不起，但正如前引连雅堂所述，这些活动进行时，观看民众甚多。《西游记》中的人物、故事或情节，就这样进入台湾老百姓的脑中。

二、《西游记》及其故事在近代台湾的流行情况

到了日据时期，传统台湾丧葬仪式中的弄猴、装观音之类的表演依然流行。如张李德和(1893—1972)提到台湾俗语即反映了当时流行弄猴：

> 无戏续弄猴，弄到乱抄抄，山精水怪来凑闹……
>
> ……偷挖壁究看弄猴，弄到半暝后，讨海人一下到，水晶宫内乱抄抄。掠花枝，缚鲈鳗，串串一大扦，扦地做伴去，三日无上市，买猪头，下土地，土地公，你着相保庇，海龙王……[2]

此外，又多了一些渠道让《西游记》在台湾流行。目前所知，至少有三个途径传播《西游记》。第一途径是从大陆购买《西游记》书籍与连环画。1931年，台南出版的《三六九小报》上刊登了嘉义兰记图书部从上海采购图书的广告，上面写着：

> 最新出版之连环图书：家庭娱乐，趣味无穷，老少咸宜。
>
> 连环图书《三国志》，全书二十四册，定价一圆二角。
>
> 连环图书《封神榜》，全书二十四册，定价一圆二角。
>
> 连环图书《西游记》，全书二十册，定价一圆二角。
>
> ……

① 吴子光：《一肚皮集》卷七《纪台地盂兰会》，载王国璠编《吴子光全书》，台湾史迹研究中心，1979年，第1039—1040页。

② 江宝钗编：《张李德和诗文集》下册《嘉义童谣汇集四 · 其他》，台北：巨流图书公司，2000年，第517页。

连环图书《济公活佛》,全书二十四册,定价一圆二角。

……

连环图书《活烧红莲寺》,全书三十册,定价一圆二角。①

兰记图书部是黄茂盛所办,始于20世纪20年代,是当时台湾著名的出版图书并采购上海出版的图书的书局。从书名来看,兰记图书部购买的连环图书《西游记》,是《西游记》漫画化的新版本。另在学者搜集整理的兰记书局出版及采购图书的清单中提到:1924—1930年,台湾从上海购买的汉文小说历史演义有:

铅版大字《西游记》

石印中字《西游记》

石印小字《西游记》②

1931年,《三六九小报》上的嘉义兰记图书部广告云:

最近出版之连环图画,家庭娱乐趣味无穷,老幼咸宜:

连环图画《三国志》全书二十四册定价金一圆二角

连环图画《封神榜》全书二十四册定价金一圆二角

连环图画《西游记》全书二十册定价金一圆二角

连环图画《水浒传》全书二十册定价金一圆二角

……

连环图画《济公活佛》全书二十四册定价金一圆二角

……③

① 《三六九小报》46号,昭和六年二月十三日,台北:成文出版社复印本,未标复印年代,第1页。

② 林以衡:《兰记书局出版与代销图书目录》,载台北文讯杂志社编《记忆里的幽香:嘉义兰记书局史料论文集》,台北:文讯杂志社,2007年,第273页。

③ 《三六九小报》46号,1931年2月13日,第1页。

1937年前，嘉义兰记图书部从上海采购清单上写着：

新式标点书半价

……红楼梦，六册，定价二、八〇……

西游记，四册，定价二、五〇。[①]

台北先天道斋堂至善堂则收藏近代从上海购买的《西游记》：

源记书庄校印增像加批西游记卷七。[②]

将以上引文合看，可知有传统石印、铅板、新式标点、连环图画各式《西游记》在近代台湾流行。

另从当时台湾旧文人的文章，可推知传统的《西游记》小说早已进入台湾社会。当时台南旧文人编的《三六九小报》提供了不少案例：

1."十二猴孙"《无忧洞天开洞式辞》：昔日邱长春，做一部《西游记》，说鬼说怪，请一位猴齐天出来……[③]

2.《醉梦神话》：……奏称武当山无量寿佛……昔年大闹天宫的孙行者，今在亭子外……那孙行者已跑上亭来，玉皇一看见行者入内就大声喝道……[④]那行者连忙行一个大礼跪下说……旧时世人通通称卑职为大圣王大圣爷，现在就不是了，进皆看不起卑职，叫卑职甚么猴齐天……[⑤]

3.《寒山余籁》：……硐有老猴……近日忽由《三六九小报》，得知兄弟行踪，大喜欲狂，不日拟驾筋斗云亲到南台……招兄弟归洞养老……倘兄猴弟若不猛然回头……则老猴将恳唐师父念起紧箍咒语，将众兄弟

① 台北文讯杂志社编：《记忆里的幽香：嘉义兰记书局史料论文集》，第XVIII页。

② 台北至善堂所藏文物文献清单。

③ 《三六九小报》8号，1930年10月3日，第2页。

④ 《三六九小报》16号，1930年10月29日，第4页。

⑤ 《三六九小报》17号，1930年11月3日，第4页。

一齐拘回……①

4.《海外孤本明史说部金魁星弁言》:余童年受书即喜读诸家说部,如《列国志》《三国演义》《水浒》《红楼》…… 吾台有《征交趾》及《金魁星》两大说部在。《征交趾》一书则专谈神怪,虽合《西游》《封神》为一编,未能媲其毫末……②

5. "开心文苑"《猴哥略传》:猴哥或谓花果山孙行者之后……果行者之后,则为大圣之子孙……③

这些旧文人,如许丙丁(1899—1977)在20世纪三十年代初,就能谈孙悟空、猪八戒等西游人物与故事,显然与兰记图书部购买的《西游记》无关,而是更早就接触到《西游记》。有可能其小时候或青年时看过《西游记》,从上引"十二猴孙"《无忧洞天开洞式辞》提到:邱长春做一部《西游记》,可知许丙丁看到的《西游记》是《西游证道书》之类的《西游记》。

台南医生韩石泉(1897—1963)在回忆录《六十回忆》中,也提到他小时候看《西游记》的情况:

余每于公学校放课后,在先父私塾念书,余之汉学奠基于斯……数年后毕业公学校时,已能解《三国演义》《西游记》……等小说。④

可见韩石泉在20世纪初期就已看过《西游记》小说。抑或更早,就有台湾文人看《西游记》。张丽俊《水竹居主人日记》1908年的记载即写道:

---

① 《三六九小报》27号,1930年12月6日,第4页。

② 《三六九小报》28号,1930年12月9日,第2页。

③ 《三六九小报》449号,1935年5月26日,第2页。其他还有《新西游记补》专栏、连载《小封神》小说齐天大圣叙述、个别稿件提到的西游人物孙悟空、猪八戒等,可看出当时台湾传统文人熟知《西游记》。

④ 韩石泉:《六十回忆》,1956年,自印本,第9页。其子韩良俊编注修订《六十回忆:韩石泉医师自传》(台北:望春风文化事业股份有限公司,2009年)第62—63页亦有此内容。

旧六月初七日……在家……并看《西游记》……旧六月初八日……午后……仍看《西游记》。[1]

旧六月十一日……午后在家无事看《西游记》。[2]

由此可知,张丽俊在家看的《西游记》是小说,不是戏曲或丧葬表演。

第二个途径是商业戏曲。《台湾日日新报》1908 年 11 月 5 日云:

……本园……巨资新扎巧妙灯彩,大有可观,择于本月十三夜,开演新戏,乃唐朝贞太子时,唐三藏奉旨西天取经,九九八十一天危灾难,巧遇火云洞铁扇公主所生牛魔王之子红孩儿,想食唐僧肉,以为长生不老,寿同日月。孙悟空大战红孩儿,巧排骨火龙阵。满台灯彩,尽是奇巧……[3]

古月山人(胡孟麟)在《岳帝庙前:台南乡土回忆》中八回忆他小时候看与《西游记》有关的京戏的印象是这样:

……那年京戏是在大舞台戏院上演,戏码是水帘洞,一场以孙悟空为主角的武打戏。……他一眼认出那位扮孙猴子,齐天大圣的武生……[4]

东方孝义《台湾习俗》(1942)则提到当时台湾戏剧使用的脚本,多取材自《封神演义》《西游记》《济公传》等小说。[5]

---

① 张丽俊著、许水姬等编纂解说:《水竹居主人日记》(二),台北:"中研院"近代史研究所,2000 年,第 67 页。

② 同上书,第 68 页。

③ 徐亚湘选编及校点:《台湾日日新报与台南新报戏曲资料选编》,台北县中和:宇宙出版社,2001 年,第 21 页。

④ 胡孟麟:《岳帝庙前:台南乡土回忆》,作者自印本,1982 年,第 154 页。

⑤ 东方孝义:《台湾习俗》,台北:南天书局,1997 年复印,第 310—311 页。此书原刊于 1942 年。

第三个途径是歌仔册。这是一种用闽南话念唱故事的歌本小册子,东方孝义《台湾习俗》被称为台湾民间说唱文学的唱本,系盲人或乞食者在庙宇或街上以月琴伴奏演唱的内容,较流行的有《曾二娘食菜》《三藏取经》等。[①]

目前所知,20世纪三十年代已经看到孙悟空《大闹天宫》歌仔册,由台湾几个书局刊印贩卖。如1935年嘉义西市场内玉珍汉书部,当时即出版贩卖《闹天宫》全三集歌仔册。[②]

三、1950—1980年间《西游记》及其故事在台湾流行的情况

1950年以后,《西游记》及其故事在台湾的流行进入新阶段。这种新情况,可以从以下四个方面来考察。

(一)李炳南(1891—1986)《佛学问答类编》中关于《西游记》的问答

李炳南因担任孔府奉祀官秘书,早在1949年3月,已随孔德成来台,定居台中。他笃信印光法师,在当时罕有的佛教刊物《觉群》(1949—1950)担任主编,除负责宣扬净土思想外,也常在刊物上回答读者关于佛教的疑问。1950年年中,因理念不合,李炳南离开了《觉群》,与朱斐创办《觉生》。[③] 他将主编《觉群》时的做法搬到《觉生》,设立"佛学问答"专栏。没想到《觉生》颇受欢迎,特别是"佛学问答"来函求问解决佛教疑惑者更多。这些"佛学问答",后

① 东方孝义:《台湾习俗》,第216页。

② 1935年7月17日《新编流行三伯合番歌》末后广告,王见川、李世伟等编:《台湾宗教资料汇编:民间信仰、民间文化》第二辑第二册,新北:博扬文化事业有限公司,2010年,第487页。另王见川、李世伟等编《台湾宗教资料汇编:民间信仰、民间文化》第二辑第二册第280页记载《大闹天宫》三集,隔页玉珍汉书部广告写着《大闹天宫》三集,1935年2月10日印。

③ 王见川:《李炳南与战后初期台湾的佛教(1949—1952)》,载范纯武、王见川、李世伟主编《台湾佛教的探索》,新北:博扬文化事业有限公司,2005年,第148—155页。

被集结成书《佛学问答类编》(1950.6—1952.7),于1952年7月出版。其中有几则与《西游记》有关。所以通过《佛学问答类编》,可以了解20世纪50年代初期,《西游记》在台湾流传的情况。《佛学问答类编》云:

1.问:在《西游记》内说有孙悟空、八戒、沙净,依照佛学说全部都是小说乱造的,为何有说孙悟空是斗战胜佛,八戒是净坛使者,沙净是宝金身罗汉的,这个或是小说乱造的也不一定,依这说是权说或实说?……(王锡锜)

答:孙悟空为战斗胜佛,猪八戒是净坛使者等,皆为《西游记》小说之语,那有甚么权实可言。……[1]

2.问:《西游记》是人人都知道的,请问唐僧和孙行者、猪八戒等是否有据可考?(王介一)

答:《西游记》惟唐玄奘法师是历史上鼎鼎大名之人,余皆小说寓言。[2]

3.问:……至《西游记》作者,似费尽苦心,将玄奘法师取经之艰苦经过,以通俗语体写实,(一切地区地物迄今仍可指证)演译而成章回小说,用意即欲普遍深入民间,家喻户晓,即不识字之贩夫走卒,亦能了解,此所以使一般人不忘玄奘法师之伟迹欤。倘以史记笔法,造成广论,则非大儒不易通晓。况佛法曾遭三武之厄,诚恐又遇三文或五四,则玄奘法师必随孔家店而被打倒之列矣。当否?(赵超)

答:此系大德之看法,聊备一说,未尝不可。实则西游小说,并非写实,乃借奘师求经,以游戏笔墨,铺陈寓言而已。奘师自著有《大唐西域

① 李炳南:《佛学问答类编》(陈慧剑编)上册,第78—79页,台中:菩提树杂志社,1962年。

② 同上书,第178页。

记》一书，并无孙悟空、猪八戒，红孩儿、牛魔王等事迹。[①]

稍后的《佛学问答类编》二续（1975），则记载李炳南回答读者月球是否有嫦娥、吴刚等事，也提到《西游记》。他说：

《西游记》唐僧取经，一路妖精甚多，今在何处，如何不问？纵曰年久日深，妖精已死，还有五行山、花果山、火焰山、通天河等，究竟移到何处去？大德不问，想是明白，果真明白《西游记》，便能明白嫦娥、吴刚。[②]

《佛学问答类编》中关于《西游记》的问答，反映几个事实：一是读者与李炳南关于唐僧、孙悟空的知识，都是来自《西游记》小说。二是关于《西游记》小说有助于普及佛教的作用，问答者皆肯定。三是李炳南一直认为《西游记》小说不必予以重视，是为游戏之作，是寓言。

其实，李炳南的看法还算温和，其先辈范古农（1881—1951）在《佛学问答》（1935）中讲得更激烈，视《西游记》为说谎：

问：不知昔唐三藏圣僧往西方取得何经？究有其人其事否？

答：唐代往天竺求佛经者不一人，世传《西游记》系玄奘法师事。今佛学书局有真《西游记》一书可取阅也。至世传《西游记》乃说谎，非信史，并无研究之价值。[③]

文中的真《西游记》是指《大唐西域记》。范古农完全否定《西游记》小说，李炳南不甚重视《西游记》小说，反映当时知识分子学佛者的偏见；无视《西游记》小说也反映传统社会官民重视水陆法会等佛事经忏的事实。而这种轻视《西游记》小说的态度与道教知识分子非常重视《西游记》小说、有多种

① 李炳南：《佛学问答类编》（陈慧剑编）上册，第183页。

② 李炳南：《佛学问答类编》二续，第35页，台北：九龙莲社，1993年重印本。

③ 范古农：《佛学问答》卷六，第454—455页，台北：新文丰出版公司，1992年重印本一版三刷。

评注本,形成强烈的反差。这一点,也可以从《西游记》小说的多次刊行与佛教界没有关系得知。[①]

(二)1950—1980年《西游记》在台湾的出版情况

实际上,不只明清两代无任何佛教僧侣、居士出版或评注《西游记》,民国时期亦然。目前就我搜集到的1950—1980年间在台湾出版流行的《西游记》来看,情况也是如此。下表根据笔者搜集1950—1980年间在台湾出版流行的《西游记》整理而成[②]:

名　称	出版社/时间	内容概要	备　注
足本《西游记》(彩图孙悟空封面,书影见文后附图一)	世界书局/台北市1952年3月台一版	本书特点: 正文用标点符号 吴承恩传 正文 人物辞典 第九回陈光蕊-江流儿故事	基本定价贰元贰角五分 只存上册、文中删去评注 底本是1933年 第三回提及楚江王 魂字1350号 三十一回:有"一饮一啄,莫非前定"字句
足本《西游记》	世界书局/台北市1967年12月再版	西游记的价值:李辰冬撰、西游记考、正文附西游记人物辞典、第九回陈光蕊-江流儿故事	中国通俗小说名著第一集第九册 台大图书馆自动化书库一般馆藏857.08 4637v.9

① 有趣的是,《太虚大师自传》(慈心佛经流通处,1994年)第14页提到,他在平望莺豆湖边小九华寺监院士达法师房中,看到有《济公传》《醉菩提》《西游记》《封神榜》等书,可见僧人也有看《西游记》的。

② 这些版本的《西游记》,除了一种是台大图书馆所藏外,其余都是笔者所有。

续表

名　称	出版社/时间	内容概要	备　注
《西游记》(彩图封面,书影见文后附图二)	黎明出版社/台北市 1970 年 6 月前	版本介绍、正文、作者介绍、第九回陈光蕊-江流儿故事	全书后附购买者题记 特价平装 24 元 中国古典名著 书中无批注 魂字 1350 号 三十一回:一饮一啄,莫非前定 八十一难 正文末写《西游记》终
《西游记》	三民书局/台北市 1972 年 5 月	引言、正文、作者介绍、第九回陈光蕊—江流儿故事	中国古典名著系列 书中无批注 魂字 1350 号 三十一回:一饮一啄,莫非前定 正文末写《西游记》终
《西游记》	儒林堂书局/台北市 1973 年 10 月	作者说明、正文、作者介绍、第九回陈光蕊-江流儿故事	中国文学名著 书中无批注 魂字 1350 号 三十一回:一饮一啄,莫非前定
大字足本《西游记》	台湾文源书局/台北市 1975 年 2 月再版	关于作者说明、正文、作者介绍、第九回陈光蕊-江流儿故事	书中无批注 魂字 1350 号 三十一回:一饮一啄,莫非前定 正文末写《西游记》至此终

续表

名　称	出版社/时间	内容概要	备　注
《西游记》	华正书局/台北市 1975 年 4 月台一版	出版说明、关于作者、正文、第九回陈光蕊-江流儿故事	书中无批注有注 第三回初江王 魂字 1350 号 三十一回:一饮一啄,莫非前定 正文末写《西游记》至此终
足本大字《西游记》	文化图书公司/台北市 1977 年 12 月	版本介绍、正文、作者介绍、第九回陈光蕊-江流儿故事	书中无批注 魂字 1350 号 三十一回:一饮一啄,莫非前定 正文末写《西游记》至此终
大字足本《西游记》(彩图封面,书影见附录三)	第一书店/台南市 1979 年 3 月	作者简介、正文、作者介绍、第九回陈光蕊-江流儿故事	古典文学 书中无批注 魂字 1350 号 三十一回:一饮一啄,莫非前定 正文末写《西游记》终
《西游记》	河洛图书出版社/台北市 1980 年 9 月	本书提要、图像、正文、作者介绍、第九回陈光蕊-江流儿故事、关于本书版本的一些说明、西游记考证等论文与数据	书中无批注 第三回楚江王 魂字 1350 号 三十一回:一饮一啄,莫非前定 正文末写《西游记》终

上表显示几个现象：一是至少两种《西游记》版本在台湾出版流通。二是这些《西游记》内容几乎一致，都包含第九回陈光蕊-江流儿故事。三是有的《西游记》版本，是民国时期以新式标点在台湾复印，如世界书局版《西游记》。这个版本的底本，是含有第九回陈光蕊-江流儿故事的清代刻本。四是不少版本的《西游记》，是1955年人民文学出版社出版的《西游记》整理本（根据六种清代刻本校订）在台湾的复印增订。这一点，可以从这些翻印增订版中关于本书版本的说明与人民文学出版社出版的《西游记》中对本书的整理状况类似看出。那么，1955年人民文学出版社出版的《西游记》整理本，是如何进入台湾的？不外两种途径：走私与港澳民众携带入台湾。因利益不大，应不是走私，而是由港澳人士携带来台湾。可见在两岸关系不畅的情况下，文化交流仍能曲折进行。

另从两个例子可以窥知上述《西游记》出版流通产生的影响。一是嘉义诗人赖惠川（1887—1962）《续闷红墨屑》诗句。其诗云：

猪能八戒犹成道，人不如猪一戒无。猪八戒称净坛使者。①

这是赖惠川晚年作品，诗句中小字是作者自注。猪八戒称净坛使者，只出现在《西游记》小说第一百回。由此可知《西游记》小说对赖惠川的影响。

二是李文同《流芳百世》（1977）。此书介绍台湾民间神明，其中谈到“齐天大圣”是这样说的：

齐天大圣孙悟空原是《西游记》中的人物，当唐太宗时护后送唐僧赴西印度取经，有功而皈依释教为佛，前此，据悉他的诞生很富有神话的意义，而且他也曾显赫一时的大闹天宫，故玉皇大帝乃加封他为齐天大圣。据传说孙悟空诞于数千年前的花果山，他出生时即没有父母，是从花果山的一个大石头里跑出来的，因此，他较之其他猴类不同，具有先天异

① 赖惠川：《续闷红墨屑》，氏著（闷红老人）《闷红小草》，嘉义东市大东齿科儿科印行，1961年，第21页。

> 廪,举凡武术,变幻神通,他都能一学便会,初时他拜师学艺,艺成而据花果山水廉洞为王,后经观音大士指示,始皈佛教,并曾受玉皇大帝敕封……①

很明显,李文同对“齐天大圣”如此的解释,也是根据《西游记》小说而来。

(三)“释教”科仪中的《西游记》及其故事

虽然,台湾的僧侣或知识分子学佛者,也未参与《西游记》的评注与出版,但在台湾有批与佛教有关的丧葬从业人员,却在传抄《西游记》与表演西游故事。他们宣称自己叫“释教徒”,是有别于出家僧侣与在家居士的奉佛在家者。“释教”徒也不同于在家奉佛吃素的斋教徒。他们不忌荤素,娶妻生子与常人无异,却在丧葬时能像僧人一样执行相关佛事。②

杨彦泠调查台湾客家丧葬场合,“释教”做功德法事出现与《西游记》有关的情节,称为“三藏取经”。杨彦泠文中说客家“释教”取经科仪,以玄奘西天取经为本,主要分成三段:

> “唐僧自叹身世”“道童闹观音”与“过火焰山”。一开始唐僧先出场自叹身世:自小僧难度多,我母送我在江河,多蒙皇天有感应,空门修道念弥陀……小僧非别,江流儿即是,家住海州府弘隆县,离城十裡之外,地名喊着白沙村人氏,祖上姓陈,父亲名萼表字光蕊,祖公文案,家祖母张氏婆婆,清廉一品的夫人,外祖殷开山丞相,母亲殷娇小姐,只因父母身贵紫罗衣,职受弘州为太守,来到红将渡口,遇遭刘洪、李彪老贼,一来谋父官诰,二来夺我母为妻,后来母亲生我丢在长江送水漂流,大白星居

① 李文同:《流芳百世》,台南:正平出版社,1977年,第88页。

② 关于台湾“释教”,详见杨士贤《台湾释教丧葬拔渡法事及其民间文学研究:以闽南释教系统为例》,新北:博扬文化事业有限公司,2016年。

点化，留在金山寺里，多蒙长老收留，恩养成人，今日年方十八岁……①

文中有些错字，如“离城十裡”的“裡”是“里”之误，“大白星居点化”是“太白星君点化”之误。这个陈光蕊-江流儿故事，与以上台湾流行各版《西游记》所述略有不同：职受弘州太守。这弘州太守是洪州太守之同音异字，是陈光蕊-江流儿故事的较早说法。可是，文中说江流儿外祖父是殷开山丞相，又与台湾流行各版《西游记》所述一致，显示客家“释教”取经科仪的陈光蕊-江流儿故事是介于新旧之间的文本。②

关于孙悟空，杨彦泠调查客家“释教”取经科仪这样说：

（内）来人听起，来人听起，听我孙空说分明，孙是我姓空是我名，因当初人小胆大，大闹天宫变做一只黄蜂飞在王母宫中，一来偷食王母仙桃，二来偷穿王母仙衣，三来偷食王母仙酒，我就因当酒醉酒醉之时戏弄月宫嫦娥，得罪观音娘娘，娘娘请奏如来佛祖，佛祖说道小畜生，打死不如放生，放生不如打死，他念出五个手指头，化作五行山，高又高大又大，叫小子走来跑，走来跑，跑来去跑不过，夹在五行山受了五百余年之苦，又闻东土来了一位老师傅救我残生之命，生亦同生死亦同死。③

（内）佛旨下，今日有唐三藏要往西天取经，人在火焰山根过，却被火德成放火烧山，火高万丈，阻隔路程不得过去，命了孙行者前来佛祖殿求宝，佛赐你铁棒铜锤一只，芭蕉铁扇一把，净瓶发水三件宝贝，付你前去收灭火焰山，一更带去，二更带回，不可轻慢佛祖金容，如若轻慢佛祖金容，打落丰都永不超生。

---

① 杨彦泠：《客家释教丧葬仪式“取经”科仪研究》，“中央”大学客家语文暨社会科学学系客家研究硕士在职专班硕士论文，2017年，第76页。

② 关于陈光蕊-江流儿故事，详见《陈光蕊故事与唐僧出身传说：兼谈〈西游记〉第九回问题》，《历史、艺术与台湾人文论丛》2020年第18期，新北：博扬文化事业有限公司，第187—202页。

③ 杨彦泠：《客家释教丧葬仪式“取经”科仪研究》，第86页。

(生)唔,听你一言,我心安然我今不必心焦烦恼,你是孙家子弟自幼拥有广大神通法力无边,一跑三千里跑到东海龙王宫中,取了铜锤铁棒一只,转身就到牛母家下,取了芭蕉铁扇剿灭火焰山收灭已毕,速回金殿交还佛祖,赐你三呼。[1]

杨士贤调查闽南“释教”“弄观音”科仪则如此说孙悟空:

上海洞中挂红袍,大闹天宫我齐天猴,大闹天宫我不怕,只怕如来五指山。俺!姓孙名悟空,早年前犯了天条大罪,被如来压在五指山受苦,五百年不能脱出苦轮。幸遇东土有一位师父名叫唐三藏,从五指山经过,解救我脱出苦轮,恩重如山,无恩可报,所以我愿拜他为师。我师欲去西方取经,但是被妖精挡住去路啊!这妖精名叫牛魔王,这牛魔王有一位家后名叫罗刹女,她有一支芭蕉扇,若欲灭火焰山的烈火,就要借用这支芭蕉扇。有了!我就变身成牛魔王,去拐着罗刹女这支芭蕉扇,我奉师父的命令,紧来用这芭蕉扇灭了火山的烈火。[2]

这是闽南“释教”科仪中“弄观音”主要情节之结尾,叫“孙悟空过火焰山”。灭火焰山火之后,“弄观音”仪式结束。整个“弄观音”,分成“骑雨伞马”“弄观音”“孙悟空过火焰山”三大情节,一开始先由唐三藏上场介绍自己出家修行的经过及奉唐皇命西天取经超渡亡灵,接着是随行道童与三藏对话,因马跑掉故以雨伞当马,道童借此表演一番,显示雨伞马可当马继续行程。再来是三藏参拜观音庙,道童对观音起色心,猥亵抚摸一番,后被三藏发觉质问是否发癫,道童恢复正常。最后就是“孙悟空过火焰山”。[3] 显然,这是

---

① 杨彦泠:《客家释教丧葬仪式“取经”科仪研究》,第 82 页。

② 杨士贤:《台湾释教丧葬拔渡法事及其民间文学研究:以闽南释教系统为例》,第345 页。

③ 同上书,第 343—345 页。

取材三藏西游故事，而非照搬《西游记》故事。[①]

从上述可知闽南“释教”“弄观音”科仪，就是杨彦泠说的客家“释教”“三藏取经”科仪。虽然杨士贤、杨彦泠两位调查者调查仔细，但因关注点不同，未能呈现“三藏取经”或“弄观音”某些文本内容。其中一些重点，也被省略了。所幸，最近这一文本或类似本的早期版本，被收入《台湾释教科仪汇编》出版了。[②]

这一文本，题名《西游记》（书影见文后附图四）。其开始云：

> 《西游记》。昔日唐生去取经……路难行，程途十万八千里，一阵香风便回程。孙行者所救唐生沙悟静把授山门，《西游记》万古流传。[③]

书中除了有上述杨士贤、杨彦泠调查内容外，还提供其他内容：

（1）取经路程十万八千里。

（2）取经时间六年。

这两点近似广西、贵州等地发现的《慈悲西游宝卷道场》《佛说西天请经道场》等经卷中的有关内容。[④] 而关于唐僧身家背景、出生及成长为僧的叙述，则与杨彦泠调查的内容大致类似，但部分叙述有所差异：

> 小生非别，江流儿便是，家住海州府玄隆县，离城十里，地名白沙村人氏。祖上姓陈，名萼字光蕊，外祖殷承相名开山，外祖母张氏婆婆。父母贵紫罗衣，父亲选在洪州为大守，去到半江之中，遇着曹鸿贼……一来

---

① 杨士贤：《台湾释教丧葬拔渡法事及其民间文学研究：以闽南释教系统为例》，第347—348页。杨士贤认为“释教”科仪中“弄观音”，是以唐三藏西天取经为背景，并非演出《西游记》故事而是采取闹剧模式虚构三藏取经片段。

② 杨士贤主编：《台湾释教科仪汇编》（共四册），新北：博扬文化事业有限公司，2017年。

③ 杨士贤主编：《台湾释教科仪汇编》第二册，第4页。此释教科仪《西游记》并非杨士贤田野所得，而是博扬文化事业有限公司社长杨莲福所藏。

④ 侯冲、王见川主编：《〈西游记〉新论及其他：来自佛教仪式、习俗与文本的视角》，新北：博扬文化事业有限公司，2020年，第485、488、491、493页。

谋害父亲官职，二来谋我母亲为妻，三来我母有孕在身不从。生我下来，放在梳箱之内送水漂流而去，多蒙长江渡口二位长者收留我在金山寺里，抚养成人，今日年方十八岁……①

值得注意的是，在上引文原件（见文后附图五）的祖上姓陈处，可以清楚看到后人添上"父亲"字样，张氏婆婆处则加上"清净一品夫人、母亲殷娇"字样。由此可推知这份手抄文献《西游记》成书时间，较杨彦冷的调查内容早。

（四）丧葬阵头与仪式抄本中的《西游记》故事

除了"释教"丧葬科仪，在丧葬场和活动的阵头也有三藏取经表演。黄文博的调查表明，当时（1991 年）请一团"三藏取经"大约要台币一万元（现约等于 2200 多元人民币）。整个表演过程大致如下：唐僧来到五指山撕去灵符，救出孙悟空。孙悟空违约不愿跟去西天，唐僧以金箍诱他戴上。唐僧念咒降伏悟空，师徒二人一路向西去。再来猪哥猪八戒出场想吃唐僧肉，经过一场混战，猪八戒被孙悟空降伏，挑行李跟着西行。唐僧师徒一行来到丧宅，看到孝眷办丧事很认真，大为感动，到灵前念好话，然后说：我们西去取经，顺便超度亡魂，一起往西天。出殡当天，在下葬前演收沙悟净。整个"三藏取经"虽只演唐僧收徒，但把取经与超度结合符合丧葬需求。② 笔者认为"三藏取经"重点，除了把西天取经与超度结合，唐僧入丧宅为孝眷说好话也是其中之要。

另有一题为《曾二娘传》的丧葬仪抄本，与《西游记》故事有关。该书《大取经》云：

……佛白……今日唐王奉了陈三崇前来我面前求取经卷……出沙午僧……今日奉了师阜令，要去西天求取经……（白）庵我就沙午静，便

---

① 杨士贤主编：《台湾释教科仪汇编》第二册，第 5—6 页。

② 黄文博：《跟着香阵走：台湾艺阵传奇续卷》"三藏取经"，台北：台原出版社，1991 年，第 104—105 页。

> 是唐王奉了我师阜之命，要去西天求取经文……出午能……出午空。庵我就是孙午空，便是我有大闹天宫，比了释迦文佛压在五主山中。……出陈三宗……庵唐三藏便是，为着魏珍斩龙王。阎罗天子所吊唐王死去。唐王回转，奉令叫我西天求取经文就是……①

《大取经》中虽错字很多，大体上还是表达出与《西游记》第九至二十二回近似的故事，即唐王因魏征斩龙失信，被追入地府，还阳后命唐僧西天取经。唐僧沿途收孙悟空、猪悟能、沙悟净三个徒弟，一起往西天取经。

四、结语

在文化上，台湾属于较晚接受中原文化的地区。虽然如此，通过以上叙述与论证，首先，我们可以看到最晚至清中叶，台湾在丧葬场合已见到演述《西游记》人物故事的习俗——"弄猴"。此外，还有"弄观音"（或称"三藏取经"）。这些丧葬习俗，一直延续至今。其次，在清末时期的台湾，除传统丧葬活动外，士绅、民众通过三种渠道认识《西游记》及其故事：

（1）从大陆购买《西游记》书籍与连环画。

（2）在台湾商演的西游戏曲。

（3）在台湾流行的歌仔册——《大闹天宫》

最后，在台湾戒严时期，《西游记》及其故事在台湾仍然流行，其中关键因素有二：

（1）传统丧葬仪式持续。

（2）《西游记》小说在台湾大量翻印。

通过以上这些渠道，我们可以知道近代台湾人对《西游记》及其人物、故事的认识是多元的，且彼此互不干扰。也就是说，台湾丧仪中的"弄观音"

① 王见川、李世伟等编：《台湾宗教资料汇编：民间信仰、民间文化》第二辑第二十九册，第301—306页。

(“三藏取经”)呈现的是世德堂版《西游记》以前的《西游记》内容。在某种程度上,可以说是较《西游释厄传》还早的西游故事。而读大陆的《西游记》与台湾翻印的《西游记》的人,则会熟习唐三藏的父母与其早年经历。因为他们读的都是有第九回陈光蕊-江流儿故事的清代《西游记》的翻印本或整理本。若是看过《大闹天宫》或“三藏取经”阵头表演,那么他们只知道部分《西游记》人物与故事,可以说他们熟习表演化的《西游记》。总之,《西游记》及其人物、故事,长期在台湾流传,有继承中原的丧葬科仪文本的部分,如取经路程十万八千里、取经时间六年①,也有在地化的情况:取经人物加入道童,删除不少妖怪险阻的历难过程,以及取经经目。其中主流认识则是来自清代流行的有第九回陈光蕊-江流儿故事的《西游记》。

(彭小妍主编《杨逵全集》(文化资产保存研究中心筹备处,1998年)第二卷(下),第101—151页,收入杨逵手稿《猪八戒做和尚》剧本(1955)。从其内容来看,是受到百回本《西游记》小说影响。本文初刊于范纯武编《善书、经卷与文献》第3期,2020年12月,第75—107页。此次收入本书,略作修改。)

---

① 这两点,也可以在《香山度众宝卷》中见到,参见王见川、张二文等编《台湾宗教资料汇编:民间信仰、民间文化》第三辑第三十五册,第217页。

附：

图一

图二

图三

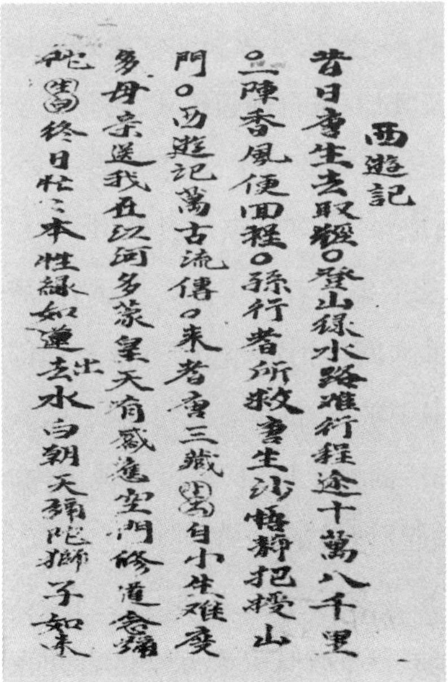

西遊記
昔日唐生去取經〇登山綠水路難行程途十萬八千里
〇一陣香風便回程〇孫行者所救唐生沙悟靜把攬山
門〇西遊記萬古流傳〇來者唐三藏(生白)自小生難度
多母親送我在江河多蒙皇天有感進空門修道念彌
陀(生白)終日忙忙本性緣如蓮去出水白朝天彌陀獅子如來

图四

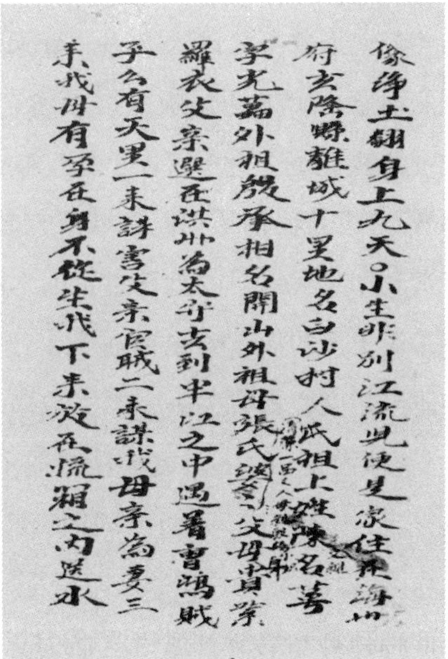

像淨土翻身上九天〇小生昨別江流兒便是家住海州
府玄隆縣離城十里地名白沙村人氏祖上姓陳名善
字光蕊外祖殷承相名開山外祖母張氏父母貴榮
羅衣丈亲選在洪州為太守去到半江之中遇着曹鴻賊
子么有天更一來謀害丈亲官職二來謀我母亲為妻三
來我母有孕在身不從生我下來放在流湘之內送水

图五

《西游记》新论：唐僧不是玄奘？ 作者不是吴承恩？

澳大利亚国立大学　朱明川

年尾岁末，又到生肖更替之时。动物富含文化蕴意，被人们赋予不同性格，这在世界各地都很普遍。就中文世界而言，《西游记》中刻画的猴、猪、牛、马等经典形象早已深入人心。毫无疑问，《西游记》是学者和文学爱好者绕不开的话题。2020年出版的《〈西游记〉新论及其他：来自佛教仪式、习俗与文本的视角》（博扬文化）一书可谓近年来《西游记》研究的力作，该书汇集了文学、佛教、善书及民俗等不同领域研究者的最新成果，许多论点颇具新意，如目前存世刊印年代最早的世德堂百回本《西游记》的编订者不可能是吴承恩；唐僧不是历史上的唐玄奘；《西游记》不只是供世人阅读消遣，其故事框架和部分文段与超度亡者有关……本文兹摘录若干书中观点，供读者先睹为快。

《西游记》的一大贡献是塑造了一个鲜活的猴子形象，在世界范围内，只要提起"中国有一只猴子"，很难不让人联想起《西游记》中的孙悟空。对于大众而言，西游故事中最令人印象深刻的部分，是孙悟空从大闹天宫到降妖除魔的种种打斗情节。孙悟空法力无边、神通广大，不但成为万千读者儿童时代的偶像，甚至也成为享受一方香火的神灵。复旦大学中文系许蔚教授分析了《西游记》小说出现前后的"猴神崇拜"现象。俗语云"神仙本是凡人做"，

《〈西游记〉新论及其他》(博扬文化版)封面、书脊

那么猴子是如何像人一样被当成神的呢？虽然早在明代小说普及之前，作为外来宗教的佛教已经出现了猴头人身持刀的人格化形象，但是这与后来西游故事中的猴行者形象仍有较大差异。中国文学传统中不乏与孙悟空花果山修炼成精的情节更相近的桥段，如唐传奇名篇《补江总白猿传》中，修炼成精的千岁白猿也能像人一样。它穿戴衣服，“长六尺余，白衣曳杖……著帽，加

白袷,被素罗衣”,甚至还能与人类女子发生性关系,“拥诸妇人而出”。唐传奇中的这种形象或许与穿人类衣服、说人话的孙行者更为接近。在小说出现之后,福建、山西、河南和山东等地都陆续出现了供奉齐天大圣的庙宇。直至今日,孙悟空在这些庙宇中仍然享有香火,受人顶礼膜拜。这样的信仰甚至还衍生出了一系列经文,我国各地及海外华人中至今仍有信众念诵《齐天大圣经》一类的经文。孙悟空已不再只是一个文学形象,而且进入了人们的日常生活。

今日福州齐天大圣庙中的孙悟空形象(张继州摄)

上海师范大学侯冲教授和杨天奇博士通过对比《西游记》百回本小说与相关的佛教文献,对唐僧西天取经的故事有了新的解读。首先,唐僧不是玄奘。虽然今日人们普遍把唐代伟大旅行家、翻译家玄奘法师视作《西游记》唐僧的原型,但是小说中的唐僧与历史上的玄奘在家庭出身、师承、取经时间节点等方面均有较大出入。对比《西游记》与《大慈恩寺三藏法师传》,会发现二者除了出家前都俗姓陈之外,再无共通之处。在早期文献中,也难觅将玄奘法师称作“唐僧”的说法。

抛开身世细节,玄奘与唐僧的形象也完全不同。玄奘法师的主要贡献在于翻译佛经,他以精妙的逻辑思维和思辨智慧著称,被尊为汉传佛教法相唯识宗的祖师。《西游记》中唐僧明心见性的佛学素养简直不及格,定力很差,遇事喜欢抱怨。当然,我们不能苛责唐僧不务正业、不习佛法。从明代的佛教政策来看,僧人本就是分工明确、各司其职的。明初洪武十五年(1382),太祖朱元璋整顿佛教,诏谕曰:“佛寺之设,历代分为三等,曰‘禅’、曰‘讲’、曰‘教’。其禅不立文字,必见性者方是本宗;讲者务明诸经旨义;教者演佛利济之法,消一切现造之业,涤死者宿作之愆,以训世人。”侯冲认为,小说中的唐僧显然不是明心见性的“禅僧”一类,而是专门负责操办仪式,“涤死者宿作之愆”的“教僧”。按照小说中的描述,唐僧“佛号仙音,无般不会”,而唱腔优美正是仪式必备的。在取经路上,唐僧也不忘应邀超度亡者,如第十三回唐僧去猎户刘伯钦家中做法一日,结果“伯钦的父亲之灵,超荐得脱沉沦”,可见其业务能力颇高。再看小说中唐僧的形象,毗卢帽、袈裟、锡杖三件套。这些不是现下我们在禅寺中能看到的常见打扮,而是教僧们举行度亡法事时的特有装束。

《西游记》中不乏这般细致的刻画,作者或许不仅观察过“教僧”,而且对他们仪式中所用的文本都很熟悉。这点从百回本《西游记》中出现的词句可以看出。小说第八十五回孙悟空所说“佛在灵山莫远求,灵山只在汝心头。人人有个灵山塔,好向灵山塔下修”脍炙人口,但侯冲发现,这句话并非佛经中所言,也不是高僧大德的开示,而是出自教僧们常用的《销释金刚科仪》等仪式文献。

难道吴承恩热衷于钻研佛教道场,所以写出了这样一部《西游记》? 历来不乏研究者质疑吴承恩并非百回本《西游记》的作者，本书中台湾学者王见川教授的文章提供了一种令人耳目一新的论证思路。他认为百回本《西游记》在内容上具有劝善教化精神，故而多次引用《明心宝鉴》一类的善书。《明心宝鉴》是知名的劝善启蒙读物，自明初问世便风行东亚，韩剧《大长今》和《来自星星的你》中都出现了该书的身影。百回本《西游记》里“一饮一啄，莫非前定”一语在当下十分流行，王见川发现这句话源出于万历十三年（1585）御制版的《明心宝鉴》。现存的世德堂百回本《西游记》为万历二十年刊刻，但学界对于该版本最早的刊刻时间向无定论。不过万历本《明心宝鉴》的刊刻时间较为确定，以此作为侧证，可知百回本《西游记》最早也是形成于万历十三年之后。彼时吴承恩已经过世，他不可能是百回本《西游记》的作者。

在韩剧《来自星星的你》中，都教授抽出一册《明心宝鉴》

小说中的唐僧为什么要去西天？侯冲指出，其中原因自然不是为了译介佛典，而是为了举行“水陆法会”以超度亡魂，这一目的贯穿《西游记》首尾。

小说前段，在孙悟空被压在五行山下和唐僧奉旨取经的剧情之间，有第八到十二回讲述了取经的原由：泾河龙王违背天条，魏征梦中斩龙。龙王鬼魂将太宗皇帝纠缠至地府，李世民答应龙王举办"水陆法会"超度他，这才得以离开地府。返还阳间之后，太宗皇帝请唐僧举办水陆法会超度。不过在法会现场，观音忽然现身，指出法会上念的经是"小乘教法"，不能让亡者得度升天，只有派人到西天取来"大乘经"，才能消灾度亡。于是唐僧前往西天取经，至此西天取经的故事正式开始。小说结尾，太宗也确实用取回的大乘经举办了水陆法会。

李世民在游地府的途中，遇到自己登基之前杀戮的草莽英豪和众王子头目的魂魄，受阻不得前行。他的解决办法显得十分亲民，既没有用人间帝王的态度压迫阴间百姓，也没有让冥府实权人物崔判官出面呵斥众鬼，而是选择用钱财换取这些冤魂的宽恕。开封人相良在地府寄存了十三库的受生钱，由崔判官作保，李世民借了其中一库金银用于抚恤众鬼魂，还阳之后派尉迟敬德去开封还钱。为什么会有活人在冥府存钱？四川大学历史文化学院韦兵教授分析了《西游记》小说与"寿生钱"习俗。寿生本作"受生"，注受生命之意。古人相信人能来到世间得到生命是由于向冥司借了寿生钱，以此为资本才得以在阳世生存。贵贱寿夭取决于带来世间的寿生钱有多少，所以相良会为下一世能够享福而提前寄存寿生钱。寿生钱一旦消耗殆尽，人就会生病死去。13 世纪的黑水城文献中已有《佛说寿生经》一类的佛教经典教导人们还寿生钱。《西游记》小说中出现此类情节，或许是受了佛经的影响。不过当《西游记》在明代风靡之后，连原有的《佛说寿生经》也变了样子。在后来明清时期的《寿生经》中，明确标出此经是唐僧从西天取回的；相关的仪式用书和宝卷里，更是多出了太宗入冥游地府的故事。《佛说寿生经》仅存汉文本而无梵文本，可见其绝非"佛说"，乃是知名的伪经。所以后期的《寿生经》自述是唐僧西天取回的"真经"，以此获得一种信仰层面的合法性。

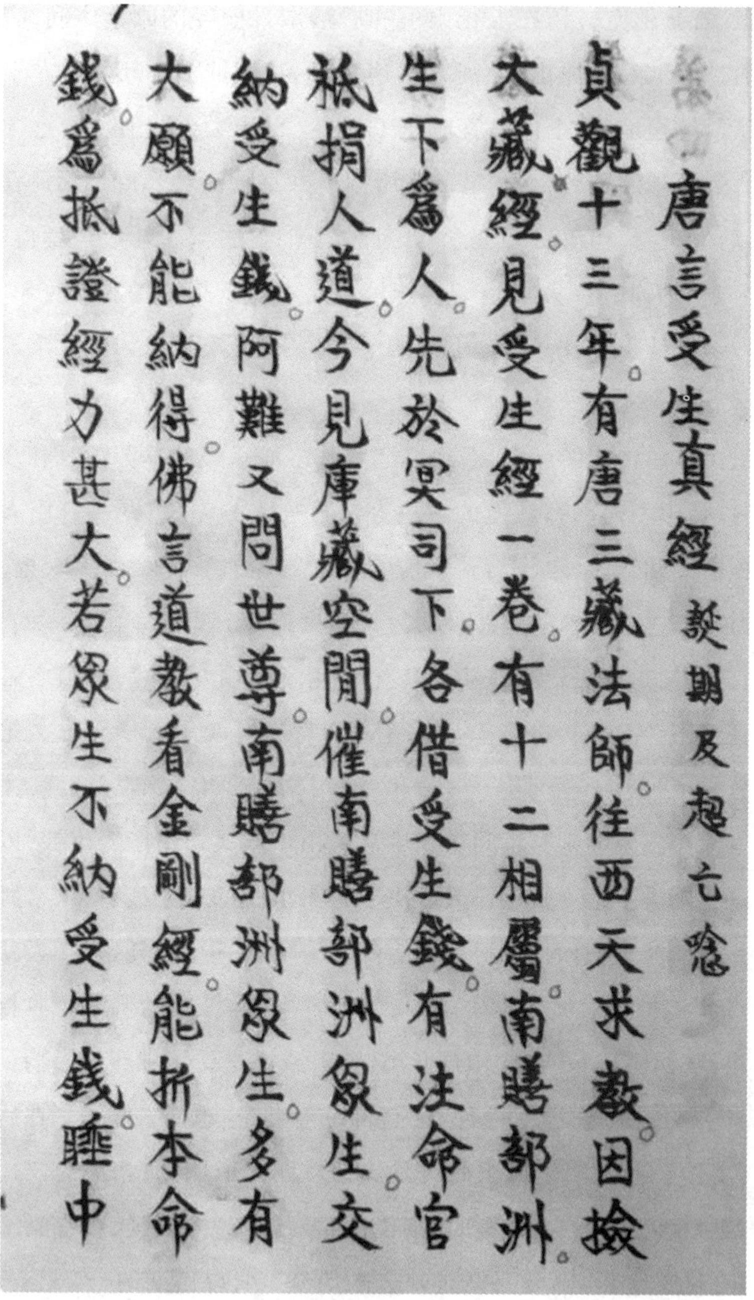

唐言受生真經 發期及超亡唸
貞觀十三年有唐三藏法師往西天求教因撿
太藏經見受生經一卷有十二相屬南贍部洲
生下爲人先於冥司下各借受生錢有注命官
祇揖人道今見庫藏空閒催南贍部洲衆生交
納受生錢阿難又問世尊南贍部洲衆生多有
大願不能納得佛言道教看金剛經能折本命
錢爲抵證經力甚大若衆生不納受生錢睡中

当代四川地区的《寿生经》,卷首标明太宗派唐僧去西天取回此经(朱明川 摄)

除了小说和佛经互动的情况之外,小说与戏曲的相互影响也是文学史上的常见现象。辽宁大学文学院胡胜教授发现,当百回本《西游记》普及之后,各地目连戏中的西天取经剧目也出现不同变动。唐太宗入冥和三藏取经的故事被拼接在一起,置于同一剧本之中,这显然是受百回本小说影响的结果。世德堂本是现存最早的百回本《西游记》,但在此之前,唐僧师徒西天取经的故事已广泛存在于各类文学体裁中。在百回本《西游记》诞生之前的目连戏中,这些故事是分开上演的。胡胜分析了泉州傀儡戏班所用的《三藏取经》抄本,该戏的师徒四人里并没有沙和尚,而是被"深沙神"代替;他曾试图劫掠唐僧,后被观音收服,化作白马。此外,著名的二郎神也加入了取经队伍,他的经历和小说中的猪八戒十分相似,因调戏玉女被贬下凡帮助取经。该戏内容上与百回本《西游记》颇为不同,直接取材于比明代小说更早的《大唐三藏取经诗话》和其他宋元杂剧,掺入并保留了不少更为原始的西游故事题材。

同样是在百回本小说出现之前,北京大学中文系左怡兵博士关注的是元明时期平话中的西游取经故事。平话《西游记》为后来百回本《西游记》的成功改编提供了厚实的基础性素材。这些平话文本虽已残缺不全,但是其中内容已保留在许多彼时佛教斋供仪式所用的科仪本中,如《佛门取经道场》等。这些仪式用书为适应展演,多采取十言唱词的形式。当然,作为早期文本,其中的取经故事情节自然与百回本中有些许不同。例如,这些早期文本中唐僧师徒西天取经大约耗时六年,到百回本小说中,唐僧已是一去"一十四遍寒暑"了。又如,车迟国斗法是《西游记》中的名场面,作为反派的车迟国国师在佛教斋供科仪本中只有一人,名为"白眼仙";而在后来通行的百回本《西游记》中,车迟国师已是虎力大仙、鹿力大仙、羊力大仙三人。

当下的经典小说和影视时常会衍生出同人改写作品,这种现象在古时也是存在的。在百回本《西游记》出现之后,也不乏相关的改写之作。辽宁大学文学院赵毓龙教授分析了清乾隆年间扬州文人金兆燕创作的《婴儿幻》传奇。这一同人作品将《西游记》小说中的红孩儿单独拎出来作为主角,改写演绎成新的文本。在后百回本时代,人们如何接触西游故事?考虑到明清时期的识字率，并非人人都能流畅地阅读小说，看戏听曲才是大众喜闻乐见的。金氏在重写西游故事时着力于将之搬上戏台。他本是仕途不顺的落魄文人，回到故乡扬州之后浸润于当时兴盛的剧坛，与不少艺人有深厚的友谊，且对戏台演出十分精熟。神魔小说的主要吸引力在于“斗法”，拥有三昧真火的红孩儿与孙悟空大战的桥段是《西游记》中的名场面，也最具舞台效果。金兆燕将红孩儿的经历改编成戏剧，足以带给观众感官享受。百回本小说出现之后，各种西游同人戏剧频出，我们或许不能将这些改写之作简单归结为经典小说影响下的产物。今人动辄以捍卫经典之名斥责同人作品，将“改编不是乱编，戏说不是胡说”作为口号，殊不知经典原著被按照特定媒介的艺术传统进行重构并被新时代接受的过程，本就是十分值得关注的文化现象。

今人了解西天取经的故事或许是通过影视作品与网络游戏，在屏幕普及之前，百回本小说的影响力无疑巨大。但是《〈西游记〉新论集》中的研究表明，还有很多在百回本体系之外的西游故事，它们的出现时间或许更早；作为应用文本，它们被历代的展演者们反复传抄使用，从而传承至今。现在，我们仍能在乡间的丧礼上、烟火缭绕的神祠中，以及喧闹的戏台上，直观地接触和感受它们。不同体裁的文本为人们理解西游提供了不同路径，它们中的有些甚至更接近西游故事的本来面目。

此外，书中还有不少精彩论述，限于篇幅笔者无法在此一一展开，留待读者自行发掘。据悉，为方便更多读者购买和阅读，该书计划于增补修订之后由广西师范大学出版社再版，发行名为《〈西游记〉新论集》的简体字本。

（本书系对2020年台湾博扬文化事业有限哪个是出版的《西游记新论及其他》一书的推荐与介绍，原载《澎湃新闻》2021年2月8日“私家历史”版块。见 https://www.thepaper.cn/news Detail_forward_11139548.）

附　录

附录一 请经科

整理者 侯 冲

[题解]

《请经科》,又名《佛门请经开忏科》《佛门请经科》《佛门请经品范》《请经开忏唐僧偈》《瑜伽请经科》《佛说西天请经道场》《佛门迎经科范》《佛门迎经科》《释氏迎经科》《迎经接驾科文》《迎经科》《佛门取经科》《取经杂路科》《取经赞》等。中国佛教典籍。撰人不详。一卷。明代以来瑜伽教僧所用科仪。

中国古代僧人举行水陆法会等大型斋供仪式,往往以诵经、拜忏等为其主体程序。据称用于法会仪式的佛经、忏仪从西土印度传来,需要迎请,故在法会开始后,往往会举行请经或迎经法事。本科仪即大型荐亡法会的请(迎)经法事所用科仪。本科仪流传较广,在湖南、湖北、山东、广西、甘肃等地均发现清末至民国时期的传抄本。陈毓罴先生指出,由王熙远先生发现于广西的现代(1967年)抄本《佛门取经道场(科书卷)》和《慈悲西游宝卷道场》[①],其成书时间不晚于元末明初。[②] 云南阿吒力教经典明初传入云南,其中《开坛法事》《观音忏》《佛门杂偈》等经典部分内容与本科仪能相互印证,这进一步证实了他的观点。因此其他各地发现诸本,其最初流行的时间亦当不晚于明初。

本科仪某些情节与小说《西游记》比较接近,是《西游记》研究的重要参考

① 王熙远:《桂西民间秘密宗教》,第493—498、517—521页。

② 陈毓罴:《新发现的两种〈西游宝卷〉考辨》,《中国文化》1996年第1期,第57页。

资料。但本科仪以往较少受到《西游记》研究者的关注，亦未被纳入已经编辑出版的《西游记》研究资料，故本科仪为《西游记》研究的新资料之一。由于其成书时间较《西游记》早，故对于研究《西游记》的成书有重要价值。①

本科仪不见中外佛书载录，亦未为历代大藏经所收。笔者目前所见到的有数个抄本，各个抄本的情况大致如下：

一、《请经科》

一册。清抄本。搜集自湖南益阳地区。封皮署“请经科下卷”“少峰”。扉页署“瑜伽请经下卷科”。无首题，尾题“请经下卷科终”。尾题前有墨书题记：“写于/同治十三年甲戌桂月，在亦乐堂抄誊。/其年大地上下丰熟。行庚六十二岁，/改少峰号。”综合诸题记，可知其名为“请经科”。在目前有明确题记诸抄本中，此抄本年代最早，为同治十三年(1874)。

二、《佛门取经科》

一册。清抄本。搜集自山东枣庄地区。封皮缺失。扉页署“佛门取经科”“广宣坛仇道千龙记用”。扉页另钤“仇春早记”长方朱印一。首题“佛门取经科”，尾题“取经杂路科终”。尾题下钤“仇春早记”长方朱印一。后有“光绪十年甲申十一月下浣龚文发沐笔/恭贺仇府秀龙先生道法昭彰”两行题记。知其为龚文发光绪十年(1884)抄本。

三、《请经开忏唐僧偈》《佛门请经开忏科》

一册。清抄本。搜集自湖北鄂州地区。封皮署“佛门唐僧偈、请经品范、度莲科”“吴一显”。内容分作三个部分。第一部分首题“请经开忏唐僧偈”，无尾题，末行作“我今愿(见)闻得受持，愿开(解)如来真是(实)意(义)”。第

---

① 侯冲：《〈佛门请经科〉：〈西游记〉研究的新资料》，《宗教学研究》2013年第3期。

二部分首题“佛门请经开忏科”,无尾题,末行作“奏乐下坛卸衣,接开经忏,朗诵无差者”。后有“◇人偷◇,皆男盗女猖(娼)。/各坛借去,尔茶食相谕”的墨书题记。第三部分首题“佛门度莲科”,无尾题,末行作“我等与孝信士,消灾增福寿”。末有“光绪十七年　菊月万长安抄箓(录)”的墨书题记。据第三部分最末题记,可知现存为清光绪十七年(1891)抄本。前面两部分属于请经科仪,均与唐僧西天取经事有关。

四、《佛门请经科范》

一册。清抄本。搜集自湖北鄂州地区。封皮署“佛门请经送圣科”“弘农氏谭本真置”“十方显应”“道法阐扬”。扉页署“佛门请经科范”“谭风林置”。内容包括两部分。第一部分首题“佛门请经科范”,无尾题,末行作“菩提妙○○○,随所处处常安乐”。后有“皇清宣统叁年辛亥岁叁月廿九日/谭祀山在家苦抄《请经书》壹本/入于十方,利已利人而已矣”的题记。第二部分扉页署“送圣科”“宏农氏谭风林置”。首题“佛门送圣科范”,无尾题,末行作“不可思议功德”。后有“皇清宣统叁年叁月初四日谭风林在家/抄箓(录)《送圣科范》壹本,入于拾方,/利已利人而已矣”。后有草书抄写“又送圣词”和杂写:“余在家中心不宽,抄箓(录)科范显十方。各位朋友看莫笑,受教弟子有真传。随得随失大家过,莫说先生留心胀。从今世俗本也短,义未到手有文章。能比世间英雄强,故此难得好科范。因此才把闲话谈,得了秘传自然强。”以此知其为谭风林清宣统三年(1911)抄本。

五、《迎经科》

一册。民国抄本。搜集自湖南益阳地区。又作《迎经接驾科文》。封皮题签失落,扉页署“迎经接驾科文”“普济坛”。首题“迎经科”,无尾题,末行作“□□度亡魂,高超极乐国”,并有“民国二年癸丑岁应钟月上浣抄滕(誊)科文一部/叨行后学蔚新氏普均笔　恭维/普济宝坛为念”“普济坛”的墨书题记。可知其为民国二年(1913)抄本。部分文字残缺。

六、《佛门请经科》

一册。民国抄本。搜集自湖北宜昌地区。封皮署“佛门开启、申发、请经”“春三记”。扉页署“佛门开启、申发、请经科”“许春三记”。内容包括三部分。第一部分首题“开启科”,无尾题,末行作“免难消灾障”。第二部分首题“佛门关告科”,无尾题,末行作“菩提妙法变装(庄)严,随所处处常安乐”。有“时维/民国十五年岁次丙寅菊月上浣念/八日胡云生一天之功。写字不正,/笔画不匀,不为恭敬,仰望各台/老先生莫哂莫哂”“坛门旺化”的墨书题记,并有“颠倒错乱甚多,好不非也”的批点。第三部分首题“佛门请经科”,无尾题,末行作“萨受惊怕,口念摩诃萨”。并有“时维/民国丙寅年菊月上浣日/胡云生二日之功,抄写《开启》《申/发》《请经》。写字不正,笔化(画)不匀,不/为恭敬,维望各坛/老先生观者莫笑莫笑”的墨书题记。末页背面署“许贤政记经书三本”。据题记可知为民国十五年(1926)胡云生抄本。

七、《佛门迎经科范》

一册。民国抄本。搜集自湖北鄂州地区。封皮署“释氏迎经科”“周清阳志”。首题“佛门迎经科范”,尾题“释氏迎经科终”。尾题前有“时维/圣天子之拾捌年岁次己巳菊月中浣拾式日代抄《迎经科书》一本”的题记。知为原周清阳存民国十八年(1929)抄本。

八、《佛门请经科》

一册。民国抄本。搜集自山东威海地区。封皮署“迎经科”“谭复烜”。扉页署“请经科”“谭复烜”。首题“佛门请经科”,无尾题,末行作“诸经忏愆过,消灾增福寿”。有题记“请经法事真好看,猴脸猪嘴沙和尚。唐僧师唱团模糊,弟子跛爬卖经忏”“弘农氏谭新成抄录”“□□□国二十七年八月中浣日增立”,可知为谭新成民国二十七年(1938)抄本。

九、《佛门请经科》

一册。旧抄本。搜集自甘肃文县。与《佛门天王科》合册。封皮署“佛门天王、请经科”“金城氏置”。《佛门请经科》部分无首题,首行作“真(贞)观殿上说唐僧”,尾题“终”。

十、《新集取经赞全部》

一册。现代抄本。甘肃文县尚志喜先生提供照片。封皮署“新抄取经献斋全卷”“后学左良田字伯钦号”。首题“新集取经赞全部”,无尾题,末行作“南无法筵会上……”。左良田 1988 年抄录《道场上部坛前》,1990 年抄录《新录道场诸杂赞芳》,1992 年抄录《观音斋仪文》,此册抄写时间亦当与上述三册相近。

十一、《请经科》

一册。现代抄本。搜集自湖北宜昌。封皮署“请经科”“同心坛”。扉页署“请经科”“同心坛”。首题“请经科”,无尾题,末行作“随意”“下坛”。后有抄写题记一行:“公元一九九四年甲戌岁古历十月中浣郑邦宝草录,观晒阅正。”

十二、《西天取经赞》

现代抄本两种。各一册。均由甘肃文县尚志喜先生提供照片。一种首题“西天取经”“宣科弟子觉灵”。首题“西天取经赞”。无尾题,末行作“皈依……回向……愿……”。末有墨书题记:“太岁庚辰年(2000)二月十九日抄完。宣科弟子尚志禄记。”一种为尚志喜复印本。首题“佛门上部坛前”,又题“佛门大斋九奏坛前”。首残,首行作“遥远需要用心坚。念十磨九难”,末行作“摩诃般若波罗密”。

十三、《佛说西天请经科取经道场》

抄本。自然情况不详。流传于贵州独山布依族地区，与《佛门慈氏化救苦道场》、《掩土呼龙一宗》合抄。首题“佛说西天取经道场”。无尾题，末作回向偈：“愿以此功德，普及于一切。道场以周龙（隆），皆共成佛道。”

尽管以上各抄本首尾题不尽相同，相互之间内容亦有出入，但均以唐僧师徒西天取经为其主要内容，可知属于同源异本，由于其题名中大都有“请经”“迎经”“取经”二字，故权以“请经科”为其类名，按抄本抄写时间的先后，一一分别加以整理。另外，王熙远先生收集的两个本子虽有录文发表，但以往被视为民间秘密宗教经典，定性欠妥，其流通受到一定限制，一般不易寻见，且其中一种在整理发表时未能与其他科仪分开；刘琳录《佛说西天请经科取经道场》同样存在录文欠妥和未与其他科仪分开的情况。兹据王熙远和刘琳录文重加整理，附录于本科仪之后，以供参考。

整理时，对各种异本分别校勘。整理本的底校本情况是：

（1）《请经科》

底本：同治十三年亦乐堂抄眷本“瑜伽请经科下卷”；无校本。

（2）《佛门取经科》

底本：光绪十年龚文发抄本；无校本。

（3）《请经开忏唐僧偈》《佛门请经开忏科》

底本：光绪十七年万长安抄本《佛门唐僧偈、请经品范、度莲科》，收录其前面两部分内容；无校本。

（4）《佛门请经科范》

底本：宣统叁年谭祀山抄本；无校本。

（5）《迎经科》

底本：普济坛民国二年普均抄本《迎经科》；无校本。

（6）《佛门请经科》

底本：民国十五年胡云生抄本《佛门开启、申发、请经（科）》，收录其第三部分内容;无校本。

(7)《佛门迎经科范》

底本:周清阳存民国十八年抄本《佛门迎经科范》;无校本。

(8)《迎经科》

底本:谭新成民国二十七年抄本;无校本。

(9)《佛门请经科》

底本:与《佛门天王科》合册旧抄本《佛门请经科》;无校本。

(10)《新集取经赞全部》

底本:谭新成民国三十七年抄本《佛门请经科》;无校本。

(11)《请经科》

底本:郑邦宝 1994 年抄本;无校本。

(12)《西天取经赞》

底本:尚志禄现代抄本《西天取经(赞)》。

甲本:尚志喜藏现代抄本《佛门上部坛前》(又题《佛名大斋九奏坛前》)影印本相关部分。

附录 1

底本:王熙远《桂西民间秘密宗教》第三部分所收《佛门取经道场(科书卷)》;无校本。

附录 2

底本:王熙远《桂西民间秘密宗教》第三部分所收《慈悲西游宝卷道场》;无校本。

附录 3

底本:刘琳《独山布依族民间信仰与汉文宗教典籍研究》所载《佛说西天请经道场》;无校本。

现存抄本在辗转抄写的过程中,有大量脱漏、听音记字乃至错讹字存在。王招国教授对本次整理的初稿提出了修改意见,部分已经被吸收,谨表示感谢!但整理稿仍难免有不当甚至错误之处,盼大家批评指正。

[录文一]

瑜伽请经下卷

切以我佛灵鹫宝峰，来赴南阎浮提。雨师洒道，风伯清尘。天男天女散天花，天帝天仙奏天乐。幢幡精洁，宝盖飘蓬。百万火首金刚，前遮后拥；五百大阿罗汉，左侍右随。帝释俱临，梵王随至。菩萨尽乘狮子座，声闻悉降宝莲台。神仙珂佩向叮当，力士兜茅光闪灼。所过去，城隍庙社以只迎；所坐处，地神坚牢而拥护。大众停衢，高着眼，伫看空中佛降临，尚虑三宝诸佛，四府万灵，莫不他方有请，好日多同，别国恭迎，难临法会。臣 同信士虔诚皈命，瞻望莲台，倾心侍命。

诚心皈命，初伸礼请。

佛浴金盆龙吐水，佛眉常放白毫光。

佛身丈六下人间，佛住芦茅穿膝上。

恭惟一真[①]法界，华藏玄都，上八位中常住，巍巍万德佛驮耶。惟愿有时灵鹫峰中住，惹得天花坠坠来。佛宝慈尊，降临法会。愿共诸众生，同入龙华会。

诚心皈命，二伸礼请。

法藏广宣十二部，法开八万四千门。

法云常护大千中，法雨普沾沙界润。

恭惟一真法界，华藏玄都，上八位中常住，浩浩三乘达摩耶。惟愿有时翻阅龙宫藏，推转无边大法轮。法宝慈尊，光临法会。愿共诸众生，同入龙华会。

诚心皈命，三伸礼请。

僧住妙高峰顶上，僧从世上说真经。

僧尼僧首众中尊，僧入定时龙虎护。

---

① “真”，底本作“贞”，据文意改。

恭惟一真法界，华藏玄都，上八位中常住，溶溶水月僧伽耶。惟愿有时锡杖空中向，想是他方应供归。僧宝慈尊，降临法会。愿共诸众生，同入龙华会。起身

香云捧足降临来二合

献茶，唪诰，庄①严，进表，召功曹，宣关，送表，焚化，回坛，接此表文焰焰达佛慈。二合

贞观殿上说唐僧，阿弥陀佛发愿西天去②取经。阿弥陀佛

欲见如来成正觉，阿弥陀佛不辞辛苦往雷音。阿弥陀佛

唐王闻说动欢心，阿弥陀佛即敕高僧便启行。阿弥陀佛

谕牒关文全给付，阿弥陀佛满朝文武送行程。阿弥陀佛

御手搭肩亲嘱咐，阿弥陀佛真经取了早回程。阿弥陀佛

宁为本乡一丸土，阿弥陀佛莫作他乡万两金。阿弥陀佛

辞别了，唐王主，御驾卿相。阿弥陀佛

选良辰，诹吉日，便要行程。阿弥陀佛

在此起身，绕坛念，大众齐举一揖，班首引导③出坛。

涂遇着，孙行者，齐天大圣。阿弥陀佛

火金睛，生变化，降伏妖精。阿弥陀佛

猪八戒，逢恶山，开条大路。阿弥陀佛

沙和尚，江河内，广有神通。阿弥陀佛

从东土，至西天，十万途程。阿弥陀佛

每晓行，和夜住，全无私心。阿弥陀佛

有白龙，流沙河，撑船摆渡。阿弥陀佛

旷野山，无人走，诡了人魂。阿弥陀佛

前来到，火焰山，灭僧④国土。阿弥陀佛

① “庄”，底本作“装”，据文意改。

② “去”，底本作“出”，据文意改。

③ “导”，底本作“道”，据文意改。

④ “僧”，底本作“生”，据文意改。

有妖精，并鬼怪，魍魉成群。阿弥陀佛

若不是，唐三藏，弘誓大愿。阿弥陀佛

有谁人，上西天，去取经文？阿弥陀佛

到天台，见圣人，殷勤礼拜。阿弥陀佛

愿我佛，慈悲主，转大法轮。阿弥陀佛

到请经台边，登台礼佛。拜

皈命十方一切佛，

皈命十方一切法，法轮常转度亡魂众生。

皈命十方一切僧，

转法轮菩萨摩诃萨二声

摩诃般若波罗密，甚深般若波罗密①。

十方佛合　十方法合　十方僧合

三声佛号，功德无边，请经情悃口意，略伸敷白。今为大清国△△至等因本坛领词，依教奉行，以今初启道场，阐事方行。窃念所荐正度亡者△△生居阳世，岂无罪积之愆；殁归阴府，恐有禁拘之咎。不凭佛法经文，何获罪冤解释。是以恭就坛前，高设猊台，谨备香烛凡仪，启白诸经海会诸佛诸大菩萨。

（水忏、千佛、梁皇）启教诸大菩萨，请求大乘，超拔亡魂。

化钱纸，台上说：

以今仗我佛门弟子，恭就天阶，作个请经佛事。且道，请经一句，台下答：十方佛菩萨，无刹不现身。愿佛开金口，施恩转法轮。台上答：

尘尘刹刹建楼台，楼阁门开见善财。

八万四千俱弟子，全凭不用钥匙开。

推开宝藏，捧出琅瑶②，引入皇坛，超生拔死。

---

① “般若波罗密”，底本省略，据文意补。

② “瑶”，底本作“瑊”，据文意改。

开宝藏菩萨摩诃萨①

经忏付与孝官,念诰,略回向,下台,回坛,绕坛念:

开宝藏,取真经,三藏奥典。阿弥陀佛

敕南方,火龙车,白马驼经。阿弥陀佛

上驼着,金刚经,瑜伽大教。阿弥陀佛

华严经,八十一,一部莲花。阿弥陀佛

辞别了,腾云路,回还本国。阿弥陀佛

刹那间,就当时,早离雷音。阿弥陀佛

又来到,西梁下,长安大国。阿弥陀佛

报唐王,排銮驾,接入皇坛。阿弥陀佛

金口宣,高僧到,冥阳大会。阿弥陀佛

展金经,毫光现,紫雾腾腾。阿弥陀佛

唐圣人,赐袈裟,黄金条相。阿弥陀佛

多谢了,有行人,度脱众生。阿弥陀佛

封高官,增禄位,情愿不受。阿弥陀佛

旃檀佛,成正觉,即是唐僧。阿弥陀佛

劝大众,听仔细,同声赞贺。阿弥陀佛

普世界,开佛号,早得超升。阿弥陀佛

般若经,六百卷,金刚第一。阿弥陀佛

良宵夜,宣科仪,存殁沾恩。阿弥陀佛

登坛念:

佛是西天大圣人,圣人托梦到朝廷,
朝廷敕封唐三藏,三藏西天去②取经。
取经路上多辛苦,辛苦方能见世尊。

---

① “摩诃萨”,底本省略,据文意补。

② “去”,底本作“出”,据文意改。

世尊亲口传经法，经法世上度凡民、亡魂众生。

摩诃般若波罗密[1]　　甚深般若波罗密[2]

说：

白马驼来一卷经，行行字字甚分明。

请师若问经题目，采集地藏、水忏、千佛大忏、梁皇十轴文。

开经　科毕

余言不尽，佛祖咸闻。具有安位钱财，纳在佛祖御前，用凭焚化。上愿

皇图巩固[3]，帝道遐昌[4]。

佛日增辉[5]，法轮[6]常转[7]。

请经下卷科终

［录文完］

---

① “般若波罗密”，底本省略，据文意补。

② “般若波罗密”，底本省略，据文意补。

③ “巩固”，底本省略，据文意补。

④ “遐昌”，底本省略，据文意补。

⑤ “增辉”，底本省略，据文意补。

⑥ 底本“法轮”下有墨书题记：“写于/同治十三年甲戌桂月，在亦乐堂抄誊。/其年大地上下丰熟。行庚六十二岁。/改号少峰。”

⑦ “常转”，底本省略，据文意补。

［录文二］

佛门取经科

稽首皈依天中天，真如实际妙玄玄。
宝王塔下安身坐，弥勒菩萨现半肩。
或向王城谈妙理，有时舍卫诵真诠。
十方世界无拘束，绿水青山几万年。

皈依佛宝作证盟

稽首皈依龙藏瑶，如来平地起波澜。
一言误处全无用，半劫传来却又难。
木马踏番华藏海，泥牛耕破妙峰山。
自从白马归来日，燕语莺啼总一般。

皈依法宝作证盟

稽首皈依菩萨僧，定中顿悟上三乘。
顶门慧眼超缘觉，鼻孔撩天作惠灯。
金锡高飞云冉冉，玉毫照彻雾腾腾。
白云深处无踪迹，明月清①风大地春。

皈依僧宝作证盟

皈依三宝/师慈作证盟　二合

戒定真香，焚起冲天上。孝士虔诚，爇在金炉内。顷刻氤氲，即遍满十方。昔日耶输，免难消灾障。

香供养诸佛诸菩萨

香烛斋茶……献茶述意

尘尘刹刹一楼台，楼阁门前见善财。

---

① “清”，底本作“青”，据文意改。

八万四千关捩[1]子，全凭这个钥匙开。

开龙藏菩萨摩诃莎二合

昔日唐僧去取经，安排銮驾送行程。御手搭肩上，亲口劝唐僧，寡人亲嘱咐，早早便回程[2]。宁作本乡一块土，休恋他乡万两金。礼拜三千诸佛菩萨仁，哀求忏悔。

昔日唐僧去取经，感动南海观世音。净瓶藏在手，嘱咐与龙君。行路莫居店，舍身并前程。八爪金龙来助力，化为白马拜唐僧。礼拜三千诸佛菩萨仁，哀求忏悔。

昔日唐僧去取经，八百里流沙河又深。滩滩过不得，波浪好惊人。白日妖怪成群倘，夜间鬼火乱纷纷。若是此河过不得，火焰山下怎生行。礼拜三千诸佛菩萨仁，哀求忏悔[3]。

昔日唐僧去取经，回头观见一妇人。青春年幼少，孤寡立门庭。身穿重孝服，跪礼拜唐僧。自从丈夫生死后，那见僧家一卷经。礼拜三千诸佛菩萨仁，哀求忏悔[4]。

妇人数礼拜唐僧，请僧转[5]诵大乘经。慧眼遥观见，露出尾巴[6]形，戒[7]刀将在手，便要斩妖精。化乐天宫都不见，唐僧独自在山林。礼拜三千诸佛菩萨仁，哀求忏悔。

昔日唐僧去取经，抬[8]头观见一山林。尖山如壁耸，高广接青云。石头烧马脚，无火自燃生。若是此山过不得，回头难见圣明君。礼拜三千诸佛菩萨

① “捩”，底本作“泪”，据文意改。
② “程”，底本作“城”，据文意改。
③ “菩萨仁，哀求忏悔”，底本省略，据文意补。
④ “诸佛菩萨仁，哀求忏悔”，底本省略，据文意补。下同。
⑤ “转”，底本作“专”，据文意改。
⑥ “出尾巴”，底本作“去尾色”，据文意改。
⑦ “戒”，底本作“解”，据文意改。
⑧ “抬”，底本作“台”，据文意改。

仁,哀求忏悔。

昔日唐僧去取经,杳杳忙忙走六春。千山并万水,百怪又群精。猕猴妆行者,难辨假和[1]真。受尽般吒并辛苦,望见西天佛世尊。礼拜三千诸佛菩萨仁,哀求忏悔。

贞观[2]殿上说唐僧,发愿西天去取经。满朝文武并宰相,大排銮驾送唐僧。御手搭肩亲分付,取了金刚早回程。取得金刚传东土,宝塔敷宣祝延明。礼拜三千诸佛菩萨仁,哀求忏悔。

白马驼经到五台,金山寺里[3]法筵开。为说僧行者,三藏实可哀。西天去见佛,白马自驼来。仰凭大众诸善力,便把宝卷来展开。礼拜三千诸佛菩萨仁,哀求忏悔。

去到西天见世尊,琉璃砌地坦然平。风吹香喷鼻,玛瑙砌阶心。四时花不谢,八节草长生。若在西天过一日,胜似唐朝过百春。礼拜三千诸佛菩萨仁,哀求忏悔[4]。

白马驼经到朝庭,唐王御驾出来迎。捧至天相长生殿,惟见经中字字真。句句消灾并灭罪,传与阎浮世上人。今日慈悲求忏悔,千佛如来作证盟。

无上甚深微妙法,百千万劫难遭遇。

我今见佛得受持,愿解如来真实义。

开宝卷菩莎摩诃萨[5]

大乘忏摩海会佛菩莎

悟达昔生人面疮,偶逢晁错报其殃[6]。

十世高僧名利济,三生冤债果因障。

---

① “辨假和”,底本作“便假何”,据文意改。

② “贞观”,底本作“真官”,据文意改。

③ “里”,底本作“礼”,据文意改。

④ “三千诸佛菩萨仁,哀求忏悔”,底本省略,据文意补。

⑤ “摩诃萨”,底本省略,据文意补。

⑥ “殃”,底本作“映”,据文意改。

汉书上载多为布，业龙山前曦不忘。

诺迦指示岩前水，洗涤从前教阐扬。

摩诃般若波罗密①　　甚深般若波罗密②

退下铙音，以此灯忏，香花灯烛，斋馐凡仪，俱要或经忏以完，对灵荐拔。以此回向③文：

愿以此功德，普及于一切④。

交忏度亡魂，皆共成佛道⑤。

取经请亡听经偈　先唱皈依　西方赞语　以完接

白　当坛举此宝偈，以为道引。今则五七……案下，孝男命我师善，于就三宝台前，唪诵△经一卷。今当开启之初，伏请西游先考妣……大好人，出赴灵筵，闻经听法。唱随所居处常安乐　二合

交经用　念经以完　唱相送……到灵筵　接

当坛举此宝偈，以为道引。今则△案下，孝男命我师善，于就三宝台前，唪诵△经一卷。今当悉以云周，句句与亡消愆，行行与亡灭罪，伏请故……大纤人受领领受。生天路上为凭据，地狱门前作赦书。称念一声，南无生天界菩莎……

庄严由人取口。

交朝用

若人欲了知，三世一切佛。

应观法界性，一切由心造。

当坛奉此宝偈，以为道引，一心昭告△七案下，受度故△老大纤人魂下，惟愿三魂渐渐，七魄昭昭。早、午、晚朝之际，请出佛宝，领功超度。香花请

① “波罗密”，底本无，据文意补。

② “若波罗密”，底本无，据文意补。

③ “向”，底本作“内”，据文意改。

④ “普及于一切”，底本省略，据文意补。

⑤ “魂，皆共成佛道”，底本省略，据文意补。

香云请，一、二、三伸召请，本宗△堂上，门中宗祖，亲姻百客，魂识等众，惟愿若宗若祖同荐拔，是男是女早超升。

早、午、晚朝之际，请出佛宝，领功追荐。香……

接朝礼诸佛……

取经杂路科终①

［录文完］

① “终”字后另有“光绪十年甲申十一月下浣龚文发沐笔/恭贺仇府秀龙先生道法昭彰”两行题记。

［录文三］

请经开忏唐僧偈

举赞

贞[1]观殿上说唐僧，发愿西天去取经。

唐王闻知心中喜，通关[2]文牒往西行。

满朝文武并丞[3]相，半朝鸾驾送唐僧。

御[4]手搭肩亲嘱咐，取了经文早回程。

能作[5]本乡一块土，莫恋他乡万两金。

辞别了，唐王主，官使御驾。

孙行者，他本是，齐天大圣。

选良旦，并吉日，便要行程。

西方境，路迢[6]遥，降伏妖精。

朱八戒[7]，逢恶山，开条大路。

沙和尚，江湖内，广有神通。

从东土，到西天，十万余程。

每晓行，合夜住[8]，全无退心。

有白猿，流沙河，撑舡摆渡。

旷野山，无人行，諕了人魂。

---

① “贞”，底本作“正”，据文意改。
② “关”，底本作“官”，据文意改。
③ “丞”，底本作“臣”，据文意改。
④ “御”，底本作“玉”，据文意改。
⑤ “作”，底本作“座”，据文意改。
⑥ “迢”，底本作“逍”，据文意改。
⑦ “戒”，底本作“界”，据文意改。
⑧ “住”，底本作“主”，据文意改。

前来到，火焰山，灭生国土。
有妖精，和[①]鬼怪，魍魉成群。
若不是，唐三藏，弘誓如海。
有谁人，上西天，去取真经。
到西天，见圣主，殷勤礼拜。
愿我佛，慈悲力，转大法轮。
开宝忏，取真经，三千教典。
敕南方，火龙驹[②]，白马驼经。
上驼着，《华严经》，瑜伽大教。
又驼着，《大乘经》，《般若心经》。
中驼着，《妙华经》，卷卷相逢。
后驼着，《金刚经》，三十二分。
辞别了，腾云路，回还本国。
刹那间，就当时，早离雷音。
又来到，西梁下，长安大国。
报唐王，排鸾驾，接入皇宫。
金口宣，高僧道，冥阳大会。
展开经，放毫光，紫雾腾腾。
封高官，增禄位，情愿不受。
旃檀佛，成正觉，即是[③]唐僧。
告圣主，赐袈裟，黄金妙相。
多谢了，少恩人，度脱众生。
劝大众，都仔细，同音赞和。

---

① “和”，底本作“何”，据文意改。
② “驹”，底本作“车”，据文意改。
③ “是”，底本作“世”，据文意改。

普世间，闻佛号，早得超升。
《般惹经》，六百卷，《金刚》第①一。
今宵夜，宣科仪，救度众生。
开经偈
无上甚深微妙法，百千万劫难遭遇。
我今见②闻得受持，愿解③如来真实义④。

佛门请经开忏科

西方别是一家风，却行因缘妙莫通。
施主拈香勤参礼，同来此处鉴⑤善功。
妙庄⑥严
将当坛外，布⑦列仙桥，迎请经卷。下有出坛之偈，海众勿劳，随声应和。
文殊座下骑狮子，普贤位下白象眼。
八大金刚排左右，同来此处证善因。
南无灵鹫山佛境内诸经海会菩萨摩诃萨
出坛师 声声传佛号 在门外搭高台⑧一座。至香案前。在人启建。
诸品尊经大展开，天龙八部降临来。
天花乱坠开经至，乐音金莲九曲裁。

① “第”，底本作“弟”，据文意改。
② “见”，底本作“愿”，据文意改。
③ “解”，底本作“开”，据文意改。
④ “实义”，底本作“是意”，据文意改。
⑤ “鉴”，底本作“监”，据文意改。
⑥ “庄”，底本作“装”，据文意改。
⑦ “布”，底本作“步”，据文意改。
⑧ “搭高台”，底本作“塔高公”，据文意改。

兜率院内击[1]法鼓，灵山会[2]上撞金钟。

极乐国中谈妙法，娑婆界内讲经文。

佛法僧三宝，来临法会。

阿难陀尊者，请降斋筵。

以此振铃伸奉请，十方三宝愿闻知。

不违本誓怜凡情，此日今时来赴会。

皈依灵山演教，雪岭[3]修因，户唵萨哩嚩，释迦佛。遥望灵山，稽首焚此佛宝香，请经超度，超度亡魂地狱苦。

皈依龙宫妙典，金口宣扬，户唵达哩摩，三乘法。遥望海藏，稽首焚此法宝香，请经超度，超度亡魂饿鬼苦。

皈依树下安禅，南无高僧，户唵羯哩摩，六和[4]僧。遥望只菌，稽首焚此僧宝香，请经超度，超度亡魂傍生苦。

三宝圣众降临来

恭闻三际平等，一性[5]圆融。刹尘无住世之佛，则谓释迦久[6]灭；南浮多沉沦之苦，惟云[7]佛慈不生。不知诸佛之法座尚[8]温，诸佛之讲筵齐布[9]。生本无生[10]，灭亦非灭。但以一点最初，因民所立而成人天之世界，因执而起[11]热恼

① "击"，底本作"系"，据文意改。
② "会"，底本作"佛"，据文意改。
③ "岭"，底本作"领"，据文意改。
④ "和"，底本作"合"，据文意改。
⑤ "性"，底本作"惟"，据文意改。
⑥ "久"，底本作"欠"，据文意改。
⑦ "惟云"，底本作"稂之"，据文意改。
⑧ "尚"，底本作"告"，据文意改。
⑨ "齐布"，底本作"斋不"，据文意改。
⑩ "生"，底本作"本"，据文意改。
⑪ "起"，底本作"启"，据文意改。

之众生，于无身中而受身，向无趣中而成趣。莫谓法轮已久不转，试[①]观伽蓝塔庙，何者[②]非古之佛量光、忍辱光、真[③]宝光？勿[④]谓法[⑤]鼓尽已收声[⑥]，试[⑦]探贝[⑧]叶琅瑶，何者非前尊之多罗藏、毗耶藏、达摩藏？发心于同时异地，证果于千像万尊。妙力难量，玄风广被。今者未叙[⑨]法职，启建道场，未伸皈敬于三宝，先须迎迓乎众真。迎经真言，谨当诵持。

愿来一切诸有福，惟以坚固秘密[⑩]者。

我今皈依虔诚叩，冀愿慈悲降来临。

南无三满哆。没驮喃。户唵。阿噜勒伽。吚呬吚呬。娑婆诃。

南无三满哆。没驮喃。户唵。达哩魔。吚呬吚呬。娑婆诃。

南无三满哆。没驮喃。户唵。僧伽耶。吤那哩迦。吚呬吚呬。娑婆诃。

云来集投进师 此处告表

佛身清净似琉璃，佛面犹如满月辉。

佛在世间常救苦，佛心无处不慈悲。

上来我佛初宣告表，初度……

稽首顿首，一心顶礼，皈依佛宝尊，佛宝尊，佛宝巍巍丈六身。进表文，上天庭。

法身玉[⑪]轴号三乘，法演琅瑶贝叶文。

---

① “试”，底本作“成”，据文意改。
② “何者”，底本无，据文意补。
③ “光、真”，底本作“真光”，据文意改。
④ “勿”，底本作“无”，据文意改。
⑤ “法”，底本作“生”，据文意改。
⑥ “声”，底本作“身”，据文意改。
⑦ “试”，底本作“诚”，据文意改。
⑧ “贝”，底本作“具”，据文意改。
⑨ “叙”，底本作“敢”，据文意改。
⑩ “秘密”，底本作“密秘”，据文意改。
⑪ “玉”，底本作“三”，据文意改。

法宝醍醐甘露洒，法传海藏妙难量。

我佛二宣告表，二度……

稽首顿首，一心顶礼，皈依法宝尊，法宝尊，法宝灏灏演三乘。进表文，上天庭。

僧身玉质字声闻，僧居石上演经文。

僧名六合修如德，僧取圆顶叆叇云。

上来我佛三宣告表，三度……

稽首顿首，一心顶礼，皈依僧宝尊，僧宝尊，僧宝溶溶居六合。进表文，上天庭。

三皈三命，〇〇法事，遥望灵山，叹表恭闻。

恭闻人人有佛，不离自己之心；念念无差[①]，即造如来之境。苟或未除[②]于妄见，何由得至于菩提？明先[③]有著述之科，示后世皈依之[④]地。欲达圣都，先伸凡悃。具有请经表文，谨当宣读。门外化财

转法轮

恭闻如来出现，大开方便之门；妙法流传，广施涅槃[⑤]之会。常舒慧目，普愿众生；演说三乘，显应法界。今辰孝士建立宝坛，敬伸迎请。伏冀庆云腾瑞，散玉篆于虚玄；紫雾呈祥，喷金纹[⑥]于虚碧。龙篝瑞霭宝鼎，香缊对对。承七宝之琼台，现三华之浪座。宝珠林中排坠仗，光移见着阁之山；菩提树畔拥楼台，愿望出玄之境。觇五魔之屏迹，想万圣之流辉。愿垂降临[⑦]，大作津梁。慈悯故，慈……

---

① “差”，底本作“修”，据文意改。
② “除”，底本作“际”，据文意改。
③ “先”，底本作“光”，据文意改。
④ “皈依之”，底本作“积皈依之步”，据文意删。
⑤ “槃”，底本作“盘”，据文意改。
⑥ “纹”，底本作“绞”，据文意改。
⑦ “临”，底本作“监”，据文意改。

法众虔诚，香花礼请。

香花请，一心奉请频伽演赞，白鹤谈经，西方修道悟真如，面证满月常应供。礼请《弥陀度人妙经》《孔雀宥罪尊经》等众。惟愿度人西天菩萨位，宥罪南阎热恼文。

香花请，一心奉请诸经赞念，诸经宣扬，或酬受育之大德，或报成形之厚恩。礼请《胎骨托生尊经》《血盆救苦尊经》《唐言了仪心经》《生天救苦尊经》等众。惟愿苾刍①纷绕三千界，慈智齐②修六度门。

香花请，一心奉请慈悲广大，度尽众生证菩提；喜舍③宏深，誓空地狱愿成佛。礼请《观音普门品经》《地藏本愿尊经》等众。惟愿瓶润群生承甘露，锅觉（搅）长江作醍醐。

香花请，一心奉请玉轴琅璠十二部，大乘中乘及十乘。波吒唎，苏恒觉，谈出北震动。诃诃唎，哆莎娑，演处神钦。萨哩嚩，窣都帝，行行灭罪；钵难陀，句句消愆。讫唎唵，西乾梵语；窣④都帝婆，东土唐言。灭罪人，普度群生成正觉，早登仙境。礼请龙宫海藏秘密⑤真言，拾方三界甚深奥典等众。惟愿拨开龙藏真经现，捧出琅璠贝⑥叶文。

香花礼请降临来

在此那唐僧高声大念菩萨、阿弥陀佛名号。

南无香云盖⑦菩萨摩诃萨

南无释迦佛如来　　灵山演教

南无开宝藏菩萨　　愍念众生

---

① “蒭”，底本作“葱”，据文意改。
② “齐”，底本作“斋”，据文意改。
③ “舍”，底本作“拾”，据文意改。
④ “窣”，底本作“宰”，据文意改。
⑤ “秘密”，底本作“密秘”，据文意改。
⑥ “贝”，底本作“具”，据文意改。
⑦ “盖”，底本作“界”，据文意改。

高公在台上问:是甚么神仙?

尔是何人,在此高声念佛?

答:弟子羽流,代号唐僧。

问:因何念佛?

答:因如来清净之矩范,效唐僧取经之规模,故此念佛。

问:唐僧因何取经?

答:因前朝李世民①君身游地府,只见一十八重地狱,无限饿鬼,俱②是长枷扭手,悲悲凄凄,久埋沉沦,未获超升。不凭我佛经忏,何须修来之因,故命唐僧,拜佛求经。

问:唐僧又如何③去得?

答:他有徒弟孙行者、朱八戒、沙和尚同往西天去取经。

问:去了几年几月?

答:去了一十三载寒暑。

问:多少路程?

答:共有十万八千里。

问:取的甚么经?

答:取的《大乘经》《弥陀经》《波惹经》《观音经》《了仪经》《地藏经》《血盆经》《胎骨经》《受生经》、《药师经》《救苦经》《度人经》《生天经》。

问:取的甚么忏?

答:《梁皇忏》《千佛忏》《药师忏》《观音忏》《六根忏》《血盆十王忏》。

问:共有多少④?

答:经三藏,忏三藏⑤,陀罗神咒共三藏,取回东土,救度众生。

---

① “世民”,底本作“氏明”,据文意改。

② “俱”,底本作“具”,据文意改。

③ “如何”,底本作“何如”,据文意改。

④ “少”,底本作“少经”,据文意删。

⑤ “经三藏,忏三藏”,底本作“三藏经,藏经”,据文意改。

今设启建清净坛场，布列香灯供养。绣帷绚烂①，身居妙有之尊；宝盖玲珑，上供如来之圣②。香烟缭绕，遍满于法界；矩影辉煌，飞鸣于虚空。统纪生裁，成养十类。将行法事，肃静坛场。礼请偈章，谨当持诵。

向来礼请十方三宝诸品经咒，以降香坛，大作证盟。迎经之偈，随声应和。

此处就迎唐僧、孙行者、朱八戒、沙和尚。唱入坛

施主爇③明香，殷勤不可量。

我佛辞鹫岭，罗汉下天堂。

坠坠云遮日，时时放毫光。

善众齐举赞，迎佛降道场。

两班奏乐入坛

叹唐僧，号三藏，十世修行为和尚。唐王敕封为卿相，一心要把西天上。

扫宝塔，礼金相，取得真经唐三藏。取回东土度亡魂，亡魂得度上天堂。

孙行者，手段强，花果山上美猴王。五百年前闹天宫，唵嘛呢叭咪吽。

皈正宗，扫邪妄，拥护唐僧取经章。取得经来唐三藏，惹下祸来行者当。

高老庄，朱八戒，本是上界天蓬帅。只因淫戏天仙女，责④贬凡间受苦难。

观世音，离莲座，手执杨柳洒尘埃。点化八戒护唐僧，西天路上降鬼怪。

流沙河，沙和尚，本是天上卷帘将。因他打破琉璃盏，将功折罪⑤下天堂。

手执着，降魔杵，护佑唐僧取经章。取得真经功德大，至果清净镇坛场。

观世音，离莲座，祥云捧出玲珑台。遥望唐僧到雷音，嘱咐龙驹下尘埃。

白龙驹，到五台⑥，金山寺里法筵开。三藏揭开诸经现，一口同音灭罪愆。

阿弥陀佛，座向西方境。经传东土，迢迢十万程。亲口说法，唤醒梦中

---

① “烂”，底本作“兰”，据文意改。

② “圣”，底本作“共”，据文意改。

③ “爇”，底本作“热”，据文意改。

④ “责”，底本作“青”，据文意改。

⑤ “罪”，底本作“罗”，据文意改。

⑥ “台”，底本作“雷”，据文意改。

人。普与众生，免难消灾障。

举常礼敬

上来礼请十方三宝诸品经咒，已降香坛。下有安座之偈，海众勿劳，慈悲应和。

菩提妙法胜庄严，诸佛座已成正觉。

愿献宝座亦如是，或他自作成佛印。

献○○真○○○，伽摩○○○○○。

善来○○○○○，○○善逝○○○。

哀怜○○○○○，降临○○○○○。

当就○○○○○，转大○○○○○。

登宝座

向来礼请我佛尊经，已登宝座。下有礼佛之偈，随声应和。

大慈大悲悯众生，大喜大舍济含识。相好光明以自严，众等志心归命礼。①

南无灵鹫山佛驮耶，请经功德，超度亡人苦。

南无龙宫藏达摩耶，请经功德，超度亡人苦。

南无禅定院僧伽耶，请经功德，超度亡人苦。

南无琉璃界药师佛，请经功德，愿灭亡人罪。

南无金色界孔雀佛，请经功德，愿灭亡人罪。

南无吉祥界消灾佛，请经功德，愿灭亡人罪。

南无极乐界弥陀佛，请经功德，愿灭亡人罪。

南无清净界万德佛，请经功德，愿灭亡人罪。

南无幽冥界地藏王，请经功德，愿灭亡人罪。

南无大清国，当今帝，圣寿万岁，护国人王佛。

---

① “大慈大悲悯众生……归命礼”，底本作“大慈○○○○大喜○○相○○○众○○○○”，据文意补。

南无礼念罢，周圆满，与施主，消灭罪，四恩三有，同赴莲池会。

愿以〇〇〇，普及〇〇〇。

我等〇〇〇，皆共[1]成佛道。

奏乐下坛，卸衣，接开经忏，朗诵无差者[2]。

［录文完］

① “共”，底本作“供”，据文意改。

② 底本“者”字后有“◇人偷◇，皆男盗女猖（娼）。各坛借去，尔茶食相谕”等墨书题记。

[录文四]

佛门请经科范

西方别是一家风，却与因缘妙莫通。

施主拈香勤参礼，同来此处鉴善功。

将当坛外，步到仙桥，迎请诸经。下有出坛妙偈，海众勿劳，随声应和①。

文殊座上骑狮子，普贤位下白象眼。

八大金刚排左右，同来此处鉴良因。

南无灵鹫山佛国内诸尊位菩萨摩诃萨②

出坛师 声声传佛号 出坛登台 上香

诸品尊经大展开，天龙八部降临来。

天花乱坠开经至，乐音金莲九曲裁。

兜率院内击法鼓，灵山会上撞金钟。

极乐国中谈妙法，娑婆界内讲经文。

佛法僧三宝二合，来临法会。阿难陀尊者二合，请降斋筵。

以此振铃伸奉请，十方三宝愿闻知。

不违本誓怜凡情，此日今时来赴会。

皈依灵山演教，雪岭修因，户唵萨哩嚩，释迦佛。遥望灵山，稽首焚此佛宝香，请经超度，超度亡魂地狱苦。

皈依龙宫妙典，金口宣扬，户唵达哩摩，三乘法。遥望海藏，稽首焚此法宝香，请经超度，超度亡魂饿鬼苦。

皈依树下安禅，南无高僧，户唵羯獇耶，三乘僧。溶溶水月，稽首焚此僧宝香，请经超度，超度亡魂傍生苦。

三宝圣众降临来

① “众勿劳，随声应和”，底本省略，据文意补。

② “摩诃萨”，底本省略，据文意补。

恭闻三际[①]平等，一性[②]圆融。刹尘无住世之佛，知谓释迦久[③]灭；南浮多沉沦之礼，佛慈不生。不知礼请诸佛之法座，告盟诸佛之斋筵，不生求而求，灭亦非灭。但以一点最初，因民所立，而成人天之世界，因执所居而结热恼之众生，于无身中勿受身，向无趣中而成趣。莫谓法轮已久，不听成观伽蓝塔庙，非古佛之量光、忍辱光、真光、宝光？无谓生鼓尽已较身灭，探贝叶琅瑶，何者非前生多罗藏、毗耶藏、达摩藏，发心于同时异地，德果于千像万尊。妙力以难量，玄风广被。今者未敢法职，启建[④]道场，未伸致敬于三宝，先须迎迓乎众真。迎经之偈，随身应和。

举南无香云界菩萨摩诃萨[⑤]

南无释迦佛如来，灵山演教。

南无开宝藏菩萨，恳念众生。

问[⑥]：尔是何人，高声念佛？

答曰：弟子羽流，代号唐僧。

问：因何念佛？

答曰：因如来清净之矩范，效唐僧取经之规模[⑦]，故此念佛。

问：你唐僧因何取经？

答曰：因前朝李世民[⑧]君身游地府，见十八狱中，无限饿鬼，俱是长枷扭手，悲悲凄凄，久居沉沦，未获超升。不凭我佛经忏，何须修求之因，故命唐僧，拜佛求经。

---

① “际”，底本作“除”，据文意改。

② “性”，底本作“围”，据文意改。

③ “久”，底本作“欠”，据文意改。

④ “建”，底本作“鉴”，据文意改。

⑤ “摩诃萨”，底本省略，据文意补。

⑥ “问”，底本无，据文意补。

⑦ “模”，底本作“谟”，据文意改。

⑧ “民”，底本作“明”，据文意改。

问:唐僧又何如去得?

答曰:他有徒弟孙[①]行者、朱八戒、沙和[②]尚,同往西天去取经。

问:去了几年几月?

答曰:离了一十三载寒暑。

问:有多少路程?

答曰:共有十万八千。

问:取得甚么[③]经?

答曰:取的《大乘经》《弥陀经》《般若经》《观音经》《了仪经》《地藏经》《血盆经》《胎骨经》《受生经》《药师经》《救苦经》《度人经》《生天经》。

问:取得甚么[④]忏?

答曰:取得《梁皇忏》《千佛忏》《药师忏》《观音忏》《六根忏》《血盆忏》。

问:共有多少经忏?

答曰[⑤]:有经[⑥]三藏,忏三藏,陀罗神咒三藏,一共取回东土,救度众生。

今设启建清净坛场,布列香灯供养。绣帷绚烂[⑦],身居妙高之尊;宝盖玲珑,上供如来之俸。香烟缭绕,遍满于法界;矩影辉煌,飞鸣于虚空。统纪生成,裁成每养十数。将以法事,肃静坛场。教有真言,谨当持诵。

愿来一切诸有情,惟以坚固秘密[⑧]者。

我今依教虔诚叩,冀愿慈悲来降临。

南无三满哆。没驮喃。户唵。达哩么。伊泗伊泗。娑婆诃[⑨]。

---

① "孙",底本作"僧",据文意改。
② "和",底本作"何",据文意改。
③ "么",底本作"摩",据文意改。
④ "么",底本作"摩",据文意改。
⑤ "答曰",底本无,据文意补。
⑥ "经",底本无,据文意补。
⑦ "烂",底本作"兰",据文意改。
⑧ "秘密",底本作"密秘",据文意改。
⑨ "诃",底本作"阿",据文意改。

南无三满哆。没驮喃。户唵。僧伽耶。唸那哩伽。伊泗伊泗。娑婆诃①。

此处投表

云来集　　投进……　法事　灵山拜进……

佛身清净似琉璃，佛面犹如满月辉。

佛在世间常救苦，佛心无处不慈悲。

我佛初宣告表……灵鹫宝峰……金莲下

皈依佛宝尊，佛宝尊，巍巍万德两足尊。进表文，上天庭。

法身玉②轴号三乘，法演琅瑶贝叶文。

法宝醍醐甘露洒，法传海藏妙难量。

我佛二宣告表……大寂宫中……堪座下

皈依法宝尊，法宝尊，浩浩三乘离欲尊。进表文，上天庭。

僧身③玉质字声闻，僧居石上演经文。

僧名六合修如德，僧取圆顶叆叇云。

我佛三宣告表，禅定宫中……禅定下

皈依僧宝尊，僧宝尊，溶溶水月众中尊。进表文，上天庭。

三皈三命，再赞再扬，三声……

恭闻人人有佛④，不离自己之心；念念无差，即造如来之境。苟或未除⑤于妄见，何由得至于菩提？明先有著述之科，示后积皈依之所。欲达圣都，先伸凡悃。具有请经表文，谨当宣读。出外化财

转法轮

恭闻如来出现，大开方便之门；妙法流传，广施涅槃之路。当舒慧目，普愿众生；演说三乘，显应法界。今辰孝士建立道场，敬伸迎请。伏冀庆云腾瑞，散

---

① “婆诃”，底本省略，据文意补。

② “玉”，底本作“三”，据文意改。

③ “身”，底本作“声”，据文意改。

④ “佛”，底本作“俾”，据文意改。

⑤ “除”，底本作“际”，据文意改。

玉篆于虚玄；紫雾呈祥，喷金文于虚碧。龙葺现于宝鼎，香缊①对对。承七宝之琼台，现三华之琅座。宝珠林②中排队③仗，光移见耆阇④之山；菩提树畔⑤拥楼台，愿望上玄之境。觊五魔之屏迹，想万圣之流辉。愿垂降鉴，大作津梁。慈悯故，慈……三宝。

香花请，一心奉请频伽演赞，白鹤谈经，西方修道证⑥真如，面证满月常应供。礼请《弥陀度人妙经》《孔雀经》《宥罪真经》等众。惟愿度人西天菩萨位，宥罪南阎热恼文。

奉请诸经赞念，诸经宣扬，或酬爱育之大德，或报⑦成形之厚恩。礼请《胎骨托生真经》《血盆救苦尊经》《唐言了仪心经》《生天拔度真经》等众。惟愿苾刍⑧分绕三千界，慈智齐⑨修六度门。

奉请慈悲广大，度尽众生，未证菩提；喜舍宏深，誓空地狱，誓愿成佛。礼请《观音普门品经》《地藏本愿尊经》等众。惟愿瓶润群生承甘露，锅觉（搅）长江作醍醐。

奉请玉轴琅瑶十二部，大乘中乘及十乘。波吒唎苏，恒觉谈出，北辰震动。阿唎哆，莎娑吒，演处神钦⑩。萨哩嚩，卒都啼，行行灭罪；钵难陀，句句消愆。讫唎唵，西天梵语卒睹婆，东土唐言灭罪人，普度群生成正觉。礼请龙宫海藏，秘密真言，十方三界甚深奥典等众。惟愿拨开龙藏真经现，捧出琅瑶贝⑪

① “缊”，底本作“温”，据文意改。
② “珠林”，底本作“林珠”，据文意改。
③ “队”，底本作“坠”，据文意改。
④ “耆阇”，底本作“著阁”，据文意改。
⑤ “畔”，底本作“半”，据文意改。
⑥ “证”，底本作“正”，据文意改。
⑦ “报”，底本作“振”，据文意改。
⑧ “刍”，底本作“葱”，据文意改。
⑨ “齐”，底本作“斋”，据文意改。
⑩ “神钦”，底本作“袖领”，据文意改。
⑪ “贝”，底本作“具”，据文意改。

叶文。

香花礼请降来临

上来礼请三宝，果海能仁，诸品经咒，以降香坛，大作津梁。下迎经之偈，随声应和。

施主爇[①]明香，功德不可量。
我佛出鹫岭，罗汉下天堂。
坠坠云拥日，时时放毫光。
善众齐举赞，迎佛降临来。

运动乐音，迎经赴坛。

叹唐僧，号三藏，十世修行为和尚。唐王敕封为卿相，一心要把西天上。
扫宝台，礼金相，取得真经唐三藏。取回东土度亡魂，亡魂得度上天堂。
孙行者，手段强，花果山上称猴王。五百年前闹天宫，唵嘛呢[②]叭𠺗吽。
故真宗，扫邪妄，拥护唐僧取经章。取得经来唐三藏，惹下祸来行者当。
高老庄[③]，朱八戒，本是上界天蓬帅。只因淫戏天仙女，责贬凡间受苦难。
观世音，猊莲座，手执杨柳洒尘埃。点化八戒护唐僧，西天路途降魔怪。
流沙河，沙和尚，本是天上卷帘将。因他打破琉璃盏，将功折罪下天堂。
手执着，降魔杖，护佑唐僧取经章。取得经来功德大，至果清净镇坛场。
观世音，猊莲座，祥云捧出玲珑台。遥望唐僧到雷音，嘱咐龙驹[④]下尘埃。
白龙驹，到五台[⑤]，金山寺里法筵开。三藏揭开诸经卷，一口同音灭罪愆。

阿弥陀佛，座向西方境。经传东土，迢迢十万程。亲口说法，唤醒梦中人。普与众生，免难消灾迍。下坛

常礼敬

① “爇”，底本作“熟”，据文意改。
② “嘛呢”，底本作“呢嘛”，据文意改。
③ “高老庄”，底本作“老高僧”，据文意改。
④ “驹”，底本作“车”，据文意改。
⑤ “台”，底本作“雷”，据文意改。

上来礼请十方三宝诸品经咒，已降香坛。下有安座之偈，海众勿劳，慈悲应和①。

妙菩萨座胜庄②严，诸佛座已成正觉。

愿献宝座亦如是，或他自座成佛印。

献宝座○○○○，伽罗○○○○○。

上来善逝○○○，哀悯由子○○○。

当就此座○○○

登宝座

向来礼请诸品经卷，已登宝座。下有礼佛之偈，随声应和③。

大慈大悲悯众生，大喜○○○○○，相好○○○○○，众等○○○○○。

南无罗汉僧天台界，请经超度，愿灭亡魂罪。

南无灵④鹫山佛驮耶，请经功德，超度亡魂苦。

南无龙宫藏达摩耶，请经功德，超度亡魂苦。

南无禅定院僧伽耶，请经功德，超度亡魂苦。

南无琉璃界药师佛，请经功德，愿灭亡魂苦。

南无金色界孔雀佛，请经功德，愿灭亡魂苦。

南无吉祥界消灾佛，请经功德，愿灭亡魂苦。

南无极乐界弥陀佛，请经功德，愿灭亡魂苦。

南无幽冥界地藏王，请经功德，愿灭亡魂苦。

南无清净界万德尊，请经功德，愿灭亡魂苦。

南无大清国，当今帝，圣寿万岁，护国人王佛。

礼佛功德○○○，无边○○○○○。

普愿成礼○○○，速往○○○○○。

---

① “偈，海众勿劳，慈悲应和”，底本省略，据文意补。

② “庄”，底本作“装”，据文意改。

③ “之偈，随声应和”，底本省略，据文意补。

④ “灵”，底本作“三”，据文意改。

诸尊位〇〇〇〇,摩诃〇〇〇〇〇。

甚[1]深般若波罗密,回向无上佛菩提。

菩提妙法遍庄严,随所处处常安乐[2]。

［录文完］

① “甚”,底本作“乘”,据文意改。

② 底本“乐”字下有“皇清宣统叁年辛亥岁叁月廿九日/谭祀山在家苦抄请经书壹本,/入于十方,利己利人而已矣。”

[录文五]

迎经科

迎经佛事又当行,朝中宰相乱纷纷。

皇坛奏动三通鼓,弟子披衣礼世尊。

恭对觉皇,主扬佛号。

南无皇宫降诞本师释迦牟尼文佛

南无芦芽穿膝本师释迦牟尼文佛

南无雪岭修行本师释迦牟尼文佛

南无鹊巢灌顶本师释迦牟尼文佛

南无杨枝宝印手大慈悲观世音菩萨

南无当来下生本师弥勒尊佛 三合

是日今①时,请降皇坛,主盟作证。

称扬佛号,开辟坛场。众等虔诚,皈依三宝。

稽首皈依佛,三界无来去。三乘果,五位修,三圆满佛。三十二相,紫貌金容。八十种,随形好,形好世间无。八十种,随形好,形好世间无。皈依常住,常住佛驮耶。

稽②首皈依法,七卷《妙莲华》。《金刚经》《般若经》,六百卷经。若人持诵,有大功能。赡养国,极乐界,乐界礼金容。赡养国,极乐界,乐界礼金容。皈依常住,常住达摩耶。

稽首皈依僧,三藏往西行。佛国内,取真经,早出回程。归来东土,拔度亡魂。祝禅师,锡解虎,解虎钵降龙。祝禅师,锡解虎,解虎钵降龙。皈依常住,常住僧伽耶。

---

① “今”,底本作“经”,据文意改。

② “稽”,底本残,据文意补。

皈依三宝作主盟，皈干四府作证盟。一切恭[1]敬，信礼常住三宝 二合

水龙王菩萨 二合

水名八德古今传，水号军吒利有缘。

水月轮中观自在，水天王子降法筵。

大慈悲水竜王菩萨[2]

夫水者，昆仑衍秀，河海流芳。莲花香里碧波含，杨柳枝头甘露洒。蓬岛三山之绕，曹溪一派长流。鼓祥云而鼓面，印朗月以浮光。江淮四渎，禹门三汲。鱼跃千层沧海，鹏飞万里天池。

七宝池中扬[3]碧玉，九龙口内吐珍珠。

群生籍子润焦枯，大地因滋消垢秽。

用凭法水，普洒皇坛。洗除万劫之昏蒙，永使一期[4]之清净。如来藏教，妙力难思。祝水真言，谨当持诵。

瑶天玉路，觉海金波。大千世界洒芬陀，三昧涤尘疴。少水成多，一滴遍山河。

南无清凉地菩萨…… 三称 各处洒净 至台上和

香云盖菩萨 二合

梵王香积取来时，曾受宫娥牧女糜。

顶门若具金刚眼，何必文殊下一肩。

大慈悲香云盖……

夫香者，象藏初然，云线起博山之射；□[5]檀绕兼，氤氲生宝篆。凝碧乐以结轻烟，散虚空而长垂盖。龙凝价重鸡舌，欲香焚而和合息，熏知见而根俱净。普熏三界，遍达十方。鼻根清净者悉能了知，心地光明者俱生解悟。以

① “恭”，底本作“功恭”，据文意删。

② “萨”，底本作“莎”，据文意改。下同。

③ “扬”，底本作“杨”，据文意改。

④ “期”，底本作“其”，据文意改。

⑤ “□”，底本无，据文意补。

今修斋信孝士，恭对佛前，进位上香，退后瞻仰。焚香真言，谨当持诵。

心燃五焚，戒定真香，香烟童子悟真常，鼻观实难量。瑞霭祥光，端现法中王。

南无香云盖……

南无大乘全藏诸经海会诸佛菩萨 二合

释迦文佛住娑婆，南海观音救苦多。

东震唐言无量寿，西乾梵语阿弥陀。

药师满月琉璃主，圆满报身卢舍那。

礼请十方三世[1]佛，同来法会演经科。

摩诃……　甚深……

上来赞扬妙偈，大作主盟。有劳清众，无惮驱驰[2]。恭向经台，迎经接驾。

昔日唐僧去[3]取经，唐皇御驾饯行程。御手搭[4]肩上，亲口嘱唐僧。寡人亲嘱咐，嘱咐早回程。宁守本乡一块土，莫恋他乡万两金。

昔日唐僧去取经，感动南海观世音。净瓶拿在手，嘱咐与唐僧，慈悲亲嘱咐，嘱咐转回程。八爪金龙来助力，化作白马去驼经。

昔日唐僧去取经，前头拦[5]面一山林。石头烧马足，无烟火自然。火焰纷纷起，真个[6]好惊人。若在此山过不得，火[7]焰山下总生容。

昔日唐僧去取经，八百流沙水又深。鹅毛飘不起，阔峡一般深。一处八百里，真个好惊人。若在此河过不得，回朝难见圣明君。

昔日唐僧去取经，五行山下遇悟空。取经为东土，度亡往西天。看起长

---

① “世”，底本作“十”，据文意改。
② “驰”，底本作“池”，据文意改。
③ “去”，底本作“出”，据文意改。下同。
④ “搭”，底本作“拔”，据文意改。
⑤ “拦”，底本作“栏”，据文意改。
⑥ “个”，底本作“固”，据文意改。
⑦ “火”，底本作“火火”，据文意删。

生地,其中字字明。真经三藏心勤苦,同往西天见释尊。

直[1]去灵山见世尊,琉璃为地宛然坪。香风吹铺璧,玛瑙砌街[2]心。四时花不谢,八节草长生。若在西天过一日,胜过唐朝万万春。

唐僧跪告释迦尊,东土众生取真经。哀告如来亲师主,大开经典度亡人凡民。取得真经十二部,便是《楞严》《妙法华》。

大乘经典开,亲口赠唐僧。转回东土地,度亡往西天。望见祥光现,焖灿腾[3]空起。说法度亡人,便是安乐地。金音亲口吐,脱化亡者早生天。

南无龙宫海藏诸佛诸菩萨　又和

　　三世如来不可量,波旬请佛入盘床。

　　江北枳[4]壳江南橘,春来都放一般花。

　　贞[5]观殿前说唐僧,发愿西天去取经。

　　唐王闻知心欢喜,通关文贴往前行。

　　满朝文武并丞[6]相,半[7]副鸾驾送唐僧。

　　御手搭肩亲嘱咐,取了真经早还乡。

　　宁作本乡一块土,莫恋他乡万两金。

　　唐僧西天取经去,往西趱步向前行。

善众顶礼,孝眷虔诚。众等一心,慈音同和。孝子捧经,绕坛前唱。

　　辞别了,唐王主,关领御驾。

　　择良时,合[8]吉日,便要起程。

　　孙行者,他本是,齐天大圣。

---

① "直",底本作"置",据文意改。
② "衔",底本作"皆",据文意改。
③ "腾",底本作"滕",据文意改。
④ "枳",底本作"只",据文意改。
⑤ "贞",底本作"真",据文意改。
⑥ "丞",底本作"承",据文意改。
⑦ "半",底本作"伴",据文意改。
⑧ "合",底本作"今",据文意改。

西方境，路遥巧，降伏妖精。
猪八戒，逢恶山，开条大路。
沙和尚，河江内，广运神通。
从东土，至西天，十万余程。
每晓行，和夜往，全无私心。
有白龙，流沙河，撑船摆渡。
旷野山，无人走，諕了人魂。
前来到，火焰山，灭生①国土。
有妖精，和②鬼怪，魍魉成群。
若不是，唐三藏，弘誓如海。
有谁人，上西天，去取真经。
到西天，见佛祖，殷勤礼拜。
愿我佛，慈悲力，转大法轮。
开宝藏，取真经，三藏三典。
敕南方，火龙驹，白马驼经。
上驼着，《金刚经》，瑜伽大教。
《华严经》，八十一，一部莲经。
辞别了，腾③云路，回还本乡。
刹那间，就当时，早离雷音。
又来到，西梁下，长安大国。
报唐主，排銮驾，接入皇宫。
金口宣，唐僧道，冥阳④大会。

---

① “生”，底本作“僧”，据文意改。
② “和”，底本作“何”，据文意改。
③ “腾”，底本作“誊”，据文意改。下同。
④ “阳”，底本作“扬”，据文意改。

展开[1]经，毫光现，紫雾腾腾。

唐圣主，赐袈裟，黄金妙[2]相。

多谢了，有行人，度脱亡魂。

封高官，增禄位，情愿不受。

栴檀佛，成正觉，即是唐僧。

劝大众，听仔细，同音赞和。

普天下，闻佛号，尽得超升。

《般若经》，六百卷，《金刚》第一。

今晨早，宣科仪，亡者生天。

白马驼经转回程，行至流沙水又深。遇[3]着精邪怪，真经未见形。手持金箍棒，字字现真形。行行消万罪，句句篇篇[4]度亡魂。

白马驼经到帝京，唐皇御驾出行迎。看起长生地，其中字字明。行行消万罪，句句灭千愆。是日道场伸礼请，脱化亡者早生天。

至佛前　　南无经宫海藏诸佛诸……二合

昔日三藏往西天，亲到西天古佛前。

取得灵文经卷妙，至今留与后人传。

白马驼来一卷经，一同念来一同新。

取得灵山经卷到，至今说法度亡魂。

尘尘刹刹玉楼台，楼阁台前现善□。

□□□□□□□，□屏置去铄锁开。

□□□□□□□，□□普贤观自在。

□□菩萨摩诃萨，摩诃般若波[5]罗密。

---

① “开”，底本作“闻”，据文意改。

② “妙”，底本作“条”，据文意改。

③ “遇”，底本作“偶”，据文意改。

④ “篇篇”，底本作“扁扁”，据文意改。

⑤ “波”，底本作“般”，据文意改。

□□□□□，□及于一切。

□□度亡魂，高超极乐国[①]。

［录文完］

① 底本“国”字后有墨书题记：“民国二年（1913）癸丑岁应钟月上浣抄滕（誊）科文一部/叨行后学蔚新氏普均笔。恭维/普济宝坛为念”“普济坛”。

[录文六]

佛门请经科

将当坛外，恭就天庭，礼请诸品经咒法忏。下有出坛之偈：

诸品仙经大展开，天龙八部降临来。

天花乱坠闻经至，地涌金莲九曲哉。

兜率天宫击法鼓，灵山会上撞金钟。

极乐国内谈妙法，娑婆世界演经文。

南无三界师、四生父、灵山觉主释迦牟尼佛

南无灵鹫山、佛国宫、诸经海会诸佛诸菩萨

南无尽虚空、遍法界、过现未来佛法僧三宝

证盟师

志心信礼，佛陀耶，两足尊，三觉圆，万德具。天人调御师，唵哑吽，凡圣大慈父。从真界，腾应质，悲化普。竖穷三际时，弘遍十方处。震法雷，鸣法鼓，广演权实教，唵哑吽，大开方便路。若皈依，能消灭，消灭地狱过去苦。

志心信礼，达么耶，离欲尊，宝藏收，玉函轴。结集于西域，唵哑吽，翻译传东土。祖师弘，贤哲判，成章疏。三乘分顿渐，五教定宗趣。鬼神钦，龙天护，道迷标月指，唵哑吽，除热真甘露。若皈依，能消灭，消灭[1]饿鬼现在苦。

志心信礼，僧伽耶，众中尊，五德师，六和侣。利[2]生为事业，唵哑吽，弘法是家务。避嚣尘，当晏坐，寂静处。遮身服毳衣，唵哑吽，充服采薪薇[3]。钵降龙，锡解虎，法灯常遍照，唵哑吽，祖师相传付。若皈依，能消灭，消灭傍生未来苦。

释迦文佛号中天，八部威严拥四边。

---

① “消灭”，底本无，据文意补。

② “利”，底本作“判”，据文意改。

③ “薇”，底本作“微”，据文意改。

文殊座上骑狮子，白象[1]垂牙对普贤。

左右阿难并迦叶，香花童子梵王前。

护法善神列两案，同来此处结良缘。

释迦佛如来　　　证盟功德

阿难陀尊者　　　道场有请

诸尊位菩萨　　　普降法筵

恭闻三际平等，一性圆融。东土无住世之佛，则谓释迦久灭；南阎多沉沦之苦，惟[2]云慈氏不生。不知诸佛之法座尚温，诸经之讲筵齐布。生本无生，灭亦非灭。但以一点寂初，因明所立[3]，随想而成人天之世界，因执而起烦恼之众生。于无身中受身，向无趣中成趣。莫谓法轮久已不转，试睹伽蓝塔庙，何者非古佛之无量光、忍辱光、真宝光？勿谓法鼓尽已收声，试探贝叶[4]琅琊，何者非前尊之多罗藏、毗耶藏、达么藏？发心于同时异地，证果[5]于千像[6]万尊。妙力难量，玄风广被。今有孝信启建道场，未伸皈依于三宝，先须迎迓乎经章。仰劳清[7]众，同声称扬。

释迦佛如来

问：尔是何人，在此高声念佛？

答：弟子羽流，代号唐僧。

问：因何念佛？

答：遵[8]如来清净之规范，效唐僧取经之矩模，故尔念佛。

---

① “象”，底本作“像”，据文意改。

② “惟”，底本作“猥”，据文意改。

③ “所立”，底本作“立所”，据文意改。

④ “叶”，底本作“业”，据文意改。

⑤ “证果”，底本无，据文意补。

⑥ “像”，底本作“象”，据文意改。

⑦ “清”，底本作“请”，据文意改。

⑧ “遵”，底本作“尊”，据文意改。

问:唐僧因何取经?

答:前朝李世民[1]君,身游地府,见诸十八狱主,无穷鬼魂,俱是长枷杻手,悲悲切切,久埋沉沦,未获超升。不凭我佛经忏,曷遂修求?因命唐僧,拜佛求经。

问:唐僧一人,如何去得?

答:他有徒弟孙行者、猪八戒、沙和尚,同往西天取经。

问:去了几年几月?

答:去了一十四载。

问:多少路程?

答:十万八千。

问:取的甚么经?

答:取的《大乘经》《金刚经》《般若经》《弥陀经》《孔雀经》《观音经》《诸品经》《了意经》《地藏经》《血盆经》《胎骨经》《生天经》《药师经》。

问:取的甚么忏?

答:取的《梁皇忏》《千佛忏》《十王忏》《慈悲忏》《药师忏》。

问:共有多少?

答:经三藏,忏三藏,陀罗神咒共三藏。取回东土度亡魂。

今辰清净,建设坛场,布列[2]香灯供养。绣帷绚烂,中居妙有之尊;宝盖玲珑,上供如来之圣。万天翊卫,四部朝参。梵音奏而韵彻遐方,宝号扬而光通有顶。千幢万节,竞遍满于虚空;九凤八鸾,咸争鸣于法界。统纪众生,裁成十类。将行法事,肃静坛场。教有真言,谨当持诵。

愿来一切诸有情,惟以坚固秘密者。

我今依教虔奉请,惟愿慈悲云来集。

曩谟。三满哆。没陀喃。户唵。吽哪吽伽。伊呬伊呬。娑诃。

---

① “民”,底本作“明”,据文意改。

② “列”,底本作“引”,据文意改。

曩谟。三满哆。没陀喃。户唵。阿噜勒伽。伊呬伊呬。娑诃。

曩谟。三满哆。没陀喃。户唵。达哩么伽。伊呬伊呬。娑诃。

户唵。步步啼。……

云来集

三皈三命，再读再扬。　三声

佛身清净似琉璃，佛面犹如满月辉。

佛在世间常救苦，佛心无处不慈悲。

初宣告表，初度[①]……

皈依佛宝尊，佛宝尊。巍巍万德佛驮[②]耶。进表文，上天庭。

法身玉轴号三乘，法演琅瑙贝叶文。

法执醍醐甘露洒，法传[③]海藏妙难论。

二宣……

皈依法宝尊，法宝尊。浩浩三乘……

僧身玉质字声闻，僧居石上演真经。

僧明六和修五德，僧驭圆顶叆叇云。

三宣……

皈依僧宝尊，僧宝尊。溶……

稽首顿首……

恭闻人人有佛，不离自己之心；念念无差，即造如来之境。苟或未除[④]乎妄见，何由得至于菩提？眷先贤著述之科，岂后世皈依之地？欲达佛都，先伸凡悃。今有礼请表文，俯伏宣读。

转法轮

恭闻如来出现，大开方便之门；妙法流传，广示涅槃之路。尝舒慧目顾群

---

① “度”，底本作“独”，据文意改。

② “驮”，底本作“駄”，据文意改。

③ “传”，底本作“川”，据文意改。

④ “除”，底本作“际”，据文意改。

生,演说三乘应法界。今辰斋主,建立宝幡,恭伸迎请。伏冀庆云腾瑞,凝玉篆于虚空;紫雾呈祥,喷金纹于空碧。龙篝瑞霭[①],宝[②]鼎香氲。对七宝之琼台,觐三华之琅琊。珠宝林中排队仗,光移耆阇之中;菩提树畔拥楼台,拗出玄都之上。觊五魔之屏迹,想万圣之流辉。愿垂降临,大作津梁。慈愍故,慈愍故,大慈愍故。

信礼常住三宝

香花请

一心奉请,三十二分,十二上愿,在在誓愿度众生,处处分明满月相。礼请《金刚般若密经》《药师本愿尊经》等众。惟愿金被万劫三千苦,药救大千众群生。

一心奉请,频伽演赞,白鹤谈经,西方修道悟真如,南面证果常应供。礼请《弥陀度人妙经》《孔雀宥罪尊经》等众。惟愿度往西天菩提位,宥赦[③]南阎热恼缘。

一心奉请,慈悲广大,度尽[④]众生方证菩提,誓愿[⑤]弘深,地狱未空誓不成佛。礼请《观音普门品经》《地藏本愿尊经》等众。惟愿瓶润群品成甘露,锡杖长江作酥酡。

一心奉请,诸偈赞念,诸经宣扬,或酬受育之德,或报成形之恩。礼请《胎骨经》《血盆经》《救苦经》《唐言了仪[⑥]经》《生天拔度尊经》等众。惟愿苾蒭分绕三千界,悲智齐修六度门。

一心奉请,玉轴琅琊十二部,大乘中乘及小乘。波吒唎,苏怛哵,谈出地震;阿唎哆,娑婺吒,演处[⑦]神钦。萨哩嚩,窣睹帝,行行灭罪;钵难陀,讫利唵,

① "霭",底本作"蔼",据文意改。
② "宝",底本作"藐",据文意改。
③ "赦",底本作"矜",据文意改。
④ "尽",底本无,据文意补。
⑤ "誓愿",底本作"喜",据文意改补。
⑥ "仪",底本无,据文意补。
⑦ "处",底本作"出",据文意改。

句句超升。西天梵语窣都娑，东土唐言灭罪文。礼请龙宫海藏，秘密真言；十方三世，甚深奥典等众。惟愿揭开龙宫真经现，捧出琅瑶贝叶文。

香花礼请降临来

上来礼请，十方三宝诸品经咒，以降香坛，大作津梁。施主再焚香，功德不可量。大众齐举赞，迎经入坛场。

叹唐僧，号三藏……

孙行者，手段强……

高[1]老庄，猪八戒……

流沙河，沙和[2]尚……

观世音，坐莲台……

阿弥陀佛，端坐西方境。经传东土，迢迢十万程。亲口说法，唤醒梦中人。普与众生，脱苦出沉沦。

上来礼请十方三宝诸品，已降香坛，下有安座之偈，羽众勿劳，随声应[3]和。

妙法菩提胜庄严，诸经座已成正觉。

愿现宝座亦如是，或他自座成佛印。

现宝座真言曰：唵。伽罗僧海。娑诃。

善来善逝，善逝世尊。哀愍弟子，降临道场，当就此座，转大法轮。

登宝座

上来我佛、诸经已登宝座，下有礼佛之偈，海众勿劳，随声应和。

南无灵鹫山佛驮耶诸经神咒诸佛诸菩萨

南无灵鹫山达么耶诸经神咒诸佛诸菩萨

南无灵鹫山僧伽耶诸经神咒诸佛诸菩萨

---

① “高”，底本作“有”，据文意改。

② “和”，底本作“河”，据文意改。

③ “应”，底本作“韵”，据文意改。下同。

南无琉璃界药师佛诸经神咒诸佛诸菩萨

南无金曜[1]界孔雀佛诸经神咒诸佛诸菩萨

南无吉祥界消灾佛诸经神咒诸佛诸菩萨

南无极乐界弥陀佛诸经神咒诸佛诸菩萨

南无普陀山观世音诸经神咒诸佛诸菩萨

南无九华山地藏王诸经神咒诸佛诸菩萨

南无清凉山亿万僧诸经神咒诸佛诸菩萨

南无天台山罗汉僧诸经神咒诸佛诸菩萨

大民国当今帝圣寿万岁参礼护国人王佛

礼念罢，周圆满，与施主，消灾罪。礼拜四恩三有，同赴莲池会。

常礼敬　　随意下坛

三[2]藏和尚真菩萨，西天求教法。骑着白龙马，万水千山过流沙。菩萨受惊怕，口念摩诃萨[3]。

［录文完］

① “曜”，底本作“耀”，据甲本改。

② “三”，底本作“叁”，据文意改。

③ 底本“萨”字后有“时维/民国丙寅（1926）年菊月上浣日/胡云生二日之功，抄写《开启》《申/发》《请经》。写字不正，笔化（画）不匀，不/为恭敬，维望各坛/老先生观者莫笑莫笑”的墨书题记。

［录文七］

佛门迎经科范

臣等志心皈命礼，十[①]方佛，念佛驮耶，两足尊，三十二相，八十随行好。臣将戒香焚炉内，礼请佛宝作证盟。

臣等志心皈命礼，十方法，念达摩耶，离欲尊，波罗密哆，海藏般若经。臣将定香烧炉中，礼请法宝度众生。

臣等志心皈命礼，十方僧，念僧伽耶，众中尊，方袍圆顶，罗汉甚深文。臣将惠香爇[②]炉中，礼请僧宝演真经。

举三宝圣众作证盟

大圣我佛降临来……

将当坛外，恭就天庭[③]，高设法台，遥望西乾，礼请诸品经忏，超度群迷，解释愆尤。下有出坛之偈……和：

诸品经咒大展开，八部天龙降临来。

天花乱坠闻经至，地涌金莲九曲栽。

南无三界师、四生父、人天教主释迦牟尼佛

南无灵鹫山、佛国宫、诸经海会诸佛诸菩萨

举出坛师…… 声声传佛号… 出外绕台 唱

昔日唐僧去取经，西天路上有妖精。念大慈悲阿弥陀佛。念稽首顿首释迦文佛，志心礼拜观世音菩萨。

八十一难都受满，九九功圆成佛真。念大慈悲阿弥陀佛。念稽首顿首释迦文佛，志心礼拜观世音菩萨。

南无佛、法、僧，取经三藏度众生。念大慈悲阿弥陀佛。念稽首顿首释迦文

① “十”，底本作“拾”，据文意改。下同。

② “爇”，底本作“热”，据文意改。

③ “庭”，底本作“廷”，据文意改。下同。

佛,志心礼拜观世音菩萨。

昔日唐僧去取经,流沙河里水又深。念大慈悲阿弥陀佛。念稽首顿首释迦文佛,志心礼拜观世音菩萨。

若还此河过不去,转来难见我当今。念大慈悲阿弥陀佛。念稽首顿首释迦文佛,志心礼拜观世音菩萨。

南无佛、法、僧,取经三藏度众生。念大慈悲阿弥陀佛。念稽首顿首释迦文佛,志心礼拜观世音菩萨。

昔日唐僧去取经,火焰山上路难行。念大慈悲阿弥陀佛。念稽首顿首释迦文佛,志心礼拜观世音菩萨。

若还此山过不去,回头难见圣明君。念大慈悲阿弥陀佛。念稽首顿首释迦文佛,志心礼拜观世音菩萨。

南无佛、法、僧,取经三藏度众生。念大慈悲阿弥陀佛。念稽首顿首释迦文佛,志心礼拜观世音菩萨。此处至台案前　举唱

举远行地菩萨

志心信礼,佛驮耶,两足尊,三觉圆,万德具。天人调御师,唵哑吽,凡圣大慈父。从真界,腾慧质,慈化普。竖①穷三际时,弘遍十方②处。震法雷,鸣法鼓,广演瑜伽教,唵哑吽,大开方便路。若皈依,能消灭,消灭地狱罪。

志心信礼,达么耶,离欲尊,宝藏收,玉函轴。结集于西域,唵哑吽,翻译传③东土。祖师弘,贤哲判,成章疏。三乘分内典,五教定宗趣。鬼神钦,龙天护,道迷日月指,唵哑吽,除热真甘露。若皈依,能消灭,消灭饿鬼罪。

志心信礼,僧伽耶,众中尊,五德师,六和侣。利生为事业,唵哑吽,弘法是家务。避尘嚣,常晏座,寂静处。遮身服毳衣④,充⑤服采薪薇。钵降龙,锡

① “竖”,底本作“坚”,据文意改。

② “十方”,底本作“拾十”,据文意改。

③ “传”,底本作“乘”,据文意改。

④ “寂静处。遮身服毳衣”,底本作“遮身服毳衣,寂静处”,据文意改。

⑤ “充”,底本作“光”,据文意改。

解虎，法灯常遍照，唵哑吽，祖师传妙仪。若皈依，能消灭，消灭傍生罪。

出家立志本非常，推倒从前名利堂。

外物不生闲口舌，身中自有好阴阳。

功圆行满朝金阙，性见心明返故乡。

释迦佛如来二合　　灵山演教

阿弥陀如来二合　　垂光接引

诸尊位菩萨二合　　普降法筵

十方佛　一切佛……香

恭闻三际平等，一性圆融。东土无住世之佛，则释迦久灭；南阎多沉沦之苦，惟[1]云慈氏之不生。不知诸佛之法座尚新，诸经之讲筵齐[2]布。生本无生，灭亦不灭。但以一点最初，苌绿立判，因想而成人天之世界，随执而起热恼之众生。于吾身中受，向无趣中成。莫谓法轮久已不转，试观伽蓝塔庙，何者非古佛之无量光、忍辱光、真宝光？勿谓法鼓尽已收声，试探贝叶[3]琅函，何者非前圣之多罗藏、毗耶藏、达么藏？发心于同时异地，课果于千亿万尊。妙力难量，慈风广被。今者△士启建斋醮筵，虔请法侣，布列香灯供养，绣帷[4]绚烂，中居妙有之尊；宝盖玲珑，上供如来之圣。号天翊卫，四部朝参。梵音奏而韵彻遐方，宝号扬而光明有顶。千幢万节，竞遍满于虚[5]空；九凤八鸾，咸飞鸣于法界。统纪众生，裁成十方。将行法事，肃静坛场。教有真言，谨当演念。

以此振铃伸奉请，诸经海会愿闻知。

仗承三宝力加持，此日今时来赴会。

南无三满哆。没陀喃。户唵。阿噜迦哩。弥哪弥伽。达哩么伽。伊呬伊呬。娑婆诃。

---

① “惟”，底本作“猥”，据文意改。

② “齐”，底本作“斋”，据文意改。

③ “叶”，底本作“业”，据文意改。

④ “帷”，底本作“纬”，据文意改。

⑤ “虚”，底本作“西”，据文意改。

稽首皈依西天经，灵山会上演经文。

白马驼来传东土，字字能消万劫迍。

稽首皈依西天忏，兜率天宫集满案。

金口宣扬付唐僧，三藏荷来纸一担。

稽首皈依西天咒，极乐国中谈不谬。

昔日三藏取将来，一心要把众生救。

称赞我佛，赞我佛，释迦牟尼佛，牟尼佛，牟尼佛。念释迦牟尼佛。

举云来集　　投进师……宣扬

佛身清净似琉璃，佛面犹如满月辉。

佛在人间常救苦，佛心无处不慈悲。

上来我佛，初宣告表，初度称扬……上诣大藏经中投进……顶礼皈依佛宝尊……巍巍万德佛陀耶。进表文，上天庭。

法身玉轴号三乘，法演琅瑶贝叶①文。

法执醍醐洒甘露，法开海藏妙难能。

我佛二宣告表，二度称扬……上诣佛国宫中投进……顶礼，皈依法宝尊……灏灏三乘达么耶。进表文，上天庭。

僧身玉质字声闻，僧居石上演经文。

僧名②六和③修五德，僧驭圆顶叆叇云。

我佛三宣告表，三度称扬……上诣灵鹫山中投进……顶礼，皈依僧宝尊……溶溶水月僧伽耶。进表文，上天庭。

稽首顿首，一心顶礼，五体投地，谅跪敷宣。

恭闻人人有佛，不离自己之心；念念无差，即造如来之境。苟或未除于妄见，曷由得至于菩提？眷先贤著述之科，示后世栖依之地。欲达圣都④，先伸

① “叶”，底本作“业”，据文意改。

② “名”，底本作“明”，据文意改。

③ “和”，底本作“合”，据文意改。

④ “都”，底本作‘睹’，据文意改。

凡悃。今有请经表文，谨当宣读。宣毕 差关 送表 化财

皇坛佛事奏金章，一段忱词达上苍。

大藏经中伸礼请，愿降法筵灭罪障。

钱随火化 马驻云飞 使者登程 幢越拜送

举法[1]云地菩萨

皈依经，号灵文，功曹捧表赴鹫岭[2]。请佛宝，作证盟，愿开金口传真经，请降东土度众生。稽首礼，诸品经。

皈依忏，号三乘，城隍社令朝上苍。请法宝，作医王，灵山会上广宣扬，销[3]释众生罪孽障。稽首礼，诸品忏。

皈依咒，号大悲，土地神只合掌皈。请僧宝，礼阿弥，普降华坛度群迷，一切冤尤随念休。稽首礼，诸品咒。

举登云路 伏愿金钱坠地，宝马腾空，使者登程。再转法轮。

转法轮……

恭闻如来出现，大开方便之门；妙法流传，广示涅槃之路。常舒慧眼顾群生，演说三乘应法界。今辰斋主竖立宝幡，恭伸迎请。伏冀庆云腾瑞，凝玉篆于虚玄；紫雾呈祥，喷金纹于空碧。对金莲之琼台，觐玉壶之琅座。珠玉林中排队仗，光移耆[4]阇之山；菩提树畔拥楼台，匆出玄都之境。觊立魔之屏迹，想万圣之流通。愿垂鉴临，大作津梁。慈愍故，悲愍故，大慈愍故。

信礼常住三宝

香花请

一心奉请三十二[5]分，十二上愿，在在誓愿度众生，处处分明满月现。臣今焚香，皈命礼请，南无《金刚般若密经》《药师延寿尊经》等众。惟愿金破万劫三

---

① “法”，底本作“发”，据文意改。

② “岭”，底本作“领”，据文意改。

③ “销”，底本作“削”，据文意改。

④ “耆”，底本作“蓍”，据文意改。

⑤ “三十二”，底本作“叁拾式”，据文意改。

界苦,药救大千众群生。

一心奉请频伽演教,白鹤谈经,西方修道悟真如,南阎果证[1]常应供。礼请南无《弥陀度人妙经》《孔雀宥罪明经》等众。惟愿度往西天菩提位,宥赦南阎热恼缘。

一心奉请,慈悲广大,喜舍[2]弘深,众生度尽方证菩提,地狱未空誓不成佛。礼请南无《观音普门品经》《地藏本愿尊经》等众。惟愿瓶润群品成甘露,锡杖长夜作酥酡。

一心奉请,诸经赞咏,诸偈宣念,或酬养育之德,或报成形之恩。臣今焚香,皈命礼请南无《胎骨经》《血盆经》《唐言经》《生天经》等众。惟愿苾蒭分绕三千界,悲智齐修六度门。

一心奉请,玉轴琅琊十二[3]部,大乘小乘及中乘,波吒唎,苏怛啰,谈动地震;阿唎哆,萨婆吒,演处神钦。萨哩嚩,卒睹帝,行行灭罪;钵喃陀,讫哩唵,句句消愆。西天梵语卒睹婆,东土唐言灭罪文。龙宫海藏,秘密真诠;十方三[4]世,甚深奥典等众。惟愿揭开龙宫真经现,捧出琅琊贝叶文。

香花礼请降临来

上来礼请诸品经咒,仰仗万圣之慈尊,光降法筵,于是灵山影影,梵音飘飘,十方诸佛咸集,四府万[5]灵降驾。未伸三宝,先伸迎请经章。仰劳清众,万声称赞。

南无诸经海会无量寿

台上问:尔是何人,在此高声称佛?

台下答:弟子羽流,代号唐僧。

问:因何问佛?

---

① “证”,底本作“正”,据文意改。

② “舍”,底本作“拾”,据文意改。

③ “十二”,底本作“拾弍”,据文意改。

④ “三”,底本作“叁”,据文意改。

⑤ “万”,底本无,据文意补。

答:遵如来清净之法门,效唐僧取经之规模,故尔问佛。

问:唐僧因何取经?

答:因先唐时圣帝李世民,身游地府,见十八狱中,鬼魂无限,俱是长枷扭手,悲悲惨惨,久囚沉沦,未得超升。回阳时,复见阎浮众生造种种过失①,不凭我佛经忏之力,曷由得超升之路,因命唐僧,拜佛求经。

问:他一个唐僧去便如何?

答:我有大徒弟悟空孙行者,二徒弟悟净朱八戒,三徒弟悟能沙和尚,四人同往西天,拜佛求经。

问:去了几年几月?

答:去了一十四载。

问:共有少路程?

答:十万八千里。

问:受了多少磨难?

答:九九八十一难②。

问:取的甚么经?

答:取的《涅槃经》《菩萨经》《楞严经》《恩意经》《华严经》《般若经》《真如经》《维摩经》《金刚经》《五龙经》《大乘经》《法华经》《瑜伽经》《宝常经》《僧只经》《宝威经》《本阁经》《孔雀经》《莲花经》《观音经》《血盆经》《胎骨经》《地藏经》《生天经》《药师经》《虚空藏经》《未曾有经》《大光明经》《三论别经》《正法论经》《佛本行经》《西天论》《佛国杂经》《起信论经》《大智度经》《正律文经》《惟识论经》《具舍论经》。

问:取的甚么忏?

答:取的《梁皇忏》《三昧忏》《千佛忏》《万佛忏》《药师忏》《孔雀忏》《观音忏》《三元忏》《慈悲忏》《元辰忏》《受生忏》。

---

① “失”,底本作“晢”,据文意改。

② “八十一难”,底本作“捌拾壹乱”,据文意改。

问:共有多少经忏?

答:经三藏,忏三藏,弥陀神咒共三藏。取来东土度众生,众生得闻上天堂。

再请再问,再问行程。问答以毕,运动乐音,迎经入坛。用一孝子将经忏顶起。 走唱:

叹唐僧,号三藏,十世修行为和尚。唐王敕封为御弟①,一心要把西天上。

拜宝塔,礼金像,取经三藏忏三藏。取回东土度众生,众生得度②生天堂。

孙行者,手段强,花果山前美猴王。五百年前闹天宫,唵嘛呢叭𠺗吽。

归正道,改邪妄,护佑唐僧取经章。取得经来唐三藏,惹下祸来行者当。

高老庄,朱八戒,本是上界天蓬帅。只为淫戏天仙女,责贬凡尘受灾害。

观世音,离莲台,手执杨柳洒尘埃。点化八戒护唐僧,西天路上降妖精。

流沙河,沙和尚,他是天官卷帘将。因他打破琉璃盏,将功折罪还天官。

手执杵,夯妖障,护佑唐僧取经章。肩挑经藏功劳大,至今果证净坛上。

观世音,坐莲台,祥云衬足玲珑盖。遥望唐僧上雷音,嘱咐龙驹出尘埃。

白龙马,到五台,金山寺里法筵开。取出三藏真经现,一口同音灭千灾。

阿弥陀佛,端坐西方境。经传东土,迢迢十万程。亲口流传,唤醒梦中人,普与众生,脱苦免沉沦。

上来恭迎诸经,已降香坛。下有安座之偈,海众勿劳,随声应和。

菩提妙座胜庄严,诸佛座已成正觉。

愿献宝座亦如是,或座自座成佛印。

献宝座真言曰:唵。伽摩罗……诃。

善来善逝,善逝世尊。哀愍弟子,转大法轮。当就此座,受今供养。

举登宝座

上来诸经登临宝座。下有礼佛之偈,海众勿劳,慈悲随声应和。

南无灵鹫山佛法僧诸经海会诸佛诸菩萨

① “弟”,底本作“帝”,据文意改。

② “度”,底本作“上”,据文意改。

南无普陀山观世音诸经海会诸佛诸菩萨

南无九华山地藏王诸经海会诸佛诸菩萨

南无清凉山亿万尊诸经海会诸佛诸菩萨

南无天台山罗汉僧诸经海会诸佛诸菩萨

南无金刚界波罗密诸经海会诸佛诸菩萨

南无金曜[①]界孔雀尊诸经海会诸佛诸菩萨

南无琉璃界药师佛诸经海会诸佛诸菩萨

南无极乐界弥陀佛诸经海会诸佛诸菩萨

南无吉祥界消灾佛诸经海会诸佛诸菩萨

南无中华国当今帝圣寿万岁护国人王佛

南无礼念罢,周完备,与孝信信士,消灾罪。

礼拜四恩三有,同赴莲池会。

举常礼敬

七佛真经龙宫藏,普天下,人供养,设若有万般。五岳四渎,立下庙坛,菩萨古今看。哑哈吽,常把佛供养。

信人虔诚修斋筵,请经忏,灭罪愆,檀那参慈颜。愿赴皇坛,证盟斋筵,礼拜众群仙,降福广无边。

西天取经唐三藏,孙行者,沙和尚,朱八戒而强。……白马驼来,七十二行,四海把名扬,万古永流传。

法鼓铙钹喧天地,打动消灾罪,乐音鼓声催……一对仙鹤往南飞,菩萨大慈悲,喜舍云端内。

南无取真经菩萨摩[②]诃萨

南无普忏罪菩萨摩诃萨

愿以此功德,普及于一切。

---

① “曜”,底本作“耀”,据文意改。

② “摩”,底本作“么”,据文意改。

请经度亡魂，皆共[①]成佛道。

皇坛荡荡，正教兴隆。迎经佛事，已遂周隆。合坛善众，演乐退班。[②]

释氏迎经科终

［录文完］

① “共”，底本作“供”，据文意改。

② 底本“班”字下有“时维/圣天子之拾捌年岁次己巳菊月中浣拾式日代抄《迎经科书》一本”的墨书题记。

[录文八]

佛门请经科

将当坛内，恭诣天庭，高设法台，遥望西竺，礼请诸品经忏，济度众生，超登彼岸。下有……和。

诸品经忏大展开，天龙八部①降临来。

天花乱坠迎经至，地涌金莲请忏来。

南无三界师、四生父、人天教主释迦牟尼佛

南无灵鹫山、佛国宫、诸经海会诸佛诸菩萨

证盟师…… 声声传佛号……

昔日唐僧取经文，西方路上有妖精。

八十一难都游过，九九功满成圣真。

南无巍巍万德佛驮耶。取经三藏，救度亡魂。

昔日唐僧去取经，流沙河内水又深。

若遇此河过不去，回来难见圣主人。

南无浩浩三乘达摩耶。取忏三藏，救度众生。

昔日唐僧去取经，火焰山上路难行。

若还此山过不去，回来难见圣主人。

南无溶溶水月僧伽耶。取咒三藏，救度众生。

志心信礼，佛驮耶，两足尊，三觉圆，万德具②。人天调御师，唵哑吽，凡圣大慈父。从真界，胜慧智，慈化普。竖③穷三际时，弘通十方处。震法雷，鸣法鼓，广演瑜伽教，唵哑吽，大开方便路。若皈依，能消灭，能消灭，能消地狱苦。

志心信礼，达摩耶，离欲尊，宝藏收，瑶轴。结集于西域，唵哑吽，翻译传东

---

① “部”，底本作“步”，据文意改。

② “具”，底本作“与”，据文意改。

③ “竖”，底本作“坚”，据文意改。

土。祖师发誓愿，判成章疏。三乘分顿渐，五教定宗①趣。鬼神钦，龙天护，道迷标月指，唵哑吽，除热真甘露。若皈依，能消灭，能消灭，能消饿鬼苦。

志心信礼，僧伽耶，众中尊，五德师，六和侣。利生为②事业，唵哑吽，弘法是家务。避嚣尘，常晏③座，寂静处。遮身服毳衣，充腹采薪薇。钵降龙，法灯常遍照，唵哑吽，祖师印，相传付。若皈依，能消灭，能消灭，能消傍生苦。

立志出家本非常，丢下从前名利堂。

外邪不生心清净，身中自有好光阴。

功圆果满朝金阙，明心见性返故乡。

幼年只把酒色贪，老来坠落扎邙坵。

释迦佛如来　　证盟功德

弥陀佛如来　　垂光接引

诸尊位菩萨　　普降法筵

十方佛　一切佛……明香

恭闻三际平等，一性圆融。□□□④住世之佛，则谓释迦久灭；南阎多沉沦之苦，惟⑤云慈氏不生。不知诸□⑥法座常新，经忏讲筵齐布。生本无生，灭亦非灭。但以一点最长缘立判，因想而成人天之世界，随执而起热恼之众生。于无身中受，向于无身中成。莫谓法轮久已不转，试观伽蓝塔庙，何者非古佛之无量光、忍辱光、真宝光？勿⑦谓法鼓尽已收声⑧，试探贝叶琅琊，何者非前

---

① “宗”，底本作“崇”，据文意改。

② “为”，底本作“万”，据文意改。

③ “晏”，底本作“安”，据文意改。

④ “□□□”，底本无，据文意补。

⑤ “惟”，底本作“畏”，据文意改。

⑥ “□”，底本无，据文意补。

⑦ “勿”，底本作“无”，据文意改。

⑧ “声”，底本作“身”，据文意改。

尊[1]之多罗藏、毗耶藏、达摩藏？发诚心于同时异地，证因果于千像[2]万尊。妙力难量，慈风广被。以今孝士〇〇家下，启科修建良因，皈依三宝，次序迎迓经章。仰劳清众，高声佛号。

唐僧声佛

南无莲池海会阿弥陀佛

南无开教本师释迦文佛

南无诸经海会无量寿[3]佛

问：来者何人，在此高声念佛？

答：弟子羽士，顶名唐僧。

问：尔因何在此念佛？

答：吾遵如来清净之规范，效唐僧取经之矩模[4]，故此念佛。

问：唐僧因为何事取经？

答：昔者大唐李世民[5]魂游地府，观见一十八地狱，无限鬼使，俱是长枷杻手，凄凄惨惨，久堕沉沦，难获超升。转观閻浮众生，种种造作罪孽，不仗我佛经忏之力，难[6]脱超升之路，故命唐僧，西天拜佛求经。

问：唐僧一人如何去得？

答：他有大徒弟孙悟空，二徒弟朱悟能，三徒弟沙悟净[7]，同往西天取经。

问：去了几年？

答：去了一十四载。

问：共有多少路程？

---

① “前尊”，底本作“尊前”，据文意改。

② “像”，底本作“相”，据文意改。

③ “寿”，底本作“受”，据文意改。

④ “模”，底本作“摸”，据文意改。

⑤ “民”，底本作“明”，据文意改。

⑥ “难”，底本作“观”，据文意改。

⑦ “净”，底本作“静”，据文意改。

答:十万八千。

问:受了多少苦难?

答:受了九九八十一难。

问:取的什么经?

答:取的《金刚经》《般惹经》《胎骨经》《大乘经》《生天经》《度人经》《血盆经》《救苦诸品仙经》。

问:取的什么忏?

答:《梁皇忏》《千佛忏》《药师忏》《三元忏》《观音忏》《三昧水忏》。

问:共有多少?

答:经三藏,忏三藏,弥陀神咒数藏,五千四十八乃为一藏。取回东土,普度众生。

今辰施主,建立坛场,布列香灯,中居妙有之尊;宝盖玲珑,上供如来之圣像。周天围绕,四部朝参。梵音奏韵,声彻遐方,宝号称扬,光通十方。千幢万节,竟遍满于虚空;九凤八鸾,咸飞鸣于法界。济度众生,栽培十方。将行法事,肃静坛场。教有真言,谨当持诵。

以此振铃伸奉请,诸经海会愿闻知。

仗承三宝力加持,此日今时来赴会。

南无三满哆。没驮喃。户唵。阿噜伽哩。�哪哩伽。达哩么伽。伊呬伊呬。娑婆诃。

稽首皈依西天经,灵山会上演经文。

白马驼来度东土,字字能消万劫殃。

稽首皈依西天忏,兜率[①]天宫集海岸。

金口宣扬付唐僧,三藏荷[②]纸来一担。

稽首皈依西天咒,极乐国中谈不谬。

① “率”,底本作“卒”,据文意改。

② “荷”,底本作“合”,据文意改。

三藏昔日请来唐，一心要把众生度。

稽首十方佛弥陀佛

南无释迦牟尼文佛

云来集　　投进师　　三皈三命……

佛身清净似琉璃，佛面犹如满月辉。

佛在世间常救苦，佛心无处不慈悲。

我佛初宣告表……　佛国宫中　　稽首顿首

皈依佛宝尊……　　　南无巍……耶。进表文，上天庭。

法身玉轴号三乘，法演琅琊贝叶文。

法执醍醐洒甘露，法传[1]海藏妙难量。

我佛二宣告表……灵鹫山中　　稽首顿首

皈依法宝尊……　　南无浩……耶。进表文……

僧身玉质字自声，僧居石上演经文。

僧名六和[2]体五德，僧驭圆顶叆叇云。

我佛三宣告表……　诸佛堂前……稽首顿首

皈依僧宝尊……　　南无溶……耶。进表文……

稽首顿首……俯宣

恭闻人人有佛，不离自己之身；念念无差，即达如来之境。若或[3]未除[4]于妄贪，何由得至于菩提？承先贤著述之科，示后世栖依之地。欲达幽都，先伸凡悃。具有请经表文，谨当宣读。

送表出外，依科唱赞。

皈依经，号灵文，功曹捧表赴鹫岭[5]。请佛宝，作证盟，金口宣扬灭罪根。

---

① “传”，底本作“川”，据文意改。
② “和”，底本作“合”，据文意改。
③ “或”，底本作“获”，据文意改。
④ “除”，底本作“出”，据文意改。
⑤ “岭”，底本作“领”，据文意改。

降来临，请到东土度众生。稽首礼，诸品经。

皈依忏，号三藏，城隍社令赴香坛。请法宝，作医王，灵山会上广宣扬。演三乘，愿与众生消灾障。稽首礼，忏宣扬。

皈依咒，号大悲，土地神只合掌归。请僧宝，礼弥陀，来赴皇坛度群迷。消冤尤，一切罪孽赴此休。稽首礼，诸品咒。

转法轮

恭闻如来出现，大开方便之门；妙法流传，广施涅槃之路。常舒慧目顾群生，演说三乘应法界。今辰施主，建立宝幡，恭伸迎请。伏冀庆云腾瑞，凝玉篆于虚玄；紫雾呈祥，喷金[1]纹于空碧。对七宝之琼台，觐三华之琅瑶。珠玉林中排队[2]仗，光移耆阇之山；菩提树畔拥楼[3]台，现玄都之境。觊五觉之屏□，□[4]万怪以流通。愿垂鉴纳，大作津梁。慈愍故，悲愍故，大慈……三宝。

香花请，一心奉请，三十二分，十二上愿，在在誓愿度众生，处处分明满月现。礼请南无《金刚般惹密经》《药师延寿尊经》等众。惟愿金[5]破三界万劫苦，药救大千众群生。

香花请，一心奉请，频伽演教，白鹤[6]谈经，西方修道悟真如，南阎果证常应供。礼请南无《弥陀度人真经》《孔雀明王真经》等众。惟愿度往西天菩提位，赦宥阎浮苦众生。

香花请，一心奉请，慈悲广大，誓愿弘深，度尽众生方证菩提，地狱未空誓不成佛。礼请南无《观音普门妙经》《地藏本愿尊经》等众。惟愿瓶润[7]群生甘露水，锡杖长江作酥酡。

---

① “金”，底本作“经”，据文意改。
② “队”，底本作“坠”，据文意改。
③ “楼”，底本作“搂”，据文意改。
④ “□，□”，底本无，据文意补。
⑤ “金”，底本作“经”，据文意改。
⑥ “鹤”，底本作“马”，据文意改。
⑦ “润”，底本作“闰”，据文意改。

香花请，一心奉请，诸经赞念，诸偈宣扬，或酬养育，或报深恩。礼请南无《胎骨真经》《血湖真经》《唐言心经》《生天妙经》等众。惟愿《胎骨》《血湖》报慈亲，《生天》《心经》度群迷。

香花请，一心奉请，玉轴琅琊十二部，大乘中乘及下乘。波吒唎，苏怛罗，谈出地[1]震；阿唎哆，啰婆吒，演处鬼神钦。萨哩嚩，卒都帝，行行灭罪；钵罗陀，讫哩唵，句句超升。西天梵语卒睹婆，东土谈演灭罪根。礼请龙宫海藏，秘密[2]真诠；十方三世，甚深奥典等众。惟愿拨开龙宫真经现，捧出琅琊贝叶文。

香花礼请降临来

上来礼请诸品经忏，已降香坛，大作津梁。施主再焚香，殷勤不可量。大众齐举赞，迎经入坛场。

阿弥陀佛，端坐西方境。经传东土，迢迢十万程。唤醒梦中人，普度众生，脱苦出沉沦。迎经唱仙家好

上来恭迎诸品经忏，已荷来临。下有安座之偈，海众勿劳，随声应和。

菩提妙法遍庄严，诸佛座已成正觉。

愿献宝座亦如是，或他自座成佛印。

献宝座真言曰：伽罗性海。娑婆诃。

善来善誓，善誓世尊。哀悯由子，降临法座。当就此座，转大法轮。

登宝座

上来诸品经忏，登临宝座。下有礼佛之偈，海众……应和。

南无灵鹫山佛法僧诸经海会诸佛诸菩萨

南无普陀山观世音诸经海会诸佛诸菩萨

南无九华山地藏王诸经海会诸佛诸菩萨

南无清凉山万亿尊诸经海会诸佛诸菩萨

南无天台山罗汉僧诸经海会诸佛诸菩萨

---

① “地”，底本作“他”，据文意改。

② “秘密”，底本作“密秘”，据文意改。

南无金刚界婆罗密诸经海会诸佛诸菩萨
南无金曜[1]界孔雀佛诸经海会诸佛诸菩萨
南无琉璃界药师佛诸经海会诸佛诸菩萨
南无吉祥界消灾佛诸经海会诸佛诸菩萨
南无极乐界弥陀佛诸经海会诸佛诸菩萨
南无〇〇国当今帝诸经海会诸佛诸菩萨
南无礼念罢,周圆满,与施主,消灾障。
礼拜四恩三有[2],同赴莲池会。
愿以此功德,普及于一切。
请[3]经忏愆过,消灾增福寿[4]。

［录文完］

---

① “曜”,底本作“耀”,据文意改。
② “有”,底本作“友”,据文意改。
③ “请”,底本作“诸”,据文意改。
④ 底本“寿”字后有偈“请经法事真好看,猴脸猪嘴沙和尚。/唐僧师唱团模糊,弟子跛爬卖经忏”和“弘农氏　　谭新成抄录”“□□□国二十七年八月中浣日增立”的墨书题记。

[录文九]

佛门请经科[①]

贞[②]观殿上说唐僧，发愿西天去取经。

唐王闻知心欢喜，通关文牒往前行。

御手搭肩亲分咐，取经急早便回程。

能作本乡一块土，莫念他乡万两金。

昔日唐僧去取经，贞观殿上辞明君。满朝文和武，鸾驾送唐僧。选定良日并吉时，别了御驾便登程。

一心要往西方去，广取大乘度众生。领着孙行者，八戒与沙僧。虽曰十万并余里，晓行夜住无退心。

昔日唐僧去取经，流沙河里路难行。八百无岸水，真真好惊人。此处若还过不去，回朝难见圣明君。

昔日唐僧去取经，黑松林里路难行。妖精合鬼怪，魍魉结成群。若还此处过不去，回朝难见圣明君。

昔日唐僧去取经，火焰[③]山上路难行。行者神通大，虽然不住停。若还此处过不去，回朝难见圣明君。

昔日唐僧去取经，遇着穿服一妇人。行者随后看，路出随后根。自从丈夫身亡后，难得僧家一卷经。

来到西天佛国里，殷勤礼拜告圣人。愿佛方便力，开藏取真经。付与唐僧火龙驹，白马驼经转回程。

上来华严瑜伽教，楞严千佛金刚经。水忏合地藏，孔雀涅槃尊。诸品真经都取了，辞别我佛转回程。

---

① “佛门请经科”，底本无，据封皮题签补。

② “贞”，底本作“真”，据文意改。下同。

③ “焰”，底本作“炎”，据文意改。

去时之节六年行，回来刹那一阵风。报与君王知，排驾入皇宫。请师赴案虔诚啐，度脱亡魂上天宫。

忙把忏文始展开，白马西天自转来。仰白合坛诸大众，好把忏文始展开。功德浩大今①古传，能与亡者灭罪愆。若免亡魂三途苦，清净法门第一卷。

唐僧偈

南无尽虚空，遍法界，礼拜佛宝佛驮耶。仰凭佛宝力，灭亡人，地狱罪，地狱冤。冤和孽，凭佛宝，罪消灭。

南无尽虚空，遍法界，礼拜法宝达摩耶。仰凭法宝力，灭亡人，河沙罪，河沙冤。冤和孽，凭法宝，罪消灭。

南无尽虚空，遍法界，礼拜僧宝僧伽耶。仰凭僧宝力，灭亡人，傍生罪，傍生冤。冤和孽，凭僧宝，罪消灭。

昔日唐僧去取经，安排鸾驾送唐僧。御手搭肩上，亲自嘱唐僧。寡人亲嘱咐，早早便登程。能作本乡一块土，莫念他乡万两金。礼也三世诸佛尊。

昔日唐僧去取经，崛沙河里路难行。船摇风摆浪，浮水好惊人。无船撑下水，喉下一般深。若还此处过不去，回朝难见圣明君。礼也三世诸佛尊。

昔日唐僧去取经，观音化作一凡翁。身披穿白袍，驾船在海中。连人带马都渡过，师徒四人尽放心。礼也三世诸佛尊。

昔日唐僧去取经，抬②头观见一妇人。身披穿重孝，跪拜礼唐僧。自从我夫身亡后，那讨唐僧一卷经。礼也三世诸佛尊。

昔日唐僧去取经，火焰山上路难行。妖魔化作人，形象妇人亲，跪下现出尾巴形。戒刀③拿在手，便要斩妖精。化乐天宫寻不见，唐僧师徒出山林。礼也三世诸佛尊。

昔日唐僧去取经，黑松林中路难行。岩前山又陡，顶上悬石头。若还此

---

① “今”，底本作“金”，据文意改。

② “抬”，底本作“台”，据文意改。

③ “刀”，底本作“方”，据文意改。

处过不去,回朝难见圣明君。礼也三世诸佛尊。

去到西天见圣人,琉璃殿上进金瓶。四时花不卸,八节草不青。风吹香片片,玛瑙砌街厅。若在西天过一日,胜似唐朝过百春。礼也三世诸佛尊。

唐僧取经到五台,灵山寺里①法筵开。惹②了孙行者,三藏告苦哀。西天去见佛,白马远驼经。仰白道场中,度亡生仙界。礼也三世诸佛尊。

唐僧跪拜告世尊,唐王差我去取经。与僧取得去,救度苦众生。答天谢地并龙神。礼也三世诸佛尊。

佛门请经科③终

[录文完]

---

① “里”,底本作“礼”,据文意改。

② “惹”,底本作“若”,据文意改。

③ “佛门请经科”,底本无,据文意补。

［录文十］

新集取经赞全部

取经藏菩萨，念南无取经藏菩萨。

昔日唐王敕旨宣，命僧直到大西天。路途俱遥远，个个要心坚。念千辛万苦。南无取经藏菩萨①。

贫僧法力小，难去取经篇。有个孙行者，住在花果山。念神通广大。南无取经藏菩萨。

有个大胡僧，法力镇乾坤。千兵难敌革，任显大神通。念千兵难敌。南无取经藏菩萨。

写表申上帝，拿在天宫去。菩萨悲悯心，佛度西天去。念齐天大圣。南无取经藏菩萨。

火龙三太子，行雨有错错。天宫圣旨到，变化驮经去。念皈依三宝。南无取经藏菩萨。

有个猪巴介，他是妖魔怪。跟随沙和尚，唐僧随带去。念经过险路。南无取经藏菩萨。

西天路难行，十万八千程。三年六个月，才到大雷音。念十磨九难。南无取经藏菩萨。

唐僧西天去，费了多般力。取的是琅瑶，摩诃僧揭谛。念西天梵语。南无取经藏菩萨。

唐僧得经辞告佛，师徒收拾转东土。一阵大狂风，吹到帝王家。念东土唐言。南无取经藏菩萨。

众等听唱取经偈，我佛功德难思议。施主发虔心，答报天和地。念四位大圣。南无取经藏菩萨。

---

① “经藏菩萨”，底本无，据上文行文补。下同。

举开经偈

阿弥陀佛真金色，南无佛，弥陀佛。相好端严无等伦。南无佛，弥陀佛。

白毫宛转五须弥，南无佛，弥陀佛。绀目澄清四大海。南无佛，弥陀佛。

四十八愿度众生，南无佛，弥陀佛。九品含灵登彼岸。南无佛，弥陀佛。

光中化佛无边亿①，南无佛，弥陀佛。化菩萨众亦无边。南无佛，弥陀佛。

贞②观殿上说唐僧，南无佛，弥陀佛。发愿西天去取经。南无佛，弥陀佛。

唐王闻说心欢喜，南无佛，弥陀佛。通关牒文往前行。南无佛，弥陀佛。

金襕③袈裟忙披起，南无佛，弥陀佛。鞋袜僧帽一样新。南无佛，弥陀佛。

唐王御驾焚香送，南无佛，弥陀佛。相送唐僧去取经。南无佛，弥陀佛。

辞别了，唐王主，官吏御驾。南无佛，弥陀佛。

选良辰，合吉期，便要登程。南无佛，弥陀佛。

将领着，孙行者，齐天大圣。南无佛，弥陀佛。

猪巴介，沙和尚，也随后跟。南无佛，弥陀佛。

正往那，黑松林，火焰④山过。南无佛，弥陀佛。

见妖魔，合鬼怪，魍魉成群。南无佛，弥陀佛。

孙行者，运神通，去取铁扇。南无佛，弥陀佛。

化牛王，捉妖精，说出真假。南无佛，弥陀佛。

亏法师，慈悲主，神通广大。南无佛，弥陀佛。

谁敢往，佛国里，去取真经。南无佛，弥陀佛。

从东土，到西天，十万途程。南无佛，弥陀佛。

每晓行，和夜住，全无私心。南无佛，弥陀佛。

到西天，朝佛祖，殷勤礼拜。南无佛，弥陀佛。

---

① “亿”，底本作“意”，据文意改。

② “贞”，底本作“真”，据文意改。下同。

③ “襕”，底本作“蓝”，据文意改。

④ “焰”，底本作“烟”，据文意改。

付唐僧，火轮驹[1]，白马驮经。南无佛，弥陀佛。
上驮着，般若经，瑜伽大教。南无佛，弥陀佛。
中驮着，妙法华，一部尊经。南无佛，弥陀佛。
后驮着，金刚经，三十二分。南无佛，弥陀佛。
又驮着，大乘品，四大部众。南无佛，弥陀佛。
辞别佛，登云路，回还本国。南无佛，弥陀佛。
刹那间，就当时，早离雷音。南无佛，弥陀佛。
想东土，十万里，心惊胆战。南无佛，弥陀佛。
又思量，灭法国，失落经典。南无佛，弥陀佛。
这一路，愿众生，各发勇猛。南无佛，弥陀佛。
护真经，到本国，要见明君。南无佛，弥陀佛。
到东土，唐王见，排设銮驾。南无佛，弥陀佛。
唐天子，魏丞[2]相，跪在街心。南无佛，弥陀佛。
接真经，上宝殿，唐王欢喜。南无佛，弥陀佛。
放毫光，万万道[3]，耀古腾今。南无佛，弥陀佛。
开宝忏，取真经，亲身下拜。南无佛，弥陀佛。
对两班，贺唐僧，三藏法门。南无佛，弥陀佛。
小秦王，传圣旨，忙设香案。南无佛，弥陀佛。
众臣僚，齐下拜，来谢唐僧。南无佛，弥陀佛。
般若经，六百卷，金刚要解。南无佛，弥陀佛。
今[4]宵夜，开宝卷，度脱众生亡魂。南无佛，弥陀佛。

甚么会启庄严开，诸佛菩萨降临来。
天龙八部生欢喜，保佑施主永无灾。

---

① “驹”，底本作“车”，据文意改。
② “魏丞”，底本作“委承”，据文意改。
③ “道”，底本作“导”，据文意改。
④ “今”，底本作“金”，据文意改。

阿弥陀佛现金身，普天匝地放光明。

大地众生同瞻仰，万国共沾佛证盟。

众等虔诚称赞礼，与君[1]长福又消灾。

普劝道场念佛人，人人合掌至心听。

今日大众同集会，他年净土又相逢。

上报四重恩，下济三途苦。

若有见闻者，悉发菩提心。

无边烦恼断，无上法门修，

誓度诸众生，皆共[2]成佛道。

十方三世一切佛

诸尊菩萨摩诃莎

摩诃般若波罗密

举 传经偈　　南无佛，弥陀佛。

大乘法宝广流通，灵山觉主大能仁。

祈修大善看转念，大地山河一时明。

举 收经偈　　南无佛，弥陀佛。

便庄法筵已周圆，放去收来作天然。

将经收在毗卢教，后有重收再复宣。

大乘法宝才收来，诸佛菩萨坐[3]莲台。

天龙八部生欢喜，保佑发心雨淋滂。

大众至诚，同诵叹压座偈：

妙菩提座胜庄严，诸佛坐[4]已成正觉。

愿现宝座亦如是，惟愿慈悲垂加护。

---

① “君”，底本作“今”，据文意改。

② “共”，底本作“供”，据文意改。

③ “坐”，底本作“座”，据文意改。

④ “坐”，底本作“座”，据文意改。

无上甚深微妙法，百千万劫难遭遇。

我今见闻得受持，愿解如来真实意。

净口业真言：

唵。引修唎修唎。修修唎。娑婆诃。

香赞

大乘会上，婆伽亲宣，三周九喻意幽[1]玄。七卷尽包含，六万余言，唱诵利人天。

南无法筵会上……

[录文完]

[1] “幽”，底本作“凶”，据文意改。

［录文十一］

请经科

皈依灵山演教，雪岭修因，户唵萨哩嚩，释迦佛。遥望鹫岭，志心稽首，焚此佛宝香，请经酬恩解释超度亡魂地狱苦。

皈依龙宫奥典，金口所宣，户唵达哩么，三乘法。遥望海藏，志心稽首，焚此法宝香，请经酬恩解释超度亡魂地狱苦。

皈依天台方度，南岳高僧，户唵羯哩麻，六和僧。遥望只园，志心稽首，焚此僧宝香，请经酬恩解释超度亡魂地狱苦。

举三宝圣众降临来

将当坛内，恭就天庭，礼请诸品仙经，酬恩解释超度亡魂。下有出坛妙偈，海众勿劳，随声应和：

诸品仙经大展开，天龙八部降临来。
天垂宝盖传经至，地涌金莲九曲栽。
兜率天宫击法鼓，灵山会上撞金钟。
极乐宫中谈妙法，娑婆界内请经文。

南无三界师、四生父、人天教主释迦牟尼佛
南无灵鹫山、佛国宫、诸经海会诸佛诸菩萨
南无尽虚空、遍法界、过现未来佛法僧三宝
证盟师 声声传佛号，法界普……

志心信礼，佛驮耶，两足尊，三觉圆，万德具。人天调御师，唵哑吽，凡圣大慈父。从真界，腾应质，悲化普。竖穷三际时，弘遍十方处。震法雷，鸣法鼓，广演权实教，唵哑吽，大开方便路。若皈依，能消灭，消灭地狱苦。

志心信礼，达么耶，离欲尊，宝藏收，玉业轴。结集于西域，唵哑吽，翻译传东土。祖师弘，贤哲判，成章疏。三乘分顿渐，五教定宗趣。鬼神钦，龙天护，道迷标月指，唵哑吽，除热真甘露。若皈依，能消灭，消灭饿鬼苦。

志心信礼，僧伽耶，众中尊，五德师，六和[①]侣。利生为事业，唵哑吽，弘法是家务。避嚣尘，常晏坐[②]，寂静处。遮身服毳衣，充服采薪薇。钵降龙，锡解虎，法灯常遍照，唵哑吽，祖师相传付[③]。若皈依，能消灭，消灭傍生苦。

阿弥陀佛真金色，相好端严无等伦。

白毫宛转五须弥，绀目澄清似大海。

光中化佛无数亿[④]，化菩萨众亦无边。

四十八愿 免灾厄 度亡魂，九品含灵[⑤]登彼岸。

释迦佛如来 二合　　证盟功德

弥陀佛如来　　酬恩 道场 有情

诸尊位菩萨　　普降法筵

十方佛，一切佛　　三声佛罢，便乃加持……

恭闻三际平等，一性圆融。东土无往世之佛，则谓释迦久灭；南阎多□[⑥]沦之苦，惟[⑦]云慈氏不生。不知诸佛之法座尚温，诸经之讲筵齐布。生本无生，灭亦非灭。但以一点最初，因立所随想而成人天之世界，因执而起热恼之众生。于无身中受身，向无趣中成趣。莫谓法轮久已不转，试观伽蓝塔庙，何者非古佛之无量光、忍辱光、真宝光？勿谓法鼓尽已收声，试探贝叶琅瑶，何者非前尊之多罗藏、毗耶藏、达么藏？发心于同时异地，证果于千像万尊。妙力难量，玄风广被。今者信孝士启建良因，未伸皈依于三宝，先须迎迓乎经章。仰劳善众，同声称扬。

释迦佛如来 二合

---

① “和”，底本作“合”，据文意改。

② “坐”，底本作“座”，据文意改。

③ “付”，底本无，据文意补。

④ “亿”，底本作“意”，据文意改。

⑤ “灵”，底本作“会”，据文意改。

⑥ “□”，底本无，据文意补。

⑦ “惟”，底本作“猥”，据文意改。

问:尔是何人,在此高声念佛?

答:弟子羽流,代号唐僧。

问:因何念佛?

答:遵如来清净之矩范,效唐僧取经之规模,故尔念佛。

问:唐僧因故取经?

答:唐朝李世民①君身游地府,见诸十八狱中,无限鬼魂,俱是长枷钮手,悲悲凄凄,久埋沉沦,未获超升。不凭我佛之经忏,曷遂修求之路,因命唐僧,拜佛求经。

问②:唐僧一人,如何得去?

答:他有徒弟孙行者、猪八戒、沙和尚,同往西天去取经。

问:去了几年几月?

答:历了十四载寒暑。

问:多少路程?

答:共有十万八千里。

问:取的甚么经?

答:取的《大乘经》《金刚经》《般若经》《弥陀经》《观音经》《诸品经》《了仪经》《地藏经》《血盆经》、《胎苦经》《生天经》《药师经》。

问:取的甚么忏?

答:取的《梁皇忏》《千佛忏》《药师忏》《慈悲忏》《观音忏》。

问:共有多少?

答:经三藏,忏三藏,陀罗神咒共三藏,取回③东土度众生。

今辰建请清净坛场,布列香灯供养。绣帷绚烂,中居妙有之尊;宝盖玲珑,上供如来之圣。万天翊卫,四部朝参。梵音奏而韵彻遐方,宝号扬而光通

① “民”,底本作“明”,据文意改。

② “问”,底本无,据文意补。

③ “回”,底本无,据文意补。

有顶。千幢万节，竞遍满于虚空；九凤八鸾，咸飞鸣于法界。统纪众生，裁成十类。将行法事，肃静坛场。教有真言，谨当持诵。

愿来一切诸有众，惟以坚固秘密者，

我今依教虔奉请，惟愿慈悲云来集。

曩谟三满哆。没陀喃。户唵。吽那吽伽。何噜伽耶。达哩么。伊呬伊呬。娑婆诃。

投进师 欲伸凡悃，进上表文。

佛身清净似琉璃，佛面犹如满月辉。

佛在世间常救苦，佛心无处不慈悲。

上来我佛，初宣告表，初度……

皈依佛宝尊……

法身玉轴号三乘，法演琅琊贝叶文。

法热醍醐洒甘露，法传[1]海藏妙难论。

上来我佛，二宣告表，二度宣扬……

皈依法宝尊……

僧身玉质字声闻，僧居石上演真经。

僧明六和修五德，僧驮圆顶叆叇云。

上来我佛，三宣告表，三度……

皈依僧宝尊……

恭闻人人有佛，不离自己之心；念念无差，即造如来之境。苟或未除于妄见，何由得至于菩提？眷先贤著述之科，示后世栖依之地。欲达圣都，先伸凡悃。今有表文，俯伏宣读。宣毕，送登火墀。

转法轮

恭闻如来出现，大开方便之门；妙法流传，广示如来之路。当舒慧目顾群生，演说三乘应法界。今辰斋施主建立宝所，恭伸迎请。伏冀庆云腾瑞，凝玉篆

① "传"，底本作"川"，据文意改。

于玄机;紫雾呈祥,喷金纹于空碧。龙篝瑞霭,猊鼎香氤。对七宝之琼台,觐三乘之琅座[①]。珠宝林中排队仗,光移耆阇之山;菩提树畔拥楼台,幻出玄都之境。觊五魔之屏迹,想万圣之流辉。愿垂临鉴,大作津梁。慈愍故,大慈愍故。信礼常住三宝。

香花请,一心奉请,三十二分,十二上愿,在在誓愿度众生,处处分明满月相。礼请《金刚般惹密经》《药师延寿尊经》等众。惟愿金破万劫三千苦,药救大千众群生。

一心奉请,苹伽演赞,白马驮经,西方修道悟真如,南面证果常应供。礼请《弥陀度人妙经》《孔雀宥罪尊经》等众。惟愿度往西天普提位,宥怜南阎热恼缘。

一心奉请,慈悲广大,愿度众生,方证菩提,喜舍弘深,未空地狱誓不[②]成佛。礼请《观音普门品经》《地藏本愿尊经》等众。惟愿瓶润群品成甘露,锡搅长江作醍醐。

一心奉请,诸经赞念,诸偈宣扬,或酬受育之大德,或报成形之厚恩。礼请《胎骨经》、《血盆经》、《唐言了仪经》、《生天酬恩拔度经》等众。惟愿苾蒭分绕三千界,悲智忏悔修斋六度门。

一心奉请,玉[③]轴琅瑶十二部,大乘中乘及小乘。波吒唎,苏怛囕,谈出地震;阿唎哆,娑婆吒,演处神钦。萨哩嚩,窣帝睹,行行[④]灭罪;钵难陀,讫利唵,句句消灾超升。西天梵音窣都婆,东土唐言灭罪文[⑤]。礼请龙宫海藏,秘密真言;十方三界,甚深奥典等众。惟愿揭开龙藏真经现,捧出琅瑶贝叶文。

香花礼请降临来

上来礼请诸品经咒,已降香坛,主盟酬恩斋筵。善众运乐,迎经入坛。

---

① “座”,底本作“坐”,据文意改。

② “不”,底本作“愿”,据文意改。

③ “玉”,底本无,据文意补。

④ “行行”,底本作“衍衍”,据文意改。

⑤ “文”,底本无,据文意补。

施主再焚香,殷勤不可量。

大众齐举赞,迎经入坛场。

叹唐僧,号三藏,十世修行做和尚。唐王敕封为御①帝,一心要把西天上。

扫宝塔,礼金像,取经三藏忏三藏。取回东土度众生亡魂,众生亡魂得度保安康生天堂。

孙行者,手段强,花果山上美猴王。五百年前闹天宫,唵嘛哩叭嗻吽。

皈正道,改邪妄,护佐唐僧取经章。取得经来唐三藏,惹下祸来行者当。

高老庄,猪八戒,本是上界天蓬帅。只因淫戏②天仙女,谪贬凡间受灾害。

观世音,离莲台,手执杨柳洒尘埃。点化八戒护唐僧,西天路上捉妖怪。

流沙河,沙和尚,他是天宫卷帘将。因他打破琉璃盏,将功折罪返天堂。

手执着,降妖杖,护持唐僧取经章。取经功劳最广大,至今果证净坛场。

观世音,座莲台,祥云赚足玲珑盖。遥见唐僧上雷音,嘱咐龙驹出尘埃。

白龙驹,到五台,金山寺里法筵开。三藏取出真经现,一口同音灭千灾。

阿弥陀佛,端坐西方境。经传东土,迢迢十万程。亲口说法,唤醒梦中人。普与众生,酬恩保安宁脱苦出沉沦。

上来礼请诸品经忏,已降香坛。下有安座之偈,随声应和。

妙菩萨座胜庄严,诸经已座成正觉。

愿献宝座亦如是,或他自座成佛印。

献宝座真言曰:唵,伽啰谛。娑婆诃。

善来善逝,善逝世尊。哀愍佛了,降临坛场。当就此座,转大法轮。

登宝座

上来尊经,已登宝座。作法云周,下有礼佛之偈,随声应和。

南无灵鹫山佛驮耶,诸经神咒,诸佛诸菩萨。

南无灵鹫山达么耶,诸经神咒,诸佛诸菩萨。

南无灵鹫山僧伽耶,诸经神咒,诸佛诸菩萨。

---

① “御”,底本作“玉”,据文意改。

② “戏”,底本作“巧”,据文意改。

南无琉璃界药师佛，诸经神咒，诸佛诸菩萨。

南无金耀界孔雀佛，诸经神咒，诸佛诸菩萨。

南无吉祥界消灾佛，诸经神咒，诸佛诸菩萨。

南无极乐界弥陀佛，诸经神咒，诸佛诸菩萨。

拜叩

南无普陀山观世音，诸经神咒，诸佛诸菩萨

南无九华山地藏王，诸经神咒，诸佛诸菩萨

南无清凉山亿万尊，诸经神咒，诸佛诸菩萨

南无天台山罗汉尊，诸经神咒，诸佛诸菩萨

中华人民共和国万万岁佛国人王佛。

礼念罢，周圆满，与施主，消灾障。四恩三有，同赴莲池会。

下坛有偈，用伸赞扬。

常礼敬，常供养。

皇图巩固，帝道遐昌。

佛日增辉，法轮常转。

随意　下坛①

［录文完］

① 底本“坛”字下有抄写题记“公元一九九四年甲戌岁古历十月中浣郑邦宝草录，观哂阅正”。

［录文十二］

西天取经赞

昔日唐僧去取经，领旨孙行与沙僧。九九八十一灾难，多亏观世音。念十磨九难。

昔日唐王亲敕宣，差命唐僧到西天。途程最遥[①]远，须要用心坚。念千辛[②]万苦[③]。

贫僧法力小，难去取经编。有个孙行者，法力大无边。念齐天大圣。

这个孙行者，法力镇乾坤。拿捉妖精怪，变化是神仙。念扫邪归正。

写一通表章，上奏天庭内。拿了妖魔怪，带往天宫去。念神通广大。

师徒五个到雷音，求告如来佛世尊。唐王有圣旨，来取《法华经》。念齐天大圣。

我佛实时唤惠安，开藏从头捡真经。白马驮经卷，四人驾祥云。念流传东土。

唐王得经龙心喜，诏选高僧诵灵文。度脱生死苦，免受地狱门。念神通广大。

瑜伽[④]会启度有缘，我佛开教利人天。自古传于今，普度世人间。念东土唐言[⑤]。

三藏西天去，费了多少力。取得是琅瑶，摩诃僧揭谛。念东土唐言。

皈命敬礼，灵山会上一朵云，今日差下小凡臣。虽[⑥]然不是真罗汉，替佛

---

① “遥”，甲本始此。

② “辛”，底本作“心”，据文意改。

③ “千辛万苦”，甲本作“十磨九难”。

④ “伽”，底本作“迦”，据文意改。

⑤ “师徒五个到雷音……东土唐言”，甲本无。

⑥ “虽”，底、甲本作“随”，据文意改。

说法度众生。念灵山演教。

礼请赞　暖坛　敬神　闭斋

诚心仰请，教主西方大圣人，清净大海众，势至共观音。念千花台上。

净光普照，四十八愿镇乾坤，七宝莲池会，大德圣贤僧。念来临法会。

辉华三际，万亿花台辞净土，满空仙乐奏，普放白毫①光。念证盟斋悃。

〇〇会上，百千诸佛降云临，满副众生愿，菩提果自成。念礼请上圣。

杨枝净水，遍洒三千，性空八德利人天。饿鬼免针咽，灭罪除愆，火焰化红莲。

南无清凉地菩萨摩诃莎

三炷信香，焚在炉上，普请诸佛降道场。戒定惠香，通达诸天，缭绕遍十方。

南无香云界菩萨摩诃莎

大方广佛华严经　法华海会佛菩萨

药师如来药师佛　增福延寿炽盛光王佛　乐

释迦如来释迦佛　证盟出经释迦尊

普光菩萨普光佛　清灾解厄普光佛　乐

今据奏为②

中华国甘肃省武都文县〇乡〇村住居奉

佛设供③报酬恩孝信④〇〇修设〇期，道场开启，法事将行，掌坛老师差⑤小弟子⑥作一⑦出经佛事，不敢推托。未入丛林，并无识见。学无半点之墨，岂有当

① “毫”，底、甲本作“豪”，据文意改。
② “礼请赞……今据奏为”，底本无，据甲本补。
③ “设供”，甲本无。
④ “孝信”，甲本作“孝信、信人”。
⑤ “差”，甲本作“差遣”。
⑥ “遣小弟子”，甲本作“遣小沙弥”。
⑦ “一”，底、甲本作“以”，据文意改。

坛之作？黑云无雨慢遮天，朽木无材空占地。花坛筵前难开[1]口，心惊胆战悚慄慄。拙口劣[2]舌，不会宣说。略提一颂，便当开经。

昔日有一金禅长老，在西天我佛会下。天仙地仙千万大众，听佛说法，金禅长老懒座瞌[3]睡，不听正法。我佛观见，发下东土土魔之国。太白金星奉佛敕令，送金禅长老[4]长安大国。见殷小姐正当三更时候[5]，出门观望，走入身怀，当时有孕。

受胎一月，学士陈光蕊带[6]妻洪州上任，行至中途，遇江过渡，被梢公刘、洪二人，将光蕊打入黑江，将妇殷小姐强逼为妻，赴洪州上任。忽一日临月[7]之时，吩咐娘子：生下女子，度时过日。若生儿子，不要留养，斩草除根。小姐无[8]奈何，难忍除灭，即请木匠做一小匣，将孩儿放在匣内投江，顺水流至，名曰金山寺，被和尚捞出，抚养成人，名唤[9]江流和尚。

一心告辞，上长安国，凭血书信，相认外祖。殷丞[10]相细问是实，表奏当今[11]。唐王大怒，差官千军，前去拿贼，将刘[12]、洪二人绑到江边[13]，剖心祭奠光蕊，被龙王得知，遣水中夜叉，即将光蕊送出江岸，放下复生。惊妻殷氏，惧喜重生，今已十五余年，如醉方醒，此乃太白金星相救。归还长安大国[14]，和尚同

---

① “花坛筵前难开口”，甲本作“华坛严前难口”。
② “劣”，底、甲本作“列”，据文意改。
③ “瞌”，底本无，据甲本补。
④ “金禅长老”，甲本作“禅老”。
⑤ “候”，底本作“侯”，据甲本改。
⑥ “带”，底、甲本作“代”，据文意改。
⑦ “月”，甲本作“产”。
⑧ “无”，甲本作“无计”。
⑨ “唤”，底、甲本作“换”，据文意改。
⑩ “丞”，底、甲本作“臣”，据文意改。
⑪ “今”，底、甲本作“京”，据文意改。
⑫ “刘”，底本作“流”，据文意改。
⑬ “边”，甲本无。
⑭ “长安大国”，甲本作“大国长安”。

父娘，在万花店相寻太婆。太婆两目不明，和尚用吐沫[1]润洗，将舌一混[2]，即便双目光明，一家团圆，仍[3]洪州上任。

和尚又到长安[4]说法，时乃观音度化，叹曰：此是小乘，非大乘也。欲心忏罪，必须西天取来经忏，可以忏亡罪过，可以救生冤孽。唐王即[5]差上西天[6]取经，功德无量。唐王大喜，銮驾迎送。出偈颂曰：

唐王见说心欢喜，半朝銮驾送唐僧。
莫忘本国一群土，休恋[7]西方万两金。
寡人今日送你去，取得真经早回程。
功圆果满成佛位，不负孤家一点心。

开经偈　开坛门部陀罗尼　三声

开经有偈，今为举扬[8]：

贞[9]观殿上赞唐僧，发愿西天去取经。
满朝君臣齐相送，通关文贴往西行。

唐僧西天取经偈[10]：

贞观年间有一僧，发愿西天去取经。
满朝文武并宰相，大排銮驾送唐僧。
御[11]手搭肩亲嘱咐[12]，取了真经早回程。

---

① “沫”，底、甲本作“抹”，据文意改。
② “将舌一混”，底本无，据甲本补。
③ “圆，仍”，底本作“园，乃”，据文意改。
④ “长安”，底本无，据甲本补。
⑤ “即”，底、甲本作“仰”，据文意改。
⑥ “天”，甲本无。
⑦ “恋”，底本作“鸾”，据甲本改。
⑧ “开经偈……今为举扬”，底本无，据甲本补。
⑨ “贞”，底、甲本作“真”，据文意改。下同。
⑩ “唐僧西天取经偈”，底本无，据甲本补。
⑪ “御”，底本作“玉”，据文意改。下同。
⑫ “嘱咐”，底本作“封府”，据甲本改。

文武百官齐接你，镇统乾坤显威灵。
大唐王，传圣旨，忙排鸾驾，
众群臣，辞了朝，相送唐僧。
三藏师，拜辞了，唐王圣主，
选良辰，择吉日，即便起程。
带领[①]着，孙行者，齐天大圣，
西方境，路遥远，降伏妖精。
猪八戒，逢恶山，开条大路，
沙和尚，度沙河，大显神通。
三藏师，金钵盂，九环锡杖，
火龙驹，三太子，相伴西行。
从东土，到西天，十万余里，
每日行，和夜往[②]，全无私心[③]。
到深山，和恶岭[④]，迷踪[⑤]道路，
磨儿岭，虎狼恶，寸步难行。
多亏了，杀虎王，送出山林，
师徒们，心欢喜，又往前行。
正[⑥]往那，黑松林，火焰山过[⑦]，
见妖精，和鬼怪，魍魉成群。
黑风山，黑风怪，黑熊拦[⑧]路，

① “带领”，甲本作“代领”。
② “往”，甲本作“住”。
③ “私心”，甲本作“路影”。
④ “岭”，底、甲本作“领”，据文意改。
⑤ “踪”，底本作“宗”，据甲本改。
⑥ “正”，底、甲本作“阵”，据文意改。
⑦ “过”，甲本作“中”。
⑧ “拦”，底、甲本作“栏”，据文意改。下同。

又遇着，蝎子精，諕[①]落人魂。
黄风山，黄风怪，鬼王迎接，
又撞着，黄袍精，地涌[②]夫人。
多目怪，来打搅，不能前进，
灭法国，盖仙儿，要灭唐僧。
白眼仙，奏国王，两家斗阵，
师徒们，一见了，胆战心惊[③]。
赌割头，下油锅，柜中猜物，
孙行者，金銮殿，大显神通。
凭神力，三件宝，全知得胜，
排銮驾，送出城[④]，又往西行。
蜘蛛精，红孩儿，神通不小，
大力王，遣唐僧，莫处跟寻[⑤]。
师徒们，无法了，对天大哭，
多亏了，南海岸，救苦观音。
半空中，同引着，木吒行者，
太白星，来到此，同救唐僧。
若不是，师徒们，神通广大，
谁敢往，佛国中，去取真经。
三藏师，一路上，昼夜忧心，
方才到，佛国中，大觉雷音。
到灵山，见圣容，殷勤礼拜，

① “諕”，底本作“虎”，据甲本改。
② “涌”，底本作“勇”，据甲本改。
③ “惊”，底本作“警”，据甲本改。
④ “城”，底本作“林”，据甲本改。
⑤ “寻”，底本作“行”，据甲本改。

雷音寺，大雄殿，赛过天堂。
佛如来，亲吩咐，惠岸和尚，
大唐王，差三藏，来取真经。
连忙去，开宝藏，从头细拣，
叫唐僧，亲收拾，即便回程。
得真经，行不上，数十①余里，
遇妖精，前拦路，抢去真经。
师徒们，显神通，腾云驾雾，
把妖精，除灭②了，夺回真经。
将经卷，展放开③，全无一字，
师徒们，一见了，心惊胆战。
急转来，世尊前，从头告苦，
责惠岸，你为何，将无字经。
取回去，到东土，唐王问罪，
十四年，枉④费心，全无功成⑤。
佛如来，唤惠岸，跪在佛前，
将数珠，拿在手，吩咐原因。
你如今，财心重⑥，昏迷莫解，
把咽喉，来锁定，送了残生。
惠岸师，慌忙了，从头细拣，
对唐僧，亲收拾，白马驮经。

---

① “数十”，甲本作“十数”。
② “灭”，底本作“灰”，据甲本改。
③ “放开”，底本作“开放”，据甲本改。
④ “枉”，底本作“往”，据甲本改。
⑤ “成”，底本作“程”，据甲本改。
⑥ “重”，甲本作“动”。

前驮着，《华严经》[①]，真经一卷，
中驮着，《妙法经》[②]，七卷莲经。
后驮着，《金刚经》，三十二分，
《弥陀经》《观音品》《圆[③]觉心经》。
又驮着，《楞严经》[④]，神咒全本，
大佛母，《孔雀经》，药师灵文。
辞东土，整行了，十四年景，
白日行，夜间走，曾不休停。
过千山，并万水，城池百座，
方才到，雷音寺，取回经文。
辞佛祖，登云路，返还本土，
宝刹下，香风起，来到东京。
报唐王，差文武，远接唐僧，
排鸾驾，接国师，到了朝中。
唐王主，一见了，沙弥[⑤]和尚，
开金匣，放毫光，惊天动地。
睁龙眼，观仔细，祥云霭霭，
舒御手，展真经，紫雾腾腾。
将经文，叫万人，流传讽诵，
世间人，狱司内，救拔孤魂。
若不是，三藏师，齐天大圣，
凡间人，去佛国，谁敢西行？

---

① “华严经”，甲本作“大华严”。
② “妙法经”，甲本作“妙法华”。
③ “圆”，底本作“园”，据甲本改。
④ “经”，甲本无。
⑤ “弥”，甲本作“门”。

大唐朝，满寺僧，传念经[①]文，
普天下，发善心，齐诵大乘。
唐太宗，传圣旨，仰叩大圣，
把罪人，放赦[②]了，拜谢明君。
三藏师，铸金身，旃檀佛位，
孙行者，成正觉，菩萨之身[③]。
猪八戒，法筵会，监斋使者，
沙和尚[④]，阿罗汉，七宝金身。
火龙驹，得做了，天龙八部，
师徒们，成佛位，尽上天官。
妙法华，般若经，金刚科仪[⑤]，
今宵[⑥]夜，开宝卷，超度亡魂。
劝大众，至诚心，同声[⑦]应和，
念弥陀，称佛号，尽获超升。
石火电光能几何？可怜恩爱乱奔波。
皮干常忍资财广[⑧]，莫瘦犹贪酒色多。
夕死朝生那为息，灵魂送去见阎罗。
丝毫罪福从头数，文簿分明定不错。
差送铁床铜锤狱，声言哀告苦拷磨。

---

① “念经”，甲本作“经念”。
② “赦”，底本作“救”，据甲本改。
③ “身”，底本作“心”，据甲本改。
④ “尚”，甲本作“尚上”。
⑤ “仪”，底本作“议”，据甲本改。
⑥ “宵”，底本作“霄”，据甲本改。
⑦ “声”，底本作“心”，据甲本改。
⑧ “财广”，底本作“则疣”，据甲本改。

我今悔恨修行晚，死后还为变马骡。
累世罪孽由自造，未能成佛岂他犹[①]。
人人本有真如性，生死谁肯苦炼磨[②]？
地狱门前滑似油，休叫失脚在里头。
千年轮回无出路，劝君闻早向前修。
佛在西天法东流，光明普照四神洲。
有佛住处龙天喜，无僧占处鬼神骤[③]。
一报天地盖载恩，二报日月照临恩。
三报皇王水土恩，四报父母养育恩。
五报师傅教训恩，六报祖师转法轮。
七报檀那多陈供，八报十方施主恩。
九报九祖生净土，十报孤魂早超升。
清净法身毗卢佛，圆[④]满报身卢舍佛，
三类化身释迦佛，当来下生弥勒[⑤]佛，
文殊菩萨悲愿众，圆[⑥]光化显引众生。
观音菩萨发弘誓，千手千眼度[⑦]众生。
五百五十罗汉僧，手拿数珠[⑧]口念经。
十方三世[⑨]一切佛，诸尊[⑩]菩萨摩诃莎[⑪]。

---

① “他犹”，甲本作“犹他”。
② “苦炼磨”，底本作“炼磨若”，据甲本改。
③ “骤”，底、甲本作“奏”，据文意改。
④ “圆”，底本作“园”，据甲本改。
⑤ “勒”，底、甲本作“陀”，据文意改。
⑥ “圆”，底、甲本作“园”，据文意改。
⑦ “度”，底本作“渡”，据甲本改。
⑧ “数珠”，底本作“类殊”，据甲本改。
⑨ “世”，底本作“界”，据甲本改。
⑩ “尊”，底、甲本作“尊位”，据文意删。
⑪ “诃莎”，底本作“阿沙”，据甲本改。

摩诃般若波[1]罗密。

回向无上佛菩提，文殊普贤观自在。

普回向菩萨摩诃莎，摩诃般若婆罗密。[2]

［录文完］

① “诃般若波”，底本作“阿波若般”，据甲本改。

② “回向无上佛菩提……摩诃般若波罗密”，底本作“回向……皈依……回向……愿……”，据甲本补。底本“愿……”后有抄写题记：“太岁庚辰年二月十九日抄完。宣科弟子尚志禄记。”

[附录1]

佛门取经道场(科书卷)

三皈依　　启请　　香水赞

昔日唐僧去取经,惊动南海观世音。净瓶拈在手,嘱咐与龙神。撑[①]船并摆度,尽是鬼妖精。八爪金龙来下界,化匹白马载唐僧。御手搭肩上,金口劝唐僧。寡人亲嘱咐,早早便回程。宁作本乡一块土,莫念他乡万两金。

昔日唐僧去取经,流沙河中水又深。一去八百里,各不一般深。撑船过不得,洪水好惊人。若在此山过不得,回头难见圣明君。

昔日唐僧去取经,抬头观见一夫人。岩崖山又险,高山顶接云。石头烧马脚,无烟火自生。若在此山过不得,回头难见圣明君。

夫人跪拜告唐僧,山遥路远受苦辛[②]。日行鬼窝路,处处见妖精。索桥八百里,清波万丈深。若还得见如来面,教妖十死九还魂。

后行礼拜告唐僧,请僧诵传大乘经。行者观看见,属山狗见行。戒刀提在手,便要斩妖精。化乐天宫都不见,唐僧独坐一山林。

去到西天来取经,琉璃宝殿坦然坪。四时花不动,八节草长生。风吹香熏鼻,玛瑙砌阶前。若在此山过一日,胜似唐朝过一春。

白马驮经到五台,灵山会上法筵开。未来孙行者,三藏实可哀。西天去见佛,白马自驮来。拜白道场诸圣众,慈悲宝殿展忏开。

南无开宝忏菩萨摩诃萨[③]

　　贞[④]观殿上说唐僧,发愿西天去修行。

　　唐王闻说心欢喜,通关文牒往前行。

---

① “撑”,底本作“掌”,据文意改。

② “辛”,底本作“心”,据文意改。

③ “摩诃萨”,底本无,据文意补。下同。

④ “贞”,底本作“止”,据文意改。

满朝文武并宰相，大排鸾驾送唐僧。

御①手搭肩亲嘱咐，取了真经便回程。

大唐王，传圣旨，忙排鸾驾。

似群真，离了朝，相送唐僧。

三藏师，拜辞了，唐王圣主。

选良辰，合吉日，便要登程。

将领着，孙行者，齐天大圣。

西方路，上逍遥，降伏妖精。

猪八戒，逢恶山，开条大路。

沙和尚，流沙河，大显神通。

师拿着，金钵盂，九环②锡杖。

火龙驹，三太子，相伴西行。

从东土，到西天，十万余里。

每晓行，并夜走，全无退心。

到深山，并恶岭，迷踪大路。

魔鬼岭，虎狼哑，寸③步难行。

多亏了，杀虎王，送出山林。

师徒们，心欢喜，又往西行。

正行道，火焰山，黑松林内。

见妖精，和鬼怪，魍魉成群。

到黄昏，刘白猿，撑船摆渡。

风野山，难行走，挟步难行。

黄风山，黑风洞，黑熊断路。

---

① “御”，底本作“玉”，据文意改。

② “环”，底本作“还”，据文意改。

③ “寸”，底本作“过”，据文意改。

又遇着,黄袍怪,鬼王接引。
多因怪,来打搅,不能前行。
莲池国,盖仙[1]观,要灭唐僧。
白猿山,秦国王,西京闭战。
师徒们,一见了,胆战心惊。
都云割,下油锅,柜贵猜物。
孙行者,金銮殿,大显神通。
凭神通,三件事,全都得胜。
排銮驾,送出[2]城,又往西行。
蜘蛛精,红孩儿,神通不小。
大力王,摄唐僧,无处跟寻。
师徒们,无投奔,嚎啕大哭。
多亏了,南海岸,救苦观音。
半空中,常引路,不坏愆者。
太白星,指引路,教子唐僧。
若不是,众徒弟,神通广大。
谁敢往,佛国里,去取真经。
三藏师,一路行,忧心不尽。
方才到,佛国里,大觉雷音。
到灵山,见佛境,赛过西天。
入雷音,见圣容,殷勤礼拜。
师徒们,在佛前,一齐下拜。
愿我佛,发慈悲,大转法轮。
佛如来,就吩咐,惠安和尚。

① “仙”,底本作“山”,据文意改。
② “出”,底本作“山”,据文意改。

唐王主，差三藏，来取真经。
连忙去，开宝藏，来点经卷。
从头看，交真经，细说分明。
佛慈悲，经万卷，济生因果。
付①唐僧，清收②拾，即便回程。
从东土，到西天，十万余里。
遇妖精，前拦路，抢取真经。
众徒弟，神通大，腾云驾雾。
把妖精，除灭了，夺回真经。
将真经，展开看，全无一字。
师徒们，一见了，胆战心惊。
急转至，世尊前，从头苦告。
说惠安，开经处，问要金银。
取假经，到东土，唐王见罪。
师徒们，很费心，六年辛苦。
佛如来，唤惠安，跪在殿前。
将素珠，轮在手，八寸原因。
你如来，财心动，迷心不改。
把咽喉，来锁住，送了残生。
惠安师，慌张了，从头捡点。
付唐僧，亲收拾，白马驮回。
前驮着，《华严经》，真经一卷。
中驮着，《妙法经》，七卷莲品。
右驮着，《楞严经》，神咒神本。

① “付”，底本作“咐”，据文意改。
② “收”，底本作“净”，据文意改。

大佛母[①],《孔雀经》《药师真经》。
三皈依,妙赞音,花香灯水。
礼宝忏,诠真文,诸品真经。
至西天,并行走,不得消停。
每晓夜,不住了,六年光景。
过千山,并万水,城池百座。
唐三藏,师徒们,取[②]了真经。
辞别了,登云路,回还本国。
那时节,香花水,来到东土。
唐王主,差文武,忙接三藏。
开金匣,放毫光,大显神通。
龙眼观,仔细详,祥云霭霭。
御[③]手舒,金经展,紫雾腾腾。
将真经,教后人,留传持诵。
阳间人,阴司内,救度众生。
若不是,唐三藏,齐天大圣。
谁敢往,佛国里,去取真经。
大唐王,满国僧,个个传念。
普天下,发善心,尽念[④]真言。
唐太宗,传圣旨,交天大赦。
把罪人,都赦了,拜谢明君。
三藏师,登金殿,成栴[⑤]檀位。

---

① "佛母",底本作"姆佛",据文意改。
② "取",底本作"昊",据文意改。
③ "御",底本作"一",据文意改。
④ "念",底本作"唸",据文意改。
⑤ "成栴",底本作"梅楠",据文意改。

孙行者，登金觉，菩萨之身。
火龙驹，得做了，天龙八部。
师徒们，成佛位，尽上天宫。
能救苦，《般若经》《金刚》《药师》。
金经匣，开宝卷，救度亡魂。
劝大众，志成佛，同音①赞和。
念弥陀，称佛号，尽上天宫。
南无忏宝藏菩萨摩诃萨

三世诸佛不可量，眉间常放白毫光。
留下生老并死苦，我佛不免也无常。
老君住在南阳乡，烧丹炼药有谁强？
留下金木水火土，老君不免也无常。
聪明智慧文宣王，亘古亘今教文章。
留下仁义礼智信，圣人不免也无常。
普天率土②佛梵刹，真如界内一非荣。
梵率天宫击法鼓，安阳国里撞金钟。
极乐国王谈妙法，娑婆世界演真经。
我佛祖法悟大乘，菩提打座有功能。
普化摇铃归法界，都是超凡入圣人。
昔日有一释迦佛，弃舍皇宫去修行。
昔日有一庞居士，文财丢在海中心。
昔日相与燃灯师，苏东坡也参志公。
三世古人从佛教，凡人谁敢不皈依？
愿以此功德，普及于一切。

① “音”，底本作“意”，据文意改。
② “土”，底本作“士”，据文意改。

道场度亡魂，早生极乐国。

南无圆满藏菩萨摩诃萨[1]

[录文完]

① 底本“萨”字后有“过案道场”“香赞”“皈依资冥海会佛菩萨”等文字，为过案道场科仪，非取经道场文，不录。

［附录2］

慈[1]悲西游宝卷道场

南无开宝藏菩萨摩诃萨

臣等志心皈命，礼请兜率陀天上，象驾二轮回，摩尼比国中，龙盘觉树下，教谈三百余会，济度众生，说法四十九年，利乐群品。大悲大愿、大圣大慈、千百亿[2]化身本师释迦牟尼佛。我今启请，光降道场，证盟功德。

臣等志心皈命，礼请慈因精善，誓救众生，手中金锡，振开地狱之门，掌上明珠，光烁大千世界。阎王殿上，业镜台前，为南阎浮提众生作大证盟功德。大悲大愿、大圣大慈幽冥教主本尊地藏王菩萨。我今启请，光降道场，证盟功德。

臣等志心皈命，礼请红莲座上，璎珞丹霞，白玉光中，黄金阙内，瓶中杨柳，开甘露之法门，足蹑莲花，度众生而有间。大悲大愿、大圣大慈、杨枝宝手灵感利生观世音菩萨。我今启请，光降道场，证盟功德。 献茗

南无云集会菩萨摩诃萨[3]

原夫西游取经者，乃三藏圣僧悯善之设也。然混沌初开，五行禀政，天地人元，三教均分。我佛修行竺国，恩遍南赡[4]部州，演五千余之经教，设千百亿之化身。泽及万万，惠怜群品，常开拔济之门，广施有情之路。度众生无量之心，超清净极乐之邦。无生灭□，利己利人，普运神通，均资三有。现前清众，各运慈心念佛，灭多生罪垢，行道涤□□愆尤。稽首虔诚，称扬圣号。

三世诸佛不可量，波[5]旬诸佛入涅槃。

---

① 底本“慈”字上有“佛门西游慈悲宝卷道场”数字，或为原抄本封皮或扉页题名，兹略。

② “亿”，底本作“意”，据文意改。

③ “摩诃萨”，底本无，据文意补。下同。

④ “赡”，底本作“赡”，据文意改。

⑤ “波”，底本作“钵”，据文意改。

留下生老病死苦，释迦不免也无常。
老君住在南阳乡，烧丹炼药有谁强？
留下金木水火土，老君不免也无常。
大成至圣文宣王，亘古亘今教文章。
留下仁义礼智信，夫子不免也无常。
贞观殿上说唐僧，发愿西天去取经。
大乘教典传东土，亘古宣扬至迄今。
莫谓西方远，西方在目前。
虽云越十万，不离有三千。
念佛才开口，华地已种莲。
一声佛举书，普度万缘人。

伏以道场首启，宣西游之经典；法筵宏开，演唐朝之遗范。始于贞观三年，因孽龙之苏命，累明君而游地府；睹恶报之众生，故回阳而建水陆。仗[①]玄奘开坛而修藏法事，蒙观音点化而激扬大乘，方能拔济，超度群迷，驾祥云而空中现相，落东贴而谕报明君。颂曰：

体休大唐君，西方有妙人。
程途十万八，能超苦众生。

于是斋筵暂住，水陆停修，接盟玄奘为御弟，故称法号唐三藏。钦赐通关文牒，御驾饯送出城。金口嘱咐，取得真经早回。御酒三杯，金手撣尘玉盏。是时三藏，不改其故。唱宁吃本乡一块土，莫受他乡万两金。

昔日唐僧去取经，观音点化最初分。
大唐圣主亲嘱咐，君臣饯送离东京。
选定良时并吉日，通关文牒往前行。
孽龙化为青色马，赤头白马载唐僧。
东土步入西方境，十万程途有余零。

---

① “仗”，底本作“伏”，据文意改。

道高何妨山险峻，心诚自然鬼神惊。

不怕妖魔及鬼魅，虚空自有活神灵。

要闻如来真实①语，仍是铁杵磨绣针。

西游妙典，起教根源。如是法，我佛宣，山河大地，无正无偏。清明月朗，上古流传，原无朽坏，同登极乐天。

西方微妙法，东土少知闻。

但来佛会下，都是有缘人。

伏以大乘经典，原在西域②之国；三教垂慈，方传东方之教。如是三藏离了东京，往西径奔。遇妖魔而压禁，仗③救苦以现形。皈仗行者，八戒与沙僧，师徒四众同住逐一。逢灾遇魔而临险，全赖大圣威光。异口同音，心无退转。唱要往灵山亲拜佛，九九灾难受艰④辛。

昔日唐僧去取经，路逢悟空孙大圣。

收伏悟能猪八戒，又遇⑤悟净号沙僧。

手携钵盂共锡杖，火龙太子伴西行。

晓行夜宿每投奔，遥望灵山拜世尊。

妖精鬼怪噉人肉，魍魉成群要灭僧。

黑松岭下无行路，火焰山下好烦濧。

狼虎塔内人难过，黄风恶怪更惊人。

不是众徒神通大，难保僧人见世尊。

西游妙典，万古流传。无坏亦无崩，千般苦楚，万种难辛。监牢固人，不损一尘。捻花已后，灵山见世尊。

西方微妙法，凡圣两皆空。

---

① “实”，底本作“是”，据文意改。

② “域”，底本作“城”，据文意改。

③ “仗”，底本作“伏”，据文意改。下同。

④ “艰”，底本作“难”，据文意改。

⑤ “遇”，底本作“怡”，据文意改。

众生来信受，地狱化天官。

如是三藏师徒，逐日登程，遇妖魔而神通降怪，遇国界而倒换关文。女人国、子母河，泛阴寡阳。车池国，奉三清，全无妙门。高山峻岭，猪八戒而开条大路；流沙恶水，沙悟净而显大神通。黑熊拦路，受千般之苦；白龟摆渡，有万幸之缘。唱终朝辛苦连连遇，何日得到大雷音。

昔日唐僧去取经，临国见帝换关文。

贫僧东土奉圣旨，要往西天取真经。

多见鬼怪来打扰，大力妖魔摄唐僧。

蜘蛛精布天罗网，红孩儿飞火焰盆。

众徒哮啕无投奔，多亏南海观世音。

沿途若非他拥护，怎得雷音见世尊。

去也去也往西方，奔入灵山竺国乡。

原是金禅来脱化，今日得入我佛堂。

投见大佛，求取真经。离凡要超圣，灵山胜境，历历分明。山河朽坏，这个安宁。春日来，无花不放春。

灵山真祖意，凡圣莫教差。

指日登彼岸，便作老佛家。

伏以谋事在人，成事在天，人之所欲，天必从之。却说师徒四众，一见灵山景致非常，苍松桂柏青日月，野草闲花翠乾坤。狐兔岩前走，獐豹顺岭行。麋鹿衔花形容美，猿猴献果喜色新。绿竹茂林原有意，白云出岫本无心。万树开花不同叶，百鸟啼声各样鸣。看叹多时，便诣佛前，礼佛三匝，呈上关文，求取真经。愿佛慈悲，大转法轮。佛言：善哉善哉。汝之慈悲，悯念众生。尔时世尊，便唤惠安推开宝藏，从头捡点，付与唐僧亲自收拾，急早回程。唱丈六金身亲说法，大藏传度有缘人。

昔日唐僧去取经，六年辛勤入雷音。

合掌礼拜慈尊面，惟愿我佛转法轮。

忙唤惠安从头捡，推开宝藏取真经。

交付唐僧亲收拾，白马驮经转回程。

佛慈巍巍不可量，眉①间常放白毫光。

胸题万字黄金相，足蹑千轮百宝庄。

顶上螺纹②山岳秀，法轮常转海坛香。

教谈种种诸功德，所以名为大法王。

大乘妙典，无正无偏，锦上又重添。万法皆空，不在中间。原无朽坏，祖祖相传。若人会得，同登极乐天。

古佛真祖意，万载要留名。

回光来返照，字字透灵根。

伏以佛法无边，圣力洪深。闻唐朝命僧求取真经，忙开宝藏检点，敕南方火龙白马，驮经回归大朝东京。高驾祥云，辞西方圣境；毫光闪闪，回报东土明君。愿大乘之妙典，济六道之众生。照见天下，国土清平，鬼妖灭爽，人物咸宁。唱弹指归回到东土，报与大唐圣明君。

昔日唐僧去取经，灵山礼别佛慈尊。

三藏奥典亲收拾，高腾云路赴东京。

《华严》法卷八十一，《莲经》七册秘意深。

大乘《金刚》三十二，《楞严》五千有余零。

《孔雀消灾》并《宝忏》，《地藏》《弥陀》《普门品》。

西方净愿除灾障，诸部真言灭罪根。

香云霭霭回本国，瑞气腾腾见明君。

紫云重重毫光现，存殁③沾恩度有情。

在会众等，重发虔心，灵山有世尊。三藏经典，普渡有情。愿佛指示，早往超升。恩及法界，共同发善心。

四句真妙偈，说尽大虚空。

千圣难测度，法界总成空。

---

① “眉”，底本作“看”，据文意改。

② “纹”，底本作“蛟”，据文意改。

③ “殁”，底本作“没”，据文意改。

如是唐王闻报，忙排鸾驾，迎接沙门三藏。御手捧经，转到深大道，展开真经，只见毫光灿灿，紫雾腾腾，赞大佛之慈悲，谢圣僧之辛勤。旨传天下，重建水陆。三藏得成正果，而成旃檀佛位；大圣显神通，而乃菩萨庄严。八戒、沙僧，齐登正觉，火龙得入天龙八部。师徒四众，拜谢明君，尽获超升。般若真经，普传天下，万古留名。赦诸罪过之徒，拯幽冥之众生。唱普劝世人志心诵，高声齐举赞洪名。

升天宝卷才展开，诸佛菩萨降来临。
阴超逝化生净土，阳保善眷①永无灾。
西方路上一只船，万古千秋不记年。
东来西去人不识，不度无缘度有缘。
父母生身不可量，高如须弥月三光。
若报父母恩最深，同登瑜伽②大道场。
无上甚深微妙法，百千万劫难遭遇。
我今见闻得受持，愿解如来真实义③。

大藏般若，句句分明，不减又不增。仰凭清④众，异口同音。推开宝藏，请出经文。流传以后，亘古至迄今。

云何于⑤此经，究竟到彼岸。
愿佛开微密，广⑥为众生说。

讽⑦念《心经》⑧

[录文完]

① “眷”，底本作“卷”，据文意改。
② “伽”，底本作“珈”，据文意改。
③ “义”，底本作“仪”，据文意改。
④ “清”，底本作“请”，据文意改。
⑤ “于”，底本作“如”，据文意改。
⑥ “广”，底本作“度”，据文意改。
⑦ “讽”，底本作“奉”，据文意改。
⑧ 底本“经”字后有“1967丙申年十月初六日滕（誊）录古本道场”的题记。

[附录3]

佛说西天请经道场

贞观殿上说唐僧，发愿西天去取经。
满朝文武并丞相，大排銮驾送唐僧。
御手搭肩亲吩咐，取了真经转回程。
取得真经散天下，留传东土度亡魂众生。

大唐王，传圣旨，忙排御驾。
众大臣，离了朝，相送唐僧。
三藏师，拜辞了，唐王帝主。
选良辰，合吉日，便①要行程。
将领着，孙行者，齐天大圣。
西方境，路迢迢，降伏②妖精。
朱八戒，逢恶山，开条大路。
沙和尚，流沙河，大显神通。
师傅③擎，金钵盂④，九环锡杖。
火龙车，三太子，相伴西方。
从东土，至西天⑤，十万余里⑥。
每晓⑦行，夜不住⑧，全无退心。

---

① “便”，底本作“使”，据文意改。
② “伏”，底本作“服”，据文意改。
③ “傅”，底本作“传”，据文意改。
④ “盂”，底本作“孟”，据文意改。
⑤ “天”，底本作“山”，据文意改。
⑥ “里”，底本作“王”，据文意改。
⑦ “晓”，底本作“绕”，据文意改。
⑧ “住”，底本作“主”，据文意改。

又撞着，黄袍怪，地涌夫[1]人。
有多怪，来打搅，不能前进[2]。
车迟国，盖仙[3]观，要灭唐僧。
白眼[4]仙，奏国王，两家斗胜。
师徒们，一见了，胆战心惊。
赌割头，下油锅，柜中猜物。
孙行者，怒气冲，大显神通。
凭[5]神通，三件事，全[6]都得胜。
排鸾驾，送出城，又[7]往西行。
蜘蛛精，红孩儿，神通不小。
大力王，缉唐僧，无处跟寻。
佛如来，就吩咐，惠安和尚。
大唐王，差三藏，来取真经。
连忙去，开宝藏[8]，从头细点。
叫唐僧，亲收拾[9]，即便回程。
得真经，行不到，数十余里。
遇妖精，前拦路，抢了真经。
众徒弟，神通大，腾云驾雾。
把妖精，灭除了，夺回真经。

---

① “夫”，底本作“土”，据文意改。
② “进”，底本作“近”，据文意改。
③ “仙”，底本作“行”，据文意改。
④ “眼”，底本作“琅”，据文意改。
⑤ “凭”，底本作“冗”，据文意改。
⑥ “全”，底本作“金”，据文意改。下同。
⑦ “又”，底本作“义”，据文意改。
⑧ “藏”，底本作“梦”，据文意改。
⑨ “拾”，底本作“什”，据文意改。下同。

将真经，展放开，全无一字。
师徒们，看见了，胆战心寒。
急回来，世尊前，从头苦告。
说惠安，开经处，问要真经。
取假经，到东土，唐王见罪。
师徒们，枉费心，六年辛勤。
佛如来，唤惠安，跪在前面。
将数珠，抡[①]在手，吩咐元因。
你如今，财心动，迷疾不改。
惠安师，慌张了，从头检点。
付唐僧，亲收拾，白马驼经。
前驼着，《大华严》，真经一藏。
中驼着，《妙华法》，七卷[②]莲经。
又驼着，《金刚经》，三十二分。
弥陀经[③]，《观音品》，圆觉心经。
又驼着，《楞严经》，神咒全本。
大佛母[④]，《孔雀经》，《药师真经》。
离东土，整行了，六年[⑤]光景。
白日行，黑夜走，不存消停。
过千山，并万水，城池百座。
方才到，雷音寺，得了真经。
辞别佛，登云路，回还本国。

---

① “抡”，底本作“轮”，据文意改。
② “卷”，底本作“眷”，据文意改。
③ “陀经”，底本作“驼着”，据文意改。
④ “母”，底本作“姆”，据文意改。
⑤ “年”，底本作“十”，据文意改。

刹那间，香风起，来到东京[①]。
唐王知，差文武，忙接三藏。
排鸾驾，接国师，来到朝中。
大唐王，一见了，沙门三藏。
开经匣，放光明，不亦悦[②]乎。
睁[③]龙眼，观仔细，祥云霭霭。
御王手，展真经，紫雾腾腾。
将真经，散天下，流传人念。
世间人，阴司里，即得超升。
若不是，三藏师，齐天大圣。
谁人敢，佛国里，去取真经。
大唐王，满国僧，个个传念。
普天下，发善心，尽念经文。
唐太宗，传圣旨，皇恩大赦。
犯罪人，都赦了，拜谢人君。
三藏师，成正觉，旃[④]檀佛位。
孙行者，得做了，菩萨之身。
朱八戒，龙华会[⑤]，净坛[⑥]使者。
沙和尚，阿罗汉，七宝僧身。
火龙车，三太子，天龙八部。
师徒们，成佛位，尽上天宫。

① “京”，底本作“景”，据文意改。
② “悦”，底本作“说”，据文意改。
③ “睁”，底本作“争”，据文意改。
④ “旃”，底本作“称”，据文意改。
⑤ “华会”，底本作“莘念”，据文意改。
⑥ “坛”，底本作“土”，据文意改。

能救苦，般若经，金刚科仪。
今宵夜，开宝卷，度[1]脱亡魂众生。
劝大众，志诚心，同音赞咏。
念弥陀，称佛号，即得超升。

愿灭三障[2]诸烦恼，愿得智慧真明了。
普愿罪障息消除，世世常行菩萨道。
十方三世一切佛[3]，诸尊菩萨摩诃萨。
摩诃般若波罗密，甚深般若波罗密。
愿以此功德，普及于一切。
道场以周隆[4]，皆共成佛道。

［录文完］

① “度”，底本作“肚”，据文意改。
② “障”，底本作“阵”，据文意改。下同。
③ “佛”，底本作“诸佛”，据文意删改。
④ “隆”，底本作“龙”，据文意改。

附录二　取经道场

整理者　左怡兵

[录文]

1.《瑜伽取经道场》①

瑜伽取经道场

大圣开宝藏菩萨

晋宋齐梁唐代间，高僧求法出长安。
去人成百归无十，后者安知前者难。
雪岭崎岖浸骨冷，流沙波浪彻心寒。
后贤未知前旨意，前贤教后莫失传。

开宝藏菩萨

手打铙钵念一声，从头听我说原因。
贞观殿上说唐僧，发愿西天去取经。
满朝文武并宰相，安排銮驾送唐僧。
御手搭肩亲嘱咐，取经早日转回程。
辞了唐王离大殿，晓夜行程不住停。
一程行至五台山，幸得悟空保驾人。

① 封皮署“瑜伽取经道场”“江夏黄诚林制”。

孙行者,他便是,齐天大圣。
沙和尚,流沙河,神通广逞。
猪八戒,逢恶山,开条大路。
旷野山,无人走,谎失人魂。
从东土,到西天,十万余里。
发南山,火龙驹,白马驮经。
到西天,见圣人,殷勤礼拜。
开宝藏,取真经,便要回程。
上驮着,《金刚经》,瑜伽大教。
八十一,《华严经》,七卷莲经。
辞别西天回东土,流沙河里仔细经。
又来到,西廊下,长安大国。
报皇王,排銮驾,接入京城。
御手执,选高僧,修说斋念。
开真经,光明现,紫气腾腾。
僧录司,封高官,全然不受。
旃檀佛,成正觉,好个唐僧。
昔日唐僧去取经,安排銮驾送唐僧。
御手搭肩去,亲口语唐僧。
寡人亲嘱咐,取经早回程。
宁作本乡一块土,莫恋他方万两金。

礼敬三世诸佛

昔日唐僧去取经,惊动南海观世音。
净瓶拈在手,吩咐与唐僧。
行路莫居店,舍身奔前程。
八爪金龙来助力,化匹白马去驮经。

礼敬三世诸佛

昔日唐僧去取经，流沙河里水又深。

一去八百里，阔泱一般深。

滩深过不得，浮水好惊人。

若是此滩过不得，火焰山下怎样行。

礼敬三世诸佛

昔日唐僧去取经，抬头看见一山林。

嵯巍峰又峻，高旷接青云。

石头烧马脚，无烟火自生。

若是此山过不得，回头难见圣明君。

礼敬三世诸佛

火焰山下着一惊，回头看见一妇人。

青春年又少，守节在家门。

身着麻衣服，跪礼拜唐僧。

自从丈夫亡殁后，那得僧道一卷经。

礼敬三世诸佛

去到西天见世尊，琉璃世界坦然平。

珍珠给龙顶，玛瑙砌阶庭。

四时花不谢，八节草长春。

是若西天过一日，胜似唐朝过一春。

礼敬三世诸佛

白马驮经到五台，灵山会上法筵开。

问说孙行者，三藏猪八戒。

西天去见佛，白马自驮来。

仰白道场清净众，好把真经大展开。

开宝藏菩萨　　化财　庄严

下坛偈：

海住城中瑞气浓，更观奇异事无穷。
须知隐约千般外，尽出希微一器中。
四圣授时成正果，六凡食后脱梵笼。
林山别有真滋味，花果馨香满树红。
菩提妙法遍庄严，随所居处常安乐。
愿以此功德，普及于一切。
道场度亡人，早生极乐国。

取经道场科终①

［录文完］

① “取经道场科终”前有“天运辛巳年八月十七日在家抄录诚林”等字。

2.《佛门取经道场》[1]

[录文]

佛门取经道场

皈依道场海会佛菩萨
开宝藏菩萨

贞观殿上说唐僧,发愿西天去取经。
满朝文武并宰相,安排銮驾送唐僧。
御手搭肩亲嘱咐,取得真经便回程。
宁作本乡一块土,莫恋他乡万两金。
大唐王,传圣旨,忙排銮驾。
众大臣,离了朝,相并西行。
三藏师,拜辞了,唐王圣主。
选良辰,并吉日,便要行程。
将领着,孙行者,齐天大圣。
猪八戒,沙和尚,前后随跟。
师徒们,金钵盂,九镮锡杖。
火龙驹,三太子,相并西行。
从东土,到西天,十万余里。
每晓行,合昼夜,全无杂心。
到深山,并恶岭,迷踪失迹。
魔鬼岭,虎狼谷,寸步难行。
多亏了,杀虎王,送上山去。
师徒们,心欢喜,又往西行。

① 封皮署"佛门取经道场""江夏黄诚林制"。

又来到，黑松林，火焰山下。
见妖精，和鬼怪，魍魉成群。
到黄昏，有白鼋，撑船摆渡。
旷野山，无人走，寸步难行。
黑风山，黑风洞，黑熊拦路。
又遇着，蝎子精，抢了人魂。
黄风山，黄风怪，鬼王迎接。
又撞着，黄袍怪，地涌夫人。
多目妖，来打搅，不能前进。
车迟国，盖仙观，要灭唐僧。
白眼仙，奏国王，两家斗圣。
师徒们，一见了，胆战心惊。
赌割头，下油锅，柜中猜物。
孙行者，金鸾殿，大显神通。
凭神通，三件事，全都取胜。
排鸾驾，送出城，又往西行。
蜘蛛精，红孩儿，神通不小。
大力王，捉唐僧，无处跟寻。
众徒弟，无投奔，嚎啕大哭。
多亏了，南海岸，救苦观音。
半空中，常引着，木叉行者。
太白星，指引路，救了唐僧。
若不是，师徒们，神通广大。
谁敢往，西天去，去取真经。
三藏师，一路上，忧愁不尽。
方才到，佛国内，大觉雷音。
到灵山，见金容，殷勤拜尽。

雷音寺,观佛境,赛过天京。
师徒们,在佛前,一齐下拜。
愿我佛,发慈悲,转大法轮。
佛如来,就吩咐,惠安和尚。
大唐王,命三藏,来取真经。
连忙去,开宝藏,从头细说。
叫唐僧,亲收拾,即便回程。
得真经,行不过,数十余里。
遇妖精,前引路,抢了真经。
师徒们,神通大,腾云驾雾。
把妖精,除灭了,夺回真经。
将真经,展开看,全无一字。
众徒弟,看见了,胆战心惊。
急回头,世尊前,从头苦诰。
说惠安,开经处,问要金银。
取假经,到东土,唐王问罪。
师徒们,枉费了,六年心勤。
佛如来,叫惠安,站在前面。
将数珠,轮在手,吩咐原因。
你如今,财心动,迷疾不改。
把咽喉,来锁定,伤了残生。
惠安师,慌怅了,从头捡点。
付唐僧,亲收拾,白马驮经。
前驮着,《妙法华》,真经一藏。
中驮着,《大华经》,七卷灵文。
又驮着,《金刚经》,三十二份。
弥驮经,《普门品》,圆觉心经。

又驮着,《楞严经》,神咒全本。
大佛姆,《孔雀经》,《药师真经》。
离东土,整行了,六年光景。
白日里,晓夜走,不得消停。
过千山,并万水,城池百座。
方才到,雷音寺,得了真经。
辞别佛,登云路,回到本国。
一时间,香风起,到了东京。
唐王知,领文武,远远迎接。
排銮驾,接国师,引入朝中。
大唐王,一见了,沙门三藏。
开经匣,放毫光,大显神通。
睁龙眼,仔细观,祥云霭霭。
舒御手,捱真经,紫气腾腾。
将经卷,教万民,流传诵念。
世间上,阴司里,救度众生。
若不是,三藏师,神通广大。
谁人去,佛国内,去取真经。
大唐王,众国师,个个传念。
普天下,俱看诵,各发善心。
唐太宗,传圣旨,皇天大赦。
把罪人,都赦了,拜谢明君。
三藏师,证金身,旃檀佛位。
孙行者,得上觉,菩萨正身。
猪八戒,龙华会,净坛使者。
沙和尚,阿罗汉,七宝金身。
火龙驹,敕封了,天龙八部。

师徒们，证果位，尽上天去。
能救苦，波罗密，金刚波若。
今宵夜，开宝藏，超度亡魂。
请大众，致诚心，同音赞咏。
念弥陀，称佛号，超度群生。
取经道场已周完，记在我佛宝莲台。
超度亡人生天界，逍遥快乐往西方。
亡人所造诸恶孽，皆由无始贪嗔痴。
从今语意知所生，今对佛前求忏悔。
菩提妙法遍庄严，随所居处常安乐①。

［录文完］

① “乐”字后有“公元一九七八年七月三十日誊完”“黄森青抄”等文字。

附录三　真经宝卷

整理者　左怡兵

整理说明

北京大学图书馆藏有《真经宝卷》两册，系民国五年(1916)的递抄本。全文近两万字，系统讲述了梦斩泾河龙、唐王游地府、刘仲宝献瓜等取经缘起故事，以及唐僧师徒五众历时六年，途经番邦十八国到灵山拜佛求经，最终修成正果的西天取经故事。该宝卷上卷封面署“真经宝卷上卷/尚古堂润记/岁次丙辰菊月抄录　日立”，下卷封面署“真经宝卷下卷/尼禅悦 尚古堂润记/岁次五年十一月抄录　日立”。1992 年北京大学图书馆将其定名为《唐僧宝卷》[①]，《中国宝卷总目》有著录[②]。1994 年山西人民出版社出版《宝卷》初集，《真经宝卷》收入第二十九册，次年该丛书因故被收缴销毁。2005 年黄山书社出版《中国宗教历史文献集成》，《真经宝卷》收入《民间宝卷》的第十三册。

《中国常熟宝卷》收录《长生卷》五册[③]，系光绪二十年(1894)的递抄本。其中第三、四册共两万余字，讲述取经缘起及西天取经故事，内容与《真经宝卷》几近全同，略有异文。第三册封面署“长生卷 第三/甲午/张士龙藏”，卷末署“光绪二十年巧月　日立/弟子丁同私藏自书手抄写”，第四册封面署“长

① 李鼎霞、杨宝玉：《馆藏宝卷调查报告》，庄守经主编：《纪念建馆九十周年北京大学图书馆馆藏文献调查评估报告集》，北京：北京大学图书馆，1992 年，第 458 页。

② 车锡伦：《中国宝卷总目》，北京：燕山出版社，2000 年，第 273—274 页。

③ 常熟市文化广电新闻出版局编：《中国常熟宝卷》，苏州：古吴轩出版社，2015 年，第 1614—1682 页。

生卷 第四取经/甲午/张士龙藏”，卷末署“大清光绪岁次甲午　日立/集本丁同私(藏)自书手抄经卷通文”。《长生卷》第一、二册讲述唐僧身世故事；第五册应改编自世本《西游记》，重复讲述五庄观偷人参果故事。可见这五册《长生卷》系汇集诸本而成。

苏州戏曲博物馆藏有《取经宝卷》一册，原名《西藏宝卷》，系民国十一年(1922)的递抄本。全文一万一千余字，故事从流沙河收沙僧讲起，至三藏取经回国结束，内容与《真经宝卷》《长生卷》对应部分几近全同，略有异文，应有上册佚失。但因“西藏宝卷”命名欠妥，易生歧义，而结卷偈有“取经宝卷宣圆满”，笔者将其更名为《取经宝卷》。该宝卷封面署“西藏宝卷/丁财宝目录/壬戌年清河月　日立”，卷末署“民国十一年壬戌岁清河月/丁财宝抄”①。

三本宝卷中，《长生卷》抄录时间最早，文字最多，但誊写粗略，时有残文断句；《取经宝卷》缺失近半，内容不全；只有《真经宝卷》抄写精细，错讹较少，可作为整理的底本。遇有讹误、缺脱、衍羡及倒文部分，则参校《长生卷》及《取经宝卷》。凡遇抄本常见的音误、形误，径改不出注。凡遇三本互有异文，底本通，不改不出注；底本不通，则每改必出注。凡遇其他重要异文，亦出注。凡白文散说中有个别缺字、漏字，整理时据文意增补处，均用括号标出。

① 郭腊梅主编：《苏州戏曲博物馆藏宝卷提要》，北京：国家图书馆出版社，2018 年，第 201 页。

真经宝卷(上卷)

尚古堂润记

岁次丙辰菊月抄录　日立

唐僧宝卷初展开,南无三藏法师菩萨。

菩提树宝善人栽,得种深根花果开。花香遍满三千界,延寿还从作福来。

却说万丈昆仑从东出,业识茫茫无了日。世人好似扑灯蛾,生死临头怎奈何。蛾若早知灯上死,永无飞赴灯火人。若知色是空,再不将身染。色空那有来恋你,灯光岂是夜呼蛾。人为酒色身亡,蛾为投灯丧命。善男信女,听闻回头,早向前行。南无三藏法师菩萨。

万善同归岂远遥,遇迷未误隔波涛。随情渴鹿奔阳焰,执相饥猿望核桃。
大众何游真兔①境,英才岂起野猿嚎。丈夫占真为检事,不枉婆娑走一遭。
万里长安大国城,皇图永固治乾坤。太宗皇帝仁慈主,四海朝②贡庆太平。
广出良贤并义士,张臣原是捉鱼人。八十老母常供养,捕鱼孝顺天下闻。
天师家内来起课,先生断课甚分明。明日鲤鱼来投网,你当发迹③得千金。
有人问你休说起,莫说先生起课人。张臣见说心欢喜,专等来朝天色明。
莫说张臣多欢喜,再说龙宫太子身。泾河④老龙三太子,端阳放学出游行。
闯入张臣渔网内,渔翁拿住不放行。此鱼身体金黄色,上秤称来三十斤。
渔翁得鱼心中想,买鱼谁肯出千金。虾兵蟹将回宫去,启奏龙王圣耳闻。
太子游玩贪快乐,化作金鲤去远行。却被渔翁来拿住,口称定要卖千金。
龙王见奏心中闷,化作凡间一书生。一程来到天街上,抬头果见太子身。

---

① “兔”,原文作“鬼”,或为“兔”之形误。典出唐明皇游月宫故事。

② “朝”,原文作“潮”,形近而误。

③ “迹”,原文作“積”,当为“蹟(迹)”之形误。

④ “泾河”,原文作“金护”,音近而误。《长生卷》作“泾河”。

点头眨眼[1]双流泪，老龙一见好伤心。便叫渔翁来卖我，问其鱼价卖[2]多银。
渔翁即便将言道，此鱼要卖一千金。起课先生来许我，南城下网得金鳞。
若无千金休要卖，鱼腹明珠值万金。我今拿到家中去，钢刀割腹取明珠。
龙王见说双流泪，渔翁听我说原因。我把千金来与你，不要伤杀此鱼身。
千两白银来与你，将鱼放入水中存。鲤鱼下水得了命，摇头摆尾去如云。
龙王又把渔翁问，起课先生是何人。张臣闻言回言答，就是天师袁姓人。
龙王见说心中怒，要害起课老先生。我今要到他家去，看风下水害他人。

却说龙王来到（天）师门首，说道："要占一课祈雨。"天师道："明日午时下雨，雨该落四十八点，水涨三尺五寸，流下三千里，普济万民，酉时云开雨止。"龙王道："果然有准，当送课银千两，若有差错，打碎你的招牌，赶出皇城，再不容你在此起课。"二人赌个输赢，永不失信。南无三藏法师菩萨。

万古名标袁国师，天机玄妙少人知。阴阳皆断凶和吉，六爻化解见高低。
但知天文并地理，断生断死课希奇。[3]

且说龙王回转龙宫，却有玉帝行雨文书到来，心中想道：先生断课毫厘无差，我今不如改了时辰，换了雨点，赶出先生，就叫借刀杀人有（何）不可。即改辰时起风，巳时布云阵，午时雷响，未时降雨，雨落四十点，水涨一尺八寸，流下二千五百里，戌时云开雨止。南无三藏法师菩萨。

则因赌赛比输赢，减雨差时害万民。
天神皆恼怒，五谷尽生真。

---

① "点头眨眼"，原文作"颠头撒眼"，音近而误。《长生卷》作"点头眨眼"。

② "卖"，《长生卷》作"许"，亦通。

③ 此六句，《长生卷》有异文："万古各有灵仙师，天机玄妙少人知。阴阳皆有准，凶吉定无差。六爻分造化，八卦定乾坤。八卦变道天地理，六爻搜尽鬼神机。"

启奏灵霄殿，天庭降万民。①
泾河老龙该犯罪，斩龙台上丧残生。

次日天晴，老龙前去化作书生，来到袁国师门前就骂：“妄言祸福的妖道，煽惑人心的泼徒！野道，你卦不准，雨点皆差，时刻亦差，骗人财物，快走出来，不容你在此起课。”国(师)答曰：“我倒不妨，可惜行雨龙王差了时刻，减了雨点，犯了天条，明日差魏征丞相午时三刻，斩龙台上斩头号令。”龙王听了此言，唬(得)魂飞天外，魄散九霄。南无三藏法师菩萨。

国师开口将言说，起课无错件件真。
龙王无道理，减雨差时辰。
克减天庭②雨，伤损害万民。
犯罪天条难解救，魏征丞相斩归阴。

那龙王听说，唬得魂飞魄散，慌忙跪下，告言先生：“我就是龙王，因与先生斗口，才改天庭敕令，谁知弄假成真，犯了天条，伏望先生救命，后当重谢。”国师答曰：“你去哀告太宗皇帝，缠住魏征丞相不来斩你，保安无事。”那龙王回宫，即将夜明珠两颗，碧玉带一条，温凉扇一把，交五更时，亲身朝见太宗皇帝，启奏曰：“臣老龙有难，今日午时魏征监斩，欲求明皇救命。”南无三藏法师菩萨。

老龙犯罪命难存，朝见秦皇李世民。太宗正在朦胧睡，梦见龙王叫救人。
臣因行雨来差误，监斩官员是魏征。你今救我残生命，子孙代代报深恩。
太宗梦里回言答，便道龙王且放心。天差魏征来斩你，朕今保你不伤身。

---

① 此四句不通，疑有错乱。《长生卷》作“众星皆恼怒，天神尽生嗔。启奏灵霄殿，玉皇敕旨文。”

② “庭”，原文作“逢”，形近而误。据《长生卷》改。

明日若然不救你，寡人替你丧残生。太宗惊醒龙床上，宝贝明珠还在身[①]。
受了龙王三件宝，朕今须要救他身。五更三点登金殿，聚集文官共武臣。
独选魏征登金殿，着棋陪圣乐心情。魏征不敢来推托，局棋对弈圣明君。
约近午时三刻到，魏征恍惚梦魂惊。将身睡倒龙案上，伏手低头不做声。
太宗皇帝心思忖，魏征睡去圣安心。挨过恶时无挂碍，救得龙王一命存。
但等午时三刻后，丞相梦醒谢皇恩。臣奉玉帝亲敕令，午时监斩老龙身。
斩了龙头方梦醒，乞赐天恩恕罪名。龙头现在朝门外，号令昭彰众万民。
君王听说魂飞散，看见龙头苦杀人。昨夜三更来见我，哀求苦告救残生。
三件宝贝依然在，谁想龙王丧了身。太宗忽然身有病，看看一命赴阴君。

却说泾河老龙来到阎罗案前，告准太宗皇帝私受三件宝贝，又害人性命。阎王准状，即差金童玉女："快请太宗皇帝来与龙王对理[②]！"太宗病以七日，看看命尽，魏征奏道："臣有外甥崔珏，生前曾受慈州太守，今做冥府判官，待臣写书一封，将书送与他，可保无事。"太宗接书在手顷刻亡，那太子三宫，合宫悲泪大哭。南无三藏法师菩萨。

太宗一命赴阴君，金童玉女护随身。杳杳冥冥路途远，天昏地暗步难行。
行到鬼门关一座，关中苦切不堪闻。男女罪犯来到此，见了关切步难行。
幢幡宝盖来催促，慢慢行到恶狗村。善人到此来经过，恶狗伏地任君行。
若还恶人来到此，扯破衣裳咬断筋。游过破钱山一座，望乡台上看分明。
自身卧在龙床上，三宫皇后护尸身。太宗腹内心思忖，未知何日转官门。
过了望乡台一座，前面相近枉死城。建成元吉皇兄弟，尽来拖扯太宗身。
口口声声来讨命，太宗无计脱此身。金童说与皇兄弟，放他前去见阎君。
龙王对理还魂转，荐你双魂出苦轮。二魂放了唐天子，孟婆亭下献茶津。
金童说与唐皇道，此茶吃了不还魂。太宗不把茶来吃，一会诚心趱行程。

---

① "在身"，原文作"你们"，据《长生卷》改。
② "理"，原文作"礼"，对理即对证、对质。

来到奈何桥一座，二桥造得接青云。渡过金桥前行去，早到阎王宝殿门。

却说太宗天子过了金桥，则见崔判官跪下迎接，天子即将魏征丞相的书送与崔判官，判官奏上阎王①道："母舅有书在此，要保唐天子还魂，但看生死簿上，便知明白。"则见簿中注定：龙王十八年阳寿，太宗皇帝则得十八日阳寿。判官思想要救太宗还魂，就将龙王改十八日，太宗改十八年阳寿，太宗见了称谢。判官来到森罗殿上，则见十殿慈尊降阶迎接，分宾坐定，赐茶已毕，带到龙王对理。南无三藏法师菩萨。

太宗同着老龙王，铁面阎君不认情。今日二皇来对理，从头细细说分明。
老龙行雨来差错，罪犯天条该斩身。唐皇私受三般宝，二皇一样犯罪名。
且看阳寿生死簿，细细分明说得真。阎王龙目亲观看，断来字字不差分。
龙王阳寿十八日，阳间寿尽丧残身。太宗皇帝仁慈主，还有阳寿十八春。
阎王说与唐天子，玉英御妹替君身②。太宗启口阎王叫，承蒙大德判还魂。
朕思无物来酬谢，愿将花果报王恩。阎王送别唐天子，敕游地狱铁围城。
金童玉女来引路，天子移步向前行。阴司最苦阿鼻狱，铁围高广乱纷纷③。
男女鬼囚无其数，桑田变海不翻身。十八烊铜狱最深，狱中黑暗绝光明。
罪人绑在绞樟上，发滚烊铜灌罪人。十七来到蛆虫狱，铁蛇盘咬罪人身。
铁嘴蛆虫钻骨体，铁鸟飞来啄眼睛。十六阴司铁栅狱，名称碓捣不非轻。
身碓肉泥凄惶苦，孽风吹转又还魂。十五血池地狱苦，血湖地狱苦伤心。
无数女人吞血水，过头没耳浸其身。十四阴司铁磨狱，无数男女哀痛声。
夜叉狱卒态凶恶，鲜血流滴四处分。十三锯解地狱苦，剥脱衣裳锯解身。
两脚朝天头着地，罪人两处各分身。十二最苦饿鬼狱，无数男女罪鬼魂。
终朝受苦饥饿哭，割肉将身自己吞。十一抽肠拔舌狱，尖刀破肚取心肝。

---

① 从上下文看，"奏上阎王"四字当为衍文。《长生卷》此句作："崔珏接来拆开一看，说道：'并无别语，只要陛下还阳的意思，臣保陛下还阳便了。'"

② 此句《长生卷》作"玉英御妹夭亡身"。

③ 此句《长生卷》作"铁成高广黑漫漫"。

挖出肚中心肝肺，罪人好不痛伤心。第十寒冰地狱苦，冰山雪洞冷难禁。
头顶寒冰脚踏雪，剥了衣衫冰罪人。第九飞刀地狱苦，铁刀断手截身形。
千斤石头来抬上，烧红铁柱绑罪魂。第八烧身实难当，霹雳雷声压罪人。
四肢零落筋骨烂，满身烧得焰腾腾。第七地狱是油锅，罪人到此失三魂。
推入油锅煎骨体，四肢无肉骨如银。第六阴司火坑狱，无数男女受难辛。
烧得罪人皮肉烂，阎王判去再为人。第五镬汤地狱到，牛头马面没人情。
罪人上秤称轻重，推入镬汤泡烂身。第四阴司粪池狱，过头没耳浸其身。
渴饮粪池饥吞屎，昼夜受苦不翻身。第三阴司铁床狱，三寸长钉钉脚跟。
铜锤敲破天平盖，猛火烧身万死生。第二刀山地狱苦，森罗剑树白如银。
罪人手脚皆零落，背穿肚破碎纷纷。第一犁耙地狱苦，铁箝插口血淋身。
铜锤打落门牙齿，铁钩插口拔舌根。早知地狱千般苦，离娘三岁早修行。
游过阴司十八狱，逍遥快乐得还魂。欢喜未过愁又到，无数冤魂赶近身。
口口声声来讨命，拖拖扯扯尽来临。

却说太宗出了十八重地狱，又撞着无数冤魂缠住，却是六十四处烟尘、七十二草寇，尽是太宗杀灭，今日多来讨命，无处行走。金童奏道："陛下，此等冤魂，捐得十万金银，散与冤魂，方脱此难。"太宗答曰："孤库中尽有，怎能到得阴司？"判官禀道："河南开封府善士良相同妻林氏，他有十三库金银在阴司。"太宗大喜，亲写借票，就烦崔判官作中，即将金银拿来，散与众冤魂，太宗大喜，方脱此难。崔判官道："此去乃是明光大路，就得还魂。"太宗大喜。"小臣就此送别，我主须请高僧修建水陆大会，宣扬荐文父兄冤魂众等"，说罢把手一推，太宗又临阳世，一场大梦，渐觉惊醒了。南无三藏法师菩萨。

宫中太子与皇后，看定尸灵谨护身。则有胸前一块热，死今七日再还魂。
龙床上面翻身转，三宫六院尽欢欣。吃过茶汤登宝殿，两班文武贺明君[①]。

① "明君"，原文作"圣文"，据《长生卷》改。

太宗天子开金口，说与两班八位臣。只为龙王行差雨，要与朕人留魏征。
孽龙要朕来对理，请归地府见阎君。游过十八无情狱，苦切伤心胆战惊。
见过恶鬼无其数，建元弟兄阻途程。借得良相银十万，散施冤魂脱难星。
判官教做冥阳会，济度孤魂出苦轮。敕令殿前胡敬德，开封府内去寻人。
敬德奉旨来寻觅，访着良相广看经。与妻林氏同修道，并无男女在家门。
做过预修十三次，茅屋三间住安身。朝廷十万花银子，将银还你良相身。
良相听说心中想，金银不受半毫分。将银起造接众寺，万古流传直到今。
太宗又出招贤榜，要进花果与阎君。且说荆州刘仲宝，与妻李氏翠莲身。
翠莲家内斋僧道，仲宝将妻骂几声。妻将悬梁来吊死，丈夫懊悔痛伤心。
问得君皇来出榜，弃身舍命见阎君。仲宝忙将皇榜揭，监官带去见朝廷。
太宗赐他三杯酒，吃了药酒丧残生。手执花果阴司去，进上幽冥十殿君。
阎皇称谢唐天子，差其仲宝进花果。阎王见花心欢喜，送其仲宝再还魂。
仲宝枉死城中过，观见姣妻李翠莲。翠莲哀告亲夫主，须当带我一同行。
仲宝哀求阎罗王，放我妻子转还魂。阎王敕差无常鬼，玉英御妹夭亡身。
宫主御园来戏耍，一跌身亡赴幽冥。六院三宫心慌了，奏与唐王有道君。
太宗亲自来观看，翠莲入体再还魂。口叫丈夫须慢走，带了你妻一同行。
太宗叫妹休胡说，何人是你丈夫身。翠莲当下将言答，我夫仲宝姓刘人。
他与唐皇进花果，带妻一同转还魂。太宗即便登金殿，问其仲宝事何因。
仲宝前来朝天子，躬身俯伏地埃尘。臣今献花阴司去，阎王欢悦谢皇恩。
带妻翠莲同回转，不知妻子那边存。太宗想起阴司事，御妹今该夭亡身。
仲宝妻子随夫转，借其尸首得还魂。太宗敕旨宫中去，招其御妹到朝门。
宫主看见亲夫主，前来扯住丈夫身。仲宝不敢来相认，满身唬得汗淋身。
翠莲又乃将言说，阎王放我再还魂。与你阴司同行走，为何今日撇妻身。
好个慈心唐天子，说与仲宝不要惊。御妹今朝来嫁你，妆奁相赠送千金。
仲宝夫妻重聚会，谢恩万岁转家门。

却说太宗敕旨，召唐玄奘大法师上殿，赐坐金墩，告言国师："朕今再得还魂，死中得活，枯木开花，赐你御弟相称，替朕修行。劳卿修建冥阳水陆大会，弘通道场，荐度父兄，并及地府冤魂，超生净土。”唐僧奉旨，择选高僧五百个，就在金銮殿上，启建四十九日水陆大斋，上报四息，下酬三有，早登莲界。南无三藏法师菩萨。

太宗敕令唐三藏，水陆冥阳度冤魂。金銮殿上修斋事，高僧五百甚虔诚。
掌堂法师唐三藏，君皇下拜把香焚。七七道场将圆满，观音菩萨下祥云。
善才龙女分左右，亲到金銮宝殿门。唐皇天子同文武，三宫六院拜慈尊。
高僧五百唐三藏，拜请观音转法轮。观音大士开金口，吩咐高僧听事因。
太宗修建冥阳会，凡经怎得度亡灵。欲度亡灵登净土，早到西天取真经。
我把袈裟来与你，如来留与取经人。此衣无价真国宝，天上人间无处寻。
火不能烧水不淹，幽冥黑暗放光明。还有火龙孙行者，更兼八戒与沙僧。
四人护法来相助，护你西天去取经。西天取得真经到，孤魂鬼魄早超升。
天上人间皆利益，汝当成佛证金身。观音说罢归西去，天子朝臣喜十分。
唐僧对天来发愿，发愿西天去取经。太宗敕令唐三藏，雷音佛国取真经。
远隔番邦十八国，千山万水阻途程。通关文牒十八道，番邦倒换向前行。
择取良辰并吉日，拜辞父母别诸亲。唐皇圣驾亲相送，半朝銮驾送唐僧。
御手搭肩亲吩咐，取了真经就转程。剪了龙袍衣袖底，做了僧帽到如今。
唐僧辞别文共武，抛撇唐皇万岁身。将身跨上高头马，六人护法一齐行。
府州府县齐远送，行到凉州①一座城。西凉总兵陈如玉，远迎三藏进关门②。
就在关中住一宿，差兵护送往西行。兵送一程回关去，唐僧六众走路程。
双岐山中来经过，一群猛虎出山林。大喝一声天地动，唐僧马上胆寒惊。
加鞭打马前行去，后面僧人尽丧身。独自凄凉来上路，看看红日落西沉。
东山听得猿猴叫，西山听得虎狼声。唐僧马上魂飞散，难到西天去取经。
出门取经人七众，单剩一人好孤凄。

① “凉州”，原文作“荆州”，《长生卷》作“金州”。“荆”“金”当为“凉（京）”之误。
② “进关门”，原文作“进关临”，据《长生卷》改。

却说唐僧来到双岐山，六众护法多被猛虎丧命，单剩孤身，独自一人一马行走。看看红日西沉了，又听得虎狼吼声，心中甚是害怕，无处逃生。忽见一个猎户①，唐僧下马跪在地上，便叫："大王救命！"那大王道："我是本山猎户刘伯卿，我问长老何来？"三藏道："我奉唐皇天子敕令，拜佛取经，来到西天，经过此山，虎狼甚多，怎生去去得？"伯卿道："长老到我家，且住一宿，明日再行。"唐僧大喜，得脱大难了。南无三藏法师菩萨。

唐僧脱了虎狼山，行到前村韩伯卿②。一宿安善无惊恐，天明饭后送行程。
前到番邦西夜国，东兴关上换关文。五行山下来行过，忽听山中喊连声。
声声则叫唐三藏，等你前来五百年。今日我师来救我，同到西天去取经。
唐僧开口将言说，你是那州那县人。住在此今几年载，如何晓得取经人。
大圣即便忙回答，我是猴王石狱精。天地同生多勇猛，水帘③洞里独为尊。
玉帝召我归天去，官拜天庭弼马温。只因大闹蟠桃会，原归本洞去安身。
偷了蟠桃并寿酒，大号齐天大圣尊。海中取得金箍棒，杀退天庭众将兵。
花果山前排阵势，生擒活捉众天神。哪吒太子逃生去，托塔天王败阵行④。
三界万灵无敌手，天罗打得碎纷纷。灌口二郎斗不过，战今三百没输赢。
又请观音来助阵，净瓶抛下好惊人。将我蓦头来打倒，缠身索绑上天庭。
刀剑斩来刀剑断，火烧水浸永常存。老君捉我丹炉炼，连烧九日不伤身。
炼就铜皮并铁骨，丹炉打得碎纷纷。就把老君来打倒，金睛火眼勇猛身。
一程杀上灵霄殿，要夺三清玉帝尊。满天神圣逃生去，甲子星君尽闭门。
玉皇大帝心惊怕，亲到灵山见世尊。释迦文佛神通广，被他捉住不能行。

---

① "虎狼吼声"后原有缺脱，"心中甚是害怕"三句，据《长生卷》补。

② 此处原文即作"韩伯卿"，与前文"刘伯卿"矛盾。但《长生卷》前后均作"韩伯钦"，此句则作"幸遇南山韩伯钦"。

③ "帘"，原文作"莲"，《长生卷》作"濂"。

④ "败阵行"，原文作"摆阵人"，据《长生卷》改。

提起五行山一座，将身压住走无门。观音菩萨吩咐我，伏侍唐僧去取经。
取下山顶六个字，我身便得出山林。唐僧见说心慈悯，便上山岭救此人。
取下咒文来救出，行者投拜叫师尊。

却说齐天大圣叫言："师父，我望你五百年来了，今日才到。蒙师取下山顶六字，便得出山，伏侍我师去(取)真经。"那唐僧上山一看，却是六字大明真言：唵嘛呢叭咪吽。唐僧顷刻取下。大圣叫言："师父近去三十里，远去五十里外。"则听一声霹雳，大圣赤剥条条，拜倒在唐僧面前，投师受戒，取名孙行者，法号悟空。肩驮行李，伏侍师父西天取经去了。南无三藏法师菩萨。

悟空行者拜唐僧，同到西天去取经。两界山中来行过，斑斓猛虎要伤人。
过头三跳惊人怕，舞爪张牙赶近身。悟空取出金箍棒，猛虎打死命归阴。
毫毛变作青锋剑，割下皮来就行程。虎头盔帽惊人怕，虎皮衫子虎皮裙。
摄得珍馐并果品，香花米饭献唐僧。唐僧见了心中喜，渴饮饥食得称心。
来到黑风山一座，锣声炮响黑松林。五百强人来截路，钢刀出鞘讨金银。
唐僧说与强人道，我要西天去取经。中原到此来路远，身边没有半分文。
强人说与唐三藏，留下行囊放你行。一众强人齐动手，尽来抢马剥衣襟。
恼了悟空孙行者，金睛火眼看强人。耳中取出金箍棒，见风百丈有余零。
五百强人多打死，一堆打做血泥尘[①]。唐僧见了双流泪，善哉连称两三声。
打死强人五百个，罪孽山海不非轻[②]。则可放生并救命，从后不许再伤人。
大圣开言忙回答，我师说话不中听。西天路上强人广，虎豹妖精鬼怪神。
不杀生灵三十万，怎能行得到雷音。唐僧见说忙便骂，正是毛头孽障人。
汝既投我来受戒，岂容行恶杀生灵。行者被骂心大怒，便说唐僧不识[③]人。

① 此句《长生卷》作"头开脑破不留存"。
② 此句《长生卷》作"罪孽如山似海深"。
③ "不识"，原文作"不是"，据《长生卷》改。

我恶欺人千千万，别人欺我实难行。不拜玉帝三清圣，一世何曾伏侍人。
则为观音来吩咐，发心随从取真经。筋斗驾云无比赛，点头十万八千程。
横行三界无拦挡，天上人间独我尊。今日你来轻贱我，我今各自奔前程。
行李袈裟丢在地，腾云驾雾去如风①。唐僧苦切肝肠断，下马离鞍泪纷纷。
观音菩萨空中现，说与唐僧你放心。这个齐天孙大圣，不做忘恩负义人。
且在此山来权坐，他今倾刻便来临。

尔时大慈大悲救苦救难观世音菩萨吩咐唐僧："若无齐天大圣，难到西天去取真经。我付金箍与你，收伏四众护法。可将金箍与行者戴，教你金箍神咒，顺念则紧，退念则宽。"再念观音神咒曰："唵哆唎咄哆唎咄咄哆唎娑婆诃。"观音吩咐已毕，回归南海。唐僧谢了慈悲，就念神咒，霎时，齐天大圣跪在师父面前，叫："师父恕罪，弟子愿随你去取真经。"唐僧道："徒弟，我有金箍帽子在此，戴了长生不老。"行者一看，即取得紧戴在头上，不大不小，十分欢喜。却被唐僧念了一遍，头痛难熬，又一遍倒在尘埃，连念三遍，行者晕死，吐出舌头。唐僧住念，行者才安，用尽拔山之力，要探金箍帽子，探不下来。头变大，帽子也变大，头变小，帽子也变小。心下思想，又是观音留下此箍，叫言："师父不要念了，以后依师父而行，再不敢违命。"原挑行李，西天去取真经也。南无三藏法师菩萨。

大士观音救众生，唐僧发愿取真经。金箍收伏孙悟空，又往西天去取经。
行过永安关一座，波斯国内换关文。冷泉山下来经过，忽见苍龙要吃人。
连头身尾三十丈，舞爪张牙要伤人。抢住唐僧来下马，马儿却被恶龙吞。
连鞍带马来吞下，原到水底去藏身。唐僧可惜龙驹马，冷泉潭内污泥津。
金箍变作三十丈，冷泉潭内捉龙神②。孽龙水底身难住，手执钢刀足驾云。

① 此句原文作"风腾雾卷去如云"，据《长生卷》改。

② 此四句中或有脱落错乱，《长生卷》作"唐僧可惜龙驹马，恶龙吞去影无踪。恼了齐天孙大圣，冷泉潭内捉龙身。金箍棒变三百丈，冷泉潭内污泥津"。

毁骂僧人无道理，焉能欺我杀上门。行者喝骂称孽畜，我是齐天大圣尊。
休把唐僧来阻拦，雷音佛国取真经。不把马儿来还我，我师那得到雷音。
孽龙便把唐僧拜，口吐人言说事因。西海赤龙三太子，违条贬在冷龙亭。
观音菩萨亲吩咐，伏侍唐僧去取经。不说吃马来还你，我今变马去驮经。
孽龙登时神通大，化作银鬃白马身。唐僧跨上龙变马，好骑安然便登程。
日行三千如风快，走到西安国内城。倒换关文来上路，晓行夜宿不留停。
过了冷泉潭地界①，看看日落夜黄昏。高老庄上来借宿，合家烦恼不安宁。
唐僧问道何缘故，高老开言说事因。我家有件希奇事，羞人惶恐不堪闻。
小女玉兰年二八，去年招婿姓朱人。初到人才多聪俊，如今化作泼妖精。
云来雾去无踪迹②，合家烦恼尽伤心。

却说行者道："高老，你叫女儿出来，待我宿在房中，看精怪何形。待我来拿住了他，结果性命，断了祸根。"高老听得大喜，唤女儿玉兰出来。行者变化玉兰，相貌无二，宿在销锦帐内。约到初更，妖精到了，怪风一阵，立在床前。(行者)假哭三声："丈夫呀！"妖精便叫："妻子，这是为何？""我父亲请了法师来拿捉你了，怎么处？""我妻不妨，那怕请三十六天师，也不怕他。""我父亲要请齐天大圣！"妖精害怕，叫声："我妻，顾不得你了，我去哉！"那怪化道清风而去③，行者就追赶。那妖精在山脚下拿九齿钉耙就坌，行者将金箍棒交锋便了。南无三藏法师菩萨。

泼妖逃命躲灾星，悟空追赶杀妖精。九齿钉耙拿在手，回头就要坌老孙。
悟空手拿金箍棒，战得天昏地不明。约有战到三十合，妖精逃命去如云。
逃入福灵云栈④洞，大小妖精蹲洞门。悟空赶到洞门下，果是仙宫洞府门。
老孙拿取金箍棒，洞门打得碎纷纷。妖精听得将言骂，谁敢欺我杀上门。

---

① 此句原文作"过了五行山一座"，据《长生卷》改。
② 此句原文作"雾去云端多风雨"，据《长生卷》改。
③ "那"字后原文或有缺脱，此句据《长生卷》补。
④ "栈"，原文作"浅"，据《长生卷》改。

拆散婚姻何道理，破人亲事忒欺心。悟空喝骂妖精怪，我是齐天大圣尊。
近来投拜唐三藏，同到西天去取经。高老庄上来借宿，道言有女玉兰身。
却被你身来缠住，特来央我捉妖精。强奸闺女该有罪，万剐凌迟不称心。
妖精见说低头拜，告言大圣听原因。我在三天来执掌，却是天蓬大将军①。
则因酒戏嫦娥女，玉皇贬罪下天庭。谁知投胎投错了，谁想做了野猪精。
观音菩萨来劝我，相伴唐僧去取经。二人行到高老庄，拜见唐僧说本形。
取名叫作猪八戒，法号名称叫悟能。嘱咐丈人并岳母，又来叮嘱玉兰身。
我今受戒西天去，另选高门结做亲。今朝退婚交与你，肩挑行李往西行。
行到野猪山一座，山中臭气不堪闻。猪屎堆来三尺厚，马儿到此步难行。
亏了悟能②猪八戒，拨③开山路好行程。过了猪山八百里，金波大国换关文。
来到流沙河岸上，滔滔黑浪路难行。河边远遥八百里，河中积阻有妖精。
听得水底一声响，泼怪妖精打翻身。

却说妖精手执托天叉，跳上岸来就抢唐僧，又被行者当头一棒，妖精叉来架住，就在沙河滩上大战三十合，妖精逃入水底。却说白马原化金龙，钻入沙河，翻江搅海，行者杀到沙河，妖精无奈，奔上云端，叫言："长老何人，上门欺我？"大圣道："我是齐天大圣，师弟天蓬大将，同拜唐僧为师，孽龙西海上将，变作龙驹。"妖精道："我是卷帘御史，则因蟠桃会上打碎玉盏，玉帝罚我在沙河受苦五百余年，吃人无数，现在骷髅，挂在上面④。观音菩萨吩咐我，有个取经和尚，就是唐僧，你要伏侍唐僧，西天取经。我今拜他为师，同到雷音佛国取经去了。"南无三藏法师菩萨。

---

① 此句《长生卷》作"天蓬元帅我为尊"。

② "悟能"，原文作"悟空"，《长生卷》作"悟能"，据《长生卷》改。

③ "拨"，原文作"捍"，《长生卷》作"发"，当为"拨"。

④ "现在骷髅，挂在上面"此二句不通，《长生卷》有异文："约计吃过九千九百九十九个取经和尚，骷髅不沉，共计一万。"《取经宝卷》作"又吃了九个取经和尚，骷髅多不看见，吾今挂在头颈上"。

沙僧今日拜唐僧，法号名称悟净僧。稽首皈依持大戒，肩挑行李往西行。
不是沙僧来护法，黑水沙河怎得行。乘坐莲船风浪急，拈篙举棹去如云①。
过了沙河八百里，一同上岸奔前程。来到永宁于阗国②，悟空关上换关文③。
路上行程将日落，前无宿店后无村。观音菩萨④忙变化，化作高堂大宅门。
一所瓦房多景致，门楼下面一佳人。青春美貌颜如玉⑤，白绫衫子白罗裙。
怀抱一男搀一女，丫环伏侍十数人。唐僧到此来借宿，娘子相迎到后厅。
正备茶汤并夜膳，珍馐果品满盘盛。又把香汤来沐浴，少年娘子说原因。
奴家今年二十七，丈夫正死得三春。丢下一男并一女，苦怜举目并无亲。
住在我家为夫妇，且图欢乐过光阴。三人正在厅前宿，八戒香房结做亲。
唐僧睡到天明亮，行者沙僧共起身。娘子香房多不见，荒村野地歇其身。
松樟绑起猪八戒，从今改过不良心。前面相近狮鸾国，倒换关文向西行。

却说狮鸾国王投拜虎力大仙为师，唐僧到此不放行程。大仙说与唐僧道："我与你同坐禅床，若动一动就为输赢了。"东摆高桌二十四只，那大仙飞上西边高桌坐定，行者叫言："师父也飞东边高桌坐定。"大仙即变蜜蜂来叮刺唐僧，被行者拍死⑥。行者就变百脚，就把大仙颈上呋咬一口，咬得大仙疼痛难熬，一跤跌倒在地上死了，一歇方醒还魂。南无三藏法师菩萨。

大仙跌死再还魂，奏上君皇圣耳闻。我要砍头为两段，方显仙家道法真。

① 此二句《长生卷》作"骷髅变作莲舟样，顺风相送去如云"。
② 原文作"永宁鱼关国"，《长生卷》作"永宁于阗国"，《取经宝卷》作"水宁于田国"。"鱼关""水宁"当为"于阗""永宁"之音误及形误。
③ 此句《取经宝卷》作"五明关上换关文"，五明关或为关名。
④ 此处《取经宝卷》亦作"观音菩萨"，唯《长生卷》作"庐山老母"。
⑤ 原文作"人一位"，《长生卷》《取经宝卷》均作"颜如玉"。
⑥ 此句原文缺脱，据《长生卷》补。

砍下头来重再活，放你西天去取经。行者道言不妨事，砍头再活是高僧[①]。
就把悟空来绑起，刽子提刀白如银。斩头落地如瓜滚，全无鲜血半毫分。
行者喝声重再活，惊动金刚护法神。将头撮在头颈上，悟空依旧再还魂。
文武官员皆喝彩，唐僧帝主尽欢心。果是高僧法力大，放你西天去取经。
悟空见说心中怒，上前扯住大仙身。你斩头来与我赛[②]，须当还礼见分明。
国主说与大仙道，轻轻开口重千斤。自作自受无人替，一时绑起大仙身。
刀砍大仙头落地，也无鲜血半毫分。大仙也喝重再活，恼了金刚护法神。
用力把头抛远去，大仙头上血光喷。虎力大仙身有死，却是斑斓猛虎精。
国主见了心中苦，声声则哭国师身。二十余年扶助我，今朝死得好伤心。
悟空说与君皇道，他是妖怪白虎精。若无我来除此害，三宫六院被他吞。
君皇方始来醒悟，拜上唐僧救命恩。大排銮驾来相送，送出西华龙凤门[③]。
行过玉门关一座，钦韦国内换关文。玉鞍山下来经过，重重妖气罩山林。
见一妇人多美貌，将身绑在黑松林。妇人哭向唐三藏，则为清明来上坟。
遇着强人来截路[④]，夺抢头面剥衣襟。把我丈夫来杀死，将奴绑在此间存。
娘家就在面前住，师父慈悲救我身。唐僧便把行者叫，快救遭殃落难人。

却说唐僧因见妇人哀求哭救，叫言："徒弟们，快去救他。"行者道："师父，救他不得，却是妖精。"唐僧一看，三个徒弟不肯动手，自己马上跳下马来，解他其缚，却被摄去，影跡无踪[⑤]。行者大惊："八戒看了行李，我与沙僧去寻师父。"二人一路搜寻，来到洞门口，行者把门打开，赶

① 原文作"唐僧"，据《长生卷》改。

② 此句《长生卷》作"你说斩头来赌赛"。

③ 此句《长生卷》作"送出西关上路行"。

④ 原作"遇着强人截路结"，不通，据《长生卷》《取经宝卷》改。

⑤ 此三句或有缺脱，《长生卷》作："谁知未近其身，未解其绳，唐僧却被那妇人抢去，影迹无踪。"

进洞中，则见妇人与师父坐下，求为夫妇①。此洞深有八百里路程，湾湾曲曲，不认得出路②。行者低头说与师父知道："来救你出去，你可将酒送与妇人，女怪吃了，便有出身之路了。"③南无三藏法师菩萨。

女怪山中万载精，今抢唐僧结做亲。洞中深远八百里，行者寻师着近身。
化作苍蝇飞近身，教师将酒敬佳人。变了蚊虫藏酒内，女怪吃在肚中存。
大圣腹内开言说，妖精泼怪好痴心。我师九世真童体，痴心妄想结做亲。
早放我师来出洞，且饶你命在山林。若说半声言不肯，霎时教你丧残生。
轻轻提起④心肝肺，妖精痛死再还魂。要我饶你残生命，送我唐僧出洞门。
妖精驮了唐僧走，沙僧提叉后头跟。走出洞门八百里，火龙八戒接唐僧。
妖精叫言饶我命，悟空立在面前存。那妖化道清风起，率领群妖出洞门。
行者沙僧猪八戒，各执兵器打妖精。打死妖精三百六，尽是多年老鼠精。
灭却妖精并鬼怪，一方四境⑤尽安宁。到了前头乌茶国，倒换关文出帝城。
来到碧峰山脚下，山高路远有妖精。大圣叫言猪八戒，同了沙僧上路行。
二人正向前行去，撞见妖精出洞门。老妖吩咐群妖众，各须努力⑥捉唐僧。
吃了唐僧一块肉，长生不老永长存。老妖抬起头来看，却是沙僧八戒身。
精怪问僧何处去，沙僧回答去取经。老妖见说心欢喜，买卖今朝送上门。

---

① 此二句或有缺脱，《长生卷》作："只见妖怪与唐僧对坐，要与唐僧结为夫妇。"

② 原文作"探入洞中，八百余里湾曲，有亦不识得出入"，此三句不通。《取经宝卷》作"此洞深有八百里路程，湾湾曲曲，不认得出路"，《长生卷》作"你道此洞有多少进深，有八百余里，其中有三百个曲湾，非是齐天大圣不能进去"。此处据《取经宝卷》改。

③ 原文或有缺脱。此句《长生卷》作"变了蚊虫，飞得进去，躲在唐僧耳上，叫声师父，有我在此，救你出去。你可将酒灌醉女妖，好出洞门。"《取经宝卷》作"孙行者附耳低言说：师父有吾在此，救你便了。可将敬酒女怪，便有出身之路便了"。

④ 原文作"揠出"，《长生卷》作"手提"，《取经宝卷》作"提起"，据《取经宝卷》改。

⑤ 原文作"合境善人"，《取经宝卷》作"一方四处"，《长生卷》作"一方四境"，据《长生卷》改。

⑥ 原文作"一齐并力"，据《取经宝卷》《长生卷》改。

无数小妖齐动手，尽来拿捉取经人。恼了沙僧猪八戒，钉耙天叉坌妖精。老妖手执开山斧，象妖拥上要擒人。虎精便把刚刀使，山前交战比输赢。要知峰山之下事，再将下卷接前因。一切菩萨摩诃萨，摩诃般若波罗蜜。南无三藏法师菩萨。

丙辰年菊月终日立　抄经弟子江润兴沐手书

真经宝卷(下卷)

尼禅悦　尚古堂润记

岁次五年十一月抄录　日立

唐僧宝卷下卷　南无三藏法师菩萨

却说前卷讲到碧峰山下,金谷洞中,三个妖精,老妖狮大王[①],第二象元帅,第三虎先锋。三妖思想要吃唐僧。八戒、沙僧探路,却与三个妖精大战数十合,却是寡不敌众。沙僧却被老妖捉住,八戒要走,却被大石绊倒了[②],被虎先锋捉去,绑在洞中,叫小妖:"杀他与我受用。"八戒道:"我们两个是唐僧的徒弟,我叫猪八戒,师弟叫沙僧,还有师兄叫齐天大圣。"老妖见说大惊:"我想唐僧是吃不成了。马、赵、温三大元帅战不过大圣。"虎先锋道:"你去与大圣交战,我二人再去捉唐僧、白马。"老妖道:"我去与他拼命交战,二弟捉住唐僧,再作道理。"南无三藏法师菩萨。

老妖摆布吃唐僧,带领群妖出洞门。悟空说与唐僧道,妖精到此不非轻。
说话未了老妖到,金色狮子赶近身。悟空轮动金箍棒,劈头乱打战妖精。
老妖手执开山斧,山前大战比输赢。老妖战败逃生走,大圣追赶随后跟。
一程赶到山回内,虎精象怪显威灵。虎精捉住唐三藏,象妖牵马驾祥云。
捉进碧峰金谷洞,一齐绑缚不能行。再说老妖孙大圣[③],战得天昏地不明。
战到百合狮精败,化道清风不见形。悟空不把狮精赶,要寻师父那边存。
连人带马都不见,悟空疼痛好伤心。指望取经成正果,去邪归正拜唐僧。
我师丧在妖精手,功不成来名不成。山神土地忙通报,大圣宽心莫惊慌。
南岭碧峰金谷洞,洞内三妖惯吃人。早行救得唐三藏,若迟一刻命难存。
大圣闻言心欢喜,碧峰南岭去搜寻。金谷洞前来喝骂,群妖众怪得知闻。

---

① "狮大王",原文作"做大王",据《长生卷》改。

② 此句原文作"沙僧被虎先锋捉去",结合后文,此处应有缺脱,据《长生卷》补。

③ 此句原文作"再说齐天大圣是",文句不通,据《长生卷》改。

早放白马唐三藏，更兼八戒与沙僧。若说半声言不肯，杀尽妖精不留存。
老妖见说心中怕，思想唐僧吃不成。象怪提枪忙动手，群妖助战比输赢。
悟空轮起金箍棒，两太阳中火直喷。两下斗战三十合，象怪力弱不能赢。
虎怪提刀来助阵[1]，张牙舞爪显威灵。老妖便动开山斧，也来助战比输赢。
悟空见了心大怒，气力更加十倍增。八百小妖齐动手，轮刀尽砍取经人。
大圣毫毛拔一把，口中吹气变成人。化为一万孙悟空，各执金箍棒一根。
打得群妖逃命走，东南西北各逃生。狮妖象怪难抵敌，奔入山中闭洞门。
虎妖奔迟难入洞，逃奔北岭[2]躲灾星。悟空追赶看看近，大喝妖精那里奔。
金箍棒变三十丈，虎精打作肉泥尘。悟空赶到金谷洞，洞门深锁不通行。
大圣忽然生巧计，变来虎怪一般形。洞门外面高声叫，败阵逃灾得脱身。

却说悟空打死虎先锋，变为虎精一样，回到洞口，接入洞中，三妖同坐。狮王道："果然是大圣英雄，战不过他，我自看守洞门，二弟洗锅烧火，三弟再去磨刀，且将唐僧、白马、八戒、沙僧一齐杀死，吃了他，你我各自逃生。"行者见说暗想正中机谋，手执钢刀割绳，放了八戒、沙僧、白马。大圣现了本相，悟能取了钉耙，悟净取了天叉。八戒提起钉耙先把象妖坌死，行者打到洞门口，却与老妖战了三合，八戒、沙僧一齐动手，打死老妖。开放洞门，救出唐僧，白马化为火龙，烧尽洞中妖怪。请师傅上马，再往西行。南无三藏法师菩萨。

狮王则要吃唐僧，亲身自去守洞门。象怪众妖齐动手，烧火洗锅杀唐僧。
三弟就是孙大圣，手执金刀救唐僧。先放沙僧猪八戒，象妖打死命归阴。
老妖死在金箍棒，白马将来烧洞门。灭尽群妖无挂碍，八方宁静保安身。
还请唐僧来上马，唐僧上马泪纷纷。此地若无孙行者，怎出天罗地网门。

---

① "来助阵"，原文作"忙动手"，据《长生卷》改。

② "逃奔北岭"，原文作"逃奔无处"，据《长生卷》《取经宝卷》改。

离别长安今三载，千辛万苦受难心[1]。月氏国中来经过，却是西天一座城。
国王善性皈三宝，金銮殿上拜唐僧。送出龙凤门一座，唐僧辞别向前行。
正逢八月中秋节，丹桂飘香月色明。来到应天河岸上，泛波黑浪少船行。
日落西山看看晚，张家庄上歇安身。张家夫妻心不悦，合家啼哭泪纷纷。
唐僧便问何缘故，张老含泪告唐僧。应天河口通天庙，庙内明王感应神。
轮到三年今一转，童男童女祭神明。挨至我家来祭献，尽要童男童女身。
我今夫妇年已老，单生一女在家门。我今年迈七十岁[2]，则得将女祭献神。
百银买了童男子，整备三牲就动身。老夫难舍亲生女，合家悲苦泪纷纷。
唐僧见说心中苦，善哉连叫两三声。可惜一双男共女，将他活祭献邪神。
说与行者孙大圣，你当方便发慈心。救人一命功劳大，胜如修行念藏经[3]。

却说唐僧投宿张家庄上，且说一听要拿童男童女活祭神明，心中不舍。唐僧道："可以不祭如何？"张公道："若然不祭，五谷无收，瘟疫乱起，狂风作浪，损害万民。无奈则得轮当，今年轮着我，并无推却。"唐僧见说便叫八戒、行者将身便变成童男、童女，抬了果品三牲，排献庙内。张老大喜，拜谢唐僧："救得我女儿性命，再不忘恩，真是重生父母也。"南无三藏法师菩萨。

中秋佳节黄昏后，千人会首到来临。祭献三牲并果品，童男童女祭神明。
灯火莹莹光灿烂，笙箫鼓乐闹盈盈[4]。祝告了时天时暗，狂风拔树好惊人。
烧了香烛千人散，丢下三牲在桌存。东摆童男孙行者，西边童女八戒身。
行者叫言八戒弟，想必邪神就来临。说话未了妖精到，金盔金甲现金身。
龙车凤辇朝南坐，手下跟随数百精。妖精开口将言说，祭献盘内是甚人。

---

① 此句《长生卷》作"怎能一日到西天"，《取经宝卷》作"千辛万苦不非轻"。

② 此句或有错讹，《取经宝卷》作"长大今年方七岁"。

③ 原文作"胜如念藏大真经"，文句不通，据《取经宝卷》改。

④ 此句后似有缺脱，《取经宝卷》多一句"一程抬到通天庙，百姓拈香拜在尘"。

童女当时忙便答，此村我父姓张人。妖精见说心中想，古怪蹊跷自忖论。
年年献祭童男女，见我来时就丧身。今秋[①]童女还说话，不惊不怕不抬身。
不如先吃童男子，慢慢消停吃女人。妖精伸出拿云手，来捉童男行者吞。
口似血盆牙如剑，舌头尖尖吃人精。行者见他来动手，现出原身在庙门。
喝叫妖精休要走，我来除灭害人精[②]。举起金箍棒来打，妖精逃命去如云[③]。
赶到应天河岸上，妖精水内去藏身。取了大刀拿在手，立在云端问罪名。
你是何人能大胆，破人香火太无情。八戒忙便回言答，唐朝三藏取经人。
我与师兄孙大圣，更兼白马与沙僧。昨日张家庄上宿，恼恨妖精要吃人。
我今除害来拿你，快来受死免刀兵。妖精见说齐天圣，手软心寒胆战惊。
将身跳入天河内，避难逃灾躲难星。八戒悟空忙便转，将情一一告唐僧。
钉耙齿上观展看，两个金鳞耀眼睛。唐僧见了心中想，邪妖却是孽龙精。
张公合宅皆欢喜，感谢高僧救命恩。再说妖精归水府，安排巧计捉唐僧。
满天大雪迷天地，西地凉风凉杀人。冰断天河八百里，唐僧起早路难行。
妖精又化男和女[④]，往往来来冰上行。唐僧上马来走路，走到天河一半程。
正要行到前边去，一场祸事不非怪。天河冰碎如雷响，白浪滔天怕杀人。
白马沙僧猪八戒，悟空同上九霄云。独有唐僧遭恶手，妖精捉去[⑤]水中存。

却说唐僧踏冰过河，走到河中，冰消浪猛，却被孽龙捉去。白马、沙僧、八戒、行者还在岸上安身。沙僧钻入水底，与众妖斗战，正是寡不敌众，不能取胜。行者想道："他是孽龙，必是龙王[⑥]所管，我到东海龙王（处）去问他。"大圣来到东海龙王门口，则见小妖送书前来，却被大圣将金箍棒打死，搜出书来观看，上写小儿是鳌钰，今得唐僧，拜请父母亲戚

---

① "今秋"，原文作"今我"，据《长生卷》改。
② 此句原作"我来除你怪妖精"，据《长生卷》《取经宝卷》改。
③ 此句后似有缺脱，《长生卷》多一句"钉耙金棒来打过，二人来杀妖怪精"。
④ "男和女"，原文作"南和尚"，语句不通，据《长生卷》《取经宝卷》改。
⑤ "捉去"，原文作"钻入"，文句不通，据《长生卷》改。
⑥ 原文作"他是孽龙所管"，似有缺脱，此处据《取经宝卷》补。

同临一叙。下写顿首百拜。南无三藏法师菩萨。

悟空打死送书人，书上分明写得真。上写鳌钰顿首拜，父母诸兄众高亲。
吃了唐僧一块肉，长生不老永常存。悟空见了心欢喜，水晶宫内见龙王。
老龙下拜将言说，大圣今来为甚因。悟空见问呼呼笑，将书送上老龙君[1]。
老龙见书吃一唬，告言大圣莫生嗔。小儿因犯天条罪，罚在天河又害人。
敕下鳌增并鳌广，擒拿鳌钰[2]斩其身。点起虾兵与蟹将，鸣锣擂鼓便登程。
鳌钰见兄来发怒，持刀出殿问原因[3]。鳌增鳌广忙喝骂，因何犯罪害唐僧。
鳌钰便把哥哥叫，你今无福吃唐僧。好意差人来请你，反领军兵杀上门。
提刀大战忙便砍，弟兄水府比输赢。来往战了三十合，孽龙败战去逃生。
逃生赶到天河岸，撞见齐天大圣尊。金箍打来无躲避，孽龙打死命归阴。
救出唐僧来上岸，两位太子转宫门。张家庄上船来送，送过天河岸上行。
前边到了花氏国，一路无碍喜太平。来到百花山一座，高山流水树青青。
行者化斋下山去，唐僧闯入黑松林。松林里面人烟广，尽是青春美貌人。

却说来到百花山下，喜得日暖风和，行者下山化斋[4]。唐僧进林游玩，但见石门、石屋、石台、石凳、石床。忽见美女七人，来接唐僧，问道："长老何来？"三藏道："我号叫唐僧，特到西天去取真经，化了一斋就行。"女妖听说，心中大喜："买卖送上门来！"连忙放丝牵满树林。把唐僧绑住，杀死当饭充饥，岂不为美。南无三藏法师菩萨。

唐僧绑在黑松林，眼泪汪汪望救星。行者化斋归旧处，问言师父那边存。

---

① 原文作"老僧诉说老龙听"，与后文不符，《长生卷》作"将书递与老龙睁"，《取经宝卷》作"将书送上老龙君"。此处据《取经宝卷》改。

② 原文作"鳌鲑""鳌鲷""鳌鲼"，《长生卷》《取经宝卷》则作"鳌钰""鳌增""鳌广"，此处据《长生卷》《取经宝卷》改。

③ 此句原文缺脱，据《长生卷》《取经宝卷》补。

④ 此句原文作"行来化斋"，文句不通，据《长生卷》《取经宝卷》改。

沙僧指望松林去，持钵穿衣化饭吞。行者抬起头来看，林中妖气雾腾腾。
我师撞入妖精手，死活存亡未可闻[①]。道言未了山头白，林中人家不见形。
悟空八戒沙和尚，各执兵器进山林。松林牵丝如碗大[②]，斧头砍去不能行。
牵丝缠住金箍棒，八戒钉耙也不存[③]。沙僧提起天叉打，三人空手转山林。
如此妖精多利害，怎得唐僧出洞门。白马一时来变化，化成百丈火龙身。
口中吐出无情火，烧尽牵丝不见形。悟空执棒登山洞，正是妖精在洞门。
洗锅净灶来烧火，磨刀正要杀唐僧。悟空见了心焦燥，轮动金箍棒一根[④]。
七个妖精多打死，满身打得血染成[⑤]。蜘蛛精怪多灭尽，救出唐僧上路行。
一程赶到西凉国，国中尽是女佳人。养儿泉水成胎孕[⑥]，尽养花娇美貌人。
女皇二人登龙位，聚集文官共武臣。唐僧殿前来经过，女皇传旨召唐僧。
唐僧请上金銮殿，分宾坐定献茶津[⑦]。女皇请问何名姓，三藏开言说事因。
出身原是中华国，敕封三藏号唐僧。君皇荐度孤魂众，命我西天去取经。
望皇早换通关牒，借条大路往西行。女皇见说呼呼笑，唐僧休想到雷音。
我国祖传行旧列，来时有路去无门。你今登殿为天子，我掌朝阳正宫身。
百年偕老同享福，度子度孙坐龙庭。若道半声言不肯，刚刀杀你作泥尘。
晒干肉放香炉内，喷香扑鼻无价珍。三藏回言忙便说，我是修行办道人。
三世九转真童体，再不将身染色尘。女皇见说龙颜怒，说与唐僧你且听。
你若不来是由你，既来这里走无门。要到西天参见佛[⑧]，除非足下会腾云。
唐僧正在烦恼处，齐天大圣告唐僧。我师在此[⑨]成亲事，徒弟西天去取经。

---

① 原文作“死活存亡哪里存”，文句不通，据《取经宝卷》改。

② “如碗大”，原文作“如山大”，文句不通，据《取经宝卷》改。

③ “也不存”，原文作“不能轻”，文句不通，据《取经宝卷》改

④ “棒一根”，原文作“乱打妖”，文句不通，据《长生卷》《取经宝卷》改。

⑤ 此句《长生卷》作“洞中好像血湖盆”，《取经宝卷》作“洞中好似血林盆”。

⑥ 此句原文作“国中泉水成了孕”，据《取经宝卷》改。

⑦ 此句原在“命我西天去取经”之后，应有错乱，据《取经宝卷》《长生卷》调。

⑧ 原文作“你要西天参佛祖”，据《长生卷》《取经宝卷》改。

⑨ “在此”，原文作“则得”，据《长生卷》《取经宝卷》改。

取得经来归本国，复来参见我师尊。从今我到西天去，明日良时结做亲。
女皇见说心欢喜，大排筵席款唐僧。面南背北唐僧座，东边行者与沙僧。
西边坐下猪八戒，女帝番皇做主人。茶饭罢时方已毕[①]，女皇相送出王城。
唐僧也送齐天圣，送出西华龙凤门。女皇文武多欢喜，唐僧眼泪落纷纷。
远送一程来作别，忽然平地起风云。大风拔起连根树，飞沙走石乱打人。
唐僧跨上龙变马，行者加鞭走如云。高叫三声花娇女，休想唐僧结做亲。
女王文武[②]无言答，惶恐羞惭转皇城。唐僧来到浮尸岭，路旁忽见一佳人。
妖气冲天来到面，马前下拜告唐僧。悟空举起金箍棒，打死妖精化作尘。

却说唐僧行到浮尸岭，尸魂化一佳人，却被行者打死。唐僧便骂："悟空，你无故杀人，吾不容你西天去取真经。"行者道："我西天不去不妨，则怕你难到西天。"八戒叫道："师兄，师父不容你去，你住这里。取经有我在此，不消用你[③]。"悟空道："再去，我就不响了。"[④]唐僧道："不用你去。"行者再三哀告："望我师收留。"唐僧道："不（用）你了。"行者无奈，谢了师父，拜别而去。南无三藏法师菩萨。

唐僧不容行者去，行者唐僧各路分。八戒沙僧同师走，庆云山在面前存。
山前有个庆云寺，唐僧进寺拜三尊[⑤]。正要佛前皈命礼，惊动黄妖出洞门。
就把唐僧来捆绑，将他杀来[⑥]嗄酒吞。唐僧绑在将军柱，眼中珠泪落纷纷。
再说沙僧猪八戒，手拿兵器进山门。则因不见唐三藏，赶到黄妖洞府门。
叫骂泼妖无道理，快须还我取经人。若还半声言不肯，杀尽妖精无一存。
小妖道报老妖晓，外边两个恶妖僧。老妖点起兵和将，手执长枪出洞门。

---

① 此句《长生卷》作"行者起身来谢宴"，《取经宝卷》作"吃了茶饭来作别"。
② 原文作"女皇气得"，据《长生卷》《取经宝卷》改。
③ 原文无此句，据《长生卷》《取经宝卷》补。
④ 此句文意不通，照录原文。《取经宝卷》无此句，《长生卷》此句为八戒所说。
⑤ "三尊"，原文作"三清"，与后文不符，据《取经宝卷》改。
⑥ 此处《长生卷》作"盐醋拿来"，《取经宝卷》作"盐醋腌来"。

便问二僧何处去,因何就起不良心。沙僧要救唐三藏,提起天叉劈面征。
黄妖把枪来隔住,两人交战定输赢。八戒使起钉耙笙[①],一个妖精战两僧。
不说黄妖来斗战,百花宫主问唐僧。老僧家住何方地,为何落难受灾星。
唐僧说与娘娘道,我要西天去取经。却被大王来捉住,娘娘慈悯救残生。
宫主见说心中喜,取经和尚听原因。我是百花宫主女,现今我父坐龙庭。
八月初三龙阵起,黄妖摄我进山林。结成夫妇今三载,日夜思想忆母亲。
你从我国来经过,奏我爹爹起救兵。唐僧说与娘娘道,伏惟宫主放宽心[②]。
你若今朝来放我,我当竭力报深恩。娘娘亲到山前叫,高叫夫主放此僧。
黄妖依了妻子话,洞中放出取经人。唐僧得出天罗网,上路西天去取经。
八戒沙僧随师去,前来宝相国内存。宝相国王多向善,唐僧开口说原因。
庆云山前来经过,却被黄妖捉住身。洞内百花宫主女,唤妖放我出山林[③]。
国皇见说心中苦,高声痛哭女儿身。被妖摄去今三载,日夜思量苦杀人。
国皇敕令文共武,谁人与我捉妖精。救出百花宫主女,我把诸侯荫子孙[④]。
文官武将齐开口,我皇圣上纳微臣。凡人怎斗妖精怪,臣是凡人他是精。
要救百花宫主女,还须求拜取经人。君皇就把唐僧拜,救得宫主不忘恩。
沙僧八戒开言说,我今救你女儿身。

却说君皇开言问道:“你二人有何本事,救我宫主?”八戒道:“大则移山倒海,小则飞沙走石。拔树连根,上天入海,无有遮挡[⑤]。”君皇大喜:“使你早早登程,救出宫(主),礼当重谢。”南无三藏法师菩萨。

---

① 原文作“沙僧使动托天叉”,与前文重复,据《长生卷》改。

② “放宽心”,原文作“听言因”,据《取经宝卷》改。

③ “出山林”,原文作“唤妖放出到此城”,据《取经宝卷》改。

④ 此句《长生卷》作“官封万户不非轻”。

⑤ 此三句原文作“狂风拔树,腾云上天入海,无遮拦挡”,《长生卷》作“上天入地,毫无阻挡”,《取经宝卷》作“拔树连根云,上天入海,无有遮搁”。据《长生卷》《取经宝卷》意改。

八戒沙僧逞自能，腾云驾雾出皇城。来到庆云山一座，庆云洞口骂妖精。
占人闺女非小可，万割凌迟罪不轻。黄妖听说心中怒，点起群妖出洞门。
见了沙僧猪八戒，无耻和尚骂几声。前日已曾饶你命，今朝何故又来临。
悟能便把钉耙坌，沙僧天叉打妖精。黄妖把枪来架住，一个妖精战两僧。
上阵战了三十合，果然妖怪胜三分。手中枪法无比赛，好似蛟龙出洞门。
八戒看来战不过，逃灾躲难走如云。沙僧也要来逃命，却被黄妖赶近身。
轻轻伸出拿云手，捉住沙僧入洞门。便把悟净来吊打，铁鞭乱打不容情。
沙僧要命将言告，大王听我说原因。你妻思念爹和母，前情一一告唐僧。
唐僧入朝来见圣，将言奏上圣明君。君皇要救宫主女，差我前来捉你身。
黄妖听得沙僧说，便把唐僧骂几声。进来说与妻子道，我到朝中见丈人①。
一来要杀唐三藏，妖精变作俏书生。腾云来进皇城内，朝前说与文武听。
我是君皇门下婿②，百花宫主丈夫③身。朝臣奏上明天子，召入金銮见帝君。
国皇皇后同登殿④，见其驸马貌超群。君皇皇后心欢喜，满面添花笑十分。
迎请驸马登金殿，御赐香茗坐锦墩⑤。便问卿家何处住，百花宫主那边存。

却说黄妖奏上："臣住在庆云山南，前年龙阵过了，天送宫主到臣家内，结亲三载，我妻思念双亲，叫臣前来参见岳父岳母。"君皇、皇后又问道："唐僧说你（是）妖精，卿有表彰奏圣⑥，正是东宫驸马。"黄妖又奏道："唐僧是个妖精。"把手对唐僧一指，和尚变成白虎，妖精与君皇，一见大惊，即将铁链锁住颈上。今日唐僧丧在（黄）妖之手，未知可有人来救否。南无三藏法师菩萨。

---

① "丈人"，原文作"圣君"，据《长生卷》《取经宝卷》改。

② "门下婿"，《长生卷》《取经宝卷》均作"亲驸马"。

③ "丈夫"，原文作"我妻"，据《长生卷》《取经宝卷》改。

④ "同登殿"，原文作"坐金殿"，据《长生卷》《取经宝卷》改。

⑤ 此句原文作"敕赐金墩坐其身"，《长生卷》作"御赐香茗坐锦墩"，《取经宝卷》作"奉赐香茶坐饮吞"，据《长生卷》改。

⑥ 此句《取经宝卷》作"卿有一表文材"。

妖精把手指唐僧，变成白虎锁其身。再说败阵猪八戒，又到金銮见唐僧。
见师变做斑斓虎，口共心头自忖论。还请师兄孙悟空，救了唐僧去取经。
八戒腾云来得快，水帘洞内见师兄。低头下拜孙悟空，则说黄妖手段精。
阵前捉住沙和尚，又把唐僧变虎身。早去救得唐三藏，若迟一刻命难存①。
且看观音菩萨面，可笑唐僧不识人。听说无端猪八戒，将我逐出外头存。
万事则看观音面，今到洞门救沙僧。二人驾雾腾云去，赶到黄妖大洞门。
大小妖怪多杀尽，麻绳割断放沙僧。带领百花宫主女，同到金銮见帝君。
国皇见女从头问，百花宫主说真情。儿被黄妖来摄去，三年抛撇父娘身。
亏了取经唐三藏，今朝又得见双亲。说言未了妖精到，手执长枪骂丈人。
若然还我三宫主，万事全休总不论②。恼了悟空孙行者，手执金箍打妖精。
黄妖见了齐天圣，避难逃灾去如云。大圣驾云来赶上③，一心则要杀妖精。
忽见金星来劝化，叫言息怒免刀兵。百花宫主非凡类，她是天仙织女星④。
思凡下界为宫主，黄袍妖精是魁星。二星则为凡心动，三载夫妻了宿姻。
今日天曹传玉旨，二星即便上天庭。黄妖宫主归天去，天子夫妻拜在尘。
大圣叫言唐三藏，为何变了大虫身。举手将师来一指，依然原是取经人。
唐僧称谢齐天圣，亏你前来救我身。拜别国皇来上马，师徒四个往西行。
路途风霜经日久，师真国⑤内换关文。火焰山前来经过，焰焰猛火阻途程。

却说沙僧叫言师兄："须到平源内，与牛魔王妻子乃是铁扇宫主，借得铁扇，方过得此山。"大圣见说，即便登程，霎时来到洞门，开言说道："拜望牛魔王，乞借铁扇一把。"娘娘见说道："此扇不便借去。"行者道："你不肯借，我偏要。"娘娘便将假扇借与行者，就将此扇去扇，火光大

---

① 此句原文作"沙僧性命也难存"，据《长生卷》改。

② 此句后似有缺脱，《取经宝卷》作"若无妻子还我身，桑田变海尽翻身"。《长生卷》作"若无妻子来还我，桑田变海尽翻身"。

③ "来赶上"，原文作"赶到洞"，据《长生卷》《取经宝卷》改。

④ "织女星"，原文作"灵女神"，据《长生卷》《取经宝卷》改。

⑤ "师真国"，《长生卷》《取经宝卷》均作"阿真国"。

焰，把行者毛发烧去。[①] 行者大怒，杀进洞门，与牛魔王交战，却被宫主一扇，大圣吹去三千里路远，才得落下地来。南无唐三藏法师菩萨。

铁扇扇来火焰生，行者发怒战牛魔。牛魔大圣山前战，宫主亲身出洞门。
铁扇轻轻扇一扇，悟空扇在九霄云。三千余里落在地，行者心内细思寻。
变作牛魔来进洞，宫主忙忙远相迎。牛魔说与妻子道，齐天变化不非轻。
须把扇子来藏好，被他偷去枉劳心。宫主将扇来拿出，将来付与丈夫身。
悟空得扇心欢喜，化道清风不见形。火焰山前扇一扇，火光灭尽冷如冰。
唐僧八戒沙和尚，平安无事过山林。过了火山八百里，送还铁扇再行程。
趱到西山东印国[②]，火峰山在面前存。见一孩童年纪小，红鞋红袄着红裙。
山前路上来啼哭，说是钟家小舍人。家住山西三五里，强人赶散躲山林。
唐僧见说生慈悯，下马来搀小舍人。小儿便把神通显，唐僧摄去洞中存。
大圣即便来赶上，火云洞内出妖精。红儿手执长枪使，大圣金箍棒一根。
二人战有数十合，红儿口内火光喷。烧坏沙僧猪八戒，悟空烧得走无门。
大圣思量难抵敌，拜请南洋观世音。观音菩萨亲下降，红孩出洞火光随。
观音手执杨枝洒，火光灭尽冷如冰。红孩俯伏低头拜，五十三参见世尊。
自此红孩归佛教，相伴南洋观世音。悟空救出唐三藏，师徒上路往西行。
来到西天中印国，君皇向善广看经。独角大仙生嫉妒，排来巧计害唐僧。

却说中印国有一个国师叫独角大仙，殿前广说，油锅用猛火煎滚，喝叫唐僧："下锅洗澡，放你过去，若不下锅，难到西天。"行者道："你若先下油锅内，我也下锅。"大仙道："先当让客。"行者脱下衣裳，跳入锅内洗澡，翻觔斗、竖蜻蜓，呼呼大笑。又显神通，变化无穷，变做铁钉，影迹无踪。大仙喝叫："将唐僧绑出法场，师徒俱要处斩号令。"唐僧告言国王，乞求香纸羹饭，拜祭悟空徒弟，情愿死在一处，未知如何。南无三藏法师菩萨。

---

① 原文此处缺脱悟空借假扇情节，据《长生卷》《取经宝卷》补。

② "东印国"，原文作"中印国"，《长生卷》作"上印国"，据《取经宝卷》改。

宝锭羹饭设祭文，唐僧下拜悟空身。五年随我西天去，千辛万苦受灾星。指望取经成正果，谁知半路两离分。悟空听得唐僧话，油锅跳出见师尊。君皇观看龙颜喜，还放唐僧去取经。悟空听说心中怒，前言说话是为真。便把大仙来扯住，你下油锅我便行。大仙也有神通法，跳入油锅里面存。悟空见了心中喜，火龙放入在锅心。大仙手脚多烧尽，一时烫死命归阴。死变羚羊头带角，满朝文武卓然惊。悟空奏上明天子，他是羚羊万古精。不是我来除此害，满朝文武受遭瘟。今日我师不除灭，合国将来遭难星①。君皇文武多欢喜，拜送唐僧上路行。到了西天西印国②，太平无事换关文。行出皇城天色暮，普惠寺③内歇安身。老僧普惠来迎接，山僧五百拜唐僧。三藏见僧齐来拜，千佛袈裟挂在身。放出毫光千万道，老僧普惠起谋心。要借袈裟来看样，明朝早起便还僧。唐僧不知他使计，就脱袈裟付与僧。普惠更深来放火，要烧三藏与袈裟④。忽转北风来得恶，红光万道透青云。僧房五百多烧尽，唐僧正殿不烧身。黑熊救火亲来到，看见袈裟无价珍。当时便把神通显，偷了袈裟进洞门。普惠老僧来放火，归房不见宝和珍。失了袈裟无价珍，老僧吊死命归阴。

却说悟空去讨袈裟，众僧道："老僧吊死，袈裟不见。"行者又问："此处可有妖精？"众僧道："这里有个黑峰山黑峰洞，有个黑熊精时常往来。"行者即便登程，路上见一道人，行者问道："你是何人？"道人道："我是清虚子，闻得黑熊大王得了千佛袈裟，特来庆贺。"行者闻得此言，便显神通⑤，变作道人一般模样，来到洞门，便问道："黑熊大王在府么？"那黑熊

① 此句《长生卷》《取经宝卷》均无，或为衍文。

② "西印国"，原文作"中印国"，与前文重复。《长生卷》作"西天下印国"，《取经宝卷》作"中天西印国"，据《取经宝卷》改。

③ "普惠寺"，《长生卷》作"清云寺"，《取经宝卷》作"庆山寺"。

④ 此句《长生卷》作"要烧三藏共三人"，《取经宝卷》作"要烧行者与沙僧"。

⑤ 此句《取经宝卷》作"便拿道人打死"。

精出来迎接,问道:“你是何来?”行者答曰:“闻得大王,得了千佛袈裟,特献寿桃庆贺便了。”南无三藏法师菩萨。

仙桃一只献熊精,妖精手接口中吞。吃了之时非小可,悟空肚里叫妖精。
还我袈裟饶你命,若迟一刻命难存。熊精哀告饶性命,亲送袈裟到寺门。
走一步来行一拜,袈裟双手献唐僧。伏望我师宽放我,腹中唤叫悟空身。
悟空又把神通显,登时立在面前存。熊精一见心大怒,手执瓜锤打面门。
行者把棒来隔住,寺前交战定输赢。八戒沙僧齐动手,黑熊打死命归阴。
打死妖精除国害,军民百姓尽欢忻。唐僧趱路前行去,万水千山受苦辛。
舍卫国中多景致,国皇赐宴待唐僧。万寿仙山来安歇,镇元仙长远相迎。
金盘托出人参果,献与唐僧四众僧。唐僧见了心中怕,果儿好像小儿身。
一戒杀生不害命,决然不食此儿身。却待仙童来作笑,你们不识宝和珍。
吃得延生长不老,后园树上长生成。一百年来结一果,可笑作孽害唐僧。
三僧思量来起念,要到后园做贼人。行者沙僧猪八戒,三更走进后园门。
果然一棵人参树,取下三个当点心。悟空又把金箍棒,又打三只地上存。
落地果儿无踪迹,三人心内尽皆惊。恐怕师父知道了,原归静室歇安身。
明日早起天将晓,仙童开口骂唐僧。偷我六个人参果,取经和尚太无情。
唐僧被骂心烦恼,埋怨八戒与沙僧。行者闻言心大怒,树儿打死果无存。
镇元大仙生嗔怒,扯住唐僧不放行。还我果儿并宝树,放你西天去取经。
若无宝树来还我,休想雷音取真经。唐僧此时无可奈,将言就叫悟空身。
你请观音亲下降,方能解救这桩情。悟空即刻翻觔斗,请到南洋观世音。
观音就把树来接,照依旧日一般能。三十六个人参果,仙人行者尽欢欣。
观音依旧归南海,行者唐僧再进程。前边到了恒河岸,黑浪滔天阻迟程。
恒沙河内鳖鱼怪,安排巧计捉唐僧。

却说唐僧来到恒沙河岸边,忽见一阵狂风,唐僧随风而去,影迹无踪,八戒、沙僧皆不能救。那行者翻觔斗来到南海,拜告观音。观音来到恒沙河边,将净水一喷,化作鳖鱼,泛波滚浪。观音将描篮收了鳖鱼,原归南海。沙僧救了师傅，到了天竺国，就是灵山也。南无三藏法师菩萨。

鳌鱼作怪害唐僧，行者亲参观世音。收伏鱼怪归南海，现在描篮参世尊。
行者八戒沙和尚，唐僧白马向前行。催赶西乾天竺国，灵山就在面前存。
黄金遍地无人要，太平昼夜不关门①。唐僧拜上灵山顶，宝殿参天即白云。
前有风调并雨顺，给孤长者把山门。大殿如来登宝座，巍巍丈六紫金身。
文殊普贤登左右②，阿难迦叶两边分。佛前五百阿罗汉，佛后三千揭帝神。
八部天龙恭敬礼，万尊菩萨两边分。唐僧四众低头拜，拜请如来转法轮。
弟子唐僧皈命礼，唐皇御旨请真经。伏望我佛生慈悯，宝殿坛开转法轮③。
如来佛祖开金口，三藏今来求真经。吩咐唐僧经五部，免得唐皇挂望心。

尔时我佛如来即与五众僧摩顶受记。唐僧来成旃檀功德佛，付《法花经》一部。悟空来成战斗常胜佛④，付《金刚经》一部。悟能三界符官使者佛，付《华严经》一部。悟净来成水府天使佛，付《大藏经》一部。白马

---

① 从“恒沙河内鳌鱼怪”到“太平昼夜不关门”，《长生卷》有异文：

且说唐僧来到恒河沙岸边，波浪滔天，怎能过去，正在心中烦闷。忽见河中现出一个老鼋，其大非凡，口叫：“师父，我来渡你过去。”行者道：“不要到半海中沉下去。”老鼋道：“再不敢的，只求师父见佛，与我带问一声，几时方得成其正果就是了。快下来过去。”一众师徒，连马一齐下岸，上了鼋背，就过海去了。来到西边，连忙上岸，远远望见另有一番世界便了。

老鼋也要脱凡胎，度过唐僧西岸来。黄金遍地无人取，太平无事不关门。
走过西乾天竺国，灵山就在面前存。唐僧拜到山门口，一进山门人影无。

且说唐僧来到山门立住，只见旁边走出一人，口中常念阿弥陀佛。唐僧说道：“此处可是灵山？我要拜佛求经。”那人道：“你要拜佛，随我来。”师徒连马一齐随行，来至后边。只见一条阔河清水，水深万丈，并无船渡。只见上流一只小小花船，一人在上念佛而来。那人道：“快快下船来罢。”唐僧道：“如此小船，又无船底，怎好过去?”只有行者原是晓得，二佛来渡我师父唐僧。行者连忙扶了师父，就连马一同下船，来到船上。那人把船摇去，那唐僧就此脱却凡胎，摇到灵山滩岸，上山去了也。

② 此句《长生卷》作“文殊普贤为上首”。

③ 此句《长生卷》作“宝忏经文转法轮”。

④ “战斗常胜佛”，《长生卷》《取经宝卷》均作“斗战胜佛”。

来成不动知光佛，付《诸品经》一部。却说如来佛付经五部，白马驮经，回瑜伽大教，复归东土。唐僧又告如来："太宗问我几年方归本国，弟子许定六年还国。弟子到来请经，已经六载，今得转去，再要六年。愿我佛慈悲，救度众生，免得唐皇远望。"如来开言道："唐僧来三年，转三年，岂不是六年？如今卯时起程，午时就到本国。"白马驮经，四众僧人，一齐登程。顷刻来到本国，朝见唐皇，三呼万岁，九叩君皇。取经回来，千辛万苦，度男度女，普度众生。太宗即着文武大臣，择选吉日，修崇冥阳大会，与建成、元吉、六十四处烟尘、七十二处草寇，皆是太宗皇帝的冤魂，一齐荐度便了。南无三藏法师菩萨。

拜佛求经成证果，腾云驾雾到京城。唐皇天子心欢喜，大排銮驾接唐僧。
金銮殿上修斋事，济度沙河众孤魂。天子拈香皈命礼，满朝文武志心听。
法卷展开非小可，毫光万道透天门。三十六宫多念佛，七十二院尽修行。
唐僧开阐大法轮，普度群生出苦轮。自此冤魂皆受荐，九幽十类早超生。
父母宗亲生净土，九玄七祖上天庭。自从留下瑜伽教，永远流传度众生。
大众有缘同聚会，消灾延寿保安宁。唐僧取经成正果，流传宝卷善人听。
今日斋主功德大，同到莲池上品登。参透般若经中义，不堕三涂地狱门。
取经宝卷已宣完，诸佛菩萨尽喜欢。浮生看破皆是变，一日无常万事休。

宝卷保延生，消灾降福宁，愿以此功德，普及以一切，我等以众生，皆共成佛道。一切菩萨摩诃萨，摩诃般若波罗蜜。

唐僧宝卷终，南无三藏法师菩萨。